U0679388

LA BIBLIA DE BARRO

La Biblia De Barro

耶稣泥板圣经之谜

[西]茱莉娅·纳瓦罗(Julia Navarro) 著 何玉洁 译

八块神秘的"耶稣泥板圣经"，宗教信徒的圣物，考古学家的梦想，古董商眼中的无价之宝，同时更是阿尔弗雷德为孙女掩盖家族罪恶的唯一一筹码。

伊拉克上空战云密布，挖掘现场杀机四伏，远古圣物呼之欲出……

新星出版社 NEW STAR PRESS

图书在版编目（CIP）数据

耶稣泥板圣经之谜／（西）纳瓦罗著；何玉洁译.—北京：新星出版社，2008.4
ISBN 978-7-80225-449-7

Ⅰ.耶… Ⅱ.①纳…②何… Ⅲ.长篇小说－西班牙－现代 Ⅳ.I551.45

中国版本图书馆CIP数据核字（2008）第0026607号

LA BIBLIA DE BARRO
By Julia Navarro
© Julia Navarro, 2005
© Random House Mondadori S. A., 2005.
Simplified Chinese edition copyright © 2008 New Star Press
All rights reserved.
著作权登记图字：01-2007-6409

耶稣泥板圣经之谜

[西] 茉莉娅·纳瓦罗 著　何玉洁 译

责任编辑：罗　晨
责任印制：韦　舰
封面设计：止美书装

出版发行：新星出版社
出版人：谢　刚
社　　址：北京市东城区金宝街67号隆基大厦　100005
网　　址：www.newstarpress.com
电　　话：010-65270477
传　　真：010-65270449
法律顾问：北京建元律师事务所

读者服务：010-65267400　service@newstarpress.com
邮购地址：北京市东城区金宝街67号隆基大厦　100005

印　　刷：中国标准出版社秦皇岛印刷厂印刷
开　　本：700×1000　1/16
印　　张：29.5
字　　数：406千字
版　　次：2008年4月第一版　2008年4月第一次印刷
书　　号：ISBN 978-7-80225-449-7
定　　价：32.00元

版权专有,侵权必究;如有质量问题,请与出版社联系更换。

1

罗马的上空下着淅淅沥沥的雨,一辆出租车在圣佩德罗广场突然停了下来。这时,正好是上午十点钟。

车里那个男人匆匆付了车费,还不等司机找零,就往胳膊下夹了份报纸匆忙跳下车,急急忙忙地向大教堂门口走去。教堂大门口那边,正在例行常规检查,检查参观的游客衣着是否得体,因为这里可不允许人们穿着短裤、迷你裙、露脐装或者那种长短不一的裤子。

走进教堂后,这个男人连高悬堂上的那幅米盖尔·安赫尔的名画《怜悯》都没多看一眼,尽管这幅作品是仅存的能让梵蒂冈的罗马教廷都为之震撼,且视为圣物的珍品之一。他停顿了几秒,对自己前进的方向稍事犹豫,然后就径直朝忏悔室走了过去。这段时间是来自世界各地的神父接受信徒们忏悔的时间,这些来自五湖四海的人们都用各自的方言忏悔着自己的罪过。

他靠在忏悔室旁边的立柱上,不耐烦地等着另外一个男人结束忏悔。那个男人刚一起身,他就连忙走了过去。这间忏悔室门前的指示牌清楚地写着,里面的这位神父接受用意大利语忏悔的人。

看到这个穿着一身精致套装的干瘦男人,神父的脸上露出了微笑。这个人满头银丝,头发整齐而服贴地梳向脑后,但是他那不耐烦的神情和姿态却又像是一个习惯于向人发号施令的人。

"我最纯洁的圣母玛利亚!"

"没有罪孽就受孕的圣母啊!"

"神父,我坦白,我准备要杀一个人。愿上帝宽恕我!"

话音刚落,男人就起身站起来,很快就消失在了大教堂川流不息的游客潮中,只留下目瞪口呆的神父眼巴巴地注视着他的背影。忏悔室旁边的地板上好像还有一张似乎是他扔掉的报纸,被揉作一团。神父愣了好几分钟才回过神来。此时另外一个信徒已经跪在忏悔室里,不耐烦地等待着忏悔了,他问道:

"神父,神父……您还好吧?"

"是的,嗯……不,不……对不起……"

神父从忏悔室里走了出来，捡起那张皱巴巴的报纸，迅速地扫了一眼翻开的那一页的内容：罗斯特洛波维奇在米兰的音乐会；一部描写恐龙的电影获得了极好的票房成绩；罗马考古学会欢迎诸多著名教授和考古学家的参与，他们是：科洛内、米勒、施密特、阿沙迦、博罗诺思基、坦内博格……最后的这个名字还特别用红笔画了一个圈。

神父折好报纸，满眼疑惑地离开了。他什么都没有说，好像完全忘了祈祷室里还跪着个等他做祈祷的人。

***

"巴雷达小姐在吗？"

"您是哪位？"

"我是希皮亚尼教授。"

"稍等，教授。"

这个并不年轻的教授用手捂住额头，就像一个罹患幽闭恐怖症的病人受到了某种打击时的表情。他大口地深呼吸，试图让自己平静下来。同时，他环视着办公室四周那些已经陪伴了自己四十多年的东西。办公室弥漫着一股皮革的味道，还有那个老烟斗里持续散发的烟草味道。桌上的相框里摆着两张照片，一张是父母的，另一张里面是他的三个孩子，而孙子们的照片则被他摆在壁炉的隔板上。房间最里面摆着一张沙发和两把扶手椅，旁边放着一盏落地灯。灯罩外观呈花苞形，晶莹剔透的。四壁摆满了一排排的桃心木书架，摆着不计其数的图书。地上铺着高贵的波斯地毯……这就是他在家里的办公室。此刻，他实在是很难让自己冷静下来。

"卡罗！"

"梅赛德斯，我们总算找到他了！"

"卡罗，你说什么？……"

女人的语气一下子紧张起来，既渴望又恐惧地等待着他接下来的解释。

"现在随便在网上搜索任何意大利的杂志网站，搜索任何报纸，文化版面上都能找到他的名字。"

"你肯定吗？"

"嗯，梅赛德斯，我非常肯定。"

"为什么会是在文化版上呢？"

"你忘了他在集中营里说的那些话了？"

"我当然记得，是的……那么他……我们是该行动了。告诉我，你该不会是想推迟行动吧。"

"不，绝对不是那个意思。你不可能这样做的，他们也一样。我马上就给他们打电话，我们几个人需要马上碰个面。"

"你们愿意来巴塞罗那吗？我这里有地方，招待所有人都没有问题……"

"在哪其实都无所谓。我再给你打电话吧，现在要马上联系汉斯和布鲁诺了。"

"卡罗，真的是他吗？你是不是很肯定啊？我们必须弄清楚了。这次一定要好好盯住他，不能再弄丢了，不管付出多么大的代价，也要保证行动的稳妥。你如果需要的话，我马上给你转笔钱到账上，我们需要雇用最能干的人来完成这件事，不能有任何差错……"

"我已经安排好了，这次我们保证不会失手，你放心吧。我会再给你打电话的。"

"卡罗，我马上去机场，我会搭乘飞往罗马的第一班飞机，我在这里一分钟也待不住了……"

"梅赛德斯，先别行动，等我给你电话，我们不允许有一点失误。他跑不掉的，相信我！"

教授放下电话，感到内心和电话那头的女人一样焦虑。他非常了解她，过不了两个小时，她肯定又会从伏米西诺给他打电话的。梅赛德斯一向如此，她可不会在那安安静静地等消息，特别是在这样的情况下，她就更无法心平气和了。

他拨通了一个波恩的长途，烦躁不安地等着有人接听。

"你好，找谁？"

"请接豪瑟教授。"

"您哪位？"

"卡罗·希皮亚尼。"

"啊，我是贝塔！您还好吗？"

"哦，亲爱的贝塔，听到你的声音我太高兴了！你的丈夫和孩子们都还好吧？"

"非常好，谢谢，我多希望能再看到您啊！三年前我们一起在您托斯卡那的家里度过的那个假期真叫人难忘啊，我们一直都没来得及好好感谢您呢。鲁道夫那时可算是到了山穷水尽的地步了，而您却还请我们过去玩，而且还……"

"好了，好了，不用谢啦。我现在也特别想见你们，我随时都欢迎你们过来玩。贝塔，你父亲在吗？"

贝塔突然感到父亲老朋友的声音里有种无形的紧迫感，于是叙旧的话题突然中断，不禁让人心生担忧。

"在，我马上去叫他。您还好吧，发生什么事了吗？"

"没有，亲爱的，没事。我只是有点事情要跟你父亲谈。"

"好吧，稍等。以后再见咯，卡罗！"

"再见，宝贝！"

不过短短几秒钟，豪瑟教授那坚定有力的声音就从听筒里传了过来。

"卡罗……"

"汉斯，他还活着！"

两个人突然都陷入了沉默，相互都能够听到对方紧张而深沉的呼吸声。

"他在哪里？"

"就在这儿，在罗马。我在看报纸的时候无意中看到了他的消息。我知道，你是不喜欢上网的人，现在只要在网上搜索任何一家意大利的报纸，在文化版页面上，都能找到他的名字。我找了个职业侦探所，他们负责二十四小时专门监视他的行动，并且随时向我们报告他的行踪，如果他离开罗马，他们也会跟踪他去任何地方。我们大家需要见面开个会。我已经通知了梅赛德斯，然后我会马上给布鲁诺打电话。"

"我马上去罗马。"

"我不知道我们在这里见面是不是合适。"

"有什么不合适吗？他在那里，我们必须行动了。我们一起行动！"

"没错，世界上没有任何东西可以阻止我们的这次行动。"

"我们亲自参与行动吗？"

"如果我们找不到别人去做，当然就得我们自己亲自动手了。对此，我自己已经反复思考了一生的时间了，一直都在考虑如何动手，幻想着那种感受会……我的头脑非常清醒。"

"对于这一点，我的好兄弟，到一切结束的时候我们就会知道了。愿上帝宽恕我们，或者至少能够理解我们。"

"稍等，有人在打我的手机……是布鲁诺。好吧，你挂电话吧，我一会儿再打给你。"

"卡罗！"

"布鲁诺，我正要给你打电话呢……"

"梅赛德斯已经给我打电话了……那是真的吗？"

"是的。"

"那我马上从维也纳出发，去罗马。我们在哪里见面？"

"布鲁诺，还要等等……"

"不，我可等不及了。我已经等待了六十多年了，如果他真的已经出现了，那我连一分钟都不愿意多等。我要参加，卡罗，我一定要参加这次行动。"

"我们会一起行动的。好吧，你来罗马吧。我马上给梅赛德斯和汉斯打电话。"

"梅赛德斯已经去机场了，我的飞机在一个小时之后从维也纳起飞，通知汉斯吧。"

"那我在家等你们。"

中午时分。他觉得时间尚早，于是先去了趟诊所，要秘书把最近这些天的预约统统取消。他的大部分病人已经交由长子安东尼奥来治疗，只有一小部分老朋友坚持要医生本人来做最后的诊断。他对此倒也没有什么怨言，因为这样可以让他的思维始终保持活跃的状态，而且还逼迫自己不断地充电，不断钻研这个神秘的人体世界。当然，只有他自己内心最清楚，真正让他保持旺盛精力的，是心中那个郁结若干年的复仇大计。他发誓，除非把这个心愿做个了结，否则自己就不能提前死掉。这天清晨，他在梵蒂冈大教堂做忏悔的同时，也非常感谢上帝让他安稳地活到了能实现梦想的这一天。

他感到胸口一阵剧痛。不，这倒不是心肌梗塞的前兆，而是因过度焦虑引起的。他感到焦虑和狂躁，是因为他从来都不相信上帝，所以即使是在他祷告或者怒斥某人的时候，上帝也许根本就没有听到他的诉说吧。想起了上帝，他的情绪又愈发地狂躁不安了起来。这些跟上帝还有什么关系呢？上帝从来就没有关怀过自己，从来没有；在自己最需要他的时候，在自己天真地认为只要有信仰就可以得到救赎，可以脱离恐惧的时候，上帝却抛弃了自己。自己原来是多么愚蠢啊！而在这一刻，自己竟然还在想念着上帝！大概是因为自己已经七十五岁高龄了吧，一个人到了这个岁数，便明白自己离死亡比生存更近。而且，在灵魂的最深处，也认可了此时即将要迈向永恒的不归路，恐惧和害怕的感觉已经消失殆尽。

这次付了出租车费，他耐心地等司机找完零钱之后才下车。他的诊所，位于帕里奥里区，这是罗马最安静和高贵的地区。诊所是一幢四层的大楼，一共有二十几个专家和十个全科大夫在这里坐诊。这一切都是他的成就，是他坚强意志和不断努力的结果。他的父亲一直以他为荣，还有他的母亲……想到此，他的双眼潮湿了：母亲曾紧紧地拥抱他，嘴里喃喃地说，只要他想做，就没有什么是做不到的事情，坚强的意志可以成就一切……

"早上好，医生。"

诊所门卫的声音把他迅速拉回现实之中。他步伐稳健，径直走向他在一楼的办公室。沿途他问候着所有碰到的医生，并且和那些认出他来的病人们握手寒暄。当看到她的时候，他的脸上立刻浮现出难得的微笑。走廊的尽头浮现出一个身材苗条的女孩的倩影，那就是他的女儿娜拉，她正耐心地听一位瑟瑟发抖的女人讲述着自己的悲痛经历。这个女人手里还紧紧拽着身旁的孩子。他自顾自地向女儿做了一个亲热的手势，以示告别。但是可以肯定的是，女儿并没有注意到父亲的动作，而父亲也并没有刻意让女儿注意到自己，他不想影响她的工作和诊断。女儿的工作估计还要持续一会儿才会结束。

他走到办公室的前厅。他的秘书玛丽亚立刻抬头，将眼睛从电脑上挪开。

"医生，您今天来得也太晚了吧！有一大堆电话找您，贝希尼先生马上就要到了。他们刚刚为他做完了所有的检查，也告诉他说他健康得不得了，简直就跟铁人一样，可他还是执意要您再给他最后看看……"

"玛丽亚，那就见见贝希尼先生吧。他来的时候通知我，但是之后的其他预约统统取消，我要离开一段时间，未来的一些日子我都不会出诊。一些老朋友从外地过来看我，我要陪陪他们……"

"好吧，医生，那我从什么时候开始恢复您的预约呢？"

"我不知道，等我知道的时候会告诉你的。也许过一个星期，或许是两个星期……我的儿子在吗？"

"在，您女儿也在。"

"这个我知道，我看见她了。玛丽亚，我正在等一个调查所所长的电话，如果接到的话，马上给我转进来，贝希尼先生在这也不要紧，明白了吗？"

"明白，医生，我会按照您的要求去做的。您要见见您的儿子吗？"

"不用了，让他忙去吧，他这个时候应该在外科手术室里呢。晚些时候，我再叫他吧。"

办公室里面的报纸整整齐齐地摞在办公桌上。他抄起一张，在最后的几页上查找着什么。报纸上面的标题赫然写着：《罗马——世界考古学家的首都》。有新闻报道了一个关于人类起源的大会，该会是由联合国教科文组织所资助的。参会者名单里，赫然出现了那个他们已经花费半个世纪找寻的名字。

怎么会如此突然地就出现在了这里，在罗马？这么多年来他一直住在哪里？难道所有人都失忆了吗？简直太不可思议了，这样的一个人怎么可能出席一个由联合国教科文组织资助的世界性大会呢？

他的老患者森德罗·贝希尼来了，他努力认真倾听这个老朋友所说的那些小病小痛。他肯定地告诉贝希尼，他的身体棒极了，健康状况非常好，根本无需担忧。这也是生平第一次不得已流露出自己很忙的样子，温和地请这个老朋友赶紧离开，还借口说自己后面还有其他的病人，他们都在不耐烦地等待。

电话铃声骤然响起，他的神经被吓了一跳。下意识地，他觉得这个电话是从调查所打来的。

所长言简意赅地向他讲述了他们第一时间的调查结果。他们安插了六个最好的人手参加了这个大会。

但是他们传达给他的信息却让卡罗感到吃惊。那么其中肯定有点误会，除非……

对了！他们一直在寻找的这个人比他们的年龄都大，所以他肯定会有儿子、孙子……

失望和狂怒如当头一棒，让他头晕目眩，让他顿生被人戏耍的屈辱感觉。本来他还以为那个老畜生又重出江湖了，但是现在看来，他们所找到的人并不是他本人。不过，他内心还是隐隐觉得，他们已经在接近最终的目标了：第一次，他感觉到他们之间的距离其实这么接近！所以，他请求所长不要放弃监视，不论这个人去什么地方，不管付出多少代价，都要跟踪到底。

"爸爸……"

安东尼奥毫无先兆地走进了他的办公室。他努力恢复出平时的庄严模样，因为他感到儿子看出了他的心事，儿子的表情里透露出由衷的担心。

"一切都还顺利吧，儿子？"

"挺好的，和往常一样。你在想什么呢？连我进来你都没有察觉到。"

"你还是跟小时候一样，没有养成好习惯，进来也不敲门。"

"得了，爸爸，你别老是把话题往我身上推！"

"我怎么转移问题了？"

"天知道你在担心什么……我太了解你了，我知道今天肯定发生了一些你没有预料到的事情。到底是怎么回事？"

"你大概是感觉错误了。一切都很好。啊，对了！我可能会有一段时间都不来诊所了。其实没有必要，但是我觉得还是让你知道比较好。"

"什么叫没有必要？天哪，你今天是怎么了？能够知道你为什么不来的原因吗？你要去什么地方？"

"梅赛德斯要过来，还有汉斯和布鲁诺。"

安东尼奥的表情突然扭曲了起来，他知道这些朋友对父亲意味着什么，但是他们总让人有种非常不安的感觉。看起来，他们似乎都是些老头了，也没什么攻击性，可事实上他们并不像看起来那样简单。而且安东尼奥本人对他们，似乎都怀有一种深深的恐惧感。

"你该不是想要娶梅赛德斯吧！"他调侃道。

"别胡说八道！"

"怎么了，妈妈去世都已经十五年了，而且你和梅赛德斯看来倒很投缘，她不也是单身嘛。"

"够了，安东尼奥，够了！我要走了，孩子……"

"见到娜拉了吗？"

"走之前我会跟她道别的。"

＊＊＊

尽管已是六十五岁的高龄,梅赛德斯还是保持着一如既往的美丽气度。她身段高挑窈窕,皮肤黝黑,举止优雅,行事果断,对男人好像永远有一种天然的威慑力。不过也正因为如此,她才一直都没结婚。她一直对自己说,永远都无法找到一个符合她要求的男人。

她是建筑公司的老板,她一生都在辛勤地工作,从不抱怨,所以也不断地在累积属于她自己的巨额财富。她的员工们都认为她是一个非常严厉,但是公允的老板。她从未让自己的任何员工陷入生活的窘境。她付给他们应得的薪水,给所有的人都上保险,操心所有人的福利。说她是个严厉的老板,是因为从没有谁看到她笑过,哪怕是微笑。但是,也从没有谁指责她独断,因为她从不说过分的话。可是毫无疑问,她身上还是有些独特的东西震慑着所有的人。

她穿了一套浅咖啡色的夹克套装,唯一的珠宝就是耳朵上的那对珍珠耳环。梅赛德斯·巴雷达快步穿过罗马的伏米西诺机场的安检通道。广播里响起飞机到港通知,而同时从维也纳飞来的这趟航班也正是布鲁诺所搭乘的。汉斯已经于一个小时之前就抵达机场等她了,这样他们就可以一起去卡罗家了。

梅赛德斯和布鲁诺热情地拥抱了一番,他们已经有一年多没看到对方了,尽管时常还是会打电话,或者写邮件什么的。

"你的孩子们呢?"梅赛德斯问道。

"萨拉都当祖母了,我的孙女艾莲娜都有自己的孩子啦。"

"那就是说,你都成了曾祖父啦。呵呵,你这个老祖父应该还算称职吧。你的儿子大卫呢?"

"跟你一样,顽固的老单身。"

"老伴呢?"

"唉,我只有把德波拉丢在一边,让她抱怨去吧。这五十几年来,我们一直为这事吵个不休。她总希望我能忘掉一切,她怎么都无法理解我的心情:我不可能、也不会忘记那一切。但是,她不希望往事重演,你知道的,尽管她不愿意承认,但是她的确很害怕。"

梅赛德斯点点头。她不能责怪德波拉的恐惧,对她阻止自己丈夫的行动也没什么好非议的。她也能够理解这个妻子的想法。她是个很好的女人,和蔼可亲,言语不多,总是乐于助人。但是尽管如此,德波拉对梅赛德斯的态度却没有因此特别改善。有几次,梅赛德斯有机会到访维也纳,去布鲁诺家里看望他,德波拉虽然体面地尽了女主人的地主之谊,也像样地招待了她,可她言语神态中却无法掩饰地流露出一种恐惧。德波拉在梅赛德斯看来极具加泰罗尼亚人的特征,那是一种让人一眼就能分辨出来的独特气质。

梅赛德斯其实应该算作法国人。她父亲在西班牙内战快结束的时候,从巴塞罗那逃了出来。他是个无政府主义者,一个待人热情的好人。可是到了法国后,和其他的西班牙人一样,在纳粹入侵巴黎后,他参加大规模的抵抗运动。就是在这场运动中,他认识了梅赛德斯的母亲,她是个邮递员。他们就相爱了,而他们的女儿梅赛德斯就是在这段最困难的时候,在条件最差的地方诞生了。

布鲁诺·穆勒先生刚满七十岁。他有着一头雪白的银丝和一双深蓝的眸子。他的腿有些瘸,所以手里拄着一根银质的拐杖。他出生在维也纳,是一个音乐家,具体地说是一个出色的钢琴家,就像他的父亲一样。他们家是音乐世家,所有的人都是为音乐而生。一闭上眼睛,他的眼前就会浮现出母亲满脸微笑和大哥一起在钢琴上演奏四手联弹的样子。三年前,他退休了。不过直到他退休,他还是世界上最优秀的钢琴家之一。他的儿子大卫同样也继承了他的天赋,他也是全身心地投入音乐当中。他生命的重心就是小提琴,他那把精致的瓜尔内利小提琴从来就没有离过手。

半个小时之前,汉斯·豪瑟就来到了卡罗·希皮亚尼的家里。尽管已经六十七岁高龄,但是仅凭身高,豪瑟教授都让人望而生畏。他身高超过一米九,而且可能也是因为他特别瘦削,所以个子看起来就显得更高,也愈发显得老朽。不过,说他老朽倒不尽然。

在最近的四十多年,他一直在波恩大学教授物理学,研究物质神秘的理论和神奇的宇宙。

跟卡罗一样,他也是个鳏夫,和唯一的女儿贝塔相依为命。

坐在医生的办公室里,两个人对于端上来的香气四溢的咖啡兴趣索然,因为对于梅赛德斯和布鲁诺而言,他们那上锁的心门一旦被打开,所有繁琐的礼节都显得多余且浪费时间。他们聚在这里的目的很明确,就是要商量出个完美的办法,干掉那个人。

"好吧,我给你们讲讲现在的状况。"卡罗开始发言,"今天早上我在报纸上看到了有一个姓坦内博格的人。为了不耽误时间,在给你们打电话之前,我给调查所打了个电话。过去,我也曾让他们帮助追踪过坦内博格的下落,不知道你们还记不记得……嗯,那个所长是我的固定病人。他几个小时前给我打电话说,在那个罗马的 Palazzo Brancaccio 饭店召开了一个考古学大会,会上的确有一个姓坦内博格的人。但是估计不是我们要找的那个人,因为那是个叫做克拉拉·坦内博格的女人。她是伊拉克人,三十五岁左右,丈夫也是伊拉克人,而且这个男人跟萨达姆·侯赛因政权有着相当紧密的联系。克拉拉是个考古学家,在开罗和美国留过学。但是也许是由于她丈夫的影响力,因为她丈夫是个有名的考古学家,所以尽管她很年轻,但是她得到了在伊拉克可进行的已经为数不多的一些挖掘项目。她丈夫曾在法国求学,随后在美国拿到博士学位,然后在美国又定居过相当长一段时间。他们就是在那相识并结婚的,直到美国将萨达姆·侯赛因视作眼中钉之后,他们就离开了美国。这是她第一次来欧洲旅行。"

"她跟那个人有什么关系吗?"梅赛德斯问道。

"跟那个畜生坦内博格吗?"卡罗回答道,"只是一个可能的推测:她是他的女儿。如果真的是这样的话,我希望能够通过她找到他本人。跟你们的想法一样,我也一直坚信他没有死,除非让我们亲眼在墓碑上看到他的名字和他父母的姓氏。"

"没错,他肯定没死。"梅赛德斯肯定地说道,"我知道他肯定没死。这些年来我一直强烈地感觉到这个禽兽还活着。就像卡罗所说的,这个女人没准就是他的女儿。"

"或者是他的孙女。"汉斯调侃道,"他怎么说也该有九十岁了。"

"卡罗,那我们该怎么办呢?"布鲁诺问道。

"不论她走到哪里,我们都要紧紧地跟着她。调查所甚至可以派人去伊拉克,尽管我们可能要为此支付一笔费用。但是我们大家都很清楚,如果到了最后,那个疯狂的乔治·布什真的攻打伊拉克的话,我们就需要找其他的公司合作了。"

"为什么?"梅赛德斯的语气中透出明显的不耐烦。

"因为如果将进入一个战乱中的国家,所需要的就不仅仅是一帮私人侦探了。"

"有道理,"汉斯表示赞同,"而且,我们还需要作出一个决定。如果他们找到他了,我们要怎么办?如果这个克拉拉真的跟他有血缘关系,我们又要怎么处理?我跟你们已经说过的,我们需要的是一个职业的……一个杀人易如反掌的人。至于那个老畜生,如果他还活着,他必须死,否则……"

"如果他已经死了,那么他的儿子和孙子们也不能幸免,所有流淌着他坦内博格血液的人都得死。"

梅赛德斯的声音充满了狂躁的愤怒,她对这个人没有丝毫的怜悯。

"我赞成,"汉斯点头,"你呢,布鲁诺?"

这个在二十世纪最后三十年都一直备受尊敬的钢琴家也毫不犹豫地举手赞同。

"好吧,有谁认识什么可以担此重任的公司吗?"梅赛德斯冲卡罗发问道。

"明天他们会给我提供两到三个公司。我调查所的那个朋友肯定地告诉我说,他知道有两家英国公司,他们雇有英国皇家空军特别空勤团(SAS)的退役成员,还雇有世界几乎一半国家的特种部队士兵。另外还有一家美国公司和一家跨国安全公司,当然这个所谓的'安全'只是种委婉的说法啦。他们拥有私人部队,只要报酬合适,他们可以把士兵派往任何地方,在任何情况下都可以作战,我估计那家公司的名字应该是'全球安全集团'。明天我们再做决定吧。"

"好的，但是我们都一致赞同坦内博格家族的所有人都必须死掉，不论是他们是女人或者是儿童吧？……"汉斯又一次发问道。

"你不要再絮絮叨叨了，"梅赛德斯说道，"我们费尽一生的时间，等的不就是这个时刻吗？我都不介意亲自去完成这个行动。"

大家完全相信她会言出必行。他们自己也无时无刻不感受着这种痛入骨髓的仇恨。这种仇恨一直都以一种无法遏制的力量疯狂膨胀着，让这四个人在灵魂的地狱中一直挣扎了这么多年。

***

"现在请坦内博格女士发言。"

"美索不达米亚文化"报告会的主持人将主席台让给了这个身材矮小却意志坚定的女人，她将一叠文稿紧紧地贴在胸前，准备开始发言。

克拉拉·坦内博格显得很紧张，她知道要在这个时候发言需要经受多么大的考验。她用眼神在听众里搜寻着丈夫的身影，当看到他正用微笑给自己鼓劲和支持的时候，她才松了一口气。

最初的一刻，她还分了会儿神，想着自己的老公艾哈迈德是多么的英俊潇洒：个子颀长，瘦削，有着漆黑的头发和一双颜色更为深邃的黑眼珠。他比她年长十五岁，但是他们却有着共同热爱的事业——考古学。

"女士们，先生们，今天对我有着特别的意义！我到罗马来是为了向你们寻求帮助的，恳求你们能够更强烈地呼吁反战，能够尽力避免这场可怕的战争，因为这场战争可能将伊拉克毁于一旦。"

窃窃私语声和讨论声一下子弥漫了整个会场，听众们根本就没想到会冒出这么一个政治性的演讲出来，也根本没准备要听一个这样没有建树的发言。这个女考古学家似乎忘记了自己的本职工作和来这里的目的，她这副神态更符合一个侯赛因集团狂热分子妻子的身份，而不是一个专业考古发掘部门的领导人。拉尔夫·巴利，"美索不达米亚文化"报告会主持人的脸上，已经明显地流露出厌烦的表情。他的担忧果然得到了应验，他就知道克拉拉·坦内博格和她的丈夫艾哈迈德一旦出席大会，肯定会惹出乱子。他已经用尽了各种办法，花了不少钱想要阻止他们出席此次的活动，但是全都无疾而终。自然，这笔钱不是他本人拿出来的，而是另有他人掏了腰包。那是个相当有权势的人，他是考古基金会的执行董事长，掌控着这个大会相当一部分支持资金。他在美国的考古学界里，可谓赫赫有名，还真没谁敢与之抗衡，他的名字叫做罗伯特·布朗。不过，到了罗马，他的势力似乎就相对减弱了不少。

罗伯特·布朗是艺术界响当当的人物。他拥有的艺术品数量相当可观，而且这些艺术品都是独一无二的精品,堪与世界各大博物馆的馆藏媲美。特别是他那套美索不达米亚时期的泥板收藏在基金会很多的展馆都进行过展示,被绝对公认为是世界上最伟大的珍藏之一。

布朗的一生与艺术结缘,他的绝大部分生意也都与艺术相关。五十年代末的一个晚上,当时还不到三十岁的他突然决定要进军纽约,开辟新的艺术品市场。在那个社会各界名流云集的宴会上,偶然认识了一个先锋派画家。后来,这个画家就建议他改弦易辙,从此改变生活的道路,重新规划职业生涯,还帮他启动了一个新的项目,而这个项目的报酬比他过去所有生意的回报的总和都要丰厚。这个项目就是要说服那些重要的跨国集团,出资赞助他们的私人基金会,用以支持全世界的考古发掘和考察研究工作。由此一来,这些跨国公司也能获得双重利益:一方面减轻了财政赋税,另一方面还赢得了那些一向对他们心生疑虑的大众市民的尊重。在他这个如此富有且有权势,而且在华盛顿举足轻重的 "精神导师" 般人物的指引下,这个考古基金会就正式成立并运作起来了。他建立了一个庞大的赞助集体,其中一部分人是银行家,一部分人是商人,还有一大串跟在屁股后面愿意出钱的人。这些赞助人每年聚在一起开两次会:第一次是通过当年的预案,第二次则要列出相应的款项。恰好在这个九月末,他们就要召开一次会议。罗伯特·布朗将拉尔夫·巴利视为其最得力的助手。巴利在学术界的确也是个非常显赫的人物,他是个非常有名的教授。而他的导师乔治·瓦格纳,这个将他推上学术巅峰的老师,对他则是更令人费解的信任和忠诚,为他牢牢地保守着他姓名的秘密。这么多年以来,他一直兢兢业业地执行着他的指令,没有任何怨言,甚至连他没有想到的事情都为他做到了,而他自己只不过是他手中的一个傀儡,对于这样一种身份却好像自得其乐。

凡是存在的东西必然有它存在的道理吧。

布朗给拉尔夫·巴利,这个考古基金会的美索不达米亚部门领导、前哈佛大学教授已经准确地交代了相关的指示:必须阻止克拉拉·坦内博格和她的丈夫参加大会。当然,如果没有阻止他们参会,那么也一定不能让她有机会发言。

巴利本人对于布朗的指示深表不解,因为他知道自己的导师和这对夫妇是有交情的。但是,这点脑海里的疑虑却丝毫没有影响到他执行导师命令的果断性,或者说,他从未有过可以不执行导师命令的念头。

克拉拉感觉到了听众们的抵触情绪,于是心生怒气,小脸涨得通红。但是,就是因为那个叫什么罗伯特的人替她支付了这场会议的费用,所以她也只有强忍情绪,吞了口唾沫,准备继续发言。

"先生们,我到这里来并不是要讲政治的,我是来讲艺术的。我希望所有人能够跟我们一起拯救美索不达米亚的文化艺术遗产。因为人类的历史发源于此,如果这片土地上发生战争，所有的文物也会跟着战争一起毁于一旦。所以，我来这里就是为了寻求另外一种方式的援助。那绝不是涉及钱的问题。"

再没人把这番话也当笑话，没有人起哄，但是克拉拉却愈发感到窘迫。她因为感到了听众们那种剑拔弩张的敌意，紧张得浑身汗毛直竖，不过她还是决定要继续她的演讲。

"很多年以前，半个世纪甚至更早一些时候，我的祖父参加了当时哈兰附近的一个考古考察组，他发现了一口枯井，上面掩盖着很多古代的泥板碎片。大家都知道，这其实是很平常的，因为即使是在现在的农村，农民们也还是时常会用泥板来建造房屋的。

"但是就是在那些遮住古井的泥板上，他却发现了一些数字，它们标明了一些村庄的面积和最后一次丰收时粮食的产量。一共有好几百块这样的泥板，可是其中有两块却明显与众不同。不仅因为它们上面所记载的内容很奇特，而且上面文字的线条也很特别，看起来似乎笔者的笔法还不太娴熟，是用小木棍在泥板上生疏地刻出来的。"

克拉拉的声音投射出某种强烈的感情色彩，她似乎在向所有人昭示着自己生命的意义，那是她懂事以来一直的梦想，是她成为考古学家的原因，是她在世界上，胜过任何东西和任何人，包括她的丈夫艾哈迈德在内都更为重要的东西。

"在这六十多年里，"她接着说道，"我的祖父都一直小心翼翼地保存着这两块完好无损的泥板。那上面所刻的文字内容，据一个研究该文字的学者称，是作者的一个叫做亚伯拉罕的亲戚向他讲述世界形成原因的故事，讲述了一位能观万物、能行万事的上帝某一天突然被人类惹怒，而用洪水淹没了大地的神奇历史。大家明白这意味着什么吗？

"所有人都知道发现《创世记》里那些阿卡德人的诗作、《埃努玛－埃里什》的神话、《恩奇和尼努撒》的故事或者《吉尔伽美什》中的《大洪水记》对于考古学和历史研究的重要意义，但是却并没有意识到它们对于宗教也有着同样举足轻重的意义。根据我祖父找到的泥板的记载，亚伯拉罕①先祖一定是受到巴比伦人和阿卡德人的诗作中关于天堂和创世描写的影响，也将自己对世界创始之初的观点加入其中。

"今天的我们都知道，考古学的那些发现也向我们证实，圣经写于公元前七世纪，那个时候的以色列统治者和教士们希望建立一个统一的以色列民族，所以他们迫切需要有一个共同的历史，一部共同的国家史，所以需要一份满足他们共同政治和宗教需要的权威文献。

---

① 圣经中亚伯拉罕被人称作"亚伯兰"，他的妻子被称作"撒莱"，之后上帝许诺他们会拥有后代子孙，他们的名字也就自此变为亚伯拉罕和撒拉。而"亚伯兰"和"亚伯拉罕"不过是同一个名字的两种方言叫法。而从此，亚伯拉罕也就变成了"众国之父"的代名词。

"在他努力地考证圣经中所描述的事件时,考古学为他辨明了真伪。迄今为止,人们也很难将神话和历史截然分开,因为它们本来就一直被混杂在一起。但是可以肯定的是,这些故事肯定是某位先人对于自己所经历的事情的回忆,是那些从乌尔城移居到哈兰镇,再到后来的迦南等地的先祖们古老的历史故事……"

克拉拉静静地等待着同行们的反应,但是他们却都鸦雀无声:有的人似乎对此毫无兴趣,昏昏欲睡,而另外有部分人似乎却表现得饶有兴致。

"……哈兰镇……亚伯拉罕……我们在圣经里可以找到从亚当这个'人类始祖'开始,一直到大洪水后若干年代人们的姓氏,塞特的孩子们,赛特孩子的孩子们,其中有他拉,然后是拿鹤、哈兰,直到亚伯兰,他的名字后来被改作亚伯拉罕,意即'众国之父'的整个详细族谱。

"圣经里曾详细叙述过,上帝命令亚伯拉罕背弃家乡远赴迦南,但是这也无法否认他在到达上帝指定的目的地迦南之前,没有从乌尔迁移到哈兰。而上帝和亚伯拉罕的会面应该是在哈兰发生的,很多圣经学者都坚持认为这位先祖曾经在哈兰生活过,直到他的父亲他拉去世以后才离开。

"很可能他拉在迁徙到哈兰镇的时候,同行的不仅有他的儿子亚伯拉罕和其妻撒拉,还有另外一个儿子拿鹤和其妻密迦和他的孙子,也就是儿子哈兰生的儿子罗得(罗得在青年时期就去世了)。我们都知道,那个年代如果要举家外迁,这个家族肯定要带上家中所有的畜群,所有的器物,不断寻找可开垦的土地并且在那里安家,生产能够满足家人需要的生活物资。照此推测他拉离开乌尔城,前往哈兰镇的时候应该是将自己最亲近的家人带在身旁。我们认为……包括我的祖父,我的父亲,我的丈夫艾哈迈德·侯赛因,还有我本人,我们都认为他拉家族中的一个成员,大概是研究书法的人,他和亚伯拉罕的关系非常亲近,所以亚伯拉罕才选择向他讲述了创造世界的故事,还有关于我们唯一真神上帝的故事,谁知道呢,也许还有一些只有上帝才知道的什么其他的事情。这些年以来,我们一直在哈兰附近寻找同一个作者所刻的其他泥板,但是都没有找到。我的祖父用尽毕生精力在哈兰周边十公里内不断搜寻,但是依然没有任何发现。当然,这项工作也不是完全一无所获:在巴格达、哈兰和乌尔还有其他一些城市的博物馆里面倒是有数百件泥板,还有一些我们家族发掘出来的其他的物品。不过就是没有讲述亚伯拉罕故事的其余的那些泥板……"

一个男人突然很不耐烦地冲她举起手,挥了挥,一下子让克拉拉分了神。

"好的……您有什么想说的吗?"

"夫人,您肯定亚伯拉罕,那个先祖亚伯拉罕,那个圣经里的亚伯拉罕,那个我们的文明始祖,会把他对上帝和世界的认识告诉那个我们都无法确认的无名氏吗?而这个无名氏难道也会像个记者一样,把所听到的故事一五一十地记录下来吗?而且,您的祖父,当然我们根本就没兴趣认识的所谓某某某,他难道会找到了这个证据，却将它视为秘密一样地保守了半个多世纪吗？"

"事实就是这样的，这也就是我为什么要给大家解释的原因。"

"啊哈！那么请您告诉我，为什么直到今天，你们才将此事公布于众呢？是啊，我们多么有幸能听到您如此亲切地介绍您的祖父和父亲啊！不过，对于您的丈夫，我们倒是多少有些了解。这里所有的人都是界内响当当的人物，抱歉的是，您却是个例外，大家对您都陌生得很。还有，您这番发言也太过天真和充满神话色彩了。您所说的那些泥板现在在哪里啊？到底这些泥板有没有经过科学的检验，它们是不是真实存在，是不是属于您说的那个年代，我们都无从得知。夫人，大家来参加这次大会可都是非常严肃认真的，我们都有着明确的科学任务的，我们可不想浪费宝贵的时间来听什么家族史，特别还只是个考古学爱好者的家族史。"

会场又一次淹没在窃窃私语的海洋之中。克拉拉的小脸早就涨得通红，她已经全然不知该做何反应了：是要逃出会场，还是要大声斥责那个嘲笑和侮辱自己家族的那个家伙呢？她做了个深呼吸，调整了一下自己的情绪，正准备说话，却一眼瞥见艾哈迈德气愤地站了起来。

"亲爱的纪耶斯教授……我知道您一直在著名的索博那大学工作，培养了数以千计的好学生，我也应该算是其中一员。在我求学的那几年中，您总是慷慨地给我提供免费注册的优待。当然，不仅仅是在您的课程上，我所有的科目都给我提供了免费学习的待遇。您应该还记得，当年我的学习'成绩'在索博那大学应该还是相当引人注目的。我读书的五年当中，所有课程的分数都高到足以减免所有课程的学费，而毕业的时候，我也是以相当优异的成绩拿到了特别突出毕业生的身份。此后，教授，我还非常有幸陪您去叙利亚进行过一次考古挖掘工作，之后还去过一次伊拉克。您还记得在尼普尔城（Nippur）里面，在供奉书写之神纳布神（Nabu）的神庙旁边那些长着翅膀的雄狮雕像吗？很遗憾那些雕像并不是完好无损的，但至少我们还幸运地瞻仰到了亚述巴尼拔（Asurbanipal）圆柱形的印章收藏……我知道，我在业界没有您那样的学识和威望，但是我负责伊拉克发掘小组的工作也有很多年了。只是现在，我们的部门陷入了绝望的境地，就是因为这场可能发生的战争。虽然它还没有公开宣布，但是却可想而知其后果将会是多么惨重。这十年来，我们一直遭受着残酷的封锁，所谓的石油换食品项目也根本无法满足劳苦大众的生存需要。那些伊拉克儿童惨死在医院当中，不是因为医院没有治疗药物，就是因为他们可怜的父母没能力给他们购买食物。在这种情况下，我们能够真正用于考古挖掘的经费，自然也就非常有限。所有的考古小组都纷纷放弃了在伊拉克的工作，等待以后能够找到更为合适的时机再继续工作。

"谈到我的妻子克拉拉，她多年来一直都充当我的助手。我们一起从事考古发掘工作，她的祖父和父亲也非常热爱考古事业，在他们那个年代里，他们也纷纷解囊资助了不少考古发掘队……"

"一群盗墓强盗！"人群中突然有人大喊道。

这个刺耳的声音，混杂着人们激动的笑声，就像一把把尖利的匕首狠狠插在了克拉拉的心头。艾哈迈德却并没有因此停下来，他对这些挑衅的声音似乎充耳不闻，继续愤怒地驳斥着。

"嗯，首先我们很肯定，那两块由克拉拉祖父一直保存的特殊泥板的作者，肯定是很准确地将亚伯拉罕给他讲的故事记录了下来。而且，我们能够非常清楚地跟大家讲述这个在考古学史上，同时也是在宗教和圣经传说史上骇人听闻的重大发现。我认为，大家应该请克拉拉博士把话说完。克拉拉，请……"

克拉拉感激地看了丈夫一眼，又深深地吸了一口气，稍显胆怯地准备开始发言。但是，如果这一次又有哪个老东西要突然打断她，或者大声贬低她，侮辱她，她可不能还这样忍气吞声，由人摆布了。因为要是被祖父看到，他一定会对自己非常失望。他从来就不愿意向国际社会寻求任何形式的帮助。"那都是帮高傲得不得了的婊子，还真都以为自己渊博得不得了的呢。"同样，要是父亲知道这件事的话，也肯定不会同意她来罗马。但是父亲已经去世了，而她的祖父……

"这些年来我们一直在哈兰附近努力地搜索其他一些泥板的残片，因为我们对它们的存在非常肯定。但是，我们没有找到任何线索。我们在祖父发掘出的那两块泥板上方，发现了夏马斯（Shamas）这个人的名字。根据常理，通常作者会将自己的名字写在泥板的上方，当然有时候也会写上核稿人的名字。但是在这两块板子上只有夏马斯一个人的名字。那么，大家一定会问了，夏马斯究竟是个什么身份的人呢？

"自美国宣称伊拉克是他的头号敌人之后，地区性的袭击就接连不断。

"大家应该还记得两个月以前，几架闯入伊拉克领空的美国飞机称被地面导弹击中，所以才回击了一些炮弹。但是被轰炸的地区位于巴士拉（Basora）和古乌尔城之间一个名叫萨佛兰的小镇。这个小镇被轰炸之后，露出了一个古建筑群的遗迹，还有一段周长估计超过五百米的古城墙。

"鉴于伊拉克现在的政治形势，该遗址并没有在国内引起足够的重视和关注。我和丈夫只得自己找了几个工人，开始在那进行挖掘。虽然没有足够的资金，但是我们有坚定的决心，我们坚信这个建筑物可能是那些泥板房屋其中的一个，或者是其他的什么神庙等等。在科学上，我们却还无法证实这一点。我们在里面找到了一些泥板，而最让人惊喜的是，在这些泥板中，我们又发现了一块写有夏马斯名字的泥板。我们不由得发问，这个夏马斯跟那个记录下亚伯拉罕所说故事的夏马斯是同一个人吗？

"我们无从考证，也许就是他也不一定。亚伯兰是带着他父亲的族群踏上去迦南的征程的，也有相关的理论证实说，他在哈兰一直住到父亲去世，然后才奔赴他对上帝承诺的目的地——迦南。那这个夏马斯也是亚伯拉罕迁徙族群中的一员吗？他是否陪着亚伯拉罕一直到了迦南呢？

"要解决这些问题，我希望能得到在座诸位的帮助！我们的梦想就是希望能成立一个国际性的考古小组。如果我们能够找到这些泥板的话……多年来我一直不停地问自己，亚伯拉罕到底是从什么时候起，放弃了多神论，就像他同时代的人一样变得相信只存在唯一的神——上帝的呢？"

纪耶斯教授又举起了手。看来这个索博那学校的老教授，这个在世界考古学界声名显赫的专家，今天是存心要让克拉拉难堪的。

"夫人，我坚持要让您给我们展示展示那几块神奇的泥板。否则，就别怪我们不得不继续维护我们自己的权益了，我们也有些东西要展示给大家看，说给大家听的。"

克拉拉再也无法忍受了，她那双蓝眼睛里闪现出一道愤怒的电光。

"您这是怎么了，教授？难道您就无法忍受除了您自己之外，别的人也能够对美索不达米亚的文化多些了解吗？您就不能忍受其他人也能发掘出相关的珍贵文物吗？您就那么以自我为中心吗……"

纪耶斯极为克制地站了起来，对听众们琅琅说道：

"只有大会发言重新回归到严肃的话题时，我才打算回来。"

拉尔夫·巴利觉得自己是时候发言了。看到这几十个人已经被这个考古学界的无名晚辈弄得情绪不佳，他只有清清嗓子，走到听众面前。

"对这里发生的一切，我感到非常抱歉。我真的很难理解，大家为什么就不能谦虚一点，听这位克拉拉女士把话说完呢。她和我们一样都是考古学家，你们为什么要对她怀有偏见呢？她只不过是在陈述一个理论，大家可以先听完，然后再发表意见，这样不好吗？还没有听完就急忙发表意见，我觉得这样也很不科学。"

牛津大学的雷恩教授是个中年妇女，她黑着脸，举手准备要发言。

"拉尔夫，在这里参会的所有人，大家都是很知道底细的……坦内博格女士所说的那些泥板并没有实物证明，连张照片都没有。她和她的丈夫都不过是对伊拉克形势在做一份辩护词。当然，对于他们国家的状况我本人也深表遗憾，但是他们所谓的那个关于亚伯拉罕的什么理论，坦率地说，我认为它更像是一个神话故事的产物，而不是一项科学工作的成果。

"而且，我们这可是在参与一个严肃的大会，其他的会议厅里，同行的专家们都在陈述着他们最新的工作和成果，而我们呢……我们呢，我感觉我们就是在浪费宝贵的时间。

"很抱歉，我跟纪耶斯教授的想法一致，我希望我们能够开始真正的工作。"

"难道我们就不是在工作吗？"克拉拉终于怒不可遏地喊了出来。

艾哈迈德也站了起来，他松了松领带，没有专门针对谁，冲所有听众说道：

"我不得不提醒诸位，考古界最伟大的发现往往都是出自那些懂得倾听，懂得从浩瀚的神话故事中探索真知的人们。如果诸位根本不愿意，甚至都不愿意考虑一下我们正在向大家所陈述的东西，那么，诸位就等着瞧吧，是的，到时候就睁着眼睛看着布什是如何攻打伊拉克的，看到那个时候会是一幅什么景象。当然，诸位都是'高度文明'的国家里声名显赫的教授、考古学家，所以大家多多少少还是会倾向布什一方，不会有人愿意冒着生命的危险去伊拉克保护一个所谓的考古项目。所以，在这个意义上，我能够理解。只是我不明白，诸位为什么会有如此强烈的封闭和抵触情绪，甚至都不愿意听完，或者去求证一下我们所陈述给大家的事实，或者说能够称之为事实的东西呢。"

雷恩教授又举起了手。

"侯赛因教授，我还是坚持要你们给我们出示实物证据。请不要对我们评头论足，通过这种方式来达到引人注目的目的。我们都是成年人，我们在这里都是为了讨论考古学，不是为了讨论政治。不要说得自己像是个受害者一样，请拿出证据来说明你所说的一切。"

克拉拉立刻站起来，没等艾哈迈德反应，也没等那个女教授再作斥责就继续发言起来。

"那些泥板不在这里。诸位应该知道，鉴于伊拉克现在的形势，我们也无法把它们带到这里。我们准备好了一些照片，虽然效果不是很好，但是至少能够证明它们确实存在。我们只是希望得到大家的帮助，一起进行考古发掘，因为我们自己无法筹措足够的资金来完成这个庞大的项目。特别是在今天的伊拉克，考古学是大家能够关心的唯一问题，而这也理所应当是我们最该关注的问题。"

大家听了这番话后一阵沉默，随后纷纷起立，离开了会场。

拉尔夫·巴利走到艾哈迈德和克拉拉身边，一副内疚的样子。

"真抱歉，我已经尽力了，但是我跟你们说过，这个时候不合适，你们不应该在这个时候在大会上发言的。"

"您的确已经出人意料地尽力了，但是是尽力不让我们成功！"

"坦内博格女士，国际形势时刻影响着我们每一个人。您知道的，考古学界一直试图跟政治划清界限。否则，真要派个考古小组去那样的国家简直难以想象。艾哈迈德，你也知道在这个时候想找到支持根本就是不可能的。鉴于现在的政治局势，基金会对于在伊拉克搞这样一个挖掘项目也是很难予以考虑的。要想赞助这个项目，基金会主席肯定会受人非难，不说这个，董事会上肯定也是通不过的。我跟你们解释的很清楚了，考虑到现在的形势，你们在大会上的言行最好谨慎一些。但是你们却不听我的话。总之，我们希望今天下午所发生的一切不会再有机会重演了，千万不要弄成一场无法收拾的闹剧……"

"我们在策略上或许不是完全正确，但是您的意思好像是我们伤害了大家。"克拉拉怒不可遏地讽刺道。

"拜托！我已经跟您坦诚地交代了所有的情况吧！你们跟我一样非常清楚现在的状况。不过就算这样，你们也不用完全绝望。我注意观察到伊维斯·皮科特教授听得非常专注，他是个特别的人，不过在业界也算是很有权威性的。"

拉尔夫·巴利突然很后悔向他们举荐了皮科特，尽管他说的倒不失为事实。这个所谓的权威人士的确是非常有兴趣地、认真地听完了克拉拉的演说。尽管根据皮科特的背景来看，他的兴趣应该绝不仅仅局限在学术上面。

夫妻二人回到酒店都筋疲力尽了。他们两人不论是对自己，或者对对方都觉得不自在。克拉拉觉得有种风雨欲来的感觉，艾哈迈德的确是为她做了辩护，这是没错，但是她也很清楚，他对自己陈述事情的方式毫不赞赏。他曾经一再劝告她，不要在发言中提到她的祖父和父亲，只需要围绕现实的这个考古发掘来讲演。鉴于现在伊拉克的局势，谁也没办法去证明他们所说的到底是不是事实。但是她却坚持要通过这种方式纪念祖父和父亲，缅怀这些她深爱的，并让她获得了这么多考古知识的亲人们。要是不向大家说明祖父就是那几块泥板的发掘人，那无异于偷走了他最宝贵的东西。

走进房间的时候，他们发现服务生刚刚在里面打扫完，于是他们什么话都没说，等着服务生离开房间。

艾哈迈德从冰箱里拿出个杯子，自己倒了杯加冰的威士忌。他没有给克拉拉拿什么，所以她只好自己斟了一杯金巴利酒，然后默默地坐在一边，等待着暴风雨的降临。

"你可太出洋相了！"艾哈迈德严厉地说道，"瞧你说起祖父、父亲和我的时候的神态！我的上帝啊，克拉拉！我们可是考古学家啊，我们来这里可不是要跟这些权威们闹着玩的，这里更不是什么大学生的毕业晚会，需要在上面煽情地感谢自己有个多么好的父亲！我跟你说过了，叫你不要提祖父，跟你说了那么多遍，你怎么就是听不进去呢，只顾自己想到哪说到哪，毫不顾及后果！而且，你丝毫没有觉察到当时观众的反应，也不管后面会发生什么样的事情。拉尔夫·巴利警告过我们，要我们谨慎一点，而且还清楚地告诉我们他的老板罗伯特·布朗会支持我们发掘的，但是他不能直接帮助我们，那会影响他的名誉。他总不能告诉那些显赫的朋友说，仅仅是因为这个人是他老朋友的孙女，所以他才会对这个不知名的女考古学家的项目很感兴趣吧！而且这个女人嫁给了一个和伊拉克当局有相当密切关系的伊拉克人，闹成这样，他就更没法让他们帮助到我们了。拉尔夫·巴利清楚明确地说过这些吧：要这么做的话，罗伯特·布朗不等于自己抽自己耳光吗？克拉拉，你想干什么啊你？"

"我就是不想夺走祖父的东西！为什么不能提祖父、父亲还有你？提这些有什么见不得人的吗？他们都是古董商人、收藏家，他们拿出了大笔财产资助在伊拉克、叙利亚、埃及还有诸多地方的发掘工作……"

"醒醒吧,克拉拉,麻烦你搞清楚状况好不好!你的祖父和父亲只不过是商人而已。他们可不是什么文学艺术的保护人!你已经长大了,是个成熟的女人了,你不再是那个爬到祖父膝盖上撒娇的女孩了!"

艾哈迈德突然停住了,他觉得很累。

"泥板圣经,人家都这么称呼我的祖父。亚伯拉罕所说的《创世记》……"克拉拉低声说道。

"是啊,泥板圣经,在出现草纸一千多年以前写在泥板上的圣经。"

"那是一个对于人类而言具有深远意义的发现,是亚伯拉罕存在的又一个证据。你不认为我们可以找到它吗?"

"我也很想找到泥板圣经,但是现在,克拉拉,你已经搞砸了我们可能达到这个目的的最好机会。这群人都是世界考古学界的精英,为了我们的身份,我们必须要得到他们的谅解和帮助。"

"我们的什么身份,艾哈迈德?"

"一个毫不知名的女考古学家嫁给了一个考古挖掘部门的负责人,但这个负责人所在的国家是独裁专制的,而且该国的领导人由于不屈从最强大国家的利益而受到了制裁。若干年前,当我在美国生活的时候,伊拉克人的身份也许并不是个什么特别不利的条件,而且情况恰好相反,因为那个时候萨达姆为华盛顿服务。他用美国人卖给他的武器杀戮库尔德人,而这些武器都是《日内瓦条约》中严令禁止的化学武器,人们现在还在寻找这些武器。说什么民族内部争端自己解决,这都是谎话,克拉拉,无论如何所有的事情都应该遵守国际规则来办的。对你而言,身边所发生的任何事情,都可以不在乎,萨达姆、布什和那些由于他们的过错将会丧命的人对你来说,都一样,没有任何分别。你的世界里只是你的祖父,仅此而已。"

"那你站在哪一边呢?"

"什么意思?"

"你指责萨达姆,看起来又好像很理解美国人,可有时候你似乎又表现出对美国人的憎恨……你到底站在哪一边呢?"

"哪一边都不是,我有自己的立场。"

他的回答让克拉拉大吃一惊。艾哈迈德的直言不讳让克拉拉大为震惊,她觉得丈夫这种不疼不痒的态度让她心痛。

艾哈迈德是个太过西化了的伊拉克人。他远离自己的故土实在太久了。他的父亲曾经是个外交官,对萨达姆的政权还有着相当的感情,他被派驻到若干个使馆:巴黎、布鲁塞尔、伦敦、墨西哥还有华盛顿领馆……侯赛因家族一直都生活得非常好,所以大使的子女们都变得非常的国际化:他们在最好的欧洲学校里接受教育,学习很多种语言,进入到最好的美国大学学习。他的三个姐姐都跟西方人结了婚,她们都无法忍受回到伊拉克的生活。他们都是在民主国度中自由成长起来的孩子。而艾哈迈德,同样也是在父亲派他去的每一个目的国都深受民主的熏陶。所以尽管每次回国的时候,他都可以享有作为政治亲信子女的特权,伊拉克对他而言依然是个令人窒息,令人透不过气来的牢笼。

本来他打算在美国定居下来的,但是他却结识了克拉拉。她的祖父和父亲都要她跟他们一起去伊拉克,所以他也就只好同他们一起回国了。

"那现在我们该怎么办呢?"克拉拉问道。

"什么都别做。我们现在已经什么都做不了了。明天我给拉尔夫打电话,看看你所闯的祸到底有多大。"

"我们要回巴格达吗?"

"你难道就不能有点别的创意吗?"

"你别这样挖苦我!我认为我所做的一切都是有必要的,是我欠我祖父的。我承认,他是个商人,但是他比任何人都更加热爱美索不达米亚,他将这种热情遗传给了我父亲,还有我。他只不过是没有那么幸运可以从事自己热爱的职业,要不他早就是一个伟大的考古学家了。但是就是他发现了那两块泥板,并且将它们保管了半个多世纪,而且还花自己的钱让别人去开掘,找寻夏马斯的足迹……我要提醒你,伊拉克的那些博物馆里所珍藏的古泥板、古木片可都是我祖父资助他们发掘出来的。"

艾哈迈德的脸上露出了一副不屑的表情。她又吃了一惊,突然觉得自己的丈夫变得那么陌生。

"你的祖父从来都是个谨慎的人,你的父亲也一样。他们从来都没有办过免费的展览。你今天的所作所为也一定会让他们俩感到失望的,他们该不是要教你也这样做吧。"

"他们教导我的,就是对考古学的热爱。"

"他们曾让你对泥板圣经着迷,但这一切已经都过去了。"

又是一阵沉默,艾哈迈德一口饮干了手中那杯威士忌,然后闭上了眼睛。两个人谁都不愿开口继续说话。

克拉拉躺在床上,满脑子都在想着夏马斯,想象着他是怎么样拿着一根芦苇棒在泥板上一笔一画地写着……

2

"是谁造出的第一只山羊啊？"

"是他。"

"但为什么是一只山羊呢？"

"第一个原因就是：他创造了我们所生存的这个地球上的所有生物。"

那个小孩很清楚这些答案，但是他还是喜欢去逗逗他的舅舅亚伯兰。①他的舅舅现在变了许多。从很久以前他就变得怪怪的，变得喜欢一个人，远离他的亲朋好友，说是需要自己一个人好好思考。

"但是我还是不理解这个道理。他为什么要造山羊呢？为什么我们还要照顾那些山羊呢？还有，为什么他要造我们呢，而且还要我们劳作呢？"

"造出你，是为了让你学习。"

夏马斯不做声了。他的舅舅提醒他，这个时候该待在那个用泥板搭成的房子里面，做他自己的工作了。否则，他的另外一个舅舅 Um-mi-a②将会在他父亲面前告他的状，然后他父亲就会来惩罚他了。

那天上午在去往木屋的路上，他看到了亚伯兰舅舅在山羊群中间找绿色的牧草，于是他就跟在舅舅后面，尽管他知道舅舅更喜欢一个人待着，不喜欢跟其他人说话。但是对自己，他还是很有耐心的。其实他并不是自己的亲舅舅，只是一个远房的亲戚，不过都属于同一个族群。这个族群里所有人都承认他拉的绝对权威，而他拉就是亚伯兰的父亲。父亲的特权似乎给儿子带来同样的地位，而且人们似乎更愿意去向亚伯兰请教建议或者请求指引。父亲并没有感到自己受到了冒犯，因为他也感到自己年事已高，过了生命中最辉煌的时候，而且如果他死了，亚伯兰自然当仁不让地要负责起所有的事物。

"我感到很烦。"这个孩子一副抱歉的样子说道。

"啊，是吗？什么事情让你感到烦躁呢？"

"还不是我们的那个书记官（dub-sar）③老师一点都不开朗，大概是因为他还

---

① 夏马斯和始祖的谈话中采用了第一个概念：亚伯兰。

② 马埃斯特洛（大师）。

③ 苏美尔语中的书记官。

不如自己所期待的那样,跟他的长兄(ses-gal)①或者跟大师(um-mi-a)乌尔·尼萨瓦一样能够自如地运用芦苇棒进行写作。负责教我们的书记官伊力其实一点都不喜欢小孩子,他对孩子们根本就没有耐心,他总是让我们不断地重复那些单词,直到他判断我们已经符合他所谓的完美标准了,才让我们停下来。中午的时候,他还要求我们大声地念课文。如果我们发音有丝毫犹豫,他就会勃然大怒,然后毫不留情地让我们做书法作业和数学题。"

亚伯兰笑了起来,但是他不希望自己流露出同情的样子,而使得夏马斯误认为自己也觉得他的老师过分严厉,从而变得胆大妄为起来。小夏马斯是族群里最聪明的孩子,所以他的使命很明确,就是要好好学习,然后变成一个不错的书记官或者神父。大家需要真正有智慧的人来从事诸如计算如何开凿河渠,将水引到干旱的土地上来这样的工作。这些人需要熟悉作物的属性,能够控制小麦的收成;他们还需要熟悉动植物知识,需要懂得数学,了解星象;他们除了要懂得抚养家人,还会为大家思考更多的事情。

夏马斯的父亲就是一位非常伟大的书记官,是一位大师。他的这个小儿子和家族的其他人一样,都从他的睿智里深受教益。智慧是不能用来挥霍的东西,那是伟大的上帝赐予一部分人群的厚礼,使得他们的生存比其他人要来得容易一些,使他们能够战胜那些看起来跟他们差不多聪明,却被邪恶主宰的人。

"你该回去了,否则大人们该出来找你了,你母亲也该着急了。"

"我母亲看到我尾随着你出来的,所以她很安心。她知道,只要跟你在一起,我就不会有事的。"

"即使这样,她也可能会心生不满,因为她知道你没有抓紧好好学习的时间。"

"舅舅,那个书记官伊力要我们祈求尼达巴女神,她是粮食之神。伊力肯定地说这个女神会启发我们对命运的认知。"

"你应该好好学习伊力教给你的东西。"

"那么,你难道也认为可以启发我们的是尼达巴女神吗?"

亚伯兰沉默了,他并不想把这个小家伙弄糊涂,但是他却无法停止自己的思考,不能中断自己的感觉,甚至无法控制自己更加确定的感觉:他们所崇拜的神灵不过是些泥做的人偶罢了,他们的脑袋里没有任何的精神灵魂所言,他对此再清楚不过了,因为就是他的父亲他拉本人亲手修建了那些神灵们的庙宇和宫殿。

他依然记得那一次他在父亲的工作间里将那些已经成型却还没有干透的神灵雕像碰碎后,他父亲那痛苦的模样。

---

① 苏美尔语中的长兄。

译者另注:在苏美尔的书记官等级中,书记官 dub-sar 是最低级别的,经过一些年的专业工作之后可以有希望晋升为长兄 ses-gal,最后经过长期的考察,少数人可以获得大师 um-mi-a 的称号。

他自己都不知道自己为什么会那么做,当他走进父亲的工作间时,突然感到有一种抑制不住的冲动,想要将这些泥巴雕塑全部毁掉。自从父亲的手中创造出来这些雕像后,人们就开始愚蠢地对他们合十膜拜,完全相信自己的不幸和馈赠都是上天赐予的命运。

他把雕像推倒在地,狠狠地践踏,然后坐在一边期待着自己这些举动的后果。泥偶中什么都没有,要真的是神灵的话,他们一定会将愤怒发泄在他身上,会好好地惩罚他的。但是什么都没有发生,只有父亲看到自己辛勤的工作成果被弄成了一地碎片之后怒不可遏。

父亲指责他亵渎神灵的举动太过鲁莽,但是他却回答他拉说,既然是他雕刻的这些泥偶那么他应该比任何人都清楚,这些泥偶里面除了泥土什么都没有,然后他还要父亲好好想想。

之后,他也请求父亲原谅自己破坏他劳动成果的过错,并且将泥瓦的残渣碎片都收拾干净了,甚至帮助父亲将黏土和好,以便他能够重新雕塑神像。

"夏马斯,你应该跟着伊力老师好好学习,只有这样你才能自己辨清五谷,才不至于看轻知识的重要性。"

"有一天我跟他们谈起人类始祖来着,结果伊力还生气了。他跟我说不应该冒犯伊斯塔(Istar)、伊辛(Isin)、伊拿玛(Innama)还有……"

"你为什么跟他们谈起始祖呢?"

"因为我不停地在思考着你告诉我的那些东西。你知道的,我认为伊斯塔(Istar)的雕像里根本没有任何神灵。我看不见始祖,所以他很有可能存在。"

亚伯兰暗自吃惊于这个小东西的推论:他坚信自己并没有亲眼所见的东西,就是因为自己没有看到。但是他很清楚这个小东西对自己是非常敬重的,由于他拉高龄的原因,他是族群实实在在的首领,他的话就是法令。

"学习,夏马斯,要学习。去上学吧,让我自己在这想想吧。"

"始祖在跟你说话吗?"

"我感觉是的。"

"但是他跟你说的,就像我跟你说的话一样吗?……"

"不,这可不一样,但是我能非常清楚地听到他说话,就像听你说话一样。你可不要告诉任何人哦。"

"我绝对为你保密。"

"这倒也不是什么秘密,但是一个人的一生中应该学会谨言慎行。去吧,上学去吧,别再让伊力生气了。"

这个原本坐在石头上的小东西站了起来,摸了摸身边那只白色山羊的脖子。这只羊丝毫不在乎身边会突然冒出个什么人来,只顾自己悠然自得地啃着地上的青草。

夏马斯咬着嘴唇，脸上挤出一丝微笑，冲亚伯兰央求道：

"我还是想听你讲讲为什么始祖会邀请我们，还有他为什么要这样做。你要真给我讲，我就拿父亲送给我的那支骨头笔把这一切都记录下来。知道吗，只有老师要求我写一些非常重要的东西的时候，我才会用这支笔来写东西的……我很愿意试试……"

亚伯兰盯着夏马斯的眼睛，却没有答应他的请求。他才十岁，难道他真能理解上帝所透露的复杂信息吗？他做出了决定。

"我会给你讲你想听的内容的，但是你要把它们记录在泥板上，然后非常小心地把它们都保存好。只能在我同意的时候，你才能将它们拿出来。你父亲肯定会知道这件事情，你的母亲也可以知道，但是其他的任何人都不行。我会跟他们俩说的。所有这一切的条件就是，你不能缺任何课，不许和老师争吵，要好好地听，好好地学习。"

小东西心满意足地同意了，然后一阵风似的跑远了。伊力肯定会因为他迟到而生气的，但是那也没办法了。亚伯兰准备要去将这些秘密讲给他的上帝听，那可不是泥巴捏的人偶。

伊力看到夏马斯气喘吁吁地跑了进来，脸都气歪了。

"我一定要告诉你父亲。"他威胁道。

书记官又继续讲课了。他努力让孩子们熟悉演算板，特别是想让他们了解到数字的神奇之处，还有计数的缩略形式。

夏马斯拿着木棍在泥板上飞快地记录着，努力将伊力所讲的内容统统记录下来，想回去讲解给父亲听，让母亲惊喜一番。

"爸爸，你能给我些泥板吗？"夏马斯问道。

父亲正双手捧着泥板琢磨呢，一抬头，惊奇地听着儿子的请求。很多年以前他就注意到了儿子对天堂问题特别感兴趣。大概八岁的时候，夏马斯就成为他最喜爱的儿子，当然也是最担心的儿子，因为他太过聪明了。他的表兄亚伯兰同样向他表示过对这个小家伙的特别偏爱。

"是伊力给你布置的家庭作业吗？"

"不，不是的。是亚伯兰舅舅要给我讲始祖如何创造世界的故事。"

"啊！"

"他跟我说他会告诉你的……"

"但他还没有跟我说。"

"爸爸，你会同意的，对吗？"

男人叹了口气，他知道反对也是没有用的，夏马斯就是想听亚伯兰给他讲故事。夏马斯对他的这个舅舅简直是崇敬无比,还好亚伯兰这个人心灵纯净,而且绝顶聪明,他才不会傻乎乎地相信那些泥巴人会是什么神灵。他自己也不相信这些,尽管自己从来都不说。只要儿子愿意继续研究什么是白天什么是黑夜,研究水流、大地的厚度……他会尽全力让儿子学习的。亚伯兰最初也是相信上帝的,最后还是忠于一切自然的物质世界。他其实更愿意让儿子认可那个所谓的上帝,这个他亲自用泥土塑造的雕像,希望让儿子相信这个泥偶其实是被赋予了权力的。

"你告诉伊力了吗?"

"没有,为什么我要告诉他呢?我能够这样做吗,爸爸?"

"是的,你就好好把亚伯兰告诉你的都记录下来吧。"

"我会好好保存那些泥板的。"

"你不想把那些泥板拿到木屋那儿吗?"

"不,爸爸,伊力不一定能理解亚伯兰告诉我的故事的。"

"你肯定吗?"父亲带点嘲讽的语气问道,"伊力可是个很聪明的人,尽管他对于教学的确没有什么耐心。这一点你可千万不要忘了,夏马斯,你要好好尊重他。"

"爸爸,我很尊重他。但是亚伯兰跟我说过,只有他才能决定我可以告诉谁,如何向人谈论上帝。"

"那你就照亚伯兰说的去做吧。"

"谢谢您。我会要妈妈帮我保存好这些泥板的,不能让任何其他人碰到我的泥板。"

小东西连蹦带跳地去找他母亲了。然后他就准备去父亲收藏室里弄点黏土,那就是父亲自己做活的地方。他实在是急不可耐地想开始自己的工作了。第二天,他见到了亚伯兰,当时天空霞光初现,亚伯兰正准备赶着他的羊群出去放牧。之所以挑这个时候放牧,据亚伯兰说,这是最好的思考时间。

夏马斯要早起还真是不容易,但是为了要听亚伯兰舅舅讲故事,这也就算不得什么难事了。

这小家伙不耐烦地等着舅舅开讲,好像他十分肯定亚伯兰即将揭露一些惊天的秘密似的。因为那么多个夜晚他都夜不能寐,他不断地问自己,到底世界上的第一个男人、第一个女人、第一只母鸡、第一头牛到底是从哪里来的,到底是谁揭示了面包的秘密,那些书记官又是怎么样领略到数字的神奇之处的。他一直睁着眼睛试图寻找这些问题的答案,直到自己筋疲力尽地睡着,但是最后还是劳而无功地无法找到真正的答案。

人们充满期待地坐在他拉家的大门口。是他拉将大伙召集起来的,但是事实上却是亚伯兰有话希望跟家族的父辈们说。但是由于族群的首长是他拉,所以需要他来召集其他的人。

"我们需要离开乌尔了，"他拉对大家说道，"我的儿子亚伯兰将会向大家揭示我们必须这么做的原因。过来，拿鹤，坐在我旁边，好让你哥哥讲话。"

当亚伯兰站在大家面前，逐一扫视大家的时候，大家嘈杂的讨论声就慢慢停了下来。然后，他用那并没有饱含太多感情的声音，缓缓向大家宣布他拉会带领大家迁徙到迦南。这片土地是被上帝赐福的地方，他们将在那里繁衍生息。他希望大家能够回去好好准备，一旦准备完毕，就会动身。

他拉负责安慰大家的不安情绪，而他的儿子拿鹤显得情绪比其他人更为激动。离开乌尔这个地方，对大家而言并不是一件非常容易的事情，因为他的若干代祖辈都是在这里诞生并延续下来的。这里有他们的羊群，有他们的财产。迦南对他们而言太遥远了，但是尽管如此，所有人都还是满怀希望能在那片遍布果树，牧草肥美，水源充足，让大家远离干涸的地方过上更为幸福的生活。

乌尔人需要不断和沙漠斗争，需要开挖河渠，将幼发拉底河里的水引到这里来，浇灌农田，种植小麦，然后做成面包。他们的生活并不安逸，他拉家族的族群中还有很多人都是书记官，他们还要仰仗神庙和宫殿的保护。他们中间也有一些优秀的工匠，有些人也有着丰富的畜群。那些山羊和绵羊为他们提供奶和肉，但是他们还是会花去相当的时间仰望天空，向天神求雨能够灌溉大地，让水池里都蓄满水。

人们将自己所有的财物统统打包，赶着自己的畜群，顺着幼发拉底河向北部行进。他们很是花了些日子来整理行装，和其他的家族还有朋友们告别。因为并不是那里的所有人都要远赴这个征程的，那些老弱病残不能走路的人就留下来，由家族里其他更为年轻一些的人照顾，还有那些也许后来的某天会成为迦南人，但是直到那个时候还是更愿意是乌尔人的。每个家庭都必须决定，家里面哪些人走，哪些人留下。

夏马斯的父亲亚丁（Yadin）将他的妻子、孩子们，还有孩子们的家人，他的直系舅侄们，以及他们的孩子们召集到一起。这些家族里血缘关系最亲近的人一大早就聚在他那个在围墙背后，享受着一丝清凉的房子里准备开会。

"我们要陪伴他拉一直走到迦南。你们其中的一些人需要留在这里，去照顾我们留在这里的人，那些身体欠佳的人也需要你们好好保护。赫森（Josen），我不在的时候，你就是家族的领导人。"

赫森（Josen）是亚丁（Yadin）的弟弟，他大松一口气表示赞同。他并不想远行：他一直住在神庙里，他的责任是在那里编辑信件和商业合同，他本人倒是没有什么更多的奢望去探索并揭示数字和宇宙的秘密。

"我们的父亲，"亚丁接着说道，"年纪太大了，他已经不适合再跟我们一起远行。他的脚都快站不起来了，眼睛也有些日子看不清楚了，说话也有些词不达意了。赫森，你要好好照顾他，保证他的所有需求都能满足。我们兄弟姐妹中，哈密撒（Jamisal）现在是孤寡一人，没有孩子，所以她可以留下来照顾父亲。"

夏马斯饶有兴致地听着父亲的安排。他觉得肚皮上一阵瘙痒，看来是有点不耐烦了。要是自己能够单独行动的话，早就启程赶路，奔赴那片亚伯兰时常提起的神奇家园了。但是突然，他又感到一阵担心：他们要是走了之后，自己还能把亚伯兰承诺向自己讲述的创世故事都记录下来吗？

"我们要走多长时间才能到达目的地啊？"

小家伙的问题让亚丁吃了一惊，因为他实在没有想到这个小东西竟然敢打断大人们如此严肃的谈话。父亲严峻的眼神让他不禁小脸涨得通红，垂下眼帘盯着地面，嘴里嚷嚷着对不起。

但是，亚丁还是用回答平息了夏马斯心中的不安。

"我也不知道去往迦南的路到底需要走多久，或许还需要在途中的某地休息一段时间。天知道我们在这段旅途中还会遇到些什么事情！你们赶快准备吧，只等他一声令下，大家就要上路了。"

夏马斯看到远处的地平线上出现了亚伯兰的身影，他连忙跑了过去。这几天他一直想着要怎么制造个跟舅舅巧遇的机会，这不，机会来了。

亚伯兰看到夏马斯激动得满脸通红地急忙朝自己跑了过来，脸上露出了会意的微笑。他撑着牧杖，站在那里等着夏马斯，一边用目光搜寻着是不是能找棵大树乘凉，遮挡一下最后的这一线阳光。

"快歇会儿。"他对夏马斯说道，"过来，我们去水井边上的那棵无花果树下面坐着聊。"

"你什么时候开始给我讲创造世界的故事呢？"

"啊哈，原来你是为这件事着急啊。"

"如果我们动身了之后，就找不到黏土来写小泥板了……父亲肯定不会让我随身带上生活必需品以外的东西。"

"夏马斯，你记录创世的故事完全是有益于上帝的。所以你自己不用担心，他会作出决定，告诉你怎么做，什么时候去做。"

小东西一脸无法掩饰的失望情绪。他不想再等下去了，他迫切感到要完成这个工作，他迫切地想要了解为什么始祖费了那么大劲要创造这个世界，因为他拼命地想也想不明白，上帝为什么会这么做的原因，大概无外乎就是他觉得腻味了，希望能够制造出供他玩耍的人类来，就像他的姐姐们喜欢听故事玩布娃娃一样。但是，尽管他有着那么强烈的愿望，他还是不得不向亚伯拉罕坦白。

"伊力会来吗？"

"不会。"

"那我还真挺想他的呢。有时候我也会想，他对我生气并不是没有道理的，因为我的确没有好好听他讲课，还有……"

小东西顿了顿，有点犹豫自己是不是该接着说下去。亚伯兰也没有追问，而是等着他自己下决心，看看到底要不要讲出来。

"我在学校的书写课成绩很差，我的泥板书写作业还出了错……今天我的算术作业也做错了……我向父亲和伊力保证一定会进步的，他们再不用不停地提醒我注意，但是我还是希望你知道这些，因为也许有可能你因此希望找个其他的男孩子来记录创世的故事，他肯定不会拿着木棍在泥板上写出那么多错误……"

夏马斯不做声了，等着亚伯拉罕的决定。他紧张地咬着嘴唇，后悔自己没有做个更出色的好学生。伊力总是指责他经常浪费时间瞎想，还提出些那么荒唐的问题。他抱怨父亲也总是一个劲地指责自己，更让他感到难受的是父亲对自己的失望。现在他所害怕的就是，连亚伯拉罕都会对自己感到失望，让自己书写世界历史的梦想都一并破灭。

"你在学校里并没有十分的努力。"

"嗯。"小东西战战兢兢地回答道。

"即便如此，你依然认为如果我给你讲述创世的故事，你在记录时不会犯任何错误？"

"是的，不过，至少我会尽力避免出错。我想过了，最好是你给我一点一点慢慢地讲，回家之后我再小心翼翼地用木棍在泥板上认真地把它们写下来。每天我都把自己上一天所记录的东西拿来给你过目，你认可我写的是正确的之后，你再接着给我讲，我再接着记录……"

亚伯拉罕牢牢地盯着小东西的眼睛。其实夏马斯由于太过缺乏耐性而犯的那些书写错误，或者他提出的那些伊力也回答不出的问题，甚至由于太过渴望自由发展的热情使得他没有认真听老师讲课对他而言都并不重要。

因为夏马斯其实还有其他的优点，最主要的就是他具备思考的能力。当他提出一个问题的时候，他期待得到一个符合逻辑的答案，所以他对那些把他当孩子一样随便回答的答案其实并不满意。

夏马斯的眼睛闪烁着渴望的光芒，亚伯拉罕也思考着，在自己族群的那么多人之中，这个小东西没准就是那个能理解上帝旨意的最佳人选了。

"我会给你讲创世的故事的，不过要从上帝认为真该拨开迷雾见到光明之日开始。不过现在，你应该赶快回家了。时机一到，我就会通知你的。"

3

这种热度堪称地狱的煎熬。在塞维利亚，这个季节温度计竟然指到了四十度。那个男人用手摸着前额，他那光秃秃的头上已经毫发不存了。他那双深蓝的眸子死死盯着电脑的屏幕，眼神沉迷却露出钢铁般坚定的光芒。尽管已经八十多岁的高龄，他还是对网络报以超乎寻常的热情。

突然，一阵电话铃声把他吓了一跳。

"请讲。"

"恩里克，罗伯特·布朗刚刚给我打过电话。我们所担心的事情终于还是发生了，那个女孩在罗马的大会上发了言。"

"而且她还说……"

"什么……"

"你跟弗兰克说了吗？"

"几分钟前。"

"乔治，我们该怎么办啊？"

"就照我们计划好的去做。阿尔弗雷德已经应该有所防备了。"

"你已经按计划启动方案了吗？"

"是的。"

"罗伯特知道该干什么吗？"

"罗伯特？他那么聪明，你很了解他的，他一向很听话的，从来都是认真完成我的指令，不提任何问题。"

"你从小就是最善于操控那些别人在圣诞节送你的木偶的。"

"但是掌控起真人来，就要复杂得多。"

"对你而言却不成问题。无论如何，现在已经到了要画上句号的时候了。阿尔弗雷德呢？他没有再跟你联系吗？"

"没有。"

"我们需要跟他谈谈了。"

"谈是肯定要谈的，但是估计也没什么用。他想顺着他自己的意志玩自己的，我们对此又不赞同。现在我们只有顺着他孙女的线索追踪下去。我们绝不能让他把我们的那一份也独吞了。"

"你说得很有道理，但是我很不喜欢跟阿尔弗雷德直接面对面地对抗，他总是有办法让自己处于有道理的境地。"

"都干了这么多年，他突然决定要单干，这不就等于背叛吗？"

"我们必须得跟他好好谈谈，一定要想办法跟他谈谈。"

他刚把电话挂上，就听见一阵急急忙忙的脚步声。一个高个子，瘦削却英俊，穿着一身骑马服装的小伙子，像一阵旋风似的冲进了房间。

"你好啊，祖父，我跑得满头大汗地过来看你。"

"看到了，我看你这大热天地跑出去骑马还真不是个聪明的决定。"

"都是因为阿瓦罗要请我去看他那些新买的小牛犊。"

"你没去斗牛扎牛吧？"

"绝对没有，祖父，我向你保证过绝对不会那么做的。"

"这么看来好像你的确遵守了承诺……你父亲去哪了？"

"在办公室呢。"

"现在你可以让我工作了吧？"

"祖父！你已经到了不需要工作的年龄了！把你手头的工作放下吧，我们一起去俱乐部吃午饭吧。"

"你知道我最烦俱乐部的那些人了。"

"其实你厌烦塞维利亚的所有东西。但你除了这，别的地方，哪也不去。祖母说得的确有道理：你就是个没趣的人。"

"你祖母总是有道理，我就是个没趣的人，所有人都烦我。"

"那都是因为你的英国式教育闹的。"

"也许是因为这个吧，但是现在你还是放过我吧，我需要好好思考一下。你姐姐在哪？"

"她应邀去玛贝雅的科尔家做客了。"

"她怎么连声再见也没跟我说……你们可真是愈来愈没有教养了。"

"祖父！你不要这么古板，行吗？而且，艾莲娜也不喜欢待在这里，待在这个农村里。只有你、我父亲还有我，我们喜欢这个庄园，但是祖母、我母亲还有艾莲娜都不喜欢。他们在这些牛啊马呀之间都要窒息了。好吧，你到底跟不跟我去俱乐部啊？"

"不去，我就留在这。这大热天的，我根本没兴趣出去。"

小伙子走后，老头一个人偷偷发笑。他的孙子还真是个不错的男孩，比他姐姐处事冷静多了。他俩唯一受到指责的就是，他们都太喜欢出去搞社交了。他总是担心自己的关系网不够宽泛。他的老婆萝西奥就是个社交的完美产物，他们就是在聚会上认识的……然后他们就相爱了，再接着，她就努力地嫁给了他。萝西奥的父亲最开始并不赞同,但是后来觉得这事也难以阻止,最终也不得不同意。于是他就娶了一个佛朗哥政权大区代表的女儿,而他父亲也正是得益于内战之后的黑市才发的家。他的岳父把他引到了生意的道上,而他不久之后竟然也从事进出口贸易,并从此变成了一个富有的生意人。但是恩里克·戈麦斯·汤姆森一直都试图行事谨慎,并且避免引起不必要的关注。他自己的家庭也是一个塞维利亚受人尊重的家族,有着很好的社会关系,从来没有传出过什么流言飞语和丑闻。

而这一切估计都要归功于他的夫人,要是没有她,他也不可能像现在这么出色的。

他想念着弗兰克和乔治。他们同样也很幸运,尽管从来没有谁实实在在地赠予过他们什么。只是因为,他们比所有人都更加聪明罢了。

***

罗伯特·布朗一拳头砸在桌上,顿时感到手上一阵剧痛。他打了一个多小时的电话。一开始是拉尔夫给他打的,说了说克拉拉发言的情况,让他气得胃强烈地痉挛。然后他不得不打电话告知他的上级乔治·瓦格纳,而他的这个"导师"又把他狠狠批评了一顿,说他办事不利,竟然连个小姑娘的发言都没办法阻止。

克拉拉真是反复无常,也许她一直都是这样的。阿尔弗雷德怎么会有个这样的孙女呢?赫尔穆特就有点不一样了,这个小伙子从来不会让阿尔弗雷德不高兴。但是遗憾的是,他去世得太早了。

阿尔弗雷德的儿子是个非常聪明的人,他从来不会出什么差错,他的父亲一直教导他做一个隐形人,而他也是谨遵教导,但是克拉拉……克拉拉就像个被宠坏了的孩子。阿尔弗雷德不允许赫尔穆特做的却允许克拉拉去做,他太宠爱这个可爱的混血孙女了。

赫尔穆特娶了一个黑头发,象牙肤色的伊拉克女人为妻。阿尔弗雷德同意了这个婚约,并且还自认为这是一场非常有好处的结合,因为他认为这样一来,儿子就名正言顺地进入到了一个古老的伊拉克家族里面。这个家族富有而且有影响力,非常的富有,而且在巴格达、开罗、安曼都有位高权重的朋友,所以他们不论走到哪里都会受到尊敬和重视。此外,赫尔穆特的丈人伊布拉辛,也就是他妻子努尔的父亲也是个很有文化的高雅的人。

他想到了努尔。她其实并不是个出众的人,除了她的美貌,而赫尔穆特似乎被她迷得神魂颠倒。当然,也许努尔其实比看起来要聪明得多,因为跟那些伊斯兰教徒打交道,你永远都不清楚你要面对的是个什么角色。

在克拉拉还很小的时候,阿尔弗雷德就已经失去了他的儿子和儿媳,所以他一个人拉扯大的克拉拉并没有什么良好的教养。罗伯特从来都不喜欢克拉拉,每当她叫自己罗伯特叔叔的时候，他就会觉得紧张。她的信任感也会让他烦躁，她的蛮横也考验着他的耐性，更可气的是不断滋生的那些愚蠢的流言飞语还不断地折磨着他。

当阿尔弗雷德把她送到美国来请自己照顾她的时候，他从来就没有想到这个负担会让他如此辛苦，于是他也想尽办法让她尽可能地远离华盛顿。但是他也不能违背阿尔弗雷德的意愿，无论如何他也是自己的生意伙伴，而且也是自己的"导师"乔治·瓦格纳的一个非常特殊的朋友。所以他这才给她在加利福尼亚大学办理了注册手续。所幸的是，她爱上了艾哈迈德，这个她打交道的人中还算聪明的一个男人。而她跟艾哈迈德·侯赛因结婚也绝对是一个明智之举。跟侯赛因结婚之后，她就可以开始做生意。阿尔弗雷德和罗伯特都非常清楚艾哈迈德是个再好不过的人选，但是克拉拉本人却绝对是个问题。

刚刚和拉尔夫·巴利的这番电话让罗伯特这一天都苦不堪言。本来过会儿他就要准备和副总统及一帮对炮轰伊拉克时间很感兴趣的生意伙伴一起吃午饭，听到导师传达的这个消息后，他的头痛愈发剧烈了。导师示意他控制一下目前的局面，如果没有什么办法挽救，至少要帮帮这对夫妇。既然他们已经透露了泥板圣经的存在，那么就不能让阿尔弗雷德和他的孙女继续掌握着它了。他们的命令非常坚决：一旦这个泥板圣经出现，就要立刻将它夺过来。

"史密斯，再给我接通拉尔夫·巴利的电话。"

"好的，布朗先生。事实上，他刚刚给米勒先生的助手打电话，确认您是不是要参加米勒夫人在这个周末组织的野餐活动。"

又是个愚蠢的活动，布朗想道，每年她都要搞上一次这种愚蠢的闹剧，在他的贝拉蒙特庄园举办个什么野餐会，坐在地上铺的开司米布单子上，喝着柠檬水吃着夹心面包……但是布朗知道即使这样也还是要去的，因为弗兰克·米勒不仅是个参议员，而且他还是个对石油领域很有兴趣的得克萨斯人。这个该死的野餐会还会有国防司法部长、国务卿、国家安全顾问、中央情报局等等要人的出席，当然还有他自己的导师。这倒是个绝好的机会，跟导师单独聊聊，而且还不会引起任何人的注意，因为众目睽睽之下，谁也不会注意到他们。但是令人不快的是，那么多人散坐在地上，吃着点心，还要表现出很舒服的样子。每年九月份的这个野餐会对他而言都是一场梦魇。

电话铃声和拉尔夫的声音将他从自己的思绪中拉回到现实。

"说吧，罗伯特……"

"拉尔夫，我们中间有人跟坦内博格女士有联系吗？"

"没有，绝对不可能。我跟你说过，对此你可以绝对放心。尽管有一些教授有反对意见，但是也很难阻止他们参加会议。艾哈迈德·侯赛因和很多考古学家都是有着多年的交情了。但是没有你的认可，他也没有办法在伊拉克开始挖掘。"

"好吧，最好如此，但是你必须要阻止他们这么做。"

"罗伯特，这是不可能的。没有人可以阻止谁在美索不达米亚会谈上登记，更没有可能阻止一个准备好要发言的人了。根本没有办法劝服她。她向我肯定说得到了她祖父的首肯，这就足够证明我的观点了。"

"阿尔弗雷德老糊涂了吧。"

"也许吧，无论如何，他的孙女对泥板圣经那么痴迷……你真的认为这个东西存在吗？"

"是的，但是真不应该公布这个事实，至少现在还不是时候。总之，我们要找到它并且要得到它。"

"但是，要怎么做呢？"

"我们别无他法，只有帮助他们找到它，然后一旦他们找到了之后……看当时情况再定，我们可以随时改变计划。他们有能力组成一个考古发掘的专家队伍吗？我们需要找到他们的资金来源，然后好好考虑考虑。"

"罗伯特，伊拉克现在的局势实在不适合组织发掘工作。所有的欧洲政府，除了我们的以外，都建议大家不要去那个地区旅游了。现在去那里无异于自杀一样。我们还是应该再等等。"

"我没有听错吧，拉尔夫？你应该知道现在是去伊拉克最好的时机。我们要去那里，但是我们会通过自己的方式去。伊拉克已经变成了一片充满机遇的土地，只有傻子才看不清这个状况。"

"伊维斯·皮科特教授看起来是唯一对克拉拉所说的东西感兴趣的人。他跟我说很希望再和艾哈迈德聊聊，我该怎么办呢？"

"那就让他们谈吧。我很信任艾哈迈德，他知道自己该怎么做，但是首先你要告诉他，在他妻子还没有把我们所有人都毁于一旦以前，赶快把他妻子先送到巴格达去，或者干脆让她去下地狱。"

拉尔夫不动声色地冷笑了一下，罗伯特·布朗对女人的厌恶都近乎病态了。他一直都很排斥女人，跟她们在一起他总是感觉不舒服。他这个老单身汉坚持对任何可能涉及感情生活的关系都冷若冰霜，甚至对他的那些朋友的妻子们，让他保持和蔼可亲的态度都非常困难。他甚至没有像正常人一样请一个女秘书，他原来的秘书史密斯是个会说很多国家语言的六十多岁的老头，尽管已经退休但是他几乎整个一生都陪在了罗伯特身边。

"好吧，罗伯特，我想想办法看怎么样能够把克拉拉弄回巴格达。我会跟艾哈迈德说的，但是这个女人还真不是个省油的灯，她又骄傲又固执。"

就跟她的父亲和祖父一模一样，布朗心中想道，但是却没有他们那么聪明。

***

总统的顾问很喜欢吃西班牙风味的菜,所以他请他们去国会山附近的一家西班牙餐馆吃午餐。

罗伯特·布朗是第一到的,他这人向来就是最准时的。让他等人或者被人等,他都会怒不可遏。他完全相信这个总统的顾问绝不会在这种紧要关头浪费他们哪怕一分钟时间。

不一会儿食客们都陆续到齐:迪克·嘉比、约翰·奈利和爱德华·福克斯。而这个来自白宫的东道主却最后一个才来,而且看起来情绪非常糟糕。

他向宾客们解释说,联合国安委会就对伊拉克实施军事打击一事同欧洲方面的交涉变得越来越复杂了。

"到处都有愚蠢的人。那些法国佬跟原来一样,自成一派,他们还真以为自己算个人物,都是帮屎蛋。德国佬简直就是背叛,他们在道义上也完全应该帮助我们,但是这界黑白颠倒的政府似乎并不看重对我们的承诺,而是更急于要得到自由党报纸的欢呼声。"

"我们一向都有英国政府支持的。"迪克·嘉比连忙批注道。

"没错,但那还不够。"这个布什的顾问表情凝重地回答道,"我们还有意大利、西班牙、葡萄牙和波兰的支持,还有其他多少,我也记不清了。但是他们都靠不住,虽然看起来也是一大堆,但是靠不住啊。墨西哥人对我们还是集体抵制,还有那些俄罗斯人和中国人看到我们面对困境也摩拳擦掌。"

"那我们什么时候进攻?"罗伯特·布朗直接问道。

"准备工作在进行中。五角大楼一旦告诉我们准备就绪,我们就会马上正式攻打伊拉克。我估计最多也就再等上五六个月时间。现在是九月份,估计就是明年春天的事了。到时候,我会通知你们的。"

"委员会的伊拉克重建工作应该也已经提上议程了吧。"爱德华·福克斯说道。

"是的,我们考虑过这个问题。大概三四天后我会给你们打电话。蛋糕那么大,应该做那些首先品尝最好滋味的人,"副总统回答道,"但是告诉我,你们想怎么样来推进计划。"

正当大家对那盘鳕鱼,这个西班牙北部地区地道的名菜面面相觑时,这四个男人已经好好将他们准备在伊拉克搞生意的前景憧憬了个遍。所有人对重建这个大事业都垂涎欲滴,有石油,有设备资产等等。被毁了多少,以后就还要建多少啊。

这餐午饭对四个人而言都是相当有成果的,他们打算周末的时候,在米勒的野餐会上再聚在一起好好切磋。在野餐会上,只要他们被太太们一冷落,马上就可以继续聊天了。

罗伯特·布朗回到基金会办公室。这个办公室坐落在一座离白宫不远的钢铁加玻璃幕墙的大楼里。那里风景宜人，但是他一直还是无法萌生对华盛顿的喜爱之情。他更偏好纽约，基金会在那的办公室是在郊区的一栋小楼。那座楼是十八世纪末修建的，修筑者是一个德国移民，他从欧洲进口布料从而发家致富。那是基金会的第一个据点，尽管现在那个地方已经没有什么用处了，但是他从来就没有想过要将那处理掉。只要在纽约，他都会在那个大房子的办公室里处理最重要的约会。那间办公室在中心公园的上方，是个绝好的复式房间。他将底下部分稍做装修，变成工作空间，上面的部分则分成一间大会客厅和一间卧室。

拉尔夫·巴利也喜欢这个乡村的别墅，他如果必须去纽约工作的话，也是必去那套房子的。当然，这也成为罗伯特不处理这套房子的绝佳借口之一。无论如何，巴利是自己的副手，是基金会的灵魂骨干。

"史密斯，我想同保罗·杜卡斯谈谈，就现在。"

不过一分钟的时间，话筒里就传来保罗沙哑的声音。

"保罗，我的好朋友，我想跟你共进晚餐。"

"那太好了，罗伯特，你什么时候方便？"

"就今晚吧。"

"哦，没办法了！我太太要我陪她去听歌剧。明天吧？"

"没时间了，保罗。我们马上就要发起一场战争，把歌剧先放在一边吧。"

"有没有战争我都要去听歌剧的。要打仗也要先安内啊，多莉丝一直都抱怨我不陪她去参加那些她认为会让我们受人尊重的社会活动。我向她和女儿都承诺了，所以就算是要发起第三次世界大战，我今天晚上也要陪她们去看歌剧。我们可以明晚再吃晚饭嘛。"

"不行，看来晚饭就算了，我们还是在第一时间见个面吧。我请你来我家吃早餐，最好是去我办公室，或者去你的。你决定，七点怎么样？"

"罗伯特，你也太夸张了，我八点到你家吧。"

布朗把自己一个人锁在办公室里。七点半的时候，史密斯轻轻地敲了敲门。

"有什么需要我做的吗，布朗先生？"

"不用，史密斯，你走吧。我们明天再见。"

他又继续工作了一会儿。他为后来的几个月设计了一个周密的行动方案。战争一触即发，而他则希望一切都能提前做好充分的准备。

***

拉尔夫·巴利穿过议会大厅的门时碰到一个年轻的小伙子，他头发深棕色，瘦瘦的，有点紧张。他正和负责安全的守卫争执着，希望能被放进去。

小伙子的坚持引起了巴利的注意。不，他既不是考古学家，也不是记者，也不是历史学家，他圆滑地回避自己的身份，但是他却执意要进去。正在这时，巴利叫的计程车到了，所以他最后也没有看到这个在警卫和小伙子之间的话语交锋是如何收场的。

阳光洒在勃波罗广场的方尖碑上，拉尔夫和艾哈迈德在博隆内萨餐厅一起共进午饭。跟往常一样，这个餐厅里聚满了游客，他们俩也算游客的一分子吧。

"跟我具体说说那栋楼的遗址在什么地方。布朗先生坚持要我来做这个协助领导工作。当然我自己也想知道你们通过什么方式能够独自解决这个问题，而我们却无法干涉。一个美国的基金会在伊拉克的发掘上投钱简直就是个笑话。另外，您的夫人，克拉拉，您到底能不能控制她一下？'它'是……原谅我用了这个代词，但是她的确太不谨慎了。"

艾哈迈德对他指代克拉拉的方式感到很不舒服，从这一点上看他的确是个伊拉克人。对于自己的女人他们从来不能被别人谈论，特别是有点身份的男人家的女人。

"克拉拉只是为他的祖父感到自豪。"

"这是很值得称赞的，但是她能为她祖父做的最好的事情就是不把这件事公布于众。阿尔弗雷德·坦内博格生意上最大的成就就得益于他的谨慎，您想必对此应该非常清楚。所以我们在这样的时候就更不应该披露泥板圣经存在一事了。几个月之后，只要美国一占领伊拉克，我们就可以组织一个使团专门去搞这个发掘工作。也许您可以要阿尔弗雷德同克拉拉谈谈，向她解释清楚一些事情……"

"阿尔弗雷德正在生病。我可不想再拿这些事去烦他了，他都八十五岁了，刚刚被诊断在肝里面有一个肿瘤。我们都不知道他还能活多久。所幸的是，他的头脑还相当清醒。他的天赋简直无人能及，他还控制着一切，还没有放手任何的生意上的事情。至于克拉拉，那是他的宝贝，只要是她说的或者做的，他都不会觉得有任何不妥的地方。他自己也下决心，现在是时候让泥板圣经公诸于世了。我知道这是第一次乔治·瓦格纳和罗伯特·布朗跟他意见相悖。但是您很了解他的，他一旦下了决心，谁也别想逆转。唉，拉尔夫，您别以为美国进军伊拉克不过是悠闲的散步。他们什么也办不成。"

"别那么悲观嘛，您会看到发生的变化的。萨达姆对所有人都是个问题。你们不会因此受到任何影响，布朗先生负责让你们能够回到美国。您去和阿尔弗雷德谈谈吧。"

"估计也起不了什么作用。为什么瓦格纳先生或者布朗先生不自己去和他谈呢？坦内博格也许更容易接受他们说的话。"

"布朗先生不能跟伊拉克人谈。您知道他们的通讯都是被监听的，任何打往伊拉克的电话都是要记录的。至于乔治……他可是上帝，我根本进入不了他的天庭。我只不过是基金会的一个雇员而已。"

"那么,您不用担心克拉拉,她不代表伊拉克存在的任何问题。我会告诉您我们需要的物资的,但是我自问真的可以开始发掘吗,在我国陷入封锁的时候,而且萨达姆最着急的是要找到更多的楔形文字的泥板?有可能我们没法凑起足够的人手进行工作,而且我们所雇用的人都必须按天来给他们计酬。"

"告诉我数量,我尽量给你们弄到。"

"您知道我们的问题还不在钱上,而是工具。我们需要更多的考古学家,机器设备还有阿尔弗雷德需要购买的资料。但是这些专家都在欧洲,或者是在美国。我的国家已经七零八落了,我们都很难有能力来保存我们博物馆里的那些国宝了。"

"阿尔弗雷德不应该资助这个使团,至少不应该直接资助。它太引人注意了。伊拉克有成千上万双眼睛盯着呢,所以最现实的办法是从国王找资助,一个欧洲大学什么的。伊维斯·皮科特教授很有兴趣跟您谈谈。他这个人很特别,他在牛津讲课并且……"

"我知道皮科特这个人。当然他不是我最倾向的考古学家,他是个异教徒。那些八卦的人都说牛津大学因为他和一位女学生的感情纠葛,甚至请他离开,这事在这样一个学院是绝对不能允许的。这个人跟常人的确很不一样。"

"您不是要跟我说,在这个情况下,您还是恪守普通规范的吧。皮科特有一大帮极为敬仰他的老学生。他很富有。他父亲在大运河的岛屿上有个银行。事实上那个银行是属于皮科特母亲家族的,她们整个家族都在银行工作,除了皮科特本人以外。他是个不容人的人,爱卖弄学问,而且像个暴君。而我要说的是,他的确是个幸运的考古学家,幸运在他有一个富有的家族。是的,我知道他是挺不同一般的一个人,但是却是唯一对阿尔弗雷德所找到的那些泥板感兴趣的人。您自己决定是不是要跟他聊聊吧。皮科特也是唯一一个足够疯狂到要去伊拉克发掘的人。"

"我要跟他谈,但是如果可以选择的话,我宁可不要这样。"

"艾哈迈德,您没有其他选择了。我很抱歉地提醒您这一点。罗伯特希望您给阿尔弗雷德转交一封信。明天叫人送到您那。这封信来自一个华盛顿方面的人,他交给了我,我再转交给您。您也知道双方都更愿意通过私人邮件的方式来互通有无。阿尔弗雷德的回信我会在下次去安曼的时候取回来的,或者去开罗。"

"有件事您知道吗?我同样也自问,为什么偏偏在这个时候阿尔弗雷德决定要公布这些泥板的秘密呢?为什么布朗先生虽然很生气但是后来却决定要来帮助我们呢?"

"知道吗,艾哈迈德,我同样也不知道这个原因,但是他们从来就不会犯任何错误。"

4

"吃吧,梅赛德斯。"

"我一点也不饿,卡罗。"

"那你也尽量吃点。"卡罗坚持道。

"我受够了这种等待了!我们需要做点什么!"梅赛德斯不快地嚷道。

"你就不能变得有点耐心吗!"汉斯·豪瑟评价道。

"你是不知道,时间一分一秒地流逝让我不得不控制我的不耐烦。跟我一起工作的人会告诉你我其实是多么的无动于衷。"梅赛德斯回答道。

"他们根本不了解你!"布鲁诺·穆勒笑着说道。

四个朋友在卡罗家里一起吃着晚饭。他们等待着调查安全所的所长会给他们寄来一份关于最新进展的材料。他们神经紧张地注意着大门随时会想起的门铃声。又过了一会儿,卡罗的女管家走进了餐厅,给他们送来了一个和早上收到过的那个一样的信封。这个东西本来应该早一个小时就到达的,所以梅赛德斯一直都那么不安。

"卡罗,快念念里面的内容,也许发生了什么事情。"

"梅赛德斯,没有发生任何事情,只是简简单单地将白天所做的事情做了一个书面的总结,而这也需要时间嘛,而且我的朋友在他们把信寄给我们之前还需要再看一遍,检查一下。"

最后他们总算远远地听见了门铃声,一阵脚步声朝餐厅这边走来。

"他不是一个人来的!"梅赛德斯肯定地说道。

其他三个人用奇怪的眼神看着她。两分钟后,管家打开了餐厅的大门并请进了一位先生。那个调查所的所长手中拿着一个类似的信封走了进来。

"卡罗,对不起,我迟到了。我估计你们都等得不耐烦了吧。"

"的确如此,"梅赛德斯回答道,"我们的确都不耐烦了。很高兴认识您。"

梅赛德斯将手伸给卢卡·马力尼。这个调查所长是个保养得很好的六十多岁的男人,穿得很优雅,手腕上有一个文身,但是却谨慎而恰到好处地被他镶着黄金的钨钢表给遮住了。

这套衣服似乎对他而言稍显窄了些,梅赛德斯思索道,他肯定是希望别人觉得自己更富有肌肉感一些，没错肯定是这样的。

"卢卡，请坐吧。吃过晚饭了吗？"卡罗热情地问道。

"没有，还没有吃呢，我直接从办公室过来的。方便的话，我接受你的邀请吃点东西，但是最好先能给我来杯喝的东西。"

"太好了，你就跟我们一起吃吧。我给你介绍我的朋友们，这是豪瑟教授和穆勒教授。梅赛德斯已经单独自我介绍过了。"

"穆勒先生，估计您已经习惯别人都这么说了，不过我还是要强调一下，我绝对是您最虔诚的崇拜者。"马力尼说道。

"谢谢。"布鲁诺·穆勒喃喃地说道，感到有些不舒服。

管家在桌上又摆上了一套餐具，给卢卡先生端上了一大盘面卷。他高兴地坐上了桌却忽略了梅赛德斯不耐烦的情绪。她生气地看着他自顾自地已经坐上了餐桌准备吃饭，却不是首先向大家透露一下手里那个信封里的内容。

梅赛德斯肯定自己不喜欢这个马力尼先生。事实上，除了非常卓越的人之外，她谁都瞧不上，而这个所长显然就是在她看不上的人之列。在他眼里最为关注的似乎是那一大盘面卷，而并不顾其他人正在等待，梅赛德斯更是感到自己被忽略到了顶。

卡罗体现出了非凡的耐心，他一直等着他这位朋友结束晚餐后，才把话题引入正题：近东的局势，贝鲁斯科尼和左派在议会中的争执还有时间。

当离开吃完甜点，卡罗邀请他去自己的办公室再喝点酒，他们也可以在那再安静地聊上一会儿。

"我们都洗耳恭听。"卡罗奉承了一句。

"好吧，那女孩子今天没有去大会。"

"什么女孩？"梅赛德斯问道，她是被这个马力尼先生一半大男子主义一半父权主义的口吻激怒了。

"克拉拉·坦内博格。"马力尼回答道，他似乎也生气了。

"啊，坦内博格女士！"梅赛德斯带着揶揄地惊呼道。

"是的，坦内博格女士今天更倾向去购物。她今天在贡多蒂大街和科洛赛大街花了四千多欧元，她可真是个购物狂人。她自己一个人在戈列科咖啡厅吃了午饭，一个三明治、一份甜品和一杯卡布奇诺咖啡。然后她就去梵蒂冈博物馆了，在那里一直待到闭馆为止。我过来的时候，他们通知我她刚刚进 Excelsior 饭店，如果没人通知我的话，那么她肯定还一直待在那里。"

"她的丈夫呢？"豪瑟教授问道。

"她丈夫晚些时候从酒店离开，然后就漫无目的地在罗马街头闲逛，直到下午两点，他去了博隆内萨餐厅跟拉尔夫·巴利约好在那见面。这个巴利先生就是考古基金会的负责人，他在考古学界是个相当有影响力的人。他是哈佛大学的教授，在整个学术界都是相当受人尊敬的。尽管这个大会是设在联合国教科文组织之下的，但是和其他一些基金会或者公司一样，考古基金会是自负盈亏的组织。"

"那么，巴利先生和侯赛因先生为什么会一起吃饭呢？"布鲁诺·穆勒对此很好奇。

"我们的两个人试图坐在他们旁边，所以听到了他们谈话的一些细节。巴利先生似乎对于克拉拉·坦内博格在会议上冒失的发言感到恼火，而这位丈夫似乎也很生气。他们还谈到一个叫做伊维斯·皮科特的什么人，这个人是参加大会的教授之一。看起来，他似乎有可能对他们在发言中提到的那些泥板很有兴趣。但是艾哈迈德·侯赛因对这个人看来并没有足够的信任。你们可以看看信封里关于这个人物的简历，还有他的一些事迹的介绍。他是个花花公子，成天追着女人屁股后面转。

艾哈迈德·侯赛因向巴利先生保证说自己并没有金钱上的问题，只是缺少考古学家和有准备能够工作的人手。而最有意思的是，拉尔夫·巴利告诉侯赛因说明天或者后天将会交给他一封罗伯特·布朗的信。这个布朗先生就是考古基金会的主席，这封信是要他转交给一个人，叫做阿尔弗雷德，似乎就是那个女孩的祖父，而且……"

"就是他！"梅赛德斯惊叫道，"我们找到他了！"

"安静点，梅赛德斯！让马力尼先生说完，我们再说话。"

卡罗的语调并没有任何责怪的意思，所以梅赛德斯也就安静了下来。她的朋友说的有道理，应该等这个马力尼先生离开之后，他们再好好商谈。

"报告里面把这一切都写得很清楚，但是我的人肯定这个阿尔弗雷德先生和布朗先生已经通过这种中间人转交的方式，保持联系很多年了。而且这次阿尔弗雷德先生的回信，他们将会去安曼取回来。

"侯赛因明天将和皮科特一起吃早饭，然后如果不出任何意外的话，这对夫妇将会返回安曼。他们已经预定了约旦航线下午三点的班机。你们需要决定一下，是否需要我再派人跟上这班飞机，或者我们的调查到此为止。"

"继续跟踪他们，不论他们去哪。"卡罗命令道，"请派一个精干的小分队，你派多少人行动都无关紧要，但是我们需要了解一切关于这个阿尔弗雷德的情况：他到底是不是克拉拉·坦内博格的祖父，他住在哪里，和谁在一起，他现在在做些什么。我们还需要照片。弄到些照片是非常重要的，如果可能的话，拍些录像带可以让我们看得更加清楚。卢卡，我们要了解所有的情况！"

"那你们可花费不小啊！"卢卡肯定地说道。

"您不用担心我们的支出问题。"梅赛德斯正声道，"您就一步不离地看好那个克拉拉和他丈夫就行。"

"你准备所有必备的东西吧，卢卡，千万不能将他们跟丢了。"

卡罗严峻的声音让这个所长听了一震。

"也许我们需要雇用一些当地的人。"马力尼坚持说道。

"你该做什么就做什么吧,我们已经跟你说得很清楚了。现在,我亲爱的朋友,如果你不介意的话,我们想研究一下你的报告了……"

"好的,卡罗,那我先走了。如果你还需要说明些什么事情,请马上联系我,我一直都在家。"

卡罗把马力尼送到门口,此时的梅赛德斯却已经急不可耐地撕开了信封,连跟这个所长再见都没说,就开始看报告了。

"那套衣服和手表也掩饰不了他的本性。"这个加泰罗尼亚女人喃喃自语道。

"梅赛德斯,别那么偏见。"汉斯抱怨道。

"偏见?不过是个穿着体面套装的新贵,仅此而已。事实上,他那套衣服还有点紧。"

"他还很聪明。"卡罗这时正好又回到了办公室,说道,"他是个好警察,他在西西里岛上同黑手党斗争了很多年,亲眼看到他的很多手下和朋友被人暗杀,甚至他自己的妻子也向他发出最后通牒:要么他不再做警察,要么她就离开他。这样,他才提前退休,然后开了这家公司,然后由此致富。"

"猴子穿上真丝,它也是只猴子……"梅赛德斯坚持说道。

"你说什么呢?"布鲁诺似乎并不明白他的这个朋友话中有话。

"没什么,这是个西班牙的谚语,意思是一个人虽然穿上了一套好衣裳,变成了一个体面人,但是大家最终会知道他的出身。"

"梅赛德斯!"汉斯的语调变得充满了斥责的意味。

"好吧,我们不要再谈卢卡了。"卡罗插嘴道,"他办事有效率,这就是最重要的。我们还是好好看看报告里都写了些什么内容吧。"

卢卡准备好了四份复印件,这样每个人手上都有一份。他们安静地阅读着所有关于克拉拉和她丈夫的细节内容。

梅赛德斯打破了大家为了好好阅读默契的沉默。

她的声音听起来很严肃,没有任何的感情色彩。

"就是他,我们终于找到他了。"

"是的,"卡罗表示赞同,"我对此也深信不疑。我真不明白,为什么他沉寂了这么多年突然决定要现身呢?"

"他肯定是迫不得已才这样。"布鲁诺·穆勒插嘴道。

"我也这么觉得。"卡罗坚持道,"他的孙女怎么会突然参加这个会议,然后向国际求援,要请大家参加挖掘项目呢?这样一来,大家的焦点就会一下子集中到她身上,还有,她的姓氏:坦内博格。"

"我估计这并不是他的主意。"豪瑟教授说道。

"为什么？"梅赛德斯问道，"我们怎么知道他曝光孙女到底用意何在呢？"

"根据这份报告，艾哈迈德·侯赛因肯定阿尔弗雷德是很宠爱他的这个小孙女的。"穆勒先生回答说，"所以肯定有一个非常的原因使得他愿意让自己的孙女曝光。在过去的五十年中，他一直都是隐匿在人们视线之外的。"

"是的，他这么做一定有一个特别的原因。"卡罗说道，"但是我更加不解的是，他和这个布朗先生奇妙的关系。这个人看起来是个美国精英阶层非常受人尊敬的人物，而且还是布什政府几乎所有成员的私人朋友，是这个有着国际声望的考古基金会的主席。我不知道，但是这还是有些蹊跷。"

"我们也不知道这个老坦到底现在在做些什么。"穆勒说道。

"搞古董呢，据这份报告看来。"豪瑟教授指出。

"这也太矛盾了……但是他既然有这么多的朋友关系，怎么可能这么多年都不见踪迹呢？"梅赛德斯大声地问道。

"我们应该摸清这个布朗先生的底细。我估计卢卡可以弄到所有关于他的情况。但是现在我们需要决定的是，我们自己应该做些什么，你们认为呢？"

他们都表示赞同卡罗的意见。是时候决定接下来要进行的步骤了。大家一致商定，梅赛德斯、汉斯和布鲁诺继续在罗马待上两三天，等着安曼那边的消息。同时要请求马力尼先生，他自己也好或者他推荐什么人也好，做出一份关于罗伯特·布朗的材料出来。

"好吧，我们假定这个阿尔弗雷德·坦内博格就是我们要找的人。那我们要怎么将他除去，什么时间？"梅赛德斯问道。

"卢卡跟我谈起过几个机构，他们什么都可以做，之前我跟你们提到过的。"卡罗说道。

"那我们就要圈定一家，然后指定好一个人。"梅赛德斯坚持道，"我们必须做好准备，随时确认了坦内博格的身份就行动。越快解决越好！我们耗尽一生的时间，等的就是这个时刻。这个老畜生咽气的那一天，就是我能睡个安稳觉的一天。"

"我们会干掉他的，梅赛德斯。这一点你不需要有任何疑问。"布鲁诺坚定不移地声明道，"但是我们要干得漂亮。我认为，一个人总不能自己站到其中的某家机构里说要雇个杀手吧。卡罗，我认为最好利用一下你和马力尼的关系，让他指导我们如何去雇一个杀手更为妥当些。"

他们一直讨论到第二天凌晨。他们不愿漏掉需要考虑或者讨论的哪怕一个细节。他们觉得离终点是那么接近了：他们浪费了那么多年的时间就快要实践自己的誓言。没有一个人觉得这个报仇的时间来得太迟。这一刻对他们而言足够完成这个使命。

他们分头开始工作了，并一致同意设立一个基金来支付给马力尼的酬金，还有支付给那个愿意刺杀坦内博格的人。

贡多蒂大街的戈列科咖啡馆里还没有什么人。卡罗和卢卡一人端着一杯卡布奇诺。这时的天气对于九月而言是显得热了一些，游客们也都还没有逛到西班牙广场。贡多蒂大街那些优雅的店铺也还没有开门。这个时候的罗马还是一副慵懒的样子。

"卡罗，多年前你救过我一命。那个肿瘤……我不准备责备你想要做的事情，但是请你告诉我，到底这些事情的背后隐藏着些什么呢？"

"我的朋友，有些事情是没法解释的。我只是需要一个名字和这些有能力办成任何事情的一家机构的联络方式。"

"你所说的任何事情，指的是什么？"

"我们需要的是一个知道如何保护自己的人，因为他有可能会误入狼口。现在去近东可不是去逛欧洲的迪士尼乐园。根据你所调查的情况，目的地极有可能就是伊拉克。你觉得现在在伊拉克生命价值几何？"

"你在骗我。我还没有失掉我曾经作为一名警察的嗅觉。"

"卢卡，我希望你能帮我联系上一家这样的机构，仅此而已。我相信你的谨慎，相信你保守秘密的职业道德。你本人也跟我说过，如果发生了战争，你不会让你自己的人去冒生命危险的，到时候你会给我推荐雇用一个像这样的机构去完成任务。"

"有两个是由前英国皇家空军特别空勤团（SAS）成员组成的机构。这些英国人非常专业，但我推荐你雇美国人。根据我的判断，最好的选择是国际集团，拿着吧。"他拿出一张名片，补充道，"这是地址和电话。他们的中心部门在伦敦。你可以找汤姆·马丁。我们认识很多年了。他是个很不错的人，固执、不信教，但是的确是个很好的人。我会给他打电话的，告诉我的一个朋友会跟他联系。但他的收费可是相当惊人的。"

"谢谢你，卢卡。"

"别跟我说什么谢谢，因为我也很担心。我并不清楚你们几个人到底想干什么。最让我感到害怕的是那个女士，梅赛德斯·巴雷达。她的眼睛里连一丝怜悯都没有。"

"你对她还有些误会。她是个相当出色的女人。"

"我直觉你陷入了一场麻烦之中。如果真是这样，我会一直帮助你的，我跟警方也还一直保持着不错的关系。你一定要小心，不要相信任何人。"

"连你的朋友汤姆·马丁也不信任吗？"

"谁都不能信任，卡罗，谁都不可以。"

"好吧，我会牢牢记住你的忠告的。现在我希望你能给我提供关于罗伯特·布朗的另外一份报告，一份详尽的报告。我们需要了解这个伟大的艺术保护神的所有资料。"

"好的,这个没有问题。你什么时候需要?"

"现在。"

"我猜到了。我们大概需要三到四天的时间,你觉得如何?"

"如果没有别的办法,也……"

"这已经是最短时间了……"

就在此时,在 Excelsior 饭店的咖啡厅里,艾哈迈德·侯赛因同伊维斯·皮科特教授也正准备要开始吃早餐。

两个人的年纪很相仿,都是考古学家,世界主义者。但是命运却将他们变成了完全不同的两类人。

"您和您夫人所说的事情我觉得非常有趣。"

"我很高兴您相信这些。"

"侯赛因先生,我这个人不喜欢浪费时间,我估计您也一样。所以我们就开门见山地直接谈吧。如果您有的话,我希望您给我看看那两个您夫妇俩谈到的惊世泥板的照片。"

艾哈迈德从一个古老的牛皮包里拿出照片,递给皮科特。皮科特小心翼翼地检查着这些照片,过了好一会儿都没有说任何话。

"好吧,您怎么看?"艾哈迈德有些不耐烦地问道。

"很有趣,但是应该做一个严格的鉴定才好说。你们想得到些什么呢?"

"能有一个国际考古学使团来帮助我们开掘这栋建筑物的遗址。我们的感觉它应该是在一个神庙里的某个泥板屋,或者也许就是这个神庙的一个房间。我们需要现代的工具和有经验的考古学家。"

"和金钱。"

"是的,当然,您知道发掘是不可能不需要钱的。"

"那作为交换呢?"

"交换什么?"

"交换这队人马、工具和金钱啊。"

"荣誉。"

"您不是在开玩笑吧?"伊维斯不快地回答道。

"没有,我绝对没有开玩笑。如果我们找到了一些上面写着亚伯拉罕所讲述的创世①故事的泥板,那么对特洛伊或者克诺索斯的发现绝对是些小失误。"

①亚伯兰脸冲下摔在了土地上,上帝这样对他说道:"我会一直在这里支持你;你会成为众多国家和民族的始祖。你的名字从此再不是亚伯兰,而是亚伯拉罕,我从此让你变成众国之父。"《创世记》17,5(耶路撒冷的圣经)。

"你也太夸张了吧。"

"您和我一样很清楚这样一种类型的发掘有什么样的意义。那绝对会成为人类历史上震惊中外的事件,不仅仅对于宗教或者政治有重大的意义。"

"那你们能够得到些什么呢?是因为考虑到你们国家的状况你才这么努力地引人注目吗?你想想看不久你们的国家就会遭遇战争的炮火洗礼了,你们想要去发掘不是完全没有意义吗? 此外,您的保护神萨达姆,他准备好要接受一队外国的考古学家使团在他的国土上开始挖掘吗?他不会对付我们吗?譬如把我们当做间谍一样抓起来吗?"

"那些您比我更清楚的事情我就不想再重复说了:这绝对会成为近百年来人类历史上最为重要的考古发现。至于萨达姆,他不会阻止欧洲的考古学家去伊拉克的,他也许还会给大家做宣传。那绝对没有问题。"

"除了那些美国佬的轰炸,我觉得你们对这个考古项目也没什么需要担心的。大概你们连乌尔城在哪都还不清楚吧。"

"听您决定。"

"我要好好想想。我要怎么同您联系呢。"

艾哈迈德将自己的名片递给了他。两个男人使劲地握了握手。坐在邻桌的另外一个男人正心不在焉地看着报纸,可是他们的谈话,他却一字不落地听了个清清楚楚。

5

罗伯特·布朗自己一个人住。尽管这么说并不准确,因为拉蒙·冈萨雷斯也同样住在这所华盛顿郊区的两层小楼里。

这套房子很宽敞。一共有五间卧房、三个大厅、一个餐厅,还有一个办公室。除了这些功能区域外,拉蒙还有一间自己单独的私人套房。

管家跟着布朗先生已经工作了三十多年了。负责处理家中事务的还有一个跟管家一样的西班牙女人,她每天都会过来干那些非常辛苦的活计。还有一个园丁小伙子,这可是个话多得不得了的拉美意大利后裔。

拉蒙·冈萨雷斯是多米尼加人。通过他姐姐的帮助,在四十多年前他移民到了纽约。两个人都在第五大道的一个金融经纪人家里找到了份工作。他们就是在那里学会如何从事服务业的。在替两家人工作之后,他结识了罗伯特·布朗,并且从那个时候起,他就再也没有离开过他的身边。

布朗是个要求非常严格的主人,但是绝大部分时间他都不在家。他几乎不说话,恪守着一个相当严格的谨慎原则,他付给报酬很慷慨,并且给了他们大量的自由时间。

戈麦斯对他是绝对的忠心不二,并且也很享受这种不需要太过操心的老单身汉的生活方式。

小厅里的早饭已经准备好了,这个时候的阳光透过窗户像无数条细线射了进来。

布朗这个时候该下楼来了,离八点还有两分钟。门铃突然响了起来,拉蒙·冈萨雷斯赶忙去门口迎接这位布朗先生的贵客。

"早上好,杜卡斯先生。"

"早上好,拉蒙,不过外面还真有些凉。我需要一杯浓咖啡,少放水。我都要饿死了。为了准时到这,我连口点心都没吃就出门了。"

拉蒙什么话也没有说,只是挤出了一个微笑作为回答,然后把杜卡斯先生引到那个小厅里。罗伯特·布朗已经在那等着他了。拉蒙端上早餐,然后关上门离开了,让这两位先生可以放心地单独聊天。

布朗不是那种愿意浪费时间的人,跟杜卡斯这样的人就更不会做这样的事情。总之，就像在其他一些公司里一样，他占据了星球保险公司相当重要比例的股份。当杜卡斯还是纽约码头的一个贪污海关官员的时候，他就已经认识他了。

"我需要你将一些人运到伊拉克去。"

"我们有成千上万人都已经做好准备了。只要一开战，就需要办保险。昨天国务院的内线还给我打电话呢，他们希望只要我们的部队一到达巴格达，我的手下就能够占据一些固定的地点。几个月之前，我就开始雇人了，他们已经散布在各个地方了。"

"我明白这个生意是如何运作的，你不需要给我说这个。保罗，你给我听好。我需要你帮我运送一些人员，一些去约旦，另外一些去科威特、沙特阿拉伯和土耳其。这些人里面的一部分将会待在前线的一些据点，直到他们接到新的命令为止。"

"什么命令？"

"别问我这些傻问题。"

"我估计那些伊拉克人肯定已经封锁了他们的边境，即使他们不那么做，土耳其人也会封锁的，或者科威特人，或者别的什么人，谁知道呢。你希望把人驻扎在边境上，而且还要驻扎一部分在伊拉克国内。你就不能像别人一样再等等吗？"

"我又不是说要你明天就把他们送过去，我只是请求你去组织一些小分队，并且让他们做好准备，随时待命出发。你要去找一些能够为国牺牲的人。"

"提前派人进驻是很危险的事情。我们在国防部的朋友们正在集结精良的部队，准备在几个月之后进发，据他们说大概会是在明年开春的时候。我们可不能有任何闪失，因为这会影响到我们的生意。"

"我再向你重申一遍，没必要提前特别多的时间让他们到达指定位置。我会告诉你他们需要到达的准确日期的。然后他们就要像进驻时一样迅速地离开，他们不会待到轰炸开始后三四天的。"

"我们还需要带上些什么东西吗？"

"人类历史书。"

"你在说什么傻话呢？"

"你的人要准备完全听从另外一些在那里等待他们的人的吩咐。不要再用你那些蠢话来烦我了。"

罗伯特·布朗的眼神让保罗·杜卡斯感到害怕。杜卡斯知道跟这个男人可不是闹着玩的。他很费了段时间来了解他，来了解在他高雅行为举止的背后他到底是个什么样的人。而所发现的一切让他产生了巨大的恐慌，那是一种深刻的恐惧。所以他不准备继续刺激他的情绪了。他会完成好在伊拉克所需完成的一切。

"现在我需要你们送一封信去罗马，然后将它交给拉尔夫·巴利。十五天之后，你们把回信给我从安曼取回来。"

"好的。"

"保罗,绝对不能有任何疏漏,这次行动比以往我们经历的任何一次都要意义重大。我们只有一次机会,只可成功不可失败。"

"到现在为止难道我有过失误吗?"

"没有,你绝对没有。所以,你才会这么富有。"

而且我还幸存,杜卡斯心里想着。他在处理跟罗伯特·布朗的关系时可不敢有丝毫马虎,这个风度翩翩并且谨小慎微的男人有能力办到任何事情。他对这一点深信不疑。他们两个人已经是很多年的合作伙伴了。

"你的计划一旦成熟,人员选定,希望你能马上通知我。"

"你放心,我会的。"

"保罗,我不需要再强调咱们之间的这次谈话从来没有出现过吧,任何人都不能了解到这次任务。我对基金会资助人的董事会去交代,他们也不应该知道任何关于此事的消息。我警告你这一点是因为,如果你跟董事会的某个成员对此事饶舌的话,那么你的舌头就不会长在原位了。"

"我说过了,你不必担心。"

***

这个男人宣布董事会结束。已经到了吃午饭的时候,他这才得空享受一下办公室的幽静。大街上的嘈杂声还没办法到达这个纽约大楼的第二十层,而就是在这里他向他的整个帝国传达着指令。

这些年其实也没有徒劳无功地过去,但是他觉得疲惫。他一向在清晨起床,因为晚上睡不塌实,所以他成小时成小时地用阅读和听瓦格纳的东西来打发时间。最好的休息就是在这午间时分。他松了松领带,把外套挂了起来,然后就一头倒在了沙发上。

他的秘书得到的是不容置辩的命令,不论发生任何事情也不能接入任何电话或者让任何人进来打扰他休息。

只有一个电话能够让他从小憩的梦中惊醒。他身上总是带着一个小巧的移动电话,不论是在任何时候,哪怕是在这个他准备好要睡上一觉的时候,他也要随时待命的。

当听到手机的哔哔声时,他心里一惊,睡意全无。

"我是。"

"乔治,我是弗兰克。你睡觉呢吧?"

"正准备睡呢。发生什么事情了?"

"我跟恩里克已经谈过了。我们可以去塞维利亚跟他一起待上几天,或者在海边找个地方见面,在玛贝雅,那里到处都是我们这样的老头子。在西班牙,九月

· 49 ·

份的时候还是很热的。"

"去西班牙？不，我觉得没有这个必要吧。我们已经丢出了太多诱饵了，没必要把我们自己先丢出去吧。"

"而且阿尔弗雷德……"

"他已经变成了个老蠢货了，他现在什么都控制不了。"

"你注意点分寸。阿尔弗雷德知道如何将事情玩转在手心之中。"

"不是啦，他已经办不到了。你不记得他发起的那件事情了？那次他就试图去拉动那根还不应该拉动的线索，现在又是如此。"

"那是他儿子做的，你要是他的话也会那么做的。"

"我现在反正是没有儿子，所以我对此也无法理解。"

"但是我有孩子，所以我理解他并不满意。"

"他就应该那么做，他就应该接受事情本来的面目。他不应该让赫尔穆特活下来。那个男孩聪明过头了。阿尔弗雷德明明知道那些规矩，他知道可能会发生的事情。现在他又犯迷糊相信这个任性至极的小外孙女。"

"我不认为她会变成一个威胁。他知道他在干什么，他的孙女也是个聪明人。"

"他肯定被洗脑了，所以才会一再地犯错误。我们告诉他应该跟她解释一下真相。他却不愿意，一味地继续在她面前装聋作哑。不行的，弗兰克，我们不能再坐视不管了。我们可不能让一个情绪化的老头将我们的一切都毁于一旦啊。"

"我们也都老了。"

"但我还希望能够继续和从前一样。我刚开完一个董事会，我们需要准备迎接战争。我们要赚钱了，弗兰克。"

"对你对我现在钱都没有任何价值啦，乔治。"

"不，你说得有道理，不是钱的问题，而是权力和知识，知道我们在什么人中间牵动那些线索。现在，如果你不介意的话，我可要睡觉了。"

"啊，我把这个忘了。下周我去纽约。"

"那么，老朋友，我们再讨论如何见面的问题。"

"也许可以叫上恩里克也到纽约来。"

"我更希望在纽约，而不是在塞维利亚看到他。我不喜欢去那里，那让我感到不安。"

"你总是有那么点妄想狂，乔治。"

"我这是谨慎，所以我们才需要到这里来聚会。我提醒你其他很多人就是因为失误而已经都掉了下来。我也很想见见恩里克，但是如果这让大家都陷入危险的话，我看就算了。"

"我们都已经老了，谁都不知道……"

"闭嘴！我说过了，我还希望继续下去。如果有可能大家在纽约碰面的话，我会通知你的。"

弗兰克放下电话后,干了一杯威士忌。乔治,这个谨慎而不轻信人的乔治,总是一副很有道理的样子。

他按了按办公桌上那个小小的银铃,一分钟后,一个身着白色制服的男人走了进来。

"有什么可以为您效劳的吗,先生?"

"何塞,我等的那些人都到了吗?"

"还没有,先生。控制塔通知我们说那架飞机还在靠近过程中。"

"好的,有情况随时通知我。"

"是的,先生。"

"我的妻子呢?"

"夫人正在休息,她有些头疼。"

"我的女儿呢?"

"艾玛女士和她丈夫一大早就离开了。"

"没错……再给我拿瓶威士忌,还要一些吃的东西。"

"好的,先生。"

仆人静悄悄地离开了。弗兰克和何塞相处得很不错。这个男孩子谨慎,不爱言语,做事有效率。他把自己照顾得很周到,比自己那个任性的老婆强多了。

艾玛实在是个太过富有的女人了。这是她最大的缺点,尽管对他而言这也意味着是一个优势。好吧,她不那么美丽的外表的确也让他有些耿耿于怀。

她身材矮小,皮肤黝黑,非常的黑,还有发胖的趋势。艾玛皮肤的颜色简直就是接近全黑了,而且有点粗糙,摸起来并不那么顺滑。她可真不能跟阿里希娅比。

阿里希娅是个黑人,是个纯种的黑人,但是很美丽,让人着迷的美。他们俩在一起已经十五年了。他是在里约的一个酒店的酒吧里认识她的,当时他正在等另外一个生意伙伴。她对他开门见山的干脆,完全地把自己给了他,一点都没有保留。他就从此把她留在身边一辈子。她是他的,她属于他,她很清楚如果自己胆敢跟另外一个男人欺骗他会有什么后果。

他是个老人了,是的,所以他给她相当丰厚的报酬。如果他一旦去世,阿里希娅就可以挥霍他准备留给她的大额遗产,里面还包括伊巴内玛的那个漂亮的顶楼,还有他陆续送给她的那些珠宝首饰。

她认识他的时候还不过二十岁的光景,只不过是个有着修长大腿和颈项的小姑娘。他则是个七十岁却还不承认自己衰老的老头。他还可以向一个这样的姑娘作出承诺:他有足够多的钱让一些女人可以对他还是不是个男人装聋作哑。

他要给阿里希娅打电话并且去里约看她。希望她能准备好了。

事实上，他并不喜欢离开他那个广阔的庄园，那个在森林边缘上的庄园。那里非常的安全，他的人没日没夜地在方圆若干公里内忙活，庄园里有着精密的传感保护系统，可以防止任何出其不意的袭击。

但是一想到阿里希娅，他就产生了一种不可遏制的生命力。而这，对于他这个年龄的人来说，可是用金钱买不来的。另外，他还需要去纽约，这样一来无论如何他也需要先去里约了。

6

克拉拉·坦内博格和艾哈迈德·侯赛因在 Excelsior 酒店门口不耐烦地等待着计程车。他们两人却都没有注意到一个瘦瘦的、头发栗色的男人正紧张地从另外一辆计程车里下来，然后闪电般地走进了酒店。

一分钟以后这辆计程车又回来了，但是他们还是没有看到这个男人从酒店里跑出来，冲着那辆搭载他们两人的计程车的方向大喊。

这个男人又走进酒店，他径直朝前台走去。

"他们已经走了，您介意告诉我他们是不是去了机场，要离开罗马呢？"

尽管这个男人的样子只是透出他是个普通人，但是前台的接待小姐还是很不信任地看着他。他的眼神很和蔼，利落的短发，举止也很优雅，尽管穿的是一身运动服……

"先生，我不能告诉您这样的信息。"

"我真的有很重要的事情要跟他们说。"

"请您理解我，先生。我们也不知道我们的客人离开酒店之后会去哪里。"

"但是他们要计程车的时候，肯定会说他们的目的地啊……求你了，求求你了，这真的非常重要。"

"您瞧，我真的不知道该跟您说什么了，让我帮您查查吧……"

"如果您能告诉我哪怕是他们朝机场方向去的话，我就非常地感激了……"

他的语调和眼神让这个铁面无私的接待女郎的职业道德被完全打破了。

"好吧，他们是去了机场。今天早上他们突然决定更改了去安曼的航班时间，他们的飞机大概在一个小时之后起飞。他们回来得很晚，那位女士迟到了而且……"

这个男人又一次狂奔向大门入口，一头钻进了经过的第一辆计程车。

"去机场，要快！"

计程车司机是个老罗马人，他通过反光镜看了看这个乘客。这个司机大概是全罗马唯一的一个不会被乘客焦急所打动的司机了，他就这样不紧不慢地开到了伏米西诺大街，尽管他已经从反光镜里清楚地看到了这个乘客近乎绝望的表情。

一到机场，他就立刻找到去安曼的航班入口，然后一阵风似的朝去约旦的乘客登机的安检门跑去。

太迟了。所有乘客已经通关了,缉私警拒绝让他通过。

"我的一些朋友,我还没来得及跟他们说再见,只需要一分钟时间!上帝啊,让我进去吧!"

缉私警一派无动于衷的样子,让他赶快离开。

他开始在机场里漫无目的地游荡,不知道该干什么,有谁可以信任。只知道应该同那个天知道去哪,花了他多少心机的女人谈谈,尽管他需要跟踪她哪怕到世界的尽头。

＊＊＊

站在飞机的悬梯上他们感到一阵强烈的热浪夹杂着香料的味道向自己袭来。他们要回家了,他们回到了自己的国土。

艾哈迈德先于克拉拉从悬梯上走了下来,他还背着那个路易·威登的行李包。在克拉拉身后紧跟着一个男人,他丝毫不敢让她离开自己的视线,自己却尽量不引人注目。

他们没有遇到任何困难就出了海关。他们的外交护照让所有的门都主动为他们敞开了。安曼尽管对华盛顿方面表示了无比的忠诚,但是也有它自己的政治。尽管这个国家对那个伊拉克的独裁者萨达姆没有丝毫好感,但是他们却不得不给萨达姆足够的面子。但是中东就是中东,就是再西化的约旦家庭在外交上也是表现得精明异常。

在机场出口处等候克拉拉和艾哈迈德的一辆车径直把他们送到了万豪酒店。这时已经是下午时分了,所以他们就在房间里用过晚饭。他们之间的那种紧张状况依然没有缓解。

"我去给祖父打电话。"

"这并不是个好主意。"

"为什么?我们已经在安曼了。"

"美国人的探子到处都是。明天我们就会穿过边境了。你就不能再等等吗?"

"事实上,我等不了。我很想跟他说话。"

"你知道吗?我对你的任性作风已经感到厌倦了。"

"你认为我想跟外公聊聊是任性吗?"

"你真应该更谨慎一些,克拉拉。"

"为什么?我一生都在被告知要做一个谨慎再谨慎的人。为什么?我不明白。"

"去问问你的祖父吧。"艾哈迈德没有好气地回答道。

"我现在在问你。"

"你是个聪明人,克拉拉,虽然很任性但还聪明。我估计这么多年以来,不管你祖父是如何还把你当个小姑娘一样地对待,你自己也应该有些自己的想法和见解吧。"

克拉拉不做声了。事实上,她不知道也不想让他告诉自己所有自己直觉的那些事情是真的。但是已经有那么多事情是明摆着的啊……她生在巴格达,就跟她的母亲一样,然后在开罗和巴格达度过了她的童年和少年时代。她对两个城市的热爱程度是一样的。她费了好大的劲让祖父答应自己完成在美国的学业。最后,她也达成了这个心愿,因为她知道她对于祖父而言无异于一个巨大的不安因素。

她在加利福尼亚过得很不错,而在旧金山她成了一个真正的女人,但是她很清楚自己不会在那里待一辈子。她很想念中东,那种气味、口味和时间的感觉……还有说阿拉伯语。她思念阿拉伯,感受着阿拉伯。所以她爱上了艾哈迈德。那些美国男孩让她觉得枯燥无味,尽管他们在她身上发现了作为一个来自中东的女孩被称为女人的所有东西。

"无论如何,我都要给他打电话的。"

她要求接线生帮她接通巴格达。过了几分钟她就听到了电话那头珐蒂玛的声音。

"珐蒂玛,我是克拉拉啊!"

"我的宝贝,真高兴!我马上通知先生!"

"他还没有睡吧?"

"没有,没有。他正在书房看书呢,他知道要跟你说话一定会高兴坏了……"

电话里都能听见珐蒂玛叫阿里的声音。阿里是她祖父的仆人,他会去通知他的。

"克拉拉,我亲爱的……"

"祖父……"

"你们在安曼?"

"我们刚刚到这。我很想见到你,想回家。"

"你发生了什么事情吗?"

"你为什么这么问我?我想看到你让你觉得很奇怪吗?"

"不是,但是我那么了解你。从小你就是一发生了什么事情,尽管你什么都不告诉我,但是会马上跑到我怀里来躲着。"

"罗马之行并不顺利。"

"我知道会这样。"

"你知道?"

"是的,克拉拉,我知道。"

"但是,你怎么会知道的呢?"

"你准备现在来向我提问题吗?"

"不是，但是……"

男人疲惫地叹了口气。

"艾哈迈德呢？"

"他在这呢。"

"好吧，我已经准备好了一切等着你们回家呢。叫你丈夫听电话。"

克拉拉把话筒递给了艾哈迈德，而艾哈迈德非常简短地跟他妻子的祖父聊了两句。他希望他们夫妻俩尽快回到巴格达。

一大清早，克拉拉和艾哈迈德就站到了酒店大堂，等着他们的车将他们送到伊拉克。但他们两人都没有发现，四个看似互不认识的男人，正偷偷地监视着他们。前夜他们就已经向马力尼提交了报告。他们两两分组，雇用了专业司机将他们载到目的地。这并不是件容易的事情，因为除非是有人有家属在伊拉克或者从事走私业务，否则谁都不会有兴趣在这个时候穿越边境的。

他们付给那几个由安曼酒店推举的司机丰厚的酬劳，而且另外还付了一笔费用保证他们绝对不会跟丢前面的那辆全路况的丰田绿吉普。

去巴格达的路上没有太多的车，但是这样足以让人们对边境上出出进进的车辆了然于心。

到达巴格达的时候已经是下午了。跟踪丰田车的其中一辆车一直跟着这辆车到了城里的一个街区，而另外一辆则开往巴勒斯坦酒店。人们告诉他们，大部分的西方人都是住在那所酒店里的。他们也是伪装成商人的模样，为了不引起别人的怀疑，而认为他们在这种政局之下还要坚持来巴格达做生意，那么只有住在那了。

那个丰田吉普在一个栅栏边停了下来，等着那个栅栏门被打开。马力尼的人却没有停下来。他们已经知道了克拉拉·坦内博格的住址了。第二天他们就会去那看个究竟。

这种房子是两层楼的，由一些不被人发现的武装队员守护着，它坐落在一个修剪得非常精心的花园中央。黄宫，屋如其名就是金灿灿的颜色，而且它还需要时常粉刷以维持它的颜色鲜亮。这个房子所在的街区也是一片住宅区。之前，这里曾是一个英国商人的府邸。

珐蒂玛在大厅里已经等待许久了，她坐在凳子上，睡着了。大门的响动把她惊醒了。克拉拉一把搂住她。这个女人是她的奶妈，从小就一直照看克拉拉。一开始，克拉拉还挺害怕珐蒂玛那身黑不溜秋的衣服，但是后来也就习惯了，再后来就发现她其实对人非常亲切，这正是她的母亲所缺乏的。

珐蒂玛从很年轻的时候起就变成寡妇了。她必须在婆婆的家里生活，在那里她不仅没有好的收入，而且受到的待遇也很不好。但是她就这样忍受着自己的命运，没有一句怨言，同时还抚养着自己的独子。

有一天，她的婆婆把她送到那户人家，那里住着一个外国人和他的妻子。他的妻子是个埃及人，就是阿丽娅夫人。从此，她就一直待在那了。她服侍阿尔弗雷德·坦内博格先生和他的太太，陪着他们一起移居到开罗。这对夫妇在那还有另外一处住宅。不过她最紧要的工作就是照顾这对夫妇的儿子——赫尔穆特。再后来，就是这个儿子的女儿，克拉拉。

现在她也已经老了，她的儿子也在同伊朗的战争中牺牲了。除了克拉拉，她什么都没有了。

"孩子，你的脸色可不好啊。"

"我太累了。"

"你不应该再出去旅行了，应该要个孩子了，你也会慢慢地变老的。"

"你说的有道理。等我找到了泥板圣经，我就马上要孩子。"克拉拉笑着说道。

"啊，孩子，你要小心啊，我所经历的事情千万不要再发生在你身上啊！我原来有一个儿子，但是他去世了，现在我什么都没有了。"

"你还有我啊！"

"是的，没错，我还有你！否则，我真不知道我活着还有什么意义了！"

"好了，珐蒂玛，你可别那么悲观，我不是刚回来了吗？我祖父呢？"

"他休息了。今天他一天都在外面忙，回来的时候很累，而且很着急的样子。"

"他说了什么吗？"

"只说他不想吃晚饭了。他把自己锁在房间里，命令我们都不许去打扰他。"

"那么，我明天再见他好了。"

艾哈迈德看着这两个女人还在继续聊天，他自己径直回了房间。他也很累。明天一早他还要去部里工作，还要上交一份关于罗马大会的报告。真是个失败！但是他却被委以特权。他一想到这就犯恶心，但是却怎么也忘不掉那个场景。从多年前起，他就觉得他的脸上无光了。第一次是因为发现了自己的家族属于一个独裁政权的精英阶层。但是他还没有那个摒弃诸多特权的能量，然后自欺欺人地告诉自己说他所谓的忠诚仅仅是对于自己的家族而言，绝对不是对于萨达姆本人。然后他就认识了克拉拉和坦内博格家族的人，而他的生命就从此坠入了万丈深渊。他被腐蚀了，但是却想着以后再也不会这么做了。他不能归罪于阿尔弗雷德。因为他已经同意加入阿尔弗雷德的组织并且继承他的事业，而且完全清楚这些意味着什么。如果他同萨达姆的位置很稳固是考虑到他门家族的联系的话，那么他同阿尔弗雷德的关系就变得更加牢不可破了，而他在这个独裁者身边了有着很多位高权重的朋友。

但是艾哈迈德越来越难以忍受现在的自己了，特别是跟一个拒绝去观察一下身边所发生的事情的克拉拉生活在一起。她只希望生活在天真无邪中，不去感受恐惧，只是继续去爱着那些她一直热爱的人们。

现在他已经不再爱着她了,尽管也许他从来也没有爱过她。当他们在旧金山认识的时候,他认为认识这个女孩很像一场冒险。他们都说阿拉伯语,在巴格达都有共同的朋友,两人的家族都很显赫,尽管两家从来没有互相打过什么交道。

因为都是移民,所以他们被连在了一起。克拉拉是个奢侈的移民,她的活期账户里有着无数的钱。他当然也有足够的资金过上在旧金山海湾阁楼里看日出的舒适生活。

他们于是开始同居了,他们有很多共同点:都是伊拉克人,考古学家,母语都是阿拉伯语,并且对美国的自由都有相同的感受,尽管他们都很思念自己的国土和人们。

当她父亲到旧金山探望她的时候,他威胁他马上同克拉拉结婚。这绝对是个有无穷益处的联姻,而他自己也直觉自己的一切都会改变。外交官流传着消息说,很显然萨达姆已经不是美国政府所必要的傀儡了。所以大家都必须好好思考一下未来:他要是跟这个有福气的女孩结婚,富有得无法计算,绝对受到特殊保护,当然她也是受尽娇宠的。

克拉拉走进房间,艾哈迈德吓了一跳。

"啊,你在这儿啊!"妻子打招呼似的跟他说道。

"你不跟珐蒂玛打招呼让我很不快。你从她前面走过去连看都没看她一眼。"

"我跟她说晚上好了。此外,我再没有什么好跟她说的了。"

"你知道珐蒂玛对我有多么重要的意义吗?"

"是的,我很明白。"

艾哈迈德的语气让她觉得奇怪,尽管最近她丈夫的确表现出似乎一直很生气的样子,而自己好像一直就是让他负担过重的一个困难包袱似的。

"你怎么了,艾哈迈德?"

"说我吗?没什么,就是累了。"

"我了解你,我知道你肯定有事。"

艾哈迈德死死地盯住克拉拉的眼睛。他非常想大声地明确告诉她,其实她一点都不了解他,她从来就没有了解过他,而他已经受够她和她的祖父了,但是现在逃脱这一切显然已经太迟了。所以他竟然最终没说一句话。

"我们休息吧,克拉拉。明天我还要工作呢。我要去部里面,此外,我们还需要严肃地准备一下发掘的工作。据我在罗马听到的消息,尽管这里任何人都不愿意相信这一点,但是战争很快就要来临了。"

"我祖父,是的。"

"是的,你祖父,是的。够了,上床睡觉吧。明早再收拾行李吧。"

***

阿尔弗雷德·坦内博格和他的一个伙伴,穆斯塔法·那什尔,一起待在办公室里。他们正激烈地讨论着,突然克拉拉走了进来。

"祖父……"

"啊,你在这儿啊!进来,孩子,进来!"

坦内博格目光如炬地看着那什尔,他立刻堆满了一脸的微笑。

"我亲爱的宝贝,都多长时间没有看到你了!你一直都没给我这个荣幸的机会来我开罗的家看看……我的孩子们总是问起你。"

"你好啊,穆斯塔法。"克拉拉的语调并不是很友好,因为她听到这个埃及人和祖父激烈的争执了。

"克拉拉,我们正在工作,一结束我就会叫你的。"

"好吧,祖父,我去购物了。"

"让人陪你去吧。"

"好的,好的。嗯,我跟珐蒂玛一起去。"

克拉拉在珐蒂玛和一个原来在基金会做司机兼保镖的男子陪同下出了门。他们坐着绿色的丰田朝巴格达市中心驶去。

昨天,这个城市弥漫在一片白色的阴影中。美国政府对萨达姆政权采取的封锁已经让这些伊拉克人越来越穷困潦倒了,所有的人都在想尽办法能够生存下去。

得益于联合国的资助,医院都还在运转工作中,但是对于药物和食品的需求却是日益紧张了。

克拉拉对布什所做的这一切滋生了一种深切的仇恨。她自己虽然不喜欢萨达姆本人,但是她更憎恨那些围困他们的人,让他们陷入了窒息。他们在集市上逛着,希望给珐蒂玛找到一个礼物,因为这天是她的生日。两个女人都没有察觉在街头巷尾有那么几个外国人,他们看起来正在跟踪她们。但是那个贴身保镖却发现了其中的两个人,他们两人看起来像是挥霍无度的游客,但是在每个角落都会撞见他们。他没有将这个情况通知两个女人,因为不想惊动她们。

当他们回到黄宫的时候,他立刻在克拉拉之前求见了阿尔弗雷德。穆斯塔法这个时候已经离开了。

"那四个人两个一组,分成了两组。"保镖向主人解释道,"很明显他们是在跟踪我们。而且,他们的外貌让他们一下子就被认出来,他们的衣着和脸部线条……我肯定他们不是伊拉克人,也不是埃及人,不是约旦人……但他们也不说英语,我觉得他们说的是意大利语。"

"你认为他们想干什么呢?"

"了解小姐想去哪。我不认为他们想对她有什么行动,尽管……"

"这个谁都不敢保证。你负责不准让她单独去任何地方,然后再派两个全副武装的人寸步不离地跟着。如果我的孙女有任何意外,你们都不会活着回来向我汇报。"

"明白,先生。"

"加强家里的保卫。我要加强进出的严格控制。绝不允许什么不认识的园丁来代替他生病的表兄之类的事情,或者什么好心的游荡商贩进入家里。我不希望看到任何一张生疏的面孔,除非我亲自授权同意的人。现在我们需要去会会这些神秘的跟踪者。我倒要看看他们究竟是些什么人,谁把他们派过来的,为了什么目的。"

"很难把所有人都抓住。"

"不需要所有人,一个人就足够了。"

"是的,先生。但是那需要克拉拉小姐再出去一趟。"

"是的,那是自然。我的孙女就是诱饵。但是一定不要惊动她,特别是不能让她出任何问题。你要用生命对此负责,亚什尔。"

"我知道,先生。她绝对不会出任何事情的,请您相信我。"

"我只相信我自己,亚什尔,但是你绝对不可以出任何差错。"

"不会的,先生。"

坦内博格叫来了他的孙女。整整一个小时,他都耐心地倾听她抱怨着罗马所发生的一切。他早就知道事情不会进行得很顺利。他的朋友们都劝他等到萨达姆下台之后再启动计划,再组织一队考古学使团去他们在乌尔古城和巴比罗尼亚城之间发现的那栋房子的遗址去进行发掘。这个考古团除了会找到泥板圣经以外,肯定还会从土里挖出些别的泥板和雕像。但是他就是等不及了。他不能等了,因为他知道自己生命的大限已近。有可能自己仅有三个月、四个月或者最多六个月的时间了。他要求医生如实地向自己透露病情,而所谓的实情就是他所剩时日无多了。他已经八十五岁了,而他的肾脏里面已经布满了大大小小的肿瘤。不到两年前,这个依然鲜活的器官已经都被切去一部分了。

克拉拉就要交给艾哈迈德照顾了,他们有足够的金钱来度过余生,但是最重要的是,他还希望给她一份礼物,那就是她从小就一直嚷嚷着想得到的:做一个能找到泥板圣经的女考古学家。所以他才将她派去了罗马,为了让她把他自己在比她现在更年轻的时候发掘出来的泥板圣经中的两块泥板的幸存秘密公布于众。

考古学界尽可以嘲笑亚伯拉罕写在泥板上的历史,但是他们已经知道了它的存在,虽然他们仅仅把它看做是个神话故事。谁都不能夺走她孙女可能获得的荣耀。谁都不可以,就连那些他最亲密的朋友,也不可以。

送到安曼的信他已经准备好了。这封信他会派人送到安曼,然后等在那的人会将信送到华盛顿布朗先生的办公室,然后布朗会将信交给乔治·瓦格纳。但是在发出信之前,他要先摆平这些跟踪克拉拉的陌生人侵者,然后说不定还需要因此在信中加上些内容。晚上,他希望再跟艾哈迈德谈谈。早上当他把信交给自己的时候,看起来很紧张。

他信任艾哈迈德,因为他很清楚这个年轻人的野心和他想永远逃离伊拉克的决心。而要得到这些只有通过金钱:克拉拉将会继承的遗产和他与自己孙女在一起享受生活所用的金钱。

马力尼的手下从清晨起就准备好了。他们找到了一个绝佳的地方监视黄宫的入口和出口,那是一家位于对面大街街角的咖啡馆。那里的老板尽管不停地询问他们来巴格达的意图,但还是很和蔼,这个地方也是唯一帮助他们不被守卫黄宫的士兵发现的好据点。

八点时,他们看见艾哈迈德开着绿色的丰田吉普出了门。他自己开车,但是他身边坐的那个人从任何地方都没办法看清楚。直到早上十点,克拉拉都没有出门,身边一直都是那个从头到脚一身黑的女人陪着。终于在另外一个男人的陪同下,这两个女人出门了,但是这次坐的车却是一辆梅赛德斯的越野车。

马力尼的小分队又两两分组,通过步话机互相联系,跟踪在他们后面。在咖啡馆的人马上通知他们在下两个街区驻守的伙伴,他们租了一辆车正等在那,然后他们负责跟踪克拉拉。

梅赛德斯一直朝巴格达的郊外驶去。而马力尼的手下则非常确信地跟了过去。

大概行驶了半个多小时路程后,梅赛德斯突然拐入一条被棕榈树包围的小路。调查局的人稍微犹豫了一下,但是还是决定继续往前跟踪。梅赛德斯立刻加速,跟踪的人也一直保持着一段谨慎的距离,他们可不想跟丢这个女人可能将他们引到那个老人的地方,因为他们需要拍到那个老人的照片。

突然梅赛德斯又一次加速,弄得地上尘土飞扬的。又过了一秒钟,两旁的辅路上突然出现了若干辆越野车,似乎想一举截获马力尼手下的头一辆车。等他们反应过来已经太迟了,对方的车队已经将自己团团围住,让他们不得不把车停下来。意大利调查员的第二辆车也硬生地刹住了。他们没有佩带任何武器,身上没有任何东西可以防卫或者对抗那些包围他们的人。他们就只能眼睁睁地看着自己的伙伴被人从车里拖出来,准备被人暴打。他们不知道该怎么办,是过去支援他们把自己也变成受害者吗?但是也不能对他们遭受痛打坐视不管啊。他们决定返回公路上去寻求援助,于是他们开始倒车。他们不是在逃跑,他们对自己说,尽管在他们内心里都知道这也无异于另外一种意义上的逃跑。

他们没能看到其中一名伙伴被人强迫跪下,并被人一枪打在太阳穴上,而另外一位同伴止不住地呕吐的惨状。两分钟后,这两人就惨死在水沟里了。

***

卡罗·希皮亚尼用双手捂住脸庞。那辆梅赛德斯就那样苍白而无动于衷地停在旁边,而与此同时,汉斯·豪瑟和布鲁诺·穆勒的脸上则由于卢卡·马力尼给他们讲述的这一切而充满了惊恐和焦虑。

他们都赶到了调查所长的办公室。是马力尼叫他们过去的。整个公司都在服丧,雇员们的承诺让人对此不容置疑。

第二天飞机将会载着这两具尸体飞回来。

谋杀。他们还是在被人痛打之后杀死的。他的同伴们都不知道该说什么,甚至连对方身份都无从得知。只知道当时有十辆越野车,一边五辆,让他们停了下来。他们试图看到他们是如何被人毒打的,之后他们在公路上正好碰到了一群巡逻士兵,叫上他们一起回去了。但是只是发现了早已断气的同伴的尸体。当局需要介入调查,而这两个调查员则面临作为最有嫌疑对象而被捕的境遇。没有人目击到任何事情,没有人知道任何内幕。

警察对他们的盘问方法实在是肆无忌惮,他们的回忆基本上可以被演绎为脸上、胸口和腹部的内伤和表皮上的伤口。经过了若干小时的拷问后,他们重获自由,但是却被命令尽快离开伊拉克。

意大利使馆对此提起了正式抗议,大使先生紧急求见伊拉克外交部长,而得到的答复却是外交部长正在也门进行国事访问。很自然,警察还会调查这个奇特的案件,不过对他们而言这更像是一个专营抢劫的犯罪团伙的杰作。

因为在受害者的口袋里已经找不到任何东西,没有身份证明,没有钱,甚至连包烟都没有了。什么都没有。那么他们被杀害的目的就很明显了。

在卢卡·马力尼的一生中,在西西里那段作为警察对抗黑手党的岁月是最为惨痛的,因为那个时候他总是要通知伙伴们的妻子说他们的丈夫在同敌人的战斗中中枪身亡。

但是即使是在那样的情况下,他们也会举办正式的葬礼,部长会到会给他们佩戴金质勋章的。而牺牲队员的遗孀也会得到一笔国家给予的抚恤金。而这次的安葬将会是秘密进行的,没有勋章,还要尽量不能让媒体插手此事。

"很抱歉,但是所发生的一切绝对远在我们估计之外。我跟你们的合同就此中止。你们插手进了太过复杂的事情了,连暗杀都被牵涉进来。他们已经杀了我的手下,以此来警告你们不管你们要找的是谁,还是不要再白费心机了。"

· 62 ·

"我们很愿意负担这两个家庭剩下来的人。"梅赛德斯说道,"告诉我们需要多少钱才合适来处理这个状况。我知道我们再也无法让死人复活,但是至少我们还可以帮助那些仍然活着的人。"

马力尼奇怪地看着梅赛德斯。这个女人实在是个不会绕弯子的人。她跟所有的女人一样实际,但是除此以外,她竟然都不会浪费时间去掉眼泪。

"这取决于你们。"他回答说,"弗朗西丝科·阿马托留下了他的妻子和一个两岁的女儿。保罗·希维斯特是个单身,但是最好给他的双亲一些帮助,因为他们还需要养活其他一些子女。"

"你认为一共一百万欧元,每个家庭得到五十万可以吗?"梅赛德斯问道。

"我认为这的确是一笔慷慨的资助。"卢卡的回答就是这样,"但是我们还有其他的事情需要处理。警察想知道为什么我的两名手下会出现在伊拉克,是谁让我们把他们派过去的,为了什么目的。直到现在我还是尽力在推诿,但是明天一早总局长要等着见我。他需要我的答复,因为部长给他施压了。尽管我们已经是老朋友了,而且您也会帮助我,但是我还是需要给他一些答复。现在,你们告诉我,你们希望我说些什么,保留些什么。"

四个好朋友在沉默中面面相觑,都明白现在事态的微妙。如果要向警察解释说为什么一个退休的医生、一个物理学教授、一个钢琴演奏家和一个建筑公司的女老板却联合起来雇用了一个调查机构并让他们派四个人去伊拉克显然是太过复杂了。

"您倒是跟我们说说什么版本才能算是最可以接受的呢?"布鲁诺问道。

"其实你们也从来就没有告诉我为什么你们想知道那个女孩的事情,还有你们在伊拉克找的人到底是谁。"

"这件事跟其他的任何人都没有关系。"梅赛德斯冷若冰霜地回答道。

"女士,已经死了两个人了,所以警察绝对有理由让我们给出个交代。"

"卢卡,你能让我们单独谈几分钟吗?"卡罗请求道。

"是的,当然。你们可以用那个会客室,你们一旦想出什么办法,立刻通知我。"

调查所长把他们请进办公室旁边的一间屋子,然后轻轻地关上门后离开了。卡罗是第一个发言的。

"我们有两个选择:要么说出真相,要么找到一个合适的借口。"

"能有什么好借口解释两具尸体吗?"汉斯发言道,"特别是两个无辜的人的尸体。如果至少,要是他们的人的话……"

"如果我们说出实情,一切就结束了。你们没发觉吗?"

布鲁诺的语调有些担心的意味。

"我可不准备现在就投降,那么我们就要想出一个办法来面对现在的情况。现在是我们一生中最为关键的时刻了,这也是最为难熬的日子,痛苦而且充满不可预测,但是仅仅是一段不顺的日子罢了。"

"上帝啊,你也太坚强了,梅赛德斯!"卡罗的这声慨叹绝对是发自内心深处的。

"坚强?你真的是要说我很坚强吗?卡罗,我们准备了这么多年,一直都说我们有能力应付任何事情啊。好吧,大家都在这里呢,现在不能再抱怨什么了,都好好想想办法。"

"我没有这个能力。"汉斯低声地说道,"我什么也想不出来。"

梅赛德斯不快地看着他们,然后站起身来,需要她来控制这个局势了。

"好吧,卡罗,你和我们都是老朋友了。我顺道来罗马,然后跟你说起我正在考虑,鉴于战争的无法避免性,我希望我的公司能够在伊拉克的重建工程中也分一杯羹。所以,尽管我已经这把年纪了,但是我还是想自己探讨一下在巴格达建厂的可能性,更真切地了解一下当地的情况和未来的前景。你就对我说我是个老疯子,于是那些调查机构的作用就凸现出来了,他们都是有准备的人并且能够在一个充满了战争冲突的环境下对情况进行评估。你给我介绍了另外一个老朋友,卢卡·马力尼先生。我很怀疑,更希望能够雇用一家西班牙的机构,但是最后我还是决定了用这个调查所。我们接受伊拉克方面的版本,就说那些马力尼的手下是因为被抢劫而被人杀害的。鉴于伊拉克现在的局势,这样的事情一点也不新奇。很自然的,我很难过于是打算给这两个家庭一小笔补偿。"

三个男人崇拜地看着她。能够在一分钟内就想出一个如此合理的借口,简直是令人难以置信。即使警察不相信,这个理由也是可以接受的。

"你们同意或是还有其他想法?"

他们什么想法都没有,所以都决定接受梅赛德斯想出的这个绝妙的点子。

当他们把这些讲给卢卡听时,他陷入了沉思。这倒不是个什么坏主意,只要没有饶舌的人跳出来指证他的人曾经在罗马跟踪过克拉拉就行。

"不错,您说的有道理。"梅赛德斯接受了他的意见,"我们不能将两件事情搅和在一起。您绝对没有必要解释两天前您的人曾在罗马跟踪过谁。这绝对不是'案子',所以在罗马没有发生任何事情。问题只与伊拉克有关。"

"好吧。"马力尼坚持道,"但是这个'案子',就像您所说的,它是从罗马开始的,并且跟那个女人有关系。此外,我们也不知道我的人在临死前到底说过些什么没有。很有可能他们会解释说他们替调查所工作,并且他们的任务就是要跟踪克拉拉。"

"您说得的确有道理。"汉斯插嘴道,"但是伊拉克警方没有提及关于这些人的任何情况,根据我们掌握的情况,大使也没有说。更有甚之,伊警方已经对此结案了。所以我真看不出我们这里还有什么不结案的理由。"

"马力尼先生,"梅赛德斯严肃地说道,"他们给我们发来了一份你手下遭杀害的通知书,一份死亡通知书。这就是他警告我们如果胆敢靠近他和他的人会有什么后果的方式。"

"您在说什么,梅赛德斯?您指的是谁?"卢卡透出掩饰不住的好奇。他已经受够了这四个老人所带来的种种谜团。

"卢卡,除了跟你说的这些我们再也想不出什么更好的借口了。如果你觉得这个版本不够让意大利警方满意的话,那就请帮帮我们。"

卡罗沉重的语调不禁让这个所长为之动容。卡罗是他的医生,是个曾经在其他医生宣判他无法医治,认为他病入膏肓连开刀的必要都没有的时候,把他从死亡线上救回来的老朋友。所以尽管他是如此地讨厌这个叫做梅赛德斯的女人,他还是会尽一切力量帮助他的。

"你要相信我,告诉我你们在跟踪谁和跟踪的原因。这样我也许能更好的理解所发生的这一切。"

"不行,卢卡,我们不能再跟你透露更多的事了。"卡罗肯定地说道,"很抱歉,这不是因为信任的原因。"

"好吧,那我就保留巴雷达女士的那个解释版本。希望我警局的那些朋友们能够富有同情心,不要把我像螺丝一样拧到不能动弹的程度。我那几个手下的家庭现在都悲痛万分,但是他们都只是相信他们死于伊拉克的混乱局势。布什因为他的攻打'邪恶帝国'的事业已经将两个意大利家庭牵涉了进来。我同弗朗西丝科的太太和保罗的父母都已经谈过,他们都不知道他们两人去伊拉克的真实目的,他们也没有谈论他们在家里工作的细节。这样他们不会带来很大的麻烦,所以如果你们准备要给他们这笔赔偿……好吧,我会给你们打电话并且通知你们我是怎么跟警局的朋友们交代的。"

"抱歉,我还要再问你一遍,你肯定不会告诉你的手下到底是谁雇用了他们吧?"

"不会,卡罗,我没有。你不是希望没有任何人知道你们的事情吗,只有我知道。我承诺过的,就一定会遵守诺言。"

"谢谢你,我的好朋友。"卡罗平静地说道。

没有再说什么,他们就道别了。

"我们去喝点什么吧。"梅赛德斯建议道,"我脑子都要崩溃了。"

他们钻进了一间破旧的咖啡馆。这时的罗马虽然阳光普照,可这四个人的心情却很烦躁,很不安。

"他发现我们了。"布鲁诺肯定地说道。

"没有,他还没有。"梅赛德斯回答说,"马力尼的人什么都不知道,所以他们不可能告诉他任何事情。"

"都有点现实感行不行?"汉斯说道,"我们这个年龄已经不能再犯什么妄想症了。"

"我们就等卢卡去完警局通知我们情况后再说吧。"卡罗建议道,"现在,朋友们,我需要暂时离开你们一会儿,我要去趟诊所看看。如果不去的话,我的孩子们肯定开始为我担心了。如果你们觉得合适的话,我们晚饭的时候再见。"

"卡罗,"梅赛德斯打断他说,"我觉得对我们每个人而言休息都绝对不是件坏事。我们明天再碰头吧。"

"好的,你说的有理,梅赛德斯。而且我们大家也最好分开几个小时好好想想,不要老在被固有的东西所困惑。"布鲁诺也赞同道。

"随你们便吧。"

四个人在咖啡馆大门分了手。他们都需要几个小时的孤独,需要跟自己的内心好好沟通一番。

还没有跟他的秘书交代完事情,女儿娜拉就走进了他的办公室。

"总算看到你了,爸爸!你跟你的那些老伙计们这些天都跑哪里去了?"

"好了,娜拉,看看你都怎么称呼这些老同志的……"

"都是你不让我们见到你嘛,而且我们一直都那么担心呢,是吧,玛丽亚?"

"是啊,医生。"

"谢谢你,玛丽亚,我们明天再说。"

玛丽亚离开了办公室,把希皮亚尼医生和他的女儿单独留在了里面。

"希望今晚你不会迟到。"娜拉说道。

"今晚?"

"哎呀,爸爸,你不是要告诉我说你忘了今天是安东尼奥妻子的生日了吧,我们早就说好要去他们家吃晚饭的。"

"对了,生日!没有,我没有忘记,我以为你是指其他的什么事呢。"

"糟糕的谎言。你给她买了什么礼物吗?你知道他妻子是个有点特别的女人。"

"我本来就打算现在去古奇店里看看的。"

"你不是又打算送她块手帕吧?"

"这不是最实用的吗?"

"最好是个手提袋啊。你想让我陪你过去吗?"

卡罗看着他女儿,笑了。是啊,他就是想跟女儿一起散散步,然后听她随便说说任何关于诊所这些天来发生的事情。

***

阿尔弗雷德·坦内博格面无表情地听着科洛内说话。他们也认识很多年了,

_____

· 66 ·

科洛内一向给他提供很好的服务。他的价格也很高,不是一般意义上的高价,但是却绝对物有所值。他为萨达姆的秘密组织工作,是老萨国家安全办中最受信任圈子之内的人物,所以通过他,阿尔弗雷德总能得到皇宫里所发生任何事件的一手消息。

"好了,告诉我是谁指挥着这些人。"科洛内坚持地说道。

"我向你发誓,我真的不知道。他们是意大利人,是一个叫做调查所的公司。有人雇用他们去跟踪克拉拉,但是他们没有再说任何其他的话了,因为其他的他们也不知道。如果他们知道,我向你保证他们一定就会说了。"

"我认为不会有人有兴趣对你的孙女怎么样。"

"我也这么认为,但是也许是有人想对我实施点什么惩罚。"

"你啊,老朋友,你的敌人可是太多了。"

"是的,但是朋友也很多啊。你也是其中之一。"

"这一点你很清楚,但是他还是希望你能告诉我更多的东西。你有一些很有权势的朋友,你曾经冒犯过他们吗?"

阿尔弗雷德没有从椅子上挪动,连脸上的表情都没有任何变化。

"你也一样有很多有权势的朋友,不是还有乔治·布什吗?他还不是一样要派他的海军到这里把你们全部推到海里淹死。"

科洛内爆发出一阵大笑,然后点上一支埃及香烟。他就喜欢这种烟,喜欢它的香味。

"你还是要多告诉我一些事情,否则的话,我很难帮助你保护克拉拉。"

"我保证对于是谁派了这些人过来,我毫不知情。我希望你做的仅仅是加强一下我们黄宫别墅的安全保卫系统,并且关注所有相关的情况。反而是我希望你能帮助我来调查一下,到底是谁把这些不幸的人派过来的。"

"我会的,朋友,我会办到的。你知道吗?我这些日子一直很担心。我觉得会有战争爆发,在黄宫里他们都在想着布什对我们的不断威胁,但是在最后一刻,他似乎有些往后退了。我的感觉是他希望结束一些他父亲引起的事情。"

"我也这么看。"

"我希望能让我的妻子和孩子们都安然无恙。我的两个孩子已经参军了,所以现在我能为他们做得相当有限。但是女人们……我担心会付出代价。"

"我会负责的。"

"你真是我的好朋友。"

"你也一样。"

阿尔弗雷德不知道到底是谁、为了什么派人来跟踪克拉拉。那些调查员都是意大利人,所以肯定是有人在罗马雇用了他们,并且顺着他孙女的足迹一直跟踪到伊拉克来的。要么就是为了找他，那会是谁呢？要么就是想要威胁他，警告他不能打破规矩，不许他将泥板圣经交给他的孙女？

没错，他思考着，就是因为这个，是"他们"，他的老朋友们。但是在这种情况下，谁都别想把它拿走。他的孙女将会找到它，并且成为她的荣誉。他不会允许任何人干涉到克拉拉的命运。

他觉得一阵头晕，但是还是凭借着一种超人的意志力继续走到轿车那。他的手下从他身上看不到半点虚弱的征兆。他必须要取消去开罗的旅行了。专家等着给他做最新的检查，如果有必要的话，也是需要做手术的。但是他现在不想再进那个外科诊室了，特别是现在。他们可能让他在那躺下就一觉不醒了。他们对此非常在行，而且不仅如此。并不是因为他们不爱他，他们喜欢他，但是每个人都不能跳过规则办事。此外，他也认为不论这些医生采取些什么措施，也不可能再怎么延长他的生命了。他现在唯一需要做的事情就是尽所有力量加快他的计划，让克拉拉可以开始进行挖掘。

他让司机把他送到文化部。他需要跟艾哈迈德好好谈谈。

他走进办公室的时候，艾哈迈德正在打电话，他只有不耐烦地等着他把电话说完。

"好消息是：皮科特教授，"艾哈迈德放下电话说道，"他虽然没有承诺任何东西，但是他说希望过来看看。如果他所看到的东西让他信服的话，他会带着专家组过来准备开始挖掘。我准备去打电话给克拉拉，我们需要好好组织一下所有的工作。"

"皮科特教授什么时候过来？"

"明天。他从巴黎直接过来。他希望我们能直接去萨佛兰，而且他希望能亲眼看看那些泥板……你需要给他展示一下。"

"不，我不需要见这个皮科特。你知道我只见非见不可的人。"

"我从来就不知道你看待一些人可以和其他人不一样的标准。"

"这也不关你的事。你需要负责的是所有的事情，我希望这个考古学家对你们有所帮助。你要给他提供必要的帮助。"

"阿尔弗雷德，皮科特是个很富有的人，我们没有什么可以给他提供帮助的。如果能够说服他，那些萨佛兰的遗址有价值的话，他就会来。否则，什么东西，什么人都不能劝服他。"

"那些伊拉克的考古学家都跑到哪里去了？你就没有做做他们的工作吗？"

"你知道我们从来就没有什么特别伟大的考古学家。我们的人民本来就少，能够做事的人也早就离开这里许久了。其中两名最有名的已经在美国的大学里教书了，他们比那尊自由女神的雕像都更加美国化了。他们是永远都不会再回来了。此外，你还记得几个月前，我们这些公务员已经都拿出了一半的工资来工作了，这里不是美国，没有基金会、银行和公司专门负责资助考古团的工作。这里是伊拉克，阿尔弗雷德，伊拉克。所以你在这里除了我和基本不会有任何可能帮助我们的两个考古学家之外，再也找不到别的人了。"

"我会给他们丰厚的报酬。我要跟部里谈谈，你们需要飞机把你们送去萨佛兰的，或者最好有一架直升机。"

"我们也可以先去巴索拉，然后从那……"

"我们不能再耽误时间了，艾哈迈德。我会去跟部长说的。皮科特几点到？"

"明天下午。"

"你把他送到巴勒斯坦酒店。"

"我们不把他请到家里去吗？这个酒店现在可不是最好的状况啊。"

"伊拉克也不是处在它最好的时候啊。"

"我们都是受过欧洲文化熏陶的人，那里有谁会把一个不熟悉的人领回自己家呢？而我们并不了解皮科特。而且，我也不希望任何陌生人走进黄宫。这个问题到此为止，我已经告诉你了，对于皮科特而言，我就是个并不存在的人。"

艾哈迈德对克拉拉祖父的这些教导表示同意。他会完全遵照他的指示去做的，跟原来一样。没有人可以跟阿尔弗雷德唱反调。

"科洛内跟你提起过那些跟踪克拉拉的人吗？"

"没有，他比我们知道的要少。"

"需要把他们都干掉吗？"

阿尔弗雷德皱了皱眉头。他不喜欢艾哈迈德提出这样的问题。而艾哈迈德也很惊诧自己就这样把内心的想法突然脱口而出了。

"是的，需要。那个派他们过来的人就应该知道他们在玩一场什么样的游戏。"

"他们是因为你过来的，不是吗？"

"是。"

"为了泥板圣经？"

"这是我还需要继续调查的问题。"

"这个问题我从来都没有问过，事实上，大家谁都不敢提，但是，你的儿子真是被他们杀害的吗？"

"他和妻子努尔是死于一场车祸。"

"他们设计的，阿尔弗雷德？"

艾哈迈德顽固地看着老人的眼睛，但是老人却顶住了他的目光。每当有人提到儿子赫尔穆特和妻子的死，揭开他这层久远的伤疤时，他都会无法自已。

"赫尔穆特和努尔已经都去世了。再没有什么是你需要知道的事了。"

两个男人就这样对峙了几分钟，但是艾哈迈德还是草草地垂下了眼帘。他没有办法承受那个老人钢铁一般冰冷的眼神，这个每天都变得更加令人害怕的恣意妄为的老人的眼神。

"你犹豫了,艾哈迈德?"

"没有。"

"最好如此。我百分之百真诚地向你承诺。你知道交易的本质。终有一天你会得到的,肯定比你原来想象的时间要早,而我也希望会如此。但是不要跟我耍心眼,千万不要,艾哈迈德。我不相信任何人,包括你,克拉拉对你的保护伞也不会起任何作用。"

"我很清楚。阿尔弗雷德,我知道你是什么样的人。"

艾哈迈德的语气中并没有任何贬损的意味,只不过暗示着他很清楚自己正在为这个魔鬼工作着。

7

下午四点,圣克鲁斯街区上连个鬼影子都没有。这个有着狭窄街道和局促广场的街区是最能体现塞维利亚精髓的地方了。戈麦斯家的那个双层小楼的阳台门还紧紧地闭着。九月的艳阳恨不得要把空气烧到四十度,尽管家家都开着空调,但是任何一个有着正常理智的塞维利亚人都不会把阳台门打开,哪怕小半开都不可能。

在厚厚的窗帘后面享受着黑暗,而且这也到睡午觉的时候了。

送报纸的已经是第三次按门铃了,他气坏了。给他开门的那个女人看来情绪也很糟糕。看出来她正在睡觉,而铃声则把她从午后的惬意小睡中生生拖了起来。

"这个信封是给恩里克·戈麦斯先生的。而且他们嘱咐我一定要亲手交给他本人。"

"他正在休息呢,给我吧,我会交给他的。"

"不行,我不能给你。我必须确认他本人看到了这个。"

"听着,我跟你说了,我会把它交给他的。"

"我也告诉你了我必须亲手将这个信封交给这位先生或者我把它拿走。我是受人之托的,必须履行我的承诺。"

"你给我听着,把它给我!"

"我跟你说了不行!"

女人提高了嗓门,邮差也毫不逊色。然后就听见一阵话语声和急急忙忙的脚步声。

"出什么事了,贝芭?"

"没事,夫人,这个邮差非要把信亲自交给先生本人,我告诉他不用了。"

"把信给我吧。"夫人对邮差说道。

"不行,夫人,我也不能把信给您。要么我把它交给戈麦斯先生本人,要么我就带着信离开。"

萝西奥·阿瓦雷斯上上下下地打量了这个邮差一番,真想甩手将门摔到他脸上。但是第六感告诉她不能那么做。她知道对于丈夫的事情要慎之又慎。于是,尽管她咬着自己的下嘴唇,却吩咐贝芭去楼上通知丈夫。

恩里克·戈麦斯马上就跑下楼来,用眼睛打量了一下邮差,然后马上得出结论就是:这的确就是个单纯的邮差。

"萝西奥,贝芭,你们不用担心,我来处理这个先生的事情。"

他特别拉长"先生"这两个字,故意想让这个邮差难堪。这个邮差看起来满头大汗,嘴里还叼着个牙签固执地看着他。

"听着,长官,我并无意打扰您的午休,我只不过是听人差遣,而吩咐我这个任务的人嘱咐我一定要亲手交到您的手里。"

"谁让你送来的?"

"这个嘛,我真不知道!公司把它交给我然后我负责交给您。如果您想知道更多情况,请给我们公司打电话。"

他就没有再找麻烦接着问了,签了收条,拿起信封,然后关上了大门。一转身,他看到了萝西奥站在楼梯角那,担心地看着自己。

"怎么了,恩里克?"

"难道还能发生什么吗?"

"不知道,但是我觉得进来了些什么让人窒息的东西,好像这个信封会给您带来什么坏消息似的。"

"说什么呢,萝西奥!这个邮差不过是个办事有原则的人,别人让他把东西交到我手上,他就毫不马虎地照办了。得了啊,你去休息吧,这么热的天气,你也干不了什么别的。我马上也上楼了。"

"但是,如果有什么……"

"但是,但是会发生什么啊!好了,你去吧,别管我。"

他坐在办公桌后,担心地打开那个鼓鼓的信封。当看到眼前的那些照片时,他禁不住的一阵反胃和恶心。他在信封里还找到了一封信,看到那是阿尔弗雷德·坦内博格的字迹,他一点也没有感到意外。

但是,这些被他杀害的人到底都是些什么人呢?

他又浏览了一遍这些照片,照片里是两个被毒打后身亡的男人,面庞已经难以辨认了。其他角度的照片看得出来,他们的脑部是中了子弹的。

在他的信中,只写了三个字:"这次,不"。

他把信纸撕成碎片,然后放在外衣口袋里,打算待会儿把它们扔到马桶里冲掉。至于那些照片,他倒还真不知道该怎么处理掉,于是就先把它们锁在保险箱里了。

当他回到楼上卧室的时候,他的妻子正十分不安地等着他。

"怎么回事,恩里克?"

"人家开了个玩笑,萝西奥,就是个玩笑。别担心,走吧,我们休息休息,还不到五点呢。"

***

"扣子"走到那两个男人身旁。他们两人正在酒店的酒吧角落里吃着早餐，一边还在激动地谈论着什么，从这个角度的落地窗往外看去，可以欣赏到科帕卡瓦那海滩的美景。"扣子"对那个年纪稍长的人开口说话，把一个鼓鼓囊囊的包裹交给他，看起来像一本大厚书。

"抱歉，先生，有人要我把这个交给您。前台告诉我您在这里。"

"谢谢，汤尼。"

"不用谢，先生。"

弗兰克·多斯·桑托斯把这个包裹放进手提箱，然后继续毫不在意地跟他的生意伙伴聊天。中午阿里希娅要过来一起吃饭，然后他们将会一起度过下午和晚上的时光。她已经很久没有去里约了，太久了，他想道。住在森林的边缘地区让他彻底丧失了时间的概念。

还差一会儿就到十二点，他上楼走到自己已经在酒店里预订好的套房。他在大堂照镜子时看着自己的身影，对于一个八十五岁的老人而言，这身板还是颇有风度的。尽管其实也没有什么不同，但是阿里希娅那表现就像是把他当做了罗伯特·雷德福特，反正做这些都是因为他付她钱。

***

他正准备登上他的私人飞机，突然他的一位秘书气喘吁吁地跑到悬梯旁。

"瓦格纳先生，等等！"

"发生什么事了？"

"拿着，先生，一个信使把这个信封给您送了过来。是从安曼来的，看起来非常紧急。他们坚持说一定要您马上看。"

乔治·瓦格纳拿过信似乎连说谢谢的意思都没有，继续往悬梯上走。

他坐在一个舒服的沙发上，待他的专用空姐给他端了一杯威士忌上来之后，他才把信封拆开。

他不屑地看着那几张照片，然后气狠狠地把阿尔弗雷德亲笔写着那三个字"这次，不"的信纸揉成一团。

他从座位上站了起来，然后示意他的空姐过去。这个小姐连忙跑过去，等待着他老板的吩咐。

"告诉机长改变航行，我需要回办公室。"

"是的，先生。"

怒火似乎都要从他眼睛里冒出来了。他穿过他私人飞机的客舱过道，拿起移

· 73 ·

动电话往很远很远的地方拨了一个电话。

***

该死的米勒太太！罗伯特·布朗在心里诅咒着那位参议院太太。在米勒夫妇公寓的草坪上，就垫了块毯子坐在上面，连个靠背都没有，让他的背一阵阵的疼痛。直到聚会高潮也没有看见他的导师。他说了要来参加这个野餐会的，但是还没有出现。

当看到拉尔夫·巴利朝自己走过来的时候，他总算松了一口气。拉尔夫来了就可以摆脱那讨厌的参议院夫人了，她一直努力想劝服自己捐一大笔美元给伊拉克的孤儿们。

"布朗先生，您知道的，战争会有很多后遗症。不幸的是，孩子们是最遭殃的，所以我的朋友们和我一起成立了一个委员会，专门帮助那些战争孤儿们。"

"米勒夫人，我当然很希望也能跟您一起出些绵薄之力。只要您估计出一个合适的数目，告诉我要把钱汇到什么地方就可以了。"

"哦，您太慷慨了！我不应该决定您要赞助多少，您自己看着办吧。"

"一万美元如何？"

"太棒了！一万美元对我们而言就是了很大的忙了！"

拉尔夫在这个时候走了过去，手上拿着一个鼓鼓的包裹，然后把这个包裹交给了他。

"这是刚刚从安曼寄过来的。信差非常肯定地说这是个急件。"

罗伯特·布朗立刻起身，对参议员夫人表示抱歉，然后走到府邸里，找了个安静而隐蔽的角落。巴利陪着他，微笑而放松。像他这样一个前教授，能够跟这样的华盛顿上流社会精英交往就充分说明了他已经达到了自己的巅峰时刻。

他们找了个小客厅的角落坐了下来。布朗打开信封，取出了那几张照片，表情立刻变得扭曲了起来。

"王八蛋！"他嚷道，"婊子养的东西！"

然后，他认真看了看那张信纸上写的三个字："这次，不"。

拉尔夫·巴利感觉出了导师的紧张情绪，但是他还是强忍住自己的情绪，等着导师把信里的那些照片拿给他看。但是布朗却没有那么做，而是把照片重新收到信封里，装好，却依然掩饰着他的愤怒。

"给我把那个保罗·杜卡斯找来。"

"怎么了？"

"跟你没什么关系，但是容我再好好想想……我会告诉你的，我们有麻烦了，跟阿尔弗雷德的问题。我不能再在这个愚蠢的晚会上耽误时间了，跟保罗谈完了我就走。"

拉尔夫·巴利什么都没有回答,马上去找全球安全集团的总裁了。

***

远远的还没有看到萨佛兰,直升飞机就飞过了特尔穆哈依的上空,这里是古乌尔城的所在地。飞机落地的时候,扬起了一团黄土,让这个久负盛名的名城名副其实。

现代的萨佛兰城市不过是由三十多座固定的砖瓦房构成,只有房顶上的电视天线才昭显出这是个什么样的年代。一公里开外,才是古乌尔城的原址,那里四周已经用木杆围栏圈了起来,竖着"禁止入内"和"国家遗产"的牌子。

对那些当地的农民而言,他们的祖先过着什么样的生活跟他们根本无关,过好现在的生活才是正事。他们原先一直都是怀念祖先的没错,但是要是哪一天天知道会有无数天兵带着该死的炮弹从天而降,扎营进驻这个人们都认为这里有着古老村庄的遗址,或者有一个宫殿的古老村庄时,那时的情况就不好说了。也许这里真有些宝物,但是这四个士兵的出现却不啻于一场战争的演习。

科洛内只不过是派了四个人到那个位于乌尔和巴索拉城之间的几乎被人遗忘的小村子去了,但是这就足以震慑那些当地的农民了,他们又一次惊恐地看着上天,被直升飞机的轰响声弄得胆战心惊。

伊维斯·皮科特重新审视着克拉拉·坦内博格。他觉得她十分与众不同。她那双眼睛是金属的蓝色,脸庞黝黑,披散着栗色的头发。她的美丽不是那种会让人一见倾心的,但是只要你慢慢地观察她,你会发现她五官搭配得和谐,发现她那智慧而不安分的眼神。

她被认为有着歇斯底里的任性脾气,可是这个判断也许太过武断了呢?毫无疑问,上天对她实在是眷顾,只要看看现在这个越来越贫困的伊拉克,其他人都是如何穿着打扮的就足够了。但是只要再看看他们昨天晚上在酒店吃饭时的谈话,她在直升飞机上的喊叫,大家就会直觉地感到她不仅仅是个任性的女人,还是个意志非常坚定的人,而且看起来还是个很有能力的考古学家,这一点在降落到地面之后也许会被看得更清楚。

真正有决定作用的考古学家的确是艾哈迈德·侯赛因,这个是显而易见的。另外,他也没有多说一句废话,但是他所说的每一句话却都是饱含对美索不达米亚现实的认识和深意的。

这架军用直升飞机降落在一个商店的旁边,科洛内的四个士兵已经在那等候多时了。

他们一边从飞机上跳下来,一边试图将脸蒙住。不过一秒钟时间,他们就被

· 75 ·

这个隐秘村庄飞舞的黄沙弄得满脸都是,而那些好奇的村民从旁边围了过来,想看个究竟。

这里的村长认识艾哈迈德,他径直向他走来,然后冲旁边的克拉拉欠了欠身子表示问候。

在村长和一行士兵的陪同下,他们在村子里四处查看。

皮科特和艾哈迈德爬到那个建筑遗址留下来的大洞里,但是由于工具的匮乏,他们无法清理出一个周长为两百米的区域来。

伊维斯·皮科特认真地听着艾哈迈德的解释,而艾哈迈德面对这个法国考古学家可能提出的任何质疑都做好了回答的准备。

已经有一间屋子被挖掘出来了,这个方形的屋子里面有不计其数的书架,上面堆满了泥板的碎片。

克拉拉可受不了只是站在上面看着这两个男人在底下忙忙碌碌地运送着东西,听着艾哈迈德给伊维斯解释着那些为数不多的他们找到的没有遭受破坏的泥板已经被运送到巴格达了。她很不耐烦,要求那些士兵想办法把她也弄到下面去。

他们花了三个多小时的时间四处观察、刮蹭、测量和拯救那些泥板碎片,它们实在是太碎了几乎已经看不清上面的内容。

他们从大洞里爬出来的时候,身上都是一层厚厚的细黄土。

艾哈迈德和皮科特两个人激动不已地谈论着,并没有太注意克拉拉。两个男人一副相见恨晚的投缘样子,对于对方在所擅长领域的权威性似乎都非常认同。

“我们可以就在村子的边上扎营。我们还可以雇用一些当地的人来帮助我们做一些非常基础性的工作。但是我们也需要专家,需要一些有准备的专业人士保证不会伤害到建筑的遗址。另外,你自己也看到了,我们有可能会发掘更多的建筑物,甚至是古萨佛兰城。还可以去弄到一些士兵的帐篷,尽管可能不太舒服,不过也许多几个士兵更能够保证这里的安全。”

“我不喜欢士兵。”皮科特坚决地说道。

“在地球的这个地方,他们还是非常有必要的。”艾哈迈德回答说。

“艾哈迈德,伊拉克到处都受到间谍卫星的监视,所以如果被人侦察到有一个军事驻扎营,那么一旦敌军准备好要轰炸,这里就是首发战场。我认为我们应该用另外的方式来做这些事情。不需要什么军用帐篷,也不要士兵。至少除了这四个以外,不需要更多的增援了,而他们几个人履行基本的守护任务就足够了,如果有某个村民想要偷偷过来掺和,他们就足以应付了。如果我过来开掘的话,我会带来民用器械和物资的。”

“您肯定会来吗?”克拉拉有点急切地问道。

“现在我还不能肯定。我想看看你们所说的那两块泥板,还有其他一些你们说已经在这里找到的,上面写有夏马斯名字红印的泥板。只有对它们做过分析之后,我才能拿出一个相对肯定的意见。一开始我对这个就很感兴趣,现在我,很同意你丈夫的意见,这里很有可能就是一个古老的神庙宫殿,除了这些泥板之外,我们说不定会挖出其他一些东西。但是我也不可能对此断然地就下结论。我现在所做的一切为了解决的问题就是:到底值不值得在一个如此不合适的情况下,把发掘所需要的二三十个人还加上物资从那么远的地方运过来,还要加上估计不菲的一笔经济成本支出。而说不准哪天,萨达姆大叔的F-18战斗机就会在上空出现,把全部都夷为平地。伊拉克马上要遭遇浩劫,我看不出有什么理由不马上将待在这里的人员马上撤离。我很怀疑,他们是否在乎我们正在试图挽救一个公元前若干世纪的神庙宫殿遗址。所以,在这个时候到这里来是冒着非常不必要的风险的。也许,战争之后……"

"但是我们不能把一切就这样丢下了!它们会被摧毁的!"

克拉拉的声音明显充满了担忧。

"没错,女士,毫无疑问,您说的有道理。F-18战斗机的确不会放过任何东西,只会留下一片更大的黄土地。但是问题就是,我是不是想在这样一场冒险中赔了钱,还要搭上小命。我可不是印第安纳·琼斯,我必须好好计算一下,当然还冒着可能算错的风险,到底那些美国佬的轰炸大概会持续多长时间,我自己需要多久来成立这样一个专家队伍并将他们运送到这里,我们到底要投入多少时间才能初见成果……

"战争大概会在六到八个月之后开始。你们看看这些报纸吧。报纸早就开始计算起这一切了,但是这里面大量的信息却鱼龙混杂,到底最后如何,我们根本无法得知。好吧,我们能在六个月内有所收获吗?在我看来,不可能。你们都知道,这种规模的考古发掘需要若干年的时间。"

"这样看来,您已经做好决定了。您过来不过是为了满足一下好奇心喽。"克拉拉更像是在得出一个肯定的结论,而不是在发问。

"您说得有道理,我来这里的确是因为我感到很好奇,至于说做决定,我倒是还没有完全想好。我要听听我内心的魔鬼律师到底怎么说。"

"您想看的泥板现在在巴格达。您可以去那里看。在去那之前,我们希望您对这里的东西拿出个看法。"艾哈迈德插话道。

村长请大家去乘乘凉,然后喝杯茶,吃点东西。大家都表示同意,把他们随身带到这里来的大袋大袋的食物都拿出来和大家分享。而艾哈迈德和克拉拉则非常惊喜地听到了皮科特竟然用阿拉伯语说话。

"您的阿拉伯语说得真棒啊。您是在哪学的?"艾哈迈德问道。

"自从我决定从事考古的那天起,我就开始学习阿拉伯语了。如果一个人决定要进行考古发掘,那么将会有相当的工作要在阿拉伯语国家来做,而且我一向不喜欢工作时还需要中间传话的人,所以我就开始学了。我并不是所有的都说得很好,但是我这个程度已经足够让人家明白我的意思,并且了解别人的意思了。"

"您也能看懂阿拉伯语的东西,而且能写阿拉伯语吗?"克拉拉问道。

"是的,读写都没有问题。"

这个村长到底是个很精明的人,他非常高兴接待这些客人,因为看来如果他们要在这里挖掘,那么他们没准还会给当地人带来些财富。

他认识克拉拉和艾哈迈德,因为他们已经开始挖掘了,直到最后因为工具的匮乏而不得不停止。村里的人对此并没有足够的认识,所以没办法在工具还缺乏的情况下,去帮助他们开掘而不毁坏这些文物。

"村长邀请我们去他家里过夜,当然我们也可以在我们放在直升飞机里的那些军用帐篷里过夜。明天我们就可以在这片地方再参观参观,好让您对这个地方的情况有个大体了解。当然我们也可以去乌尔,如果您不想现在就返回巴格达的话。您决定吧。"

伊维斯·皮科特毫不迟疑地作出了决定。他愿意在萨佛兰过夜,然后第二天再到郊区四处看看。他的这次旅行看来会有新的意义。从巴格达开始的直升飞机航线,眼前弥漫的广漠黄土地的荒凉,还有种种不适都是此次冒险的元素。他心中想着,也许永远都不会再回到这片土地了,当然如果真的要来的话,那将是需要至少二十个人,那么就根本无法享受这包围着一切的宁静气氛了。

艾哈迈德早就预见到了他们会在这里过夜。所以科洛内已经命令那些保护他们安全的士兵准备好帐篷和生活必需品,但是他还是让珐蒂玛准备了好多袋食物和水。这个女人办事实在是太周到了,她在不同的包里放满了沙拉、冻鸡,还有一些点心和不同种类的水果。

克拉拉抱怨说带的食品太多了,但是珐蒂玛可不能让她在没有充足准备的情况下远行,所以她把一切就这么安排好了。

士兵们支起了两顶帐篷,就在他们四个看守的帐篷旁边。皮科特可以跟他们睡一起,而艾哈迈德和克拉拉则睡在另外一个帐篷里。但是村长却坚持要艾哈迈德和克拉拉去他家里睡,而他们俩也希望能够让皮科特睡得更舒服一些,于是他们答应了村长的盛情邀请。这样一来,皮科特就可以一个人独享一个帐篷过夜了。

他们在村长家里和其他一些从别地儿赶来的村民们一起喝茶,吃着阿月混子果。这些人都自告奋勇地愿意帮助一起开掘。他们就是想要确定一下每个工作日他们可以得到的酬金。艾哈迈德充当起皮科特的副手来,开始了一场漫长的讨价还价。

晚上十点钟,整个村庄都变得一片宁静。农民们因为需要日出而作,所以他们休息得也都很早。

克拉拉和艾哈迈德陪着皮科特走到他自己的帐篷那。他们明天同样天不亮就要开始一天的行程了。

然后,在黑暗和静寂中,他们走到那片让他们痴迷的遗址处。他们坐在沙滩上,靠在这个有着千年历史的宫殿城墙上。艾哈迈德给克拉拉和自己各点了一支烟。两个人都抽着烟,为了只要没有完成任务,每一天都有可能是末日而祈祷。但是在伊拉克跟美国和欧洲都不一样,抽烟不会让你被人从家里赶出来。因为女人们在家里或者在封闭的地方抽烟,却从来不在街上抽烟,克拉拉也遵守着这样的规则。

满天星光的天幕似乎还在黑夜中观察着世界。睡意朦胧的克拉拉还在努力幻想着这个地方在两千年前会是个什么模样。在静寂中,她似乎听见了成百上千的女人、孩子和男人的声音。农民、书记官、皇帝,所有人都在她已经闭上的双眼前缓缓走过,这一切就跟黑夜一样那么真实。

夏马斯,夏马斯到底是个什么样的人呢?亚伯拉罕,人类的始祖,想象中他是个半游牧的牧羊人,住在帐篷里,领着他的牛群和羊群在沙漠周围游荡着,面对着跟这一样布满星星的天空,露天席地而眠。

亚伯拉罕应该是长着长长的胡子,银灰色的,浓密和卷曲的头发。他个子应该很高,是的,他看起来就应该很高,举止得体,走到哪里都会受到人们的尊敬。

圣经里把他写成一个狡猾而坚强的人,除了是牧群的领导,还是人类的指引者。

但是,为什么夏马斯陪着亚伯拉罕的部族到了哈兰后却自己返回这里了呢?这一点根据他们在萨佛兰所找到的这些泥板是可以推测出来的啊。

"克拉拉,醒醒,走吧,已经很晚了。"

"我没有睡着。"

"胡说,你明明就睡着了。行了,咱们走吧。"

"那你走吧,艾哈迈德,就让我一个人在这里待一会儿。"

"很晚了。"

"还不到十一点,士兵不也都在附近吗,我不会有事的。"

"克拉拉,求你了,别待在这了。"

"那你再陪陪我吧,这里这么安静,就像我们从前一样。你困了吗?"

"没有,我再抽根烟,然后我们就走,好吗?"

克拉拉没有回答,她还不想这么快就离开这里,她想继续感受着腰上靠着的砖墙散发出的那种寒冷的感觉。

8

伊力拥抱着夏马斯。这个小东西就要跟着部族一起走了,他心里并不感到轻松而是一阵愧疚的刺痛。这孩子他没教育好。他的确是很聪明,但是从来就不能对任何他感兴趣的东西专心致志。尽管他拉的部族也不是第一次去北面寻找牧草并且顺便搞些商贸活动,但也许永远都没机会再见到他了。

他听一些人说,他们大概这一次会穿过底格里斯河,到达亚述,然后从那里去哈兰。

不管他们要去哪里,反正这一次就是要过很长时间才能再见到他们了,当然如果他们都回来的话。

"你教给我的东西我会牢牢记住的。"夏马斯向他保证道。

伊力并不相信他说的话。他知道他不论教给他多少东西,他都能马上把大部分自己所教的东西抛到九霄云外,因为上课的时候,夏马斯经常根本连课都没听。所以伊力在他背上拍上一下,然后给了他几根小木管和骨头棒。这是给他的礼物,让他永远都不要忘记作为一个学生在这里度过的所有充满了酸甜滋味的时光。

天马上就要亮了,他拉的部族已经整装待发,准备踏上前往迦南圣地的漫长旅途。

这个队伍有五十多个人,带着他们的生活必需品和牲畜一起上路了。

夏马斯跑去找亚伯兰,而亚伯兰跟他的父亲亚丁还有其他的一些部族人一起走在队伍的前面。这个小孩子没有让任何人注意到他。那些人现在都还没有对路线达成一致,而疲倦不已的他结束了大家的争吵,说他们是不能离开幼发拉底河线路的,他们正向巴比伦靠近,他们将会途经马里,然后从那里去哈兰,最后继续前行去迦南。

孩子马上明白了还需要再等一段时间才能请求亚伯兰给他讲创世的故事。首先他们需要适应这种前进生活中的规矩,这种类似的在各种其他情况下也总是反复出现的各种规矩。但是最开始的日子里,总是会出现一些摩擦的,直到一些人和另一些人都适应了这种寻着羊群脚印前行的状态,习惯了这种穹隆为盖的生活方式为止。

某一天下午，女人们正在从幼发拉底河里取水，男人们则在数着牧群的数量，夏马斯看见亚伯兰朝着河边的一条小道走去，于是他跟了上去。

亚伯兰走了好一段路程，然后就坐在河边一大块平整的石头上，漫不经心地将手边能捡到的鹅卵石朝河里扔去。

夏马斯注意到亚伯兰正在沉思，所以他就没有现身，不想打扰他，打算等他要回营地的时候再跟他聊聊吧。

过了一会儿，他听见亚伯兰叫他的名字。

"过来吧，坐在这儿。"他指着身边的另外一块石头，对那个孩子说道。

"你知道我要来这啊？"

"是的，我从营地一直跟着你过来的，但是我知道你没有思考完，去打扰你是不合适的。"

"你跟'他'谈过了吗？"

"没有，今天'他'不想跟我讲话。我一直在找寻'他'，但是都感觉不到'他'的存在。"

"也许是因为我离你太近了吧。"

"也许吧。但是也可能是他没什么要跟我说的了。"

夏马斯听到这话没有做声，认识到上帝自然不是为了说话而说话的。

"我带了小木棍来了，是伊力送给我的。"

"最终你们还是和解了吧？"

"我还是想做个好学生的，但是我知道我还是没有完成所有人所期望的那些东西。我不是不想学习，我当然想，但是……"

"你更想陪着部族吗？"

"永远吗？"

"是的，永远。"

"我可以从这里走到那里学到所有伊力知道的那些东西吗？"

"还有别的地方可以教会你知识的。现在你已经把伊力丢到一边了，你要想想其他的事情。"

"是的，所以我才一直跟着你。我想要求你开始给我讲'他'是如何创造这个世界的，还有'他'这么做的原因。"

"我会的。"

"但是要到什么时候呢？"

"我们可以明天开始。"

"为什么不是现在呢？"

"因为天就要黑了，你妈妈要是还不知道你在哪里该着急了。"

"你说得有道理，但是明天什么时候呢？"

"我会通知你的。好了,我们不能再在这里逗留了。"

但是他们并没有在第二天开始,第三天,第四天……都没有。长长的行路旅程中,要照顾畜群,一个接着一个的同驻扎当地居民的矛盾事故不断,使得亚伯兰根本无暇找到一个必要的安静的环境给小夏马斯讲解上帝是如何创造世界的,还有他创造的原因。但是这个小东西却一直都没有放弃,一直不断地向亚伯兰打听这个比恩里尔、尼努尔它甚至比马杜克神(Maduk)更加厉害的上帝。前往哈兰的漫长旅途中,夏马斯一直听亚伯兰解释,除了上帝再没有其他的天神,其他那些不过是些泥偶而已。

"那么,马杜克并没有跟提阿玛特打仗啦?"

"提阿玛特,那个混乱女神……"亚伯兰微笑着回答说,"你真认为有一个天神负责制造混乱,还有一个负责水,另一个负责粮食,还有一个负责绵羊,一个负责山羊的吗?"

"这些都是伊力教给我的。你瞧,马克和提阿玛特打仗,然后把她撕成了两半,一半成了'天',一半成了'地'。她的眼睛变成了底格里斯河和幼发拉底河,金古天神用提阿玛特女神丈夫的鲜血捏成了人型。马杜克对艾亚说道:'我要造出鲜血和骨架。我要造出一个野蛮的物种,它的名字就是'人'。我要创造这种叫做人的物种,人要担负起耕种的责任,这样才能让天神们满意高兴。'"

夏马斯将这些从伊力那里听了千百遍的东西又重复了一遍。伊力其实就是要他的学生好好学习讲述人类起源的诗歌《艾努玛·阿里什》(Enuma-Elishi)。

"行啊,看来你还是从伊力教给你的东西里学到了点什么。"

"是的,但是告诉我事实。马杜克到底存不存在?"

"不,不存在。"

"只存在你说的上帝吗?"

"只存在上帝。"

"那么,所有人除了你之外都弄错了?"

"人们只不过是努力解释着他们所经过的事情,他们仰望天空,脑子里想象着天上一定对应着各种东西都有一个天神吧。他们只要好好看看自己的内心,就会有真正的答案的。"

"你知道吗?我试图也想像你对我说的那样去看看我的内心,但是我什么都没有找到。"

"不会的,你其实已经找到了,你已经找到了正确的通往上帝的路,因为你已经开始在找寻他,并且希望找到他。"

"真的是你把他制造神偶的那个作坊毁掉了吗?"

"我并没有毁掉它,只是想说明那不过就是些泥偶,在它们里面根本什么都没有。我父亲创造了这些神像。难道他还是个天神不成?"

小东西笑了。不,他当然不可能是个天神了。亚伯兰的那个老父亲,长着长长的胡子,哪像个天神的模样啊。当那些孩子们在烈日当头的时候不让他好好休息,或者天不亮就去给山羊挤奶的时候,他总是生气地冲他们大声嚷嚷。天神们可不会去给山羊挤奶的,夏马斯自言自语道。

因为他们离北边越来越近了,所以时间在不知不觉中也发生了改变。一天下午,天空突然乌云笼罩,然后成百上千的水滴就开始砸向他的营地。

所有人都驻扎在帐篷里,男人们聊着天,女人们则准备着一天工作后的食物,而孩子们则打闹着从安全的帐篷里冲了出来。一个老人报告说这里离哈兰的牧群已经不远了,他表示同意并且说他们可以在哈兰好好休息一阵子了,因为他们在那有很多亲戚,而且他本人也正是来自那里的。

夏马斯很高兴,他很想在某个地方好好待上一阵。其实他一直都不喜欢这样不停地从一个地方跑到另外一个地方,他甚至都怀念起伊力给他们上课的那间小木屋。除了他跟亚伯兰的交谈外,部族里几乎所有人除了谈论牲口的健康或者旅途中的事故之外,丝毫都没有特别的兴趣去聊些别的话题。

这天晚上,顶着漫天的雨幕,他向大家解释说要在哈兰驻扎。夏马斯连忙问父亲是不是可以给他再找个木屋,可以让他继续学习。

亚丁听到他儿子这样的请求,感到很吃惊。

"我还以为去上学对你一直都是件受折磨的事情呢。"

"您弄错了,爸爸,比起走路而言我还是更喜欢学习。"

"夏马斯,这就是我们的生活方式。不要看不起这样的生活,这样的人。"

"不是的,爸爸,我倒不是轻视。我喜欢看着星星睡觉,在清晨玩耍。给所有我们的山羊和绵羊起名字,并且学会挤奶。但是我还是想念学习的味道。"

夏马斯的父亲陷入了沉思。他知道孩子的聪明劲儿,这次北方之旅也改变了他的视野,但是突然之间,他怀念起知识的味道了。

他要去跟他拉和亚伯兰谈谈,看看到底怎么决定这个孩子的命运。

部族在哈兰城墙外驻扎了下来。他将在他的儿子亚伯兰和拿鹤的帮助下,重新开始捏塑黏土。他的双手不仅能够塑造出天神的模样,同样也可以捏出砖和瓦。其实拥有着这么多的山羊和绵羊的牧群,还有随身携带的相当数量的泥土,他们其实并不用对生计发愁。

亚丁请求他能够想办法让夏马斯重新开始学习。

一天下午,太阳马上就要下山了,亚伯兰出去找夏马斯,发现他正在跟其他小孩一起玩耍,但是他脸上却笼罩着一种伤感的表情。

"夏马斯。"亚伯兰叫道。

孩子连忙跑了过去。

"我想过了,既然我们现在已经到了这里,我也许可以给你讲讲世界历史的故事了。我们可以先和好黏土准备泥板,而且你还保存着那些小木棍,那么你就可以把上帝为什么把我们造出来的故事写下来了。你知道吗?所有用眼睛能够看到的东西,必须通过书面的东西才能保存下来。"

"'他'已经跟你谈过了?"

"我在内心感到了。我们子孙的子孙,只有因为他们的前辈把上帝造人的历史,用书面形式在泥板上记载下来才能够世世代代把这个事实正确地传承下去。所以,为了他们能够正确地认识上帝,并且了解他到底做了些什么,我们,夏马斯,你和我——我们两人需要把它记录下来。"

"我们?"

"是的,我来说,你来写。在我们离开乌尔之前,你必须完成。"

"我们会做到的。"孩子热情高涨地回答道,他突然意识到了自己的责任,"我们什么时候开始?"

"明天你需要准备一些泥板,等着太阳一下山我们就开始。到时候我们在帐篷附近的棕榈林见面,我会开始给你讲那段历史的。"

夏马斯急匆匆地跑回自己的帐篷。他已经有很久没有在泥板上用木棒写字了,不知道自己是不是都忘了该怎么做了。于是他恳求父亲给他准备几块泥板,备作练习用。他可不想让亚伯兰失望,但是更重要的是他不希望让自己失望。

泥板准备好之后,他开始按照伊力教他的那样在上面写字,首先在泥板的上方写下了他的名字:夏马斯。

"我要记录世界的历史了,亚伯兰马上就会给我讲了。这样,人们就会知道是上帝将他们创造出来的。"

夏马斯观察着这些泥板,对自己写出来的东西并不满意。他写得一点也不灵活,字体也是歪歪扭扭的。他决定继续练习,一直到自己写的东西自己能接受了为止。

"马杜克只是个泥偶。泥巴捏的神偶不过是些泥巴而已。亚伯兰的上帝是人们看不到的,所以他才是上帝。无法给他做出一个模型,所以也就无法被人破坏。"

这个孩子重新用挑剔的眼光观察着泥板上的字。父亲从他肩膀上投过来一瞥。

"夏马斯,你在写什么呢?"

"我只是在练习呢,爸爸。"

"你其实不用太担心的。"亚丁和蔼地说道。

"我可不能用这种连自己都辨认不清的歪歪扭扭的字体来记录人类的历史。"孩子抱怨道。

"耐心点,你能行的。"

"只有一个神统治着天和地,他不和其他任何人分享他的权力。"夏马斯继续写着,直到太阳从地平线上消失之后,他除了睡觉,就一直在工作。

早上天还没亮,夏马斯就开始恳求父亲给他准备新的泥板来练习写字。他可不希望亚伯兰看到自己写的东西会为自己感到害臊。

亚丁在去照看畜群前,帮助孩子准备了很多泥板。然后他还要去城里跟教父谈谈,让他们能够负责这个小夏马斯的教育培养问题。他承诺陪着他一起去,因为他在这个城里是个名人。

"要想和上帝交谈,我们必须学会聆听自己内心的声音。亚伯兰说上帝不是用语言来交谈的,但是他会让人们知道他想要我们做的事情。我试图在内心寻找着,但是还是没办法听到他的声音。我想在我们这群人中间,上帝大概只选中了亚伯兰吧。"

就这样,夏马斯继续写了整整一天,直到太阳开始下到地平线以下的时候,他连忙跑到那个棕榈树林里,而亚伯兰正在那等着他。

夏马斯把自己准备好的泥板拿给亚伯兰看,而亚伯兰什么表情都没有,既没有赞同也没有责怪。

"你已经尽力了,那么这就足够了,夏马斯。"

"我希望能够做得最好。"

"我知道。"

孩子靠着一棵棕榈树坐下了,把那些泥板放在自己腿上,左手拿着小木棍。很明显,他还是个左撇子。

亚伯兰开始说话了, 而他的每句话似乎都在听写着黑漆漆的天国里传来的声音。

"太初,上帝始创天地。大地一片混沌,是个无边无际的黑暗深渊,强风凌于水面。上帝说:'有光。'于是就有了光。上帝见有光很好,于是将光明和黑暗分开,称光明为'日',黑暗为'夜'。于是黑夜临,晨光现,是为第一天。

"上帝说:'应有穹窿将水分隔。'于是上帝造出穹窿将水分开,有水于穹窿之上,亦有水在穹窿之下。黑夜降临,晨光现,是为第二天。

"上帝说:'天下之水要汇于一处,使干涸土地显露!'于是就出现土地。上帝称土地为'陆',称汇集之水为'海'。上帝见如此很好。又说:'要大地生机蓬勃,地上要有能结实之树木,果子要各有其籽实!'于是大地生机蓬勃,出现无数瓜果树木,籽实累累。上帝见如此很好。黑夜又临,晨光再现,是为第三天。

"上帝说:'天穹中要有光体以区分昼夜,要使光体为节令与年月季候之标志,并使于天穹中发出光辉,照亮大地!'于是,上帝造两个巨大光体,较大之日司昼,较小之月掌夜,并造了星辰。上帝把日月星辰置于天穹之中以照亮大地,司昼夜、分明暗。上帝见如此很好。黑夜临,晨光现,是为第四天。

"上帝说：'水中要有万种游鱼，地上要有无数飞鸟！'于是上帝创造出种类繁多的大小鱼类及飞鸟。上帝见如此很好。于是赐福予他们，说：'让海中游鱼，天上飞鸟滋生繁衍！'黑夜临，晨光现，是为第五天。

　　"上帝说：'地上要有爬虫走兽，大小牲畜，各从其类！'上帝就创造走兽、牲畜和爬行动物，各从其类。上帝见如此很好。

　　"上帝说：'要按我的形象造人以治理海中游鱼、空中飞鸟以及地上各种爬虫走兽。'于是，上帝按自己的形象造出人类，造出男与女。上帝祝福他们说：'你们要生育繁衍，散布及开拓全世界，要做海中鱼、空中鸟与地上爬虫走兽之主宰！'

　　"上帝说：'我要使地上到处生长瓜果，结满籽实，赐予你们为食。我要把青草绿树全赐飞禽走兽、游鱼爬虫，以及一切生物为食。'话语间一切均成现实。上帝见到所造之一切，他十分满意。黑夜临，晨光现，是为第六天。

　　"天地万物已造齐。到第六天，上帝造物工作全部完毕。第七天，他停止工作。上帝赐福于第七天，称之为圣日，因那天他要做的一切都已完成，无须工作了。"

　　亚伯兰一直保持沉默，等着夏马斯把他所说的这一切都写完。孩子还没有把头从泥板上抬起来，亚伯兰也发现孩子正在非常努力地把字都写成一列列非常直的竖线，而努力不犯一个错误。

　　夏马斯把泥板拿给亚伯兰检查。有几个符号很难理解，但是总体来说，这个孩子的这篇关于世界起源的作文已经相当成功了。

　　"你理解得相当准确。现在你把这些泥板放到一个安全的地方，既不能让你的兄弟姐妹们把它弄坏了，也不能妨碍到你母亲。问问你父亲，它会告诉你要放在哪里。好吧，跟我说说，你对我跟你说的这些是怎么想的？"

　　"我认为……"

　　"说吧，有什么可担心的吗？"

　　"我不想让你生气，亚伯兰，但是上帝创世的故事跟那些天神创造世界的故事很相似啊。"

　　"是的，但是还有很多不同的地方。"

　　"哪些地方不同？"

　　"譬如，在伊力教你背诵的《艾努玛·阿里什》诗歌中，马杜克是杀了提阿玛特女神和她的丈夫金古天神之后创造的人类。但是马杜克自己也是被创造出来的。那些神没有创造任何东西，他们用现有的东西来造了人，但是那些现有的东西又是谁创造出来的呢？而上帝创造一切是因为他决定了要这么做，从虚无中创造了一切，因为他不需要用任何东西来创造他要的东西。"

　　"但是，你给我讲的和伊力跟我讲的东西在某些方面很像。"

"在某些方面,也许是的。因为有些人已经觉察到一些造人的起源,并且想象出一些天神的故事来努力解释这一切。"

"因为他们不知道如何倾听'他'的声音吗？"

"因为听到他的声音并不是件容易的事情。我们对于自己都太过于关心了。所以上帝惩罚我们,惩罚所有的人,那些最先诞生的,和将要诞生的人,要我们通过劳动才能谋求生存,要我们承受疼痛和疾病,让我们在土地上流浪,所以人们根本就没有时间去寻找上帝。"

"为什么他要惩罚我们呢？为什么要惩罚所有的人呢？譬如我,我还什么都没有做呢,至少还没有犯什么特别严重的问题。"

"你说得有道理,但是人类的祖先犯了罪,所以他要惩罚我们所有人。"

"我觉得这不公平。"

"你以为自己是谁,凭什么可以去评判上帝？"

"但是我为什么非要去接受一个不是因为自己犯错而受到的惩罚呢？"

"明天我会告诉你的。把泥板和木棒都带来。"

快没有任何光亮了,所以亚伯兰和夏马斯在经过了这一段辛苦的工作之后,就朝部族驻扎的营寨走了回去。亚丁向亚伯兰做了个手势,他想跟他单独谈谈。

"我的儿子不太走运。"

"我知道。"

"他怀念乌尔,还有伊力。他想学习。我跟他一起去神庙了。他们应该会接受他的,但是我担心他会把你跟他讲的东西告诉别人,那我们就会有麻烦了。告诉他不要那么肯定只有一个上帝,或者至少不要传到国王的耳朵里,否则我们将会为此付出惨重代价的。"

"亚丁,你认为……？"

"是的,亚伯兰,但是我们应该更谨慎一些。你父亲也会跟你谈谈的。"

部族在重新向迦南前进前会在哈兰再呆上一段时间。所以人们都准备要搭建一些砖和茅草的屋子,这样就可以舒服地住到要走的那一天。亚丁给夏马斯提供了一个能够保存好那些泥板的洞,这样他就可以安心地将亚伯兰讲给他听的故事慢慢地写下来。

每天夏马斯都会不耐烦地期待着跟亚伯兰约好在棕榈林见面的时刻。

他现在已经知道上帝为什么要惩罚人类了。亚当所做的一切是让人不能原谅的愚蠢,孩子心里想道。上帝创造了这么好的一个天堂让他生活,一个有着提供各种果实作食物的树木的地方,而且在花园中间还栽着一棵告诉人善恶科学的树,那是唯一一棵不应该靠近的树,因为谁要是吃了它的果实,就会死去。

"我不明白他们为什么会去吃它的果子。"夏马斯问道。

"因为上帝让我们能够自由地作出选择。告诉我，夏马斯，你还记得吗，伊力之所以不允许你们从学校的窗子跳出去是因为那样你们会受伤？"

"记得。"

"但是你们还是那么做了。"

"但是断根骨头跟死可不是一回事啊。"夏马斯坚持地说道。

"的确不是一回事。但是亚当和夏娃却认为，一旦吃了这棵树上的果实，他们就可以变成神仙，所以不能控制自己去尝试的愿望。当你们从窗子跳出去的时候，你们应该也没有想到你们可能会受到什么样的伤害吧，而亚当和夏娃当时也没有考虑到他们的后果。"

"昨天，我突然发现夏娃的出现很像恩奇（Enki）和尼努撒（Ninhursag）的故事。"

"为什么呢？"亚伯兰问道，他对夏马斯神奇的记忆力表示非常惊叹，因为老师在小木屋里给他讲这些内容的时候，他还非常小。

"恩奇也是生活在天堂的。"夏马斯背诵道'"那里'乌鸦不会哇哇乱叫，狮子不杀生，大灰狼不偷盗……'总之，这些你比我要了解得清楚。在这个天堂里，没有疼痛，而尼努撒没有经过任何身体的疼痛就生出了其他的天神。尼努撒创造了八种植物，然后恩奇就把这些植物的果实吃了，所以尼努撒非常生气，就把恩奇处死了。当她看到他受到惩罚后，又创造出其他的若干天神来帮助他治疗身上的疾病。你还记得那首诗吧？尼努撒对恩奇说：'我的兄弟，你哪里疼？我的牙疼。我为了你才生出了宁素（Ninsutu）女神。'然后她又创造了宁蒂（Ninti）这个肋骨女神，为了治愈他身体这部分的病痛。恩奇生病是因为吃了不该吃的植物而受到了惩罚；亚当和夏娃吃了善恶智慧树的果子，从那个时候起，他被惩罚以死亡。于是他们和我们从此要面临死亡。"

"夏马斯，你肯定会成为一个智者，但是我只是希望你知道如何运用你的聪明才智找到'他'，并且不要让理智迷失了你前行的路。"

"理智怎么会将我和上帝阻隔开呢？"

"因为你会落入那种只相信你自己理解的东西，幻想所有你知道的东西的状况。这在你身上很有可能发生，因为我们身上都有上帝的影子，我们是按照他的模子造出来的。"

"为什么上帝要在伊甸园的门口安置带着佩剑的美少年呢？"

"我不是跟你说过吗？是为了阻止人类吃生命树的果子，得到不朽的生命。"

"我们怎么知道那就是不朽呢？"

"因为我们把他的记忆牢牢刻在心上。"

9

　　一个棕色头发的教士,个子高高的,瘦瘦的,焦急地跑到圣佩德罗大教堂,但是他好像有些害羞和内向,连应该在哪跪下来祈祷都不知道。这个教堂对他而言实在是太陌生了,它看起来似乎不像是"上帝之屋",而更像是那些有权有势人物的象征。他在米盖尔·安赫尔的名画《怜悯》前徘徊,似乎只有在那些纯粹的大理石线之间,才能感受到这个所谓的灵魂殿堂的气息。

　　已经有很多天他都没有去做祈祷了,而他自己都没有意识到这一点。或许是他消失了太久,或许是上帝根本就不存在,反正他一直都将上帝孤单地抛在一边,任由自己的意识指引自己前进的道路,到处游荡。

　　他走出了教堂,来到了圣佩德罗广场,但是即使这九月的艳阳也无法温暖他冰冷的心房。

　　他跟踪坦内博格的任务彻底失败了,就是因为他没有准时赶到酒店,没机会跟那个女人搭上话。还有一个原因就是,罗马这该死的交通实在是太差劲了,坐着出租车都能把她跟丢。等他赶到了机场的时候,她早就坐上去安曼的飞机飞走了。

　　他本来是准备好要买张机票坐下一班飞机前往约旦首都的,但要是他一旦到了那里,他就能够找到她吗?

　　他完全无计可施,都要急疯了。他不停地从这里走到那里,可是没有任何实际意义。他知道父亲那天早上给他打过电话,但是他不得不央求其他人接电话,并且告诉父亲说自己不在教堂。他现在根本没法跟人交谈,跟父亲就更困难了。

　　"纪安·玛利亚……"

　　年轻人被吓了一大跳。弗朗西丝科神父沙哑的声音着实让他心里一惊。

　　"神父……"

　　"我观察了你好一会儿了,你怎么回事,像个没头没脑的幽灵到处乱走,出什么事了吗?"

　　弗朗西丝科神父在梵蒂冈工作了三十多年。他一直非常负责,倾听人们的忏悔。人们求助神父,就是为了寻求内心的解脱和对罪责的宽恕。弗朗西丝科神父很疼惜这个年轻教士,他几个月前才来大教堂工作,是个不错的年轻人。但是此刻,纪安·玛利亚对于真善美的幻想似乎已经破灭了,那种年轻人都应该具备的坚定信念对他而言似乎已经动摇了,他的信念问题亟待解决。

弗朗西丝科神父很担心,因为最近一直都没看到纪安。他向其他神父打听纪安的消息,而其他人则说他最近状态似乎很不好。现在一见,他才发觉也许这个年轻人的问题是源自他内心深处的某些东西。

"弗朗西丝科神父,我……我不能对您说。"

"为什么?说不定我还能帮到你呢。"

"我不能够透露别人向我忏悔的秘密啊。"

老神父不说话了。过了一会儿,他给了年轻人一个紧紧的拥抱,然后一起避开了游客,离开了圣佩德罗广场。

"我请你喝杯咖啡。"

纪安·玛利亚本来想拒绝,但是弗朗西丝科神父根本没有给他选择的机会。

"人们忏悔的秘密都是神圣的,所以没有什么可以要求你违背这个保守秘密的准绳。但是,也许我可以帮你找到一个出路,把你从你那脸上都表露无疑的痛苦的折磨中解脱出来。"

他们走到梵蒂冈郊区的一家咖啡馆,这个时候的咖啡馆里真还没有太多人。

弗朗西丝科神父很有技巧地展开了这次对话,他试图让纪安既不用违背自己保守秘密的准则,又能让自己了解到到底是什么把这个年轻人折磨得死去活来。谈话大概进行了一个多小时后,纪安很直接地问了他一个问题。

"弗朗西丝科神父,如果您要是知道了有人会去做一件非常可怕的事情,那么您试图去阻止他吗?"

"当然。我们这些教士当然也有责任避免发生一些不好的事情。"

"但是如果要这么做的话,我需要离开此地,而且即使我离开了,也不知道最后是不是能够阻止的了……"

"但是你应该去做。"

"但我不知道从哪里着手啊……"

"你很聪明的,纪安,你知道自己应该做出一个决定。只要你决定要去做了,那么你很清楚你要解决的这个麻烦和你将面对的是什么。"

"您认为我的上司会同意我去吗?因为连我自己都不知道需要花多少时间处理完这个事情,然后才能回来。"

"我会去跟皮奥奥神父说的。他是我的老朋友了,我们在神学院读书的时候是同学。我会恳请他准你一段时间的假,然后你就可以出发了。"

"谢谢您,神父。您真会那么做吗?跟您说说之后,一切似乎都变得简单了。"

"其实不简单,你所需要处理的事情一点也不容易,但是至少你可以尽力去阻止它的发生。首先你需要做的事情就是平静下来,然后好好想想……"

半个小时后，弗朗西丝科神父回到了他在梵蒂冈的祈祷室，而纪安则一边散步一边思考着解决这个问题的对策。

考古学家大会已经结束了，而关于这个女人的信息则非常有限。大家似乎对她的了解几乎为零，都说她是个无名小卒，根本就不是什么重要人物，同时还好心地向他推荐了其他知名的考古学家，而且被推荐的人中包括这个女人的丈夫，艾哈迈德·侯赛因。突然，神父直觉认为自己也许能找到她，因为自己一门心思地扑在这个女人身上，却忘了还可以通过别的途径了解她，而且自己完全有能力通过别的人锁定她的位置。

他突然觉得自己真是蠢极了，但是同时也觉得很幸福。没错，不管怎么样，还是很幸福的。怎么以前就没注意到这个问题呢？

他靠在圣佩德罗广场的一根石柱上，他知道自己不能再犹豫了，必须做出决定，而且也没有回头路可以走了。

没错，就是她的丈夫，人家告诉他的，这个男人是伊拉克考古部门的负责人。所以，要找到她就必须要去巴格达。但去此国的远行简直就是一场灾难和惩罚，但是他也只有这条路可走了，他不得不去。

他走到梵蒂冈附近的一个旅行社，怯生生地申请了一张去巴格达的机票。

没有！竟然没有去巴格达的机票，去伊拉克看来并不容易。而且他去巴格达到底要干什么呢？他都不知道要怎么回答人家的问题，只好胡编了理由：他有朋友在一个非政府组织工作，他准备过去帮他们做点事情。旅行社的人没有再对他投来疑惑的目光，承诺说试着想想办法。

两个小时候后，他拿到了一张去安曼的机票，离开了旅行社。他将会先飞到约旦首都，然后在那里休息一晚，然后跟巴格达联系上，一旦到了那里……只有祈求上帝能够帮助他了。

回到家，他蹑手蹑脚地进了门。他不想跟任何人说话，也不想向任何人解释什么。他只等弗朗西丝科神父跟他的上司皮奥神父谈过就可以走了。至于他自己的家庭，他的姐姐肯定会十分不安，这一点他很清楚，但是他还是不想跟她告别，因为她肯定会追问原因的，而他却不能告诉她自己离开的原因。对这一点，他深信不疑。

所以他回到自己的房间一个人待着，直到大家叫他出来吃晚饭。他推辞说自己并不饿而且很累，就不吃了。家里人也就没有再坚持。他安安静静地在自己的房间里写了封短信，向家里人解释他要出去度一个短假期，因为自己需要休息和好好思考。他们对此肯定会非常不悦，但是他们也没有别的办法。到时候，他自然会给他们打电话报平安的。

清晨的阳光将他从梦中唤醒，因为昨晚他没有把窗帘放下来。当他一睁开双眼，意识到自己考虑好要做的事情，眼泪就无声地掉了下来。昨天，所有的一切看起来还是那么的容易呢……但是沐浴在新鲜的阳光中，他顿时觉得心里充满了无尽的疑问。他透过窗户看着外面的天空，不禁自问，到底上帝在哪儿呢？

***

当直升飞机在巴格达附近的一个军事基地着陆时，已经是傍晚时分了。

"您是不是有些疲劳了，或者您愿意跟我们一起共进晚餐吗？"艾哈迈德问道。

"我的确累了，但是大家一起吃晚餐倒是没有什么问题。今晚你们会给我看看那些泥板吗？"

"我觉得最好还是明天去我办公室看吧。您可以在那随便看，不用担心时间问题。"

"好吧，那我就明天去您办公室看。我们在哪里吃晚饭？"

"如果合适的话，一个小时以后我去您那接您。尽管巴格达现在遭受封锁，但是在这里还是可以找到能吃饭的餐馆的。"

克拉拉并没有去她丈夫的办公室。她的直觉告诉自己，艾哈迈德和皮科特之间已经达成了一种相当的默契和互相认可，而自己没准还会起到破坏这种关系的作用。所以她决定早上还是和珐蒂玛一起去街上的大集市购物。四个全副武装的保镖寸步不离地保护着两个女人上了街。

珐蒂玛一直抱怨克拉拉不应该那么毅然决然地拒绝要孩子。

"看着吧，随着时间的推移，你丈夫要么就会把你晾在一边，要么就会把另外一个女人带回家，目的就是要给他生个孩子。"

"这个世界已经发生了很大变化，珐蒂玛。人们现在需要其他的东西，不仅仅是孩子了，而我的梦想对我而言已经近乎唾手可得了。这个时候，我怎么能怀孕呢，那还怎么去搞考古发掘呢。"

"这么多年了，你一直都这么说，就是找不到个合适的时候做妈妈吗？孩子，男人就是男人，你不要指望着那些受过教育的会有什么不同，或者他们住在别的国家有着别的风俗的人会有什么本质的区别。血缘是需要继承的，你活着就是为了完成延续后代的使命，或者是为了报仇和死亡，但是对血脉延续的呼唤，我们每个人的内心都能深切感受得到的。"

珐蒂玛展示着自己的肚子，而克拉拉却滑稽地看着她。

"是的，孩子，我知道你认为我老了，我对外面的世界根本不了解了，特别是你生活的那些地方我更是不了解。但是你千万别认为所有这些地方有什么本质的不同，而且你丈夫本人不也是个伊拉克人吗？"

· 92 ·

"艾哈迈德是不一样的,他没有在这里受教育。"

"但是他还是个伊拉克人,你也一样。你的祖父或者父亲从哪里来的并不重要,哪怕你的祖母和母亲都是埃及人,但是你是在这里出生的。"

临近中午的时候,克拉拉去了文化部,而珐蒂玛拿着满载而归的购物战利品回到了家里——黄宫。

艾哈迈德和皮科特正准备离开,突然克拉拉出现在他办公室的门口。

"见鬼,你们竟然准备不等我过来就走!"

"不是的,我们正准备给你打电话,然后你就可以直接去餐馆了。"艾哈迈德澄清道。

克拉拉没敢问皮科特到底最后决定是否要参与此事。她实在猜不出这个法国教授跟她丈夫私下磋商之后,会做出怎么样的决定,于是她准备耐心等他们到餐馆之后再说。

"这是中东最好的赫慕斯。"艾哈迈德向皮科特解释道。

"是的,的确很美味。"皮科特也点头赞同。

两个男人接着谈论着成打的赫慕斯,丝毫没有涉及任何关于泥板或者皮科特的决定的言语。

"教授,您觉得那些泥板如何?"

克拉拉的问题,不加丝毫掩饰,没有任何前兆地突然摆在皮科特面前,但是他却并没有措手不及的样子,相反,他似乎做好了准备,等待着她的提问。

"太神奇了。也许圣经中那个名叫亚伯拉罕的人和这个名叫夏马斯的书记官之间真的有某种特殊的关系。这很有可能成为一个涉及科学和宗教领域的伟大发现。的确很值得为它去冒这个险。"

"那么,您会来喽?……"克拉拉羞涩地问道。

"我只是说我找到了值得那么去做的有力证据。我已经告诉您丈夫了,我会在大概一个星期之后告诉他我最后的决定。明天我就离开,但是我会很快给你们打电话的。今天下午我想拍几张泥板的照片,然后我会把它们带回去认真研究一下。很遗憾没有见到您祖父我就得离开了。"

"他生病了,不适合接待任何人。他要么在医院,要么就在家卧床休息。我也很遗憾,因为他也一定很高兴能够认识您。"

"如果他能给我讲讲他是在什么样的情况下,是怎么找到那些泥板的,那一定非常有意思。"

"这个,我们已经跟您讲过了。"克拉拉谨慎地回答道。

"是啊,但是肯定不完全一样。抱歉我的执著,但是如果有合适的机会,我还是希望能够见到他本人。"

"我们会转告他们的。"艾哈迈德回答道,"他本人和他的医生,因为他们才能对此做出决定。"

伊维斯·皮科特对认识克拉拉的祖父看来很好奇。皮科特感到他们是有意找借口,避免他见到坦内博格本人,而这种状况愈发加重了他的好奇心。如果他决定要回来的话,那么他肯定坚持见到他,但是这个时候,他也只能接受他们的解释了。

艾哈迈德小心翼翼地将那些泥板重新包好。他知道坦内博格一回到家就会去检查他的这些宝贝的,他跟它们可是寸步不离,而且会叫人将它们锁在他卧室的一个保险箱里,好好看护。只有珐蒂玛可以进入他的卧室,她是他唯一信任的人。很多年以前,一个新来的佣人就因为误闯了他的卧室,遭到了一顿痛打。而那个被打的男人没有什么好申辩的,尽管挨了打但是什么都不能说,在没有任何补偿的情况下被辞退了。

这些泥板对于坦内博格而言可以称得上是护身符一样的东西。他已经深深地沉迷其中,而这种沉迷他也遗传给了他的孙女——克拉拉。

他把泥板一包好,就放到一个特制的金属箱子里锁好,然后准备将它运走。

"为什么他不愿意让皮科特今晚跟我们一起吃饭呢?"克拉拉问着丈夫,但是更像在对自己发问。

"明天他一大早就要走,不想让他太累。"

"你认为他会回来吗?"

"我不知道。要是我是他的话,我不会回来。"

克拉拉的脸上立刻浮现出一种非常恐惧的表情,就像是受到了什么打击一样。

"你说什么呢?你怎么能这么说?"

"这是实话。你认为仅仅为了一些泥板到一个被封锁了的国家去冒险值得吗?"

"那不是为了找普通的泥板,那是亚伯拉罕的创世记。这就像对舒莱曼说找到特洛伊不值得,或者对埃文斯说找到克诺索斯不值得一样。你到底怎么了,艾哈迈德?"

"克拉拉,你还没有看出来吗?你没有看到这个国家正在发生着什么样的事情吗?你没有看到其他人正在经受的饥饿,是因为你并没有遭受这种苦难。你没有看到那些因为自己孩子或者丈夫缺医少药而困苦的女人的焦虑,是因为你的丈夫并不需要这些。在黄宫里,现实的世界根本不存在。"

"你跟我到底怎么了,艾哈迈德?你为什么指责我?你从在罗马起就变成了这样,回来之后,我发现你对我越来越不高兴,跟我在一起越来越不舒服。为什么?"

两个人就这样四目相对,权衡估量着两个人之间发生的、丝毫没有前兆却无法再改变的状况。这一切矛盾不知道是什么时候，因为什么就这样产生了。

"以后再谈吧，我觉得现在谈这个并不是最合适的时候。"

"是的，你说的有道理，我们走吧。"

他们离开了办公室。在前厅，那四个一直保护着克拉拉去任何地方的全副武装的保镖已经整装待发了。

他俩回到了黄宫之后，各自都找了个尽量远离对方的地方待着。克拉拉到厨房去找珐蒂玛，而艾哈迈德则把自己关在书房里面。他一边放着贝多芬的《英雄》交响曲，一边喝着一杯加冰的威士忌酒，坐在沙发上，闭着眼睛，试图重新调整一下内心的情绪。他只有一个解决办法，那就是永远地离开黄宫，四处流亡，否则就要在这里耗下去，直到躯壳跟着内心一起慢慢死掉；但是如果留下，他就需要非常努力地和克拉拉去相处，因为克拉拉不允许别人对什么东西都应付了事，特别是感情。但是，他真的可以像什么都没有发生过一样，还要这样继续跟她生活下去吗？

他睁开双眼，突然发现了阿尔弗雷德那双闪着精光的眼睛正死死地盯着自己。他的眼神是那么冷酷无情，那么的挑衅。

"告诉我，阿尔弗雷德。"

"发生什么事了？"

"发生什么事？你指什么？"

"那个装着泥板的箱子呢？"

"啊，箱子！抱歉我马上给你拿过去了。我直接回我的书房了，我头有点疼，觉得太累了。"

"部里的事情吗？"

"关键问题是这个国家发生的事情，这个时候部里还能有什么更重要的事情吗。但是也不是这个，我自己有些问题，事实上，我没有什么可做的。除了对现实所发生的一切装聋作哑以外，我简直没有什么正经的事可以做。"

"你现在要开始谴责萨达姆吗？"

"我就是这么做也没有任何意义，除了会有某人把我告发，然后把我投到监狱里，不会有任何积极意义。"

"萨达姆被杀对我们并没有什么益处。对我们的生意而言，最好就是一切正常进行，顺其自然。"

"那是不可能的，阿尔弗雷德，就算是你本人也无法改变历史的车轮滚滚向前的。美国马上就要侵略伊拉克了，你将会站在你自己的国家一边，而那些美国人自然也是支持自己的国家。这样对他们的生意也是有好处的。"

"不，他们不会那么做的，布什不过是个纸老虎，他费尽力气不过是在威胁人。他们完全可以在海湾战争的时候把萨达姆解决掉，但是他们当时就没有。"

"他们没有能力，或者那时是不想。但是当时他们即使把他干掉了，也没有什么不同。现在他们不是扬言又要攻打伊拉克了吗。"

"我跟你说过了，这个绝对不可能发生。"坦内博格肯定而带着愤怒地与其说道。

"不，会发生的。而且他们会将我们统统毁掉的，我们要开始打仗了，首先要打美国人，然后我们自己内部打，逊尼派人打什叶派人，什叶派人打库尔德人，库尔德人又跟其他的任何一个派别打，我们就会一团混战。"

"你怎么敢说出这些混账话来！"坦内博格咆哮道，"好像你有最后预言权一样，来给我们所有人判罪！"

"你应该比我清楚得多。如果你不知道的话，你就不会那么努力的非要进行在萨佛兰的这个发掘，就不会犯那些明知故犯的错误，就不会让你所做的一切被公布于众。我一直都很崇拜你的聪明才智，还有你的冷血。不要贬低我，还自我安慰似的告诉我说不会发生任何问题，不要说这仅仅就是个政治危机而已。"

"你给我闭嘴！"

"不，我们最好还是谈谈，大声把那些我们想都不敢想的东西说出来，因为只有这样我们才能尽量避免犯更多不必要的错误。我们两人需要坦诚地面对对方。"

"你怎么敢这样跟我说话？你什么都不是，除了我想让你成为的样子。"

"没错，你的话在一定程度上是有道理的。我只不过是你希望成为的样子，而不是我自己希望成为的人。但是我们现在却坐在同一条船上。我肯定地告诉你，我还就真不喜欢跟你共赴此次旅程，但是因为我没有其他的路可以选择，我要尽量避免遇难失事。"

"你愿意怎么说都可以，这可能是你在这个家里能够说的最后的话了。"

"我想知道你到底计划了什么。你总是为自己准备好了逃生的路，我不理解你到底想得到什么。即使是在皮科特过来帮助发掘这个事情上，我们大概也就有不到六个月的时间，在这么短的时间里，我们简直不可能会有任何的发掘成果。这一点，你跟我一样清楚。"

"我在保护着克拉拉，我正在挽救她的生命，我还要在未来给她留一个位置。我做的一点都不错，因为我看出来了你绝不是那个可以保护她的男人。"

"克拉拉不需要任何人保护她，你孙女的价值比你准备要承认的大得多。她不需要我，也不需要任何人，她所唯一需要做的就是要摆脱你，摆脱我们所有人，从这个困境中走出去。"

"你完全疯了！"坦内博格德声音变得冰冷如钢。

"我比以往任何时候都要清醒。我估计你之所以努力推进这些事情，是因为你跟我一样明白，伊拉克作为一个国家已经时日不多了，以后将不会是我们所认识的模样,而它的未来,我将用一个再妥帖不过的形容词来形容,那就是无法预知。所以,你才会准备好了一切要回开罗。只要那些萨达姆的喉舌得到了美国的情报,轰炸即将开始的时候,你就不会再待在这里了。但是同时,你却组织好了一个相当好的'公开计划',让大家知道有一个所谓的泥板圣经的存在。"

"那是留给克拉拉的遗产。如果她找到了泥板圣经,那么她就不需要担忧她的后半生生活了。她将会得到全世界的认可,她将会成为她所一直希望成为的那样一个伟大的女考古学家。"

"那你为你自己预留了一个什么位置呢?"

"我就要死了,你知道的很清楚。我的肝上面有一个肿瘤,它正在一点点将我完全吞噬。我现在没有什么希望得到的,也没有什么害怕失去的了。我将会在开罗死去,也许会在六个月以后,也许会在更短的时间里。我要求医生告诉我真相,所以事实就是,我肯定不久将离开人世,另外一个不争的事实就是,我即将满八十六岁。但是找不到泥板圣经我是不会瞑目的。尽管这个国家已经面临战乱,但我会尽量用钱收买所必要的人手,为我日以继夜地在萨佛兰工作。他们将不遗余力地工作,直到找到那些我们正在寻找的泥板为止。"

"但是,如果它们并不存在呢?"

"它们就在那里,我知道。"

"它们也可能已经都变成碎片了,那么你要怎么办呢?"

坦内博格不再说话了,但是却无法掩饰自己开始对艾哈迈德越来越深的仇恨之情。

"我已经告诉了你我将要做的事情,我已经开始要保护克拉拉了,我对你并不信任。"

老人转过身去,离开了房间。艾哈迈德将手按在前额,他刚才一直在出汗。这场跟克拉拉祖父的争论让他觉得声嘶力竭。

他又倒了一杯威士忌,然后一饮而尽。之后,又倒了一杯,但是这次他不打算一口喝完,他需要慢慢地喝,慢慢地思考。

10

恩里克·戈麦斯在玛利亚·路易萨的花园里散着步，感受着那些百年老树树荫下的阴凉。自从他收到那几张自己人被残忍杀害的照片后，心里就一直有个郁结，让他无法释怀。

弗兰克坚持说要见见面，而乔治也不再是不情愿地接受了这个提议。自从他们五十年前分开以来，他们碰面的机会是少之又少。而这一次也许就是最后一次了，因为他们的年纪都非常可观了。而最让人意想不到的是，乔治竟然接受了在塞维利亚见面。他曾尽全力反对，但是经不住弗兰克的劝说，他说在塞维利亚更不容易被人们关注到。

乔治在马尔贝拉打了两天高尔夫。弗兰克则待在巴塞罗那。再过一个小时，三个朋友将会在阿丰索十三世酒店的酒吧里碰面。

艾玛，弗兰克的妻子尽力把他们安排到塞维利亚最具象征意味的酒店里，这个酒店里住满了所有在电视里都能看到的那些有头有脸的人物，还有报纸上或者五光十色的杂志封面上的熟悉脸孔。

萝西奥很不安。很多天来，她一直追问恩里克到底发生了什么事情，却没有得到任何答复。走运的是，这天下午她去她的姐姐家陪她的侄女试婚纱。恩里克并没有告诉她，下午要去阿丰索十三世酒店赴约会。

乔治是坐车过来的，然后他就要返回马尔贝拉。弗兰克将会在这里待上两天，就像任何一个其他的百万富翁来塞维利亚旅游一样。只不过是，他们需要等待一个合适的时候，一个小时，两个小时，三个小时是极限了。

他马上离开了家，因为他需要呼吸一下新鲜空气，那个心结把他憋得太难受了。

恩里克跟萝西奥和儿子何塞吃完午饭。他的孙子博尔哈和埃斯特雷雅还在马尔贝拉紧抓着夏天的尾巴快活，因为在安达卢西亚，九月份的时候夏季早就已经过去了。儿子何塞对他说，他看起来有些焦虑，这更加证实了萝西奥的担心。

到了午睡的时候，他努力想入睡，但是却睡不着，所以就爬了起来，当一听到萝西奥出门去了，他连忙也出门了。他穿过那些窄窄的街道胡同，和圣克鲁斯街区的广场，漫无目地在公园里走着，等着跟那些老朋友约会时间的到来。

乔治坐在酒吧角落里一个不引人注意的桌子旁边。恩里克朝他走了过去。两个人的眼睛都熠熠发光了，久别重逢了是多么激动啊。但是他们没有拥抱，只是握了握手。他们知道不能够引起别人的注意。

　　"你看起来不错啊。"乔治说道。

　　"你也很好啊。"

　　"我们都已经老喽，而你还比我年轻点。"

　　"一年，不过就小一年。"

　　"弗兰克呢？"

　　"我觉得他可能在任何时刻出现，他应该住在这个酒店嘛。"

　　"没错，他是这么跟我说的，艾玛的确是尽心了。"

　　"很好，无论如何我们也应该见见面了。你怎么想的？"

　　"阿尔弗雷德病了，他知道自己就要死了，不过是几个月的时间问题，他对什么都无所谓了，只是在乎他的孙女。所以他现在的所作所为简直就像疯了一样，丝毫不考虑后果。"

　　"我也这么看。你认为他想要什么呢？"

　　"希望他的孙女找到泥板圣经，如果是这样的话，那么圣经就是她孙女一个人的了，别人休想打它的主意。"

　　"那个叫做皮科特的家伙也想插手吗？"

　　"搞这种类型的发掘没有专业的人没有真正的考古学家是不行的。阿尔弗雷德可以雇用足够多数量的工人来工作，但是还需要考古学家，但是这个在伊拉克可真是没有。"

　　弗兰克这时走进了酒吧，用眼睛四处寻觅着他们的踪迹。他连一个多余的表情都没有，就径直冲他们两个过来了。他连手都没有伸出来就坐下了，然后给服务生打了一个手势。服务生连忙过来询问，先生们是不是需要喝点东西。

　　"很高兴见到你们。好吧，我觉得我们大家变化都不大嘛，只不过我们都过七十岁了。"他微微笑着说道。

　　"嗯，我们可以庆幸的是现在我们的状况跟七十多年前还一样好，尽管已经到了这个年龄，我们还是很硬朗的。"乔治打断他问道，"你怎么看阿尔弗雷德现在的所作所为？"

　　"啊，阿尔弗雷德！他不过是在做着一个已经绝望的人能做的一切。你们在五角大楼的朋友已经要将萨达姆扔到油锅里了。要不了几个月，我们都不知道伊拉克还存不存在呢，所以他根本没有别的选择：要么现在就找到泥板圣经，要么永远都不会成为他的了。"弗兰克回答说。

　　"但是我们可以在战争之后再去找啊。"乔治说道。

　　"我们知道战争怎么开始，但是谁知道它会怎么结束啊。"

恩里克的断言掷地有声,其他两个朋友也深表同意。

"他们什么时候开始轰炸?"这个塞维利亚人问道。

"最晚明年三月。"乔治回答道。

"现在是九月份。"弗兰克说道,"所以只有大概六个月的时间,只有六个月的时间来找到泥板圣经。"

"要不是两个月前美国人轰炸特尔穆哈依和巴索拉,还真就发现不了那个遗址,看来命运决定了就是现在啊。"戈麦斯一副被说动的样子,"那么,我们现在要做些什么呢?"

"如果他找到了完好无损的泥板,或者至少找到了一些可以被修复的泥板,那他还真的会被记入考古学的编年史册中。没必要再解释这些泥板在市场上的价值了吧。而且都不用讲梵蒂冈方面为了得到它会施加多大的压力,只要想想它可以证明先祖亚伯拉罕的神话传说的意义就够了。亚伯拉罕所说的创世故事本身就是一个非同寻常的发现。那个愚蠢的布什肯定有能力将它献给梵蒂冈,以示其诚意,因为教皇本人是反对战争的。"

乔治的这些思考让其他两位朋友陷入了沉思。

"如果阿尔弗雷德真的找到了它,"弗兰克说道,"绝不是要把它留给布什,所以……"

"所以他一定会充分利用他仅存的时间来完成这个几乎不可能的计划。"乔治肯定地说道,"但是为什么他要通过他的孙女来完成这一切呢?"

恩里克重新又提出了这个问题。

"为了让其他的任何人都夺不走泥板。现在世界上所有的考古学家都知道在伊拉克有一帮以艾哈迈德·侯赛因为首的地方小组,还有他的妻子一起在找寻古宫殿或者神庙的遗址,因为那里可能有一些关于先祖亚伯拉罕所口述故事的泥板。无论如何,现在没有任何人可以对此有任何疑义,这也就是为什么会在罗马发生那些事情的原因。"

"他也太冒险了。"弗兰克说道。

"是的,但是他已经是快要死的人了,所以他也没有什么可以选择的了。"戈麦斯坚持说道,"那好,乔治,你的人知道是谁雇用了那些意大利人了吗?"

他摇了摇头。

"没有,我们还没能查出来。我们知道他们属于一个叫做调查所的公司。某人雇这家公司来跟踪克拉拉,但是我的人在这个公司的文档里没有发现任何相关的资料,连一张纸或者一个记录都没有。这个合同是通过他们的所长签署的,或者是另外的一个什么领导,反正是个不需要做出任何解释,只要下达命令的人。但是,到现在为止,我们还是不能过多地干预此事。这个公司的老板是个老的反黑手党警察,曾多次立功,在整个警界都有着众多朋友。所以,如果我们犯了任何错误，后果就是让意大利警察跟在我们屁股后面死追不放。"

"但是我们需要知道到底是谁为什么雇用了这些人。我们的堡垒已经被人打开了一条裂缝了。"弗兰克坚持道。

"是的，的确如此。所以我才跟你们说要加强安全措施，不能犯任何错误。只要有任何部分被人渗透了，或者阿尔弗雷德把他当地的某个合作伙伴得罪了，他们要给他点教训的话……"乔治解释道。

"那将会有一个巨大的黑洞，而且我们都无法看清。"

恩里克无法掩饰脸上的焦虑，他的心结竟然被幻化成他的语言，传达给了其他人。

"你说的有理。"乔治说，"的确有一个黑洞，我们必须找到它。这还是第一次出现了我们无法控制的状况。阿尔弗雷德的事情还是另外一码事，因为他还是在我们的控制之中，我们也能控制得住。另外，你认为那个女孩的丈夫艾哈迈德·侯赛因靠得住吗？我觉得他是个关键人物。我们在那的人得到情报，他对阿尔弗雷德和他妻子似乎已经受够了，他对我们的这个老朋友似乎已经失去了尊敬，就是前几天，其他人还听见他们在大声地争吵。克拉拉的丈夫是个有价值并且聪明的人。"

"我就是害怕他的理智恢复了。"弗兰克说道，"至少所有这些都是来自于黄宫最近一些日子的报告。绝对没有比有人在最后的时候决定要做个正人君子更危险的事了。他会不择手段地掩盖他所有的历史。"

"那么我们不要指望他，仅仅是利用他就好了。"乔治没有丝毫保留地肯定说道，"那好，现在我希望听听你们的意见，我们到底应该怎么做。我的朋友们，这毫无疑问是我们最后一次见面，而且我们必须要对我们所要进行的所有步骤都达成一致。我们这次可玩的够大啊。"

"我们的这场游戏可以让我们每个人都躺在自己家里，默默等到上帝召唤我们的时候，就离开人世。"弗兰克回答道。

恩里克觉得心里又是针扎一下的刺痛。

三个人继续谈论着。乔治给了每个人一沓纸。

会谈结束的时候已经是晚上十点半了。他们已经喝了很多威士忌了，顺便也吃了些干酪和火腿。恩里克已经接了萝西奥不耐烦的两个电话了，她一直坚持问他在哪儿，并让他回家吃饭。弗兰克跟艾玛说，自己会尽量提前，现在跟一帮和自己一样的旅游者在西班牙游玩，马上要去几个月前就订好的弗朗明哥餐厅。

我可不需要对任何人做什么解释，乔治想道。他很满意自己可以自食其力，不需要任何人单独生活。头上那些白发已经让他愈发肯定全世界对一个男人的期望，就是金钱和地位。他费尽心思来维护他的孤独，特别是那些好友们的好意相劝，让他还是找个女人，找个港湾停泊靠岸。但他却一直表现得很坚定，并且也最终如愿以偿。他和一帮子佣人住在一起，他们默默地伺候着他，却不会打乱他的任何行程。他也别无所求了。

他是第一个离开的，他走到那辆从马尔贝拉租的轿车边。鉴于他如此高龄，为了弄到驾驶证，都费了一番周折。但是没有人能够抵挡得住钱的诱惑，特别还是在马尔贝拉这样一个城市里。所以他还是顺利地租了一辆舒适的最新款的奔驰。德国汽车业的技术依然还是最为出色的。

弗兰克在前台定了一辆出租车，而恩里克则不顾夏夜的热度，决定自己走回在圣克鲁斯街区的家里。

心里的那个结把他折磨得几乎无法呼吸。即使是跟这两个老朋友的聚会也没能让他缓解。相反，他又不得不回顾那可怕的过去。他们就是现实的一面镜子，而对于这个现实，他的儿子何塞，还有孙子们都一无所知，但是萝西奥却知道。所以他知道永远都无法骗过他的妻子，她太了解他了，比其他任何人都要了解得多。

11

卡罗·西皮亚尼自顾自看着报纸,根本不想抬头看看那个焦虑的梅赛德斯,省得自己也变得紧张不安。而她却不停地在会客室里走来走去。

汉斯点起了他的老烟斗,就让自己的目光顺着漂浮的烟圈一个个散去,直到它们最后都湮灭在了自己的思考之中。而布鲁诺则还是坐在那里,根本没有在意他的任何伙伴。

卢卡·马力尼跟他们约好了一点见面,现在已经是一点半了,但是秘书却拒绝透露任何一点消息,连卢卡是不是在办公室里都没有告诉他们。

大概到了两点差一刻的样子,这个前警官才走进了会客室,带着一脸严肃,请他们进了办公室。

"我刚刚跟安全总署的头开了个会,我还真希望没去。"他上来就说了这一段开场白。

"发生什么事情了吗?"卡罗问道。

"我国政府并不认可那个伊拉克方面提出的,对我们有利的解释版本。他们还希望了解更多情况,因为如果他们能够据此令意大利人民相信萨达姆就是那么个东西,是个大魔头,那么对他们而言可是非常有利的。所以政府在这个方面做足文章,希望如果他们决定要派兵伊拉克的话能够得到公众舆论的支持。对于政府而言,如果这件事情被媒体公开,电视报道那他们就被动了。"

"真抱歉,我的好朋友。"卡罗这才找到个机会说话,"我们真让你遇到大麻烦了。"

"要是我们真能说出真相……"卢卡坚持说道,"如果你们真的告诉我到底是怎么回事的话。"

"求你了,别再问了。"西皮亚尼不悦地恳求他。

"好吧,让我告诉你们现在到底是什么状况吧。在去见安全总署的领导之前,我跟部里的其他朋友聚了聚。他们就提出了我对你们提出的相同问题,只有我告诉他们真相,他们才好想办法帮我把这件事情给应付过去。所以我就把我们商量好的那个版本告诉了他们,但是他们看着我的神情,明摆着就是觉得我在敷衍他们。他们很明显就是在向我施加压力,但是我还是坚持原来的那个说法,并且还开玩笑地对他们说，不论这个事情看起来有多么荒诞，但是这就是事实。我不知道他们会不会给梅赛德斯打电话，也许他们已经打了。因为只有她本人才能打消他们的疑虑，一个那么大年纪的人怎么会在这个时候冒那么大风险雇侦探去伊拉克呢。至于你，卡罗，安全署长听说过你，所以我估计他们对你倒不会有什么行动。"

"我们又没有犯罪。"听梅赛德斯的口气，她的确很生气。

"当然没有，你们没有，我也没有，但是我们的两个手下死了，而且没有人知道为什么。好吧，或者我估计你们还是知道原因的，至少你们大致推测得出来。大概我在意大利警局的朋友会向他们西班牙方面的同行调查您的情况。如果照我估计，只要从西班牙方面的反馈消息是，您没有任何可指责的问题，那么他们也就不会再找我们麻烦了。但是我也告诉你们了，我对他们的行动也没有完全的把握，因为安全署长跟我说，部长发话了，要了解全部的情况，他对此非常关注。从我个人的分析来看，我是从来没见过哪个政客对什么东西如此感兴趣的，除非就是因为我跟你们说过的：有人认为从中可以获利，但是要达到这个目的，他们需要编出一个故事。"

"但那也就是我们无论如何都不能告诉他们的东西。"豪瑟教授肯定地说道。

"我认为我们最好还是各自回家。"布鲁诺建议道。

"没错，最好如此。"卢卡也肯定道，"因为我毫不怀疑，我们所有人都被跟踪了。所以，你们不要一起从这栋楼走出去，只能一个一个的，分开走。很抱歉，你们中的某个人还需要留下来，在会客室吃完午饭，即使这样……"

"你到底不信任谁？"梅赛德斯问道。

"女人总有着无穷的直觉！原则上，我是信任我所有的手下的，他们中的大部分人都跟我在西西里岛上一起工作过，其他一些有素养的年轻人也都是我一个个亲自挑选出来的。但是我很清楚现在面临着一个怎样的交易。我们所有人都互相认识，而我的那些原来的同事也都认识我的手下。我不知道所谓的一些人和另一些人的友谊可以到什么程度，所以完全有可能发生泄密的状况。无论如何，对这一点也是完全没有办法的。"

"那您建议我们现在该怎么办呢？"

布鲁诺·穆勒看起来对现在的状况有些不舒服。

"穆勒先生，"马力尼回答道，"最好就是表现得自然一些。你们不是说什么都没有做吗？我们还就得这样认为，我们就是什么都没有做过，所以现在我们也不需要特别做些什么。"

"但我还是想让大家去我家吃个晚饭，告个别。"卡罗说道。

"我的朋友啊，我就别去吃什么告别宴了。豪瑟教授和穆勒教授还要回他们各自住的地方呢，巴雷达夫人嘛，我决定她倒是合乎逻辑地应该去你那吃个晚饭，而且应该在这里再待两天。跟我说说，梅赛德斯，西班牙方面对于您会有些什么说法吗？"

"我是个又老又怪的女人，一个搭脚手架，私下里很了解自己所有工人的建筑商人。我跟任何人都没有过节，生意上更是没有。"

"一个无可指责的人。"卢卡喃喃自语道。

"我可以向您保证我没有任何污点。"

"我一向害怕那些有污点的人。"这个前警察肯定地说道。

"为什么？"豪瑟教授问道。

"因为他们会隐瞒一些事情，尽管那只是些被隐藏在内心里的东西。"

他们沉默了好几秒钟，每个人都沉浸在自己的思索之中。然后豪瑟教授打破了沉默。

"既然情况已然如此，我们最好就是直面应付了。马力尼先生，您继续透露真实情况，因为我不知道您是不是也注意到了，您所知道的也的确是我们至今为止一直所做的实情。"

"不是这样的，我并没有完全说出真相。"卢卡抗议道。

"不，您已经把您所知道的所有真相都说出来了，你说不出来的，是你所不知道的。"教授肯定地说道，"至于我们，我们在分开前还需要单独说说话。我相信，布鲁诺，你说我们所有人都必须马上回家是太夸张了一些。我们现在当然是要走，但是不是马上，不是像个逃难的人一样冲回家去。我们所有人都是受人尊敬的长者，老朋友了。所以，卡罗，如果你邀请我的话，我希望去你家共进晚餐，而且我认为我们大家都应该一起去。如果警察希望跟我们谈谈的话，我们会告诉他们真相：我们不过是一帮老朋友，在罗马碰到了，而梅赛德斯，她比较大胆，她已经下定决心认为伊拉克是个做生意的好地方，因为一旦战争结束，那些被美军破坏的地方需要统统进行重新建设。她作为一个建筑公司的老板，想在这个战争大餐里分一杯羹，也没有任何值得指责的。据我所知，她从来没有举着反战的标语牌参加任何示威游行，亲爱的，你没这么做过吧？"

"没有，迄今为止还没有。其实我倒是考虑过要去参加在巴塞罗那举行的那个游行来着。"梅赛德斯解释道。

"好吧，那你今后可不能那么做了，"豪瑟教授说道，"假如又有人号召的话。"

"您真让我感到吃惊，教授，"卢卡说道，"看起来您没有听清我的话，那个安全署长就是希望闹出点事端，因为他的上司希望能出事。"

"意大利是个法制国家，所以如果没有事情，他们总不能凭空捏造出一个来吧。"豪瑟教授坚持道。

"但是的确是有事啊,我们有两具尸体。"马力尼生气地说道。

"够了,"卡罗嚷了起来,"我同意汉斯的意见,我们不需要做出一副犯罪嫌疑人的样子,因为我们的确没有做任何事,我们没有杀任何人。如果有必要的话,我会跟政府里的朋友谈谈的,他们是我的亲戚。但是我们决不能弄得好像自己跟罪犯似的,还搞的什么分开从这个办公室逃出去,或者走出去。不行,我坚决反对带上这种所谓的负罪感。你呢,布鲁诺……"

"没错,你说得有理,我从来就……"

"我看你们还真是很有信心啊……好吧,最好如此。对我而言,此案已经结束,除非我的那些老同事再给我打电话来,或者电视里出现了我们现在在一起的镜头。有任何事情发生,我都会给你们打电话的。"

大家没有再说什么就告别了。到了街上,卡罗建议大家去他家吃午饭。

"如果需要准备的话,我就给你们打电话。还是在家里吃饭比较舒服,大家可以畅所欲言。"

几个人都静静地吃着饭,卡罗的管家在一旁张罗着给这顿没有任何准备的突然午宴服务着,而他们则有一搭无一搭地说着无关痛痒的话。

当他们去客厅喝咖啡的时候,卡罗把门关上了,并嘱咐不许任何人打扰他们。

"我们需要做个决定。"卡罗·西皮亚尼说道。

"不是已经定了吗?"梅赛德斯提醒他道,"我们需要做的就是雇用我们说过的那些公司中的一个,然后派一个职业的过去,找到坦内博格然后,该做什么就做什么呗。还需要什么别的东西吗?"

"我们所有人都赞同这些吗?"西皮亚尼问道。

其他三个朋友不加迟疑地表示了赞同。

"我有一家公司的名字,环球集团。他们的老板,一个叫做汤姆·马丁的人,是卢卡的朋友。他跟我说可以以他的名义跟他联系。"

"卡罗,我不知道这样继续瞒着卢卡到底合不合适。"

"也许你说的有理,梅赛德斯,但是我们的确不认识其他可以胜任此项任务的人了,所以我是支持去给这个叫做汤姆的人打电话的,只希望卢卡能够原谅我了。"

"但你应该还是去通知他一声说你要给汤姆打电话,如果他叫你不这么做,那么我们就去找别的人。卢卡是你的朋友,你不能把他推到死胡同里啊。"

"汉斯,你说得有道理。我马上给他打电话,马上就打。"

"你们别傻了,"梅赛德斯打断他们,"就让卢卡歇息一下吧,他估计烦透我们了。我们可以给这个公司打电话,但是却不提他的名字啊,这样也就不会把他牵连进来了。如果卢卡告诉你说这家公司适合做这个工作,那我们还多想什么呢?"

"也是啊,他根本也不知道我们到底要什么。"卡罗分析道。

"没错,我估计你也不会告诉他我们希望杀一个人吧。那好,大家都行动起来吧,我知道这两个年轻人的死让大家都有些沮丧,但是大家应该向来就很明白我们所要完成的事情本来就不是那么容易的,很有可能半路就有人死掉,他们很有可能会把我们在半路就干掉。我们用尽一生的时间,等待的不就是这个时刻吗?我估计大家也都设想过千万种情况,但是没有那种情况会和我们正面临的状况相同,但是我清楚地知道,我们绝对有能力来应付这一切。"

他们最终一致同意给汤姆·马丁打电话。这个电话将会由汉斯·豪瑟去打,他会跟他约好一个时间,然后去伦敦见他。他们给他的任务其实很简单,就是要派一个人去伊拉克。因为他们已经知道了克拉拉·坦内博格的住址,所以只需要通过她,迟早都会找到阿尔弗雷德。然后就是要找一个合适的时机将阿尔弗雷德干掉。对于一个职业杀手而言,这应该不成问题。

布鲁诺坚持要尽快回到维也纳。他在罗马总感到不安。

"为了避免我们的电话被人窃听,需要联系的时候不要用原来的电话。"豪瑟教授提议道,"我们可以去买手机卡,然后只用一次就扔掉。"

"那我们怎么交换手机号呢?"梅赛德斯问道,"别在那里异想天开了,求你了。"

"汉斯说得有道理。"卡罗说道,"我们应该特别小心。我们可是要去杀一个人啊。"

"我们是要去杀一只猪,拜托!"梅赛德斯生气地说道。

"无论如何,关于换手机卡的事情我觉得不失为一个好主意。我们会找到交换号码的办法的,也许可以通过电子邮件。"卡罗也很坚持。

"但是如果他们能截获我们的通话,邮件也一样难逃法网。保守秘密而言,互联网可是最不安全的地方了。"

"得了,布鲁诺,别那么悲观嘛!"梅赛德斯指责他道,"据我所知,可以创立网上的虚拟用户。微软的那个免费邮件 Hotmail,就可以提供这个服务。这样我们在 Hotmail 上各自开立一个账户,通过这上面的用户,我们可以交换电话号码然后保持联络了。但是我们还是应该千万小心,因为 Hotmail 也不是绝对安全的,任何人都可能侵入我们的邮件,所以我们在交换信息的时候最好采取密码的形式。"

下午的大部分时间他们都花在如何起网名上了。汉斯教授想出了一套密码表示方法,用字母来代替数字,那么他们再买的手机号码就会被拆成字母进行识别。

告别时,已经很晚了,四个人紧紧地拥抱在一起。第二天,布鲁诺和汉斯就要立刻回罗马,而梅赛德斯则还要这里再待上两天,因为如果真有警察一直在跟踪她的话,也不能给人留下自己逃跑的印象。

***

罗伯特·布朗不耐烦地等着拉尔夫·巴利讲完电话。他把电话一挂上,罗伯特立刻不耐烦地问道:

"那么,皮科特到底要干什么?"

"我的线人告诉我说他已经满意地从伊拉克回来了,但是他只是说现在要去那挖掘简直太疯狂了,因为时间不够,只有六七个月估计也干不了什么,而且还对布什和萨达姆出言不逊地说了些这样那样的话。"

"拉尔夫,你并没有回答我的问题,我要知道的是他到底是去还是不去。"

"他也没有表明态度啊,但是看来他还没有完全放弃这个计划。他很快就去了马德里。"

"你还是没有回答问题。"

"我还是不知道他要去做什么啊。"

"我们难道不能让杜卡斯的人加入到这个考古发掘小组工作吗?"

"你难道认为杜卡斯手下的那帮'大猩猩'也能变成用功的考古学学生吗?醒醒吧,罗伯特,你好好想想!"

"我当然是考虑过了!但是我们的考古还需要人手。所以杜卡斯必须给我们找到具有相应素质的人选。"

"还必须要有一定的历史学、地理学、地质学等等相关方面的知识。我可不这么认为,罗伯特,我可不看好。那些大猩猩们连美索不达米亚在哪都不知道。"

"所以他们就要上个集训班,需要日以继夜地好好学习,把相关的知识掌握好。如果他们真的有能力达到一个考古学学生或者教授的水平,就给他们一笔奖金作为奖励。"

"小心啊,罗伯特!你知道在考古学界,所有的人都互相认识。我们可不能把一个大猩猩扮作一个教授的模样,别人一定会发现的。"

罗伯特·布朗猛地推开办公室的大门,把那位打扮得整整齐齐的、举止优雅的秘书吓了一跳。

"发生什么事了吗,布朗先生?"史密斯问道。

"杜卡斯还没来吗?"

"还没有,先生。要是他来了的话,我会通知您的。"

"他约的是几点?"

"就是您告诉我的那个时间,四点钟。"

"可已经四点十分了。"

"是的,先生,没准是因为堵车的缘故而迟到了。"

"杜卡斯这个没用的东西!"

"是的，先生。"

在罗伯特·布朗正准备回自己办公室之前，保罗·杜卡斯那庞大的身躯出现在了办公室门口。

"时间都过了！"

"罗伯特，华盛顿的交通简直一塌糊涂，特别是这个时间段，所有人都赶着回家呢。"

"那你可以早点走嘛。"

"最终你还是没有抑制住！"这个环球安全公司的老板冷冷地说道。

他们俩一进布朗的办公室，拉尔夫·巴利就连忙给他们端上威士忌，试图缓解两个男人之间的紧张情绪。

"保罗，罗伯特希望招一些有素质的人进伊维斯·皮科特正在准备的那个考古小组。我会给你一份关于皮科特相关情况的文件，现在我简单给你介绍一下：他是个法国人，很富有，以前是牛津大学的教授，是个花花公子，好冒险，但是对考古很在行，对圈内人士也很了解。"

"你这不是叫我为难嘛。"

"没错，但是我们需要人手，要能读会写的，他们必须是有大学学历，要能够跟人流畅地交流他们所研究领域的知识。但不能是美国人，你必须在欧洲给我找，最好能够在阿拉伯语国家里找，反正在这里是不行的。"

"而且，他们还必须了解这个行当，并且能够做任何其他的事情，是吗？"杜卡斯有点揶揄地问道。

"完全正确。"罗伯特斩钉截铁地语气毫不掩饰地将他的愤怒宣泄了出来。

"好吧，罗伯特，我已经找好了你需要的若干小组的人员，可以派到伊拉克前线的任何地方。只要你一下令，他们立马就奔赴前线。"

"他们还需要等待，不会太久，但是还需要等。现在我所担心的是，我们还需要处理眼前的这个问题。"

"我不知道，罗伯特，我真的不知道，我可不认识什么大学毕业的人还愿意在他们的空闲时间充当临时雇佣兵的。我在前南斯拉夫找找看吧，也许那里能够找到几个。"

"好主意！那里的人从孩子起就面临被屠杀的危险，所以肯定有一些大学生们在这样或者那样一些帮派里负责干这种杀人的勾当，而且他们都愿意有机会挣钱。"

"好吧，罗伯特，应该有这样的人。"

拉尔夫·巴利听着他们说话，心中充满了一种夹杂着崇敬和排斥的复杂感情。他们早就用大价钱买走了自己的良知，所以现在无论他听到什么都不会觉得有什么好奇怪的，尽管罗伯特一直对他而言都是那么的不同。他是哈逻，那个双面天神。真正了解他两面性的人少之又少,几乎所有人都会说他是个非常有教养、高雅、有文化、精致、循规蹈矩到绝不会在红灯的时候越线的一个人。但是拉尔夫了解另外一个布朗,那是个残酷、毫不留情、有时候甚至是粗野下流、有着欲求无度的金钱和权力欲望的人。而自己现在对他唯一还不太清楚的就是他的导师到底是谁。罗伯特经常称这个人为"导师",但是从来没说过他到底是谁,甚至这个人是干什么工作的,他的名字是什么也没有提过,但是拉尔夫直觉感到这个人很有可能是那个乔治·瓦格纳,因为这是唯——个可以让布朗在他面前会害怕得发科的人。但是拉尔夫也从来没有向布朗求证过,他很清楚这是永远都得不到结果的问题,而且对于罗伯特而言,他最在乎的也就是"谨慎"二字。

保罗说好了只要一找到合适的人选就会给他们打电话,当然前提是能找到的话。

＊＊＊

皮科特将带回来的泥板的投影又拿出来看,用他那双苛刻的眼睛仔细检查。法比安在他身旁,侧目注视着他。他知道皮科特正准备要作出一个决定,但是估计并不是自己所猜中的结果,不过他的这个朋友一向如此。皮科特在牛津教书的时候他们俩就互相认识了,那个时候法比安正在那里攻读楔形文字方面的博士学位。因为他们在当时的学校里都是跟其他人不合群的异类,所以他们两人之间很快就产生了好感。

皮科特是个客座教授。法比安在英国研修的这门博士课程得到了很多极为厉害的专家的帮助。两人有一些共同的地方,那就是他们对美索不达米亚都很痴迷,这片地方"得益"于英国的殖民主义而被改造成了如今的伊拉克。

法比安还清楚地记得自己在卢浮宫里第一次看到汉谟拉比法典时候的深刻印象。那个时候他才十岁,也是他第一次去巴黎游览。他拉着父亲的手,听着父亲给他讲解。在看了那么多汇聚一堂的艺术珍品之后,当他们走入到美索不达米亚展厅的时候,法比安感到自己内心里那种从未预料到的兴趣之门缘此而开。而更让他目瞪口呆的是,听说那块石头上刻着非常非常古老的法典,而这个法典是基于同态复仇的法令。他的父亲给他讲解道,在这个法典的第一九六条上记录着:"如果一个人把另外一个人的眼睛挖了出来,那么别人也会将这个人的眼睛挖出来。"就从这一天开始,他决心要成为一名考古学家,并且要去美索不达米亚发掘失落的文明。

"你下决心了吗?"

"这也太疯狂了。"皮科特回答道。

"毫无疑问，但是要么是现在，要么就是永远失去可能。要真等战争之后，那我们就要走着瞧了。"

"如果我们相信布什，伊拉克就要变成美索不达米亚的阿卡德了，我们也就可以像任何一个普通的远足客一样，随便在伊拉克进行发掘了。"

"但是无论是你还是我，都无法信任这个布什。我肯定这场战争会把伊拉克又变成另外一个黎巴嫩。你很清楚中东的情况，你知道那里现在是个什么状况，那些扛着星条旗的家伙们不会轻易得到凯旋门的。伊拉克人憎恨萨达姆，但是他们更讨厌美国佬；实际上，他们仇恨我们所有人，而他们也不是完全没有道理的。我们没有给予他们任何东西，我们的制度一直存在着大量的腐败，我们向他们出售他们所不需要的东西，我们无力加强其中产和知识分子阶层的建设，而他们也越来越穷困，并且感到失落。而那些宗教狂热分子却壮大迅速，他们帮助那些最穷苦街区的人们，免费提供教育，建立了医院向那些没钱看病吃药的人提供医疗援助，中东将会爆发……"

"没错，但是你说的这些并不适用伊拉克的所有地方。我要提醒你，萨达姆向人们灌输了相当的非宗教世俗主义。而问题就出在石油上面，美国需要控制这个能源的渠道，他们很可能策动必要的科学怪人，然后又想办法自告奋勇地将他们一举歼灭。"

"中东真是越来越可怜了。"

"法比安，你要一直做个左派小伙子吧？"

"我已经足够成熟了，不需要再称我为小伙子。至于左派问题，你说的也许有道理……估计我永远都不会放弃去看待真实，即使是坐在我家里最舒服的沙发上也不会忘记。"

"要是站在我的角度，你会怎么办？"

"我的想法也许有些鲁莽，但是就是：去。"

"要是轰炸的话，我们全得完蛋。"

"没错，的确有这个可能。问题是我们也可能有五分钟的时间离开啊。"

"那我们可以指望跟谁一起合作呢？"

"我们只能单独行动。我认为无论是我们学校也好，还是任何其他一所学校都不会有人愿意出一分钱支援我们去伊拉克的。西班牙的大部分人都是反对战争的，但是要在这个时候去伊拉克搞考古挖掘对他们而言实在太过冒险，无异于把钱往水里扔。"

"那就是说，我来出这笔钱。"

"我来帮你整合这个小组。孔普卢顿（Complutense）大学里有一大堆近几届的学生，只要能够参与任何发掘工作都愿意不惜任何代价，哪怕是在伊拉克。"

"但你总是跟我说西班牙没有真正伟大的美索不达米亚专家……"

"那的确是没有，但是我们有一大堆希望能声称自己做过考古学家工作的学生啊。你也有相关的人脉啊。"

"我倒不能肯定我们是不是能够找到我们所需要的人，参与此次的发掘工作。而且，你能够请一年的假吗？"

"我可不是跟你一样的富翁，我还需要每个月领薪水，所以我要跟系主任商量一下，怎么样我才能够好好安排一下接下来的这一年时间。我们什么时候走呢？"

"马上。"

"马上是多久？"

"下个星期是最合适的时间了。再没时间了。"

"一个如此规模庞大的考古小组难道就不能等两个星期之后再动身吗？"

"估计不行，这的确是个很疯狂的行动……"

"既然是疯狂的行动，那么我们还不如赶紧，走一步看一步吧。"

两个好朋友哈哈大笑起来，然后使劲地击了击掌，就像在篮球比赛中那些队员比赛前所做的动作那样。为了庆贺这个决定，他们准备去雷特拉区找个地方喝喝小酒。这个区里有学生公寓，住着大批的音乐家、作家、画家，这里彻夜不歇，绝对是马德里夜生活的好去处。

他们彻夜未眠，先是在酒吧里迷醉了一番，然后去咖啡厅里听音乐喝鸡尾酒，和一帮子只会在深夜里建立同志情谊然后天亮说再见的人谈笑风生。

伊维斯比法比安起得早一些。他估计自己的朋友还在最后的那个酒吧里碰到的某个经常保持着这种偶发关系的年轻姑娘的怀抱里，继续享受着春宵美梦。那个女孩看起来实在是太有手腕了：开始还煞有介事地指责我的朋友为什么晚上不给她打电话，就好像他应该那么做一样。但是到了最后一切都还是解决了，她还是留在那里跟法比安一起睡了。

他总是留宿在法比安的阁楼上，在那里可以看到城市里所有房屋的屋顶。法比安的这栋房子里专门留了一间客房，就是给他的一些顺访马德里的朋友准备的，而伊维斯甚至觉得这间房几乎成为自己专用的了，因为他在任何时候都可以逃到这个地方来寻求庇护，这个开放而热情的城市，不会有任何人问你来自何方去向何地。

他坐在他朋友书房的书桌旁，准备给伊拉克方面打电话。花了好一会儿他才接通艾哈迈德·侯赛因。

"艾哈迈德？"

"您是？"

"皮科特。"

"啊，皮科特！您还好吧？"

"我决定去了，所以我希望一切马上运转起来，因为没有时间可以浪费了。我有一些东西希望您准备,如果您弄不到,请马上告诉我。"

两个人谈了半个小时,关于要开始挖掘到底还需要些什么东西。艾哈迈德非常诚实地向他解释在伊拉克哪些东西是弄得到的,哪些是没有的。但是最让皮科特感到意外的是,他提出可以拿出一部分援助资金。

"您也要出资?"

"不是我希望,而是我们需要尽可能多的资金,我们负责考察小组的费用,您负责您个人的和设备资源,就这么定了。"

"要是您觉得并不冒失的话,能告诉我您这资金是怎么来的吗?"

"我们将尽全力,因为这个小组对伊拉克实在是意味深远。"

"得了,艾哈迈德,我根本不信。"

"请您相信这一点。"

"我的直觉告诉我,您那个所谓的领袖萨达姆是肯定不会投一个子儿进去找这些泥板的,不论它们有多么的重要。我就是想知道到底是谁出的钱,否则我是不会去的。"

"一部分是部里出的,一部分是克拉拉的钱。她有一笔从父母亲那继承的相当的遗产,而且她是独生女。"

"那就是说,我需要跟您的妻子争夺这个泥板圣经喽?"

"应该澄清的是,如果我们找到了这个东西,那也是归克拉拉所有的,因为是她了解到有这个东西的存在,而且得到了最初的几块泥板,并且希望不论有任何代价都投入足够的资金来进行这个发掘。"

"看看你们国家现在的状况,花费那么多钱搞发掘是不是太讽刺了啊。"

"皮科特先生,这不是评论任何伦理道德观的地方。我们也不希望评论您的观念,而请您也不要评判我们的观念。这个圣经就是克拉拉的,但是您可以说这是由一个联合考古学小组共同发掘出来的。所有人在罗马都听到了克拉拉关于这个泥板的发言。"

"见鬼,现在倒成了你们给我提条件了。要是没有我的话,就根本不会有什么考古小组。"

"没有我们,那也一样成不了。"

"我可以等萨达姆倒台之后……"

"到那个时候,就什么都不会有了。"

"你真让我感到震惊,为什么在伊拉克的时候你没有把这些条件告诉我。"

"老实说,我就没有想到过您会接受这些条件。"

"好吧,您认为我们是不是应该起草一个合同,或者一个文件,将所有人参与的条件都说明清楚?"

"这倒是个不错的主意。是您起草呢,还是我把我们写好的传给您?"

"你们写吧，然后我再告诉您我认为应该修改的地方。您什么时候给我发过来？"

"明天怎么样？"

"不行，我觉得不合适。过十五分钟，您直接发到我这个电子邮箱，然后我再给您回信。要么，我们干脆就直接这样达成协议，然后不就行了吗？"

"告诉我您的电子邮箱。"

利用这一早上剩下来的时间，他们通过电话和邮件反复讨论，终于于一点钟最后达成一致。而此时，法比安已经去大学了，那个女孩还睡着没有起床。

文件中明确地指出，皮科特教授参与的这个考古小组马上要开始工作。这个小组的目的就是要发掘一个古老的圣殿皇宫遗址，而克拉拉·坦内博格怀疑在那里，很可能有跟若干年前另一个考古小组在哈兰发掘到的泥板类似的泥板，而在这些泥板上有一个叫做夏马斯的书记官记录的亚伯拉罕给他讲述的关于世界起源的故事。

艾哈迈德也在上面注释清楚了，他的妻子绝不允许别人夺走她的这份荣誉。

法比安从大学的办公室给皮科特打电话，并且约好一起吃午饭。而陪他晚上一起睡觉的那个姑娘竟然没有睡醒，这让皮科特非常诧异。

"她不是有什么问题吧？"他问法比安道。

"你操什么心啊，她就是个嗜睡狂。"

吃完午饭，他俩一起去法比安的办公室。法比安已经跟他最好的一些学生和一些教授谈过了，跟他们说了他们的一些计划。

在召集到一起的这二十个人中间，有八个学生和两位老师承诺跟系主任谈谈，希望能去参加此次发掘工作。大家说好了第二天再开个会，敲定一下最后的细节问题。

其他人走后，他们俩每个人手中一部电话，分别开始给自己其他国家的同事打电话。大部分人的反应都是说，他们太疯狂了，还有少部分人表示可以考虑一下。但是所有人都需要时间。

皮科特决定第二天一早就去伦敦，要去牛津大学亲自拜见几位朋友，然后还要去巴黎和柏林。法比安负责去罗马和雅典，他在那里有一些熟识的教授。

***

拉尔夫·巴利微笑着走进罗伯特·布朗的办公室。

"我有好消息告诉您。"

"请讲。"

“我刚跟我在柏林的一个同事通过电话,皮科特正在那里鼓动教授和学生们去伊拉克参加此次挖掘工作。您赶快告诉杜卡斯,也许可以让他的小伙子们混入其中,当然如果他已经找到了一些人的话。皮科特还去了伦敦和巴黎,他还真把考古界弄得风生水起的。所有人都认为他疯了,但是有一些人还真是动了好奇心,真打算去伊拉克看看到底会发生些什么事情。

　　我认为他还真没有能力游说到真正有分量的业界人士陪他去伊拉克,但是他肯定会弄上一帮子教授和大学生。这个集体肯定是无比混乱的,还真不知道他们到了那里能干好些什么。他们这次行动既没有行动计划,也没有预先勘探,甚至连一个深入的对必须资源的研究都没有。看起来皮科特最大的支援者就是法比安·图特拉了,他是马德里大学考古学系的教授,美索不达米亚文化专家,在牛津拿到了博士学位,在近东的很多地方都进行过发掘工作。他倒是个有实力的人,而且是皮科特最好的朋友。”

　　“最后他还是下决心要……”

　　“是的。像他这样的一个人能够这样,足以见得其企图是多么强烈。但是我怀疑他们还有些工作没有做。六个月的时间对于考古发掘而言实在是太少了。”

　　“没错,的确不够,但是也许他们有好运气呢。但愿如此!”

　　“无论如何,一切已经开始进行了。”

　　“好的,你继续尽力调查。啊,对了,你要给杜卡斯打个电话。跟他说明一下皮科特现在的进程还有他跟谁在一起工作。我希望他能够找到一些对这次发掘有用的人。”

　　“那还真不容易!把群大猩猩变成大学生还真难为他了!”

　　“你就跟他说!”

　　拉尔夫离开后,罗伯特·布朗立刻拨通了一个电话号码,并且不耐烦地等着有人接听。当听到他导师的声音之后,他立刻平静了下来。

　　“很抱歉打扰您,但是我希望让您了解伊维斯·皮科特正在组织一个小组去伊拉克进行发掘工作。”

　　“啊,皮科特!我还估计他不会去呢,你已经按照我跟你说的那些都安排好了吗?”

　　“我正在做。”

　　“绝对不可以有任何差错。”

　　“不会的。”

　　布朗犹豫了几秒钟后才敢发问道:

　　“你现在知道了是谁把那些意大利人派过去的吗?”

　　导师的沉默比斥责更糟糕。这个世界考古基金会的执行主席浑身开始流汗,自己也发现了自己问题问得不是时候。

"你尽量让事情能够按照我们的预期进行下去。"

就说了这一句话，导师将这次谈话画上了句号。

保罗·杜卡斯把拉尔夫·巴利通过电话给他传达的指令一一记录了下来。

"也就是说，他现在在柏林。"这个环球安全公司的总裁更像是肯定，而不是发问。

"是的，而且他已经去过了巴黎，然后他会去伦敦一趟，最后回马德里。现在是九月份，所以也许你可以让你那些大猩猩似的手下马上在某个大学注册一下，然后主动去充当志愿者参加这次活动。"

"你自己不是刚跟我说要我去找一些高年级的学生吗，怎么又让我的手下去注册一年级呢？怎么才能让他们在一年级注册呢？我真不知道为什么要费那么大的劲让我的人加入到这个考古小组中去。我可以找一些别的现成的人代替嘛。"

"这是领导的命令。"

"罗伯特老是让我为难。"

"罗伯特很紧张。那是一些价值上百万美元的泥板。或者说实话，如果它们要真是先祖亚伯拉罕口述故事的记录的话，它们的价值是无法估量的。那将是一个革命性的考古发现，泥板圣经，亚伯拉罕所说的创世记。"

"你别热情过头了，拉尔夫。"

"我无法停止对它着迷。"

"你现在是个商人。"

"但是我无法停止我对历史的热爱。其实那才是唯一给予我激情的东西。"

"别太敏感了，那不适合你。如果我找到了，我会给你打电话。我要去工作了。"

***

梅赛德斯在那些通往斯巴格纳广场的街道上漫无目的地逛着。她在贡多蒂大街、科洛赛大街、佛拉迪玛大街等等若干街道的奢侈品店里疯狂购物，买了两个手提包、几条丝巾、一件夹克外套、一件衬衣，还有几双鞋子，她是真无聊了。她从来都不认为购物有什么乐趣可言，只不过是为了尽量多花些心思在自己的穿着打扮上面而已。他的朋友都认为她是个非常优雅的女人，但是只有她自己心里最清楚，她从来都是选择穿那些经典的款式，因为这样可以避免犯错。

她想回西班牙，回巴塞罗那，回到她的公司了。她希望能够去检查一下她公司的工程项目，亲自爬到脚手架上，哪怕背负着一个老疯子的名声和她公司工人对她投来的奇怪的目光。

不间断的工作才能够让她撑着一直活下来，这样她才可以不去想任何她不需要做的事情。她一直都试图逃避可能让自己孤单下来的情况，但是事实上，她却没有选择地处于孤单的境地。因为她从未结婚，从未生育过孩子，没有兄弟姐妹，连表兄妹都没有，现在更是连个还在世的亲戚都没有了。她的祖母，也就是她父亲的母亲，在若干年前也去世了。她祖母更是个坚如磐石的无政府主义者，她还尝过佛朗哥监狱的滋味。她祖母是唯一一个支持她想办法在社会上立足的人，也是让她成为社会里一个与人平等的普通人的唯一支持者。"法西斯就是法西斯" 祖母经常说道，"所以他们所做的任何事情都没有什么令人感到奇怪的。"这样她的那些梦魇般的过往才能变得不那么折磨人，她才能说服自己过去所发生的一切必然有它那么发生的道理，这样才能说明他们那些人的人性天生就带有邪恶的印记。

祖母跟她生活了相当长一段时间，足以教会她要直面惨淡的生活，要一直往前看的道理。

她现在明明应该是待在巴塞罗那，跟某个工程的建筑师讨论他们的项目问题，还有怎么规划下一个工程的问题。

她通常都是一个人在办公室吃午饭，而晚饭，则是一个人待在家里边看电视边吃。

而现在她不得不去找个餐馆能够坐下来歇歇脚，然后吃点东西，她实在是太饿了。之后，她就可以走着回到宾馆，然后收拾行李。因为第二天一早，她就会搭乘第一班航班离开这里。卡罗跟她约好了晚上会去她的酒店接她，在附近的餐馆里一起吃个晚饭，给她饯行。

卡罗·西皮亚尼在大堂给她房间打电话，她也正在房间里等着他。她连忙下楼，两个人紧紧地拥抱在一起。这个拥抱把两个人压抑许久的感情洪流彻底释放了。

"你跟汉斯和布鲁诺说了吗？"

"是的，他们一回家就给我打电话了。他们都很好。汉斯有了贝塔可真是他的福气啊，她真是不得了的女人。"

"你的孩子们不也挺棒的嘛。"

"这倒没错，但是我有三个孩子，而汉斯只有一个女儿，所以他才能庆幸贝塔现在能对他那样。贝塔对他照顾周到，简直像宠小孩似的娇惯他。"

"布鲁诺还好吧？我对他有些担心，因为他看起来对现在的情形感到有些难以忍受，就像很害怕似的。"

"我也一样害怕，梅赛德斯，而且我估计你也一样。因为尽管我们所做的都是我们完全应该做的事情，但是这也并不意味着我们可以免予惩罚。"

"这就是人类的悲剧，人不论做任何事情都逃脱不了惩罚，这是自从上帝将亚当和夏娃从伊甸园里驱逐出去之后，对整个人类的诅咒。"

"没错,布鲁诺给我打电话的时候,我还听见那边德波拉在抗议呢。布鲁诺告诉我说,德波拉非常担心他并且求他永远不要再跟我们来往了。他们吵了一架,布鲁诺说他原来真恨不得跟她离婚,因为没有任何人因为任何事情可以把他同我们分开。"

"可怜的德波拉!我完全可以理解她的痛苦。"

"可你跟她从来就相处得不好。"

"但我从来就没有跟任何人相处得好过。"

"事实上是你总试图不跟任何人交好,那是你缺乏安全感的症状。你知道的,对吗?"

"我到底是在跟医生还是朋友说话呢?"

"朋友,但是另外他也是个医生。"

"你可以医治人的身体,但是心灵的问题永远都没有办法解决。"

"这一点我懂,但是至少你也应该努力地换种方式去看待周围的事物啊。"

"我已经是这么去做了。否则你认为这么多年,我都是怎么活过来的呢?你知道吗,我唯一有的就是你们了。自从我祖母去世之后,你们就是我活着的唯一牵挂,你们和……"

"是呀,复仇和仇恨就是历史的发动机,同时也是每个人历史的动能。尽管已经过去了那么多年了,但是我还是清楚地记得你的祖母。她是个有着超凡能量的人。"

"她不愿意做个像我一样的幸存者,她昂首直面所有的人,所有的事情。当她从监狱里出来之后,她的信仰没有受到任何的动摇,她继续做她的无政府主义者,组织秘密集会,穿过西法边境,把西班牙的反佛朗哥的宣传带到法国,并且还和那些老的流亡者聚会。我还告诉你一件事情:在五六十年代的时候,在所有的西班牙电影片首,他们都会放上一段关于佛朗哥和他的那些部长们所作所为的新闻短片。我跟祖母住在马塔罗,那是个离巴塞罗那不远的城市,那里有一个夏季露天影院,年轻人还可以边看电影边抽烟袋。只要银幕上一出现佛朗哥影像的时候,祖母就会开始干咳,清起嗓子来,然后往地上啐唾沫,嘴里还低低地自语道:'他们还以为把我们打败了,但是他们完全错了,只要我们还能够思考,我们就是自由的。'然后她指着自己的脑袋说:'这里可还没有被扼杀。'我惊恐地看着她,生怕随时会有人把我们逮捕了。但是这样的事情从来都没有发生过。"

"她对我们总是非常好,我要去看你的时候她从来都不问任何问题。我记得她总是一身黑衣,从头裹到脚,满脸都是皱纹,但是却透着无限的尊严……"

"她其实知道我们谈论的问题,也知道我们筹划的事情,了解我们的誓言。但是她从来都不责怪我,相反,她只是给我建议,说如果我们要做一件事情必须要动脑子,千万不能只是因为愤怒就盲目行动。"

"我不知道我们是不是做到了这一点。"

"真是因为这个，我们才会聚到一起的啊。我认为我们离终点已经非常接近了，我们正在一步步靠近坦内博格。"

"他为什么在沉寂了那么多年之后突然愿意将自己暴露出来了呢？我不停地问自己这个问题，梅赛德斯，但是我没有找到任何答案。"

"那些畜生们一样也感觉到了。那个女人有可能是他的女儿，或者孙女，你去查查清楚。根据马力尼提供给我们的报告显示，她被派到罗马去是为了能够得到其他人的支持，帮助她一起寻找她在那个大会上所声称的那些泥板。而这些泥板肯定对他们而言是非常非常重要的，以至于他可以冒险让别人发现自己。"

"你认为那些畜生们也觉察到了？"

"看看你周围，想想近代史上发生的事情，看看那些独裁者对待他们的家庭，他们也把孙子们抱在怀里，爱抚着他们的猫咪。萨达姆也没有走得更远：他并不在乎那些气弹轰炸库尔德地区的村庄，杀害那些妇女儿童和老人，或者让他的政权反对派们统统消失，只要看看他人们是如何评价他的孩子们就行了。他的孩子们跟他简直就是如出一辙，只不过他对他们纵容一切，对待他的这两个小畜生就像捧着天上的星星一样。尼古拉·齐奥塞斯库也好，斯大林也好，或者墨索里尼或者佛朗哥，或者其他的任何独裁者也好，他们对自己的子孙们可也是疼爱有加的啊。"

"你怎么把所有事情都混为一谈了呢，梅赛德斯。"卡罗笑道，"你把这些东西怎么能都装在一个袋子里谈呢，你自己不也是个无政府主义者嘛！"

"我的祖母是，我的爷爷是，我父亲也是个无政府主义者。"

他们都陷入了沉默，不想再往过去的伤疤上撒盐。

"汉斯跟那个叫汤姆·马丁的家伙通电话了吗？"梅赛德斯转移话题问道。

"没有，但是他跟我说一旦确定了跟这个人见面，他会立刻给我们打电话。我估计他还会等上两三天再有所行动的。他刚刚回家，要是马上就走他的女儿肯定会反应过激。"

"可以让我负责这件事啊。不管怎么样，我到底还是没有家庭的人，我不需要跟任何人解释我要去哪里，我给谁打电话。"

"我们还是让汉斯去做吧。"

"你的朋友卢卡呢？"

"我知道你跟他合不来，但是他还是个好人，而且也帮助过我们，现在也在继续帮我们。我来这里之前，他给我打过电话。他向我保证那边没有任何新的情况，也就是说他原来的那些同事没有采取任何行动。他不想警告我，但是他相信有人已经着手在他们的档案里查找这件事发生过程的相关信息了。他们没有找到任何的信息，因为他根本就没有录入任何文件夹。这个案子是他一手负责的，并且他下达任何命令给他的手下时都没有透露任何关于客户的信息。他估计他们连他的办公室也已经检查过了，因为他在他办公室的各个地方都装置有窃听器，但是没有发现任何东西，尽管如此，他还是选择在一个电话亭给我打了这个电话。我们约好明天见一面，他会去我的诊所。"

"是坦内博格吗？"

"可能是他，或者警察或者你去查查看到底是谁。"

"只可能是他或者警察，不会再有其他人对所发生的事情感兴趣。"

"有道理。"

他们一直聊着，直到下午时分。他们要想再见面怕是还要等上一段时间。

12

"保罗，我给你找到了两个可以用得上的人手。他们具有你所要求的那些素质。如果你给我再多点时间，我应该可以找到更多的人。"

"我唯一缺少的就是时间。这场该死的战争已经都开始倒计时了。"

"别抱怨了，要不是这场战争我们上哪儿去赚这么一大笔钱那！"

"也是，汤姆，这场战争看来已经变成了一个绝好的商机了。我已经签了几份合同好把这些人明天送到伊拉克去。我估计你那边也一样。"

"是的，而且我要给你点建议，这样我们才能一起工作。你那边有多少人？"

"现在嘛，已经超过一万人签合同了。"

"好家伙，真行啊！我都还没有达到这个数量，我可是宁缺毋滥的，那些没有经验的人我统统不要。"

"在这里并不难找这样的人。我现在已经开始雇用亚洲人了。"

"他们是哪里的人重要吗？最重要的是他们是不是有本事参加战斗。我这里有相当多的前南斯拉夫人：塞尔文尼亚人、克罗地亚人、波黑人，都是帮硬汉，有足够的能力扣动扳机。这次我给你找到的两个人需要特别小心，我希望你能够控制得住他们。他们都很年轻，但是很疯狂。他们杀过很多人，多到他们都记不清数量。"

"他们年龄多大？"

"一个二十四，一个二十六。一个是波黑人，另外一个是克罗地亚人。在南斯拉夫还没有变得内部自相残杀以前，他们都在学校上学。他们是那场战争的幸存者，他们的家人大部分都在战争中死掉了。那个克罗地亚人是个绝好的狙击手，他就喜欢钱，他准备以后去大学学习计算机，所以我觉得他应该在电脑方面还是有些小小的天赋的。那个波黑人是个老师。"

"他们中没有谁是学习历史或者考古学的吗？"

"没有，我这里的雇佣兵可不需要我给他们上历史课的，这些人符合你对年龄的限制而且还会说英文。你知道欧洲的政府为了洗脑，给那些前南斯拉夫人提供奖学金，所以如果你很着急的话，你可以很容易地将他们放到任何一所你认为合适的学校去注册学习，到柏林或者巴黎去，在那里，我肯定你会找到更接近皮科特的那个圈子的人的。"

"你说起来还真容易呢！"

"好了，保罗，想想看，这两个人如果有充足的报酬有能力完成一切任务。他们习惯于在杀人中求生存。我们帮他们在柏林或者马德里注册一个学校。西班牙这个地方绝对容易帮一个人找到一个新的身份。这个国家是一个仍然有理想主义者的地方，他们随时准备好为他们听到的任何悲惨的历史牺牲一切。而这些人都有着悲剧般的历史。把皮科特的坐标给我，我保证能够让他们接近到他的圈子中去。只要给他们足够的钱，让他们能够完成学习并且推进计划。"

"但是，你怎么能做到让皮科特雇用一个学计算机的人和一个老师呢？他需要的是考古学家或者历史学家。"

"好吧，我的朋友，那你做决定吧，我手上可就只有这两个人了。"

"我派一个手下去看看他们，然后向他们解释一下我们需要他们完成的工作。明天他就会过去。你把账单给我。"

"我会的，你什么时候来伦敦？"

"一个星期之后，到时候我会过去跟客户开个会，你也可以参加。我会给你写在电子邮件里的。"

"好吧，那再说。"

汤姆·马丁挂上了电话，他跟保罗·杜卡斯的关系一向很好，因为两个人都从事着同样的工作：给某人提供安全，但是有些时候，又要结束另外一些人的命。他们的公司都在不断地扩张中，这就是全球化益处的最好体现。当然，伊拉克也已经毫无疑问地成为一个极好的商业机会。已经签了四个百万计的合同了，他还期待着更多的合同进账。

无疑，全球安全集团是欧洲最好的安全公司，而杜卡斯的环球安全公司则是美国最好的安全公司。这两家公司控制了全世界百分之六十五以上的贸易，其他的公司在他们眼里就像一群小蚂蚁一样。但是伊拉克这块大蛋糕可是人人有份的啊。而有些组织希望能够将全球和环球的人手联合起来做事，这也就是汤姆为什么会给保罗打这一通电话的原因。

只要这个他确定双方可以完成的协议一旦签署，他就会请保罗吃饭，并且好好地喝个痛快，就像过去他们合作过的若干次一样。

13

整个晚餐几乎就是在沉默中进行的。阿尔弗雷德避免跟艾哈迈德说任何话，而艾哈迈德根本也没兴趣跟他讲话，所以要保持表面上的正常化关系的重任就落到了克拉拉的肩上。

还没有吃完晚饭，克拉拉就央求祖父不要提前离席。

"你要怎么样？"

"就是希望大家能谈谈。我不能忍受你和艾哈迈德之间的这种紧张的情况，我要知道你们之间到底发生了什么事情。"

两个男人互相对视着，都不知道自己应该拿出一个什么样的姿态。最后还是艾哈迈德打破了沉默。

"你的祖父和我在价值观念上存在差异。"

"啊，那这就意味着你们决定了不再跟对方说话了，是吗？你们都有责任搞好这个考古小组！如果在家里看起来就像是在举行葬礼一样还能开始干什么工作？你们到底是怎么了？你们之间到底有什么价值观念上的差异，以至于你们看着对方的眼睛都在冒火，好像马上要扑到对方身上去一样？"

阿尔弗雷德根本就没有准备好要在自己的孙女面前退让，在孙女婿面前就更加不可能。他觉得这场谈话很令人耻辱，所以立刻中止了它。

"克拉拉，我拒绝再继续这场谈话。你把心思好好放在组织这个考古小组上面，你应该负起所有的责任。泥板圣经是属于你的，所以就应该是你去把它给我找出来，并且知道要如何把它保存好。所有其他的事情在这件大事面前都显得无足轻重。事实上，我的确没有告诉你，我要去开罗几天。但是在我走之前，我会给你留下足够的钱和美元，让你顺利地开展挖掘活动。你必须随身携带这些钱并且好好保管。啊，我会让珐蒂玛留下来陪着你的。"

"珐蒂玛？但是祖父，我怎么能把珐蒂玛带到考古小组里去呢？你觉得她在那能够帮上什么忙吗？"

"照顾你。"

当阿尔弗雷德要表达一个意愿的时候，没有任何人敢表示反对，哪怕是克拉拉。

"好吧，祖父，但是你和艾哈迈德就不能为了我相处得和平一些吗？在这种情景下，我觉得很不舒服……"

"乖乖，你就不要再搅和进去了，就这样吧。"

艾哈迈德没有再多说一句话。当克拉拉的祖父离开之后，他生气地看着她。

"你就不能不再这样制造麻烦了吗？你不要总像在过圣诞节一样犯傻，行吗？"

"你瞧，艾哈迈德，我真不知道你和我祖父之间发生了什么，但是我知道你这段时间脾气不好，对什么事什么人都不舒服，特别是对我，为什么呢？"

"我已经累了，克拉拉，我不喜欢我们这样的生活方式。"

"我们怎样的生活方式？"

"成天关在黄宫里面，按照你祖父的所有意思生活。他决定着我们的存在，占据了我们所有的时间，在我们耳边唠叨我们到底应该干什么，我们不应该干什么，才不会犯错。我在这里就像在坐牢一样。"

"那你为什么不走？我没有要求你一定要待在这里，我也没有请求你待在这里。如果你不喜欢我们的这种生活方式，你完全有权利去拥有一个完全不同的生活。"

"你这是在请我离开吗？难道你就没有想过我们可以两个人一起离开吗？"

"我是黄宫的一部分，我不可能逃离我自己。而且，艾哈迈德，我在这里感到很幸福。"

"我更宁愿我们还继续生活在旧金山，我们在那里的时候很幸福。"

"我在这里感到幸福，我是伊拉克人。"

"不，你不是伊拉克人，你不过是出生在这里而已。"

"你是要来告诉我我到底是哪里的人吗？很显然我是在这里出生的，我在这里接受教育，我在这里很幸福，并且将一直继续下去。我不需要去任何其他的地方找寻幸福，我想要的一切都在这里。"

"但是我所需要的一切都没有找到。当然，我所需要的既不在这个家里，也不在这个国家。伊拉克是个没有未来的地方，它马上就要被摧毁了。"

"你想干什么，艾哈迈德？"

"离开，克拉拉，离开这里。"

"那你走吧，艾哈迈德，我不会对你有任何挽留。我很爱你，所以我不希望把你留在这里却感到不幸福。我还能做些什么吗？"

艾哈迈德对克拉拉的反应感到很吃惊。甚至是他自己的自尊心都受到了伤害。他的妻子并不需要他，她爱他却并不需要他，并且明确地表示她不会做任何事情来挽留他。相反，她还会为他的离开提供便利。

"我会帮助你找到泥板圣经。我想你需要我的帮助，特别是你的祖父离开你去开罗之后。然后，当所有人离开的时候，我会跟他们一起离开。我不能去美国，但是我会在法国或者英国找寻一个避难所，然后等待伊拉克人被解禁的时候，可以让我重返旧金山。"

"你没有什么留下来的理由了，艾哈迈德。我很感激你希望帮助我，但是你认为如果我们就像什么都没有发生过一样，明知道你就会离开而继续在未来的几个月内生活在一起还可能吗？"

"你不跟我一起走吗？"

"不，我不会离开，我会一直留在伊拉克。我希望在这里生活。我喜欢美国，我们曾在那里很幸福。但我永远都不会再离开中东了。我的祖父也不会允许我这么做。我的生命轨迹就是在伊拉克、埃及、约旦、叙利亚之间，不会再有其他什么地方了。我希望有一天能够去纽约和旧金山，但是也只是旅游而已。我再声明一次，我将永远住在这里。"

"你注意到了这就是我们分手的开始吗？"

"是的，我很抱歉，我非常抱歉，因为我爱你，但是我相信我们两个人都无法坚持成为我们自己，因为如果那样的话，我们将会互相排斥对方，并且最后将会以仇恨收场。"

"如果你不希望我留下来帮助你找泥板圣经的话，那我会自己想办法离开伊拉克。"

"我祖父会帮助你的。"

"我不这么认为。"

"我向你保证他会的。"

"无论如何，你还是好好考虑一下我的建议：我并不在乎再多待几个月。我知道我对你还是有用的，尽管我还是希望离开这里，但我还是愿意能够对你有所帮助。"

"今天晚上我们已经谈太多了，艾哈迈德，让我好好想想，明天再说。你要睡哪里？"

"我办公室里的沙发上。"

"好吧，那我们需要谈谈离婚的细节问题了，如果你不介意，我们明天就说。"

"谢谢，克拉拉。"

"我还是爱你的，艾哈迈德。"

"我也爱你，克拉拉。"

"不，艾哈迈德，你并不爱我，事实上你已经有一段时间不再爱我了。晚安。"

吃早餐的时候大家又陷入了沉默。珐蒂玛急急忙忙地跑到餐厅来找艾哈迈德。

"皮科特打给你的电话。他说非常紧急。"

艾哈迈德站起身，离开了餐厅去接电话。

"我是艾哈迈德。"

"皮科特。我现在手上已经有一个临时考古小组的人员名单。我刚刚通过电子邮件发给您了，请您协助尽快给他们办签证。而且我已经下令派了两个人提前带着设备过去了，他们可以先过去把设备安装好。其他人都过去之后，我希望那边的基础设施已经基本上搭建完毕，这样我们就可以吃过晚饭之后就马上开始工作了。"

"我希望您能够尽快把报关单搞定，这样在海关的时候不会出现任何阻挠我们手下的问题。"

"这个我来负责。他们带了什么？"

"帐篷、未经加工的食品、考古用的基本材料……我们过去的时候，希望帐篷已经都搭建好了，这样我们也有位置可以睡觉了，而且相关的工人也已经选好了。你负责这所有的工作没有问题吧？"

"如果我有时间的话。嗯，很有可能我不参与此次的考古小组了。"

"怎么回事？"

"别激动，没什么事。克拉拉将负责所有的工作，所以您不用担心，前期的准备工作我还在负责进行当中。"

"听着，到底怎么回事？我们可是要在这个发掘中投入相当大一笔资金啊。我已经花了您没有预料到的相当一笔资金说服一些教授和学生参与此次在伊拉克的发掘，但是现在您却突然告诉我说您不参加了。这开的什么玩笑？"

"这绝不是开玩笑。我不参加此次发掘不会影响我们所签订的协议中的任何条款。我的存在无足轻重，您想要的任何东西都会得到的。我向您保证，克拉拉是个非常有能力的考古学家，就算没有我的帮助或者您的，她也能把这个发掘工作开展得很好。"

"我可不喜欢这些临时的变化。"

"我也讨厌临时变卦，但是这就是人生，我的朋友。不过没关系，我马上就去看看您的邮件并且把您所需要的问题尽快解决。您想跟克拉拉说两句吗？"

"不，现在就不说了，稍候再说吧。"

克拉拉在大门边观察着他，她大概已经听到了相当部分的谈话内容。

"皮科特对我不信任。"

"皮科特不认识你，他只是有些粗浅的了解，譬如如果你是个伊拉克女人，那么你肯定就是戴着个面纱，离开了你丈夫一步都不会走的人。这就是西方人对东方女人的认识。他会改变看法的。"

"他担心你不在小组里。"

"是的,他担心这一点。但是你不用担心,事实上,你们不再需要我了。克拉拉,我们所有该做的事情你已经倒背如流了。你对萨佛兰的了解比我清楚多了,而且在美索不达米亚考古学方面,没有任何人可以做你的老师。我想你可以让卡里姆做你的助手,他是个相当有能力的历史学家,另外他还是科洛内的侄子,他一定非常高兴能够加入到这个考古集体中来。"

"你呢,你跟他说什么了? 你怎么跟他解释你不参与的原因呢? "

"我们需要就此好好谈谈,克拉拉。我们需要决定怎么分手,什么时候,怎么跟人说明此事,然后怎么办。我们要尽量做得得体,为了你,为了我,也为了所有人。"

克拉拉表示同意。她其实很希望一切能够跟当初开始时一样:没有指责,也无需任何装腔作势。但是她自问道,到底什么时候又因为什么所有被压抑的感情潮水就这样喷涌而出的呢?

"皮科特要你干什么? "

"我们去办公室看看他发过来的电子邮件吧。然后我们就开始工作了。没有时间可以浪费了。我要给科洛内打电话了。皮科特提前运了一部分材料过来了,并且希望在海关那里不会遇到什么麻烦。你手头有我们的行动计划吗? "

"在祖父那里,我留给他看了。"

"那你去找找看吧,如果你拿到之后,立刻到部里来找我,然后我们就开始准备展开工作了。应该开始派人去萨佛兰了。我们俩其中的一个应该过去打头阵。"

阿尔弗雷德还在餐厅里,当看到克拉拉进来的时候毫不掩饰他自己的愤怒之情。

"你从什么时候开始那么没有教养了,就把我一个人丢在餐桌旁,然后就走掉了? 能知道到底发生什么事情了吗? "

"是皮科特。"

"知道,我刚才就听见了是皮科特的电话。难道皮科特打个电话来,全世界就要不运转了吗? "

"抱歉,祖父。但是你知道我们现在很需要赶快弄到物资。他打电话过来通知我们说,他已经提前运了一部分物资过来,还派了几个人提前过来工作,便于他和大部队过来的时候一切基础工作都能就绪。我们还要解决海关的问题。艾哈迈德马上去跟科洛内联系一下。我们其中的一个人要马上出发去萨佛兰,准备接运物资。我们还要选好挖掘工人,还要和村长商量妥原来谈过的给工人的工资数目……总之,有一大堆事情要做。"

"好吧,但是你不要再把我一个人单独丢在餐桌旁,永远都不可以。"

"你别生气,求你了,我们离你的梦想已经那么接近了……"

"不是梦想,克拉拉,泥板圣经真的存在,它就在那里,你只是需要把它找出来。"

"我会的。"

"那好,当你找到之后,马上拿着那些泥板以最快的速度回来。"

"它们不会出任何差错的,我向你保证。"

"向我保证,你不会让任何人,是任何人把它们从你那夺走。"

"我保证。"

"现在去工作吧!"

"我回来正是向您要回那些我和艾哈迈德一起拟订的计划文件书的。"

"它们都在我办公室的书桌上面,你去拿吧。至于艾哈迈德,他越早离开越好。"

克拉拉奇怪地看着他。他是怎么知道自己和艾哈迈德之间所发生的事情的呢?

"祖父……"

"让他走吧,克拉拉,我们两个已经都不需要他了。他离开我们也会过得很不好的,因为没有了我们,他什么都不是。"

"你怎么知道艾哈迈德要走的?"

"我知道黄宫里发生的任何事情。要是连自己家里发生了什么都不知道,那我岂不是太蠢了?"

"我爱他,所以我请求你不要伤害他,要是你伤害了他,我永远都不会原谅你的。"

"克拉拉,在这个家里我决定一切,特别是你们的事情。你不要告诉我什么应该做,什么不应该做。"

"不,祖父,我就是要告诉你。如果你对艾哈迈德做了些什么,我也会离开的。"

克拉拉的语气没有任何可容质疑的味道。阿尔弗雷德突然意识到孙女的警告是很认真的。

当坐到她丈夫的那辆全路况吉普里时,克拉拉脸上紧绷的情绪才松弛了下来。

"发生什么事了?"艾哈迈德问道。

"他知道我们要分手了。"

"那他用什么来威胁我呢?"

克拉拉感到这世界上她最爱的两个男人已经让她越来越崩溃了。他们之间的那种敌对情绪已经让她难以承受了。

"好了,艾哈迈德,我祖父一直对你都不错,请不要用那种语气说他。"

"我非常了解他,克拉拉,所以我才害怕他。"

"你害怕他?他倾其所有来帮助你,没有任何你想得到的东西他不是想办法给你的,我不知道你为什么会害怕他。"

艾哈迈德不做声了。他不希望让克拉拉了解到她祖父的那些黑暗而肮脏的交易,因为自己也曾因为野心参与其中。

"你的祖父的确是很慷慨,这一点毫无疑问,但是我也一直忠实地在他身边工作着,对他所做的一切都没有过任何异议。"

"那你为什么要对我祖父所做的事情产生异议呢?"克拉拉问道。

"好了,克拉拉,我们不要因为你祖父的错误而把所有的一切都毁掉了。现在我们一切工作都进行得很顺利。"

"我注意到了,你们俩互相都不能容下对方。这是从什么时候开始的?到底是因为什么? 我当时怎么就没有发现呢?"

"你不要问那么多问题。这些事情发生在家庭里面,发生在生意场上,发生在朋友之间。哪一天你要真的认识到了人性的时候,就明白了。"

"就这么简单?"

"难道你还想把问题弄得有多复杂?"

"我只是希望你们两个不要把问题弄得太复杂了,我希望你们能让我安安心心的,我不希望你们把我变成你们的战场。"

艾哈迈德点点头。他要开车,所以并没有看到她脸上的表情,但是他却感觉到那种一直弥漫在他们俩之间的和谐状态马上就面临着瓦解。

"我这一方面已经力图让事情一再简化了。我不希望因为世界上的任何事情让你受到伤害,你绝不该受到那种伤害。"

"我当然不应该受到伤害! 所以你们都不要气我!"

"好吧,你跟祖父都说了些什么?"

"什么也没说,只不过我没有否认我们会分手的事实。他想让你尽快离开。"

"在这一点上,我同意他的看法。我马上就会从黄宫搬走。我可以去我姐姐家里住。"

突然,克拉拉感到心里一阵刺痛。抽象地说分手是一回事,真的要让分手现实化了,那又是另外一码事。

"你认为怎么方便就怎么做吧,反正你认为好就行。"

"是对两个人都好才行,克拉拉,是对两个人都最好才行。"

她就恨不得要说她不希望和他分开了,她开始害怕那种痛苦,那种知道他要从此离开之后将久久折磨自己的痛苦。但是她什么都没有说,她希望继续维护自己的自尊。

"走着瞧吧,艾哈迈德,我唯一希望的是,我们不要互相装腔作势地对待对方。我特别希望请求你的就是,不要再和我祖父作对了。我爱他。"

"这一点我很清楚,克拉拉,我知道你有多么的爱你的祖父。我会为你做到的,至少我会努力达到你的要求。"

当他们走到文化部里,他们的谈话立刻就改变了话题。他们开始讨论,他们两人中到底谁比较合适先去萨佛兰。

"我去吧,艾哈迈德,因为之后你就不在了,我希望从整个项目的开始就跟进,了解所有的组织过程,并且由我来选择那些施工的工人。"

她没有说出她的心里话,因为去工作可以帮她驱逐掉心中正在慢慢升腾起的离别的焦虑。

"好吧,你说的也有道理。我就待在这里,在巴格达随时给你提供帮助。这样,我也好慢慢地为我的离开做准备。"

"你想怎么离开?"

"我不知道。"

"他们会指责你叛国的,萨达姆会派人暗杀你的。"

"没错,那倒是我可能会冒的风险之一。"

接下来的时间,他们就打了一上午电话,准备相关的文件和通行证。中午,艾哈迈德和科洛内一起出去吃饭,然后克拉拉回到了黄宫。

"你回来的正是午饭时间。"珐蒂玛对克拉拉说道,"你祖父正在办公室接待一位客人。"

克拉拉盼咐珐蒂玛去准备中饭,并且看到他祖父下来了就通知她吃午饭,然后就回到自己房间去休息了。

坦内博格在他的客人焦急和期待的注视下看完了最后一页材料。然后他小心翼翼地将那些文件装入一个文件袋里,然后把袋子放到书桌上的一个盒子里收好,然后死死地盯住亚什尔的眼睛。

"我要去开罗了。你去准备准备和罗伯特·布朗的会谈,我希望找个他的电话不会被任何人监听到的地方。"

"那是不可能的。美国的卫星可以追踪任何的信息,特别是关于美国和这个可怜的世界角落之间的任何谈话信息。"

"别在这跟我找理由了,亚什尔,我需要跟罗伯特谈谈。"

"那不可能。"

"那必须可能。我要跟他谈谈,还要跟其他的朋友谈。他们想办法让我们能够谈,或者我直接给他们的办公室打电话。应该商量一下他们给我寄来的这份行动计划,他们并不清楚情况,就擅自决定了一些荒唐的东西。要是就这么计划了,那简直不啻于一场灾难。而且,我需要得到发令权,就像以往的任何时候一样。我不能接受他们给任何其他人发号行动指令。为什么?因为在这个区域应该由我做主,这是我的地盘,他们不能把我从里面踢出去。"

"没有人想把你从任何地方踢出去。他们知道你身体不好,所以给你派些支援过来。"

"还没轮到你来低估我,亚什尔,你自己也不要搞错了状况。"

"有可能他们是对克拉拉在罗马的表现感到生气,因为你自己决定将泥板圣经突然公之于众。"

"那也不关他们的事啊。告诉它们我要直接跟他们谈,否则就别想有什么运作。"

"但是,你这是说什么啊,难道你想把我们所有人都毁了吗?"

"不,我就是想清楚地知道到底要发生什么,什么时候会发生。我们必须非常小心地组织。我想让保罗·杜卡斯派个人过来跟我谈谈,我会告诉他我们应该做什么。保罗有个动物园,但是里面的那帮大猩猩们并不是什么都会做的。我要用我的方式来指导这次行动。保罗的人必须严格按照我说的去做,按照我在任何时候、任何地点下达的命令去做。如果不这么做的话,我向你保证,除了能引起一场战争,谁也别想得到任何东西。"

"但是,你到底是怎么了,阿尔弗雷德?你怎么好像疯了一样啊。"

老人站了起来,走到对他说话的男人面前,一甩手给了他一巴掌。

"亚什尔,你可是认识我之后才不用吃那些狗屎的,这一点你可别忘了。"

这个男人深邃的黑眸子里闪烁着憎恨的光芒,他们已经相识了一辈子了,但是他却如此待他,让他永远都无法宽恕。

"你给我滚,照我说的办。"

亚什尔头也没回地离开了办公室,刚才挨了阿尔弗雷德的一巴掌,脸上还火辣辣地疼。

老人看到克拉拉一个人坐在棕榈树下面的桌子旁,静静地听着喷泉里哗哗的水声。看到祖父,她连忙起身,在祖父刮得干干净净的脸上轻轻地吻了一下。她很喜欢祖父身上那种淡淡的烟草味道。

"我都饿了,你拖太久了,祖父!"她打招呼般地对祖父说道。

"坐下吧,克拉拉,我很高兴我们能单独待在一起,我们需要好好谈谈。"

珐蒂玛在桌子上摆满了若干盘各式沙拉和米饭供他们享用之后,就离开了。

"你想怎么干?"老坦内博格问道。

"我不知道你指的是什么……"

"艾哈迈德走了,你想怎样?"

"我留在伊拉克。这里是我的祖国,我的生活也在这里。黄宫是我的家,我不想把自己变成一个流亡者。"

"萨达姆要是下台了我们都会很惨。我们同样需要离开这里,如果美国人入侵的话,我们也不能待在这里。"

"他们真会打过来吗？"

"我刚接到情报,向我确切地通知那边已经作出了决定。我真希望事实并不是如此,不愿相信布什会做出如此冲动的事情,但是看起来他们对战争的预备工作已经在进行之中了。他们甚至已经决定了开火的时间了。我们必须开始着手做好我们自己的准备了。我要去开罗,要去那里组织一些事情,并且跟一些朋友在那里见面。"

"你是个生意人,跟其他生意人一样,都很清楚萨达姆的所作所为,但是也不能报复所有的伊拉克人,报复那些在现行伊拉克政体下安宁生活的人们啊。"

"他们真要打过来的话,也只能随他们去了,打了胜仗的军队自然有权恣意妄为。"

"我不想离开伊拉克。"

"那我们也得走,至少到我们知道了将会发生的状况之后再回来。"

"那么,我们为什么还要开始进行挖掘工作呢？"

"因为我们要是现在找不到泥板圣经,就永远也没希望找到它了。这是我们最后的一次机会了,我从来都不认为夏马斯能够回到乌尔。"

"他实际上是去了萨佛兰。"

"萨佛兰就在乌尔旁边。先祖们过的都是游牧生活,他们带着畜群从一个地方到另外一个地方,只是暂时地在某个地方住上一段时间。他们去哈兰或者回乌尔也都不是第一次了。但是我一直都认为,要是泥板圣经真的存在的话,那它一定就在哈兰或者在巴勒斯坦,因为亚伯拉罕是一直朝迦南的方向走的。"

"你什么时候动身去开罗？"

"明早。"

"那我去萨佛兰。"

"那艾哈迈德呢？"他问起孙女婿的口气听不出有任何感情色彩。

"他需要找个理由离开伊拉克。你会帮助他的吧？"

"不,我绝不会。我们还有生意没做完呢,等我们把生意结束之后,对我而言,他尽可以去下地狱。但是他还是要把该做的事情做完,他可不能不顾承诺就这么一走了之。"

"什么生意？"

"艺术,就是我所从事的工作。"

"这我明白,但是为什么必须要把艾哈迈德也留下来呢？"

"对我手头的这笔生意而言,他很必要。"

"我还以为你希望他能够尽早离开这里呢。"

"我改变主意了。"

"那你要跟他谈谈,因为我们都说好让他离开黄宫了,他马上搬到他姐姐家去。"

"我不管他住在哪里,我所需要的就是,他要在这里一直待到美国人打来为止。"

"他肯定不愿意的。"

"我肯定他会愿意的。"

"你可别威胁他!"

"我现在可不是在威胁他!我们都是生意人,他不能现在逃跑,现在绝对不可以。多亏了我,你丈夫赚了一大笔钱,而且他要想离开这里,也需要我的帮助。"

"要是他不愿意留下,你就不帮他了?"

"不会,绝对不会,哪怕为了你,我也不会那么做。决不能让艾哈迈德毁了我们终生的事业。"

"我倒想知道,要他一个人留在这里能干些什么。"

"我从来都不会将你牵扯到我的生意中来,现在也不会。你看到艾哈迈德,就马上告诉他,我想跟他谈谈。"

"他今天晚上会过来收拾一些东西。"

"那么,没有看到我,就不要让他走。"

***

"他不信任我们。"

乔治·瓦格纳说话的那种不可琢磨的语气,让他们这些熟识他的人一听就知道,一场暴风雨就要来临了。恩里克·戈麦斯非常了解他,所以即使是在电话里,隔着几千公里的距离,他也不难想象朋友嘴角挂着的紧张的苦笑,右眼皮由于抽搐而不断地跳动。

"他认为关于那些意大利人还有他孙女的事情都是我们干的。"戈麦斯回答道。

"没错,他就是这么认为的,而且最糟糕的是,我们自己也不清楚到底是谁把那些人派过去的。亚什尔被派过来给我们捎口信,阿尔弗雷德希望跟我们所有人见面,而且如果不是他本人亲自部署,就没有任何行动可言。他叫杜卡斯派个人过去商讨行动如何开展的问题,并且威胁说,如果不按照他的模式来办,什么行动都别谈。"

"他了解土地,乔治,在这点上他很有发言权。真要是放手让杜卡斯一个人去行动太疯狂了,没有阿尔弗雷德,他什么都办不成。"

"没错,可是阿尔弗雷德不应该威胁我们,更不应该给我们提什么条件。"

"我们可不想把泥板圣经放在某个大博物馆里展示,但是他却愿意为了他的孙女这样做。这样一来,我们就存在分歧了,但是我们却不能一门心思地信任阿尔弗雷德,也不能头脑发热地赌气看看到底谁能控制谁。如果我们中间先起了内讧,那我们所冒的风险未免也太大了。如果我们就到此为止,大家就像乐队的成员们一样,各就各位,各司其职呢?"

"直到阿尔弗雷德自己下决心要吹走调。"

"我们也不用那么夸张,乔治,我们也要理解他对于泥板圣经所做的这一切也都是为了他孙女。"

"那个蠢女人!"

"好了,什么蠢货,那是他孙女。你理解不了,因为你没有家庭。"

"我们不就是一个家庭吗,我们,只有我们大家,难道你忘了吗,恩里克?"

恩里克陷入了沉默,心中想着萝西奥,想着他的儿子何塞还有他的孙子们。

"乔治,我们有些人已经都组成了其他的家庭,我们也一样要对这些家庭负责任。"

"你会为了你成立的另外的家庭把我们牺牲掉吗?"

"别问我这样的问题,你知道这个问题是没有答案的。我爱我的家庭,至于你们……你们就像是我的手臂,我的眼睛,我的大腿……简直无法用语言来描述我们四个人之间的关系。我们不要再像个小孩一样问对方更爱谁一些,是爸爸,还是妈妈。阿尔弗雷德爱他的孙女,紧紧地贴在她身边保护着她,并且愿意将泥板圣经交给她。尽管那并不是他一个人的,是属于我们大家的。那么,我们需要阻止他,但是却不能为此造成悲剧,而且我们还要一如既往地信任他,等待他计划另外一个行动。否则,要是我们跟他宣战,他会揭竿而起,把我们都毁掉的。"

"他不可能对我们造成任何伤害。"

"不,他会的,他能够,你很清楚。而且你也很清楚,如果我们给他压力,他一定会那么做的。"

"那你有什么建议呢?"

"你要组织两个行动。一个就是我们之前想好的,如何渗入阿尔弗雷德内部进行正面交锋。另外一个就是关于泥板圣经的,应该在边缘开始着手准备。"

"我从一开始不就是这么做的吗?保罗已经找到两个人要混入皮科特的小组里。"

"好的,我就是说的这个,要找个人紧紧跟在阿尔弗雷德的孙女身边,那么他们一旦找到了泥板圣经,就可以从她手里把东西夺过来。这样谁都不会因此受到伤害。"

"难道你觉得那个女孩会轻易让人把东西抢走吗?难道你认为阿尔弗雷德费心安排这一切会让我们轻易得手吗?"

"没错,他很有可能已经预见到我们的计划了,他也很了解我们,但是我们也一样了解他。所以我们其实就是在玩猫和老鼠的游戏,但是如果保罗派过去的人还算机灵的话,他们自己应该知道怎么把东西弄到手然后逃脱。"

"你知道他手底下有哪个大猩猩很机灵吗?"

"他手底下肯定有那样的人,乔治,肯定有。无论如何,我们应该把付诸武力留到最后一步,是最后的选择,而绝不是首选。"

"你应该知道土地里的那些东西是怎么回事吧……我们不需要去那里评估到底是个什么状况,那些派去的家伙们要自己做出决断。他们也有可能会伤到那个女孩。"

"至少我们要给他们下达明确的指令,千万别在第一天就动手。"

"我会去向弗兰克咨询一下,如果他也同意的话,那我们就这么办。估计他也会认同这个方案,因为他也有自己的家庭。"

"你本来也可以有的,乔治。"

"我不需要。"

"应该说,这样对你更好。"

"没错,对你们也是一样。而且我也不需要背负上一个女人和一帮孩子的负担。换句话说,我也得到了解脱。"

"乔治,有个家庭,其实也并没有你想的那么坏。"

"那会让你变得心软和脆弱。"

"但我们也没有别的选择。"

"这个我知道。那我们就这么决定了,我们也就不用跟他再绕圈子了,我马上给弗兰克打电话。"

"另外,还要杜卡斯派个聪明点的人去和阿尔弗雷德谈判。"

"希望如此。"

"阿尔弗雷德从来就不喜欢别人对他发号施令,这个你也知道的。"

"我知道。"

"那么我们就小心行事吧。我不希望阿尔弗雷德会出任何问题,你明白吗,乔治?我不希望他有任何闪失。我们只要把泥板圣经从他那夺过来,他应该知道那不仅仅属于他一个人,尽管他试图否认,但是我们还是应该让他知道这一点。"

"我们绝不能仅仅因为那个女孩不愿意交出泥板圣经,就放弃它。"

"我并没有说我们要放弃任何东西,我只是说我们应该在不对她造成任何伤害的前提下,把它夺走。"

"但是……"

"你应该很了解我的意思,乔治,我们不能再跟他绕弯子了。什么需要,我们就做什么,但是要注意,我们要做的一定是必须做的。"

14

亚什尔很吃惊,一个像杜卡斯这么俗气的人竟然会是个如此重要的角色。但是他就是这么个人物,而且他自己也很清楚这一点。

杜卡斯嘴里嚼着口香糖,脱了鞋子,双脚翘到桌子上,根本不在乎别人看到他那双汗津津的袜子,就那么邋遢地贴在脚上。

"我老婆送我的这双鞋简直要把我的脚挤瘪了。"杜卡斯借口说道。

亚什尔坐在沙发上,往后一躺,毫不掩饰自己对杜卡斯那双令人作呕的袜子的不快。

而且,他也的确很累了。他这两天一直在华盛顿忙着工作,即使没时间,就匆匆地一瞥,他都注意了整个城市弥漫的那种高涨的对待阿拉伯人的排外情绪。除了工作会议,他基本都没有怎么出酒店的大门。

他对美国人的无知感到非常气愤。这些美国佬甚至都不知道埃及在哪里,不了解中东现在到底发生了什么事情,就更不知道为什么中东人就不喜欢他们。他简直无法相信,一个像美国这样富有的国家,拥有那么多精英——正是这些人才操纵着世界局势的一举一动——却有着如此数量众多的无知的人。

他自己是个商人,他的宗教信仰就是金钱,但是只要到美国来出差,他心中的国家意识就会觉醒。他无法忍受美国人对自己国家的蔑视。

"埃及?""是在土耳其旁边吗?""那里有大海吗?""那里有外国人吗?"是的,这样的问题不止一次出现在各种场合。

他自己的国家的确很穷,更确切地说,是各种腐败的制度让他们变得越来越穷,而这些腐败的制度都得到那些只不过把地球看作是一张巨大的棋盘的超级大国无法估量的支持。埃及过去是处于前苏联的影响之下,现在是美国,并且就像他儿子阿布对他说的:"到底我们得到了什么?他们尽是把我们不需要的东西用黄金的价格卖给我们,让我们永远也摆脱不了债务的纠缠。"

虽然因为阿布的激进主义他们多次争吵,但是他心里还是承认儿子有一定道理。他不理解儿子为什么什么都不缺,却愿意和那些激进派分子交朋友,并且认为所有这些问题都只能靠伊斯兰教来解决。

就在上飞机来华盛顿前,他还因为阿布非要蓄胡子的问题跟他争吵了一番。

因为对于很多埃及的青年人来说，留着胡子已经成为叛逆的一个象征。

"阿尔弗雷德要领导这次行动，"杜卡斯对亚什尔说道，"那最好，实际上他更熟悉伊拉克，而我们都不行，那么那些人就可以在他的命令下行动了。你回开罗的时候，我派个人跟你一起过去，他是特种部队的前陆军上校。跟我的皮肤一样黑，因为他是西班牙后裔，所以也不会太引人注意。而且他还会说一点阿拉伯语。他是那帮小伙子的头，所以他最好要认识一下阿尔弗雷德，并且告诉他小伙子们打算如何行动。他的名字叫做迈克·费尔南德斯，是个很不错的小伙子。他不仅会杀人，而且善于思考。他之所以离开部队，完全是因为我给了他更多报酬，当然是比部队要高得多的报酬。"

杜卡斯笑了起来，然后打开一个银色的小盒子，从里面拿出一支古巴雪茄烟，然后又拿了一支递给亚什尔，但是这个埃及人却谢绝了。

"我只能在自己的办公室抽一点。家里是不允许抽的，餐馆里也不允许抽，在朋友家里，因为他们的妻子跟我妻子一样敏感和严格，所以我也是不能抽烟的。总有一天，我会在这里永远定居下去的。"

"阿尔弗雷德病得很重，我不知道他还能活多久。"

"你的姐夫还是他的医生吗？"

"我姐夫是他治疗肿瘤的那家医院的院长。他在那里已经动了手术，他的肝脏也已经被切除掉了一部分。但是最近照的片子中，医生们还是发现里面有一些小的肿块，其实也就是说，他的肝脏里面布满了会慢慢吞噬他生命的肿瘤。"

"他还能活上六个月吗？"

"我姐夫说有这个可能，但是他也无法确定。阿尔弗雷德也没有任何抱怨，一如既往地过着他的生活。他知道自己就要死了，而且……"

"而且什么？"

"除了他的孙女，他什么都不在乎了。"

"也就是说，他已经变成了一个绝望的人了。"

"不，他倒不是绝望，只不过是知道自己时日无多，所以不惧怕任何人、任何事情罢了。"

"这更糟糕，人总是应该害怕某人的。"杜卡斯喃喃自语道。

"他唯一在乎的就是他的孙女，而且他认为只给她留下一大笔钱还不够。他希望能让她找到他们已经付出多年心血去寻找的泥板圣经。他说那是他留给她的遗产。"

保罗·杜卡斯也许缺乏教育所赋予的最基本的常识和规范，譬如说不能将脚放到桌子上，但是他确实是个绝顶聪明的人，所以他才能爬到这样的顶峰，所以他才会不费什么脑筋就理解了为什么阿尔弗雷德会有之前的种种举动。

"那个女孩现在可以说对他还是一无所知。"杜卡斯说道,"但是一旦他死掉了,她就必须要面对现实,而唯一能让她免除背上坏名声的办法就是将她变成一个有着国际知名度的考古学家。因此,他们才需要那个皮科特:他可以给他们带来正是他们所缺少的业界的尊重。他们其实完全可以单独去将泥板圣经找出来,但是这样却不能把克拉拉从坏名声中解脱出来。换个角度,如果她参与到一个国际性的考古小组之中,而这个小组把圣经发掘了出来,那么情况可就完全不同了。我真是非常奇怪,这个女孩竟然对她的祖父一点都不了解。"

"克拉拉还是很有智慧的,只不过她不愿意面对任何可能恶化她和祖父关系的问题,所以她宁可视而不见,听而不闻。你不要轻视了她。"

"事实上,我一点都不了解她。我手上倒是有一沓关于她的资料,她的好恶,她在旧金山的足迹,她的学校成绩等等,但是这一切其实对于了解一个人而言并没起到任何实质性的作用。从这次生意中,我学到了,调查报告是没办法展示出一个人的心灵和灵魂的状况的。"

亚什尔惊异于杜卡斯的深刻见解。他心中暗忖这个环球安全的总裁并不像他看起来那样简单,这个总裁身上其实还有相当的价值,尽管看到他那双脚摆在桌上,他的心里还是一阵阵地涌起厌恶之情。

"给我几个小时的时间,我要跟一些朋友谈谈,然后准备一些文件让你好带给阿尔弗雷德。我的人会跟你一起走的。我跟他说,让他今天下午给你打电话,然后你就可以慢慢熟悉一下对方。我告诉你了吧,他叫迈克·费尔南德斯。其实也无所谓,他会给你打电话的,你们去好好准备这次旅行吧。要是这次行动中遇到了什么事情,有点教训也不是件坏事。"

"他从来都没去过那?"

"去过,海湾战争的时候去过。但是那也并不是场战争,这个我们大家都知道了。那只不过是场展览,一场恐吓萨达姆的军事表演,同时五角大楼里的那些家伙可以把那些用纳税人的钱买来的兵器好好地找了个机会演练一下。他还去过埃及,但是,据我所知并不是考古,而只是看看金字塔,你知道的。"

亚什尔一走,保罗就马上给罗伯特·布朗打电话,但是布朗看来不在办公室。他们让他打手机试试。果然,他正在跟几个美国大学的校长吃午饭,商谈下一年的大规模文化交流系列活动。

于是杜卡斯决定晚点再给他打电话。

***

法比安觉得有些紧张。伊维斯说服他去伊拉克当先遣队,虽然自己热情洋溢地答应了,但是两天的时间又是要组织准备工作又是要拿到各种等级的签证实在是有些不够。

他已经组成了一个二十人的小组，虽然人数不太够，但是实在找不到任何其他的，哪怕是愿意在伊拉克面临一场大战的前夕奔赴那里，冒着生命的危险去进行挖掘工作的人了。连他自己都觉得这是场疯狂的行动，但是他觉得自己的生命旅途中倒是应该下上几场如此疯狂的暴雨。

刚刚答应跟他一起去挖掘的五个女学生中的一个给他打完电话，她答应要去工作两个月，到了圣诞节就要回来。她给他推荐了一个朋友的朋友。这个男孩是个波黑人，她说，他刚刚到马德里准备开始学习，身无分文，所以一听说有一帮疯狂的人要去伊拉克搞发掘，而且报酬很高，立刻就问她是不是可以带上他一起，不管让他干点什么都可以。

但是，一个过去是老师，现在刚到马德里准备在大学里学习两个学期西班牙语的男孩子能够干点什么呢？幸好还没有许诺任何东西，那么，还是应该先跟皮科特说说。而且在这个队伍里还有个克罗地亚人，这是皮科特说的。那是个德国教授推荐的人，那个年轻人好像是在德国学计算机的。"一个战争的幸存者，一个仇恨暴力的人"，他是这么跟大家说的，但是没办法，为了能够挣点钱，他却决定要去一个陷入封锁的国家工作。因为柏林的生活太贵了。

对皮科特来说，雇用一个计算机专家并且从在营帐的第一天就能够有计算机辅助跟进并不是件坏事。所以他愿意让这个男孩跟在小组里。那么现在，再弄个波黑人进来，好像就有点多余了。波黑人和克罗地亚人直到四天前还在厮杀，那他们岂不是还要面临在考古发掘过程中可能会产生的紧张情绪？况且，他又自问道：要个老师有什么用呢？

皮科特吹着口哨走进了法比安在阁楼的那个房间里，看得出来，他很高兴。

"你好啊，你在家呢！"

"我在办公室呢！"法比安嚷道。

"还有不到一天呢，"皮科特说道，"今天我可是万事顺利啊。"

"还好吧，"法比安回答道，"因为我正在处理海关方面的手续。所有人都认为我们不应该带什么宿营用的帐篷，而是应该带上坦克。还有那些签证，简直都要把我整疯了。"

"好了，你就别担心了。会处理好的，一切问题都会解决的。"

"我看你倒是很乐观嘛，发生什么事了？"

"因为我马上就要跟《科学考古》杂志签订一个协议，将我们工作的结果刊登在它所有的版本上，英文的、法文的、西班牙文的等等所有的版本。我希望年底的时候，我们能够有所收获。我觉得能够获得咱们业内最权威的杂志的帮助是件再重要不过的事情了。我们只需要给他们写一些有详细标题的材料寄过去就可以了。我也知道我们现在已经是超负荷工作了，但是这样对我们一定很有好处的。"

"嗯,那很好啊。你是怎么得到这个机会的?"

"是因为伦敦那边的编辑给我打电话,他对我们的发掘感兴趣。在罗马的那个考古大会上,他听了克拉拉的演讲,得知她肯定说亚伯拉罕将创世的故事讲给一个书记官记录了下来。他相信,如果我也参与进来,那么这件事就可能是真的,所以他想要个独家报道,将我们所做的工作和最后的结果刊登出来。"

"我不知道自己是不是能够适应在杂志灵敏嗅觉的追踪下工作。"

"我也不喜欢这样,但是鉴于现在的情况,能这样处理最好了。我对我们会陷入什么样的状况,其实也没有百分之百的把握。"

"现在你跟我说这个有什么用!"

"我信不过那些人。总觉得有些怪怪的,觉得有什么东西从我身上溜走了,但是我又说不清是什么。"

"你指什么?"

"我至今还没有机会见识一下克拉拉·坦内博格那个神秘的祖父。他们也没有告诉我原来的那两块泥板具体是在什么时候,哪一次的发掘中被他们找到的。他们夫妇俩都很怪异。"

"谁们?那个克拉拉和他的丈夫吗?"

"没错。他丈夫看起来还像个能解决问题的人,他似乎对自己的处境很有把握。"

"但是她本人却从一开始就让你感觉不好。"

"那倒不是,但是这个女人身上有些很奇怪的东西,我自己也不知道是什么。"

"我非常非常有兴趣认识这个女人。我肯定,她一定比你所说的要有趣得多。"

"是的,但是我也跟你说过了,她是有些奇怪。总之,你来的时候还是要和她好好相处,因为你也听说了,她丈夫声明说他自己是不再参与这个小组了。我也不知道其中的原因。"

"这也让我很费解:他为什么在这个节骨眼上下船呢?"

"不知道。"

"哎呀,我差点忘了!玛格达,就是那五个女学生之一,她刚给我打电话,帮助我们招募学生。有人给她推荐了一个波黑人,原来是老师,现在刚来马德里大学参加一个为外国人开设的西班牙语培训班。看来这个小伙子经费有些短缺,所以他不介意跟着我们去伊拉克,愿意听从吩咐干什么都行。他说英文。"

"那他的西班牙语课程呢?"

"那就不知道了。我之所以跟你说是因为我们人手并不充足,尽管这个人我也不知道是不是能够帮上忙。"

"或许可以管理一下杂务,谁知道呢,让我考虑一下吧。但是我们也不能负担个不能产生任何具体效用的人啊!那个克罗地亚人的情况则有些不同,一个搞计算机的还是很有用的。"

"嗯,我也想过要是把一个克罗地亚人和一个波黑人弄到一块,搞不好还会出问题呢。"

"那又是别的问题了,直到两天前这两拨人都还在互相残杀呢。我也不知道了,我再好好想想,但是我并不觉得这是什么好主意。"

"我也这么认为,但是我答应玛格达要好好考虑这个问题。"

"好吧,我们所有的这些人中有没有谁能够胜任摄影师呢。"

"干什么用的?"

"给杂志投稿啊!他们可不会派任何人过来。"

"你不是说他们非常感兴趣吗?"

"感兴趣是没错,但是我也告诉你了,所有的工作我们都需要自己来完成。他们可不想冒险,他们可不会把一个小组的人派到像伊拉克这样面临战火危机的国家来。《科学考古》这样的杂志可不是什么时事杂志。"

"我们现在的工作就已经够多的了!"

"得了,你就别抱怨了,跟我说说,你要什么时候出发。"

"如果我不再需要跟任何别的官员打架的话,那么三天后启程。但是还是缺一些材料,所以我也不能完全保证。"

"你决定派谁过去给你当副手呢?"

"玛尔塔。"

"啊哈!"

"听着,我跟玛尔塔可什么都没有啊。"

"但是你巴不得有机会呢,我还有所有人都有此想法啊。"

"你搞错了,你根本就不了解,玛尔塔就是个朋友,朋友而已。上大学的时候我们就认识了,信不信由你,我们从来就没有过什么别的特别关系。"

"不过她可是你身边那些追随者里最有意思的一个哦。"

"那是毫无疑问的,但是那也只是朋友,我最好的朋友,一个就像你一样的好朋友。跟你,我可不会一起睡觉吧。"

"好啦,玛尔塔的确是个聪明又有能力的人。"

"没错,而且她还有个优点:她知道如何跟所有人相处,不论是部长,还是旧货商,她都能应付自如。"

"但这可是去伊拉克啊。"

"玛尔塔去过伊拉克。她了解这个国家,若干年前,她跟随一队教授,在一个银行基金会的资助下,作为特邀考古学家过去工作了两个月。而且,她还能说阿拉伯语。她能够跟那些海关的官员们交流,跟村子里的长官、工人还有所有必要的人交流。"

"你不是也能叽咕几句阿拉伯语吗？"

"你也说了，我也就是叽咕两句而已。玛尔塔和你一样都能够流利地说阿拉伯语，但是我说的太差了。我相信她，相信她的判断力，而且她很聪明，直觉很强，总能找到问题的解决办法。"

"好了，我觉得没有问题。我很赞同你的观点，她是个不可多得的宝贵人才。作为考古学家我是不太认识她，但是如果你说她好……"

"她的确是个优秀的考古学家，这些年来她一直参加在叙利亚、约旦等地的考古，她了解古哈兰城那片地区，就是你跟我说的那个神秘的祖父找到那些泥板的地方，所以她绝对是这个工作最理想的不二人选。"

"法比安，我向你保证玛尔塔陪你去我一点意见都没有。在我们这样的工作中，组成团队工作，并且开心地去工作是非常重要的，而且这些工作要在那里开展起来可并不是件容易的事情。"

"她马上就过来了。"

"太好了，我们还有一大堆事情要最后敲定一下。"

15

罗伯特·布朗走进他那座隐蔽在满是栎树和山毛榉的新古典风格的宅邸里。

天空中下着毛毛细雨。他从轿车上下来,管家已经为他把伞撑开了。他不是第一个到的人,里面的喧哗声、耳语声夹杂着笑声和酒杯的碰撞声一直传到了大门口的台阶边。

导师在门口迎接着各方客人。

他身材颀长,那双蓝眼睛放出冰冷的光芒,原来金黄的头发已经斑白,更让人觉得有一股威严的气势。尽管看得出他已经年龄不轻,但是没有任何人会怀疑他依然大权在握。他到底多大年龄呢?布朗自问道,因为很久前他就应该已经过了他的八十大寿了。

那里有很多国务卿,几乎所有白宫的工作人员都能够看得到,参议院议员、检察官、法官,还有一大群银行家和跨国企业的总裁、搞石油的商人、券商等等。他们在这个挂着大幅名家巨作、装饰豪华的大厅里兴致盎然地交谈着。

那些名画中,布朗最欣赏的一幅是毕加索在黄金时期的作品,里面画的是一个被人嘲笑的可怜的小丑,这幅画被挂在最重要的那个大厅的壁炉上方,从那里还可以看到一幅马奈和高更的作品。

另外一个客厅里挂着三幅意大利文艺复兴时期的作品,还有一幅卡拉瓦乔的作品。

这个府邸简直就是一个小型的博物馆。印象画派的名师巨作随处可见,艾尔·格列柯、拉斐尔·乔托的作品也包含其中。一些象牙雕刻的微型人物肖像,古巴比伦时期的泥板,两尊新帝国时期的埃及浅浮雕,一个亚述的长着翅膀的狮子……

不论你把目光投向任何一件艺术品,都不难感受到房屋主人艺术鉴赏的极高品位。

保罗·杜卡斯拿着一杯香槟走到布朗身旁。

"哎呀,原来大家都在这里啊!"

"你好啊,保罗!"

"多么盛大的晚会啊!已经很有一段时间没人能把这么多权贵都聚到一起

了。今天晚上，这里聚集了差不多能够牵动世界神经的头头脑脑们，就差总统没来了。"

"即使他来了也并没有什么特别引人注目的！"

"我们能聊聊吗？"

"这里应该是聊天最好的地方了。没人会注意到我们，所有人都在聊天，谈生意。特别是你这样手上还拿着个酒杯……"

他们叫了个服务生过去，罗伯特要了杯威士忌加苏打水，然后他们就找了个角落，在人们的视线之内，像两个老友一样交谈起来。

"阿尔弗雷德要给我们制造麻烦。"杜卡斯肯定地说道。

"跟我讲讲有什么新闻。"

"我完全按照你要求的办了。我最优秀的属下之一，一个前特种部队退役的陆军中校，名叫迈克·费尔南德斯的小伙子，他准备和亚什尔一起去开罗见阿尔弗雷德。我很信任这个小伙子，他是个很有头脑的人。"

"西班牙人……"

"现在的部队里已经没有什么昂格鲁－萨克逊血统的美国人了。要么是西班牙人，要么是黑人在替我们卖命。他们中间也有能力很强的人，他们必须不断地艰苦奋斗才能消除你对他们的能力的疑虑。"

"我不是看不起他们，我只是不确信一个西班牙人能够正确地理解阿尔弗雷德的意思。"

"肯定能听懂。我能保证迈克顺利完成任务。"

"这个迈克是多米尼加人、葡萄牙人、墨西哥人，还是别的什么地方的人？"

"是美国的第三代移民，他出生在这里，他的父母也是出生在这里。他的祖父母穿过'大河'来到这里的，对这一点你没有什么好担心的。"

"我一直都不喜欢西班牙人。"

"你啊，除了白得跟牛奶一样的人，谁都不喜欢。"

"你这是说什么傻话！我可有很多阿拉伯的好朋友。"

"没错，但是对你而言那些阿拉伯人又是另外一回事了。尽管我不知道为什么，但是他们肯定不一样，尽管现在这个时候交上这样一帮朋友在政治上看来并不是什么明智之举。"

"我的那些朋友可不是那种在任何一个集市里都能卖便宜货的人。"

"好了，好了，我们就别再浪费时间讨论这些无聊的问题了。跟我说说，这个迈克可以跟阿尔弗雷德进展到什么地步了。"

"你指什么？"

"我指如果阿尔弗雷德不愿意合作，如果他玩花的，那我们该怎么办呢？"

"暂时就只是让他们认识，让计划启动起来，然后我们再看看你的手下能够为我们做些什么。不过现在最重要的是,我要知道亚什尔怎么说。"

"那个孙女怎么办呢?"

"如果她找到了泥板圣经,你们就想办法把泥板从她那里夺过来,不能让泥板受到任何损坏。这些泥板可不仅仅属于阿尔弗雷德和他的孙女。你们的使命就是要得到那些泥板,而且要毫发无损地把它们给我带回来。"

"如果那个女孩不合作呢?"

"保罗,如果克拉拉不合作,那么对她可是非常不利哦。你的人完全可以按照我跟你说过的去办:无论如何,不择手段。"

"如果他们在我们采取另外行动之前就找到了泥板,那我们就不得不跟阿尔弗雷德正面交锋了。"

"所以我们也要避免对克拉拉采取极端措施,除非我们找不到更缓和的办法得到泥板。要是我们真的不得不这么做的话,你还必须要提前预备一个方案,以备我们可以不借助任何阿尔弗雷德的帮助顺利完成计划。亚什尔会告诉你什么时候,该怎么做。"

导师悄悄地走到两人身边。当发现他突然站在自己身边,两个人也吓了一跳,连忙挤出一脸尴尬的笑容。

"交易结束了?"

"我们就行动的一些细节又推敲了一下。保罗想知道,对阿尔弗雷德和他孙女我们可以采取到哪一步行动。"

"找到平衡很难。"导师眼神飘忽地说道。

"没错,所以我才需要更加准确的指令,我可不希望到头来被人指责。"杜卡斯义正辞严地说道,"也不希望出现什么误解,所以我很高兴看到您在这里,能够告诉我,我工作的底线到底是什么。"

老人上上下下地把他打量了一番,目光里流露出对杜卡斯明显的不屑。

"战争中就没有底线,我的朋友,战争只关注谁取得胜利。"

他转过身,朝另外一帮宾客走了过去,瞬间又沉浸在他们的谈话之中。

"我总是感觉他不太喜欢我。"杜卡斯说着,却没有任何抱怨的意思。

"他谁都不喜欢,但是他却很清楚需要谁,不需要谁。"

"而他的确需要我们。"

"一点都没错。你也听见了:战争中是没有底线可言的。"

弗兰克和乔治并没有过多客套地握了握手。晚会已经达到了高潮,弦乐队的伴奏声让宾客们的交谈显得愈发热闹。

"就差恩里克没到了。"乔治说道。

"阿尔弗雷德不也没来吗?得了,你就别对他那么苛刻了。"

"他背叛了我们。"

"阿尔弗雷德却不这么看。"

"那他怎么认为的？你跟他谈过了？"

"是的,三天前他给我从里约打了个电话。"

"也太不小心了吧！"

"但我确信他绝对遵守了我们关于安全的所有规则。我当时正在酒店里,接到他的电话我也很意外。"

"他怎么跟你说的？"

"他希望我们能够明白他的意图并不是要背叛我们或者在我们内部挑起一场战争。他重申了他的要求：他放弃指挥并且维护这个行动的权力,以交换最后获得泥板圣经的权力。这个提议看来是很慷慨的哦。"

"你把这个就叫做慷慨？你难道不知道,如果找到这些泥板,它们的价值有多大吗？你难道不知道如果谁能够拥有它们将会获得多么大的权力吗？醒醒吧,弗兰克,我真希望你没被人糊弄了。我真担心你和恩里克都会对阿尔弗雷德的所作所为妥协。他可已经背叛了我们啊。"

"也不能完全这么说。在他孙女去罗马之前,他已经说服了我们一旦找到泥板圣经,我们就把圣经让给他,而作为交换条件,他会将另外那笔生意得到的所有利益都让度给我们。"

"当我们回答他说不行啊,但是他还是按照自己的意愿行事。"

"没错,他这样是不对。但是他现在已经愤怒地认为是我们派人去跟踪了他的孙女。"

"那绝不是我们干的！"

"那么我们就应该查清楚到底是谁干的,这么干到底是什么原因。要是查不出这个问题,我是怎么都不能安心的。"

"那你想怎么样呢？难道要我们去把那个意大利安全局的局长绑架,然后逼他向我们供出他们的客户到底是谁吗？那也太疯狂了,我们可不能犯这种错误。"

"这我就不能理解了,你为什么对这件事情这么不重视呢？有人在跟踪克拉拉啊,这绝对不是件寻常的事情啊。"

"克拉拉跟一个萨达姆的官员结了婚,难道就不会有人认为艾哈迈德·侯赛因是个间谍吗？萨达姆不会让任何人离开伊拉克,也就是说艾哈迈德不论是去是留都不是随意能为之的。肯定有很多人都很有兴趣想知道他为什么会留在那里。你去调查看看,很有可能就是那些意大利的秘密情报组织干的,或者北约集团,谁知道呢。任何人都有可能想要跟踪艾哈迈德。"

"但是他们跟踪的不是艾哈迈德而是克拉拉啊。"

"这个我们可无法确定。"

"不对,我们知道的,你就不要再唱反调了。"

"我们在各处都有无数双眼睛在盯着呢,有什么好值得担心的。"

"我真不能理解你了,乔治……"

"你们就不能像过去一样信任我了吗?"

"我们一直都信任你,但是恩里克和我都有某种预感,而且阿尔弗雷德正在生气。"

"我才是应该生气的人!是他背叛了我们不是吗?他可不能把那些泥板占为己有,那不是属于他的!难道你们就没有注意到阿尔弗雷德所做的一切都意味着什么吗?我们中的任何一个人都不能决定我们的利益要怎样分配,绝对不行。这一点,我们四个人是很明确的。但是阿尔弗雷德却想夺走我们的权益。"

"那你准备要怎样才罢休呢?"

"我还是我们?"

"我们,乔治,我们要怎样才算行呢?"

"不应该原谅背叛的人。"

"你难道要人把他们都干掉?"

"我可不同意他把属于我们大家的东西生生抢走。"

***

克拉拉手里拎着个提包。她朝自己的房间看了最后一眼,告诉自己也许是忘掉了什么,但是却又试图不去记起。艾哈迈德在大门口等着她,然后开车把她送到军事基地的飞机场,从那里她会搭乘直升飞机去特尔穆哈依,然后从那里坐全路况吉普去萨佛兰。

她拒绝了艾哈迈德陪她一起去的请求,也不愿意让珐蒂玛在这个时候陪同她去。带着那四个祖父命令要对她寸步不离的保镖,看来也已经足够了。

艾哈迈德已经不住在黄宫里了。他已经在他姐姐家里住一段时间了。

她知道在祖父去开罗之前,他和自己的丈夫进行了一次长谈。

但是他们两人都没有要向她透露任何谈话内容的意思,只是艾哈迈德跟她提到说,自己要推迟离开伊拉克的计划,等到战争开始之前再说。但是他也没有说得十分肯定。她坚持要他解释清楚推迟的原因,但是她丈夫却从此三缄其口。从祖父那里就更没可能问出些什么情况了。

"到了之后马上给我打电话,好让我知道你是不是一切顺利。"艾哈迈德对她说道。

"我会没事的,你就别担心了,不过就是几天的时间。"

"嗯,但是那些英国人似乎对轰炸这片地区有特别的偏好。"

"求你了,就别瞎操心了,不会有事的。"

她坐上直升飞机,然后带上了耳罩,省得被发动机的噪音震得难受。中午的时候就可以到萨佛兰了,她想着,自己总算可以享受一下独处的快乐了。

艾哈迈德看着直升飞机一直消失在远空,心中突然也感到了一阵解放。未来这些日子他就不会背着负罪感生活了,因为他每每跟克拉拉在一起的时候,就会感到负罪。他非常清楚自己已经尽力控制自己的感情,以免受到哪怕一点点谴责。事情就是这么简单,再简单不过了,因为他没有任何选择可以回头。

但是他还是需要做出一个艰难的抉择:要么接受克拉拉祖父的强权,参与到这个已经开始进行的最后一次行动中,要么他就要离开这里,逃离伊拉克。

他感觉后颈窝那一股科洛内的气息。他知道阿尔弗雷德已经对他警觉起来,并且一直派人监视着他。一旦他想要逃出伊拉克,他肯定会吃不了兜着走。但是如果他要留下,他会变得很富有,因为阿尔弗雷德承诺只要他参加这次行动,就要付给他一笔丰厚的报酬,此外,还会帮助他离开这个国家。

只有克拉拉的祖父才能承诺帮他逃离此地,但是自己能不能信任他呢?他难道不会在利用完他之后,再派人把他干掉吗?这的确无从得知,对于阿尔弗雷德的事情,没有什么能够说得准的。

他跟姐姐也谈过了,这是他在巴格达还活着的唯一亲人。跟他一样,她也梦想着能够尽快离开这个地方。她回到这里还不到一年,因为她的丈夫是个意大利外交官,然后被派驻到巴格达。她相信一旦要是吹响了战争的号角,他们肯定也会马上被安排撤离的。

他被姐姐接到自己家里住下了,那是一个宽敞的房子,坐落在一个很多西方外交官聚集的居民区。

艾哈迈德住在小侄子的房间里,小侄子则被挤到跟他哥哥住在一间房里。

他姐姐告诉他说可以申请政治避难,但是他知道如果自己真的爬到意大利使馆申请的话,会让姐夫处于很为难的境地。搞不好还会闹出个什么政治事件,而且萨达姆肯定也会不顾意大利的一切外交庇护,想办法阻止他离开这里的。

不行,这不是解决办法。他必须通过自己的途径离开这里,不能连累任何人,当然更不能连累到自己的家人。

当直升飞机降落到特尔穆哈依附近的一个基地的时候,克拉拉感觉到自己的脑袋就像要炸掉了一样。她的太阳穴一阵生疼,因为引擎的巨大轰鸣声完全穿透了耳罩的保护。

相当部分的伊拉克战争物资已经到位,就像他们乘坐的这架直升飞机已经被调到了当地。科洛内再三警告说,这是唯一一架可供调遣的飞机了。

坐在全路况吉普上，旁边是两个贴身守卫士兵，后面还跟着一辆小车，车里坐着那四个祖父交代要保护好她的四个壮汉，她心里才感到了塌实一些。

天气很热，当他们跟另外一辆车迎面开过，看到不知怎么就扬起的阵阵黄土时，那种干热的感觉变得愈发剧烈和真实。

村长在家门口恭候着他们，把他们请进屋，并端上了茶水。大家热情洋溢地客套了一阵，看差不多的礼节都已经尽到了，克拉拉问村长，为什么他会在那等候着，他想要干什么。

这个男人专注地听着她说话，脸上带着微笑，然后肯定地说，是根据艾哈迈德在电话里的指示，他已经把一切都安排好了。他们已经开始用黏土垒起了一些房屋，因为他们那里的特产就是这种黏土：就像三千多年前，人们把里面的杂质去掉，然后往里面拌上水，加入干草、沙石和土灰。建筑的技术就是这么简单：先垒边墙，等到一部分干了再接着垒另外一部分。为了不漏雨水，还可以把稻草和棕榈树枝再铺在上面。

他们已经盖好了六间房子，照这个速度，另外的六间应该在这个星期结束之前也能盖好。

屋子里面十分简陋，也不是很宽敞，但是艾哈迈德很周到地配备了淋浴和基本的卫生清洁设备。

村长对于他们能够在如此有限的时间内完成了工作表示自豪，并且向克拉拉保证他会亲自挑选搞挖掘需要的工人。

克拉拉向他表示感谢，同时也很委婉地拒绝了他的好意，但是她不愿意打消他的积极性，所以委婉地解释说希望能够把村里所有的男人都集中起来挑选，因为搞挖掘的工人需要具备一些特定的素质才行。她告诉他，她肯定相信他会挑选的不错，但是她还是希望让她本人来看看所有的人，然后决定到底哪些人是适合在这个考古小组里工作的。

两个人打了一阵太极之后，克拉拉终于决定还是要科洛内来把这个看来无法结束的协商做个了结，因为这个村长实在是太固执了，他硬是要由他自己来决定参加考古发掘的工人名单。

当听到科洛内的名字时，村长马上就答应了克拉拉的请求。第二天，他连忙对她说，她想召集哪些人就召集哪些人，没有任何问题。而且还有一些妇女可以在这些外国专家进行考古发掘的时候帮助打扫帐篷。

当克拉拉决定接受他的邀请，跟他的妻子和女儿们一起就住在他家，直到挖掘结束时，天色已经是下午时分了。但是在去那休息之前，她想走到那个废墟去看看，然后在那待上一会儿，好好想想接下来应该干些什么。村长同意了，他知道克拉拉是个做事很随性的人，而且他对她也没有任何必须的责任，很明显，她那几个从巴格达带来的护卫就是要负责好她的安全问题的。

克拉拉心想这个村庄的名字无疑就是源于这土地凝重的黄色，那笼罩一切的漫天黄沙，还有遍地灰黄的石块。她倒是喜欢这种颜色，就像它努力要将这个被人遗忘的地方的色调变得跟过去一致，看起来就更像古乌尔城一样。

她要那几个保镖跟自己保持一段距离。她想一个人静静地待着，不希望自己的每个脚步会惊扰到任何人。但是那几个人拒绝了她的请求，因为阿尔弗雷德的命令不容有任何的差错：绝不能让她偏离他们的视线之外，只要有任何人想要伤害到她，只要他们有可能提前了解到是谁，或者他为谁工作，那他们就要把这个人干掉。没有任何人能够试图伤害到她，除非他愿意拿自己的生命作赌注。

但是他们的抗议也没有任何作用，最后他们能争取到的也就是和克拉拉在视线范围之内，保持一个相对更加谨慎一些的距离。

她沿着废墟四周，抚摸着那个昔日的神秘建筑留下的每一块残垣断壁。她从各个角度仔仔细细地观察着它们，把上面附着的泥土擦掉，然后把那些泥板的细小碎片捡起来，小心地收在自己的尼龙包里。然后她坐在地上，背靠着石块，任凭自己的想象遨游，想象着传说中的那个夏马斯到底会在哪里。

16

"可是，亚伯兰，你给我讲的这些在《吉尔伽美什》史诗里都有。"夏马斯抗议道。

"你肯定吗？"

"我怎么会不肯定呢，那都是我跟伊力学来的呀？"

"我跟你说过吧，有些时候人们也是通过讲故事和作诗的方式来告诉其他人发生过什么。"

"那好吧，那你接着讲诺亚的故事吧。"

"其实那并不是诺亚的故事，而是关于上帝如何被人类的举动激怒的故事。上帝看到在地球上所发生的一切都是罪恶的，所以他决定要惩罚这个其实是他最喜爱的物种：人类。"

"但是上帝一贯那么仁慈，他被诺亚的善良所感动了，于是决定挽救他。"

"就因为这样所以他命诺亚修了一个巨大的木舟，就像我之前已经记录下来的那样。"夏马斯拿起他晾在棕榈树下的另外一块泥板边看边说道，"并且给他规定了相应的尺寸：长三百肘、宽五十肘、高三十肘。木舟的门开在其中一个侧翼上，而且上帝还要他在里面一共修了三层。"

"知道了，看得出我跟你说的你都记录下来了。"

"那当然了，尽管跟创造世界的故事相比，我并不是很喜欢这段故事。"

"为什么不喜欢这个故事呢？"

"我一直在思考亚当和夏娃因为自己赤身露体在上帝面前感到害羞的事情，还有上帝因为那条蛇引诱夏娃犯错误而对它的诅咒。"

"夏马斯，你不能只把你喜欢的东西记录下来。你不是要我给你讲整个世界的起源故事吗，那么知道上帝为什么要惩罚人类并且制造了那场大洪水的原因就是非常必要的。如果你不想继续听下去……"

"不，我当然想听下去了！只不过这些让我想起了《吉尔伽美什》诗里的内容，而且……"孩子抿着嘴生怕惹亚伯兰生气，说道，"求你了，原谅我吧，继续讲吧！"

"刚才讲到哪里了？"

夏马斯连忙将自己在泥板上写的最后几行字大声地念了出来："上帝让他带上家人一起钻进方舟，因为他是他这辈人中唯一会幸存的人。同时上帝还要求他从所有的动物中挑选七对血统纯正的一对，一公一母，然后再从所有不纯种的动物中挑出一对，也是一公一母。"

"接着写吧，" 亚伯兰继续开始讲故事了，"同时上帝还希望能够保留下七对空中的飞禽。最后上帝对他说道：七天之后，地球上会暴雨连绵，连下四十个昼夜，将地面上所有的生物消灭得干干净净。于是诺亚就按照上帝的指示一一照办。

"大洪水暴发的时候诺亚已经有六百岁了。他带领着儿孙们和妻子，还有那一大群纯种的和不纯种的飞禽走兽，每个物种一公一母两只，按照上帝的指示躲进了方舟，躲避洪水。果然一周之后，整个地球就被洪水完全吞没了。

"在诺亚六百岁的第二个月的第十七天时，巨大的水流从深渊里喷薄而出，从天空倾盆而降，雨水果然整整侵袭了大地四十个白天和黑夜……而上帝在诺亚身后将大门关上了。"

小家伙在泥板上奋笔疾书，脑子里真是难以想象那种上帝将上天大门打开，让洪水倾盆而下的场景。他想应该就是暴雨突然从天上倒下来的样子吧。夏马斯来不及抬头，继续边听亚伯兰说着边记录着："洪水的水位不断地升高，将地球上最高的山峰也淹没了，所有的生物都灭绝了，不论是天上的飞禽还是地上的走兽，还有所有的人统统消失了，直到按照上帝跟诺亚说好的那一天，忽然刮起了一阵风，所有的洪水就开始消退了。

"地面的喷涌和天上的暴雨都结束了，洪水在慢慢消退。第一百五十天以后，地球上的水就已经变少了，到了第九个月的第十七天，这个巨大的方舟就被搁浅在了亚拉腊山脉上。洪水继续在渐渐消退，直到第十个月的第一天时，山脊就露出了水面。"①

亚伯兰停住了，将目光投向了远方，夏马斯连忙趁机休息一下。他一直都忙着两手开工，他的这个书记工作还真不是个好做的活。等亚伯兰跟自己讲完这个诺亚的故事以后，他就可以跟亚伯兰好好说说自己在梦里是怎么受到折磨的了。他想回乌尔城去，他在哈兰觉得自己就是个异乡人，尽管自己的父母和兄弟们也都是在这。自从他们到了这个城市后，那种家庭的幸福感就一去不返了。而且现在还很难见到父母，这让他的情绪更加不好。所有人都怀念他父亲在乌尔城门口修建的那个清爽的小房子。他们已经不愿意这样年复一年地从这里再搬到那里地生活了。

"你想什么呢，夏马斯？"

---

① 大洪水的这个场景是参照《耶路撒冷圣经》。

"想念乌尔城呢。"

"想它的什么呢？"

"我想跟奶奶在一起，还有，去伊力老师的学校上课。"

"你不喜欢哈兰吗？这里你不是也一样可以学习吗？"

"这倒是不错，但是那也是不一样的。"

"什么不一样？"

"连太阳和夜晚都不一样，还有人们说话也不一样，甚至无花果树的味道都不同。"

"啊，你有思乡的愁绪了！"

"什么叫做思乡？"

"就是怀念失去的东西，甚至是怀念那些连他自己都还没有认识到的东西。"

"我也不想和族群分开，但是我也不喜欢住在这里。"

"我们不会在这里待很久了。"

"我知道，他拉是最年长的，要是他不在这里了，你就会带领我们去迦南，但是我真的不知道自己是不是愿意去那个地方。我妈妈也想回去呢。"

夏马斯不做声了，对于自己过于敞开心扉地说出了这一切有点没底。他怕亚伯兰把这一切告诉他父亲，而他父亲则会因为知道了他觉得不幸福后感到伤心。亚伯兰就好像读懂了他的心声一样。

"你不用担心，我不会把这些告诉任何人，但是我们应该努力让你找回幸福。"

小东西心里的石头这才落地，马上抓起木棍准备继续记录亚伯兰讲的故事。

这样他知道了，诺亚首先放出了一只乌鸦，然后又派出了一只白鸽出去查看水情，然后又不得不放出了第二只白鸽，第三只……直到最后一只也没有回来。上帝最后还是对人类心生了怜悯，他说道："我再也不会因为人类的过错而诅咒大地了，再也不会像这样伤害所有的生物了。"

上帝向亚伯兰解释，并赐福诺亚和他的子孙，让他们世代繁衍昌盛，直到散布在世界的每个角落。然后上帝赐予了人类活动和生长的权利，就像他赐予绿草的一样，但是他不允许人们吃有灵魂的肉，在他看来也就是带血的肉："我承诺，要将你们的鲜血打上标记，将所有动物的和人的鲜血都打上标记，让所有人的鲜血都标记着他的灵魂。"

"也就是说，他将人类送回天堂？"夏马斯问道。

"这样说并不确切，尽管上帝原谅了我们，并且再次将人类变成他造物中最为重要的生物，但是这次的区别是人类再没有得到任何特殊的礼遇了。为了生存，人类需要跟动物斗争，我们需要通过辛勤的劳动获得大地上的种子，女人为了得到后代将会历经磨难。不，上帝并没有将我们送回天堂，他只是承诺不再将我们从地球上赶走，只是永远都不再打开天堂的洪水闸门，让它倾盆而下。

"我们不要再谈这个了,太阳马上就要下山了。明天我再跟你讲讲为什么人类的语言都是不一样的,而且有时候我们互相都听不懂对方的语言。"

孩子惊奇地抬起眼睛。亚伯兰说得挺有道理,的确是看得不太清楚了,尽管他其实还希望能够继续写下去。他的妈妈肯定也在到处找他,而父亲肯定也是非常想看看他今天在学校里学到了些什么东西。所以他一个打挺从地上站了起来,小心翼翼地将那些泥板收好,一溜烟地就朝自己家房子的方向跑去了。

第二天亚伯兰却没有按时去赴和夏马斯的约会。他找了个安静的地方自己一个人待着,因为他感觉到心里听到了上帝的召唤。半夜醒来,他浑身汗涔涔的,感觉到自己的五脏六腑受到什么压迫似的。

他爬起来,离开了哈兰城,漫无目的地游荡了若干小时。一直走到了下午,才来到了一片枝繁叶茂的棕榈树林,他坐下休息,等待着上帝的指示。

他闭上双眼,感觉到心里突然一震,与此同时听到了上帝神圣而清澈的声音:

"亚伯兰,你要离开你的故乡,你的故土,离开你父母的家,去一个我将指给你的地方。我会让你建立一个强大的帝国,并且我会赐福与你。你的名字将会变得高尚,而你将会得到福音。

"我会赐福所有那些祝福你的人,诅咒所有那些诅咒你的人。

"所有地球上的部落都必须要祝福你。"①

他睁开眼睛想要看看上帝的样子,但是黑夜已经笼罩了整个棕榈树林,只有月亮和数不清的星星在天穹上眨着眼睛。

不安的情绪又开始在他身体里弥漫开来,上帝已经清楚地跟他说应该怎么做,这时他还能够感到回荡在耳边的那些话语有着怎样的分量。

他知道是时候按照上帝的意图出发去迦南了。尽管在从乌尔出发之前上帝就已经明确地告诉了他目的地是哪里,但是由于他拉是家族的长者,他决定要在先辈们生长的土地——哈兰城驻扎,所以行程被推迟了。

其实这么多个日日夜夜在哈兰城,部族都没有要走的意思,因为他们在这里找到了很好的牧草,还有方便做贸易的市场,他们已经按照他拉所希望的那样在这里开始生活。而亚伯兰心里一直很明白,在这里的停留是暂时的,只要上帝哪一天给他一发出指令,他们就要立刻去完成他的心愿。

这一天已经来临了,但是他却感到很难受,因为他虽然要按照上帝的意愿去办事,但是这样也会令他拉不高兴。

他的老父亲他拉,现在已经是视力模糊,行走困难,大部分时间都沉浸在那些厚重的回忆和对超出界限的任何举动的恐惧之中。

怎么才能跟他拉说明白,到了要离开的时候了呢? 他的胸口隐隐作痛,眼泪

---

① 上帝和亚伯兰的对话,《耶路撒冷圣经》。

无法控制地在眼眶里打转。

他一直深爱着父亲，因为他这一生都是在父亲的指引下一路走来。他将父亲知道的所有知识都学了过来，并且眼见着父亲用他那灵巧的双手雕塑出了那么多偶像，即使他知道一双人类的双手是无法造出上帝的模样的。

他拉是相信上帝的，并且在部族的其他人心中也宣传了上帝的形象，尽管他不过是在帮助神坛大量地建造天神的偶像。

亚伯兰迈着轻快的脚步走着，他要去父亲的家里。尽管太阳已经下山了好一会儿，但是他拉肯定还没有睡觉。

他觉得要加快脚步，因为他知道他拉正等着他过去。他的父亲叫他的时候一副很焦急的样子。

快到哈兰城的时候，就看到一个人正等在那里，准备要马上把他带到父亲那里。这个人向他解释说，前天下午他拉突然陷入了昏迷，谁都无法把他叫醒，但是他嘴里还是不停地念着亚伯兰的名字。

亚伯兰走进屋子，叫里面的女人都离开，然后对哥哥拿鹤说他想单独见见父亲。

拿鹤被这一天辛苦的工作折磨得筋疲力尽，连忙出去呼吸一下新鲜空气，留下亚伯兰单独照顾他拉。

屋子里的人都听到了亚伯兰断断续续的声音，尽管他们认为听到的是老人疲惫的声音。

第二天清晨大家就惊奇地听到了他拉的死讯。他拉的女仆，亚伯兰的妻子连忙跑到店里去通知亚丁，也就是夏马斯的父亲，让他赶紧到离他没有几步之遥的他拉家里去。他碰到了亚伯兰和他的哥哥拿鹤，还有他们的妻子萨拉、弥尔卡（Milca），还有侄子洛特（Lot）都站在旁边。

女人们哭得满脸泪痕，男人们也泣不成声，他们实在是太过悲痛了。

亚丁要负责处理丧葬的工作，他让妻子在其他女人的帮助下将他拉的尸体进行了清洗，然后将其安葬好，让他拉能够长眠于哈兰的土地中。

他拉对这片土地的热爱应该是超过其他所有人的，因为在赶着畜群来来往往地找寻牧草和粮食的游牧过程中，在这里诞生了跟乌尔城差不多人数的祖辈们。

大家按照常规把他拉的遗体保存了相当长时间之后才埋入那片干燥而脆弱的土地中。

亚伯兰脸上立刻浮现出孤儿的那种痛苦表情。他拉既是他的父亲也是导师，他拉将自己所知道的一切都对他倾囊相授。是他帮助亚伯兰找到了上帝，而且他也从来没有因为亚伯兰嘲笑自己为了某个贵族或者尊贵的皇帝捏出天神的泥偶而生气。

他拉跟亚伯兰一样，在内心中也感应到上帝。现在轮到亚伯兰领导整个族群了，并带着整个部落迁徙到有着丰富牧草和能够无忧无虑生活的地方，那个他向上帝承诺的地方。

"我们要去迦南。"亚伯兰宣布说，"准备启程。"

人们纷纷讨论着前途问题，一些人希望留在哈兰，另外一些人希望回乌尔城，还有一部分人愿意追随亚伯兰到任何地方。

亚丁将自己的亲戚聚到了一起，现在他已经成为部落的头领了。

"亚伯兰，我们不陪你去迦南了。"

"我知道。"

"你知道了？这怎么可能呢，我也是昨天才做的决定啊？"

"从你们家族里那些不随我离开的人的脸上完全可以看得出来。夏马斯做梦都想回乌尔城，那里有他的家人，而且你也更愿意带领你自己的部族往来于乌尔和哈兰城之间，寻找肥沃的牧草和粮食。我真的一点都不担心你们。我很理解你的决定，而且我也替夏马斯感到高兴。"

"没错，看到儿子言中对故乡浓浓的思念之意也更加坚定了我要回去的决定。"

"夏马斯有义务将他的写作完成下去，他会成为一个优秀的书记官，一个正直而智慧的人。他的前途绝不只是游牧。"

"你什么时候带领部族启程？"

"明天月亮升起以前。有些事情我必须要做，特别是在离开以前，我必须要把给夏马斯讲的故事讲完。他需要告诉那些留在乌尔的人和他这一生中可能碰到的任何人，我们是谁，我们从哪里来，上帝的意志是什么。如果我们不知道第一个男人和第一个女人所犯的错误，不知道上帝对我们做了些什么，就永远不会理解我们为什么会受到如此多磨难。

"他只要坚持他所写的东西就可以了。我在离开以前希望看到夏马斯把我所告诉他的故事尽可能写完。"

"这他能办到。我会让儿子去找你的，而且我也会给他准备足够的泥板，以便他能够把你告诉他的东西统统记下来。"

亚伯兰还是在老地方等着他，就在哈兰的郊区。自从他拉去世以后他们几乎就没有机会说过话。小孩小心谨慎地走了过去，试图想找些能够传达自己对于老人去世很悲痛和安慰亚伯兰痛苦的话语。但是还没等他说什么，亚伯兰就拍拍他的肩膀表示了理解，并要他坐在自己身旁。

"看不到你了，我会很伤心的。"亚伯兰肯定地说道。

"难道你就永远都不回乌尔或者哈兰了吗？"夏马斯担心地问道。

"不回了。我要是决定上路了就永远都不会回头，我们不会再见面了，夏马斯，但是我会把你牢牢放在心里的，我也希望你不要忘了我。你一定要好好保存那些关于世界起源故事的泥板，并且就像我给你讲故事一样，把这一切讲给我们所有留下来的人听。他们应该知道真相，不能让他们再被那些金碧辉煌的泥偶所蒙蔽了。"

夏马斯沉重地接受了亚伯兰交代的任务，因为这意味着深切的信任。然后，他不好意思地问亚伯兰，上帝是不是还会跟他讲话。

"是的，当我们把他拉埋到那片他用来创造第一个人类的土地中的时候，他会再跟我说话的。我必须要按照他给我的指示去办。你应该知道，夏马斯，我的后代将会遍布世界的各个角落，以后人们会称我为众国之父。"

"那么我们就会称你为亚伯拉罕。"小孩肯定道，但是脸上却露出了疑惑的微笑，因为他知道亚伯兰的妻子萨拉还没有给他生一男半女。

"你说得没错，这样我的儿子们，儿子们的儿子们，子子孙孙，世世代代就能够延续。"

小孩很惊讶亚伯拉罕那么肯定自己就肯定能成为众国之父的决心。但是他还是相信他，就像亚伯兰也一直那么信任他自己一样，他从来都没有欺骗过自己，而且他也是所有人中唯一一个可以跟上帝交谈的人。

"我会告诉所有人，他们都应该称呼你为亚伯拉罕。"

"他们会的。现在你好好准备一下吧，你也该开始做记录了。在我们分别之前，你还有好多东西需要记录下来呢。"

夏马斯拿出木棍，把泥板摆在自己的膝盖上面，准备好开始记录所有亚伯拉罕将给他讲述的故事。

"诺亚活了九百五十岁，有三个儿子：闪、含和雅弗。他们带着各自的子孙们遍布了整个大地。于是所有的人类都说着同一种语言，那就是诺亚的语言。

"当人们从一个地方迁徙到另外一个地方的途中，在森纳尔（Sennar）国发现了一块滩涂地，于是在那把黏土用火烤，烤成了砖块。这样砖块就可以当石头来用，沥青就能当灰泥浆用，他们开始建造出城市，而且他们还想修建一座高塔，从上面能够看到世界上所有的地方。有了这个塔，人们就可以靠近天庭，可以去敲上帝的天门了。正当人们兴致勃勃地修建高塔时，上帝低头一看，发现了人类的这个杰作，感到自己的尊严受到了极大的伤害，准备再一次惩罚人类。"

"但是，这是为什么呢？"夏马斯大胆地问道，"我并不认为人们想上天有什么不好的啊。在乌尔城，那些教士们都是研究星象的，而且他们可以通过这些星象的知识了解天穹的秘密。国王在乌尔靠近萨佛兰的地方也希望修建一个契古拉特，能够让那些教士在那里解开太阳和月亮的秘密，了解为什么星星会出现会消失,了解重量和尺寸的道理。我们之所以都知道地球是圆形的,也就是因为那些教士们通过研究天空而计算出来的……"

"闭嘴,好了!"亚伯拉罕生气地打断他,"你把我讲给你的东西好好记下来就行了,不要去跟上帝争论什么。"

夏马斯沉默了,他害怕他的这个上帝,这个亚伯拉罕和整个部族的上帝。但是他又可以从人们的心中感受到上帝时常对人类生气。上帝会不会也惩罚自己呢,因为自己认为这是不公平的?

"那些人,"亚伯拉罕继续说道,"想要挑战我们至高无上的上帝,希望修建一座如此的高塔可以避免上帝又一次对人类的惩罚,就像以前的大洪水那样。

"所以这一次,上帝决定要将人类的语言加以混淆,这样一来人和人就很难理解对方的意思。从此之后,各个种族就有了自己独特的语言,北方的族系不能理解南方的,东方的不能听懂西方的,于是在同一个城市也发生了大家互相不能理解的问题,因为大家都是从四面八方汇集到一起来的。

"上帝不能忍受自己的骄傲和威严受到他造出来的生物的任何冒犯。这些生物绝对不能挑战上帝,甚至连试图去接近由上帝划分的天地界限都不可以。"

他们又一次惊奇地发现太阳西沉了,月亮缓缓升起,于是他们往哈兰城走了回去。亚伯拉罕帮着夏马斯把那一堆泥板都拿了回去。走到家门口,他们碰见了亚丁,亚丁请亚伯拉罕进屋去坐坐,跟他们一起就着牛奶吃面包。

两个人谈论着各自几乎是南辕北辙的路线,心中都明白再次见面的可能性几乎是少之又少。

亚丁准备不再过游牧生活,并且准备在乌尔永久地定居下来,这样也能让夏马斯成为一个真正的宫廷书记官。伊力也不用再教夏马斯如何运用计数符,因为这两门课夏马斯在哈兰的学习中已经表现得相当出色了。

这些年来,夏马斯已经是个非常懂得学习需要刻苦努力的孩子了。而且哈兰的书记官们根本不会像他在乌尔的老师那么有耐心和宽容,所以夏马斯必须要非常非常努力地学习,才能够继续学习下去,因为这些老师威胁说,如果他不尽最大力气学习的话,那么他们就不会继续教授他任何东西了。

但是要成为一个真正的书记官,他还需要学习很多其他的知识,而且经过很多年的学习和运用之后,他才可以获得一个"长兄"的称号,继续努力他才可以奋斗一生,之后获得"大师"的称号。

夏马斯静静地听着父亲和亚伯拉罕的谈话,听着他们互相给对方提出的建议。

冬季马上就要结束了,春天的绿芽带着勃勃的生机从泥土里钻了出来,天空也变得更加湛蓝。这是远行的最好时节。

亚伯拉罕和亚丁约定好要在分别的时候宰杀一只羔羊,作为献给上帝的贡品。

"父亲，我们什么时候出发？"亚伯拉罕刚刚离开大门，夏马斯就迫不及待地问父亲。

"你已经听到了，再过一夜之后我们就不会待在这里了。不只是我们单独回去，其他一些部族的成员也会跟我们一起回到乌尔，你难道就不后悔没有陪着亚伯拉罕吗？"

"不后悔，我就是想回家。"

"这里也是你的家啊。"

"我怀念我在乌尔长大的那个家，我会永远都记着亚伯拉罕的，但是他也曾对我说过，所有的人，我们都应该继续走自己的路。他肯定会按照上帝给他的指示去做的，而我，我觉得自己所应该做的事情就是要回到我世世代代生长的乌尔故土。回到那里之后，我可以给所有的人讲述我所知道的关于世界起源的故事，并且我也会好好保存那些记录着亚伯拉罕给我讲的故事的所有泥板。"

"你已经选择了你自己的命运。"

"不，父亲，我觉得是上帝选择了我。亚伯拉罕曾经问我，我的内心里到底感受到了什么，那我要说的就是，我感受到的就是必须回去。"

"我也有同样的感受，儿子，而且你的母亲也是一样。她的心中也是充满了无尽的思乡之情，要是回到乌尔肯定会让她笑逐颜开的。她想要在那些先祖生长和去世的地方安息。这里虽然也是我们的家，但是这里还是让人感到陌生。所以，我们的确应该启程回去。"

夏马斯幸福地点了点头。对于回程的憧憬让他的心中雀跃不已。打破这种单调而没有变化的生活是他最为切近的需要。他们会在白天行进，黄昏扎营，女人们负责烹制食物还有准备面包。

他提前品尝到幼发拉底河的水流，玩味着篝火边的谈话。

夏马斯心中无比沉重，他很想念亚伯拉罕。他知道亚伯拉罕是个不同寻常的人，是上帝从众人中选择出来要成为众国之父的人。他真不知道亚伯拉罕怎么能够做到这一点，因为萨拉没有给他生一男半女，但是如果上帝真的如此对他许诺，那么他肯定会办得到，夏马斯自言自语道。

他已经将世界的起源故事记录了下来，就是那个亚伯拉罕给他讲的创世的故事。他毫不怀疑世界的起源会与此有任何不同。

他跟上帝的联系很困难，有时候他正以为自己就要了解到生活的神秘之处了，就要达到那一刻的时候，突然自己的脑袋里又一片混沌，弄得他完全无法思考。

还有些时候，他实在无法理解上帝的这些做法，不知道他为什么那么生气，为什么要坚决地惩罚人类。他就是无法理解为什么人类的不顺从会让上帝觉得那么不可忍受。

但是，尽管他无法理解上帝，并且在内心里对上帝对人类的一些处决表示不满，但毫不影响他对上帝的信念。

对于上帝的信念就像地上的石头一样，会永恒地坚持在那里。

父亲告诫他回到乌尔之后一定要处事谨慎。绝对不能对众神之神的恩尼尔有任何质疑，也不能对马杜克、提阿马特或者其他的天神有任何怀疑。

夏马斯知道宣扬一个没有真实脸孔的上帝是一件多么困难的事情，因为人们看不到他的形象，只能在心里感知到他。所以一定要选准好的时机来宣传他，而且不能把他强加在其他的任何天神之上。必须要在那些倾听他讲述的人心中先牢牢地扎下根，然后等待着上帝能够让这些心中的种子自己发芽。

分别的时候来临了。天刚刚亮，迎着朝霞的微寒，亚伯拉罕和自己的部族，还有亚丁带着自己的随从们都正在整理行装。女人们将货物都捆在驴子身上，孩子们则在旁边睡眼惺忪地跑来跑去，让他们的母亲们不得不时不时地中断忙碌的工作。

夏马斯期待地看着亚伯拉罕，希望他能够最后过来跟自己说两句话，所以当看到亚伯拉罕给了他个手势让他单独过去的时候，他感到无比的幸福。

"过来，趁着他们在做准备，我们还有时间聊聊。"亚伯拉罕说道。

"看到你要走了，我非常伤心，我永远都会记着你的。"夏马斯说道。

"嗯，我们都会互相记着对方的。但是我还想交给你一个任务，其实前几天我也已经跟你说过了：千万不要把那些故事的记录弄丢了。就是我给你讲的那些内容，关于上帝所做的所有事情。

"我们忘记了自己不过是他呼吸出来的一粒尘埃，并坚信我们并不需要他，但是有些时候，我们又怪罪他在我们需要他的时候，他却不在我们身边。

"没错，连我也时常问自己，为什么会这样。

"我们怎么能理解上帝呢？我们是用泥土做成的，就像他拉和我可以用泥土造出那些泥偶天神一样。我们可以走路，可以说话，可以有感觉都是因为上帝给予了我们生命，所以他随时都可以像我摧毁那些长着翅膀的天神泥偶一样，将我们的生命夺去。因为既然是我用双手创造出来的天神，那么我自然可以随意用自己的力量将其摧毁。

"不过，我们终究无法理解上帝，甚至连想都别想，更不用说去评判他了。我无法回答你的问题，因为我自己也没有答案。我只知道，只有唯一的、神圣的上帝，是一切的造世主，他会让我们死是因为他给予我们生死的选择。"

"上帝会陪你到任何地方的，亚伯拉罕。

"也会陪着你，陪着我们所有人。他可以看到一切，感受到一切。"

"那我要跟谁宣扬上帝呢？"

"跟你的父亲亚丁说，他在心里也一样有感应。可以跟长老赫阿布、萨布隆，还有其他那些跟你一同启程的人说,还有所有那些留在乌尔城的人都可以说。"

"那谁会指引着我呢?"

"生命中总有一个时刻需要我们从自己的内心去寻找答案,做出决定。你还有父亲,你可以信任他对你的关怀和睿智。你尽力去做吧,他肯定也会帮助你的,从你的心灵里会找到答案的。"

这时,他们听见了亚丁通知启程的号令。夏马斯觉得嗓子眼一热,差点就要掉眼泪了。但是他想如果自己真的哭了,肯定会让亚伯拉罕笑话自己的,因为自己就要成为一个真正的男子汉了。

亚伯拉罕和亚丁感伤地紧紧拥抱着,因为他们知道不会再有机会见到对方了。两个人交换了一下最后的寄语,希望对方都能够过得更好。

亚伯拉罕也拥抱了夏马斯,这个孩子还是忍不住地滴下了一滴眼泪,但是他飞快地用手绢将它擦去。

"其实你没必要因为自己要跟所爱和爱你的人分开感到痛苦而羞愧。我的眼眶里也是满满的泪水,只不过我没让它们流出来罢了。我会永远记住你的,而且夏马斯,你应该知道,我成为众国之父,就像亚当为人类的祖先一样,都是由于你的功劳,才让人们能够了解到了这个历史,认识到了世界的起源,才会给他们的子孙世世代代地讲下去,直到时间的尽头。"

亚伯拉罕给出了一个出发的信号,部族就开始行动了。同时亚丁也举起了手臂,率领他的人们出发了。不同的家庭向着完全相反的方向前进着,有的人回头眺望,挥挥手做最后的告别。夏马斯注视着亚伯拉罕离开的方向,希望他能够回头看看,但是他却昂然地离开了,根本没有回头。只是在走到那片棕榈林的时候,他停下了脚步,看着这片他和夏马斯曾经在一起待过那么长时间的地方,他怔住了几秒,默默地扫视着这个地方。他感觉到了远处夏马斯的目光还在注视着自己,于是他回过头,因为他知道这个孩子还在等着他这最后的道别。他们虽然已经看不见对方了,但是两个人都同时感到了对方的目光。

日头尚高,但是人们在永恒的岁月中又度过了一天。

17

"夫人！夫人！"

克拉拉一听见自己的保镖大叫，就立刻从昏睡中惊醒过来。

"发生什么事了，伊力？"

"夫人，已经天黑了，村长生气了，因为他的女人们在等他回去开饭呢。"

"我马上就走，不会耽误的。"

她站了起来，抖了抖自己衣服上和身上的黄土。她不想跟任何人说话，特别是村长和他家里人。她希望能够享受一下这里的寂寞和孤单，因为知道不久以后就不会是这样的情景了。

她对夏马斯这个人物充满了种种遐想，甚至给他构想出了脸孔的样子，还能听见他说话的声音，甚至是他走路的脚步声。

他应该是个书记官的学生，因为他写的那些字还不是特别清楚好辨认，但是还是能看得出他也是个受到很好教育的人。这是个很有美德的人，起码是跟亚伯拉罕始祖非常接近的这么一个人，所以亚伯拉罕才会给他讲述了创世的故事。

但是亚伯拉罕对于圣经中的创世记会怎么看呢？那难道只是对美索不达米亚古老的传说的一种模仿吗？

亚伯拉罕是个游牧者，是一个部族的首领。所有的游牧民族都有自己独特的传统和传说，但是他们来来去去的游牧过程中是会保持跟其他的部族联络的，跟其他那些有着不同文化的人交流，他们也会从别人那里吸收一些习惯、传说和所谓的天神。

很明显的是，希伯来人在圣经中讲述的大洪水的故事跟《吉尔伽美什》史诗中的记录是有一定的关系的。

当她回到村长家时，村长已经一脸僵硬的笑容等在门口了，而她则对此视而不见。她礼节性地吃了点东西，然后就告辞回到他们临时给她安排的房间去了，这间屋子就搭在村长的某个女儿房子的旁边。

她实在太累了，所以一倒头就睡着了。这还是艾哈迈德离开黄宫后她第一次这么快就入睡了。

阿尔弗雷德·坦内博格在开罗的家坐落在赫利奥波利斯（Heliopolis），那里居住的都是特权人物。

从他办公室的窗户可以看到一大排绿树，还有一对人马看护在房子的四周。

他的年纪已经让他不像年轻的时候那么有安全感了。而且他甚至都不能信任自己的朋友，那些过去他甚至可以牺牲生命并且也肯定他们会为他牺牲一切的朋友。

为什么他们那么固执地想要得到泥板圣经呢？他将自己所有的东西都交了出来就是为了换取这个可以保证克拉拉未来的东西。这绝不是钱的问题，他的孙女现在也有足够的钱，衣食无忧地可以过好下半辈子。而他唯一想给予克拉拉的只是受到别人的尊重，因为他们的生存世界正在慢慢被摧毁，不论他们怎么说，自己也不能再被那些让自己愤怒的东西欺骗了。其实从一年前乔治给他寄的报告看来，这是毫无疑问的：从二〇〇一年九月十一日开始，整个世界都被弄得疯狂起来。

美国需要确定它的敌人，才好控制能源的渠道。而阿拉伯人也认为，要想摆脱贫困并且得到世界的尊重就必须要好好地利用能源，所以双方的利益就形成了互补。他们需要战争，并且正在准备打仗，而对自己而言这场战争不过是场生意，和他原来任何其他的生意一样。只不过现在的问题是，他的生命所剩无几，在这为数不多的几个月里，他担心着孙女的前途问题。而她的未来既不是在巴格达也不是在开罗。他不希望自己的孙女成为一个到处都被人看不起的伊拉克难民，因为迟早他会让世界知道她是个什么样的人的。唯一能够拯救她的就是给予她足够的专业权威性，而能够赋予她这个荣誉的就只能是泥板圣经。但是乔治却不愿意接受这个解决办法，尽管弗兰克和恩里克也都有自己的家庭，但他们也同样不能理解自己。

他孤立了，孤立地面对所有的人，而且还加上一个非常不利的因素：活不了太久。

他重新看了看医生的诊断报告。他们希望给他再做一次手术，将入侵他肝脏的肿瘤再切除一些。现在他需要做出一个决定，尽管其实他在心里已经下了决心，绝不再进手术室，而且根据报告，这个手术也不能完全保全他的性命。特别是，如果他的心脏在同时随便开个玩笑，稍许做个停顿，他就会丢掉性命。最近他心动过速而且还伴有高血压，这对他的生命都会有致命的影响。但他最担心的其实就是自己是不是有足够的时间看到克拉拉在美军轰炸伊拉克之前进行开挖。

办公室大门响起了有节律的敲击声，他抬起头，把报告放下，等待着给他打电话的人进来。

一个仆人通知过他亚什尔和迈克·费尔南德斯要来拜访，所以他一直在等着他们，并且吩咐仆人到时候请他们直接进来。

他站起身，走到办公室门口，准备欢迎客人。亚什尔向前欠了欠身子表示礼

· 163 ·

貌,脸上那个勉强的笑容像是从牙槽里挤出来似的。他大概对上一次见面挨的那一巴掌还怀恨在心吧。阿尔弗雷德从来就没有想过要请求他原谅,因为抱歉对于这样的冒犯而言不起任何作用。亚什尔只要有那么一丁点机会,而且能够控制生意,就肯定会背叛自己。他只是需要随时警觉,在阿尔弗雷德扬起手来之前停止作乱。

迈克一边打招呼一边在打量着这个老人。他很诧异老人握手的时候是那么有力,但是起码他第一感觉是,自己面对着一个很可怕的男人。他自己也不知道为什么,但是内心真的有这种感觉。他自己也不是什么善类,跟着杜卡斯这么多年来,也做了不少肮脏的交易,而且他做的那些事情,如果母亲还在世的话一定会觉得非常羞愧。但是即使是这样的生活经历,他也没有失去辨别善恶是非的能力,而他能够明显感觉到的是,面前的这个人是个彻头彻尾的坏人。

仆人端着一个装满水和饮料的盘子走了进来,他将盘子放在他们座位旁边的边桌上,然后离开。他刚一走,阿尔弗雷德就毫不浪费时间在什么礼节上,开门见山地对迈克说道:

"您带来了什么计划?"

"我希望能够看看科威特和伊拉克的边境,同时我也想检查一下约旦和土耳其边境的一些驻扎点。我希望知道我们派人过去的各个地点都有些什么基础设施可以利用,特别是逃跑的通道。我认为我们可以通过一个从埃及向欧洲出口大量包装棉花的企业,对这些地方做一个严密的覆盖。"

"还有呢?"老人干巴巴地问道。

"就等着您吩咐我做了。您指挥这个行动,我随时待命,所以我才希望知道我需要从哪里动手。"

"我会告诉你那些人将从伊拉克的什么地方进出。我们这么多年来都一直进出于这个国家,没有让任何的伊拉克、土耳其、约旦或者科威特人知道。我们了解这片土地就像了解自己的手掌一样。您就负责好您自己的人吧,但是行动的地面控制权是在我手里的,而那些人是需要进出伊拉克的。"

"之前不是这样计划的啊。"

"之前说的是要在可能的最短时间内进出而不引起任何人注意。但我担心您很难做好野外的隐蔽工作,而且我也很怀疑保罗派去的那些人能不能完成任务。从您的口音也可以听出来,您不是伊拉克本地人。如果您被捕的话,您就要对此行动的失败负责。我们之所以可以随意进出是因为我们是伊拉克人,我们可以很容易就混在人群中,让你们看起来就像是自由女神雕像一样在人群中扎眼。我看最好您还是派一些人在战略基地等候我的命令行事。至于这个什么棉花公司,我很了解,因为那是我的公司,但是不是最合适做这次交易的。我们需要的是让那些华盛顿的朋友们,同意我们的军用飞机在科威特和土耳其甚至在欧洲范围内活动。只要能够到了那里，我们所有的事情都能搞定。您带着手下就是需要在这些飞机里活动的人，也就是我们的人去不了的地方。每个人都需要在自己的土地上活动。"

"而您就负责决定到底哪些土地属于哪个人。"

"知道吗？你要是在沙漠里行走的话，那些贝督因人就会突袭你。你会觉得自己很无助，突然你抬头一看，就发现了它们：它们已经到你的身边了，它们一直在你后面追着你，那是你之前从来都不了解的东西，那就是沙漠的风暴。"

"它们从几公里外就发现您，但是即使它们离您哪怕只有几米的距离了，您自己却还浑然不觉。"

"您手下的人都是贝督因人吗？"

"我的人都是在这里出生的，就在这片沙漠里，但是别人却看不到他们。他们清楚自己应该干什么，知道应该从哪里到哪里。他们从来都不会在巴格达引起任何人的注意，在巴索拉也不会，在摩苏尔、卡拉赫或者底格里特都不会。他们在这些地方进进出出就像你们进出自己家门一样轻松自然。我们从来就是如此，这里是我的地盘，所以我不会接受在行动方式上有任何改变。或者是华盛顿那边已经有些发疯了吗？"

"没有，没有，他们还没有发疯，他们不过是想要控制这个行动。"

"控制它？应该是我来控制这个行动。"

"您来指挥这没有问题，但是他们希望能够安排一些他们的人手在这里。"

"要是不按照我说的去办，恐怕就没什么行动可言。华盛顿那边应该清楚，凭你们，想踏过边境一步都是不可能的。"

"我会告诉杜卡斯的。"

"电话就在这里。"

迈克没有站起来。他看清了现在的形势，所以他根本不想仅仅在老头子的计划里充当个跑龙套的角色。可他也知道，要是真的给杜卡斯打电话的话，他一定会勃然大怒，因为他给自己的命令也是非常果决的，就是要按照阿尔弗雷德的吩咐去做。

"晚些时候，我会跟他说的。"迈克回答道，心里对于这个老头的强硬暗暗吃惊。

"就按照我说的办，你要知道我可不喜欢别人向我试探什么，要是有人想要跟我掰掰腕子，那么他肯定会输，起码到现在为止情况一直如此，而且也会一直这样，直到我死的那天。"

费尔南德斯不说话了。他们在角力，但是很明显阿尔弗雷德根本没准备要同任何人分享这个行动的控制权。

他想想最明智的做法就是接受现在这个局面。而且不管怎么样，坦内博格说得也有道理：这是他的地盘，而且这个地方正处在战争的前夕。如果他们将坦内博格或者他的人抓起来的话，这个行动肯定会泡汤。所以对自己而言，把这个风险的可能性转嫁到别人身上并没有什么不合适的。

接下来的一个小时里，坦内博格给他好好上了一节军事战略战术的课。他打开一张地图，在上面指出了迈克的部队应该驻扎的地方，并且告诉他应该从什么地方才好接近在科威特和土耳其的美军基地，指明了到达安曼的路线，还提供了一条到达埃及的备用路线。

"那您的手下从哪里进入呢，坦内博格先生？"

"这个你不必知道。我把这个告诉你无异于将这个消息公布在互联网上。"

"您不信任我？"迈克问道。

"我从不信任任何人，但是对于这点而言，并不是什么信任与否的问题。您肯定会跟杜卡斯说明这个计划，如果我告诉你我的人如何进入，那么从道理上说，你也会把这个信息传达给杜卡斯。而我本人丝毫都不想让这样的信息传到任何人的耳朵里。我的朋友，怎么能来去自由地穿梭在中东的国境上本身就是我的生意。所以，我只对你说必须阐明的问题，除此以外，你不需要知道任何其他的信息。"

迈克期待着这个答案，他虽然知道这个老头很顽固，从他那弄不到什么消息，但是他还是决定要试一试。

"但是，您告诉我了我的手下应该在哪里等待的坐标啊……"

"这个没问题，但是如果你认为通过这些密集的坐标能够得到什么结论，那你就大错特错了。"

"好吧，坦内博格先生，我算看出来了，跟您打交道真不是件容易的事情。"

"那你错了，跟我打交道其实很简单，我只是希望每个人都知道自己应该做什么就可以了。您就做好您自己分内的事情，我完成好我的，以此类推。这只是一个合作性的事业，所以他们也没有必要告诉我他们是如何说服五角大楼把飞机借给他们的，而我也不用告诉他们我派多少人参与到行动中去，或者我们从哪里进入从哪里出去。但是我会告诉您，您所需要的人员数量。"

"这个由您来告诉我？"这个前陆军中校揶揄地问道。

"没错，由我来告诉您，因为您连怎么从我给你们指定的地点出发，如何到达美军基地都不知道。所以我还会派一些我们的人护卫您的手下，主要也是为了保证一切都能够不出任何差错。"

"那我应该带多少人去呢？"

"不超过二十个人，而且除了英语以外最好都能说点别的语言。"

"您指的是阿拉伯语吗？"

"没错。"

"我无法肯定在这点上是不是能够让您满意。"

"那您尽量吧。"

"我会如实告诉杜卡斯先生的。"

"他已经知道了这个团队里需要什么样的人，所以他才会选择了你。"

***

当他们从飞机的悬梯上走下来的时候，顿时感到了沙漠里那种窒息的炎热。玛尔塔幸福地笑了起来。她喜欢中东。法比安却觉得自己呼吸困难，加紧步伐朝安曼机场的出口走去。

他们在行李传送带旁边等待着自己的行李出来，这时一个高个子黑皮肤的男人朝他们走了过来，操着一口非常流利的西班牙语对他们说道：

"图特拉先生？"

"是的，就是我……"

男人伸出手，使劲地握了握他的手。

"我是哈伊达·阿纳什，是艾哈迈德·侯赛因派我过来的。"

"啊！"法比安这样就非常肯定了来人的身份了。

玛尔塔都没有注意到哈伊达甚至都没跟自己打招呼，不顾他一脸惊慌，还自顾自把手伸了出去。

"我是戈麦斯教授，您好？"

"欢迎，教授。"他一边握了握玛尔塔的手，一边略微往前倾了倾身子。

"坦内博格女士没有过来吗？"玛尔塔问道。

"没有，她现在在萨佛兰，她在那里等着你们。不过，我们现在先要把设备都从海关那取回来。您把清单给我，然后我负责去取那些包裹，然后把它们装到卡车上。"阿纳什说道。

"我们直接去萨佛兰吗？"法比安问道。

"不是，我们为你们在万豪酒店订了个房间，这样你们先在酒店歇息一晚，明天早上我们再通过伊拉克边境去巴格达，然后那里安排有直升飞机送你们去萨佛兰。我估计你们能够在两天之内见到坦内博格女士。"哈伊达回答道。

尽管没有任何问题，而且哈伊达的出现足以让那些海关的官员不会对他们设置任何障碍，但是他们还是需要把出关的一系列手续办完。他们看着那些集装箱稳稳当当地卸到了他们早已预备好在机场的三辆大卡车上，然后哈伊达告诉他们自己会准时回去陪他们吃晚饭。这期间，如果他们愿意，也可以休息一下。第二天早上大概五点左右他们就要离开。

"你觉得这个人怎么样？"法比安和玛尔塔一边在酒吧里喝着酒，一边询问

· 167 ·

着她的意见。

"挺和蔼的,而且效率很高。"

"而且他的西班牙语说得很好。"

"嗯,他肯定在西班牙留过学,晚上问问他是在什么学校学习的什么专业。"

"一开始他根本都没有留意你。"

"是啊,他就跟你说话了,因为你是个男人嘛,所以他只能跟你说话了。不过你看他不是态度也发生转变了吗?"

"但是我挺奇怪的,你为什么没有因为他忽略你而对他也表现出无礼的样子呢?"

"他那也不是恶意的。都是他们所受到教育的结果,你也别以为你们就比他们好到哪里去。"玛尔塔嘲笑地说道。

"好啦,我们已经尽最大的努力才能达到跟女孩子一样的地位了,现在大家都知道你们是超人。"

"尼采在形成所谓的超人理论的时候,脑子里大概想到的也是他的姐姐吧。但是老实说,我其实来中东工作,已经做好这种心理准备了。过不了几天,你就知道了,我才是这里的领导。"

"得了,你快醒了你的权力梦吧,幸亏你提前告诉我了。"

夫妻二人一边喝着加冰的威士忌,互相开着玩笑,一边等着哈伊达回来。最后,就像他事先通知的,哈伊达于八点三十分准时回来了。

"真不赖啊,"看着他穿过酒吧朝丈夫和自己走了过来,玛尔塔用挑剔的眼光打量着他,心里想道。

哈伊达穿着一身剪裁非常得体的深蓝色西服,戴着一条绣有大象图案的爱玛仕牌的领带。

"大象图案的领带还真是怀旧,不过倒也优雅,"她心中暗念道。她努力不让自己露出哪怕一抹淡淡的微笑,因为她不想惹得那个男人分神,特别是作为一个外国女人在这样的异国土地上,不应该出什么别的状况。

哈伊达把两位客人带到了安曼的西方人聚集区附近的一家餐厅,请他们吃晚饭。饭桌上尽是那些顺路来首都做生意的人,还有约旦当地的生意人和政客。

法比安和玛尔塔将点菜的权利交给哈伊达,任由他安排,他们从来也没有找机会炫耀他们自己的阿拉伯语讲得有多么好。

"我觉得很好奇,不知道您是在哪里学会的西班牙语。"法比安问道。

哈伊达对这个问题有些反感,但还是很有教养地回答了他的问题:

"我是马德里大学经济学毕业的。西班牙政府总是给我们约旦的学生提供丰厚的政府奖学金,让我们去西班牙学习。我在西班牙生活了六年。"

"那是什么时候?"

"一九八〇年到一九八六年。"

"这倒是段挺有意思的时间,"玛尔塔继续说道,心里还期待着他能够多透露一些别的信息。

"没错,正好赶上了过渡时期的末尾的一届社会主义政府的建立。"

"我们那个时候还多么年轻啊!"法比安感叹道。

"您是为坦内博格女士工作的吗?"玛尔塔直接地问道。

"不,并不完全是这样。我替她的祖父工作,我负责坦内博格先生在安曼的所有办公室。"哈伊达回答这个问题的时候似乎没有什么不快。

"坦内博格先生也是考古学家吗?"玛尔塔还继续问道,根本没注意到哈伊达这个时候脸上已经毫不掩饰地表露出反感的情绪。

"他是商人。"

"啊!他就是很多年前在哈兰发掘出泥板而将考古界弄得风生水起的那个人。"法比安强调说。

"很抱歉,这个我不知道。除了他现在从事的生意之外,他其他任何活动我都一无所知。"哈伊达落落寡合地回答道。

"要是问您坦内博格先生会有多少收益是不是很不合适?"

玛尔塔的问题让哈伊达猝不及防,他没有想到这个女人竟敢如此大胆地提出这些问题。

"坦内博格先生的生意涉及很多不同领域,他是个相当受人尊敬的人物,而且他最欣赏的就是做人要谨慎。"哈伊达有些生气地回答道。

"他的孙女是个在伊拉克很知名的考古学家吗?"玛尔塔还是继续坚持。

"我对坦内博格女士了解非常有限,我知道她是个对工作非常认真的人,而且跟巴格达大学的一个知名教授结了婚。但是我可以肯定的是,所有这些问题,在你到达萨佛兰见到她之后,可以直接获得答案。"

法比安和玛尔塔对视了一眼,对提问的策略达成一致,决定不再继续追问别的事情。他们这样对待东道主实在是太过没有礼貌了。这可是中东,在中东如果你想直接提问就会冒很大的风险,因为这很容易会得罪别人。

"您会陪我们一起待在萨佛兰吗?"法比安问道。

"在挖掘期间我随时供诸位调遣。我自己也不知道是不是要全程待在萨佛兰或者巴格达。你们需要我在哪里,我就会去哪里。"

他在酒店门口跟他们俩告别的时候,还特别提醒他们第二天早上他会在五点整来接他们。那些设备已经用卡车运往萨佛兰了。

"我们表现得太急迫了。"他们刚一走上电梯,法比安就肯定地说道。

"嗯,的确有点不太好,唉,算了,没关系的。我只不过是想办法了解那个坦内博格原来是在什么时候,怎么在哈兰进行的发掘,因为你知道,我过去也曾经在那挖掘过。在出发之间,我查询过所有在哈兰进行过的考古挖掘记录,就没有一个叫做坦内博格的人。"

"你去查查看这个神秘的祖父是不是真搞过挖掘,只要不是他家花园里的就行。或者他还是从哪个强盗那里买来的这些泥板。"

"是啊,我也有过这种想法。但是我跟你的朋友伊维斯有一样的感觉:克拉拉·坦内博格的祖父诓骗了我们。"

去巴格达的路上,人热得都透不过气了。巴格达到处都能明显地感到这是个受到封锁的城市。满目的贫穷,就好像伊拉克显赫的中产阶级在一夜之间就消失得无影无踪。

尽管法比安对她是照顾有加,但是玛尔塔在直升飞机上还是头晕得厉害,不停地呕吐。

到达萨佛兰的时候,她已经是脸色苍白,浑身乏力了,但是她还是努力地打起精神,因为还要等一段时间之后她才能休息。

看到克拉拉的时候她有些吃惊:她头发乌黑,中等身材,肉桂色的皮肤,一双蓝幽幽的眼睛。她很漂亮,单纯意义上的那种漂亮。

克拉拉同样也在打量玛尔塔。她觉得这个女人应该已经四十开外了,大概四十五岁的样子,她有着西方女人那种典型的气质,就好像所有的东西都应该属于她的一样,而且绝对不可能接受别人来指导她应该做什么不应该做什么。克拉拉也没有忽略这个女人的魅力,她还是迷人的,黑色的头发,高个子,深棕色的眼珠,披着一头中长的直发,指甲也精心地修剪过。

她总是特别注意女人的手。她的祖母曾经告诉过她:从女人的手可以看出她是哪个阶层的。而她也一直牢记着祖母的教训。双手可以反映出女人的心灵和她的社会地位。玛尔塔的手瘦骨嶙峋的,指甲也是刚刚修剪过的,只是上了一些能够提高光泽度的透明指甲油。

在热情的寒暄之后,克拉拉告诉他们运送设备的卡车已经抵达萨佛兰了,但是他们还没来得及把集装箱从车上卸下来。

"你们可以在农民家的房子里先小憩一下,或者如果你们愿意的话,也可以去我们搭好的帐篷里休息。我们已经开始修建一些临时的砖瓦房,很简陋的那种,就像美索不达米亚时代的房子那样。工人们今天还在盖着呢。有一些已经完工了,但是还需要从巴格达运一些床、褥子和简单的物品过来,两天后应该就会弄好。我不知道这些房子够不够所有人住,但是解决一大部分人的住宿是没有问题的。我们的条件不够豪华,但是我还是希望你们能住得舒服。"

"我们能够在四周随便转转吗?"法比安问道。

"您想去看看我们发现遗址的那个地方吗?"克拉拉回答道。

"没错，我很想去看看。"法比安满脸堆笑地说道。

"那好，我叫他们把你们的行李拿到住处去，然后我们一起走过去。那个宫殿离这里也不远，而且今天天气也不算太热。"克拉拉回答道。

"要是您不介意，"玛尔塔打断他们说，"我还是希望能够坐车去，因为我在路上晕得够呛，实在是太难受了。"

"你需要人看看吗？或者你还是留在这里休息一下？"

"不用，我只要喝点水，凉快凉快，可能的话，不用走路就行。"玛尔塔恳求道。

克拉拉命人去收拾行李，要不了一会儿玛尔塔本来就不重的行李就被放在村子家里了，而法比安的行李则放在旁边一家人的屋子里了。

玛尔塔喝了点水，休息了几分钟，恢复了体力。然后他们坐着吉普车朝那个他们未来几个月的工作地开去。

还没等士兵把车停稳，法比安就一下子从车上跳了下来，急急忙忙地就准备开始实地考察了。他先站定环顾了一下周围，这片遗址应该是被炮弹轰炸之后才暴露出来的。

"看来已经开始在清理这片区域了。"法比安说道。

"是的，我们认为我们所站的这个地方是在这个建筑的天花板上面，而我们看到的那个窟窿就是曾经保存泥板的房间，我们就是在那找到了成堆的泥板碎片的。因此，毫无疑问，这里曾经是一座圣殿皇宫。"克拉拉讲解道。

"但是没有记录表明在离乌尔城这么近的地方曾经有过圣殿啊？"法比安质疑道。

"的确没有，但是，教授，我要提醒您的就是，任何一个伟大发现的价值就在这里：找到一些从来就没有任何记录表明它存在的东西。如果我们能够沿着伊拉克四周挖掘下去，我们肯定能够找到上十个这样的圣殿皇宫，因为这里曾经是一片相当广阔区域的统治中心。"克拉拉继续解释道。

玛尔塔在他们交谈的时候，自己跑到一边找了个视线绝佳的地方，好好地观察着这整片遗址。他们两个人也没有阻止她，就看着她在那里这看看，那摸摸。

"她是您的妻子？"克拉拉问道。

"玛尔塔？不，她不是我妻子。她只是跟我在同一个学校，她是考古学教授，我们都在马德里大学。她在考古领域有很多年的经验了。事实上，很多年前她来过哈兰，就是您祖父找到那些神秘泥板的地方。"

克拉拉默认了法比安的话。她的祖父曾严令禁止她透露任何关于他本人的情况。不管他们怎么有兴趣要求知道那次发掘的详细情况，希望了解是在什么时候，如何发掘出的泥板，但是她却连一句多余的话都不能说。所以她只有岔开话题，聊些其他的内容。

"你们能够在这样的情况下来伊拉克，真是勇气可嘉啊！"

"我们希望一切都进展顺利。要在这么紧张的时间内进行挖掘真不是件容易的事。"

"是的,我们伊拉克人也都知道布什肯定会给萨达姆个教训的。"

"这可不是个小问题,布什已经宣战了,一旦他的军火准备充分,马上就会实施行动的。我觉得最晚也就是在六七个月之后,他就会实行军事打击了。"

"为什么西班牙要帮助美国攻打伊拉克呢?"

"不要把西班牙和我们的现任政府混为一谈。大部分的西班牙人都是反对战争的,我们并不赞成布什开战的观点。"

"那么,为什么大家不反抗呢?"

法比安哈哈大笑了起来。

"你们自己在萨达姆的大桶里求生还来问我们为什么不反抗,您不觉得这很滑稽吗?您瞧,我并不同意我们政府在支持美国攻打伊拉克这个问题上的立场,当然还有在其他很多方面的做法,但是我们的政权起码是民主的政权。我的意思是,我们完全可以通过选举来废止它。"

"伊拉克人民热爱萨达姆。"克拉拉肯定地说道。

"不,他们并不热爱他,该下台的时候他就会下台的,只不过是那些受惠于他的利益集团支持着他罢了。独裁者让人民受苦,根本不会有人热爱他们,只不过有些人受到这种政权压迫没有说话罢了。萨达姆自己唯一能够留下的就是那些暴虐的统治回忆。说得更明确一些也就是,我们这些反战的人也不见得就是要支持萨达姆。萨达姆代表着我们所有民主人士最为唾弃的人:他是一个残忍的独裁者,双手都沾满了那些勇于抗争的伊拉克人民的鲜血,沾满了那些他曾大面积屠杀的库尔德人的鲜血。

"我们根本都不在乎萨达姆,或者他可能逃脱惩罚的幸运。我们之所以反战是因为不希望有任何无辜的人因此丧生,而且这场战争纯粹是一场利益的战斗:就是为了要得到伊拉克的石油。美国急于要得到世界能源的控制权是因为他嗅到了强大的中国崛起的气息!但是我还必须声明的是:不要错把反战当成是对萨达姆的支持。"

"您都没有问问我是不是萨达姆的支持者?"克拉拉反诘道。

"您是不是都没有关系。您还能怎么样?难道跟那些士兵阐明我的观点我就会被抓起来吗?我估计如果您在伊拉克生活得如此安逸,什么都不缺的话,完全是因为你们对萨达姆的政权有着极大的影响作用。要不是您的祖父在伊拉克是个非常有权势的人物,我们在这里,在这个时候进行挖掘简直就是不可能的事情。这一点毫无疑问,但是您要认为所有做好准备来这里参加发掘工作的人都是要来向萨达姆示好,对他的政权歌功颂德的话,就大错特错了。他无论如何就是个独裁者,并且我们内心对他有着深深的反感。"

"但是,尽管如此,你还是来了。"

"如果不免牵扯什么政治因素,我们参加发掘没有问题。您可不要认为我们能下定决心,在伊拉克如此危险的局势下来这里工作,是一件容易的事情。来这里也可能是被人操纵了,作为向萨达姆示好的工具,所以从这个意义上来说,过来工作也不是件寻常的小事情。如果您在罗马会议上所说的东西真的是有一定根据的话,那么我们认为来这里还是一个可能会有重大发现的机会。我们将会按照计件制的方式工作,那样如果没有找到你想要的东西,至少我们的工作也会有一定的补偿。作为考古学家,我们是不愿意错过任何一个可能的机会的。"

"您是伊维斯·皮科特的朋友?"

"是的,我们认识很多年了。他是个异教徒,但是却是我最好的朋友之一,所以当然也只有他才能说动我们到这里来冒险挖掘。"法比安肯定地说道,眼睛却四处搜索着玛尔塔的身影。

"有多少考古学家参与到发掘小组的工作?"

"很不走运,反正比我们需要的人要少。这个团队要应付这个工作看来是不够用的。还会有两个磁力学勘探专家、一个考古生物学教授、一个解剖学教授、七个美索不达米亚考古专家,再加上玛尔塔、伊维斯和我本人,还有一些考古学高年级的学生。我们一共是三十五个人。"

克拉拉脸上立刻浮现出一种无法掩饰的失望之情。她本来以为皮科特肯定能够找到更多的专家参与到发掘中来。法比安察觉了她情绪的变化,心里也觉得有些气恼。

"您还是要始终高声歌唱,保持高昂的情绪啊,如果在西班牙遇到这样的状况我们会这样安慰对方。能够找到三十五个人来这里工作已经是个奇迹了,而且我们之所以愿意这么做也都是给伊维斯面子。他自己的国家还面临破碎的危险呢,根本就不适合来做这个考古的冒险,但是尽管这样,他还是说服我们。我们也都放下了自己的工作,您千万别认为跟你的系主任或者校长告假,把马上面临开学问题的课程放下是一件很容易办到的事情。所以说,我们所有过来的人都是做了个人利益的牺牲的,都知道想要找到一些真正有价值、值得做这样的投资,并且有一定专业知名度的东西也是一件很困难的事情。"

"你们不要说得好像是在给我施予了什么恩惠一样!"克拉拉歇斯底里地回答道,"如果你们愿意过来,就说明你们认为是可以有所得的,否则你们还待在这里干什么!"

玛尔塔刚刚走近他们,听到了他们谈话中的最后一句。

"你们怎么了?"她问道。

"交流一下看法。"法比安连忙回答道。

克拉拉什么都没有说,低头看着地面,深深地呼吸,试图让自己平静下来。她不应该太过随性了,特别是在这个准备开始工作的前夕。她思念起艾哈迈德了,他是那么聪明,总是知道如何跟所有人打交道,既能够坚定地维护自己的观点,又能够将自己的想法传达给别人还不会得罪人。

"好吧,"玛尔塔接着说道,"我已经大概看了一下这个地方,看起来还是很有意思的。我们大概可以雇到多少工人?"

"大概有一百个人,在萨佛兰这里我们有五十来个工人,剩下的可以从附近的村庄雇。"

"我们还需要更多工人。要是没有足够的人手则很难把这整片地方都清理出来。那边的房子都是为小组的专家修建的吗?"她指着对面的小屋子问道。

"是的。那边离这里大概三百米,不算太远。因为住在附近就不需要坐车往返了。"克拉拉回答道。

"我们也带来了设备精良的帐篷。我的意见是,那些工人不用再忙活盖这些房子了,首要的任务是要开始在这里工作了。"

玛尔塔的语调有种不容置疑的味道。

"现在?在其他挖掘组成员还没有到之前就动工?"法比安一脸惊异地问道。

"是的,没有时间可以浪费了。坦率地说,我认为我们无法在如此短的时间内完成这个工程,所以我们还是从现在就开始工作吧。明天就开始。如果你们觉得可以的话,今天等我们回到村里之后,可以把那些工人们召集起来,给他们讲解一下今后他们的工作应该如何开展的细节问题。我们要尽量在伊维斯和其他成员来之前,将这块地方清理完毕。你们认为如何?"

"你决定吧。"法比安回答道。

"我也赞成。"克拉拉也点点头。

"那好,我马上给你们讲讲我是如何考虑的,我们可以怎么开始工作……"

18

汉斯·豪瑟步伐坚定地走进这个伦敦市中心最为现代化建筑的大厅。一块指示牌上标明了在这个大玻璃钢铁畜生里面设有办事处的几十家公司的名字。他在用目光搜寻环球集团的名字，尽管他事先已经知道这个公司是在大厦的第九层。他向电梯走去，心里却感到一阵阵的不安。

一个声名显赫的物理学教授竟然准备去雇用一个刽子手，暗杀一个人和他的家庭，而且都不在乎家里都是什么人，不在乎会杀多少人。但是他心中却没有怜悯之情，只是有些担心不知道该如何去跟他可能找到的这个人打交道。

环球集团的办公室看起来跟别的跨国公司没有什么两样：亮灰色的墙壁，白色的天花板，现代的家具，一些很难记得住姓名的抽象派画家的佳作，优雅而可爱的秘书。

汤姆·马丁并没让他久等，在办公室门口握了握汉斯的手，请他进去。这间屋子相当宽敞，四面墙壁都摆着堆满书籍的浅色的书架。从那个巨大的玻璃窗看出去，古老的伦敦伴随着宁静的泰晤士河水一览无余。还有几个皮质沙发，就没有其他的个人物品了。没有相片，也没有什么纪念品，那张十分宽大的玻璃书桌上连张纸片都没有，只有一个非常精致的电话机和一台个人电脑。

坐到沙发上，端起一杯咖啡，汤姆就带着一丝好奇地准备听听看，这个看起来如此气质高雅的老人到底要说些什么。

"好吧，您说说看，我有什么可以为您效劳的……"

"我也不打算浪费您的时间。开门见山地说，我知道您的生意就是把人派到各个发生冲突的地方去。您有一个小型的部队，可以大规模或者小规模，乃至单独地四处行动。我也知道您的生意就是要给人提供安全，但是如果我们把这些委婉的说法放在一边，您的业务中也可以提供杀人这一项。您的手下会为了保护那些雇用您的人的安全，或者为了保卫一些物质利益，诸如房屋、石油矿藏或者任意的什么东西而去杀掉另外一些人。"

汤姆带着疑惑和娱乐的双重心态听老人讲述着，心里却不知道这个人到底想怎么样。

"马丁先生，我希望雇一个您手下的人，帮我去杀一个人。其实，要杀的不只一个人，因为现在我也不知道到底有多少人，可能是两个三个甚至更多，但是我现在无法确定。"

环球集团的老板面对老人的请求无法掩饰自己的惊诧。一个看起来如此有身份的老人，一个自称为布通的先生几个星期前就预约这次会谈，竟然会这么冷静地坐在他面前，要求他去暗杀一些人。一切就这么简单。

"布通先生，很抱歉，布通是您的名字吗？"

"可以这么叫我。"豪瑟教授说道。

"也就是说您叫做布通了……好吧，总之我希望知道的就是到底谁是我的客户……"

"您需要知道的是有人会给您付钱，而且会付一笔数目相当可观的钱。我会给您很好的报酬的。"

"要是我理解得没错的话，您希望我去干掉某人。原因呢？"

"这就不是您的事情了，我们谈的这个人，因为他的利益跟我和我朋友的利益有绝对的冲突，而且他会采取极端的方式来对付我们。所以我们希望能够将他除掉。"

"那么，其他的那些你希望除掉的都是什么人呢？"

"他的直系亲属，能够找到的所有直系亲属。"

汤姆陷入了沉思，他对这个面容和善的老人竟然能够提出这样的要求，还能一脸镇定感到非常不可思议。他说想请自己杀人的口气，就像在酒吧里跟侍应生要一杯咖啡一样，或者像在早上跟守门员打招呼一样：那么和蔼亲切，根本没觉得这有多么重要。

"您能再跟我说得详细一些，这个人到底做了些什么以至于他的整个家庭都要得到这样的惩罚呢？"

"不行。请您告诉我是不是可以接受这个工作和您希望的报酬数量。"

"您瞧，我并没有一个专门暗杀的机构，所以……"

"得了，马丁先生，我很清楚您是个怎样的人！您的业务在业内是最受推崇的，而且您的谨慎也是可圈可点的。所以我才会来找你。"

"我很想知道，是谁跟您谈起过我的公司呢？"

"一个大家都认识的朋友。这个人您也认识，并且跟您有过非常令人满意的生意来往。"

"这个人告诉您说我的公司可以做这样的业务？"

"马丁先生，您不了解我所以您不相信我，这个我能理解。但是您要怎么解释您的手下将钻石矿山中的那个可怜的黑人用机枪射死，仅仅是因为他太靠近安全栅栏？您怎么向我解释那些生意人的保镖小组，只要他们老板一下令，他们就毫不犹豫地扣动扳机？"

"我需要知道您到底是谁,仅作参考……"

"您别费心了,我很抱歉。如果您只是担心怕这是个圈套,您尽可以放心。我是个老头子了,也活不了多久了,我还没有完成的心愿就是要了结一桩很久以前的债务。所以我才需要您的手下帮我去杀了这个人。"

汤姆静静地看着这个老人,他如此平静而且不愿多说一句废话,但是却想让自己帮他去杀一个人。不,他肯定不是警察,这一点他倒是很肯定。但是他的好奇心和自己的安全准则,让他决定冒险一试。

"您想杀的人是?"

"您是不是接受了?"

"告诉我是谁,在什么地方。"

"要付多少钱?"

"首先我们要进行勘查,然后决定怎么干,在什么时候行动。所以这肯定需要很多钱。"

"一百万欧元杀掉这个人,另外一百万欧元杀他的全家,如何?"

环球集团的老板这下更加惊诧了,要么这个老人想用钱作诱饵,要么这个老人就根本不清楚这个市场的行情。

"您有这么多钱吗?"

"今天我带来了三十万欧元。如果谈妥这个案子,我会把钱给您。剩下的部分,根据行动的进程付给您。"

"您想杀谁,萨达姆·侯赛因?"

"不是。"

"那到底是谁?您有他的近照吗?"

"没有,我没有他的照片。他也是个老人,一个比我还老的人,差不多快九十岁了。他住在伊拉克。"

"在伊拉克?"马丁更加惊奇了。

"是的,我想应该是在那,至少他的一个亲属在那有一个房子。你看看那所房子的照片。我不知道他是不是也住在那所房子里,但是住在那的肯定是他的一个亲属,一个同样也该死的女人,但是她应该等我们找到那个老头后再死。"

汤姆拿起那几张卢卡·马力尼的手下拍摄的黄宫的照片。他仔细地观察着,里面的房子是一个殖民风格的府邸,从上面安装的监视摄像头可以看出来,是个守卫非常严密的地方。

有一些照片里可以看到一个迷人的女士,服饰很西化,旁边总是陪着一个从头到脚都裹得严严实实的老女人。

"这是在巴格达?"他问道。

"是的,就是巴格达。"

"那么这个女人……"马丁看了看另外一张照片说道，他的语气更像是肯定而不是发问。

"没错，这个就是那个老头子家也该死的亲属之一。他们的姓氏是一样的，从她那里可以追踪到那个老头。"

"他们姓什么？"

"坦内博格。"

这个环球集团的老板怔在那里足有几秒钟。他可不是第一次听到这个姓氏，就在不久前，他的朋友杜卡斯还求他弄些人打入到这个女人组织的一个考古发掘组里去呢，这个坦内博格小姐看来是想把一些不应该属于她的东西占为己有，或者说，那东西至少不是属于她一个人的。

这么看来，坦内博格一家子到处都有敌人，而且这些人还都毫不犹豫地要马上介入。这个男人跟杜卡斯要的是一个东西吗？还是他们的原因完全不同呢？

"您接受这个工作吗？"

"是的。"

"好，我们签订一个合同。"

"先生，布通先生……我们不是这么签合同的。"

"要是不签合同我是一分钱都不会给你的。"

"我们的合同是有通稿的，就是在某个具体的地方调查某个具体的人……"

"行，但是不要把那个人的名字写进去。我希望谨慎从事。"

"您要求还真高……"

"我的报酬还高呢。我很清楚我付给您的报酬比您一般从此类项目上得到的报酬要高。所以我希望您既然收下了两百万欧元，就应该按照我要求的把事情办好。"

"这是当然。"

"还有一件事，马丁先生，我知道您是最优秀的，或者至少别人是这么说的。所以我会给您如此高的报酬是希望不会有任何差错或者背叛。如果您背叛了我，我的朋友和我，还有足够的钱去把您找出来，哪怕您躲在石头缝里也一样。总会有人愿意做这样的工作，甚至是这里的某个人。"

"我可忍受不了您对我的威胁。您不要看错我了，否则我们这场谈话就此结束。"汤姆非常严肃地说道。

"不，这绝不是威胁。我只是希望在一开始就把所有问题都摊开来说清楚。我都这把年纪了，我的那些钱根本就花不完也带不到坟墓里去。所以我需要把它们投资到我最后的心愿上，这也就是我为什么这么做的原因。"

"布通先生，或者到底是什么先生也好，我们在生意中绝对不会背叛任何的客户。要是这么做的话，早就被抓起来了。"

汉斯·豪瑟于是将自己掌握的所有信息都告诉了马丁，但是内容也不是很多，因为坦内博格将马力尼派去的人干掉了，所以他们根本没有时间了解更多的信息，了解那个黄色的府邸里除了那个女人和她丈夫，还有一些仆人外还住了哪些人，以及他们的具体情况都不知道。

　　两个小时之后，教授离开了环球集团。他感觉很满意，因为直觉告诉他，他们离复仇又更近了一步。

　　他在街上漫无目的地散着步，因为肯定马丁派人在跟踪着他。他钻进克莱瑞芝酒店里，朝餐厅走去，尽管没有什么胃口，还是在那把午饭吃了。然后他走到大堂，找到电梯。不论谁跟踪他都肯定以为他是住在这个酒店里的了，于是他按了到四层的按钮。从四层他顺着楼梯走了下来，下到二层。然后从二层，他又坐了电梯直接下到了车库。

　　一个看门人奇怪地问他哪一辆车是他的，他却没有回答，只是露出一脸微笑表示自己并没有听懂他说了些什么。他这个年纪的人看来根本不像会做什么坏事的人，所以看门人也就没有多纠缠。他围着停车场转了一大圈，突然趁人不备，从停车的那个大斜坡溜了出去。他从第一个转角拐了出去，等了不一会儿就等到了一辆出租车，然后马上要司机将他送往飞机场。他的航班还有几个小时就要飞往汉堡。然后他再从那里转机去柏林，从柏林再转机回到他波恩的家里。他也不知道自己是不是摆脱了汤姆的眼线，但是至少他努力让他们的跟踪变得复杂起来。

　　"是我。"

　　卡罗·西皮亚尼听出了他朋友的声音。他就知道他会给自己打电话的，因为他事先已经收到了一封加密的电子邮件，他也回复了并且还告诉了他联系的电话号码。当然这个号码一旦使用过一次后，就马上会作废不会再用，扔到西藏去都有可能。

　　"一切进展顺利。他已经结束了，并且会马上开始行动。"

　　"他没有为难你吗？"

　　"他很吃惊，但是布通先生还是很有说服力的。"汉斯笑着说道。

　　"那他什么时候再跟你联系呢？"

　　"两个星期之后。他需要组织一个小分队，然后把他们派到……这个还是需要时间的。"

　　"也许我们猜对了！"卡罗回答道。

　　"我们做了我们该做的事情，也许会出些意外，但是最重要的还是要勇往直前，不能停歇。"

　　手机里响起了通知飞往柏林的航班即将起飞的声音。

　　"一有消息我会再给你打电话。保持跟其他人的联系。"

"我会的。"卡罗回答道。

汉斯挂上电话,他是用汉堡机场的这个公用电话给卡罗打过去的。

刚才广播的即将起飞的就是他要搭乘的航班。到了柏林,一定要给贝塔打个电话。女儿一直在为他担心,看他这么来来回回地折腾,威胁他一定要告诉她到底发生了什么事情。他哄女儿说自己是要去跟一些和自己一样退了休的教授朋友们聚会,但是女儿贝塔根本就不相信。当然贝塔也绝对想不到父亲会雇杀手杀人,因为她觉得父亲是个很平和的人,在大学里无论是什么反战或者反暴力的抗议,他总是走在大家前面。而且他还是人权的坚定捍卫者,他的学生都很崇拜他,现在还被学校邀请作为荣誉教授返聘回去上课。谁都不希望汉斯完全退休回家。

梅赛德斯·巴雷达朝卧室飞跑过去。她把那个装着自己仅用来跟朋友联系的手机的手提包落在床上了。

她连忙将手提包打开,生怕来电的铃声突然停止。

"你不要激动。"她听见卡罗的声音,自己却还没有来得及说一个字。

"我是跑过来的。"

"放轻松,一切都在进行之中。"

"跟他的谈判还愉快?"

"没有问题。再过两个星期我们就可以有进一步的消息了。"

"要等那么久?"

"别不耐烦嘛。"

"我一向如此。"

"我们想要完成的事情并不是那么简单的……"

"这个我知道,但是有时候我真怕自己就这么死掉了,却还没有……你知道的。"

"是啊,我有时候也会做这样的噩梦,但是我们就要到达终点了。"

跟卡罗说完电话,梅赛德斯一下子瘫软到沙发上。她累了。她一直在查看自己的那个建筑公司正在完成的两个工程,还跟一些在自己公司工作的建筑设计师一起开了个会。

她认为自己辛苦积攒的财富马上就会有个最好的归属了,因为她将这笔钱投资到雇人杀坦内博格这件事情上了。

她从来就对金钱没什么兴趣。她只不过因为不断地工作而赚了不少钱,但是这却是个没有尽头的事情。她连遗嘱都立好了:自己一旦过世,所有的财产都会捐给各种非政府组织和一个救助动物的组织。她公司的那些股票统统等分成若干份,赠予那些跟着她干了若干年的公司职工。她并没有告诉任何人这个遗嘱的事情,因为这样她还可以保留更改主意的可能性,但是到这个时候为止,她还是这么打算的。

助手已经给她准备了一盘沙拉还有一块鸡排，都放在餐桌上了。她把这些都装到一个大盘子里，然后就端到电视机前吃了起来。自从她的祖母去世以后，她的每个夜晚都是这么度过的，这样已经有很多年了。

她的这个家就是她的避难所，除了她仅有的几个朋友汉斯、卡罗和布鲁诺以外，她没有请任何人去过。

布鲁诺的手机响起来的时候，他正好准备吃晚饭。夹克里的手机突然响起还真让他吓了一跳。而他的妻子德波拉则立刻变得警觉起来。她知道丈夫从到了罗马之后到现在，反复买手机和电话卡，然后又销毁掉卡却不告诉她为什么，尽管她认为并不一定要这么做。她知道过去的历史又要重演了，而那些记忆不论是对儿子或是孙子都是无法磨灭的。而对布鲁诺·穆勒而言，没有什么比能够多活了六十年更重要的了。

为了控制免得自己会口出怨言，德波拉只有紧紧地咬住嘴唇，因为这晚正好萨拉和丹尼尔都回家一起吃晚饭。他的两个孩子能够凑到一起来还真是不容易的，因为丹尼尔总是带着他那把小提琴跟着最好的乐队在世界各地不停地演出。

"抱歉，失陪一会儿……"布鲁诺一边说着一边出了餐厅，往他的书房走去。

"爸爸可真神秘啊。"萨拉说道。

"你就不能尊重一下别人的隐私吗？"丹尼尔指责道。

"好了，你们就不要吵了，不就是一个电话吗？"母亲发话了，然后她努力地找了些在布鲁诺回来之前能把大家都逗乐的话题，聊了起来。

"一切都顺利进行。"卡罗说道。

"啊哈！你总算让我心里的石头落地了，"布鲁诺回答道，"我一直都在担心。"

"一切都在向既定的目标行进中，两个星期之后，他就会有消息过来了。"

"但是他们真的接受了这个工作？"

"嗯，你也知道我们给出的报酬有多丰厚，面对这些他是很难说不的。"

"我们要聚聚吗？"

"也许我们知道得更详细一些的时候再聚吧。我看暂时没有这个必要。"

"你说得有理，你跟她说了吗？"

"刚刚说了，还好啦，跟我们一样都急不可耐。"

"我们实在等太久了……"

"我们就要接近终点了。"

"没错。"

布鲁诺一挂上电话，马上将手机里面的卡片取出来，弄得粉碎，然后扔到马桶里冲掉了。他从罗马回来之后，每次打完电话后都这样处理电话卡已经成为习惯了。

卢卡·马力尼等着人去通知卡罗·希皮亚尼。他整个一上午都在忙活着检查这一年来在他朋友的这个诊所里看病的支票清单。

过了整整两天，卡罗的儿子安东尼奥还没有将结果交给他，这个也很正常，因为之前都是他父亲替他诊治的。现在他马上要和卡罗按照约定出去吃午饭。

卡罗走进儿子的门诊，给了他的这个朋友一个热烈的拥抱。

"他们告诉我说你的身体棒极了，是吧，安东尼奥？"

"看来是这样的。"儿子回答道，"根据我们的检查，还没有发现任何值得担心的问题。"

"那疲劳恶心呢？"马力尼担心地问道。

"会不会是因为年纪大了的缘故？"卡罗开玩笑说道，"当我这么抱怨的时候，安东尼奥就是这么说我的。"

到了餐馆后，卡罗将自己担心的问题直接向他的老朋友提出来了。

"后来你又受到过前警察同事的纠缠吗？"

"前两天因为一个朋友退休的事情还跟他们一起吃了顿饭。我问他们那件事怎么样了，他们说没有任何关于这个事情的文件，但是他们已经把它搁置一边了。过了开始的那段时间之后，上面也就不再对他们施加调查的压力了，那个负责这个案子的朋友也已经打算将它锁到铁箱子里了。如果他们再对他施压，他就只能回答说就是那些材料了。"

"那就这样了？"

"这就已经够麻烦的了，卡罗，我能够求他们做的事情就是这么多了。我还欠着他们的人情呢，如果他们再受到什么压力，他们会通知我的。但是无论如何，他们也很明白除了我能够给他们讲出真相，他们自己要想有所发现就太难了。"

"他们有可能想和梅赛德斯谈吧，因为你告诉他们她的名字了，而且他们知道她希望要一份关于伊拉克问题的报告。"

"没错，可是希望了解伊拉克发生了些什么事情并不是什么罪过啊。无疑整个事情的确是有些牵强的：一个加泰罗尼亚女企业家雇用了一个意大利的侦探所，目的是要调查伊拉克的局势，以便分析战后是不是有足够的商机赚钱，而做这一切也仅仅是因为一个朋友给她的建议！"

"太过牵强了……"卡罗喃喃自语道。

"这就是历史叫人无法相信的地方啊！"马力尼说道，"而我呢，则是一个完美的演员。"他自嘲说。

"你的朋友还真是不错，是这一点帮了我们的忙。"

"当然了，我的朋友都是相当不错的，而你就是其中之一。那我现在不得不告诉你，梅赛德斯·巴雷达在我看来，的确是个很可怕的女人。"

"她并不是那样的，她的确是很特别，并且是个非常有勇气的人，她那种勇气都不是你能想象得到的。她是我认识的最勇敢的人。"

"看来你是真的喜欢她。"

"我非常爱她。"

"那你为什么不和她结婚呢？"

"她只是我非常喜爱的女性朋友，仅此而已。"

"不，你还很仰慕她。当你们在一起的时候，可以感觉出你们之间有一种很特殊的默契。"

"好了，别在那里无中生有了。对我而言，梅赛德斯比我的家人还要亲近。我一直把她都放在心里，对布鲁诺和汉斯也是一样。"

"那都是你的灵魂知己。你们从什么时候认识的？"

"很久很久以前了，我也太老了，算都算不清楚了。"

卡罗突然巧妙地把话锋一转，因为他从来都不多评价他的这些朋友，而且更不会提到他们曾经共同经历的荣辱历程。

19

　　很明显他就是那个如此另类的小组中发号施令的人。在一大群等着从传送带上取行李的嬉笑打诨的男男女女当中，那个身材高挑、体格健硕、有着一头金黄头发的男人根本不用在身上戴任何标记，让人一眼就能看得出他在他们中间的领导地位。这些人乘坐早一班的飞机过来，但是看起来他们的行李都超重了。他听到这些人讨论考古学很是吃惊。他们都是要去伊拉克搞考古发掘的，但纪安·玛利亚却认为事情不会这么巧合，如果他真的是碰到了一行要去伊拉克参加发掘的人那么肯定是上天刻意安排的。

　　他听见他们说要去巴格达，但是今晚会在安曼住下，然后再过边境。

　　神情紧张的神父使出了超人的勇气才说服自己，在他们出关之前去跟那个团队的领导说说话。

　　"抱歉，我能跟您聊两句吗？"

　　伊维斯·皮科特打量了一下这个男人，他紧张得满脸通红，怯生生地等待着自己的答案。

　　"好的，请讲……"

　　"我刚才听到你们说要去巴格达……"

　　"是的，没错。"

　　"我能够跟你们一起去吗？"

　　"跟我们一起？但是，您是谁啊？"

　　年轻人的脸红得更厉害了，他不想撒谎，他也不能，但是他也不能说出真相。

　　"我叫纪安·玛利亚，我想去伊拉克看看我是否能够帮上什么忙。"

　　"什么叫去看看能不能帮上什么忙？您指的是什么？"

　　"没什么，就是帮忙而已。我有一些朋友在非政府组织里工作，就是给那些在巴格达最贫困的街区生活的孩子们提供援助的，而且他们还从医院里联系了一些药品。您也知道在这种封锁的条件下，什么物资都很匮乏……不断有人死掉，就是因为没有医治发炎的抗生素和……"

　　"嗯，我知道伊拉克现在是个什么状况，但是，您是过来碰碰运气的是吗？"

　　"我通知了我的朋友我会来的，但是他们不能来安曼接我……而我确实不擅长这样跟人打交道，如果真的可以跟你们一起去巴格达的话……不论你们有什么要求，我都会尽量满足的。"

伊维斯·皮科特哈哈大笑起来。他对这个腼腆的男孩子很有好感，因为不过是跟自己说了几句话，他的脸就红得跟西红柿一样。

"您住在哪个酒店？"他问道。

"还没有住下来……"

"那你怎么想要去巴格达呢？"

"我不知道怎么说……我觉得到了这里应该会有办法的。"

"我们明天早上五点从万豪酒店出发，到时候如果您在那里，我们就把您一起捎到巴格达去。你可以提我的名字，我叫伊维斯·皮科特。"

他转身离开了，把那个惊惶失措的小伙子一个人留在那里，都没有给他时间说声谢谢。

纪安这才松了一口气。拿起他那个再简单不过的行李，一个小黑箱子，走出了机场大门，准备找辆出租车。他打算让司机把他送到万豪酒店去，看看自己是不是有运气能要到房间。他肯定是希望住得离那越近越好，最好就在这个考古队的旁边住。

出租车将他放在了酒店大门口，然后他步伐坚定地朝大堂走去。里面的空调还是不错的，让人马上忘记了外面的炎热。皮科特的那队人马正在前台登记，但是他不想让别人觉得自己讨厌，于是找了个相对隐蔽但又能清楚看到前台的地方，耐心地等着。过了二十多分钟后，他才走到前台那。

前台的服务生英语说得很地道，向他解释说连一间多余的单人间都没有了，只剩下一个双人间了，不过他说，估计纪安也不会要这个房。

纪安犹豫了几秒钟，因为自己的钱不多了，如果付了这个双人间的房费之后，他可真的就没什么钱了。但是最后他还是做了决定，于是五分钟之后他就住进了那套舒服的大房间里。他决定住到明天早上，因为他还是不想冒险，特别是不愿意在一个如此陌生的城市迷路。而且，休息好了对他绝没有坏处。他紧张了那么多天，终于在没有引起别人怀疑的情况下离开了罗马来到这里，也的确是需要好好休息一下了。

他给罗马的上司打了个电话，确认了一下最近没出什么问题，然后告诉他第二天自己就要穿过边境去伊拉克了。

然后，他躺在床上，手里拿了本书就睡着了。还没到早上三点，他就一下子惊醒了。离他们从酒店出发的时间还有两个多小时，但他还是怕自己睡过了，于是又给前台打了个电话，让他们在四点的时候准时给他叫早。可是，他却再也睡不着了，他一直在思考着是不是可以问问这个看起来像个领导的考古学家，问他是不是认识克拉拉·坦内博格。有可能他会知道，或者至少可以告诉他在什么地方能找到她。如果他们去伊拉克，而那个女人一直都住在伊拉克的话……但是刚一做决定他就又反悔了，不行，不能随便轻信一个陌生人。如果他真的去向他询问克拉拉，那他肯定想知道这个女人是谁，要真是这样的话，他就麻烦了。他绝对不能告诉任何人自己为什么想来巴格达。他要一直保持沉默，不论这样的沉默会让自己觉得有多么难受。

伊维斯·皮科特看来情绪不太好。他睡得太晚了，头疼而且还很困乏。而最要命的就是他更不想说话。当他在大堂碰到那个在机场说过话的年轻人时，他本来特别想让他自己去找个别的办法去伊拉克，但是一看到他那双悲戚戚的眼睛时，突然变得从未有过的慷慨起来，他自己都没有感觉到自己的这种变化。

"您上那辆陆虎吧，没关系的。"

这就是他所说的所有内容了。纪安也没有任何推辞，立刻爬上他指的那辆陆虎吉普车。司机还要等团里其他的成员都上来才走。

一分钟后上来了三个女孩，看起来都不过二十二三岁的样子。

"你不就是机场的那个人吗！"一个金发碧眼，瘦小个子的女孩嚷道。

"我吗？"纪安吃惊地问道。

"是啊，我们在等行李的时候都在看着你呢，你不停地在看我们，不是吗，姑娘们？"

另外两个女孩也笑了起来，而纪安的脸早就涨红了。

"我叫玛格达，" 金发碧眼的那个先自我介绍道，"这两个美女是罗拉和玛丽莎。"

她们给了他一串香吻，而不只是握握手，然后就坐在他身边唧唧喳喳不停地聊了起来。

纪安安静地听她们聊着，没有插一句嘴。但是她们却不时地找他讲话，他只好笑笑一句话也没有回答。他们没有碰到任何困难就穿过了边境，而且到巴格达城的时候还不到早上十点。

伊维斯·皮科特跟艾哈迈德·侯赛因去部里有个约会。发掘组的人都住在巴勒斯坦酒店里，他们会在那里住一晚。纪安跟他们一起朝酒店走去，然后从那里打听到了真正等待他去的那个非政府组织。

"您是干什么的？"玛格达突然问道。

"我？"纪安有点手足无措地回答道。

"是啊，当然是问您了。我们都知道我们所有人是来干什么的了。"

"你们都是考古学家吧，是吗？"他腼腆地问道。

"不，现在还不算。"玛丽莎，这个满头栗发的女孩回答道。

"我们都在完成最后一学年的课程，"罗拉解释地更加详细，"今年我们就要毕业了。我们之所以来这里是因为这绝对是一个独一无二的机会，而且我们可以在简历里将它写进去……在伊维斯·皮科特、法比安·图特拉和玛尔塔·戈麦斯的带领下进行挖掘简直就是太有说服力了。"

"戈麦斯竟然弄了个电影的考试，而且就给我打了个及格。"玛丽莎抱怨道，"我们对这个女人的了解实在太欠缺了。"

"看看她是不是能够找到个男朋友，然后就会对我们放松要求了。"罗拉放声大笑了起来，"她的那一半搞不好就在这里的男人中间。"

"我觉得戈麦斯身边不乏追求者，你瞧那些教授们都是盯着她看的哦……"玛丽莎回答道。

"我们的同学不也一样嘛，"玛格达继续指着那些人说道，"所有人都在围着她转。"

"您是意大利人吗？"罗拉问道。

"是的。"

"但是您说西班牙语？"罗拉继续提问。

"会说一点，说的不太好。"纪安回答道，他面对三个小姑娘提出来的问题感到很不舒服。

"那么，您到底是干什么的？"玛格达又开始发问。

"我学的是一些已经灭亡了的语言。"纪安回答道，一边在内心祈祷着她们不要再继续追问下去了。

"怎么会有人想学这样的语言！太奇怪了！要是让我学，我非疯了不可！"玛格达大惊小怪起来。

"也就是说您还会说希伯来语、阿拉米语……"

"还有阿卡德语、赫梯语等等。"纪安补充道。

"但是您到底多大啊？"

玛丽莎的问题让他更加窘迫了。

"三十五岁。"纪安回答道。

"天哪，我们还以为你就跟我们差不多大呢！"玛丽莎惊呼道。

"我们猜您也就不过二十五岁。"罗拉补充道。

"您需要份工作吗？"玛格达问道。

"我吗？"

"是的，就是您。"玛格达坚持说道，"我可以去跟伊维斯说说看，因为我们人手不够。"

"我可以为你们做些什么工作呢？"

"我们要去萨佛兰进行挖掘，就在特尔穆哈依，也就是古乌尔城附近。"玛格达向他解释道，"鉴于现在的情况，没有很多人愿意加入到这个挖掘队伍中来。"

"其实这也是个极富争议的考古队伍,因为很多考古学家和教授们都认为我们不可能在这个时候到伊拉克来,甚至把我们的这个发掘看作是狂热运动。"罗拉说道。

"他们也许还是有一定道理的,因为再过几个月布什就要轰炸伊拉克了,成千上万的人将会被炸死,而在这之前的有限时间里,如果照非常正常地推算的话,我们必须不间断地寻找泥板。但是实际上一切都不是正常模式的。"玛丽莎继续解释。

"我是过来向一些非政府组织提供援助的,"纪安装模作样地说道,"他们为最穷困的街区提供食物和药品……"

"好吧,这样的话如果您能够来助我们一臂之力的话,我们很欢迎。我可以去跟皮科特说,而且这个挖掘项目的报酬也相当好,所以如果您什么时候觉得经济困难了……"玛格达又建议道。

吉普车停到巴勒斯坦酒店门口时,皮科特的情绪看来并没有好转多少。他需要一杯足够浓的咖啡,于是就把这一大摊子事情留给了行动负责人阿尔贝特·安哥拉德,让他去处理酒店入住的问题。

"教授!教授!"玛格达大叫起来。

伊维斯心里暗想,现在他最不想听到的就是那帮女学生的吵嚷声了,尽管他当时好说歹说,才把这帮马德里大学的学生说动跟他一起过来的。

"说吧……"

"您知道吗,纪安是个灭亡语言学专家,说不定他对我们会很有帮助。"

"谁是纪安?"皮科特没什么好气地说道。

"就是那个跟我们坐一班飞机,还一起坐车过来的那个小伙子。"

"哈!您的效率还真是够高的啊,马上就不忘给我推荐人手。"皮科特没什么好脸色地回答道。

"好吧,我理解,您就是不喜欢我们把那个波黑老师带来了嘛,但是一个灭亡语言学家还是……他还掌握了阿卡德语呢。"玛格达毫不退缩地说道。

"好吧,那你问问他住在巴格达的什么地方,如果我们需要他的话,再给他打电话。"皮科特做出了妥协。

"我们当然需要他啦!您难道不知道我们有多少泥板需要解析吗?"玛格达还是不让步。

"小姐,我向您肯定我不是第一次参加这样的考古小组了。我也告诉你了,问问这个小伙子到底有什么专长还有……最好你让他到酒吧来找我吧,我自己跟他谈谈。"

"太棒了!"

玛格达立刻朝在大堂站着的纪安跑了过去,生怕他走了一样。她觉得这个小伙子不错,不知道为什么,也许就是被他那种无依无靠的样子吸引了吧。

"纪安·玛利亚!"一看到他,她就大叫起来。

"怎么了?"他回答道,估计是想到大家都把目光投到自己身上,他的脸又红了。

"老板要跟您亲自谈谈,他在酒吧等着您呢。您就不要多想了,快去!一定要来跟我们一起工作哦!"

"但是,玛格达,我还有约在身呢。我过来是要帮别的人,这里的人正在受苦受难呢。"他争辩道,更像是在找冠冕堂皇的理由。

"那么在萨佛兰的人们也一样过得不好,您在工作之余还可以去帮助那些农村的村民呢。"

纪安对于玛格达表现出来的无止境的热情惊诧不已。这个女孩一脑子的积极想法,就像是一个可以席卷一切的地震一样有煽动性。

他去酒吧的时候,看到皮科特正端着一杯咖啡。

"非常感谢您把我带到了巴格达。"他就像在跟皮科特打招呼一样。

"没关系,玛格达说您是个灭亡语言专家。"

"是的。"

"您是在哪学的这些?"

"在罗马。"

"为什么呢?"

"为什么?"

"是啊,为什么呢?"

"嗯,那是因为……因为我喜欢这些东西。"

"您对考古学有兴趣吗?"

"当然……"

"您希望加入到我们的队伍中来吗?我们这里专家还真是不多。您很懂阿卡德语吗?"

"是的。"

"那就来吧。"

"不不,我不能去。我跟您也说过的,我过来是为了援助非政府组织的。"

"您自己决定吧。如果改变主意,您可以去萨佛兰找我们。那是个在特尔穆哈依和巴索拉之间的偏僻村庄。"

"我已经跟玛格达说过了。"

"在伊拉克到处走动并不容易,所以我还是给您一个电话方便联系吧。那是考古发掘办公室领导的电话,他叫艾哈迈德·侯赛因。如果您决定要过来,他会给您提供便利的。"

纪安沉默了,他的眼睛里明明可以看出他内心因为艾哈迈德·侯赛因这个名字震了一下。当他去罗马的那个考古学大会询问关于坦内博格的消息时,人们告诉他唯一叫这个名字的就是一个叫克拉拉·坦内博格的女人,而这个女人的丈夫就是艾哈迈德·侯赛因。

"您怎么了?您认识艾哈迈德吗?"皮科特好奇地问道。

"不是,我不知道他是谁。您看,我实在是有点累了,而且对于您的邀请,我也不太拿得定主意……我本来是要来帮助伊拉克人民的……"

"您决定吧。反正我给您提供这个工作机会,而且我们的报酬也很丰厚……现在,如果不介意的话,我要先去看看大家是不是都安顿好了,然后我还要去见这个侯赛因先生。"

他把纪安一个人丢在了酒吧里,而纪安也感到有些困惑了。过了一会儿,玛格达东张西望地走了进来。

"您下决心了吗?"

"这个嘛,我还不知道呢……"

"良心的问题?"

"我想是吧。"

"别那么想,我们不也面临一样的问题吗?玛丽莎跟你说的都是真的,我们所有人在这种局势下都存在良心的问题。但是问题就是存在的,怎么办呢?理想化的情况是不存在的。"

"但我的这种情况可能是最糟的了!"

"没错。过不了几个月就会有大批的伊拉克人死在炮火中……而我们呢,明明知道会有轰炸,但是还是要寻找这个被埋在沙子里的古城,到时候真的轰炸之前五分钟得到消息,就会马上撤离。如果再想得更多,估计就要连奔带跑地离开了,所以……"

"所以你就决定不要再多想了。"

"我也不会再强求你了,纪安。如果你愿意,你也知道了在哪里可以找到我们。"

他朝酒店的大门走去,步伐有些虚空,他真不知道自己身上所发生的这些是不是奇迹。他竟然刚刚在大海里捞到了一根绣花针。皮科特认识克拉拉的丈夫,而自己此行的目的不就是为了要找到她吗?如果她的丈夫在巴格达的话,那么找到他的妻子应该也不是什么难事。

在继续往前行进之前,他还需要好好地理清自己的思路。

他不能急于表现出想见到这个艾哈迈德·侯赛因。他决定等两三天后再跟他联系。同时,他还要好好想想要跟他说些什么,怎么跟他才能说清楚。因为他的目的是要找到克拉拉,所以问题的关键就是要说服艾哈迈德带自己去见克拉拉。

走到街上,正好碰到一辆出租车,于是他向司机出示那张写着地点的纸条。司机笑了笑,然后用英文问他是哪的人。

"意大利人。"纪安老实回答道,但是他自己也并不清楚这样坦白是不是合适,因为意大利政府首脑希尔维奥·贝鲁斯科尼一直都是支持布什的。

但是出租司机看来并不介意他是从哪来的,而是继续自说自话。

"我们现在过得很不好,很多人都在忍受饥饿,从前并不是这样的。"

纪安点点头但是没有说话,生怕自己会口出妄言,惹恼了这个司机。

"您是要去儿童援助办公室吗?"

"是的,我是想过来帮帮忙的。"

"真是好人啊,能够来援助我们的孩子们。伊拉克的孩子们现在都不会笑了,成天饿得直哭。好多孩子因为没有药物治疗都死掉了。"

最后他们总算找到了那个办公室,纪安就是在这个非政府组织里申请当志愿者的。

他付完车费就拎着那个小黑箱子走进了大门。门口竖着个牌子,上面用阿拉伯语和英语写道:儿童援助办公室就在一层。这个非政府组织关注在战乱国家居住的儿童问题。

他有一个朋友的亲戚在罗马的这个非政府组织工作,所以在他的帮助之下,纪安才得以来到巴格达。因为一般情况下,像这样的非政府组织都是需要实物支持的,而不是这样聘用热情的志愿者来工作,因为这些人有时候不仅帮不上忙而且还会添乱,但是总算是看在他朋友舅舅的面子上,给他过来帮忙的机会。

他向工作人员解释了一下自己申请过来是为了帮助那些最穷苦的人,因为不能在一旁眼睁睁地看着悲剧在伊拉克上演。

想要说服这些工作人员费了他不少劲儿,但是他们的确是看到了他的决心,而且最令他们印象深刻的是,从他脸上可以读得出那种真正发自他内心的痛苦,所以他们最终还是同意让他参与工作,尽管他们对他的帮助并没有抱多大希望。援助办公室的主任本来是尽可能地极力反对他过来的,但是由于罗马那边推荐人的强势,他也只好作罢。

门开着,一些孩子伏在女人的裙子边,躁动不安地希望得到别人的关注。

一个年轻的女孩告诉他们要有点耐心,医生马上就会给他们的孩子看病,但是需要一个个慢慢排队。他走到那个女孩身边,等着她把电话说完。当她打完电话,看到了他,然后就从头到脚地打量了起来。

"您是哪位?"她用英语问道。

"是这样的,我从罗马来,我想见见巴雷蒂先生,我叫纪安……"

"哦,是您啊!我们正等着您呢。我马上去通知他。"

女孩很自然地马上改口,开始说起意大利语。她站起来,往那个有着若干个房间门的走廊走去了。她走进第三间门,然后过了几秒钟后走了出来,示意让纪安过去。

"请进!"年轻女孩一边向他挥手一边说道,"我叫阿莉亚。"

巴雷蒂先生看起来应该快有五十岁了,就快秃顶了,有些超重,看起来精力充沛,而且是个不喜欢浪费时间的人。

"您可算是颇费周折才过来的啊,而且在这里最重要的就是要有个神父,我们总算是等到您了。"

纪安觉得有些不好意思,因为这位先生对自己深怀敬意,而且肯定是希望自己能够说些碑文似的套话,但是他却什么都没有说。

"请坐。"巴雷蒂说话的语气更像是在命令人,而不是邀请,"我估计您觉得我是个教养不太好的人,但是我的确没有时间搞那套礼节。您知道由于缺少药品这个星期我们死了多少个孩子吗?我来告诉您:我们已经死了三个孩子了。我简直无法想象现在伊拉克其他的地方加起来一共会有多少个孩子丧生。而您肯定是有什么精神危机,所以才到伊拉克来,准备净化自己的。我们需要的是药品、实物、医生、护士和钱,而不是为了净化自己到这里来近距离地观看惨剧,然后回到罗马或者别的什么地方去过自己舒适生活的人。"

"您说完了吗?"纪安问道,他这才从一开始的惊吓中缓过神来。

"您怎么看呢?"

"要看您是不是表达完了对我来这里的不满或者是还要继续侮辱我!"

"我并没有侮辱您!"

"啊,没有吗?我对您的热情接待真是万分感动。谢谢,您还真是个不同寻常的人。"

巴雷蒂不说话了,他不希望把一个说话都脸红的人激怒。

"那您请坐,跟我说说,您到底想干什么。"

"我不是医生,也不是护士,我也没有钱,那么按照您的说法,我就帮不上一点忙。"

"我说得有些过火了。"这个援助儿童办公室的授权代表有点道歉的意思。

"是的,我看出来了。最好能等到某个时候有人接替您,因为看来您无法忍受任何有压力的状况。"

巴雷蒂先生的眼睛里燃烧起一阵熊熊的怒火。这个不知哪来的家伙竟然质疑自己在办公室的领导能力,他不知道这个办公室就是自己的生命吗?他在巴格达待了七年时间,之前在其他的战乱点也工作过。他还是决定要更谨慎一些,因为那个年轻人看起来有很重要的人在后面撑腰。证据就是他活生生地站在那里,谁知道他是不是想来替代自己的呢?

纪安自己其实也暗暗吃惊,他也不知道从哪里冒出来的勇气,这样跟巴雷蒂先生说话。

"您当然还是能够帮上我们的。"这个儿童援助办公室的代表说道,"您会开车吧?我们需要会开车的人,把那些孩子送到最近的医院或者把他们送回家去,或者开车去机场取那些从罗马寄过来的包裹,或者去其他的什么地方。我们当然是需要人手的。"

"我会尽量做好。"纪安肯定地说道。

"您有地方住吗?"

"没有,我想您是不是知道有什么地方不是太贵的?"

"您最好是租一间伊拉克当地人家的房子。这样您也没有什么经济负担,他们也可以有点收入。我们可以去问问阿莉亚。您想从什么时候开始工作?"

"明天怎么样?"

"我觉得再好不过了。那您今天就找个地方住下,然后阿莉亚会告诉您我们这的工作一般都是怎么进行的。"

"您介意我在这里给罗马那边打个电话吗?我需要通知他们我已经安全到达了,一切都很好。"

"当然,完全没有问题。我要去跟阿莉亚说两句话,您就用我的电话打吧。"

纪安又开始问自己,为什么自己兴冲冲地接下这个根本就无法完成的任务呢?他来伊拉克本来就是要找克拉拉的,自己这是怎么了,怎么就偏离航向了呢?

"但是,我这是在干什么啊?我怎么就控制不了自己的行动了呢?到底是谁在指引着我的航向,又是谁在阻碍着我前进?"

不过是二十四个小时左右的时间,他就感觉到自己的变化了。接触到外面的这个世界后,他受到了强烈的打击。但是最让他不安的是,他似乎丧失了对自己的控制力。

阿莉亚告诉他,一个跟援助儿童办公室有联系的伊拉克医生家里有一间空房,可以租给他。然后她会陪他一起去医院,顺便将一箱今天早上刚从荷兰分部运来的抗生素和绷带送过去。

纪安跟阿莉亚一起坐上了一辆老的雷诺牌汽车。在这个交通极为糟糕的巴格达城里,小姑娘竟然把车开得飞快。

所以,他们不到五分钟就到了,因为医院本来离那里就不远。阿莉亚步伐坚定地领着纪安从走廊穿过,那里夹杂着人们的哭喊声,混杂着原生质的气味和患者的抱怨。

他看见来来往往的医生和护士都在抱怨药品的匮乏。因为没有药品可以用,他们已经看着数位自己的病人丧命了。

他们走到儿科诊室,向人询问法伊沙大夫在哪。一个面露倦容的护士指了指手术室的大门。于是他们一直在门口等着医生出来。等了很长时间,医生出来了,却明显看到他生气的表情。

"又一个孩子没有救活。"他苦涩地说着,并没有特别跟谁对话的样子。

"法伊沙。"阿莉亚叫了他一声。

"啊,你在这儿啊?抗生素到了吗?"

"是的,我拿了一箱来。"

"就这么点?"

"只有这么多了,您也知道海关是个什么状况……"

医生用他那双疲惫的黑眼睛盯着纪安,等着阿莉亚给他介绍。

"这是纪安·玛利亚,他刚从罗马来的,希望能够来助我们一臂之力。"

"您是医生吗?"

"不是。"

"那您是干什么的?"

"我过来只是想看看有什么我能帮上忙的……"

"他需要一间房子,"阿莉亚插话道,"你不是跟我说过你有一间空房子吗,我想也许你可以租给他。"

法伊沙看了看纪安,挤出一个苦笑,然后握了握手。

"如果您能够再等一会儿,我陪您去我家看看那间房子。房子并不大,但是应该也够用了。我和我的妻子还有三个孩子一起住,两个女孩一个男孩。我母亲原来也和我们住在一起,但是几个月之前去世了,所以我们多出了一间房。"

"没问题。"纪安说道。

"我妻子是老师,"法伊沙解释道,"而且是个很棒的厨师,看看您能不能喜欢我们的口味。"

"那当然,我肯定喜欢。"纪安千恩万谢地回答道。

"如果您要在儿童援助办公室工作,您最好对这家医院有个基本的了解。"阿莉亚说道。

小姑娘带着纪安参观医院的走廊和诊室,还不时地停下来跟碰到的一些医生和护士打招呼。但是所有人看起来都对那些用来挽救他们患者伤病的物资和药物的匮乏感到绝望。

一个小时以后,他跟阿莉亚分手,和法伊沙医生一起去了他家。

法伊沙的车也是辆过时的雷诺轿车,不管是里面还是外面看来都很破旧。

"我住在阿尔加尼尔区,旁边还有一个教堂,如果您愿意的话,还可以去做祈祷。很多意大利人都是为了来看这座教堂的。"

"一个天主教堂?"

"天主教堂?大概是吧。"

"嗯,那当然好。"

"我妻子是天主教徒。"

"您的妻子？"

"是的，她就是天主教徒。伊拉克有一个相当重要的天主教群体，他们原来一直都默默地和其他组织共存。现在我却不知道它怎么样了……"

"您也是天主教徒？"

"是的，名义上是，但是我没有什么行动。"

"什么叫没有什么行动？"

"我不去教堂，也不去祈祷。我已经很久没有看到上帝的影子，也许就是从某一天我没有医活某个小孩子无辜的生命起，从我就那样看着他在无尽的痛苦中离开人世却束手无策起吧。千万别跟我说那是什么上帝的意志，也别提什么上帝给我们的指示，我们应该接受他的意志之类的话。那个小孩子两年前查出患有白血病，然后一直用一种坚强的精神力量支持着，同病魔作斗争。他才七岁啊。他从没有伤害过任何人，上帝也没有任何理由让他去接受死亡的考验啊。如果上帝真的存在，那他也太残忍了。"

纪安根本没法安慰他，只有同情地看着法伊沙，但是他的同情却不能缓解医生的痛苦和愤怒。

"您谅解上帝对人类所做的这一切吧。"

"我原谅上帝对这些孩子所做的一切，对这些无辜而且没有自我保护能力的孩子所做的一切？我们这些大人，可以对自己是谁，做了些什么，要做什么负责，但是那些刚生出来的孩子呢？一个三岁或者十岁、十二岁的孩子呢？这些可怜的孩子们究竟做了些什么要受到如此的惩罚，要在如此的痛苦中死去？您也别跟我说什么人类的原罪，因为我根本就不相信那些蠢话。这是什么上帝，竟然为了一个错误迁怒惩罚几百万的无辜生灵！"

"您变成无神论者了吗？"纪安问道，心里却害怕他给出的答案。

"如果上帝真的存在，这里就不会是这个样子了。"法伊沙评判道。

之后到法伊沙家的一路上两个人都没有再说话。法伊沙的家在一个三层小楼的第一层。

医生打开家门的时候听见里面的孩子又是打架又是闹的。

"怎么了？"法伊沙看着那两个在客厅地上跟小猫一样打滚的女儿问道。

"就是她，把我的洋娃娃抢走了。"其中的一个女儿指着另外一个告状道。

"才不是那样呢！"被指责的那个开腔了，"这个娃娃本来就是我的，是她自己分不清楚。"

"解决这个问题的办法就是，你们分别都会得到一个一模一样的娃娃。"他抱起两个宝贝，在她们脸上亲热地吻了一下。

两个小家伙也高兴地亲吻着她们的父亲，根本没有注意到纪安的存在。

"这两个是我的双胞胎女儿,"法伊沙介绍道,"我向您介绍一下,这个是拉妮娅,这个是莱拉。她们都是五岁,像两个淘气包。"

一个皮肤黝黑,扎着马尾,一身夹克套装的女人抱着个小孩走了进来。

"努尔,给你介绍一下,这是纪安·玛利亚。纪安,努尔是我的妻子,这个孩子叫哈蒂,是家里最小的孩子,才一岁半。"

努尔将小孩子放到地上,然后微笑着握了握纪安的手。

"欢迎到我家来做客。法伊沙给我打电话说,如果您觉得这个房子还行的话,要过来跟我们一起住。"

"我真的很喜欢!"纪安不自觉地连忙回答道。

"您要住在这里吗?"双胞胎中的一个问道。

"是的,拉妮娅,如果他愿意的话。"她的母亲微笑着回答她道。纪安心里不禁暗暗称奇,看着这么相似的两张小脸,他真不知道她们的父母都是怎么把她们区分开的。

法伊沙和努尔陪着纪安看了看那个房间,里面有一个朝着大街的窗户,有一张浅木色靠背的床,一个床头柜,角落里还有一个带着两把椅子的圆桌,一个衣柜。

"我觉得非常好。"纪安欣喜地说道,"但是你们还没有告诉我应该付多少钱呢?"

"你觉得一个月三百美元如何?"

"完全没有问题。"

"包含吃饭……"努尔看起来有点抱歉似的。

"我真的觉得非常好,非常感谢。"

"您喜欢孩子吗?您有孩子吗?"努尔问道。

"我没有孩子,但是我非常喜欢孩子。我有三个侄子。"

"也是,您还很年轻,以后会有的。"努尔肯定地说道,"现在,如果您想把东西先整理一下……"

纪安表示同意。两分钟后他就将他本来就很简单的行李箱搁到了大衣柜里面,然后在里面还发现准备好了毛巾和床单。

"我们只有一个厕所,还有一个很小的洗漱间。您要是用洗漱间可能更方便一些,您也能想到,有三个孩子,上厕所有时就会比较麻烦一些。"努尔向他解释道。

"对我而言没有问题。我已经非常感激你们了。我觉得最好现在就把房钱给你们。"

"现在?我觉得下个月再说吧。"

"如果您坚持……"

"是的,就这么办吧。"

法伊沙这个时候已经在大厅对面的那个办公室开始工作了。其实这个办公室就是大厅的一部分,但是在中间搁置了一个大书架,两个空间就变得相对独立了。

　　这个房子还是宽敞的。除了大厅,还有一个厨房,除了租给纪安的那间房以外还有两间卧室。

　　"我会给您几把钥匙,这样也好方便您自由进出。但是还是要提醒您注意一下,这个家里有孩子而且……"

　　"谢天谢地,您不需要再给我任何东西了!我会尽量少地麻烦你们的,我很清楚我这是生活在一个家庭里。"

　　"您知道怎么从办公室回来吧?"法伊沙问道。

　　"会慢慢记住的。"

　　"当然。您能够说一点阿拉伯语吗?"

　　"一点点,日常生活还是可以应付的了。"

　　"那就最好了。不管怎么样,如果您有任何需要,请马上通知我。"

　　"谢谢。"

　　法伊沙低头看起了他正在读的报纸,纪安马上意识到要想融入到这个家庭的生活中来,必须打破自己平时的生活规律,于是他决定去街上走走。他想更多地了解一下这附近的街道,也需要冷静地思考一下。所以比起把自己一个人锁在房间里,最好还是出去散散步。

　　"我出去转转,您需要我顺便捎点什么回来吗?"他问努尔道。

　　"不用了,谢谢。您回来跟我们一起吃晚饭吗?"

　　"如果不麻烦的话……"

　　"一点也不,我们过会儿就吃了,八点整。"

　　"我到时候就回来。"

　　他在街道里四处溜达起来。大家看他的眼神都很好奇,但是却没有恶意。女人们的穿着都是非常西化的,有些女孩还穿着牛仔裤,还有摇滚风格的衬衫。

　　在一个老人摆放着一些蔬菜和一筐橙子的摊子前面,他停了下来。他决定还是要买点东西拿到努尔和法伊沙家去。因为老人肯定地说,这些都是他们自己家院子里种的菜,于是他就买了几个辣椒、西红柿、洋葱、嫩瓜还有橙子。他问老人知不知道教堂在哪,老人连忙告诉他应该怎样走才能过去,其实只需再走两个街区,然后往右边一拐就是。

　　纪安犹豫了片刻,但是最终还是决定要去看看。买的两口袋菜还不算太沉。

　　走进教堂的时候,他立刻感到心里一阵宁静。一群女人正在那祈祷,她们低沉的颂念声打破了教堂的寂静。他也找了个角落跪了下来。他闭上眼睛试图从自己的内心找一些话出来,说给上帝听,想请求他给自己一些指引,告诉自己然后该怎么办。而在这个时候,他似乎真的看到了上帝的帮助:在安曼机场碰到了那队考古学家,他克服腼腆去搭讪那帮人的领导皮科特教授,还让他把自己带到了巴格达,皮科特还无意中提起了艾哈迈德·侯赛因,这样他就知道怎么能够找到克拉拉·坦内博格了。

不,所有的这一切都不是巧合。肯定就是上帝一直在指引着他,保护着他,并且帮助他完成他的使命。

上帝永远都在他身旁,而他只要准备好去感觉他,即使是在悲惨的境地中也一样。要是能够说服法伊沙……他替医生祈祷着,因为医生因其他人的痛苦已经远离了上帝。

他离开教堂的时候已经七点多了,所以他不禁加快了脚步。他可不想迟到,给他们留下一个不守时的坏印象。

快到他们家门口的时候,从门内传来了双胞胎姐妹的笑声和弟弟哈蒂的哭声。

"你好!"进了门之后他连忙跟法伊沙打招呼,而法伊沙还在继续工作,好像根本就没有听到孩子们的打闹声一样。

"啊,您回来了!"医生回答道。

"是的,我买了点东西回来……"

"谢谢,但是您真的不应该那么破费的。"

"一点都不麻烦,我只是觉得那些橙子看起来都挺不错的。"

"努尔在厨房里呢……"

"好的,我给她拿过去。"

努尔想让她的哈蒂吃点东西,但是这个小家伙就是不肯,妈妈越是把勺子往他嘴上凑,他越是紧紧地闭着嘴。

"真没办法,太烦人了。"母亲抱怨道。

"您给他喂的什么?"

"蔬菜和鸡蛋羹。"

"哦,这就一点都不稀奇了!我小时候就特别讨厌蔬菜。"

"在这里吃的东西真不多。我们还算是富裕的呢,因为我们还有点钱可以买吃的。如果您不介意我说实话的话,能把房子租给您对我们而言还是有利的。我已经几个月都完全没发工资了,而法伊沙也是一样。您这是买了些什么啊?"

"一些辣椒、西红柿、嫩瓜、葱头和橙子什么的。没有别的可买。"

"但是您真的没有必要买东西的!"

"我住在这里,我当然也希望能够在一定程度上对这个家有所贡献。"

"谢谢,因为食物总是受欢迎的,它们都太缺乏了。"

"我看出来了,我还去了趟教堂。"

"您也是信徒?"

"是的,而且我向您保证,在我的这前半生中,我从来都没有停止过追寻上帝的脚步。"

"那您还真是幸运。我们已经很久都没有感受到他了。"

"您也失去了信仰?"

"要想保留太困难了。但是坦率地说,我认为自己还是残留了一点对他的信念。因为我是没有看到那些只有我丈夫在医院才看到的那些场景。但是当他们告诉我又有一个孩子因为没有抗生素而感染死去的时候,我也同样责问自己,上帝这个时候到底在哪里。"

努尔在继续让哈蒂成功地把那些食物吃完之后,疲惫地站了起来。她抱着孩子往大厅走去。

"拉妮娅,莱拉,你们都过来照顾一下你们的弟弟,我要去收拾桌子。"

"不。"其中的一个回答道。

"为什么不?"努尔生气地问道。

"我正在玩呢。"小女孩还在坚持。

妈妈没有再说什么,把孩子放在地毯上,旁边摆了些玩具,然后就回厨房了。

纪安跟着她,并不清楚自己应该干些什么。

"我能够帮忙做些什么吗?"

"是的,当然,您可以把餐桌摆一下。橱柜里有个桌布,还有杯子和盘子。刀叉在另外一个抽屉里。"

吃完晚饭,法伊沙和纪安帮助努尔收拾桌子,而她则一头扎进厨房去洗碗了。然后法伊沙去照顾两个女儿,努尔则去哄哈蒂睡觉,而哈蒂从一进摇篮就开始反抗、哭闹。

纪安跟他们道了声晚安,就离开了。因为他知道,夫妻俩忙碌了一天,也就这个时候可以安静下来好好地说说话了。

而且他也需要自己想想怎样才能接近艾哈迈德·侯赛因。伊维斯·皮科特可以为他打开这道门,但是他不确定自己通过这个考古学家找到艾哈迈德是不是合适。

他也累得不行了,这一天的行程安排得也是够满的。他来巴格达不过是二十四小时以前的事,而他却感觉像过了几个月一样。于是他马上就睡着了,都没有时间去做做祈祷。

20

罗伯特·布朗跟保罗·杜卡斯在罗伯特的办公室里吵了起来。

"但是,你怎么能只有一个人呢?"布朗吼了起来。

"我已经跟你解释过了。皮科特把那个波黑人赶出了考古队伍,但是留下了那个克罗地亚人。所以,我们现在只有一个人在那个考古小组里,如果你能停止咆哮的话,你可以听听我是怎么想的。"

"就一个人去对付阿尔弗雷德!你简直是疯了!"

"我绝不是想只用一个人去对付阿尔弗雷德,也许这样做是最明智的。一个人不会引起别人的注意,要是一大堆人在那里跟在报纸上登广告有什么区别!"

"那个克罗地亚人知道该怎么做吗?"布朗放低了声音。

"是的。我已经给他传达了非常详细的行动指示。他马上就会开始严密地跟踪克拉拉,了解整个小组的工作流程,只要有了明确的想法,他就会告诉我他的行动计划。但是如果你听我说的话,我会告诉你,我认为倒是可以派两个人混在准备去找点商机的商旅团里,这两个小伙子都很聪明而且很有能力。"

"啊,是吗?那些商人到伊拉克这个南部偏远的小镇上想去干什么啊?"

"罗伯特,你以为我真是傻子啊。我搞这行也有很多年经验了,我向你保证我完全有能力合理地布设我的手下。所以,我要先保留一部分细节问题。"

"不,你就不用对我保留了吧。上面也会来询问我的,我也要知道该怎么回答他们啊。"

"好吧,我会给你解释的。但是现在请你相信,一个克罗地亚人在里面就足够了,如果需要的话,其他的人也会介入的。"

"肯定需要。"

"不,那倒不一定。那个克罗地亚人是个非常享受自己工作的杀手。他杀的人不计其数,他自己都记不清了。他不仅仅是个神枪手,而且使用刀具的精确程度可以媲美外科医生用手术刀。这就足够让克拉拉将那些泥板交给他了,当然如果他们真的找到那些泥板的话。"

"那他怎么离开那呢?吹哨子啊?"

"反正要离开,吹哨子也不一定啊。"

他们又谈了一会儿。杜卡斯还是没有能让布朗完全放心,不过他也知道,不到最后拿到泥板,将泥板放到他办公室书桌上的那一天,他也是不可能真的放心的。

杜卡斯走了之后,罗伯特马上给他的导师打电话。导师邀请他今晚去吃晚饭。在他家里可以聊得更放松一些,而且不会有任何目击证人。

***

恩里克·戈麦斯等着他的儿子何塞。几分钟前,乔治从华盛顿给他打了个电话。行动正在进行当中。他们已经派了个人跟踪克拉拉,随时准备好动手。

他还是重申了自己坚持的意见,一定不要伤害到阿尔弗雷德,尽管他很清楚阿尔弗雷德最关心的还是他自己的孙女,但是即使这样,要是真的把他杀了,他也会非常伤心的。但是,鉴于现在的形势,必须做好各种准备,并且尽量挽救可以挽救的人,当然他还是力保阿尔弗雷德。不论乔治对他有多生气,他们一向都是团结一心的。但是他同样也知道他们安插在克拉拉身边的那个人也必须对行动做出一个决策,不能因为要避免人员的伤亡而冒更大的风险。他们的指示是很明确的:不择手段就是得到泥板,然后立刻通过他们的联络人离开伊拉克。这就是那个克罗地亚人的使命,而他的经历和能力都证明了他是可以胜任这项工作的。

何塞走进父亲的办公室,过去亲了父亲一下。

"你还好吧?"

"很好,我的儿子,你呢?"

"工作太忙了!我整天连轴转!"

"但是一切都顺利,是吧?"

"是的,但是我们还没搞定那两个公司的合并问题。看起来他们马上就要达成共识了,结果其中一方的律师又跑出来指出有这样或者那样的不合适。"

"好吧,你会慢慢习惯的,最终他们会签约的。"

"嗯,我也是这么想的。但是我们本来是定在七月份的裁决这个行动工程的,但是就是没办法让他们达成一致。"

"不要失望嘛。"

谈话突然被电话铃声打断了,恩里克连忙拿起了听筒。

"请讲。"

"恩里克吗?我是弗兰克。"

"你还好吧?我刚刚跟乔治通过电话。"

"他告诉你我们在考古小组里有个人吧?是个克罗地亚人……"

"是的,我都知道。"

· 201 ·

"阿尔弗雷德刚给我打完电话,他很紧张的样子,他在威胁我们。"

"拿什么威胁?"

"他没有明说,只是说要是他该死的话,那就把他杀了吧。他很了解我们的,而且他也知道我们想抢泥板圣经。"

"要是她真的找到的话……"

"那我们也有份啊,所以他也不难猜到我们会采取的行动。他对我说,他肯定我们已经有人打入到小组内部了,他会把那些人找出来杀掉的,而且他希望我们知道,如果我们真的不同意让克拉拉独得泥板,那他就会将我们过去的肮脏交易公之于天下。他说他已经通过他可信的人准备好了,如果他在未来的几个月去世,他会让人鉴定他是自然死亡还是被谋杀。要是后一种情况,他会公布一本备忘录,而这本备忘录将送到一个我们根本想象不到的人手中。看起来,这本备忘录中记录了所有的事情。"

"他是不是疯了!"

"没有,他只是在为自己的将来做打算。"

"那他有什么建议呢?"

"还是跟原来建议过的一样:要我们将泥板圣经留给克拉拉,让他将我们正在进行的这个计划画上个句号。"

"但是他就不信我们能遵守承诺……"

"不,他不信。"

"他想把本不属于他的东西拿走,乔治说得还是有道理……"

"我觉得我们到了要自杀的地步了。"

"得了,你说什么呢?"

"我觉得特别难受,我有感觉我们不可避免地要失手。"

"有点理智行不行?"

"我不行了,我肯定。我要跟那个人说说。"

"从西班牙给他打电话是不是有点冒险?"

"我想也是,但是要是没有别的办法的话,也只能这样了。我要出趟差,等我到了那个地方再看看有没有什么别的办法吧。"

"随时联系。"

挂上电话,他的拳头已经攥得紧紧的。他的儿子在一旁静静地观察着他。看到父亲脸上又是担忧又是生气的表情,他十分担心。

"怎么了,父亲?"

"跟你没关系。"

"这是什么回答啊!"

"是不应该对你这么粗暴,但是我不喜欢你问我这些我自己的事情,我也不是第一次跟你解释了。"

"不，当然不是第一次了。从我知道如何运用理智的时候起，我就明白，哪怕掺和一点您的事情都是不行的。我不知道那都是些什么事情，但是我知道你的那些事情就像一个封闭的运动场，从来都不允许我们哪怕是看一看也好。"

"完全正确。原来是这样，以后也一样。现在我想一个人静一下，我要打几个电话。"

"你说你要离开，去哪里？"

"我要出差两天。"

"这我知道，那你要去哪呢？干什么去呢？"

恩里克站了起来，拳头一把砸到了书桌上。这个已经年近九旬的老人愤怒了，而这种愤怒让何塞这么多年来从来没有经历过，他吓得往后一退。

"不要插手我的事情！不要把我当老头子看！我还没有老到不中用！滚！让我一个待着！"

何塞连忙转身，满腹悲痛地离开了父亲的办公室。他还真是想不起来父亲以前有过这般愤怒，当时那样子，好像自己再往前一步，他就会扑上来打他一样。

恩里克又坐了下来。他打开抽屉拿了个小瓶子，倒出两片药。

他觉得自己的脑袋就要炸了一样。医生曾经不止一次地警告过他，因为很多年前他突发过一次心肌梗塞，虽然没有留下什么后遗症，但是他毕竟也到了这个年龄了。

他嘴里诅咒着阿尔弗雷德，也咒骂自己在乔治面前让步。为什么阿尔弗雷德就不能跟所有人一样扮演好自己该扮演的角色呢？他凭什么就可以跳出原来的剧本呢？

他按了一下桌子底下的那个铃，不过几秒钟，就听到一阵轻柔的敲门声。

"请进！"

一个扎着很白很白的围裙，穿着一身黑衣服的女仆垂手站在门口听从恩里克的吩咐。

"给我拿一杯纯净水，然后通知萝西奥夫人，我想见她。"

"是的，先生。"

萝西奥拿着一杯水走进她丈夫的书房。但是一看到丈夫，她吓了一跳。他又变成了那个样子，有些时候他就会这样，就像一个奇怪的生物，眼神里尽是冷漠无比的光，就好像自己是个没有什么办不到的人一样。

"恩里克，怎么了？你不舒服吗？"

"进来吧，我们要好好聊聊。"

女人点点头，将那杯水放在他的桌子上，然后坐在旁边的一个沙发上。她知道自己不应该在丈夫说话之前发言。她扯了扯裙子，好让下摆能够遮住膝盖，这个架势就好像在试图保护自己不在马上降临的暴风雨里受到伤害一样，因为她知道暴风雨马上就会在这个办公室里降临。

"在这个抽屉里，"说着，他指了指桌子的第一个抽屉，"我保存着一把钥匙，那是银行保险柜的钥匙。我从来没有保存过任何受牵连的文件，但是却有一些关于我生意的资料。要是哪一天我死了，我希望你能去银行然后将这些东西毁掉。何塞是绝对不能看到这些东西的。我也不希望你对他说任何过去的事情。"

"我永远都不会说。"

他死死地盯住妻子，似乎想要钻到她灵魂的深处去看个究竟。

"这个我就不知道了，萝西奥，我不知道。到现在为止你是没有那么做的，但是是我在这里阻止了你。要是哪天我不在了的话……"

"你从来都没有理由抱怨或是怀疑我。"

"你说得有道理。但是现在，你给我发誓，发誓会按我说的去办。我不是为了自己恳求你，而是为了何塞。就让他这么生活下去吧。你要非常小心，一旦这些文件流失出去……我的朋友们就会知道，那么迟早就会发生一些事情。"

"他们会怎么对我们？"女人害怕地说道。

"你甚至都想象不到的。我们有自己的规则、制度，而且我们必须遵守。"

"为什么你自己现在不把那些东西毁了呢？为什么你不把那些我们本就不应该找到的东西消灭掉呢？"

"你就按照我说的去办。有些东西在我还活着的时候是不能丢掉的，但是在死了之后却是不能让任何人知道的。"

"啊，也许我还比你死得早呢！"

"要是真这样的话，我也不会觉得有什么不好。但是一旦要是这样的话，我还是希望你将手放在圣经上对我发誓。"

恩里克将圣经放在桌上，请求他的妻子将手放在上面。

萝西奥有些浑身发抖了，她觉得丈夫的请求更像是种威胁。

她将手放在圣经上面发誓说，要完全按照丈夫的意思去做。然后她又听了一遍丈夫的指令，这才发现她不仅要把银行保险柜内的文件烧毁，还要将这个办公室的一幅油画背后藏着的一个保险柜里的东西也都销毁掉。

等妻子离开之后，恩里克又给乔治打了个电话。

"您好。"

"是我。"

"有什么新闻吗？"

"我觉得你说的还是有道理。我们不能对阿尔弗雷德太过软弱，他有能力摧毁我们所有人。"

"摧毁我们？是他先破坏我们的规矩的。我也爱他，但是我们应该更爱他还是更爱我们自己呢？"

"当然是我们自己。"

"我很高兴你这么说。"

＊＊＊

在那个被共和国守卫队严密防守的军事基地里，直升飞机都整整齐齐地排列着。艾哈迈德·侯赛因向基地的首领解释这个萨佛兰的考古小组对于伊拉克来讲是多么重要。而那个将领似乎有点听烦了。因为他自己已经得到了陆军中将的明确指示，要把这批外国人和这些设备运到萨佛兰去，而他只需要完成这个任务就可以了，根本没有必要再让这个人给自己上一节美索不达米亚文化课。

伊维斯·皮科特和他的助手阿尔贝帮着那些士兵将装满物资的箱子往直升飞机上搬运，小组里的其他成员也在帮忙搬运，连那些女孩子们也参与其中，惹得那些士兵们在旁边一个劲儿地窃窃私语和偷笑。

皮科特严厉地要求大家选择长裤和靴子，还有干净的衬衣，不准穿短裤和紧身背心。但是尽管如此，这些士兵们还是高兴地看着这些衣着光鲜的西方人，并且没觉得这样有什么问题影响到他们安全到达萨佛兰。

当所有东西都装载完毕，小组成员分成两组坐在剩下的两架飞机上。伊维斯这时连忙用目光搜索着艾哈迈德。

"很抱歉您不能陪我们过去了。"伊维斯说道。

"我昨天已经跟您说了，我去不了萨佛兰。我在这里也不会待太长时间，但是我尽量争取隔两周去探望你们一次。无论如何，我会待在巴格达，而且不论出现什么事情，我在这的办公室能够处理得更好。"

"好吧，希望我们没有打扰到您。"

"祝你们成功。对了，一定要信任克拉拉哦！她是个非常有能力的考古学家，而且她对重要的事情往往有第六感。"

"我会的。"

"祝你好运。"

伊维斯和艾哈迈德握了握手，然后走上了飞机。又过了几分钟，他们的飞机就消失在地平线。艾哈迈德松了口气。他又一次失去了对生活的控制，又一次落入到了坦内博格这个老头子的手里。这个老头子根本没有给他任何选择的机会：要么一起做生意，要么就死。而且，他还威胁他，如果干掉他的话，也不用他自己动手，而是萨达姆的秘密警察将他以叛国罪处决。

艾哈迈德很清楚，阿尔弗雷德绝对有办法把他扔到那些没有任何人可以生还的萨达姆秘密警察监狱里去。

· 205 ·

阿尔弗雷德也曾轻蔑地向他许诺，如果行动进展顺利，而克拉拉也找到了那些泥板，那么他愿意去哪里都可以。但是他不会帮助他逃跑，不过也不会阻拦。

艾哈迈德很确定的是，阿尔弗雷德肯定是派人不分昼夜地跟踪他。他虽然看不到老头子的手下，当然也许是那个陆军中将的手下，但是他可以肯定的是，他们一定在监视着自己。

他回到了部里。他还有一大堆事情需要处理。阿尔弗雷德吩咐他做的事情也并不好办，但是如果说有人能够办到，那也就是艾哈迈德自己了。

克拉拉听到直升飞机的轰鸣时，心里感到一震。皮科特来的时候要是看到他们已经开始开挖了，一定会觉得非常惊喜的。

法比安和玛尔塔走到她身边，他们俩同样为自己已经开始的工作感到自豪。

皮科特一下飞机，法比安就连忙上前给了他一个拥抱。

"我可真想你啊。"皮科特说道。

"我也是。"法比安笑着说道。

看到从飞机上走下来的已经没有血色的阿尔贝特时，玛尔塔和克拉拉连忙走上前去。克拉拉冲旁边挥挥手，立刻走过来一个村民，手上端着一瓶水和一个塑料杯子。

"喝点水会舒服一些的。"

"我看不行。"阿尔贝特呻吟着，拒绝喝水。

"好了，会没事的，我也晕机的。"玛尔塔安慰他道。

"我跟你保证，有生之年我再也不会坐这种东西了。"阿尔贝特肯定地说道，"我要坐汽车回巴格达。"

"我也是。"玛尔塔笑着回答道，"但是现在你先把这水喝了，克拉拉说的有道理，喝了你会觉得好过一些的。"

法比安骄傲地向伊维斯展示着已经成形的营地，展示那些用砖砌的房子，房子里还有实验室和将他们可能会找到的泥板和物品作分类的地方，配备了电脑，那里有一间大屋还可以供大家开会，讨论工作的进程，里面有厕所、淋浴。那些不愿住农民们准备好租给他们住的房子的考古队员可以住进那些密封性极好的帐篷里。

他们走进了其中一个房子，那是法比安准备好的一个办公室，也就是以后的控制中心。阿尔贝特本来跟着他们就费劲，进去之后一下子就瘫软到沙发上，玛尔塔和克拉拉坚持让他喝点水，同时也给皮科特端了一杯过去。

"干得不错嘛！"皮科特肯定着他们的工作，"我就知道把你们先派过来是派对了的。"

"我们其实也已经开始工作了。"玛尔塔说道，"我们已经用了两天的时间来清理遗址那边，同时也在测试那些工人的能力。什么样的人都有，而且都是做好充分准备的,所以我肯定他们会工作得很不错。"

"而且,虽然没有征得你的意见,但是我已经任命玛尔塔为我们的工头了,还给了他一条鞭子,"法比安笑着说道,"她将我们所有人都组织起来了,说得直白一点,她就像军队里的军官一样把我们号令起来。但是那些工人看起来还是很高兴的,没有得到她的首肯他们不会乱动一步。"

"一个优秀的工头是必不可少的。"皮科特开着玩笑地表扬道,"不过我可就没工作可做喽。"

克拉拉开心地观察着他,但是没敢插话。过去的这几天中,她发现在玛尔塔和法比安之间有一种特别坚固的友谊关系,不过也就仅此而已。她发现了他们之间这种复杂的联系,而且凭观察她就直觉地感到,法比安和皮科特之间肯定会出点什么类似的事情。

"那我们在哪里睡觉呢?"阿尔贝特问道,他好像还没有从眩晕中缓过来。

"在旁边的那个房子里,我已经给你安排了一间屋子,另外两间是我和皮科特住。那个房子里一共有四间屋子,但是只住我们三个人。或者要是你愿意的话,也可以看看那些农民们提供租房的名单……"法比安解释道。

"不用了,我觉得这样就挺好,要是你们不介意的话,我想先去休息一会儿。"阿尔贝特一副恳求的样子。

"我陪他过去吧,省得他找不到地方。"克拉拉自告奋勇地说道。

克拉拉和阿尔贝特走后,皮科特连忙跟法比安说道:"没出什么问题吧?"

"什么问题都没有。这里所有人都对克拉拉非常尊重。她对任何事情都没有反对,接受了我们所有的建议。或者说,接受了玛尔塔的命令。她也有自己的看法,但是我们如果不同意,她也不会继续浪费时间纠缠在这些争执上。这里所有的人都信赖她,我指的是如果发生了什么冲突,大家都会去请她做裁判,而最后大家都听她的。但是她还真是个很聪明的人,她从不因为自己有这样的地位而炫耀什么。"

"有一个像母亲一样无微不至照顾她的女人,叫做珐蒂玛。有时候她会陪着克拉拉去到挖掘现场。而且还有四个保镖日夜寸步不离地保护着她。"玛尔塔补充道。

"是的,这个情况我在巴格达的时候就发现了。鉴于伊拉克现在这种情况,带着保镖倒也没什么稀奇的。而且她的丈夫在当局里也是有头有脸的人物。"

"不,不仅是因为现在他们国家的局势问题,"玛尔塔打断他道,"有一天她的保镖把她跟丢了,当时她跟我在一起。我们后来睡不着,于是天还没亮就起床了,然后就出去散步了。后来碰到了那几个保镖,他们看起来都急疯了,其中一个人提醒她说道,如果她有个什么三长两短,她的外公肯定会要了他们的命,同时他还提到了一些意大利人。当时,克拉拉看看我,然后就让他闭嘴了。"

"那就是说，那个女孩有仇家……"皮科特大声说道。

"你们就别瞎想了，"法比安插嘴道，"我们根本都不知道她的那几个保镖到底指的是什么事情。"

"但是他们肯定知道有事，我向你保证。"玛尔塔坚持说道，"他们害怕她会出事，而且对克拉拉祖父的残忍更是畏惧得不得了。"

"那个人我们倒还真的没有办法能够了解。"皮科特评论道。

"而且克拉拉还不愿谈起他。"玛尔塔说道。

"我们想尽办法让她告诉我们她的祖父过去是什么时候，怎么到达哈兰的。可是她就是不松口，什么都不说，拐着弯地回避那些问题。嗯，我还是接着带你们参观一下营地其他的地方吧。"法比安建议道。

皮科特对他们赞赏不已，自己也很高兴能够说服法比安和自己一起冒险参加了这次考古行动。同时，对于玛尔塔的工作他也给予了很高的评价。这个女人简直有一种与生俱来的组织天赋。

"我已经把那些我们用来工作和存放材料的房子分别命名了。"玛尔塔讲道，"我们刚才去的那座房子是'总部'，我们将来摆放泥板的地方自然是叫做'泥板之家'喽，而那些电脑设备，我们安放在这里。"她指着那些砖瓦建筑的后面说道，"我们给它就简单一点，起名为'通讯部'。那些库房就叫库房好了，不过需要编上序号。"

村长为大家组织了一个欢迎招待会。他们同村长还有村里那些最重要的人物一起共进了午餐。皮科特还是不喜欢那帮工人领头的那个人，他也说不上来为什么，也许是因为那个人太过谨慎和态度和蔼，总之他身上有些东西使得他看起来跟那帮农民根本就不像一类人。

阿耶德·萨哈蒂个子很高，肌肉发达，皮肤的颜色比村里其他的人都要浅。他看起来就是个身怀武艺的人，而且习惯于发号施令。

他会说英语，这样皮科特也感到很吃惊。

"我原来在巴格达工作，我在那里学会的英文。"他是这么解释的。

克拉拉看起来好像认识他，而且对他还有点亲热，但是这个人却还跟克拉拉保持着一种礼貌的距离。

其他人对他言听计从，不敢有任何马虎，而且那个村长站在他身旁似乎都还有丝怯意。

"阿耶德是哪里人？"皮科特很感兴趣地问道。

"他是在我们到达后两天才来的。克拉拉肯定是在等他，因为他曾经为她和她的丈夫工作过几次。我也不知道该怎么跟你说，不过他看起来像个军人。"法比安回答道。

"没错，我也有这种感觉。也许他是萨达姆的密探。"皮科特肯定地说道。

"这个嘛，我们还真得有心理准备，搞不好连菜汤里或者什么地方都有些探子呢。你们可别忘了，这里是独裁的国家，而且是在战争的前夕，所以他要真是个密探的话，也没什么好奇怪的。"玛尔塔根本就没有大惊小怪。

"但是我还是不喜欢他。"皮科特抱怨道。

"等等看他要怎么做再说吧。"玛尔塔建议道。

这天下午，所有装备一安装完毕，皮科特就把大家召集到一起，准备向大家讲解工作的计划安排。所有人都是专业的考古人员，就连那些过来工作的大学生们也都是快要毕业的高年级学生了，而且有一些人也已经开始在另一些考古项目中工作了，所以皮科特根本不需要把时间浪费在不必要的讲解上。

早上四点就要出发，所以在三点五十五分之前，大家都必须洗漱完毕，吃完早饭，而在五点之前大家都要保证到达发掘现场可以开始正式工作。十点钟的时候，有一个十五分钟的休息，然后就要一直工作到下午两点。下午两点到四点，吃午饭，午休。从下午四点开始，继续工作到太阳下山。

没有人抱怨，皮科特的专家组和当地的村民都没做声。当然，这些村民们不抱怨也是有原因的，他们从这里得到的报酬是他们平日工作一个月收入的十倍。所以只要需要，怎么工作都行。

会议结束后，一个中等身材，戴着一副眼镜，小心翼翼的模样就像一辈子都没打碎过一个杯子一样的人，走到皮科特身边。

"我的电脑装置有问题。电脑功率太大，电线承受不了。"

"你跟阿耶德去说，他会告诉你怎么处理的。"皮科特回答道。

"你跟他过不去啊。"玛尔塔的评论让皮科特心里一惊。

"你怎么这么说？"

"明摆着的嘛，安特·普拉斯克跟谁都相处不好，真不明白你为什么会把他也请到这个考古队里来。"

"是我柏林的一个朋友推荐的嘛。"

"我觉得所有人都对他有偏见，当然所有人都难免会把波黑人的屠杀归罪到塞尔维亚人和克罗地亚人身上，而安特就是个克罗地亚人。"

"我朋友跟我说他是个战争的幸存者，他家乡的那个村庄也因为自己的塞族同胞曾经对波黑人欠下的血债而被波黑人扫荡。我不知道。在那场该死的战争中，受到伤害最惨重的，最可怜的应该是波黑人，所以也许你说得有理，我不自觉地也许就对他们有些偏见。"

"有时候我们的判断变化得也太极端：要么这个是好的，要么这个是坏的，要么这些都是好的，要么这些都是坏的，我们不把时间浪费在细微差别上。但是，有可能安特真的就是那场战争的一个受害者呢。"

"或者可能是一个刽子手。"

"那时他还很年轻，"玛尔塔坚持己见，因为她特别喜欢给魔鬼当辩护律师的感觉。

"不至于吧，现在他估计是将近三十岁的样子吧？"

"我觉得他有二十七岁。"

"在南斯拉夫的那场血战中，他们杀死了若干十四五岁的孩子。"

"叫他回家。"

"不行，就像你说的，那不公平。"

"我可没这么说。"玛尔塔抗议道。

"那我们就试用他一阵吧，如果我每次看到他还是这样越来越不舒服的话，我会提醒你的，然后我就会把他打发走。"

法比安在皮科特的助手阿尔贝特的陪同下走了过来。

"我看你们争得挺厉害啊，怎么回事？"

"我们在说安特呢。"玛尔塔回答道。

"伊维斯说一丁点都不喜欢他，现在他开始后悔让他过来了，我没说错吧？"

伊维斯·皮科特听到阿尔贝特的评论哈哈大笑起来。他太了解自己了，他们两个人在一起工作已经很多年了，甚至事先都能感觉出另外一个人跟谁会相处得好，跟谁会相处不好，或者对谁会不在乎。

"这个人身上有些令人不安的东西，"阿尔贝特继续说道，"我也不喜欢这个人。"

"因为他是克罗地亚人，就是因为这个。"玛尔塔很肯定地说道。

"伙计，这可是种族歧视啊！"

法比安的这句话一下子切中了大家的要害，所有人都讨厌任何关于种族歧视的想法，都知道如果因为某人的种族问题而产生歧视会有什么样的后果。

"瞧你说的。"伊维斯抱怨道。

"大家随便聊聊又不需要写收据证明的，"法比安却严肃地说道，"我们不能因为一个人所属国家或者种族的其他人所做的事情来评价他本人。"

"你说的没错，但是我们其实对他的了解真的不多。"阿尔贝特插嘴道，希望助伊维斯一臂之力。

"行了，我们就别聊这个话题了。克拉拉到哪去了？"玛尔塔问道。

"跟阿耶德在一起。他们在和工人们说话。然后，她说了要带我们中的一些人去开挖现场看看。"法比安回答道。

阿耶德就跟他看起来的一样，他的确是个军人，是伊拉克反间谍组织机构成员，受到陆军中校的庇护。

阿尔弗雷德恳请他的朋友把阿耶德派到了萨佛兰，因为他知道这个小伙子参与过一些过去自己和陆军中校的交易。

阿耶德少校是出了名的性虐待狂。如果萨达姆的哪个敌人落到他的手里，就该祈求能尽快死掉了，因为他的囚徒在死之前都会受到相当长一段时间不堪忍受的折磨。

阿耶德来萨佛兰的使命除了要保护克拉拉的生命安全，还有一个重要的内容就是，要找出那些根据阿尔弗雷德判断，是他那些朋友派遣到他们内部妄图抢走泥板圣经的人。

阿耶德在考古队雇用的那些工人中也安插了一些自己的手下。这些人跟自己一样都是士兵，都是反间谍组织的成员，这次行动如果取得成功的话，他们会获得非常可观的报酬。

克拉拉是因为从前看到过阿耶德陪着陆军上校在黄宫里出现过几次，这才认识他的。而祖父也明确表示，阿耶德是克拉拉的保护伞，所以必须让他负责管理工人，同时他也将哈伊达安排在考古队里，以便随时和在巴格达的艾哈迈德联系，当然还有和自己联系。

在祖父跟前克拉拉根本没有办法做任何反抗，知道了这一点，她也就不再坚持，接受了祖父的安排了。

一阵钟声把还在睡梦中的考古队员们都叫醒了。

那些砖瓦屋子中有一套房子还临时搭了个厨房，村里的女人们在那忙着给大家准备早点，有咖啡、夹着黄油和果酱的面包，还有一些新鲜水果。

伊维斯·皮科特讨厌早起，因为昨晚直到三点钟他还没有睡着，他根本就无法合眼，而法比安和阿尔贝特早就呼噜呼噜地睡着了。

玛尔塔的情绪看来也不好，吃早饭的时候都没有说话，有人跟她说话的时候她也只回答简单的几个字。

唯一看起来还比较幸福的就是克拉拉了。皮科特瞥了她一眼，很奇怪这个女孩竟然这么早起来还神采奕奕的。

他们开始工作的时候还不过五点钟。所有人都知道应该干什么，每个考古学家都带领了一队工人，然后让他们在自己准确的指挥下开始工作。

安特却留在了营地里，他们那套砖房里除了设有放计算机和通讯设备的地方，还特别准备了一个行军床，供大家临时休息。而他觉得自己能够有这样一个属于自己的小空间，就非常幸运了。他其实也感觉到了整个考古小组成员对自己都怀有敌意，但是他还是决定对他们的这种态度视而不见。因为他去这的目的很简单，就是要将那些泥板夺走，谁要阻止他，就把谁干掉。而且，打从一开始他就没觉得自己非得被这些人接纳。就是世界上的人都消失了，自己也能够活下去。

如果有需要的话,他真的可以把这个小组里的人一个接一个地统统杀掉。

看到阿耶德突然走进房间,他吃了一惊。因为他还以为这个人这个时候,应该是跟大家一起在挖掘现场。

"早上好。"

"早上好。"

"您需要点什么吗?一切都还顺利吗?"阿耶德问道。

"到现在为止一切还都很顺利,希望这些机器都能运转正常。不过应该也不会有什么问题,这些机器都是目前最先进的了。"

"好吧,如果又发生像昨天一样的问题,马上来找我,或者问问哈伊达,因为他会给巴格达方面打电话。您需要什么,他们都会想办法给我们弄过来的。"

"我会的。不过,过一会儿,我会去挖掘现场看看,这里应该没有什么太多要做的工作了。"

"那随便您。"

阿耶德走出小屋,心里却在嘀咕着这个电脑专家。他身上有点什么东西很特别,在他那张娃娃脸上,戴着一副斯文的眼镜,但是却让人觉得有些假模假式的感觉。但是他对自己说,不要只因为自己疑神疑鬼的直觉,就在别人身上硬是要看出点什么来。他自己的确也不喜欢这个克罗地亚人,因为他肯定残杀过那些伊斯兰教徒兄弟们,而自己虽然不是什么伊斯兰教徒,或者可以说对这个教也是怀有抵触情绪的,但是尽管如此,他还是拿那些波黑人当自己的兄弟。

这场在遗址附近的挖掘工作简直是如火如荼,因为并没有看到过去所说的摆满堆着成百上千泥板的书架的那个房间。他决定也不能在旁边空着手观望了,于是也加入到工作的队伍中去。他站到了克拉拉身旁。

"你跟我说说,看我能够帮着干些什么。"他对克拉拉说道。

克拉拉连想都没想,连忙告诉他帮着去把指定位置的沙土清铲干净。

21

汤姆·马丁为了做出个决定，着实费了点脑筋。一般情况下，他对于应该派谁去做什么工作，心里都非常有数，但是这一次，这个布通先生所吩咐的任务，确实比以往的任何普通项目都要危险得多。

因此，要找一个能在伊拉克把所有碰到的姓坦内博格的人都杀掉的职业杀手，也花了他一周的时间。因为这个工作并不简单：首先要知道在萨达姆的这个国家里的某个地方，是不是有一个姓坦内博格的老头子，然后才能把这个人和他的后代干掉。而他的这个委托人还说得非常明确：不能留一个姓坦内博格的活口，不管他们年纪是老或幼。

他本来是犹豫要不要多派几个人去，但是最后还是选择派一个人去。因为如果这个人真的还需要帮手的话，再派也不迟。因为他很清楚，干这行的职业杀手都喜欢单枪匹马地干，不喜欢有人碍手碍脚。每个人都有自己独特的行事风格和嗜好，他们这群人太特殊了。

他同样考虑了很久，是不是要把这个案子告诉老朋友保罗·杜卡斯，就是那个全球安全集团的老板。但是保罗也委托他派了一个人混进克拉拉的那个考古小组，把她手里可能会挖出来的泥板抢过来，而且如果有必要的话，就把这个女人杀掉。于是，他思来想去最后还是没有将新接的这个案子告诉保罗。因为他很肯定自己派去的那个克罗地亚人肯定会顺利地完成自己的工作，而其他的人也会完成自己该做的事情。而自己可以从中渔利。因为照现在的情况看来，他就起码知道了坦内博格家族得罪了很多有钱人，而且他们都不惜花重金将他们送入地狱。

莱恩·多伊勒走进汤姆的办公室，站得笔挺，好像只有等汤姆邀请他时，他才会坐下。

"请坐，莱恩，最近还好吧？"

"挺好，我刚刚休完假回来。"

"那最好了，这样你就可以精力充沛地接手我要交代给你的任务了。"

两个人就手头上现有的资料谈了一个小时。其中还包括关于那个神秘的布通先生的一点资料，那是他在走出环球集团大楼之后被拍下的几张照片。

"关于他我没有找到任何的相关资料。当然,他肯定不是英国人,尽管他的英语说得很好,但是我在苏格兰郡的朋友没有查到任何跟这张脸有关的信息,也没有找到一个有这样相貌特征的人。国际刑警组织那边也查不到任何消息。"

"而且这个人竟然是个匿名者,因为他虽然还是缴纳赋税,但是在任何警察的档案中都找不到他的相关资料。"多伊勒说道。

"没错,不过那些记录在案的人也不会去买凶杀人啊。此外,他在跟我说话的时候,用第一人称说的时候说的是'我们',那也就是说,委托人不只是他一个人,是好几个人。"

"照我看来,坦内博格家的人还真是很不讨人喜欢。他们有很多敌人,而且他们肯定还从事肮脏的交易。之所以会有人愿意出这么高的价钱去买他们的人头,肯定是因为他们有一段肮脏的历史,而他们还受到了欺骗。"

"是的,很有可能就是这样,但是我的感觉是,我还漏掉了点什么东西。"

"多少,马丁?"

"什么多少啊?"

"这次任务你给我多少酬劳。你不知道我这是要杀一个坦内博格,还是几个坦内博格吗?除了这个女的,还有那个摸不到踪影的老头子,还有其他坦内博格家的人,搞不好还有小孩,我可不喜欢杀孩子。"

"一百万欧元。这就是你能得到的酬劳,一百万不含税。"

"我需要你在我行动前先付给我一半。"

"我不知道这是不是可行,因为这个客户都还没有给我付清全款。"

"那你跟他说我需要先付五十万,就这么简单。"

"好吧。"

"你知道我的收款方式吧,如果三天内我收到了钱,我马上就飞伊拉克。"

"你需要一个掩护的身份。"

"是的,那你可以给我提供什么样的呢?"

"你说吧,你喜欢什么样的?"

"如果你不介意的话,我自己去找一个,要是不行的话,我会找你帮忙的。我有三天的时间好好考虑,然后我会给你打电话的。"

走出环球集团的大门,莱恩马上朝自己停车的地方走去。他的车是那种家用普通轿车,灰色的。他在伦敦的大街小巷里毫无目的地钻来钻去,就是想证实一下是不是有人跟踪。然后他就直奔佳乐斯高速公路,开往那个他时不时消失但是还需要回归的地方。

他买了一处庄园,重新修整之后,在那里迎娶了他的妻子,一个卡迪夫大学的哲学教授。这个女人是个非常不错的人,她四十五年来一直单身,全身心地投入到在大学的爬格子中去,终于获得了这所名校的教授头衔。

玛丽安有着一头浅褐色的头发,绿色的眼睛,个子高高的还很丰满。她对莱恩几乎是一见钟情。莱恩皮肤黝黑,眼睛也是褐色的,体格魁梧,最重要的是,这个男人给她一种安全感和信任感。

莱恩告诉她自己曾经在部队很长时间,但是因为受够了这种没有家庭的生活,所以转而成为一个安全机构的顾问,这个工作他认为还是很有前途的,而且还可以赚不少钱,足够买下这个庄园,然后把它重新修整后变成他们俩的家。

这个时候再要孩子对他们俩来说都太迟了,但是他们都一致认为拥有了对方,并且能够共同分享到老的每一刻,对两个人来说就足够了。

要是告诉玛丽安她的丈夫在马恩岛还有一个秘密账户,里面有足够他们不工作过完下半辈子的钱,而且还可以随便挥霍的话,她是肯定不会相信的。她坚信两个人之间没有任何秘密,而且即使他们的生活很宽裕的话,她也不会随便乱花钱的。

所以玛丽安很满足现在的状况,一个星期去三次庄园,做做清洁,然后那个园丁也会时不时地帮助他们打理花园,不过要是在家的话,莱恩本人也是很愿意亲自去打理这一切的。

她的丈夫会经常出差,而且经常一出去就是几个星期,但是这就是他的工作,所以玛丽安毫无怨言地接纳了这一切。她知道有时候他会忘了给自己打电话,而且如果自己有时候拨通了他的手机,听见只是自动答录机的声音。但是他每次回来,还是会非常亲热地给她带回礼物,一个手提包,一条丝巾,一对耳环,而这些细节都说明他还是时刻挂念着她。玛丽安从来都不曾怀疑,莱恩肯定是要回家的。

***

上午八点半,跟往常一样,汉斯·豪瑟已经坐在了大学的办公室里。他喜欢在学生还没有来之前,一个人享受这一刻的平静,而且还想利用这段时间去他留给马丁的那个电子邮箱里看看,然后跟他联系一下,看看是否有什么新的消息。这个电子邮箱是他用布通先生的名义注册的,而且注册地还是在香港。

马丁在邮件里只有一句话:"请您立刻跟我联系。"

汉斯给女儿贝塔打了个电话,告诉她不要等自己回去吃午饭和晚饭了,因为自己要离开波恩一趟,或许明天才能回来。

贝塔觉得很不安。最近父亲的种种行为总是让她觉得有些不知所措。

教授离开了学校,坐上了一辆开往市中心的公共汽车。然后在市中心换了一辆汽车去火车站,然后在火车站买了一张到柏林去的火车票。

在下午的第一时间他就到达了目的地。走出柏林火车站,他立刻又找了一辆到市中心的车,然后坐了上去。

柏林是个节奏很快的城市,人们来来往往,步履匆匆。所有人好像都有自己的急事要处理,根本都不会去关注别的人。在这个快要变成人的动物园的拥挤城市里,要引起别人注意还真不是一件容易的事情。

豪瑟教授找到一个电话商亭,买了一张预付费的充值的手机。这家商店里人潮汹涌的,售货员甚至都来不及去看清顾客长什么样,就把东西卖掉了。

手机买好之后,他就开始在城市的一条主干道上溜达了起来。在某个街角,他停住了脚步,然后打通了马丁的手机。

马丁本人接了电话。

"啊,是您啊!我真高兴您能给我打电话。我只是想告诉您我已经找到了合适的人,但是他提出了要提前支付一部分钱。"

"要多少钱?"

"一半的一半。"

"明白了,但是如果付不了呢?"

"他就不接受这个工作。这次的工作很困难,很精细,就像手工活一样。事实上,您也知道这个任务是相当复杂的……"

"什么时候要?"

"最晚三天后。"

"好吧。"

汉斯将电话挂断了。他们说了一分半钟。然后他进了另外一个手机店,又买了一个手机。

下一步是要跟他的朋友们联络。他找了家网络咖啡店,然后付了一小时的上网费。尽管他肯定不需要那么长的时间,但是他还是不希望自己会觉得时间不够用。

首先他给卡罗发了一封电子邮件,然后给梅赛德斯,最后给布鲁诺。他将自己新买的这个手机的号码发给了他们,但是却没有告诉他们国家区号,因为这个他们事先已经约定好了,而且他还通知他们自己会在电脑前再待上半个小时,以便他们用"布通先生"的那个邮箱来联络自己,或者也可能立刻给自己打电话。

让他们这么快就给自己回信其实是很困难的,不过即使这样,他还是以防万一地准备多在那待一会儿。倒是布鲁诺成了第一个收到他的邮件就立刻回复的人。

联络之后,他立刻就离开了网络咖啡馆,叫了一辆出租车,准备去机场。然后在机场的一个电话亭,他给梅赛德斯的手机打了个电话。

两个人的通话还不到一分钟。刚撂电话,梅赛德斯就对她的秘书说自己要回家一趟。然后她就离开了办公室,直接走到朗布拉丝大街上,找了一家网络咖啡店。走进去之后,她在角落里找了个隐蔽的座位,然后在那里她打开了自己跟朋友联络的秘密邮箱。除看到了汉斯的信,她还收到了布鲁诺的信息,告诉她自己和卡罗都已经了解现在的情况了,因为教授刚刚给他打了电话。

然后,梅赛德斯马上又找了个电话亭,预订了一张第二天早上的第一时间飞往巴黎的机票。

而与此同时,卡罗在罗马也刚刚订了一张当天晚上就飞往巴黎的机票。布鲁诺,跟梅赛德斯一样,只能等第二天才能到巴黎。

汉斯觉得巴黎让人感觉虚弱。出租车司机一个劲地跟他聊天,让他分神,他也不得不挤出几个单音节词来回答他,免得自己被冠以教养不好的名声,而眼睛则看着沿途的塞纳河水出神。

在柏林机场他留出了点时间买了个手提包,还买了一件衬衫、内衣还有一些洗漱用的个人用品。但是当卢浮宫酒店的那个头发花白的绅士接待员说,他没有找到自己通过电话订好的房间时,他也没觉得有什么奇怪的,既然如此,他已经到了酒店再让他等上一个小时才告诉他结果也就不足为怪了。

他朝歌剧广场的方向走了过去,然后在那里找了个咖啡馆坐了下来。他要了一杯葡萄酒和一点点心。他实在太饿了,整整一天他都没有时间吃上一口东西。

半个小时之后,一个年龄跟他相仿的绅士走进了咖啡厅,进门的时候还冲他挥了挥手。汉斯立刻站了起来,给了他一个拥抱。

"很高兴见到你,卡罗。"

"我也是。这次旅行也太赶了!你不知道我费了多大的劲才把儿子摆平。我在家已经跟他们说了,不许告诉任何人我出门旅行的事情。我觉得自己就像一个小孩似的,没有得到允许就私自出门了。"

"我还不是一样。我给贝塔打了个电话,她情绪很不好,我不得不对她装出一副生气的样子,然后告诉她说我都这把年纪了,知道该怎么控制我自己。但是我知道我让她不高兴了,这让我也觉得不好受。我们一起去吃晚饭,怎么样?我都要饿死了。"

"好主意。我知道有个很不错的小酒馆,那里的饭菜也不差。"

汉斯激动地跟他的朋友解释了一下他在邮件中提到的事情:他跟马丁的简短对话,还有这位向他提出要立刻先付五十万欧元的要求。因为他在签合同的那天已经付了三十万欧元了,而此次项目的标的总额就是两百万,如果现在就把五十万给他们的话,就等于说提前给了他们一半的钱。

"只有给钱了,我们也没有其他选择了啊。我们应该信任他。卢卡跟我说,他是圈内最有信誉的人,鉴于这次交易的性质……反正,我认为他不会欺骗我们。我已经把钱带过来了,梅赛德斯和布鲁诺也都带着钱过来了。我们都按照我们原来计划好的在行动,而且我们原来都从银行取出过一部分钱放在家里,以备急用,就像这次的情况一样。"

吃完了晚饭后，两个朋友就告别了。卡罗订的酒店离汉斯那儿不远，是d'Horse 酒店。

早上十一点了，派克斯咖啡馆还没有什么人光顾。巴黎在一片灰蒙蒙中醒来了，伴着一场细腻的小雨，把整个城市都浸润了，当然也让交通变得更加糟糕了。

梅赛德斯觉得有点冷。因为这个时候要是在巴塞罗那，还是艳阳高照。她那件薄薄的夹克外套既不能挡风也不能遮雨。还是布鲁诺比较明智，他穿了一件华达呢的风雨衣。

四个好朋友都端着咖啡。

"下午两点我就要坐飞机回伦敦了。" 汉斯说道，"一回到家我就给你们打电话。"

"不行，我们等不到明天了。"梅赛德斯打断他说道，"我不耐烦地要死，我们要随时知道是不是一切都进行得顺利，求你了，再早一点给我们打电话。"

"我尽量吧，梅赛德斯。但是我可不想为了要赶紧给你们打电话，把自己累个半死。我现在也不是个小伙子了，我的反应能力也不行了，所以我需要足够的时间来摆脱马丁可能派来跟踪的人。因为我肯定他非常想跟踪我，了解关于布通先生，也就是我的更多的情况。"

"你说的没错，"布鲁诺说道，"我们还是应该更有耐心一些。"

"祈祷吧！"卡罗总结道。

"让知道的人祈祷吧！"梅赛德斯回答得很突兀。

汉斯走出咖啡馆的时候手上拎着一个拉法耶购物中心的袋子，里面装着一件毛衣，而在毛衣下面则是朋友们凑齐了让他交给马丁的五十万欧元。

汉斯走了之后，梅赛德斯也起身离开，她还坚持不要其他人送。她叫了辆出租车，然后就直接去机场。卡罗和布鲁诺决定在离开巴黎之前，再一起吃顿午饭。

伦敦的雨比巴黎下得还大。汉斯很高兴自己很明智地在戴高乐机场免税店里买了件雨衣。他想穿着件这么宽松的衣服，把钱都随身放在口袋里总比总要担心手边的那个行李袋要好。

他累极了，特别是最近的这二十四个小时简直是紧张得要崩溃了，不过有一点比较幸运的是，清晨的时候他就应该到家了。

他给贝塔打了个电话，女儿央求他告诉她自己到底在什么地方。而连他自己也不知道为什么，竟然对女儿说，要是再这样干预他的私生活，他将不再跟她生活在同一屋檐下。女儿抽泣着挂断了电话。

出租车把他放在离环球集团还有三个街区的地方。他慢慢地走着，因为他的腿实在是不允许他走得更快了。

马丁听前台说布通先生来了，吃了一惊。

"您可真让我惊喜。"这位环球集团的总裁一边握着他的手一边说道。

"为什么？"假布通先生冷漠地问道。

"我没有想到您会这样就站到我面前了,连提前通知都没有。您完全可以通过电汇的……"

"这样对大家都好。您准备写一个收据吧,就写收到了五十万欧元。您的手下什么时候出发去伊拉克啊？"

"一收到钱就走。"

"我还提前付给了您三十万欧元……"

"没错,但是专业人士都是需要确认有一笔相当数量的提前支付款,才能开始行动的。他可是在玩命,这很容易理解。"

"这不会是他第一次干这个吧。"

"当然不是。但是这次的任务实在太特殊了,因为您自己也不知道需要杀多少人,连这些人年龄多大,是什么状况都不清楚。而且,现在任何人进入伊拉克都需要备案,而这些备案信息除了萨达姆的警察外,其他人也可以调查得到。美国佬们还有我在 MI5 部队的前战友们对此可都虎视眈眈。"

"那么说您过去曾在 MI5 干过？"

"您不知道吗？我还以为您对我的一切都了如指掌呢。"

"我对您的过去并不感兴趣,我只关心您的现在,您现在给我提供的服务。"

"那好吧,我曾经为您尊敬的陛下工作过,但是就在某一天,那些领导们突然决定,我们这些参与了冷战游戏的人应该退休了,我们这些人已经过时了,他们说,现在的敌人已经发生变化了。事实上他们的确又制造出了新的敌人:阿拉伯人,很简单,原因就是他们惧怕中国人所以选择了阿拉伯人。阿拉伯人很穷,尽管他们的政府因为控制了石油所以极端富有, 但是广大的人民群众还都生活在水深火热之中,生活在这种独裁体制之下,独裁统治者轻轻松松就把他们的血汗钱掏出来放入了自己的口袋。西方社会需要一个敌人,一旦做出了这个决定,就会有成千上万的响应者希望能从中渔利。"

"好了,您就不要再长篇大论地演讲了。"

"好,我不说了。"

汤姆·马丁手上准备好了一张写着五十万欧元的收据,而且已经盖上了环球集团的财务章。然后他就把这个收据交给了这个所谓的布通先生。

"您什么时候再给我消息？"豪瑟教授问道。

"他一收到钱之后。明天他就能收到钱,后天就可以出发了。他需要先找一个在伊拉克的假身份,然后他到了那之后就会马上去找您委托我们找的那家人。您要有点耐心,这个工作也不可能是一夜之间就能完成的。"

"好吧,您记下这个号码,这是我的手机号,如果您得到什么新的消息,马上通知我。"

"通过网络更安全吧。"

"我可不这么认为。下一次，您就直接给我打电话吧。"

"那好，您可真是个特别的人，布通先生……"

"我估计您的客户都不是普通人吧。"

"当然，布通先生。这是您的名字，是吗？"

"马丁先生，对您而言知道我叫布通就足够了，您不这么认为吗？有两百万欧元的进账难道还不够吗？此外，我很讨厌那些好奇心太重的人。"

"在我的交易中，管理好所有这些秘密是我的责任，布通先生，而对于我而言，知道您的真实身份可不是一件小事情。因为是您出现在了我办公室，请求我们能够接受这个任务，或者我们可以说，接了这个极为复杂的任务。是您来敲我的门的，而不是我去找的您。"

"这就是您的生意，马丁先生，谨慎是最重要的。我对您的过分奇怪感到很费解，老实说，我甚至感觉您这样让我感到有些欠缺职业精神。您不要再让您的手下浪费时间跟踪我了。您就好好遵守我们签署的协议就好，因为这样我才会付给您报酬。那么，现在，很抱歉，我要告辞了。"

"您说了算吧，布通先生。"

豪瑟教授握了握马丁的手，然后就走出了办公室。但是他肯定马丁一定还是会派人跟踪自己。这次再在酒店里窜来窜去可能就不起作用了，而且他知道再要糊弄这些环球集团的人是越来越困难了。

他一走到街上就拦住了一辆出租车，让司机把自己送到市中心的一家医院。他自己其实也很奇怪，自己为什么会这么做。其实他所有那些摆脱马丁跟踪的手法都是从侦探推理的书里面学来的，他对这些东西倒是很着迷。有些时候他对自己的这些所作所为也感到很滑稽，特别是怕万一碰到了哪个熟人，揭穿了他这个知名物理学教授的真实身份。

出租车把他放在了医院的大门口。他毫不迟疑地走进了大堂，然后朝电梯走去。他其实也并不知道是不是有人在跟踪自己。所以他就钻进了第一时间打开的那个电梯里。他没有按电梯上的楼层按钮，就任凭电梯停下，人们上来或者下去，而他则一直在推测到底这些人中谁才是真正跟踪他的人。他在倒数第二层楼的时候下了电梯，跟他一起下来的还有两个看起来精神不振的女人，一个女人推着一个坐在轮椅上的老人，还有一个看起来很邋遢的年轻人。

"其中的任何一个都有可能是环球集团派来监视我的人。"他在心里暗暗思忖道。所有人都走了，就他没有动。没人回头看他到底走没走，于是他又钻进了第二部电梯。这一次他还是没有按楼层的按钮，跟上次一样，他在三楼的时候下了电梯，然后又等第三部电梯。就这样他在那里耗费了一个小时。最后，他终于认为可以安全地离开医院了，钻进了最后一部空无一人的电梯，直接下到了最低层。

一下去之后，他立刻找到标有紧急出口字样的侧门，然后通过一条狭窄的走廊，走到了一个写有非工作人员不许入内字样的门前。没有人跟随其后走进这道门，于是他就一直往里走，直到看见一个躺满急救病人的房间。他发现最里面有一扇推着病床进进出出的小门，于是毫不犹豫地朝那走了过去。

"您在这里干什么？"

一个医生不太友好地问道。汉斯一听见这个声音，吓了一跳，就像是一个做错了事被人抓到的孩子一样。

"病人的家属是不能进来的。请您出去，像所有人一样在外面等，有什么情况我们会通知家属的。"

汉斯惊慌得满脸煞白，突然就心跳过速起来。

"您这是怎么了？"医生连忙问他，因为他看出来这个人似乎有些不对劲了。

"我过来看一个朋友，但是我绝对不舒服了，我不能呼吸，我的右胳膊疼，我有心搏过速的毛病，我要去伦敦，是路过这里的……"汉斯十分肯定地说出了这些，心里却在恳求上帝宽恕自己说了这些谎话。

"到这间房间来。"医生建议他道。

三分钟后，医生给他做了心电图，然后还抽了血，做了胸透。最后他们把他也放在一张床上躺下了，留作观察。

早上七点了，医生们这才认为他的心脏没有大碍，而他之前的心搏过速也是暂时性的状况，没有什么大问题。

他抱怨自己还是觉得身体不舒服，于是医院的人决定还是用一辆救护车把他送到机场去，但是当然需要他自己掏腰包来支付这个费用。他可不希望冒这个险，要是在路上又突然出现个什么状况，家里人一定会担心得要死。

汉斯将昨天晚上自己在这里过夜的费用付清，然后他们用轮椅将他推上了救护车。在去机场的途中，他订了一张九点钟飞往柏林的机票。护士还在旁边提醒他告诉机场那边，自己是坐着轮椅，用救护车送过去的。

到达机场后，护士一直把他送到登记口，然后还跟飞机上的服务人员解释说，虽然豪瑟先生能够进行飞机旅行，但是他们一定要小心照顾，以免他再出什么危险。然后一位空中小姐将他的轮椅推到一个特别入口处，从那里他就可以不需要通过任何边检直接送上飞机。

柏林下着倾盆大雨。他费了半天工夫才说服空中小姐，说自己不再需要轮椅了，自己打一辆出租车就可以回家了。最终他如愿以偿地轻松走出了机场，打了辆车直接去火车站。他还真是幸运，因为他到火车站的时候，还有不到五分钟去波恩的火车就要关闭车门了。

在火车上他给贝塔打了个电话，通知她半个小时之后自己就会到家了。同时，他还给布鲁诺打了个电话，通知他一切都进展顺利。然后由他再负责通知梅赛德斯和卡罗。他觉得这一切让人筋疲力尽，同时也觉得挺有戏剧性。

看到父亲比他预计的时间又迟了不少才到家，贝塔完全无法掩饰自己的担心之情。汉斯·豪瑟看起来很糟糕，完全一副病恹恹的老人模样。所以不管父亲如何劝阻，她还是打电话把自己的一个老朋友医生请了过来。医生没过一会儿就来了，尽管贝塔觉得自己父亲身体不佳，坚持让医生再检查一下，但是医生经过检查肯定老人身体没有什么问题。

最后，总算是留他一个人静一会儿了，他这才能够做些他真正想做的事情：舒服地洗个澡，然后在家里的床上美美睡上一觉。

＊＊＊

保罗·杜卡斯又看了一遍安特给他送来的报告。派这个克罗地亚人过去果然是个明智的选择，能够把他派过去，真该好好谢谢马丁。

报告中字迹清晰，特别是用相当程度的英语，表述清楚了这个考古小组这些日子以来的工作是如何开展的，他自己可能会碰到的困难问题。

"我对阿耶德不信任，他也不信任我。他是那帮工人的头，所以他有责任保证开挖的进程顺利推进，他负责跟工人打交道，而且由他负责安排工人的轮换班。

"我认为阿耶德决不仅仅是个工头而已，他可能是探子或者是个警察。他的使命我看其实很简单，就是要保护克拉拉·坦内博格。

"他总是试图将克拉拉圈定在其视线范围之内。此外除了私人保镖之外，还有三四个人守在克拉拉的身边。要想不费任何弹药就接近克拉拉，看来是十分困难的。

"不过，她却特别喜欢逃离这些保卫者的视线，而且有那么几次引起了真正的骚动，因为她彻底从他们视线里消失了，这两次都发生在清晨，一次是为了和那个姓戈麦斯的女教授一起去幼发拉底河游泳，还有一次是她组织了几个考古队里的女人一起秘密出行了。这两次活动没有任何人事先知道，连皮科特都不知道。

"还有一次，她想在遗址那儿过夜，于是就带了条毯子去，在露天睡了一觉。

"看起来她想要再次逃离那些保护她的人是有些不太可能了。因为现在已经有两个人，甚至就睡在了离她房间大门几米外的地上看护她。

"还有一个管理模样的人，叫做哈伊达·阿纳什。这个人负责给所有人发工资，而且如果皮科特教授需要些什么东西，哈伊达就会给他要。而克拉拉跟他很对立。他曾威胁克拉拉要给她祖父打电话，而事实上他也的确打了这个电话，因为她对他一直怀有敌意，就是因为克拉拉本来以为他不过是带几个士兵过去，可结果是他带了一队全副武装的人将营地都包围起来了。

"皮科特要求能够增加人手，阿耶德和哈伊达也真的又找到了一百多名工

· 222 ·

人。工作的节奏真是惊人,他们几乎都不休息,只是在晚上睡上几个小时,所以小组里已经弥漫起一种紧张的情绪了。跟皮科特一起过来的两名教授已经直接向他质疑这种工作方式的科学性,而那些学生们也在抱怨他们受到了剥削,而那些工人们也是被厚颜无耻地压榨着。

"但是不论是皮科特还是克拉拉本人,都没有意识到他们的工人或者小组成员的疲劳的重要性。

"皮科特身边有一个考古学家充当着灭火器的作用,他叫做法比安·图特拉。这个人总能在一切似乎就要爆炸开的时候,把大家平息下来。但是这种怒火看来是很难避免要在某天爆发的,因为我们每天的工作时间都在十四个小时以上。

"他们说已经找到的东西就是一座圣殿,而被美军轰炸露出来的部分是这个圣殿的最高几层,他们说这里面有一个图书馆,而那些泥板就是在那个图书馆里面。现在已经清理出来了三个房间,已经找到了超过两千块的泥板,这些泥板整整齐齐地放在壁龛里。

"学生们在四个教授的监视下,认真地将这些泥板清洗之后再进行分类。看起来这些泥板主要讲述的是这个圣殿是如何管理的,而他们现在正在整理的刚刚从另外一个房间发掘出来的泥板上似乎讲的是关于矿物和动物的情况。

"到现在为止,发掘的那些房间的面积是五点三乘三点六米,不过他们说肯定会找到更大面积的房间。

"他们也找到了一些在上方写有书记官名字的泥板,看起来把名字写上去似乎是个惯例。而且有一些泥板的上面还真写有夏马斯的名字,但是现在看来,上面记载了关于史诗或者什么历史事件的泥板还没有踪影,这使得克拉拉和皮科特的情绪也是越来越糟糕,而且他们也在抱怨这一切都还是在浪费时间。

"前几天,整个考古小组还开了一个会就所发现的东西做了一个评估。皮科特的看法比较悲观,但是法比安、戈麦斯教授还有其他一些考古学家都肯定地说他们所发掘的这个遗址,绝对是这个世纪最重要的考古发现之一,因为历史上从来没有关于这座圣殿的任何记录,所以最后得出的结论就是发现了这个古乌尔城附近的这个圣殿,绝对有着非凡的重要意义。看起来这个圣殿的面积并不是很大,但是这个面积却足以容纳一个相当重要的图书馆。当然这是根据他们的推断得出的结论,他们认为现在所找到的就是圣殿最上面的几层,而图书馆就是在这里。

"戈麦斯教授支持扩大发掘的范围,突破他们原来划定的认为是圣殿遗址的地方,将旁边的围墙的房屋都划入发掘圈内。他们连续讨论了三个多小时,就这个扩大发掘的可行性争论不下,最后戈麦斯教授还是胜利了,因为她赢得了法比安和克拉拉本人的支持。就是因为这个决议,所以他们又雇了许多的工人,并且还在继续寻找工人。

"在这个时候找人手可不是一件容易的事情，因为这个国家已经在警戒的边缘，但是由于人民的贫困面实在是太大，而坦内博格家族也的确是够有势力，所以没过几天就从国家的另外一端运来了一帮子工人参与到发掘中来。

"我的工作就是负责将所有发掘出来的东西录入电脑，不仅从这些东西的内部，还有从外部不同角度拍下来的照片都整理录入。

"我身边还有三个大学生帮助我一起完成这个任务。

"所有的考古学家都会到我们的这个通讯机房来，他们主要是想看看他们的工作是怎么系统化的，然后给我们一些指示，尽管我们的大总管是戈麦斯教授。这个女人非常严厉和认真，她的那种精益求精的劲头真让人受不了。

"村长的女婿，也就是你们派来给我递送报告的联络人，是个来往于附近村庄给大家找粮食的人。看起来他似乎得到了阿耶德的信任，如果说连阿耶德都能够信任的人，那么这个人一定是对他而言没有什么危险性的人物。

"如果他们真的找到了那些泥板，要想从他们手里将泥板抢走还真不是一件容易的事情，加上还要活着从这里逃出去就更难了。用钱倒是可以收买一些人，但是我担心这里已经有些人准备好开出更高的价码，所以如果要是有人叛变的话，也不足为奇。除非告诉那个联络人说，只要能把我成功地从这里营救出去，没有任何人可以给出比我还高的价格……"

22

史密斯打开了办公室的大门,陪同他一起的还有拉尔夫·巴利和罗伯特·布朗。

"先生……"

"啊!你们都在这里啊!请进!"

门关好后,每个人都给自己端了一杯威士忌,而杜卡斯则将报告的影印件给每个人都发了一份。

"我要看原稿。"罗伯特要求道。

"当然,这就是您的,您付了钱嘛。另外我想说的是,这个小伙子还真有点讲故事的天赋。这是第一份我读起来还饶有兴趣的报告。"

"那么好了吗?"罗伯特问道。

"什么好了吗?"

"所有的事情啊,因为看起来他们似乎还没有找到任何东西。得了,尽管他们已经挖出了若干你们都清楚没什么价值的泥板,但是那个该死的泥板圣经根本就还没有出现。"

"就没有人怀疑到他?"

"坦内博格也肯定在所有地方都安插好了自己的人。"拉尔夫·巴利强调说。

"是的,没错,"杜卡斯也表示同意,"但是这个人,根据现在的状况看来,还是很特别的。亚什尔向我们保证过。"

"得到了亚什尔的帮助还真是很明智哦。"罗伯特也肯定道。

"阿尔弗雷德那样对他,亚什尔当然觉得能够脱离他等于就获得了解脱。"

"你也不要太天真了,阿尔弗雷德也肯定知道亚什尔会背叛他,所以肯定也在监视着他。阿尔弗雷德比亚什尔可是精明多了,比你都精明。"布朗揶揄道。

"你怎么这么说。"杜卡斯生气地说道。

"你们在那吵什么吵……"拉尔夫连忙劝和。

"除了我们直接联络的那个克罗地亚人以外,亚什尔至少已经成功地安插了十几个人在考古小组里。"杜卡斯接着说道,就像什么都没发生过一样,"如果这个阿耶德真的是个人物,那他肯定会知道。"

离开杜卡斯的办公室之后,罗伯特立刻让司机将他送到乔治·瓦格纳家。他必须亲自将手头的这份克罗地亚人提供的报告呈给导师,而且听候他的指令。他对导师从来就是有些无所适从,因为导师这个人冷漠得就像一块冰,只是有时候怒火会在他那对尖利的瞳仁里闪现。要是真的遇到这样的情形,罗伯特就会害怕得发抖。

23

纪安·玛利亚完全无法掩饰自己的失望。他觉得自己就像个废物一样起不到任何作用。他好像完全忘记了自己来伊拉克的目的,自己的生活也好像脱缰的野马不受大脑控制,连他自己都不知道自己为什么还会待在那里。

而他其实也并没怎么休息。巴雷蒂先生似乎已经决定要充分发挥他的作用,所以他的工作日程被排得满满的,从早上六点一直到晚上九十点才能休息。

他每天回到法伊沙和努尔的家里就已经筋疲力尽了,所以根本无暇顾及那对双胞胎姐妹,还有那个调皮的哈蒂。

他通常也是一个人吃晚饭。努尔会给他留一盘晚饭,然后他就坐在厨房的桌边狼吞虎咽地把这些食物吃到肚子里,之后回到房间倒头就睡下了,他实在是太累了。

这天早上,他的上级,皮奥神父突然从罗马给他打了个电话。问他想什么时候回去,还问他是不是已经解决了自己的精神危机。

这两个问题他都没有答案,但是他却清楚地感觉到自己的这次看似逃亡的旅程不会把他带到任何有价值的地方。

他试图去找克拉拉却没有成功,因为他曾经多次去文化部找艾哈迈德,但是别人总是问他是不是事先跟侯赛因先生预约好了,当他说没有的时候,总是被人请出大门,或者以各种理由将他挡在了考古办公室主任的门外。

他也曾试着给他办公室打电话,但是一个非常非常有教养的秘书小姐总是坚持让他解释找侯赛因先生的原因,因为侯赛因先生非常繁忙,根本没有时间来亲自接待他。

纪安到处打听关于克拉拉·坦内博格的消息,但是这些天找遍了所有报纸都没有一条关于她的报道,连她的姓氏都不曾提到。

时间飞一般地流逝了,圣诞节就快到了,再不能继续给自己找理由了。他知道自己还是有通往艾哈迈德·侯赛因的钥匙,这个钥匙就是伊维斯·皮科特。他因为不想实践对这个教授的承诺所以不愿意提起他的名字,但是事实证明自己不得不妥协:要是没有人引荐,艾哈迈德是绝对不会接见他的,而这个引荐的人现在看来就只有伊维斯·皮科特了。

"今天我要早点走,阿莉亚。"他跟这个儿童援助办公室的秘书请假道。

"你有约会吗? 跟谁?"女孩很好奇地问道。

他决定告诉她真相,起码是一小部分真相。

"我没有什么约会,不过我的确要去找一些朋友。"

"你在伊拉克有朋友?"

"这个嘛,倒也不是什么真正意义上的朋友,那是一群考古学家,是我在来这里的路上认识的,是他们把我从安曼带了过来。我知道他们去乌尔搞挖掘了,我想知道他们发掘得怎么样了。我要去找找他们。"

"那你能怎么办呢?"

"他们告诉我,如果我想联系上他们就去找一个叫做艾哈迈德·侯赛因的人,我想他大概是考古办公室的主任。"

"妈呀,看看你这都是跟什么人物在打交道呢!"

"我吗?"

"是啊,艾哈迈德·侯赛因是个非常非常重要的人物,他可是政治红人。他的父亲曾经是外交官,而他也跟一个非常富有的女人结了婚,这个伊拉克女人有一半埃及血统一半德国血统。整个女孩的家族有点神秘,但是却非常有钱。"

"但是我并不认识这个叫做侯赛因的人,我的那些朋友跟我说通过他可以联系上他们。这就是我要做的事情。"

"你可要注意哦,纪安·玛利亚,这个侯赛因……"

"得了,我只不过是要问问怎么样可以找到那群考古学家!"

"好吧,但是你还是要注意,他们这些人可都是帮流氓。"阿莉亚小声说道,"这些人什么都不缺,就是以踩在我们这些人的脖子上为乐。如果美国人真的要打过来了,你就看好吧,这群不要脸的东西比谁都跑得快。唯一能够获得上帝宽恕他们的事情,就是派那些海军陆战队员来把我们从这巨大的恐怖中解救出来。你在这里的时间还不长,你根本就没有注意到,萨达姆就是个最大的魔鬼,他已经把伊拉克彻底变成了人间地狱。"

"我知道你们都在受折磨,难道你以为我看不到这些吗?但是这一切都会结束的,我对此十分肯定。好了,我们就不要再怨天尤人了。如果巴雷蒂先生问你,你就告诉他我吃过饭以后回来。"

阿莉亚咬着嘴唇,然后温柔地将手放在他的肩膀上。

"你知道吗?我也感觉到你在受折磨,而且很痛苦。我从你身上看得出来。我不知道是什么让你如此痛苦,但是你需要有人帮助……"

"你这是说什么傻话呢!我只不过是太累了。巴雷蒂一刻不停地让我工作,你不也是一样。"

"这倒是真的,他就是在剥削你。无论如何,我还是觉得你发生了什么不开心的事情。"

"没有,真的没有!好了,我现在要去给这个你如此没有好感的侯赛因先生打电话了……"

和往常一样,那个秘书小姐还是说侯赛因先生很忙,但是当他一提到皮科特的名字时,他立刻发觉秘书的语调变了,然后就请他稍等一会儿。

一分钟以后侯赛因先生拿起了听筒。

"是哪位?"

"很抱歉打扰您。您看是这样的,我认识皮科特先生,他跟我说如果我要联系他,就可以给您打电话……"

侯赛因突然生生打断了他的解释。纪安注意到自己说话太过慌张,一定是给这个有权力的政府公务员留下了很不好的印象。

然后他就开始回答艾哈迈德的问题,当他对纪安的回答似乎都很满意的时候,他同意这个下午在办公室跟纪安见上一面。

"如果您准备好跟他们一起工作,现在就是最好的机会。他们很缺人手,而且您的这些知识对他们而言也非常重要。"

其实纪安根本就没有兴趣要和皮科特他们一起去工作,更没有心理准备要去萨佛兰这个完全陌生的南部地区冒险。他唯一关注的事情,也就是他来到巴格达第一天就该干的事情,就是向这个人打听他的妻子克拉拉·坦内博格的情况,并且向他解释自己想跟克拉拉谈谈的重要性。因为只有跟这个女人,他才能讲出自己来这里的理由。他是为了要来解救她,但是却不能告诉她是什么或者是谁要对她构成威胁,因为他不能背叛他所信仰的东西,并且他已经发誓要将这个秘密保守到生命的最后一天。

艾哈迈德·侯赛因并不像阿莉亚描述的那样,是个什么当局的权势官员。而且他还注意到,艾哈迈德并没有像大多数伊拉克人一样留着山羊胡子。他更像是一个跨国集团的执行官,而不是什么为萨达姆政治集团服务的公务员。

他给纪安倒了一杯茶,然后问了问他在巴格达的工作情况,问他对这个国家的印象如何,并且推荐他去参观一些博物馆。

"那就是说您想过去跟皮科特教授一起工作了……"

"这个嘛,并不完全是这样……"

"那您是想干什呢?"艾哈迈德问道。

"我只是想知道怎么跟他们联系,我知道他们离乌尔很近……"

"没错,就是在萨佛兰。"

纪安紧紧地咬住嘴唇。他应该向这个男人打听克拉拉的情况的,但是他无法想象一个男人被另外一个陌生男人问起自己老婆会有什么反应。

"您和您的妻子都是考古学家吧?"

"是的,完全正确,您还听说过我的妻子？"艾哈迈德感到很惊奇。

"是的,没错。"

"我估计皮科特也已经跟您解释过了,这个在萨佛兰的考古小组大部分都是得益于我妻子的努力。鉴于我们国家现在的状况,能够弄到那些挖掘的设备是很不容易的。但是她热爱考古胜于其他的所有事情,她是研究我们国家历史的一个学者,所以才能够说服皮科特先生来这里帮助我们共同发掘那片有可能是某个圣殿或者宫殿的遗址,当然我们现在对此也并不十分肯定。"

办公室的大门打开了,他的秘书卡里姆脸上挂着灿烂的笑容走了进来。

"艾哈迈德,去萨佛兰的一切准备都已经就绪了。我给阿耶德打电话想要通知他再发一个卡车过去,但是没有找到他,不过很幸运的是,跟克拉拉通上了电话……"

艾哈迈德扬了扬手,示意她不要再讲下去了,而此时纪安的眼睛却突然亮了起来。他刚刚听那个秘书提到了克拉拉的名字。其实艾哈迈德刚才也提到了,但是这个女孩的话更加清楚地证实他终于找到了那个寻觅已久的名字了。现在他知道她在哪了,那么自己肯定就要去萨佛兰了。他不禁大骂自己愚蠢,怎么就没有想到克拉拉会是皮科特考古小组的成员之一呢。他这时才回想起来,当时他去罗马考古大会找克拉拉的时候,那个工作人员就问他是不是想参加她组织的那个伊拉克的考古小组。而且,报纸上也曾经连篇累牍地报道了克拉拉的发言,她肯定说存在那个什么写着圣经的泥板,叫做什么泥板圣经……所以如果伊维斯·皮科特在那里的话,肯定就是为了想去发掘出这个侯赛因的妻子口中的那些泥板的,而自己怎么就那么愚蠢,没有将这些联系起来想想呢。

卡里姆什么话也没说就离开了办公室。她打断了上司跟这个对她丝毫不太友好的先生的谈话。

"您的妻子现在也在萨佛兰……当然……"

"是的,那是当然。"艾哈迈德有点不知所云地回答道。

"当然,按逻辑说来是这样的。"纪安就知道说这一句话。

"那么,最后您还是跟我说说我有什么可以帮助您的呢？"艾哈迈德有些不舒服地问道。

"嗯,是这样的,我想跟皮科特教授谈谈,看看我去萨佛兰两个月是不是合适。我没有更多的时间了,我来伊拉克是为了能有所帮助,我是来给非政府组织的儿童援助办公室帮忙的,所以我想问问皮科特教授,尽管可能没有很长时间,他是否愿意让我去助他一臂之力……"

艾哈迈德觉得这个人实在有些奇怪。他不知道为什么,但是他感觉他所说的并不是他所想的东西,他隐瞒了一些内容。在送他去萨佛兰之前,需要派人去调查一下。

"我会跟皮科特教授说的,如果他同意的话,我是很愿意帮助您过去的。您也知道我们现在是戒严时期,去任何地方都需要通行证,都是出于安全的考虑。"

"我能理解,但是安排这个行程需要很长时间吗?"

"您不用着急,我会给您打电话的……我的秘书会把您的电话和地址记下来,随时跟您联系。"

"我要去萨佛兰。"生怕艾哈迈德还有什么反应,纪安连忙说道。

"您还需要等我的通知。"

艾哈迈德的口气似乎带着一丝威胁的意味。他虽然觉得这个人是一副平和而且是没有恶意的样子,但是到了他这个高度和这个年纪,很难再相信别人了。

纪安一离开他的办公室就开始流汗。他知道自己没有回头路可以走了,自己需要做好发生任何事情的准备。艾哈迈德肯定会调查自己的身份。他注意到了艾哈迈德的那副和蔼的面孔不过是张假面具,阿莉亚说得的确有道理:艾哈迈德是政府的人,把他抓起来或者驱逐出伊拉克都是易如反掌的事情。

艾哈迈德·侯赛因一分钟都不耽误,纪安一走,他就立刻把卡里姆叫了进来。

"我想你通知科洛内马上调查一下这个人。他是皮科特教授的朋友,想去萨佛兰工作。如果皮科特同意的话,他就可以过去,但是首先我还需要多了解他一些。"

二十四个小时之后,卡里姆将几页纸交到上司手里,这就是科洛内的调查结果。报告的第三页上解释了为什么这个人看起来有些不同。然后他决定给皮科特打个电话。

皮科特听到艾哈迈德在电话里讲起这个教士的故事时笑了起来。

"但是,他是个教士有什么好奇怪的吗?"他对侯赛因说道,"我是不在乎你再把他派给我,我们的工作都饱和了,一个精通阿卡德和希伯来文的专家对我们而言当然是跟珍珠一样宝贵的啦。要是你对他的调查已经结束并且满意的话,那么马上让他上直升飞机,把他给我送过来吧。"

"我还要再看看,我需要更多的考察,我还不肯定我的这些调查是不是足够。"

"就让他过来吧。纪安来伊拉克是为了来帮助你们的。所以他也没有必要到处跟人说他是个教士吧,而且他也并没有刻意隐瞒啊。因为根本就没有谁问起过他啊。"

"你认为梵蒂冈会对这个泥板圣经感兴趣吗?"艾哈迈德问道。

"梵蒂冈?求你了,你就别异想天开了吧!梵蒂冈总不会还派个小教士来刺探我们吧。"皮科特忍不住一个劲儿地笑起来,"你不是得了妄想症吧,你应该是个很聪明的人啊。难道你就不相信会有好人希望帮助别人解脱痛苦吗?"

"但是他为什么不说自己是教士呢?"

"他不是也没有刻意掩饰吗?这不都写在他的护照上吗,这是在伊拉克,你们监视着所有的人。你到底在那些工人里面安插了多少探子啊?"皮科特问道,还不停地笑着。

"你说话还是谨慎一点的好。"艾哈迈德向他建议道,他生怕这段谈话被穆哈巴拉特录音之后会产生什么意想不到的后果。

"你会知道的,等等,我让克拉拉听电话。"

"我也觉得没有什么不妥的。"过了一会儿克拉拉对她的丈夫说道,"这个教士到底有什么问题?我身边都是天主教徒。你把那些过来帮忙的人都当什么了?而且据我所知,我们国家的教士们……"

"我们会想你的……"

努尔说起纪安要走的事情一副非常真诚的样子。两天前他就通知他们自己要去萨佛兰了,他要在那里陪着一些搞考古的朋友待一阵子。

法伊沙听到这个消息态度可大不相同,他毫不掩饰自己无法忍受的愤怒,因为一方面这里的人民还缺医少药吃不饱肚子,另一方面这些人还在攫取着国家的文化宝藏。他的指责让纪安觉得很心痛,看着法伊沙眼中失望的神情,自己却找不到任何可以辩解的语言。

纪安穿上了最后一件衣服,关上了他那个黑色的小皮箱,准备和法伊沙和努尔告别。双胞胎姐妹还在大厅等着母亲先把哈蒂送到奶奶家之后,再送她们去上学。

分别并不是轻松的事情。他真是从内心里非常感激这家人对自己无微不至的关怀,让他能够在一个如此独裁体制下,克服日益贫困的困难,让他过得还不错。

据他所知,这对夫妇虽然没有参与直接反对萨达姆的行动,但是从他们和来家里玩的朋友的谈话中,还是可以看出他们对萨达姆深深的不满。

他们还向他解释说有些朋友无缘无故地就突然从自己家里或者办公室里消失了。如果发生了这种情况,肯定是因为穆哈巴拉特或者萨达姆的其他什么秘密机构已经到访过这个人的家里或者办公室了。

还有一些家庭也是因此而家破人亡。当他们试图找寻自己的孩子、丈夫、父母或者舅舅时,就会有人推荐他们去询问一个警察,而这个警察就会向他们保证说,只要他们缴纳一大笔钱就可以帮他们打听到消息,当然如果想把他们救出来就需要更多钱了,卖掉他们的房子或许才能够这个数量。于是很多人就把自己所有的东西都卖掉了,然后把这笔钱孝敬了那些腐败的警察,可是很自然的,这些人最后什么忙都没有帮。

他们仇恨萨达姆,但是更不信任美国。没有一个伊拉克人能够理解,为什么美国的军队和他们的同盟军不在海湾战争的时候进入巴格达。他们看起来很满意这种封锁的政策,而受到这种政策折磨的只有伊拉克的平民百姓,因为萨达姆的皇宫里面什么东西都不缺。

跟法伊沙还有努尔一起他感受到了这个国家最真实的一面,了解了它的饥饿、恐惧和绝望。

他也会想他们的,当然也会想阿莉亚,但是对于巴雷蒂肯定没有一丝思念之情。这个援助办公室的代表就像是个根本不关心任何外部状况的人,而且除了食品和药物以外,他对那些求助于他的人根本就没办法给予任何帮助。

艾哈迈德在法伊沙家的门口等着他,准备送他去军事基地,直升飞机在那里等着要送他们俩去萨佛兰。

纪安向他的朋友们介绍艾哈迈德,但是夫妻俩的态度都很冷漠。他们对那些跟萨达姆走得太近的人都没有什么兴趣。

"我很高兴您也能一起去。"坐上飞机之后,纪安对艾哈迈德说。

"我想看看那边的工作进行得怎么样了。"

发动机的噪声一响起来,什么谈话都听不见了,于是两个人都陷入了各自的沉思中。

艾哈迈德对自己说,希望自己对这个教士没有判断失误,因为经过了一番刨根究底的调查之后他得出的结论是:这个人应该是没有什么危险性的。

克拉拉一看到艾哈迈德走下飞机就连忙朝他飞奔过去。她实在是太想他了,完全超乎了他的想象。

他们互相拥抱,但是还不到一分钟的时间,他们就突然意识到他们通往离婚的道路已经没有回头的余地了。

珐蒂玛隔着一定的距离观察着他们,心里祈祷着艾哈迈德能够改变自己要跟克拉拉分手的决定。

皮科特也是兴高采烈地接待了他们。他很喜欢艾哈迈德,也许正因为如此他才没有对克拉拉有任何非分之想。他喜欢克拉拉的程度远比他向法比安承认的要深,法比安也曾开玩笑地说他肯定看出来皮科特对克拉拉有意思。

但是在皮科特的字典里却没有可以跟朋友的女人调情这一说,尽管艾哈迈德也并不算什么朋友,但是他还是对他有足够的好感,所以并不想趟他们婚姻的浑水。

对于纪安,他则是给予了热情的一击,重重地捶在他的背上。

"您是想我们怎么看待您呢?'神父'还是'兄弟'啊?"

"别闹了,就叫我纪安吧。"

"那就最好了,其实我也觉得您有点奇怪,但是可真没有想到您是个教士。您还真是年轻啊。"

"也不算年轻了。还有几天我就要满三十六岁了。"

"哦,您看起来也就是二十五岁的样子啊!"

"我看起来总是比实际的年龄要小。"

纪安瞥了一眼克拉拉,等着他们把自己介绍给她。但是还没等到这个时刻,他首先就被在安曼认识的那三个女学生谴责了一通。玛格达、玛丽莎还有罗拉说她们对他很生气。

"但是,你为什么不告诉我们你是神父?"玛格达斥责道。

"你们也没有问我啊。"他辩护道。

"当然问了,可是你告诉我们说你是灭亡语言学毕业的。"玛丽莎提醒他说。

"你就是不想告诉我们。"罗拉批判他道。

法比安跟玛尔塔还有考古队里的其他成员一起走到他身边。

"看来您还是非常受欢迎的啊。"他打招呼似的说道,"我是法比安·图特拉,过来,我给你介绍一下小组的成员,然后带您去看看住的地方。"

到了最后大家才把他介绍给克拉拉,这个时候他已经满脸通红了,看到这个场景,克拉拉不禁哈哈大笑了起来。

"他们还告诉我您见到什么都不会脸红呢,"克拉拉对他说道,"您准备好在这里工作了吗?"

"当然,我会尽一切努力做好你们吩咐我的事情,而且我……总之,我希望您能顺利找到泥板圣经。"

"我会的,我知道它就在那里。"

"希望您有好运气。"

"对您而言,作为一个教士,这应该也算是一个非常特别的经历吧。"

"如果真的是先知亚伯拉罕讲述的那个创世的故事……"纪安怀疑地回答道。

"就是他说的。我向您肯定里面记述的就是他说的内容,我们会找到那些泥板的。"

"还有时间吗?"他腼腆地问道。

"时间?"

"是的……您也知道马上就要打仗了,没人怀疑美国会开始对伊拉克的轰炸,而且那些盟国也会参与到战争中来。"

"正因为如此我们才加班加点地工作,尽管我是很乐观的,而且我也希望不会发生任何其他的状况,但是一切也不能说得太绝对。"

"我可不希望会有什么状况发生。"纪安有点伤心地说道。

法比安陪他走到另外一间相同大小的房子边。

"您就在这里睡觉。这是这里唯一还有一张行军床的地方了。"法比安请纪安走进这个通讯机房看了看。

安特不是太高兴地跟他们打了个招呼。他还是愿意一如平常地享受着他难得的独立空间。可是他也知道不应该对此有任何抗议,因为他们只能把这个教士安排在这里睡了。

看到他的到来,阿耶德也并不觉得舒服,而且他已经追问了皮科特这个纪安到底是什么来历。

"我尽量不给您造成任何干扰。"纪安对安特说道。

"希望如此。"安特对这个新来的人没有一丝和蔼的意思。

纪安不明白自己的到来为什么激起了这个克罗地亚人还有那个工头如此强烈的不满之情,但是他还是决心不要太过操心。只要好好注意不要让克拉拉出什么问题就好了,这是他的使命,也是他来伊拉克的唯一目的,不能让这个女人受到任何伤害,此外什么都不用担心。但是他却不能将自己知道的东西告诉她本人,告诉她有人想要加害于她,天知道,或者还要杀她的父亲、兄弟,如果她有这些亲戚的话。

他感到良心背负的这个秘密实在是太过沉重了。他从来都没有意识到有一天悲剧会这样没有任何先兆地发生。

他从忏悔中听到了可能藏在那些男人心灵深处的魔鬼,然后苦于自己不能给这些因为痛苦而准备施于最残忍报复的心灵以慰藉而哭泣。这些心灵已经触碰到了人间地狱,而这些灵魂的深处连一点同情的感觉都没有了。

现在就需要得到克拉拉的信任了,然后了解她除了艾哈迈德之外还有没有其他的亲人,然后去阻止可能发生的行动,而这一切如果上帝不加干预的话,肯定是不可避免的。上帝会干涉吗?他不禁自问道。

***

莱恩·多伊勒非常详细地研究了马丁给他提供的所有资料,然后得出了一个结论:要想接近坦内博格老头,必须要先找到他的孙女克拉拉·坦内博格。而这个女人好像就在特尔穆哈依附近领着一帮对中世纪欧洲颇有研究的考古学家在搞什么考古发掘。

他已经知道了,阿尔弗雷德·坦内博格是个几乎无法接近的人物,他的身边二十四小时都有人保护,而他在巴格达的家,黄宫,除了有严密的安全系统,还有萨达姆的军队看守。

坦内博格在开罗的家一样也受到官方的保护。他知道自己有本事进进出出,但是所冒的风险实在是太大了,而且按照马丁告诉自己的情况看,这个老头还非常机警,他生怕自己的生意伙伴或者朋友跟他耍花样,所以已经加倍地加强了安全防守。而他的孙女则成了唯一能够穿过安全门把自己带到他身边的人。此外,她也一样要死，根据合同的规定就是如此。

他给马丁打了个电话，告诉他自己一会儿去环球集团。他需要通过马丁的能力弄到一本新的身份证，一个有真实效用的身份证。

"伊拉克已经是大战前夕了，几乎半个地球的记者都在报道这个事情，所以能让我不引人注目的最好的办法，就是把我也变成这些记者中的一员。"

"你疯了吧！战地记者大家都认识，因为总是同样的那些人在往返于各大战区。"

"不，不是真的战地报道的记者，只不过是把我乔装成摄影记者就可以了，一个独立摄影师，自由人，明白吗？但是我还是需要某个杂志或者报纸给我一个证件，肯定我的身份。要是别人问起，他们可以回答说是因为对我的照片感兴趣。我已经买了一套二手的设备，都是专业的，不过就是旧了一点罢了。"

"给我两个小时的时间，看看我能不能弄到。我估计应该还是有解决办法的。"

"你尽快吧，然后我就要出发了。"

还不到两个小时，莱恩就走进了伦敦郊区一座两层楼的房子里。大门前的标牌上清楚地写着，这里是《摄影世界》的所在地。

那个单位的领导已经在等着他了，那是个身材瘦削、矮小的男人，说起话来还会把他那整齐而细小的牙齿露出来。

"您带证件照片过来了吗？"

"是的，在这。"

"好的，给我吧。一分钟后您就可以拿到证件了。"

"您这是个什么样的机构？"莱恩问道。

"我们什么都做，从婚纱摄影到商业画册，或者杂志需要的图片。如果一个杂志需要某一个具体项目的摄影师，他们就会给我打电话，我就负责给他们派摄影师，给他们拍照片，他们给我付酬劳，就是这样。当然，我也会帮人做一些事情，譬如说有朋友的朋友需要身份证明，就像您现在的这种情况，他们来找我付给我钱，我就会给他们提供，但是我不需要知道更多的东西，我也没兴趣知道。"

"要是这个摄影师搅到什么麻烦事情当中了呢？"

"那是他自己的事情。我们这里没有一个在编的摄影师，所有人和我都是合作关系，需要的时候我才会给他们打电话。别人转包我，所以我也一样把我的人转包出去。有人告诉我你要去伊拉克，要拍些照片回来然后卖给某个杂志或者报纸，那好，我就给你一个身份证，说明你是我们《摄影世界》的合作人，这样我的责任也就到此为止了。如果你带着照片回来，那我也可以给我杂志社的朋友打电话，让他们看看你的照片是不是够有价值，看看他们会不会买。如果他们不喜欢这些照片，那也是你的口味问题，不影响我的品位。如果你卷到什么麻烦事里去了，同样不关我的任何事情。你搞明白了吗？"

"非常清楚。"

半个小时之后,莱恩就带着他的新证件,以一个独立摄影师的身份离开了《摄影世界》的大门。现在他只需回去拿上他的行李,弄张去安曼的机票就可以了。

***

整个小组的人虽然已经都累得筋疲力尽,但是心情突然好了起来。因为两天前玛尔塔·戈麦斯带领挖掘的小分队又发掘出了一个新的房间,而且从里面找到了两尊完好无损的公牛雕像,这两头牛都长着翅膀,约有半米高的样子,而且最令人惊奇的是里面还有两百多片毫发未损的泥板。

纪安丝毫不敢松懈复制和翻译泥板上的内容,可是皮科特和克拉拉却丝毫没有同情心,不断要求工人们和考古学家日以继夜地工作,不得停歇。

克拉拉对他倒是一直都很友善,时不时地还过去帮他,陪他一起解读那些萨佛兰居民古老的语言。所以他们两个在一起的时间还是比较多的。纪安看出了克拉拉脸上露出了绝望的神色,就像那天下午大家剑拔弩张时她的表情一样,脸上的肌肉都绷得紧紧的。

"你知道吗,纪安?尽管我们的工作一直都在前进中,而且这个圣殿看来也可说是个考古学发掘史上的瑰宝,但是我还是时常怀疑夏马斯的那些泥板到底是不是在这里。"

"克拉拉,"纪安大胆地说道,"要是真的没有这些所谓的传说故事呢?要是那个先祖亚伯拉罕从来就没有讲过什么创世的故事呢?"

"但是我祖父的泥板上确实有记载啊!夏马斯写得很清楚啊!"

"但是先祖本人也许改变了主意,或者发生了些什么变故。"纪安探究道。

"存在是肯定的,只不过我们不知道在哪罢了。我原来一直都认为我们肯定能在这找到它。因为这里被炸弹袭击之后,圣殿的殿顶就露了出来,然后我们在这里也找到了很多写有夏马斯名字的泥板,我觉得这简直是个奇迹,当然这肯定不是偶然的……"克拉拉抱怨道。

纪安暗想,坦内博格家族的人能够在那么多年之后又发现了新的写有夏马斯名字的泥板还的确是个奇迹。他觉得这一切都是上帝的旨意,但是就这件事看来,所发生的这一切,他真不清楚上帝到底想告诉我们些什么。

"要是不在圣殿里呢?"纪安问道。

"什么叫不在圣殿里?你指什么?"

克拉拉的眼睛一下子亮了起来,她那双水汪汪的大眼睛里好像一下子又溢出了希望。

"我们来分析看嘛,那些书记官的确在圣殿里有固定的职能,他们要负责记

· 237 ·

账、管理账务和买卖合同……我们还找到了一个这个地区的植物志目录,一本矿藏清单,总之就是些很普通的东西。所以很有可能这个夏马斯并没有将记载亚伯拉罕给他讲的那些历史的泥板存放在这里。有可能他把那些东西藏在家中或者别的什么地方。"

克拉拉默默地思索着纪安刚才的这一番话。他有可能说得有道理,虽然他并没有考虑到在古老的美索不达米亚,那些书记官在泥板上记录的是史诗,而这个《创世记》尽管是出现在亚伯拉罕的版本里,却仍然可以被称作史诗。

尽管如此,她还是觉得纪安所提出来的可能性是有价值的,所以要将挖掘的范围扩大到原来所预计的范围以外。但是她也很清楚,他们没有时间了。祖父从开罗给她打过电话,她也是第一次从他的语气中听出了悲观的意味。她的朋友们也丝毫没有给她留有疑虑的余地:伊拉克就要受到攻击了,而这一次美国佬不只是满足于轰炸,还会有陆军直接入侵国土。

此外,要想说服皮科特也几乎是不可能的事情。他和克拉拉一样绝望,因为他们并没有找到泥板圣经,而且对于超越原有的计划去做更多的尝试,他也表示反对,因为这样一来就等于说要把现在的劳动力分散,使得圣殿原址的发掘变得迟缓。尽管知道有多么困难,克拉拉还是决定要和皮科特谈谈。也许纪安说得更有道理。

克拉拉觉得安特的眼睛总是盯着自己的后颈。而且她肯定绝不会是其他人,因为每当她走进机房时或者跟纪安在一起工作的时候,或者跟其他的小组成员一起在机房前面的空地上清理泥板的时候,她不止一次地惊奇发现,这个安特隐蔽在机房里总是偷偷地盯着自己。

阿耶德倒是也随时都关注着她,但是她并不会觉得有什么不安。因为她的祖父跟她交代过,这个男人的责任就是要保护她不受到任何伤害。事实上,她也并不惧怕任何人,她能够感觉得到自己随时都受到人保护。她知道真正的恐惧是那些伊拉克人举起手来反对他们这些受到萨达姆庇护的人,像她和她的家族一样,他们都是仰仗着和总统最亲密圈子的良好关系而生活得如此舒适,而她也从来就不用担心什么。

这天是周日,伊维斯·皮科特觉察到了小组成员们的疲惫不堪,于是他建议大家下午休息一下,不用工作。但是克拉拉和纪安对他的提议却充耳不闻,直到太阳下山的时候,他们俩还是在一起清理泥板。安特则是双手一叉,在旁边看着,不过他倒是察觉了这个女人对自己已经感到不舒服了。

要杀她其实很容易。用手就可以把她掐死,都不需要任何其他的武器。所以他才会那么好奇地盯着克拉拉的脖子看,思考着怎么找个时候能够一把拧断了它,让她失去了最后一口呼吸。

他看不起她,不仅对她,对任何人他都没感情。他觉得自己已经被所有人都抛弃了,被所有人排斥,只有那个教士还试图能够对他和蔼一点。甚至对皮科特他都无法说出两句称赞的话,尽管皮科特工作得那么卖力,而且富有专业精神。

除了克拉拉以外,他还要把她旁边叫珐蒂玛的女人也杀了。她的这个奶妈就像条忠实的狗跟在克拉拉后面,看着她每天三次朝着麦加祈祷,安特觉得很恼火。同样,他还要把阿耶德也杀掉,因为自己如果不把他干掉,指不定哪天他就把自己杀了,因为他很清楚这个人绝不是一个工头那么简单。那些守卫在附近的士兵看到他时都会不自觉地跟他敬礼,而他则飞快地做了个手势,回避他们敬礼。从这些人对他如此惧怕的反应上就可以看出来,他比一个工头要厉害得多。另外他还发现,这些工人里至少有六个人跟阿耶德说话的次数比一般人频繁,似乎是在向他报告挖掘的进度等诸如此类的问题。

但是安特也明白,自己同样受到了这个工头的监视,工头通过特别的方式传递了他对安特的不信任感,似乎是要警告他不要试图捣乱。两个人都是杀手,都知道对方是什么样的货色。

阿尔弗雷德·坦内博格步伐稳健地从医院里走了出来。他已经在里面休养了一周时间了,他的确觉得虚弱,但是却不希望任何人察觉到这一点。人类,就像其他的动物一样,随时都在从别人身上嗅出虚弱的气味,然后就伺机攻击对方。

刚才跟医生的一番对话让他对自己的情况更加确信:最多就能撑到明年春天了。

医生本来根本就不想谈论他的死期,但是阿尔弗雷德却拼命给医生施压,让他说出自己的大限,于是医生告诉他如果能活到明年的三月份,就算是上天的赏赐了。所以上天留给他这段宝贵的可以为克拉拉打算将来的时间,他就更需要好好安排了。

他还要在开罗住上几天,以便处理一些事情,然后他就会回伊拉克。他要给孙女一个惊喜,因为他准备去萨佛兰跟孙女住在一起,直到接到通知说不能再待在那里为止。其实他们的确是需要离开伊拉克的,而且如果他那个时候还活着的话,他会跟她一起走。所以他才需要把艾哈迈德留下。他知道,一旦自己死了之后,一定需要有人站在克拉拉的角度上为她考虑,保护她。他的手下现在是会保护克拉拉没错,那是因为自己给他们付钱,可是如果自己一旦不在了,控制权到了别人手里,他们谁还会顾及到克拉拉呢?艾哈迈德和克拉拉离不离婚他根本不在乎,但是他们即使要离婚,也得在他们离开伊拉克之后,当然在这之前他们必须完成该做的事情,然后在美国人入境之前离开这里。

阿尔弗雷德从来都没怀疑过艾哈迈德会拒绝这个交易:首先,他知道艾哈迈德不想伤害克拉拉,而且他知道一旦他单独走出伊拉克,也就意味着他的死期到了;其次,如果他宣布跟自己的对立,也还是死路一条;最后,或许也是最重要的原因吧,他需要从这最后一次交易中得到相当数量的一笔钱,所以他也必须老老实实地按照自己的吩咐去做。所以他才命令艾哈迈德准备好从二月份起就留在萨佛兰。罗伯特·布朗通过那个叫做迈克·费尔南德斯的前维和部队陆军上校得到了准确无误的消息，军事打击肯定会在三月份进行。

迈克此时正在等着他，他们约好了上午在他家里见面。所以阿尔弗雷德坐着他那辆黑色的奔驰正在回家的路上，正在路口等红灯。

前维和部队的那个陆军上校已经很了解他是个怎么样的人了，他明白没必要浪费时间跟阿尔弗雷德绕弯子。因为这个人总能算计到自己和杜卡斯的前面，看起来他不仅非常清楚自己和杜卡斯所做的事情，而且连他们的想法都摸得很清楚。

已经快到中午时分了，在阿尔弗雷德这个日益看守森严的黄宫候客厅里，迈克还在耐心地等待着。

他注意到了，甚至在临街的大树上面都安装了安全控制的摄像头。这个老头看来很肯定有人想要刺杀他，所以哪怕是一丁点疏忽都不能留给敌人。

"那好，上校先生，您带来了什么新的消息吗？"坦内博格就以这个问题代替了应有的问候。

"您还好吧，先生？"迈克却没有直接回答。

"您也看到啦。"

"人已经都召集好了。我跟他们一起已经研究了地图，而我还想知道的是，我们可不可以先去我们跟您手下接头的地方看看，好做准备。"

"不需要，现在你们还不能去。研究好那些地图就足够了。"

"但是，您的手下倒是去哪里都没什么障碍。"

"没错，但我不想引人注意，起码现在不行。真要开始放炮的时候，又是另外一码事了。行动的胜利就取决于严谨的秩序，您和您的手下所要做的就是要严格遵守我下达的指示。只要你们做到了，就可以活着离开这里。"

"杜卡斯先生已经安排好一切，他能够保证我的手下乘坐军用飞机离开，然后抵达欧洲的军事基地。"

"我希望您能好好考虑我的建议，并且对这个任务将会涉及到西班牙和葡萄牙方面要有所准备。这两个国家都是盟国，是美国的朋友，同样也在游戏当中。"

"什么游戏，先生？"这个前维和上校很好奇。

"当然喽，布什和他的那些朋友们的游戏，也是我们的。这可是笔大交易，我的朋友。"

"另一部分任务是直接对华盛顿方面的。"

"是的，就是这样。"

"那您呢，先生，战争开始之后您在哪呢？"

"这个就不关您的事了，我自然会去该去的地方。亚什尔会向您传达我的命令,我们随时都会保持联系,即使我们的美国朋友开始轰炸,我们的联系也不会中断。"

迈克心中涌起了一种强烈的好奇,他很想知道这个老头子是否对某件事或者某个人有过真正的信任。而他自己也决定不再过多向他追问任何事情。

"我估计,先生您要是知道了在这种情况下,除了轰炸,我们也进入了伊拉克,您会更担心吧。"

"我为什么要担心呢?"

"这个,您家里人不是也有在那里的吗,而且在萨达姆身边您不是还有很多朋友吗……"

"我没有朋友,上校先生,我只有利益。对我来说,战争谁赢谁输根本就不重要。之后我还是继续做我的生意,只不过谁胜利了,多沾谁的光罢了。"

"但是您住在这里……我知道您在巴格达有一座非常漂亮的房子……"

"我在哪我的家就在哪。现在嘛,如果您不介意的话,我希望开始工作了,而不是继续满足您的好奇心。萨达姆是我的朋友,布什也是。多亏了这两位的帮助,我才能做成这笔大买卖,您才也有生意做。跟我们一样,受益者还有千千万。"

"但是,同样也有人死去啊,我们还会失掉很多朋友……"

"我不会失去任何朋友,您也不要搞得如此感伤。每天都有人在死去,只不过在战争中死的人更集中罢了,不过如此。"

24

莱恩站在栏杆的另一边,专注地看着这群人。他们都是记者,从他们的言谈中可以看得出来。其中的两个人打算要伪装成准军事人员:穿着绿色的迷彩裤,防弹背心,高筒黑色的皮靴。

他从他们的交谈中认出了这两个人是记者,因为他自己就有个癖好,每次把他派到前线的时候他就把自己化装成战地记者的模样。很多这样的人其实都没有到过真正的前线,最近的地方也不过就是在真正的危险以外几百公里,在一个豪华的酒店酒吧里唇枪舌战。现在的科威特到处都是伪装成军人的记者,他们就在带有游泳池的酒店里,在向外界报道着这里紧张的局势。

还有一些人会如此玩命地冲过封锁线,完全是因为他们对发号军事命令享受其中,根本就不在乎把人派到哪里。

他倒也真的结识过一些真正勇敢的记者,起码在他看来,这些人足够有那种神奇的勇气,他们确信自己的职责就是要在最可怕的地狱边缘,向广大民众报道真实的战争状况。但是,那到底是怎样的真实状况呢?

"伙计,还真的是莱恩!"

听到有人叫自己的名字,他没有立刻回头,但是已经紧张了起来。果然,是一个他认识的女人。

"你好,米兰达!"

"你可别告诉我你来安曼是为了度假的哦!"

"不,当然不是度假。"

"你是转机去……"

"去伊拉克,跟你一样。"

"我们最后一次见面的时候是在波黑。"

"最后一次也是第一次,如果我没有记错的话。"

"你当时告诉我你是开着 ONG 的货车去给可怜的波黑人运送食品,对吧?"

"得了,米兰达,你别记仇啊。"

"我有吗?"

"也许当时我是急着赶往萨拉热窝没有来得及跟你告别吧。"

米兰达一边冲他走过去，一边放声大笑了起来。凑到他跟前，还给了他两个响亮的激吻。然后，她就将莱恩介绍给旁边站着的那位早已无比好奇地看着这一幕的男人。

"这是丹尼尔，世界上最棒的摄像师。这位是莱恩，除了名字，我其他的什么都不了解。"

莱恩连自己的姓也没有说，然后握了握丹尼尔的手。这个摄像师可比自己年轻得多，看起来绝对不过三十岁，留着修剪得当的胡子。他觉得这个小伙子还不错，因为他没有打扮成准军人的模样，只不过跟米兰达一样，牛仔裤、靴子，再配上一件宽松的毛衣。

"你这次又要去援助谁呢？"女人好奇地问道。

"谁也不，现在我可是你的竞争对手了。"

"不会吧，怎么？"

"我在萨拉热窝没有告诉你，其实我也是为一个机构工作，我是摄影师。"

米兰达怀疑地看着他，因为她几乎认识所有的战地记者，不论是哪个国家的。因为他们在任何国家、任何一个地方的冲突时间中都会碰到，在老挝、萨拉热窝、巴勒斯坦……但是莱恩绝对不是他们中的一员，这一点她很肯定。

"我是摄影师，但是不是给杂志干的。"他注意到了米兰达的不信任情绪，"我为商业性质的报册提供照片。没错，要是没工作可做的时候，我就搞婚纱摄影，你也知道新人们都希望把幸福的那一天用相册保存下来。"

"那么……"米兰达还是不解。

"也就是说，现在该死的工作机会太少，有时候我不得不做一些其他的事情，譬如像你看到的那次，帮人开车运送东西。雇我拍广告的那家公司跟一些杂志报纸都有密切的联系。老板跟我说现在大家都对伊拉克感兴趣，只要我能拍出好的照片，就可以有机会发表。所以我就过来碰碰运气了。"

"那家公司叫什么名字？"丹尼尔很好奇地问道。

"摄影世界。"

"啊，我知道这家！"丹尼尔很肯定地叫了起来，"他们临时雇用摄影师，派他们去拍片子，但是有时候根本就不从他们那把照片买回来。我真希望你的伊拉克之行能够顺利，因为搞不好你还会赔钱。"

"我现在就一直在花自己的钱。"莱恩说道。

"好吧，如果我们有什么能够帮得上你的……"丹尼尔自告奋勇地提出道。

"那就再感激不过了，因为我也不是什么专业记者，所以如果能得到你们的指引，就太好了。在战场上拍片子可跟拍那些商业广告不一样。"

"那根本就不是一码事。"米兰达还是带着疑惑的口吻说道。

丹尼尔却不像他的同伴那样多疑，他还邀请莱恩到栏杆这边跟他们那群记者在一起聊聊。

　　莱恩犹豫了片刻,他可不想跟这些记者起什么无谓的争端,但是也不能推辞了米兰达的这个如此信任自己的摄影师丹尼尔的好意。于是他走到他们身边,任由他们将自己介绍给这数十个来自不同国家的战地记者。

　　其他人并没有把他当回事,因为他们都不认识他,而且米兰达在介绍他的时候也说,他不过就是个商业广告摄影师,过来碰碰运气看能不能拍些有价值的照片,以便杂志能够刊登,这让在场的记者们不由得心生同情。而他们自己则不由得在他面前有了优越感,他们成天都在战斗的第一线确有很多心得,于是一杯威士忌接一杯威士忌地跟他讲述着自己是如何在死亡边缘工作的,看到了多少再也不可能碰到的可怕场景。

　　第二天一早,他们要分别搭乘事先已经租好的车去往巴格达,并且他们还邀请莱恩跟他们一起走。当然车费他们已经预交过了。于是莱恩问他们自己需要付多少钱,他们算了算分摊之后,告诉他的确是要再付上一点钱。

　　真到了早上的时候,大家昏昏沉沉地挤在长途巴士上时,都不像前一日那样兴奋和愉快了。酒精的作用还有缺乏睡眠使得大多数人都有些精神不振。

　　丹尼尔是第一个看到莱恩的人,向他挥了挥手打了个招呼,而米兰达却好像没有看到他一样。

　　“你跟你那个朋友这是怎么了?”丹尼尔问米兰达。

　　“他不是我的朋友,我只不过是在萨拉热窝偶然碰到他的。事实上,可以说是他救了我的命。”

　　“怎么回事?”

　　“一个塞尔维亚的准军事部队袭击了萨拉热窝附近的一个村庄。那天我正好和其他一些电视台的同事一起在那,但是由于枪战使得我们不得不停在了半途中。我也不知道当时是怎么回事,突然在街上就剩下我一个人了,我躲在两辆车的中间,而子弹就在我旁边呼啸而过。狙击手肯定就在旁边的什么地方,这个时候莱恩突然出现了,我也不知道他是从什么地方,怎么冒出来的。我只知道他在我身边,然后他命令我把头低下,后来就被他从那里拉走了。

　　“塞尔维亚人可以决定把我们都杀掉,但是那天他们却非常配合地跟我们达成协议,只要让他们出现在电视上,那么他们就把我们放了。莱恩把我们塞到一个大货车里,然后把我们带到了萨拉热窝。当时他在那种情形之下的行动,让我印象非常深刻。他看起来……看起来更像一个士兵,而不是什么卡车司机。当我得救之后,我们曾约好过后见上一面。但是他却消失了。昨天晚上以前就没有再见到过他。”

　　“但是你就一直没有忘记他。”

　　“是啊,忘不了。”

"而你现在又有机会见到他了,你不知道自己怎么想的,不知道是不是应该靠近他。我说得不错吧?"

"得了,丹尼尔,你怎么像个心理医生似的!"

"那是因为我太了解你了!"丹尼尔微笑着说道。

"这是实话。我们这三年都没有分开过。我跟你在一起的时间比跟家里人在一起的时间都要多。"

"工作就是工作。艾丝特还不是抱怨这个,说我跟你在一起比跟她在一起的时间都多,而且我每次回家的时候都已经是筋疲力尽了。"

"你有艾丝特在身边是多么幸福的事情啊……"

"是的,她太完美了。我要出发的时候她就要生了。"

"我真不明白你们马上就要有孩子了,你还跑出来干什么。"

"因为我们是记者嘛,我们必须在发生状况的地方出现,而现在我们就应该出现在伊拉克。艾丝特很理解这一点。而且,话说回来,她也是干这行的,尽管她负责的是报道真实的家庭。"

莱恩跟米兰达、丹尼尔还有另外的两名德国摄像师坐在一辆吉普里面。

米兰达看起来心情不太好,一路上基本都是默不作声的,根本就没有参与到丹尼尔和两个同行的谈话中去。

米兰达的变化没有逃过莱恩的眼睛。尽管她是个看起来很脆弱的女人,但是她确是个很坚韧的人,不仅是作为一个战地记者,而且在生活的战役中她也一样坚强。

她个子又瘦又小,不到一米六的身材,一头非常短的黑色头发,蜜糖色的眼睛,却让莱恩感觉到了一种天然的强大力量。这个女人很有智慧,她知道如何把自己的意志强加于人,似乎不惧怕任何的东西。当他在萨拉热窝那个村庄看到她的时候,他就很惊诧,这个女人在那样的场景之下竟然没有害怕得惊慌失措。

去往巴格达的路上就是一望无尽的黄沙尘土。这天的车辆似乎比往常都要多,因为 ONG 要从安曼运更多的装备到巴格达,所以专门有两个卡车车队负责运送,另外道路上还有双向车道上的公共汽车。走到伊拉克和约旦的边境,看到有一辆辆满载伊拉克人的公共汽车正在跟伊拉克方面的警察交涉,希望他们能够让车通过。但是其中有一些人很幸运,而另外一些人,在检查完证件之后,就被警察粗暴地逮捕了。

记者们也都走下车来准备拍些边境场面的照片,然后采访一下过往的行人。但是他们却没有任何收获,只是受到了威胁,警方可不希望他们弄出什么乱子。他们当然也不希望在到达目的地之前再遇到什么麻烦。

巴勒斯坦酒店现在是最火爆的时候。莱恩费了很大的劲儿才弄到了一个房间。没有预订根本就不可能有房间,一个态度和蔼的前台接待对他说道,他还要一边负责给围在前台的这么多记者安排他们预订好的房间。不过莱恩决定还是给了他一笔相当可观的小费,足以让他改变态度。

一百美元就足以让他们给他开了一个在八层楼的房间。厕所里的水龙头不停地嘀嘀嗒嗒,百叶窗也拉不下来,床上的被褥褪色到几乎应该送去洗染店重新处理,不过还好,总算是有个落脚的地方,可以好好休息了。

他知道要想找到那些记者的话,放下行李去酒吧就能碰到他们。大家肯定都是等到第二天才开始工作的,尽管大部分人已经开始找自己的翻译和向导了。信息部有一个新闻中心,他们可以负责给这些外国的记者们提供翻译,但是有些记者宁可自己去找翻译,因为他们知道,当局肯定会要求那些他们派出的翻译给他们提供他们所陪同记者的相关情况。

"你需要找个人陪着你。"丹尼尔在酒吧碰到他的时候对他说道。

"不用了。我没有应付这个开销的经费,我会试着自己去处理这些事情的。我能够到这里来已经花了不少钱了……"莱恩解释道。

"但是他们会强迫你这样做的,他们可不希望一个英国摄影师把触角伸得太长。"

"我会尽量不找麻烦的。你瞧,我其实就是想做一个关于现在巴格达的日常生活的摄影报道。你觉得那些报纸对这个会感兴趣吗?"

"那取决于照片的质量了,还有照片的内容。你必须找到一些很特别的东西才行。"丹尼尔建议道。

"我会的。明天我会走得很早,我想拍一些巴格达苏醒时的场景,所以今天晚上我要早点睡,路上也很累了。"

"那你跟我们一起吃晚饭吧。"丹尼尔邀请道。

"不用了,你们就好好吃吧,我下来就是要喝杯茶,然后就上去睡了。"

丹尼尔也没有强求,他自己也觉得很累,所以也理解莱恩想早早上床的心情。

莱恩倒头就睡着了。他跟丹尼尔说自己累可并没有撒谎。一大清早,他就醒了,然后快速地洗了个澡,抓起摄影包就上街了。他还要装装样子,所以早上的大部分时间他都打发在巴格达的集市和大街上了。他把所有引起他兴趣的东西都拍了下来,特别是能反映这个城市脉搏的东西。巴格达现在处于戒严期,看起来似乎什么都缺,但是就像在所有地方一样,这里依然有一些人什么都不缺。商店里都是空的,但是如果某人懂行的话,敲开某些商店的门,在里面可以找到所有一流品质的东西。

在这漫长的散步过程中,他一直在考虑自己应该以一个什么样的身份去萨佛兰才好呢。

当他中午以后回到酒店的时候,没有碰到那个记者团里的任何人。于是他决定去跟信息部的媒体负责人联系一下,看看他们能不能帮助安排自己去萨佛兰。

跟所有的伊拉克人一样,阿里·思德奇留着非常显眼的山羊胡子。这个人身材非常臃肿,浑身都是肉,还好他个子比较高,举止还算得当,所以还看得过去。作为新闻中心的二把手,他试图展现出最好的微笑,跟那些蜂拥而至到巴格达来采访的记者们打交道。

"有什么我们可以为您服务的吗?"他问莱恩。

莱恩向他解释说自己是一个独立的摄影师,然后出示了自己在《摄影世界》的工作证。阿里查了关于他所有的记录,然后还对他初来巴格达的印象饶有兴趣。他们经过了半个小时的热情交谈后,莱恩切入了正题。

"我希望能够做一个特别采访。您看,我知道在特尔穆哈依附近正在搞一个重要的考古挖掘项目,我觉得那个地方应该是一个叫做萨佛兰的小镇。我希望能够去那,然后做一个关于这个考古挖掘项目的专访,能够告诉大家这个古老的美索不达米亚还在继续向人们解释它的秘密。我认为几乎有半个欧洲的人都会视这个为己任的,所以能够报道尽管存在严酷的封锁,依然有众多学术专家在伊拉克搞考古一定会引起大家的兴趣的。"

阿里一边听着莱恩说,一边心里在考虑,这个英国摄影师的建议倒是个对当局不错的宣传。他自己其实并不知道在萨佛兰的这个考古活动,但是他并没有告诉莱恩。他兴致勃勃地听莱恩说完,然后向他承诺只要得到了上级的允许,他会立刻给巴勒斯坦酒店打电话的。

莱恩完全可以通过他自己的方式去萨佛兰,但是为了契合他现在的记者身份,他必须跟其他在巴格达的记者一样,遵守他们的办事规则。

于是他又在街上游荡了整个下午,将他认为有趣的东西拍了下来。带着太阳的最后一丝余晖,他回到了酒店。

米兰达和丹尼尔正好在前台。他们也刚刚回去。

"哎呀,还以为你消失了呢!"米兰达招呼道。

"我整天都在工作,你们呢?"

"我们也没有闲着。这里的人生活得实在是太惨了,我们去了一家医院,那里竟然什么都没有,让人看了直想哭。"丹尼尔埋怨道。

"没错,我也感受到了封锁给他们带来的悲惨后果。我很奇怪,尽管生活在如此悲惨的状况下,这些人民还是如此的和善。"

"而且情况还在不断恶化。这都是布什和他的那帮朋友们干的好事。"米兰达愤愤地说道。

"不过,萨达姆也不是什么天使。"莱恩反驳道。

"他当然不是,但是布什就更不是什么好东西了,他看重萨达姆,因为对他而言，最重要的就是石油。"

米兰达的语气就好像昭示着她已经做好准备要唇枪舌战一番，但是莱恩可没什么兴趣跟她辩解。布什和萨达姆对他而言都没什么区别。他来伊拉克不过是为了工作，然后就可以回到庄园和玛丽安一起过安宁的生活，所以他没有再回应什么。但是丹尼尔似乎对于巴格达的深刻印象还有很多要说的，根本还不想结束这场论谈。

"应该是那些伊拉克人希望谴责萨达姆，而不是我们。"

"你说的有理，但是我觉得让他们这样做很难。在这里，谁要是敢乱动，最后肯定会被投到监狱里，幸运一些的可以马上被处决。我们无法期待有什么奇迹，人们之所以这样忍受着独裁的折磨，是因为这个政体太难被推翻。它要么得到了外部的援助，要么它本身就是如此强大。"莱恩回答说。

"有时候他能从外部得到的不过是狗屎一堆。萨达姆是美国佬的孙子，就像皮诺切特或者本·拉登一样。现在他对他们没有利用价值了，就该轮到收拾他了。那好啊，就让他们去干吧，对我而言这还真没什么不好的。但是问题在于这个惩罚的代价是要残害成千上万的无辜百姓，要将这个国家毁掉。伊拉克战争结束之后，什么都将不复存在了。"米兰达生气地论述道。

"我们就别吵了。我觉得大家这一天都够辛苦的了，我们去吃晚饭，如何？"

丹尼尔说自己太累了，希望回房间休息，但是米兰达接受了莱恩的邀请。他们走到饭店，还碰到了另外一帮记者。他们坐到一张餐桌边，桌旁已经坐着两位西班牙、一个爱尔兰、三个瑞士，还有四个法国的记者。还好大家都能够用英文沟通。

知道每个人都收获了不少信息，所以每个人都说了说一天的经历。尽管大家都是独立工作，但是还是存在竞争的关系。

吃过晚饭他们和其他一些记者又坐在酒吧里聊开了。"这帮不得了的人！"莱恩心想，他对他们之间的谈话，对他们所讲述的奇闻逸事还有其中一些人的奇特个性都兴趣浓厚。

"你给家里传回去照片了吗？"米兰达问道。

"明天我会传的。我希望自己运气够好。如果他们能够很快卖掉，我就会继续留在这里，否则的话，我就要打包走人了。"

"你很快就会有收获的。"米兰达安慰他说。

"应该说我是个现实主义的人，而且我可以冒一定的风险。对了，我还没有问你呢，你是哪里人？"

"这是什么问题！问这个干什么？"

"因为我还不知道你是哪个国家的。你是为一个独立电视台的制作人工作，说着流利的英语，但是我还是觉得你有点口音，只是听不出是哪个地方的。我还听见你说过法语，要不是我听你说过英文，我肯定会以为你是法国人。但是后来你还参与了一个墨西哥电台的讨论节目,看你那副积极参与的样子,肯定不会是不发言的,所以我估计你也应该能说很流利的西班牙语。"

"也就是说,你很好奇。"

"那倒没有,但是你有什么理由不回答我的这个问题吗?"

"当然,我没兴趣回答。你看,我没有任何立场。我讨厌国旗、国徽和所有那些用来将人们区分开的东西。"

"但你肯定是在某个地方出生的啊……"

"没错,我是在某个地方出生的,但是我不属于这个地方,也不属于另外的什么地方。我的选择就是无国籍。"

"你的护照无国籍限制吗?"莱恩好奇地问道。

"我有一本联合国护照,这样我可以去任何地方都不会被人拦在边界,问我是从哪个国家来,要到哪个国家去。"

"好吧,这我还真没听说过。"

"我这不是告诉你了吗。我的父亲在波兰出生,但是他的父母都是德国人。我的母亲出生在英国,但是他的父亲是希腊人,母亲是西班牙人。我在法国出生,那请你告诉我,我到底算是哪个国家的人呢?"

"你的父母都是干什么的啊?"

"我的父亲是画家,母亲是设计师。他们不属于任何地方,也居无定所。他们讨厌边境的概念。"

"所以他们也教你讨厌这些界限。"

"我是自己学会憎恶的,不需要他们来教我这些。"

米兰达停止了和莱恩的交谈,加入到和其他记者的谈话中。

莱恩突然听到几个西班牙记者说准备要去巴索拉,而那几个瑞士人说要去底格里特,那是萨达姆·侯赛因的出生地。

"你呢,莱恩,你还留在巴格达吗?"一个莱恩在安曼就认识的法国记者问道。

他犹豫了几秒钟才回答,而且他打算说真话。

"我要去古乌尔城。"

"去那干什么?"法国记者问道。

"有人跟我说在那附近有一队考古专家在搞发掘,所以如果我能够做一个不错的报道的话,肯定会有人买这个消息的。"

"那这个考古队具体在哪呢?"法国人坚持问道。

"我知道你说的是哪个考古小组了。"一个德国的记者说道,"是皮科特教授的那个,对吧?"

"我估计是,其实我对这个考古小组了解也并不多,但是看起来还是很有意思的。"莱恩回答道。

"我估计他们已经找到了一个皇宫或者是圣殿的遗址，而且可能还会找到一些写有《创世记》版本的珍贵泥板。这些在《法兰克福人》杂志上有过报道。"德国的那个记者继续说道，"我之所以知道，是因为那个小组里有不少德国的考古学家和教授。但是到现在看来，我还并没有认为这有什么特别重要的。"

"这个嘛，也许对你们而言并不太重要，但是如果我对这个考古项目进行了不错的图片报道，那我的老板就会把它们卖给一个专业的杂志……"莱恩肯定地说道。

"也不是个坏主意，也许真的可以做个不错的报道。"一个意大利的记者说道。

"到布什轰炸之前，我们也的确应该找些其他的东西来填充一下。"一个瑞士记者有所醒悟地说道。

"伙计们，你们可别抢我的报道哦！我可是单枪匹马光棍一条哦！"莱恩装出一副抱怨的样子。

"你可别这么小气。再说，这也不是个什么秘密，就像奥托说的，报纸上已经都报道过了。"米兰达说道。

"意大利也报道过。"一家罗马的特派记者也附和道。

莱恩接着又扮演了一会儿这个着急的新手角色，然后就告辞上楼睡觉了。他需要为去萨佛兰做一下准备，随时等待着信息部那边可能会给自己开绿灯或者不行再想办法。

电话铃声把他吵醒了。是信息部的那个阿里先生，听起来他心情不错。

"我有好消息要告诉您。我的上级认为您去萨佛兰做这个考古小组的报道是个好主意。我们会送您过去的。"

"您实在是太好了，但是我觉得我自己来安排就可以了。"

"不行，那可不行。只有得到政府的许可才可以去那里。那里是军事区，而且那个考古小组得到了政府的军事保护。要不是得到巴格达这边的政府许可，谁都不能过去打扰他们。所以您要么跟我们一起过去，要么就过不去。"

他接受了。他也没有其他的选择。阿里告诉他当天早上来一趟新闻中心，对这趟旅行做做准备。阿里还问他是不是有其他的同事也有兴趣过去，莱恩没什么好气地回答说，他不希望有任何其他的人一起分享他的想法，而且不管怎么样，只要等他拍好照片回来之后，其他人爱去多少都行。

来到信息部，阿里将莱恩介绍给了他的上司。这个人对在英国能够刊登一个关于皮科特和他的考古小组的报道的主意表现出了极大的热情。

"那些欧洲的文化界还没有忘了我们。"这个新闻中心的主任说道。

莱恩表示同意。这个萨达姆的官员跟他一说完，他就连忙将必要的问卷填完了,然后附上自己的护照复印件一起交给他们。

"我们两天后会给你电话。请你做好准备,我估计你坐直升飞机没有问题吧。"

"我不知道,我还从来没坐过这个。"莱恩撒谎道。

汤姆·马丁刚刚收到莱恩的消息。《摄影世界》的老板刚刚将自己从莱恩那收到的电子邮件转发给他,邮件里莱恩先是大侃了一番自己对巴格达的印象,然后说自己很幸运地有机会去一个叫做萨佛兰的地方。同时信中还附了很多他拍摄的照片,最后他还不忘强调,希望老板能够尽量将这些统统卖掉。

《摄影世界》的老板对他的这封信并没有特别的兴趣,他收了那么多钱,所要做的就是勿看、勿听和勿言,而最后一条也最重要。他会做的是,尽量将这些照片卖掉。这些照片倒是比他期望的要好很多,尽管他其实根本就没想到这个莱恩还真的会给自己发照片回来。

汤姆·马丁则认真地读了读他这个手下从伊拉克发回来的邮件。莱恩现在已经在伊拉克了,看来他是对萨达姆的政权没有任何的好感。

"今天我已经到达萨佛兰了。送我过来的是一架老式的前苏联直升飞机,所以它那个要命的噪音简直可怕极了。

"这里工作的人有两百多。小组的组长是伊维斯·皮科特教授,他正忙着跟时间竞赛。他很清楚他们所剩的时间不多了。我已经成功认识了这个小组里最重要的人物,他们都十分和蔼地给我讲述了这项工作的重要性。其中一个考古学家法比安·图特拉先生给我讲述说,他们所发掘的这个圣殿,属于圣经上所记载的,一个叫做阿穆拉菲尔(Amrafel)的国王的时代。我希望拍摄的照片和报道能够引起读者的兴趣,因为他们所做的工作的确是非常重要。

"他们的营房那边还真有些够分量的事情,看起来那个考古学家克拉拉·坦内博格女士的祖父准备来这里住上一阵。这个消息看来是比我到得更早,因为现在大家都在讨论这个事情。因为哪怕只是听到他的名字,一些人就吓得发抖。看来他两三天后就会过来了。他们已经收拾出了一间房子,而且从巴格达运了家具过来,看来是要尽量把可能的条件都准备好。

"出于好奇我还要告诉你的是,这个叫做克拉拉的考古学家身边还有个保姆一样的女人,她从头到脚都围着黑色的纱丽。她只吃这个女人为她准备的食物,这个老女人是她多年的仆人,她还同样负责伺候她的祖父。我估计这次她的丈夫会陪着她的祖父一起过来,他是文化部的重要官员,同行的还有开罗来的医生和护士,因为这里同样为他们也准备了房间,而且还要临时搭建一个帐篷医院。很明显老人现在正在生病。

"我之所以跟你说他们的事情,是因为这里所有的人似乎都因为老人的到来而变得上蹿下跳起来。

"我写的这篇报道似乎更像一篇流水账,而不是什么关于考古小组的专题报道,不过到最后的时候,我还是希望能够拿出一份满意的答卷。"

环球集团的老板微笑了起来。他毫不怀疑这个莱恩能够拿出一份满意的"报道"答卷,而且对于这个坦内博格家族的报复行动也是指日可待了。

这次的行动还真是幸运。要不是得益于他的朋友杜卡斯,这才得知了坦内博格在伊拉克,否则要找到他可真不是一件容易的事情。他思索着,生活还真是充满了各种奇妙的偶然事件,要不怎么解释杜卡斯请他派人去伊拉克控制克拉拉呢,然后过了没多久,那个布通先生就找到了自己,拿着两百万欧元要去赶尽杀绝这个家族呢?

现在他还在犹豫着要不要告诉杜卡斯,他还做着关于坦内博格的另外一桩生意,但是转念一想,他还是不说为妙。最好还是要保守职业秘密,因为无论如何这个人的利益和杜卡斯的利益并不冲突。

他拨通了那个神秘的布通先生的手机号。

直到响了五声之后,电话那头才传来布通的声音。

"请讲。"

"布通先生,我希望告诉您的是,我的一个朋友已经去拜访了您的朋友了,得知他们一切都好,不论是祖父还是孙女和她的丈夫。不幸的是,祖父现在生病了,但是还不清楚他的病到底有多严重,但是我希望能够尽快得到消息。"

"这个家族再没有其他的成员了?"

"据我们所知没有了。"

"他会完成好任务吧?"

"当然。"

"还有别的事吗?"

"现在没有,除非您还想知道什么其他的细节。"

"我希望了解所有的情况。"

"您的朋友现在在那个国家的南部,在一个非常美丽的村镇上。他的孙女在那工作……就像我跟您说过的……她要对付一个数目庞大的考古小组,而她的祖父将会过去找她。但是您不用替他们担心,他们都受到了很好的保护,不仅仅是常规的保护设施,而且还有特殊的私人安全保障。"

"没别的了?"

"这就是我所说的最实质性的细节了。"

"我要见您。"

"这倒不必要,有更多消息的时候,我会给您打电话。"

"务必。"

贝塔从书里把头抬了起来，忧心忡忡地看着父亲。

"是谁？"她问道。

"大学来的电话。"汉斯回答道。

"你怎么就不能一次性地退休算了呢？你现在根本就没有任何必要再去工作了。你过去早就说过想退休的，然后读读书，思考思考问题，但是你根本就没那么做。"

"反正也没多少活头了，就让我想怎么做就怎么做吧。去大学里，跟那些年轻人在一起还让我觉得更有活力一些。我这个年龄，如果身边空无一人，只有寂寞的话是很难受的。"

"但是你并不是一个人啊！"贝塔抗议道，"难道我们就没有联系吗？我还有孩子们。"

"求你了，我的好女儿，你当然是我最重要的人！但是你也要理解我需要生活得有激情，我要觉得自己也是有价值的，不只是个老头子，我还可以干点事情。"

他站起来，抱了抱女儿。他爱女儿超过任何事情和任何人，女儿是他唯一的财富。贝塔也深刻感到了父亲这个拥抱的深情。

"你说的不错，我只不过是担心你，因为你最近实在是太反常了。"

"贝塔，我也需要有自己的秘密啊。"

"但是我对你从来都不保密……"女儿抗议道。

"但是我是你的父亲，父母是不可能把所有的东西都告诉儿女们的。你也不会把自己所有的事情告诉孩子们吧，对吗？"

"爸爸，那是因为他们还小。"

"你在我眼里也一样是小孩。而且，这也不过是开个玩笑，我并没有对你隐瞒什么秘密，但是我希望能够更加独立一些，能够自由地出出进进，不需要向任何人解释我要去哪，从哪里回。其实，我所做的事情不过是拜访了一些老朋友。"

汉斯继续跟女儿说了一会儿话，尽管他觉得心里已经焦虑得够呛。汤姆·马丁刚才已经通知了他，坦内博格还活着，所以他们就有希望完成他们还是孩子的时候就许下的诺言。

他必须给梅赛德斯、卡罗还有布鲁诺打个电话，通知他们那个可能性已经完全有可能实现。那个汤姆说的病老头子只可能是他们内心深处怀恨多年的那个魔鬼。

第一个电话他是打给梅赛德斯的。他很清楚，他的这几个朋友自从卡罗从罗马打来电话通知说他们有可能找到这个老头子的那天起，就吃不香、睡不好了。

梅赛德斯一听到汉斯的讲述，立刻感到心跳加速，就像要犯心脏病一样。

"我想直接去那儿。"她对汉斯说道。

"那可太冒险了,而且你也很清楚这一点。而且,你什么都不能做。"

"我们应该用自己的手亲自将坦内博格送到地狱,而且要告诉他为什么,让他知道我们为什么要把他送到地狱。"

"得了,梅赛德斯!"

"有些事情是需要一个人单独去完成的。"

"是的,但是鉴于现在的状况,我们不能单独行动。他可是在伊拉克,在伊拉克南部的一个村庄里,严严实实被武装士兵保护着。"

"你有女儿,有孙子,卡罗和布鲁诺也有孩子和孙子们,所以我能够理解你们不想做疯狂事情的心理,但是我是独身一人,我不需要对任何人负责,到了这个年纪,唯一的前途也就是在孤独中老去。所以我也并不害怕失去什么。"

汉斯害怕起来。他害怕梅赛德斯真的能够去伊拉克并且亲自把坦内博格杀掉。

"你知道吗,梅赛德斯?要是因为你的失误让坦内博格继续活下去的话,我不会原谅你的。"

"因为我的失误?"

"是的,如果你要是去了伊拉克,在实施行动靠近他的过程中被抓起来了,那么我们的所有计划都泡汤了。你唯一得到的结果,就是坦内博格活下来了,而你却被扔进了伊拉克的监狱,而我们呢……我们也会被抓起来。"

"你凭什么说会发生这样的事情?"

"自负都让你无法思考了?"

梅赛德斯不说话了,她觉得汉斯的话让自己的自尊心受到了伤害。她明知到汉斯所说的有道理,但是……她一生以来都是梦想着这个时刻,自己能够将匕首捅到坦内博格的心口上,同时还要告诉他为什么杀他。

她曾经无数个夜晚梦见自己靠近坦内博格,然后将指甲伸进了他的双眼。还有的时候梦见自己像一只狼一样将他咬死,吸干了他的鲜血。

她总觉得应该是自己结束掉这个老畜生的生命,而且坦内博格应该在毫无知觉的情况下就死在她手里。

汉斯的声音又将她拉回到现实中来。

"梅赛德斯,我在跟你说话呢。"

"我听着呢。"

"我会跟卡罗和布鲁诺打电话的,我已经准备好要在监狱里度过余生了,因为你的尊严和愤怒已经让你失去了理智。如果你胡来的话,我可不希望了解更多的细节,我会退出,然后你们永远都不用指望我了。"

"你说什么?"

"我说我还没有疯掉,而且我拒绝冒不必要的风险。卡罗、布鲁诺、你还有我,我们都已经是四个老朽的人了。没错,我们都还是原来的我们,但是让一个人代替我们去完成解决他的任务就可以了。如果现在你改变主意,请你马上告诉我,而且我要向你重复说一遍,你可不要再指望我陪着你一起冒险做这些疯狂的事情了。"

"很抱歉让你生气了……"

"这还不仅仅是生气的问题。"

"我毕生唯一的目标就是让所有坦内博格家族的人在痛苦中死去。"

"但是那也没有必要一个人去完成啊。"

"你们永远都不会让我孤单一人的,我知道的。"

"好好想想我刚才跟你说的话吧。现在我要给卡罗和布鲁诺打电话了。再见!"

豪瑟教授忧心忡忡地挂上了电话。他觉得刚才跟梅赛德斯说话的态度太过强硬了,他觉得很愧疚,但是他的确是害怕这个女人的行动能力,害怕她真的什么都做得出来。

梅赛德斯的一生除了要杀掉坦内博格以外再也没有别的目标了。而且,她也的确有能力做到这一点。

卡罗在听汉斯讲完梅赛德斯知道坦内博格依然活着的反应之后也变得担心起来。布鲁诺听完以后也担心了起来。他们商定让卡罗马上去巴塞罗那,尽量阻止让梅赛德斯单独一个人行动,然后四个人一起再商量一下之后的行动计划。布鲁诺坚持要陪着卡罗过去,但是汉斯和卡罗都明白,要是他真的去巴塞罗那的话,那德波拉指不定又会担心成什么样子,所以他们还是劝他留在维也纳。如果卡罗顺利安抚梅赛德斯,让她能够理智地思考这个问题,那么他们再想办法聚到一起,所以他还是留在家里待命吧。

巴塞罗那的雨下得很大。卡罗穿着雨衣,耐心地在出租车候车站排队等车,准备搭车去市中心。他手边总不忘拎个手提箱,以便随时可以在外过夜,但是他还是想今天下午就返回罗马。不过一切都要取决于梅赛德斯是不是能够改变她顽固的态度。

梅赛德斯的公司所在的那幢大楼位于迪比达博区的边缘地带。接待员把他请到一个宽敞的会客室,然后就去通知巴雷达女士。还不到一秒钟,梅赛德斯就走了进来。

"你来这里干什么?"她问道。

"我必须过来一趟,所以我就顺便过来看看你。"

梅赛德斯挽着他的胳膊,把他带到自己的办公室。她那个精明的秘书马上给他们端了两杯咖啡过来,然后就出去了。秘书刚走,两个人就四目相对地打量起对方来。

"是汉斯要你过来的吧……"

"不是。我自己决定要来的。但是汉斯很担心,真的非常担心,布鲁诺也一样。你到底想干什么呢,梅赛德斯?"

卡罗的声音充满了痛苦的意味,但是也很坚决,没留任何让步或者回旋的余地。

"你不能理解我是多么想亲自把他杀掉!"

"我能理解,我真的能够理解你想杀他的愿望,我也一样有这样的愿望,汉斯和布鲁诺也一样有。但是这并不是我们应该做的。我们不知道具体应该怎样做。"

"把匕首插到一个人的肚子上并不是一件困难的事情。"

"困难的是去伊拉克,困难的是让其他人同意你到那个男人所在的地方,困难的是你要解释去那里的理由,困难的是能够让人们同意你靠近他,困难的是你还能够找到一个合适的时候将你的匕首送出。这一切都很困难。所以我们才需要雇用一个职业的杀手,一个知道在这种情况下该怎么做的男人,他必须知道如何行动,如何刺杀,如何找到最合适的行动时间。我们并不了解这些,尽管我们对他恨之入骨,尽管我们有力气用自己的双手将他杀死。"

"但你们连试都没让我试一下……"梅赛德斯抱怨道。

"求你了!这种事情哪里还有第二次机会!如果你尝试了,失败了,那么再也不会有任何人能够接近坦内博格了,那我们的复仇就可能功亏一篑了。你没有这个权利去尝试,你绝对不可以。"

"你也生我的气了。"梅赛德斯不快地说道。

"我?你搞错了,我、布鲁诺或者卡罗都没有生你的气。别乱给我们扣帽子。把我们四个人紧紧联系在一起的感情就是要不惜任何代价,将他摧毁。所以在这个行动上,任何人都没有特权可以不得到四个人一致的同意就独自行动。这不是你一个人的复仇,梅赛德斯,这是我们所有人的,我们发誓要一起去完成的,你不能破坏了你的誓言。"

"我们大家为什么不能一起过去呢?"

"因为那样做太愚蠢。"

两个人都沉默了,两个人都各怀心事,想着应该怎样回答对方的问题。

"我知道你们说的有道理,但是……"

"如果你擅自行动,就会毁了我们所有人,而且你肯定也杀不了坦内博格。这就是你要行动的唯一可能结果。如果你真的要这么做的话,赶快告诉我。"

"够了,你让我觉得糟糕透了!"

"你该觉得糟糕。这个我不管,我唯一想做的事情是让你好好想想,想想怎么能够平地起高楼,想想如果这么多年来,要不是我们都坚信能够找到坦内博格,在这最近的几个月里行动怎么会有那么多的进展。"

"阿拉伯人不是常说吗,复仇让人变得冷酷。"

"他们说得有道理。只有这样才能报仇,我们不会忘记,永远都不会原谅他,但是我们必须非常冷静地去行动。否则我们所有受过的苦,都不会有任何回报。"

"让我好好想想。"

"不行,我现在就要一个回答。我要确认我们是不是要取消伊拉克行动。我们可不能把派去的那个人的生命当儿戏。"

"他可是个职业杀手。"

"你也说了,他是职业的。所以如果因为我们私自干预,让他冒生命的危险,那我们就要承担一切的后果。你要记得,我们已经雇用了一家专业的机构,已经派出了职业杀手。"

"不过是一家安全机构。"

"得了,梅赛德斯!这些人可都是做好准备要杀人的,否则怎么会给他们付钱。"

"你说得有道理,我们就不要再说蠢话了。"

"那你打算怎么办?"

"想想,卡罗,好好想想……"

"那就是说你还没有被说服……"

"我不知道……我还需要想想。"

"我的上帝,梅赛德斯,你就不要再犯傻了!"

"我永远都不会背叛你们的。要是我真的打算做什么事情,或者不做,我都肯定会跟你们说的。我宁可你们恨我也不会欺骗你们的。"

"看来你更希望坦内博格活着。"卡罗总结道。

"绝不是!"梅赛德斯疯狂地吼道,"你怎么能这么说?我希望自己把他干掉!我自己!我自己!这就是我想干的!"

"看来跟你说道理是没有用了。那我们就把原定行动结束了。汉斯马上给马丁打电话,让他把人撤回来。就这样了。"

梅赛德斯气愤地看着卡罗。她的手紧握着拳头,指甲深深地嵌在手掌心里,脸上痛苦得快要扭曲了。

"你们不能这么干。"她喃喃道。

"我们当然可以,我们就要这么办。你已经决定要背弃我们许下的诺言,而且决定将我们的行动置于危险的境地。如果你现在已经不跟我们在同一条船上,那么一切就到此结束。我们放弃复仇。我们永远都不会原谅你,永远不会。我们花了那么多年的时间等待,总算找到这个坦内博格的老畜生了,现在知道了他和他的孙女就在那里,我们本来可以将他杀掉,而且就快要完成这个任务,但是你突然奇怪地要阻止这个事情,说什么非要一个人亲自去将他解决。那好,你就去做吧,我们也就能共同走到这一步了。从这一刻开始,你走你的阳关道,我们走我们的独木桥,互不牵涉。"

卡罗左边太阳穴的青筋都暴了出来,足以见得此刻他所承受的压力。

梅赛德斯此刻也揪心地痛,同样也忍受着压力的折磨。

"你这是在跟我说什么呢,卡罗……"

"我们就永远不要再见面了。汉斯、布鲁诺还有我,我们在有生之年永远都不想知道关于你的任何消息,我们到死也不会原谅你的。"

卡罗对这场残酷的谈话已经感到精疲力竭了,他其实是那么深地爱着梅赛德斯,并且也能够感受到他的这个朋友所忍受的煎熬,但是他还是无法容忍她希望做的事情。

"我不能接受这个最后的通牒。"梅赛德斯回答道,脸色如死灰一般。

"我们也一样不能。"

他们又陷入了沉默,这种沉默让两人都感到不舒服,因为这种气氛预示着本来是那样牢不可破的关系可能会走到终结。

卡罗从沙发站了起来,他看着梅赛德斯,然后朝大门走去。

"我走了。如果你改变了主意,请给我打电话,不过最好在今天晚上之前。明天汉斯就要去伦敦,去跟马丁中止这个合同。"

梅赛德斯没有回答。她没有起身,还窝在沙发里。当几分钟后她的秘书进来时,秘书吓了一跳。因为这个平日精神勃发的女人现在突然看起来就像个苍老的老太太,脸上突然多了几千条密密麻麻的小皱纹,还有一脸无法掩饰的苦笑。

"我尊敬的梅赛德斯,您还好吧?"

梅赛德斯根本就没有听见她说话,所以没有回答。秘书走到她身边,轻轻地将手放在她的肩上,害怕她会有什么反应。

"您觉得不舒服吗?"秘书继续问道。

梅赛德斯这才从沉思中缓过神来。

"是的,有点累。"

"您需要我给您拿点什么过来吗?"

"不用了,不用了。你不用担心。"

"要我把跟市长的午饭取消吗?"

"不用,给马塔罗工程的建筑师打电话。打通电话之后,给我接过来。"

秘书犹豫了片刻,但是却不敢跟她的上司再说别的,因为梅赛德斯可不是个能够强求的人。

秘书离开后,梅赛德斯一个人深吸了一口气。她真想大哭一场,但是自从她祖母去世后,这么多年了,她从来都不允许自己掉一滴眼泪。于是,她拼命控制住自己的感情,喝了一杯水。

电话铃声突然响起,把她吓了一跳。她想可能是卡罗吧,但是里面传来秘书的声音,通知她接通了马塔罗工程建筑师的电话。

卡罗很悲痛。跟梅赛德斯的争执就像一场残酷的战争。他知道自己并没有能够说服她,所以他还要给汉斯和布鲁诺打电话,然后再决定接下去该怎么办。

如果梅赛德斯真要去伊拉克,那么她不仅自己会身陷危险之中,而且肯定会破坏原定的行动计划。他们必须做出一个决定,尽管如果是布鲁诺跟梅赛德斯谈谈也许会比汉斯或者自己谈更加有效。

到了机场,一换好去罗马的第一班飞机的登机牌,他就连忙找了个公用电话给自己的朋友们打电话。

是德波拉接的电话,她说稍等一会儿,然后去通知布鲁诺。

"卡罗,你在哪?"

"在巴塞罗那的机场。梅赛德斯根本就听不进道理,我们吵了一架,我已经尽全力了,但是我们的谈话还是太残酷了。"

布鲁诺没有做声,他本来很坚信卡罗能够说服梅赛德斯。如果他都做不到,那还有谁能做得到呢?

"布鲁诺,你还在吗?"

"是的,抱歉,你让我不知道该说什么好了。那我们该怎么办呢?"

"中止行动。"

"不行!"

"我们没有其他的办法了。如果梅赛德斯继续坚持,那么我们还按原计划进行就太疯狂了。汉斯需要去伦敦……"

"不行!我们不能中止我们已经商量好的行动计划。我们用了一生的时间在等待这个时刻,怎么能说撤就撤呢。我绝对不会这样做的!"

"布鲁诺,求你了,我们没有别的办法啊!"

"不行,如果你们想退出,那么你们就退出。我会去伦敦,跟那个机构谈,剩下的费用我来承担。"

"我们所有人都疯了!"

"不是的,疯了的人只有梅赛德斯。是她惹出了这一系列的麻烦。"布鲁诺说道。

"好了,我们就不要再争了,我们要见面聊聊。我马上去维也纳。"

"好,我们是要见见面。我马上给汉斯打电话。"

"给我点时间,我给他打吧。他估计都要急疯了,想知道到底梅赛德斯怎么样了。"

"好的。然后你就给我打电话，告诉我们你们决定好要去什么地方见面。"

汉斯不耐烦地等待着卡罗的电话，尽管他也知道他不会这么快就处理完。他本以为卡罗说服梅赛德斯是没有问题的事情，可当他说自己并没有说服成功时，他顿时觉得脚下的大地裂开了一样。他们约好了第二天在维也纳见面，然后再探讨下一步该怎么办。

卡罗一到罗马就直奔自己的诊所去了，他想看看孩子们，想感受一下正常的天伦之乐。

娜拉和安东尼奥出去吃午饭还没有回来，而他的秘书玛丽亚也不在。

办公桌上放着一个出诊单，是一个朋友的妻子要动手术，两天后由儿子安东尼奥负责主刀。看到分析的结果，还有手术前的超声波图样，他觉得很有必要跟儿子谈谈。

他给阿里塔莉亚打了个电话，订了一张去维也纳的机票。第二天早上七点的飞机去，晚上的飞机回来。这种来来回回的旅行如果不需要在家里过夜，他还觉得不那么累，而且这样的旅行还有一个优点就是，他的孩子们不会太担心他，都以为他人在罗马。

娜拉是第一个回诊所的。

"早上我都没看到你，你也不在家里啊。"父亲对女儿说道。

"你有什么事吗？"

"跟你说说卡萝尔的事。"

"我看过她的分析报告还有超声波图。情况不好啊。"

"安东尼奥正着急呢。"

"我要你跟我说说他的想法，然后在采取任何措施之前，跟鸠瑟贝谈谈。"

"安东尼奥认为最好不要给她做手术。"

"走着瞧吧。所有的事情又重来了一遍。无论如何，还是把手术推迟两天，等我们确定到底什么是更好的解决方案再说。"

"癌症可能侵入内脏。"

这个时候玛丽亚走了进来，安东尼奥紧随其后。

"你好啊，父亲。你这一阵子都跑哪里去了？"

"处理一些事情。"

"你看起来很疲惫啊。"

"我们正在谈论卡萝尔的病情。"

"我认为她除了胃部以外，其他的内脏可能也已经受到了影响。保不齐把胸腔打开之后，我们还会发现些什么别的病变。"

"但是还是需要打开。"

"非常有可能……"

"是啊,她已经七十五岁了,跟我一样大。"

"跟你可不一样。"娜拉抗议道。

"那你们在担心什么呢?要么进行减轻她痛苦的手术,要么就让她等死?"

"不是,我认为我们应该重新做一下各种检测,做一个更加准确的超声波,然后把结果可以送给赫美伊中心确认,之后再做决定。"安东尼奥说道。

"好吧,我马上给赫美伊中心的主任打电话,让他们今天就做超声波,你们明天再重复做其他的检查,后天再汇总检查。现在我要先走了,我去给鸠瑟贝打电话。"

下午剩下的时间他就一直待在办公室里工作。离开的时候就快要九点了。他累得不行,第二天还要早起。

德波拉接待他们的时候脸色并不是很友好。布鲁诺一直很紧张,看得出来他们俩刚刚吵过架。

"她真是伤脑筋,根本就不能理解我们所做的事情。"

"她知道我们现在所做的事情了?"汉斯焦急地问道。

"没有,我们想做的事情她还不知道。但是过去的事情,的确是知道一些,毕竟她是我的女人嘛……"布鲁诺抱歉地说道。

"要是这样,我也会告诉我妻子的。"卡罗安慰他道。

"我也会的,这个你不用担心。"汉斯说道。

德波拉端着咖啡走进客厅,可是看到他们的时候眼睛里明显充满了怨恨。

"德波拉,让我们单独待在这里吧,我们有些事情要谈。"布鲁诺恳求道。

"好的,我会的,但是在我离开之前,你们都给我听好了,我跟你们一样难受,我曾经也是生活在地狱之中,我失去了父母,失去了表亲还有我的朋友。我跟你们一样,都是幸存者。上帝希望我能够活下来,所以我也对他充满了感激。我这一生都在祈祷,祈祷我的灵魂不要再被仇恨所困扰。但是我很肯定的是,我们不能用自己的双手去完成复仇的任务,因为这会让我们变成杀人凶手。在这里,在德国,在欧洲有正义的法庭。你们完全可以提起司法程序。应该由正义本身来行使正义的权力。你们如果派人去杀了他全家,结果把自己也都变成了凶手,这有什么意义?"

"谁都没说我们要雇人去杀他。"布鲁诺非常严肃地回答道。

"我非常了解你们,我了解你。你们一生都在等待这个机会。你们一直靠童年就许下的诺言来互相支持对方,活到现在。你们中没有一个人有勇气背弃那个承诺,走回头路。上帝不会宽恕你们的。"

"以牙还牙,以眼还眼。"汉斯回答道。

"我看出来了，跟你们说再多都没有用。"德波拉说着走出了客厅。

三个人在沉默中足足愣了一分钟。然后卡罗向其他人详细地讲述了自己和梅赛德斯的论战。他们说好了最后由布鲁诺给梅赛德斯打电话，最后再做一次努力。

"但是我们不能中止行动。"布鲁诺坚持说。

"如果我们不中止的话，也要将现在的情形通知给马丁……"汉斯建议道。

"你也可以去见见他，然后当面给他讲讲到底发生了什么事情，但是在这之前，我们还是等布鲁诺给梅赛德斯打完电话，看看他是不是比较走运一些。我反正是没办法说服她的，也许我就不应该去的……"

"得了，卡罗，你已经尽力了。"布鲁诺安慰他说道，"我们都清楚梅赛德斯的脾气。我能够说服她的可能性比你还要低，我们就都不要抱怨了。"

"她那么倔，还真是让人难以想象……也许，要是我们三个一起去找她的话……"汉斯提议道。

"那也起不到作用的。"布鲁诺果决地说道。

"那么，你现在就给她打电话吧。我们等你跟她说完电话，然后再看看应该怎么办。"卡罗回答道。

布鲁诺起身，从客厅走到书房去了。他觉得最好还是离德波拉远一点给梅赛德斯打电话比较好。

梅赛德斯正好在办公室。布鲁诺注意到了她语气中的焦急。

"布鲁诺，是你吗？"

"是的，梅赛德斯，是我。"

"我都要疯掉了。"

"我们也是。"

"我希望你们能够理解我。"

"不对，你不是想让我们理解你。你是想让我们跟着你跑龙套。你已经决定了，我们四个人不再是一个完整的团体，而是要分开，要破坏我们共同的誓言。我希望你能三思而后行，你已经把我们折磨得够呛了。"

两个人都没有再说话。听筒里只有两个人呼吸的声音，梅赛德斯或者布鲁诺都没办法再说一个字，他们就这样无止境地耗着。最后，还是布鲁诺决定要打破这个沉默。

"你听见我说的话了吗，梅赛德斯？"

"是的，布鲁诺，我听着呢，但是我不知道该说什么好。"

"我只是想让你知道从那件事之后，我还从没有像这段时间这样痛苦过。卡罗和汉斯也是一样。最糟糕的是，你让我们这么多年的生活变得毫无意义，让我们这么多年的辛苦毁于一旦。你的祖母肯定不会这么做的，这一点你很清楚。"

他们又一次陷入了沉默。布鲁诺觉得已经语尽词穷了，不仅口干，而且肚子里还一阵绞痛。他甚至觉得自己就快要哭出来了。

"我感觉到我给你们造成痛苦了。"梅赛德斯喃喃地承认道。

"你是在夺去我们的生命。如果你还这样一意孤行的话,我也不想再活下去了。活着为了什么?为什么我就要这么做?"

"很抱歉,请你们原谅我。我不会有任何行动的,我认为我不会再有什么行动了。"

"你跟我说你认为自己不会再有什么行动是什么意思,我需要知道事实。"布鲁诺毫不让步地说道。

"我什么都不会做了。我向你保证。要是我改变主意的话,我肯定会告诉你们的。"

"你不能这样对待我们……"

"不,我不应该,但是我也不能欺骗你们。好了,我不会行动了,我绝对不会再有任何行动了。要是改变想法,我会通知你们。"

"谢谢。"

"卡罗和汉斯呢?"

"他们正急得像一团乱麻,跟我一样。"

"告诉他们放心吧,我什么都不做了。那边有什么新的消息过来吗?"

"没有。我们还需要等待。"

"那我们就等着。"

"谢谢你,梅赛德斯,谢谢。"

"别跟我说什么谢谢,应该是我向你们祈求原谅。"

"不需要,最重要的是我们四个人又团结在一起了。"

"我差一点就把我们友谊的绳索拽断了。"

"别说了,梅赛德斯,什么都别再说了。"

布鲁诺挂断了电话,泪水却忍不住地掉了下来。他哭了,感谢上帝帮助自己说服了梅赛德斯。然后他去厕所洗了把脸,这才回到了客厅。

卡罗和汉斯都默不作声,不耐烦地揣测着他们会谈的结果。

"她肯定不行动了。"他一进门就宣布道。

三个人紧紧地拥抱在一起,抱头痛哭,丝毫没有觉得有什么羞愧。布鲁诺打赢了一场根本就没有胜算的仗。

25

克拉拉很紧张，努力地倾听着载有祖父和艾哈迈德的直升飞机所发出来的噪声。

听说丈夫陪着祖父一起来萨佛兰，她非常吃惊。她一直担心祖父的病情，但是艾哈迈德却让她不要担心。可是几天前搭起来的临时医院就不是一个很好的信号。

她这一天一直都忙着跟珐蒂玛一起整理那个准备和祖父住在一起的房子，所以就没有去工地。她知道祖父是个很挑剔的人，而且他的身体状况也很不好，所以需要尽可能地将所有能在萨佛兰找到的便利设施都准备齐全。她也不知道祖父要在这里住多久，当然也不知道艾哈迈德会在这里待到什么时候。

从窗户里她看见珐蒂玛急匆匆地向她跑了过来。

"我觉得他们好像是找到了点什么东西。"她的语气里带着强烈的感情色彩。

"什么？快告诉我……"克拉拉着急地问道。

"离圣殿大概不到三百米外的地方，我们找到了很多层有许多房间的地方，就是在一周之前我们开始挖掘的地方。看起来这些房间都不是很大，主体结构都是长方形的。其中的一个房间里，我们找到了一幅肖像，一个坐着的女人，好像是肥沃女神。还有一些黑色瓷器的遗骸，还有一些其他的东西，玛尔塔那个小分队在圣殿里的一个房间里找到了一套计数符的收藏。我们发现了很多圆锥体，经过加工打磨后的锥体，还有大大小小的球体，除了这些以外还有两枚印章，其中一枚上面刻的是公牛的图样，还有一个上面好像是狮子的模样……你注意到这意味着什么吗？……伊维斯就像疯了一样，我认为，而玛尔塔却没有。"

"我要过去看看！"她激动地说道。

珐蒂玛的身影就堵在大门口。

"你哪也不能去。我们的工作还没有结束呢，你祖父马上就要到了。"她的老仆人劝阻道。

这时突然听到了直升飞机的轰鸣声，于是克拉拉根本就没有回珐蒂玛的话。尽管她是那么想到挖掘现场去看看，但是她很清楚除非将祖父安顿好了以后，否则哪里也去不了。

还有几个小时天就要黑了,不过即使到了晚上,她还是打算要去看看。

阿耶德在几名武装齐全的士兵陪同下,步伐匆匆地朝房子这边走来。

"夫人,直升飞机马上就要着陆了。您过来吗?"

"我知道了,阿耶德,我也听到声音了,是的,我跟你们一块儿过去。"

珐蒂玛跟在克拉拉身后从屋子里走了出去。她们坐上一辆吉普车,然后就朝飞机着陆的地方开去了。

克拉拉看到祖父的时候吓了一跳。祖父瘦得太多了,皮包骨头,衣服就好像是在身体外面飘荡。

他那双铁一般锐利的蓝眼睛在地面上游荡,走起路来有些蹒跚,尽管他已经努力地昂首挺胸了。

她感觉出祖父给自己拥抱的时候已经不如从前那样有力,而她也是有生以来第一次正视这个事实,她的祖父也到了快不行的这一天,他并不是上帝,并不是她从前以为的那个样子。

珐蒂玛陪着阿尔弗雷德走到房间,那里面尽管空间有限,但还是按照他的喜好布置好了一切。医生要珐蒂玛出去,因为他要单独给坦内博格做检查,看看他经过从开罗到萨佛兰这一路的飞行,身体是不是受到了什么影响。珐蒂玛看到医生和护士走了进去,自己不得不出来,嘴里却嘟嘟囔囔的。

医生从房间里出来,看到克拉拉已经不耐烦地等在那里。

"我能够进去吗?"

"最好先让他休息一会儿。"

珐蒂玛问是不是需要给他拿点东西吃,而医生则耸了耸肩。

"我认为他还是先睡一会儿比较好。他很累,但是如果你们愿意的话,萨米拉出来之后你们可以进去问问他。她正在给他打针。"

"我并不认识您啊,医生?"克拉拉带着一丝不信任地问道。这个年轻的医生个子瘦瘦高高的,那个进去的护士也还算干净利落。

"您不记得我了? 但是我们在开罗见过面,就是在美国医院我们给您祖父开刀的时候。我是阿齐兹医生的助手,我叫萨朗·纳界布。"

"好像是,我见过您,不好意思……"

"没关系,我们也不过是在医院里见过两面。"

"我祖父他……很严重吗?"

"是的。他的意志力实在是超乎想象,但是肿瘤还在生长,而他又不愿意再开刀,而且他的年纪……"

"如果开刀的话,会有所好转吗?"克拉拉问道。

医生沉默了片刻,似乎在努力找一些更为合适的词语来回答她的问题。

"这就不好说了。我不知道开刀之后,里面到底会是个什么状况。但是根据他现在的状况……"

"他还有多少时日？"

克拉拉的声音都近乎呓语了。她挣扎着不让自己的泪水掉下来，但是她最不希望的还是让祖父听到他们俩的谈话。

"估计只有真主才知道。但是根据阿齐兹医生的判断，还有我的判断，不超过三四个月，这是最好的估计了。"

护士从房间里走了出来，腼腆地冲克拉拉微笑了一下，然后等待着医生的命令。

"注射完了？"萨朗问道。

"是的，医生，现在他已经平静下来了。他说希望跟克拉拉女士说两句话……"

克拉拉一把推开护士，钻到房间里了，而珐蒂玛连忙紧随其后。

阿尔弗雷德已经躺下了，裹在被单里他看起来就更加瘦小了。

"祖父！"克拉拉呼唤道。

"啊，我的孩子！你坐下吧，珐蒂玛你就不用待在这里了，我要单独跟孙女说两句话。但是我希望你能给我准备一顿丰盛的晚餐。"

珐蒂玛微笑着离开了房间。如果坦内博格还有胃口的话，那他肯定会被自己的精湛厨艺所打动的。

"我就要死了。"坦内博格拉着克拉拉的手说道。

克拉拉的脸上立刻浮现出绝望的表情，根本就不能控制自己的情绪，放声大哭了起来。

"你不要哭啊，我从来都不支持那些只知道哭的人，这点你最清楚了。你是强壮的，就跟我一样，所以收起你的眼泪，我们要好好谈谈。"

"你不会死的。"克拉拉坚决地说道。

"不，我马上就要死了。而我希望避免的事情是，不能让他们把你杀害了。你现在十分危险。"

"谁希望我死？"克拉拉奇怪地问道。

"现在我还没有调查清楚到底是谁指使那些意大利人一直跟踪你到巴格达来的。而我既不信任乔治也不信任弗兰克，恩里克也一样不可以信任。"

"但是，祖父，他们都是你的朋友！你总是说他们就像你自己一样，如果哪一天你出了什么事，他们肯定会保护我的……"

"没错，但这都是过去的事了。我也不知道还能活多久，阿齐兹医生说我活不过三个月，所以我们不能再浪费时间把话题扯得太远。我之所以希望你能得到泥板圣经，就是因为只有它才能让你远走高飞，开始一段新生活，它是你最好的推荐信。我们必须要找到它，因为在这个世界上，金钱是换不来别人对你的尊重的。"

"你想说什么？"

"你很清楚，尽管我们从来没有谈论过，但是你应该很明白。我不能把我的生意留给你作为遗产，因为那不是我想给予你的东西。我的生意将会被我带到坟墓里去，而你将会有足够的钱，没有丝毫担心地过完余生。

"你将在考古学界耕耘，将你的名字记入史册，这才是我们两个希望得到的东西。而考古也是你该自己走的道路。

"我在自己的领域也受到尊敬，我买卖的东西并不重要，我帮那些恐怖组织弄到武器，满足那些政府或者王公们最为离奇的要求，负责将他们的敌人消灭干净，譬如对他们将国家的考古或者艺术珍宝偷运出去视而不见。我不希望你知道我生意的细节，因为一切就是这样了，我对我所得到的东西也感到心满意足了。你是不是感到很失望？"

"没有，祖父，我永远都不会对你失望的。我是那么的爱你。我其实原来就知道一些事情，我注意到你的生意是……很困难的。我没权利评价你，我永远都不会，我很肯定你所做的事情都是你认为应该做的事情。"

克拉拉无条件的忠诚是唯一能够感动老人的东西。他知道在最后的时刻他只能指望她。他能够读懂孙女眼中的话语，他知道她是完全忠于自己的，就像自己对她一样。

"其实在我的世界里，尊敬其实很大程度上是跟害怕联系在一起的。而我现在就要死了，这也就不是什么秘密了。我肯定那个阿齐兹医生没有保守关于我身体状况的秘密。所以才会有秃鹰在我头顶徘徊，我感觉得到，它们就在那里。如果我一旦不在了，它们肯定会找你的麻烦。我本来以为可以让艾哈迈德打理生意，而且还可以保护你，但是你们的分手使我不得不改变计划。"

"艾哈迈德知道你所有的生意吗？"

"知道得足够多了。他也根本就不清白，特别是在这最后的几个月里他似乎是因为有些顾虑而变得不太有用了，不过他还是会保护你，直到你离开伊拉克以后。我给了他相当多的报酬。"

克拉拉觉得非常恶心，她想吐。祖父刚才的话使得他们之间的关系彻底地葬送了，而且丧失了任何恢复的可能性。她不能指责他，因为祖父一直在帮她面对现实，而这个现实就是艾哈迈德是因为拿了钱所以来保护她。

"到底是谁想要杀我呢？"

"乔治、弗兰克和恩里克都想要泥板圣经。我肯定他们已经安插了他们的人在这里，随时等待着你找到圣经然后将它抢走。这个东西是无价之宝，说得更准确一切，它的价值高到他们拒绝接受我跟他们的交易。"

"你拿什么跟他们交易？"

"是跟一桩生意有关，那是我最后一笔生意，因为我已经时日无多了。"

"他们有能力杀了我吗？"

"他们要的是泥板圣经，所以他们会在你找到它的时候奋力去将它抢走。如果他们不费吹灰之力就得手的话，他们肯定会尽量不伤害到你，但是如果你不给他们的话，他们就会不择手段了。他们肯定已经派人驻扎在这里了，他们也准备好应付所有可能的问题，如果真的需要杀人，他们也会杀的。如果我在他们的角度，我也会那么干的。所以我才会尽量把事情的进度加快，只要泥板圣经不现身，就不会有危险，可是如果它一旦出现，麻烦就会立刻随之而来。"

"而你肯定这里已经有你朋友安插的手下了……"

"没错。阿耶德还没有找到他们，尽管他对其中的一些人已经产生了怀疑。他们可能渗入在民工中，那些营地住宅的提供者，甚至是在皮科特的专家小组中。杀人不过就是钱数多少的问题，而这些人有足够的钱去雇用这样的人，就像我有足够的钱来保护你一样。"

跟祖父的谈话让克拉拉的心里被撕碎一样难受，但是她无论如何不愿意在祖父面前表现得像一个脆弱的女人，当然也就更加不会因为祖父而感到羞耻或者对他妄加评判。而且她的内心里其实根本就没有任何对祖父的指责之意，至于祖父在做什么或者过去做了什么事情，她根本就不介意。她只是知道自己在这个战火纷飞的中东地区生活本身就是一个恩赐，在这个地方只有极少数人像自己一样可以拥有所有想要的东西。她属于特权阶层，所以身边总是有全副武装的士兵守卫着，随时准备着用自己的生命来保护她。这都是祖父用钱买来的。从小她就知道祖父是有权威的，无所不能的，他对自己宠爱有加，把自己送到最好的中学，然后是大学。没有，她其实从来就没有忽视过祖父的权力，如果说她从来没有问过这样的问题，那么也是因为她不愿意得到让自己难以接受的答案。她一直让自己处于一种近乎妄想症般舒适的无知状态中。

"那你有什么主意呢？"

"我用我们正在交易的那笔生意的所有利润交换，让他们帮你得到泥板圣经。我给他们的应该是远超过应有的价值了，但是他们还是不接受。"

"泥板圣经也令他们着迷……"

"他们只是我的朋友，克拉拉，我爱他们就像爱我自己一样，但是绝对不会比爱我自己更多。你应该离开这里。我们需要在美国佬打过来之前找到泥板圣经。只要它一旦落到了我们手里，你就要马上离开。跟皮科特教授的合作实在是个明智之举，他是个叛逆的人，但是作为一个考古学家，没有任何人可以否定他的素质。所以通过他的引导，你可以进入一个崭新的世界，但是达到这个境界的前提就是你拥有了泥板圣经。"

"但是如果我们没有找到它呢？"

"我们会找到的。但是如果真没找到的话，你无论如何也要马上离开伊拉克，去开罗。你在那里还是可以过得相对平静一些,尽管我一直都梦想着你能够去欧洲,生活在……你缺的倒不是钱。"

"你过去从来都不希望我去欧洲的。"

"没错,因为你只有带着泥板圣经去才可以,否则你将会面临一些我不愿意你碰到的困难,我不能忍受任何人伤害到你。"

"谁可能会伤害我?"

"过去的事情,克拉拉,过去的事情会像海啸一样时不时将现在摧毁。"

"我的过去并没有什么重要的。"

"不,当然不是你的。我并不是指你的过去。好了,现在你给我讲讲工作进行得如何了。"

"纪安突然想到夏马斯有可能把泥板圣经藏在家里,而不是在圣殿里,所以我们就扩大了发掘的范围。今天他们在圣殿附近找到了一些古代房屋的遗址,有可能里面就有夏马斯的家……在圣殿里面,除了泥板以外,还有计数符以及一些塑像。现在就看我们能不能撞上大运了,在那些新发掘出来的房屋遗址中找到夏马斯的家。"

"那个教士纪安没有惹什么麻烦吧?"

"你怎么知道他是个教士?"

克拉拉笑了起来,觉得自己的问题问得有些愚蠢。营地里发生的所有事情都有人向祖父通报,阿耶德,那个工头肯定会一五一十地将所有细节的问题都汇报给他,而且除了他,祖父还安排了其他很多人,他们在汇报的时候绝对不会漏掉任何一个细节。

阿尔弗雷德喝了口水,等着孙女的回答,他感觉出旅途带来的疲惫了,但是他还是很满意能跟克拉拉这样开心地聊天。他们两个还是很相像的,听说有人可能要杀自己,克拉拉并没有装出一副无动于衷的样子。她聚精会神地听着连眼睛都没有眨一下,但是却没有提出那些愚蠢的问题,也并没有像个无知的少女,当听到了家族生意的混乱时一副惊慌失措的样子。

"纪安是个不错的人,并且也很有能力。他的专业就是灭亡语言学:阿卡德语、希伯来语、阿拉米语、赫梯语对他而言都不是问题。对亚伯拉罕可能讲述出的那个创世记的版本他表现得有些怀疑主义作风,但这丝毫不影响他勤勤恳恳地工作。你不用担心,他不是危险的人,只是个教士。"

"如果说我有什么经验的话,那就是人们本质往往不是他们看来的那个样子。"

"但是纪安是个神父……"

"他的确是个神父,这个我们已经得到了证实。"

"所以你知道他并不是个危险的人物了。"

坦内博格闭上了眼睛,克拉拉温柔地抚摩着他布满皱纹的脸颊。

"我现在想好好睡一会儿。"

"好吧,今天晚上皮科特还想见见你。"

"到时候见吧,现在你走吧。"

珐蒂玛将萨朗安排在隔壁的房间,然后将护士安排在靠近坦内博格的一间屋子,尽管她认为其实并没有什么事情是那个叫做萨米拉的护士能够做,而自己做不到的。她非常了解坦内博格,有些事情即使他不说她都能知道他有什么需要。一个动作,一个手势,他晃动脑袋的方式,任何一个可以帮助她提前了解主人意图的动作,她都谙熟于心。但是医生的要求看来是非常严格的:萨米拉必须守候在病人身边,并且随时有什么情况都要立刻通知他。尽管给他准备的那间房其实就跟坦内博格的房间隔着一道墙。

"你怎么了,孩子?"珐蒂玛到厨房来找克拉拉的时候,看到她状态不佳,问道。

"非常不好……"

"他会活下去的。"珐蒂玛肯定地说道,"他会活到你找到那些泥板的那一天。他不会扔下你不管的。"

克拉拉任凭她的这个老保姆抱着自己,知道不论在什么情况下她都会保护自己。但是自己将要面临的事情实在是太让人不安了:祖父刚刚通知自己有人想要谋杀自己。

"医生和护士呢?"

"他们正在组织临时医院。"

"好吧,我去挖掘工地了。我会回来吃晚饭的,我不知道祖父是想自己一个人吃,还是跟我还有其他人一起。"

"你不用担心,如果他想邀请谁,是不会缺饭吃的。"

吉普车停在家门口,有六个人随时准备好陪着她去任何地方。

五分钟之后她就站在新发掘出来的遗址旁边了。

莱恩微笑着走到她身边。

"您已经得到消息了吧?他们找到了居民住所的遗址,您的同伴们看来都很激动。"

"是的,我已经知道了,但是我没办法更早些过来。您的图片报道弄得怎么样了?"

"不错,比我想象的要好,而且皮科特已经雇用了我。"

"他雇了您?为什么?"

"看起来好像是一个考古学杂志的朋友向他要一些关于这个发掘的故事,可能需要一些插图,于是他就请我负责照些照片。看来我的旅行总算没有白费。"

克拉拉咬着牙,心里有些烦躁。这样看来,皮科特是想在一个考古学的杂志上提前做一期报道,由此独得所有的荣誉。

"那是个什么杂志？"

"我觉得好像是叫《科学考古》。他跟我说这个杂志有法文版、英文版、德文版、西班牙文版、意大利版、美国版等等。总之，这是个很重要的杂志。"

"是的，没错。可以这么说，只要是登上了这个杂志的东西，那它就存在，如果没有登上去的，那就是没有价值的。"

"如果您要是这么说的话，那应该就是这样喽。我对这个可是完全不在行，尽管我不得不承认，我都被他们的热情所鼓舞了。"

她没有再跟莱恩搭话，而是径直朝玛尔塔和法比安工作的地方走了过去。

他们又发掘出了圣殿的另外一部分，并且还找到了一个音节表。这一切就好像是这个地方突然愿意掀起自己神秘的面纱，将若干成果奉献给这群辛勤工作的由各色人等组成的混杂考古团体。

"皮科特在哪？"克拉拉问道。

"今天简直是太让人意想不到了，竟然找到了萨佛兰的旧城墙遗址。他在那边。"玛尔塔指着皮科特那边说道，那里皮科特正和一帮工人一起好像在用自己的手挖什么东西一样。

"你知道吗，克拉拉？我觉得我们已经是在圣殿的第二层上了。看起来好像是个契古拉特（古美索不达米亚的一种传统宗教塔式建筑），但是我也不能确定，这里是内城墙的遗址，而且我们发现这边就好像是一道楼梯。"法比安肯定地说道。

"看来我们需要更多的工人。"玛尔塔也肯定地说道。

"我会跟阿耶德说的，但是我觉得要找到人真不是件容易的事。现在整个国家都处于警戒状态。"克拉拉回答道。

皮科特跟一帮工人一起，把手直接就伸到瓦砾堆里从里面往外刨着碎块。大家干得热火朝天，根本就没有发现克拉拉走了过来。

"你好啊，看来今天真是个伟大的日子。"克拉拉招呼道。

"你都想象不到。看起来运气女神还是时刻与我们同在的。我们已经发掘出外墙的遗址了，而且在外墙旁边还有一些建筑物，你过来看看。"

皮科特引着她往那堆黄沙地看去，那边只有一堆摆放整齐的砖头残迹，也只有像他们这样的专业人员才看得出来，原来那里曾是一个家庭住宅。

"我已经安排了半数以上的工人在这片区域工作了。但是法比安应该也跟你说了，我们的这座小山已经又往前推进了不少，而那个圣殿看起来就是个契古拉特。"

"嗯，这个我看到了。我留在这组工作。"

"好吧。你认为我们还能不能多弄到些人手？要是想把这一片都清理出来的话,我们真的还需要更多的人手。"

"我知道,法比安和玛尔塔都跟我说过了。我来看看该怎么办吧。另外,那个摄影师,就是那个叫做莱恩的,跟我说你雇用了他。"

"是的,我让他帮我做个关于我们现在正在进行的工作的图片报道。"

"我还不知道你承诺了别人要将我们的工作情况公之于众呢。"

克拉拉特别强调了"我们"两个字,希望皮科特能够注意到她对此感到不舒服。他滑稽地看着她,然后放声大笑了起来。

"好了,克拉拉,你就别别扭了,没谁要从你那夺走什么!我认识一些在《科学考古》工作的人,他们希望我们能给他们提供一些在这里工作的情况。现在全世界都对泥板圣经感兴趣,如果我们找到它了,一定能成为考古学历史上的里程碑。我们不仅能够证明亚伯拉罕真的存在,而且还可以让大家了解到《创世记》的故事。那绝对是一场革命。尽管现在泥板还没有现身,但是我们现在所做的一切都足以让我们自己感到自豪。我们所发掘出来的这个契古拉特,从前也并没有被提起过,而且这个遗址保存的良好状态远超乎我们想象。你不用担心,如果真能有所收获,那也是属于大家的。我已经过了虚荣的年纪了,小姐,我现在的事业已经都成形了。啊!你说得很好啊,是'我们'的工作不是吗,因为如果没有法比安、玛尔塔或者其他的同事们都是不可能完成的。"

伊维斯就此打住,然后继续开始工作,根本就没把克拉拉当回事。而克拉拉也没有再说一句话,朝一帮清理现场的工人走了过去。

当皮科特准备结束一天工作的时候,天也渐渐暗了下来。工人们又渴又饿的,有些人想回家了,另外一些人准备回营地里休息一下,重新恢复体力。

珐蒂玛在家门口等着克拉拉,看起来心情不错的样子。

"你祖父已经醒了,他肚子饿了,正等着你回来呢。"

"我要先去洗个澡,然后就去看他。"

"他跟我说你们最好一起吃晚饭,明天再接待那些考古学家。"

"我觉得挺好。"

他们刚刚吃完晚饭,珐蒂玛就突然走进房间通知说皮科特先生过来给坦内博格先生请安。

克拉拉正打算回绝,阿尔弗雷德抢在前面指示珐蒂玛让他进来。

两个男人互相打量了好几秒钟,他们用力地握了握手,然后就直直地盯着对方的眼睛。

皮科特并不喜欢坦内博格,因为他那冷冰冰的蓝眼睛里散发出一种残忍的味道。而坦内博格仔细地打量着皮科特,也在这个法国人身上感受到了一种力量。

阿尔弗雷德开始了谈话,而皮科特大部分时间则是回答这个老人的具体问题,因为他甚至连那些细枝末节的问题都要想了解个一清二楚。皮科特对于老人好奇的问题也是一一做了详尽的解答，希望能尽快轮到自己向老人发问。

"我一直都特别想认识您，而且克拉拉也一直都没有告诉我，您是在什么时候怎么在哈兰找到那些泥板的，就是把我们所有人都吸引过来的那些泥板。"

"那是很久以前的事情了。"

"那次发掘到底是在哪一年呢？是谁组织的呢？"

"我的朋友，实在是过了太久，我已经记不清了。在世界大战以前，一群浪漫的人来到中东进行挖掘，但是他们更热衷于冒险而不是考古，所以他们并不是真正意义上的考古挖掘，而是完全凭借直觉来进行发掘，他们不是什么专业的考古学家，只是一群考古爱好者。我们在哈兰进行了挖掘，并且发现了那些刻有夏马斯这个书记官或者教士字样的泥板，上面提到了亚伯拉罕和创世的故事。从那个时候开始，我就一直深信，总有一天我们会找到那个书记官所说的剩下的其他的泥板。所以我就把它们称作泥板圣经。"

"克拉拉在罗马大会上所说的就是这个了吧，就是这个引发了考古学界的革命。"

"如果伊拉克还处在和平时期的话，那么早就有不止一个考古队驻扎到这里，想要从萨达姆那里获得这个遗址的独家挖掘权了。您胆敢冒险在如此困难的时候过来，还真是很勇敢。"

"其实我也是没什么更有意义的事做了。"伊维斯有点无奈地说道。

"是的，这个我也了解，您是很富有的人，所以对您而言在如此恶劣的条件下工作，只是按月拿到点工资根本就没有任何价值。您的母亲是一个古老的银行家家族的后代，是吧？"

"我母亲是英国人，独生女，而我的祖父的确是在马恩岛上拥有一家银行，您也知道，那里是金融界的天堂。"

"我知道，但是您是法国人。"

"我的父亲是法国人，阿尔萨斯人，而我则是在马恩岛和阿尔萨斯交替接受教育的。我母亲从祖父那里继承了银行，而我父亲则负责打理银行业务。"

"但是您却对金融世界不感兴趣。"坦内博格更像是在肯定一个事实，而不是发问。

"没错，对于钱我唯一关心的就是，怎么样用一种可能更为舒适的办法将它们花掉，也就是我现在所干的事情。"

"但总有一天您也会继承银行的，那您要怎么处理它呢？"

"我的父母身体都还健康得很，所以我觉得这一天还离我很遥远，而且我还有一个比我更加聪明的姐姐，她已经准备好要担负起继承家族事业的重担了。"

"您就不想给您的后代留些遗产吗？"

"我没有孩子，而且我也丝毫没兴趣要繁衍后代。"

"但是作为人类，我们都希望在自己身后留下点什么。"

"一些人是这样的，但是我不是。"

克拉拉沉默地参与在这两个人的谈话中，她发现这个考古学家并没有试图要跟祖父交好。而为他们这场交谈画上句号的却是萨米拉。珐蒂玛跟在她身后走了进来，试图要阻止这个护士进来。

"坦内博格先生，是时候打针了。"

阿尔弗雷德生气地看着这个护士。要是就他们两个人，她胆敢如此闯进来，还敢用这样的口气跟他说话，好像自己是她的孩子一样，他早就甩她几个耳光了。

"出去！"

老人的语调冷冰冰的，就好像预示着一场风暴的到来。珐蒂玛拽住护士的胳膊，一边责怪她的言行一边将她拖了出去。

坦内博格又将这场冷战般的谈话持续了半个小时，却没有注意到克拉拉的疲惫，她已经一个劲地打哈欠了。然后他告辞了皮科特，同时承诺会给他派更多的工人。

过了几分钟，一阵撕心裂肺的叫喊声打破了夜空的沉寂。然后就是一个女人的哭号，而哭号声慢慢地消弱，终于又归于一片沉寂。

克拉拉在床上很不舒服，她辗转难眠。她知道祖父肯定是惩罚了萨米拉，对于她擅自闯入打断了他的谈话，并且像对待一个孩子一样提醒他打针进行了惩罚。这个护士应该知道的，坦内博格对自己的雇员一向都很慷慨，但是却不允许他们出任何错误。她能够想象出来他是怎么鞭笞那个女孩的，这也不是他第一次用这种方式惩罚犯错误的人了。

阿耶德已经派人去监视莱恩和安特了，他对这两个人都不放心。他肯定这两个人的身份都不像他们自己所说的那么简单。

莱恩自己对阿耶德也很警惕，他直觉地感到阿耶德也不仅仅是个工头。至于安特嘛，他肯定他和自己一样，也是个杀手，也许是马丁派来的另外一个人，或者是马丁的朋友派来的，但是有一点可以肯定的是，这个克罗地亚人看起来并不是他们的线人。

这三个人互相之间都清楚对方的身份：杀手，并且是临时雇用的，他们随时准备为出价更高的一方干掉另外一方。

这个威尔士人直觉自己已经快到应该动手的时候了。尽管他们还没有找到泥板圣经，但是挖掘行动却是不断地加快进度往前赶，而且营地里的气氛是越来越紧张了。从外面反馈回来的消息非常明确：美国军队随时都有可能在伊拉克投下炮弹。

工人们还时常开玩笑说，肯定能像抓兔子一样容易地抓到几个美国人，决不能让他们践踏自己神圣的伊拉克国土，但是他们也很清楚，自己的这些大话顶多让大家充满勇气而起不到实际作用，因为他们中的很多人都会在反抗中死去，或者被炸弹和炮火掩埋。

克拉拉看起来倒并没有怀疑莱恩。她毫不隐瞒自己的工作，总是不厌其烦地将自己从土地里挖出来的成果展示给他看，而且告诉他每件东西的重要价值，指导他每件物品的照片应该怎样拍才更能体现出考古学价值。

莱恩听《摄影世界》的老板说，自己寄回去的巴格达的照片被一家新闻机构买去了，而在《科学考古》上面发表的报道也相当成功时，他开心地笑了。因为那篇报道之所以成功，不仅是因为文章的内容是皮科特写的，而且所附的图片也很精彩。唯一不太好的是，这篇报道引起了诸多电视媒体的兴趣，他们纷纷要求来伊拉克，来萨佛兰，亲自报道这里所发生的故事：一队多国考古学家组成的考古小组不顾震耳欲聋的战争号角毅然在这里搞考古发掘。

所以看到米兰达和丹尼尔出现在这里时，莱恩一点也没有觉得意外。他们跟着另外一队记者，在信息部的帮助下顺利在萨佛兰着陆了。

"看看我们的摄影师哦！"米兰达问候道。

"真高兴见到你。巴格达那边还好把？"

"不好，真他妈的糟糕。人们都要到崩溃的极限了。你的那个布什朋友坚持认为萨达姆拥有大规模杀伤性武器，而且在两天前，就是二月五日，柯林·鲍威尔在联合国安理会的一次会议上发言，将他们通过卫星拍摄下来的照片出示给大家看，里面可以看到士兵的迁徙，而且还有那些被怀疑藏有那些该死的武器地区。"

"那么，你不认为这些武器存在了？"

"你不也一样。"

"我可不知道。"

"得了，莱恩，别装得像个无知少年似的！"

"我可不想吵架，好吧。"

丹尼尔决定要改换话题，免得他们又再生争端。

"你们在这里是怎么度过圣诞节的？"他好奇地问道。

"我们没有庆祝圣诞。这里没人休息，我们每天要工作十八个小时。"

"但是，就是过节的几天也不休息吗？"丹尼尔继续问道。

"唯一改善的就是大家的伙食。"

"在巴格达我们还临时搞了个晚会呢。我们每个人都尽量提供一些我们能够找到的东西。"

米兰达离开了他俩，单独去营地好奇地到处张望起来。人们跟他提起过皮科特和克拉拉，所以她想找机会采访这两个人。离开巴格达到这个黄土漫天的地方来，对她而言，就像小时候参加学校组织的郊游活动一样，这些活动可以帮助自己打破一直以来的单调生活。

尽管无法避免地耽误了工作的正常节奏，皮科特和克拉拉还是尽量满足了记者们的所有采访要求。所有的人手都是必要的，不管是克拉拉的那些工人，还是这些记者。

克拉拉明察秋毫地发现，皮科特似乎对米兰达很有意思。他总是跟她黏在一起，经常看到他们一起谈笑风生，根本不顾其他人的存在。她想他们之前大概是认识的，不过心中还是难免有一丝嫉妒之情。

米兰达跟她完全不是一种风格：这个女人非常自我，独立，自信，她不认为自己属于任何一个男人，习惯于平等地对待每一个男人，没有任何人有例外。她认识莱恩也并不奇怪，因为说到底，他们都是记者嘛。

到了中午饭的时间，米兰达跟玛尔塔、法比安、纪安、阿尔贝特、丹尼尔、坦内博格的助手哈伊达，还有克拉拉在一桌吃饭。尽管米兰达投来了恼怒的目光，莱恩还是执意坐到了他们这一桌。

"欧洲到处都是抗议游行，人们都不支持这场战争。"丹尼尔肯定地说道。

"什么战争啊？战争还没有开始呢，可能最后布什又不打了呢，他只不过是在吓唬萨达姆罢了。"哈伊达腼腆地说道。

"肯定会打。"米兰达肯定地说，"并且是在三月份。"

"为什么是三月份？"克拉拉问道。

"因为到那个时候，他们的军备就已经准备齐全，而此后天气过于炎热，他们的人可不适应在这种天气下在这样的国家里作战，所以要么就是在三月份，要么就会推迟到四月份之后。"

"我们真希望它能推后。"皮科特说道。

"他们什么时候到达这里呢？"米兰达问道。

"根据您的测算，我们还有一个月的时间。"皮科特回答说。

"我的计算？"米兰达很诧异。

"您刚才不是说他们三月份进攻吗，现在已经是二月份了。"

"啊！您说得有道理，真的只有一个月了。那你们打算怎么离开这里？要是真的开始轰炸，那些士兵可不会再继续保护你们了，萨达姆肯定需要所有的人随时待命，迟早会用到你们的这些工人的。"

米兰达的这一番话让在座的所有人都安静了下来。大家突然意识到，在这个偏远的被人遗忘的小村庄外，还有着一个节奏如此不同的世界运行着，而大家在过去的几个月时间里对此几乎都淡忘了，他们只是一股脑地钻到黄土堆里，寻找埋藏在土地里跟时间一样久远的秘密，而这个秘密或许只是个猜测而已。

玛尔塔打破了这个沉默。

"大家也都看到了，我们发掘出了一座圣殿，看起来还只是一个契古拉特的一部分,但是我们不能完全肯定。按照我们的估计,它应该是建于公元前两千年,以前从来都没有关于它存在的记载。同时,我们还挖掘出了一些同时代的住房遗址,但不幸的是,遗留下来的部分很少。我们正在研究从那个契古拉特里面找到的几百块泥板,我们还有一些保存良好的雕像……我想告诉你,米兰达,我们在如此短的时间内所取得的成绩已经是相当不简单的了。我们在这五个月的时间内所做的事情,相当于在正常状况下几年的工作量。我理解在这个年代,世界上任何一个地方的民众根本对考古就不关注,因为这个国家正处于战争的边缘,但是那些炮火绝对不会摧毁我们发掘出来的成果,我可以向你保证,这个地方绝对可以称得上是近东地区最重要的考古地点之一,如果什么时候这个该死的战争结束了,我们肯定还会再回来的。我相信我们所有人对我们自己的工作都是满意的。"

"你们得到了萨达姆的同意才能工作的吧。"米兰达肯定地说道,好似作为对玛尔塔的回答。

"是的,那当然。没有当地政府的同意是不可能去这个国家工作的,不论是哪里都一样。他同意了我们的挖掘工作,而且我们还获准使用了他的一些工具,当然是皮科特教授掏腰包买来的。"法比安回答道。

"我还以为克拉拉·坦内博格女士是发掘的负责人和赞助者呢……"

克拉拉决定借米兰达的这个问题来澄清这个发掘小组完全是属于自己的,所有发生的费用或者可能发生的费用,都由自己和皮科特一起承担。

"完全正确,这个计划是皮科特教授和我一起推进的。鉴于当前形势,这的确是个耗资巨大,而且困难重重的项目,但是就像戈麦斯教授跟您说的一样,这个项目已经取得了成果,而且是非常了不起的成果。"

"但是你们还在找其他的东西。我想,应该是您在一年前的罗马大会上,谈到过一些写有亚伯拉罕讲述创世故事的泥板,然后偶然地在这里又找到了其他一些写有同一个书记官名字的泥板。难道不是这样的吗?"

这次轮到皮科特来回答米兰达的问题了。

"您当然没有弄错。克拉拉手里是拥有两块泥板,这个我们都是有据可查的,这两块泥板上是一个叫做夏马斯的书记官记录的关于亚伯兰给他讲述的创世的故事。克拉拉的假设就是,这个夏马斯口中所谓的亚伯兰就是先祖亚伯拉罕,如果她的理论成立,那这个发掘的重要性将会更加惊人。"

"请你注意了,科学到现在还没有确认这些先祖存在的真实性,都不能肯定他们是不是真的人类。如果我们找到了克拉拉所说的那些泥板,那么就不仅能证明圣经中所记述的内容有道理,而且也可以证明亚伯拉罕讲述的创世记确有其物。您绝对想象不到这个发现不仅对于考古学,而且对于科学还有宗教都有着多么重大的意义。"法比安解释道。

"但是你们不是还没有找到那些泥板吗……"米兰达好奇地问道。

"是的,还没有。"玛尔塔回答道,"但是我们已经找到了很多刻有夏马斯名字的泥板,所以我们还有希望能够找到泥板圣经。"

"泥板圣经?"

"米兰达,写有创世记的泥板难道还能起什么别的名字吗?"玛尔塔问道。

"也是,我也挺喜欢这个名字的……泥板圣经。那您对这一切怎么看呢?我知道您是个神父。"

米兰达的问题让纪安很尴尬,他从脸一直红到了脖子根。

"天哪,会脸红的男人我还是第一次看到!"米兰达笑道。

"得了,纪安,她不过是问你个问题而已。"玛尔塔鼓励他道。

这个教士还是不知道该说什么好。看到所有人的目光都聚集到自己身上,他顿时觉得浑身发烫。法比安试图转移大家的注意力,给他解围。

"纪安是个灭亡语言学的专家,他对我们的工作非常有帮助,他负责帮我们解开那些泥板上的文字密码。要是没有他的帮忙,我们还真是没办法让工作进展得这么顺利呢。无论如何,我们找到了那些泥板还需要对它们进行分析,不仅是我们而且还需要其他的专家来评判,否则谁都无法肯定它们是不是真正的泥板圣经。直到现在我们还只是在假设的世界中徘徊。现在倒是已经有了两块证明可能存在着其他一些泥板的泥板实物,而这些内容似乎是出自一个并不专业的人之手,看起来这两块上的内容应该是一本泥板日记中的部分章节,而整部日记应该就是记载的作者受人所托要告诉大家的创世的故事。但是,就像玛尔塔所说的一样,尽管没有找到其他的那些泥板,但是我们到今天为止所得到的收获也已经证实了我们工作的价值。"

"为什么说把你们吸引过来的那两块泥板上的内容,是出自一个并不是很专业的人之手?"米兰达好奇地问道。

"根据笔迹来判断的。就好像这个所谓的夏马斯,并没有完全熟练掌握用木棍在这些泥板上写字的技术。而且,我们在这里找到的刻有夏马斯名字的泥板,名字也都是写在泥板的上端,但是上面的笔迹跟克拉拉手中的那两块泥板的笔迹根本就不同。这个夏马斯,除了是个能够掌握写字技术的书记官以外,应该还是个自然学专家,因为他还给我们列出了一串本地植物的名录志。"法比安又补充道。

"有可能那个在哈兰出现的写泥板的夏马斯跟这里的夏马斯根本就不是一个人,尽管克拉拉认为是。"玛尔塔说道。

"那么您为什么认为他们是一个人呢?"米兰达问道。

"因为虽然哈兰发现的泥板上写的笔迹和在这里发现的泥板上的笔迹不同,这是事实,但是这些线条,还有符号还是看得出是出自同样一个人的手笔,尽管这些笔锋可能更加稳健一些。我的理论就是,哈兰发现的那些泥板可能是他在青少年时期写的,而这里的这些则是他长大成人之后写的。"

克拉拉毫不犹豫地回答了米兰达的提问。对这些泥板,她就像了解自己手上的掌纹一样清楚,而且实验室的结果也很清楚:哈兰和这里的泥板应该还是一个人的字体。

"但是我还是想了解一下,教会对这些问题都是怎么看的呢?"米兰达还是不放过纪安。

神父这个时候已经从刚开始的时候,米兰达对他突然袭击似的问题中缓了过来,尽管他的脸又红了起来,不过这次他回答了这个充满好奇的女记者的提问。

"我不能以教会的名义回答您的问题,我只不过是个教士而已。"

"那也请您告诉我您是怎么看这个事情的。"

"我们从圣经中了解了先祖亚伯拉罕的存在。很自然的,我是确信这个人的存在的,他是个有血有肉的人,不管是不是发现了考古学上的证据。"

"那您认为亚伯拉罕真的知道创世的故事,而且还把这个故事讲给另外的人听了吗?"

"圣经里对于这个没有任何叙述,但是对于先祖亚伯拉罕的生活却已经有了足够详细的叙述。所以……好吧,我虽然是个怀疑主义者,但是我还是相信可能会有泥板圣经的存在。如果真的存在这些泥板,那么也应该是教会本身来对它的真实性做最后的裁决。"

"但是,您是梵蒂冈派来的吗?"米兰达问道。

"不是,是上帝派我来的!梵蒂冈跟我在这里的出现没有任何关系。"纪安害怕地回答道。

"那么,您在这里干什么呢?"米兰达还是步步紧逼道。

"这个嘛,纯属一场偶然……"

"那么,就给我讲讲。"这个女记者得寸进尺,尽管她已经明显看出了这个教士不舒服的反应。

"您就不能让他平静一会儿吗?"莱恩插嘴说道,他实在无法再保持沉默下去了。

"去你的什么骑士精神吧!你总是一副救人于危难之中的样子,先是一个陷于枪林弹雨中的女记者,现在是个困境中的神父。"

"你真是不可理喻,米兰达!"莱恩态度不好地回答道。

"别这样,我也没有什么不方便回答的,"纪安气若游丝般地说道,"您看,我本来是要在巴格达帮助非政府组织工作的,但是碰巧遇见了皮科特教授,于是我就过来给他帮帮忙了。因为他知道我是个灭亡语言学专家,所以,我就留下来了。"

"但是,作为一个教士,您能够随便按照自己的喜好来行事吗?"米兰达毫不让步。

"我来这里是得到允许的。"纪安回答道,他的脸又变得通红。

下午的后半段时间,米兰达和丹尼尔就追在工作的考古学家后面拍片子。他采访了克拉拉和皮科特,玛尔塔和法比安,还有小组里其他的一些考古学家,他们不得不跟这两个记者好好配合,对他们重复着跟所有来萨佛兰的记者所说过的一样的话。

"他们都已经筋疲力尽了,特别是米兰达,尽管我觉得还好。"

"得了,玛尔塔,大家都是各司其责,我们不也一样?"

"你总是那么善解人意,但是他让我们浪费了一天时间。"

法比安点了根雪茄,眼神在缓缓上升的烟圈中飘忽。玛尔塔说的有道理,要是这些记者们消息确凿,那么美军的突袭在三月份就会开始,最晚也是四月份。

他站到玛尔塔身边,开始将那个看起来像个平台似的土坑里的土铲到旁边,这样大概看起来就有个方方正正的院子模样,里面还有一些加工过的瓷砖残体。

他们准备返回营地的时候,天已经快完全黑了。工人们疲惫地窃窃私语。但是他们最担心的还是那些记者带来的最新消息:战争看来无法避免,而且就快要打起来了。

克拉拉已经准备好了一顿丰盛的烤全羊篝火餐,围在篝火边烤着的六只羊已经散发出了诱人的香味。

一个荷兰记者兴奋地将这一幕拍了下来,而他另外的一个同事则在那抱怨说,由于卫星通讯的问题,自己的报道无法发送回去。

皮科特帮着解决了一些问题,而另外一些人则表现得很不耐烦,都想将自己在好人哈伊达帮助下所提出的问题尽快解决。哈伊达看来似乎总是能够找到解决问题的办法。

"您看起来很高兴的样子。"

皮科特又听到了克拉拉的声音。

"我还真没有理由高兴得起来。"

"但是今天晚上您看起来开朗多了。"

"好吧,那都是因为我们太长时间没有跟文明世界有所接触的缘故了,而这些人给我们带来了新鲜的消息,而且还提醒我们除了挖掘以外,还要面对外面的现实。"

"也就是说,您觉得有些思乡。"

"您这是得出个什么结论!这么说并不准确,但是我们已经搞了五个月挖掘了,弄得我几乎都忘了,除了这里的挖掘外,还有其他的生活。"

"你是想离开了吗?"

"我是担心这个小组的安全。明天我会给您的丈夫打电话,我希望他给我解释一下挖掘的计划安排。他曾经给我承诺过,当炮弹降临之前,会准备好一切措施帮助我们安全离开这里。"

"如果到时候还没有找到泥板圣经呢?"

"不管怎么样,我们都要走的。您可不要幻想着说,那边的美军炮弹在头上轰轰炸响,我们这还大汗淋漓地搞挖掘。您难道认为他们对轰炸的地方还有选择的吗?难道说因为有一帮疯狂的考古学家在这里搞挖掘,他们就不会轰炸萨佛兰吗?我可得对这些人的安全负责任,他们是因为我才来这里的,一些人是我的朋友,我没有理由因为任何东西、任何人,而将他们的生命置于危险之中,哪怕是为了泥板圣经。"

"那您什么时候走?"

"我不知道,我还无法确定。但是我希望能够做好准备。我觉得撤离的时候就要到了。我要跟我的人好好谈谈,我们所有人一起做决定,不能欺骗任何人,您也听到了那些媒体记者们带来的消息了。"

"现在的状况不见得就比五个月之前更糟糕,什么都还没有改变。"

"他们是这么说的。"

"那些记者说得太夸张了,他们就是靠这个活的。"

"您弄错了,也许他们有些人是这样的,但是并不是所有人,而在这里有三个荷兰记者、两个希腊记者、四个英国记者、五个法国记者,还有两个西班牙的记者……"

"您不用继续列举了,我都知道。"

"让所有人都说得那么夸张,还去造谣说什么布什马上就要进攻了,那也太困难了吧!"

"我会继续的。"

皮科特死死地盯着克拉拉。他可没办法要求这个女人放弃工作,但是他生气的是,她没了他的帮助竟然能够继续工作。

"您会在密集的炮弹底下工作的。"

"也许您的朋友胜利不了呢?"

"谁是我的朋友?"

"那些来轰炸我们的人啊。"

"您是在搞民族主义攻击吗?您可不要将罪责强加在别人头上,特别是不用跟我,因为您跟我争纯属浪费时间。您听好,我只说一次,我认为您的那个萨达姆就是个血腥的独裁者,他绝对应该被投到监狱里去。我对他可没有一点好感,我所关注的是他是不是能够得到应有的惩罚。但是很遗憾的是,很多无辜的伊拉克人不得不因为他的罪过受到牵连。"

"是为了打击萨达姆，还是为了要抢夺我们的石油？"

"两者皆是。萨达姆是导火线，这一点是毫无疑问的。我可不愿意参与什么政治游戏，我早就从这趟列车上撤了下来。"

"您什么都不相信。"

"我二十岁的时候是个左派，是个狂热的军人，但是当我真正深入其中，我的美梦破碎了，于是我落荒而逃。没有人跟他所看来的模样是一致的，跟他自己所说的样子就更不同了。我认识到，政治和谎言时常相辅相成，于是我放弃了。我捍卫资产阶级的民主，因为只有它才给了我相信我们还拥有自由的幻想，就是这样。"

"那其他人呢？那些没有像您一样诞生在第一世界国家的人呢？那我们又该干什么，期待什么呢？"

"我不知道，我能够做到的就是了解到你们是那些大国利益的受害者，但是你们也同样是自己的统治政权的受害者，也是你们自己的受害者。我是法国人，我拥护法国大革命，我认为所有的国家都应该经历一个这样的革命，让光明和真理得到伸张。但是在世界的这个地方，跟您一样受过启迪的人或者您的祖父，你们站在可怜的同胞身上，满足于自己的财富和权力，所以您就不要来问我你们该怎么办了吧。这一切都不是我的错。"

"您认为您的文化就要比我们的更高级吗……"

"您想听我说实话吗？那么，是的，我是这么看的。伊斯兰教让你们无法进行资产阶级革命，甚至连政治跟宗教都混淆不分，哪还会有什么进步？当我看到您的同胞们从头到脚裹得严严实实的，而且这样的女人随处可见时，我觉得非常厌恶。珐蒂玛，她是叫这个名字吧？看到那些女人跟在他们的丈夫后面走，或者不能安静地与某个男人说上几句话，这都让我非常反感。"

法比安手上拿着两杯酒，走到他们跟前。

"所幸这个国家的伊斯兰教规还不是那么严格，否则我们连酒都没法喝。"

他给俩人一人一杯酒。而克拉拉和皮科特则只是机械性地将酒杯端了过去。

"你们怎么了？"法比安问道。

"我刚跟克拉拉说我们应该考虑撤离的事了。"

"如果按照他们所说的话，那我们的确不应该在此久留了。"法比安肯定地说道。

"明天我就会给艾哈迈德打电话，让他跟阿尔贝特协调好我们挖掘的细节工作。知道会不安全的前一秒我们肯定会离开，决不会多待一秒钟。"

皮科特的语气坚决得没有丝毫缓和的余地，克拉拉觉得这场论战自己已经输了。

"克拉拉，我们已经得到够多东西了。您难道没有意识到吗？"法比安试着鼓励她说道。

"我们得到了什么？"克拉拉生气地说道。

"我们发掘出来了一个以前从未有人知道的圣殿,而且还有一个从未有任何记载的村庄。站在专业的视角上看,这次工作已经非常有价值了,我们并没有空手而归,我们完全可以因我们所做的工作而自豪。参与工作的人员也非常了不起,因为没有人因为工作的艰苦有任何怨言。我们这五个月以来除了挖掘就没有干任何其他的事情,什么其他的都没干。而且您也不希望我们拿生命来开玩笑吧,不是吗？"

克拉拉看着法比安,不知道该怎么回答才好。她内心深处很清楚皮科特和法比安说得都很有道理,但是承认了这一切,自己就等于认输了。

"那你们什么时候走？"她还是问道。

"只有跟艾哈迈德谈过后才知道。我还希望再跟巴黎那边的几个朋友谈谈,还有我父母商量一下。那些银行家往往都能够最早知道战争会在什么时候爆发。你,法比安,也应该跟你在马德里的朋友联络一下,看看他们能够给你带来些什么消息。"

"是的,明天我们就开始打电话。现在我们要去招呼一下那些记者们了,然后一起去品尝那些美味的羊肉。我都饿得不行了！"

从房间的那个小气窗里,克拉拉几乎看不到任何东西。没有月亮,看来它是藏起来了。

营地里已经有一阵没有任何轻微的动静了。所有人都睡着了,但是克拉拉还是无法入睡。在跟他们谈完之后,先是皮科特,后来是萨朗医生,就是照顾她祖父的那个医生,她的脑子里回荡的全是他们的话语。

医生已经说得很明白了:祖父已经陷入了昏迷的状况,分析的结果也让人十分担忧。他的看法是,应该尽早将他转到一个真正的医院去进行治疗。

克拉拉去看了看祖父,奇怪的是,还不到一天的时间,他就苍老了许多。他的眼睛已经深陷了下去,呼吸也变得困难了起来。当跟他说需要转院到巴格达,然后再到开罗的时候,祖父摇了摇头表示拒绝。不走,找不到泥板圣经他就不离开这里。她没有勇气再跟祖父说皮科特他们已经准备要离开这里了。

时钟已经指到了凌晨三点,外面很冷。她打了个寒战,黑着灯离开了房间,朝珐蒂玛那边走去。珐蒂玛睡得很沉,尽管克拉拉推开窗子跳了出去,她还是没有被惊醒。

守卫她的那些士兵都睡在大门口和前厅里,丝毫都没有关注房子的后门。

她停顿了几秒,等自己的心不再跳得那么剧烈之后,悄悄地在夜色的掩盖下离开了营地,朝那个契古拉特遗址走了过去。她需要去抚摸一下这些古老的黏土砖墙,感受着夜色中的微风,让自己的精神平静下来。

守卫们睡得安心极了，要是阿耶德知道他们竟然让人在不知觉的情况下混入了挖掘区，非杀了他们不可。但是他们指的当然不是克拉拉。她找了个地方坐了下来，开始思考。她觉得已经到了自己的命运要完全改变的一刻了。过去充满了安全和确定的地方，现在却是笼罩着痛苦和孤单，这是第一次，她发现自己其实从来就没有停止过思考。她一直生活着，只不过是过去她从来就没有担心过任何事情，也不愿意了解或者看见任何会影响到她自私的舒适生活的任何东西。

不，自己也不见得就比艾哈迈德好到哪去，他收了那么大一笔钱来保护自己，但自己起码不像他那么伪君子，因为她根本就没有这样的意识。

她就这样坐在土地上，靠着土墙睡着了，然后去梦中寻找着思念已久的夏马斯。

26

　　伊力已经拿到了"大师"（Um-mi-a）的封号，凭借他对这个宗教政府的贡献，得到了这个圣殿里最高的权威称号。

　　国王希望能将自己的权力范围扩张到乌尔以外的地方，所以就派人修建了那个小规模的契古拉特，让那些他们所珍藏的宝贝，还有其他一些观察到的成果，譬如像花卉、植物、太空和对其他一些自然秘密的解析统统存放在那里。

　　这个早上特别不同寻常：一个书记官（dub-sar）将要升至"长兄"（ses-gal）级别。

　　亚丁由于上了年纪眼睛已经看不清东西了，但是尽管看不到夏马斯，他还是继续主持着他的升级仪式，而且张着他那张没有牙齿的嘴呵呵地乐着。从很久以前，就是他的妻子，也就是夏马斯的母亲开始充当着他的眼睛了，她负责将所看到的身边发生的所有细微末节的事情讲给亚丁听。当知道自己的儿子达到了那么高的职位时，他不禁自豪地扬起头。

　　"大师"事无巨细地张罗着自己最疼爱的学生的受职典礼。夏马斯曾经让他头疼许久，看到学生的驽钝和提出来的无礼问题，他很少能够控制得住自己的怒火。

　　但是夏马斯从来就不能满足于那些简单的答案。他要将别人告诉他的东西琢磨透，一直到从中理出其内部逻辑为止。除非是非常明确和清楚的事实，否则他从不轻易接受别人告诉他的真理。

　　老师终于还是说服了他，不让他对那些天神表现出如此的不屑，起码在公众场合不可以。

　　他的舅舅亚伯拉罕已经说服了年轻的夏马斯，告诉他世界上只有一个上帝，而所有的东西都是按照他的意志创造出来的。至于上帝，伊力却对他解释说，创世的命令的确是伊罗欣（Elohim，是上帝最初的叫法），但是后来他们还是对于其他那些夏马斯所否认的天神是否存在发生了分歧。

　　时间没有白费，夏马斯让自己的精神得到了平静，终于让自己成为了最好的书记官。现在他还取得了更高的地位，成了"长兄"，而且有一天他肯定还会升至"大师"的位置。他出众的睿智，是观察和研究的结果，是他永远都不满足于表明现象的结果,让他终究会成为所有人崇敬的"大师"。

夏马斯的妻子,是一个叫做莉亚的年轻女子。她帮他披上斗篷,用微笑向他告别。

就在这天,夏马斯在伊力的栽培下终于成为了"长兄",而他的大脑却还不停地在离自己更加遥远的领域里遨游。

他思念着亚伯拉罕,构想着亚伯拉罕现在在迦南应该已经变成了众神之父。因为关于这个消息已经传到了乌尔城。不过这是上帝许诺他的,而上帝也实践了自己的诺言。

上帝对夏马斯而言依然是那么不可捉摸、反复无常,尽管在心里他对上帝还是全心全意地信任,但是他还是无法理解上帝的做法,因为自己终究也只是个人而已,是神的眷顾,是神将那些泥土赋予了生命,这样才产生的人类。

但是每当他想要继续用逻辑来分析创世的故事时,他都会觉得头疼欲裂。有时候他突然觉得自己就要理解这一切了,顿时灵感的火花又熄灭了,于是他的脑袋里又是一团浆糊。这时,伊力咳嗽两声才能让他又回到了现实。他根本就没有听到老师刚才所说的话,也根本就没有专心跟旁边的书记官和教士一起,向尼达巴(Nidaba)女神祈祷。

他实在是很想单独跟伊力待在一起,想给他讲讲最近这些年来自己通过研究得到的最好的成果。这个成果就是泥板,上面用清晰和明确的文字符号,记录了所有亚伯拉罕给他讲述的创世的故事,关于上帝对于人类的原罪的愤怒,关于摧毁巴比塔和人类语言的混杂化……他希望他们能让自己把写着这些美丽传说的泥板放在那些还保存着其他历史故事或者史诗故事的存放室里去。

到了下午,老师和学生们可以有片刻独处的时间,让大家可以说说隐秘的事情。

伊力的头上已经没剩下一根头发了,他的步伐也很缓慢,长长的眉毛已经全白了。很明显,他已经老了。

"你会成为一个优秀的大师的。"伊力对他说道。

"对我现在的位置我已经很满意了。能够在您身边,在这里工作就是我的荣幸,因为我在这里每天都能够学到新的东西。"

"但是永远都不能自满,因为你总希望学到更多的东西,更多。你还在不断地问为什么,对各种事物的存在发问,而甚至有些连上帝都难以给出答案。"

夏马斯沉默了。伊力说得很有道理:他提出的问题总是比身边人能够给他解答的多得多。

"你早就已经是个男人了。"伊力接着说道,"所以你应该接受这个事实,有些问题本来就是没有答案的,不论你去问哪个神也是一样。所幸至少你已经学会如何去尊重这些天神,虽然你已经不止一次让我担惊受怕,生怕你的大胆言行会传进国王的耳朵。不过大家都没有背叛你，即使是那些不能理解你的人也没有谁去告密。"

"但是，伊力，你跟我一样都很清楚，我们在圣殿里供奉的那些天神真的不过就是些泥偶啊。"

"的确，但是当我们对这些泥偶有所期待的时候，他们就不仅是你说的那样。我们赋予了它们灵魂，而这却是你不肯承认的，你不愿承认这些泥偶不过是天神的一个形象的代表，而它们之所以会具有如此形象，那是因为我们总不能对着空气去祈祷吧，总不能对着一些连面孔和形体都没有，看不见摸不着的天神去朝拜吧。"

"亚伯拉罕说上帝就是按照自己的模样创造了人类。"

"那就是说他跟我们是一个样子喽？他长得就像你，像我，像你的父亲一样？如果他真的是按照自己的形象塑造了我们，那我们就更可以用泥土的偶像来代表他，然后跟他说话了。"

"可上帝不在泥土里面。"

"我听你说过，你的上帝无处不在，那就当然有可能在我们捏成人形的那些泥土里啊。"

他们对这个问题争论了若干年，尽管时间的流逝让他们争论时的语言可能变得不那么尖锐。他们只是简单地探讨，现在根本不会再吵得面红耳赤，试图去真正说服对方。

"我给你带了个礼物来。"看着老师一脸惊诧，夏马斯笑着说道。

"谢谢，但是对我而言最好的礼物莫过于有了你这个学生，而且知道你现在的水平能够跟我旗鼓相当，因为我必须要回答你不断提出的新问题，让我日渐感到你就要青出于蓝而胜于蓝了。"

两个人都笑了起来。他们已经达到了一种相当的默契，能够真诚地认识到对方的价值，并且接纳这种状况，丝毫都不会感到有什么痛苦。

夏马斯将伊力带到一个小屋子里，那是他最喜欢的工作地方，然后将若干用布认真包裹起来的泥板交到老师手上。

伊力非常小心地将布包打开，惊喜地发现那些泥板上用异常精准的笔法和符号刻写下了很多东西，而这些竟然出自这个原来最叛逆的学生之手。

伊力捧着这一堆泥板，感动得泪眼模糊了。

"你曾经跟我说了那么多关于亚伯拉罕的传说……"

"你现在拿着的那些就是所有亚伯拉罕给我讲的故事。我在哈兰写的那些泥板我都完好地保存着，但是当时我的感觉并没有那么强烈，而且我当时对自己的认知也并没有清楚的认识。而现在，我希望你能帮我检查一下这些泥板。"

"谢谢，夏马斯，谢谢。我会好好保存的，直到我生命的最后一天。"

那天晚上莉亚一直专注地听他丈夫讲话，当她知道了自己的丈夫已经成为这个圣殿阶层里如此重要的一个人物之后，她兴奋不已。

晚些时候，等妻子睡下后，夏马斯又将他那些从哈兰带回来的古老的泥板从布包里拿了出来，静静地凝视着它们。一看到这些泥板，他就想起了自己的童年和少年时代，想起了和父亲还有族群一起，在大地上游牧的岁月。他并不是对这段过去有着多么强烈的思念之情，因为他对现在更为满意，只不过是比较想念亚伯拉罕，希望能够跟上帝交谈交谈。尽管对于身边的人而言，亚伯拉罕所谓的上帝不过是他们众多的天神中普通的一员，而不是唯一的，不是全能的，也并不比所有天神都更加厉害。

他重新将那些泥板用布包裹好，然后将它们跟其他一些泥板一起放在另外那间小屋里。他思考着，如果自己死后这些泥板该怎么办呢？他的孩子们，不过他再清楚不过了，他们可对这个没有见过的上帝不感兴趣。

"夏马斯，醒醒，醒醒！"

莉亚的声音充满了恐惧和担忧。夏马斯睁开眼睛，从床上坐了起来，看着第一缕朝阳从窗户里射了进来。

"发生什么事了？"

"伊力派人来找你了，让你赶快去圣殿。"

"那么急吗？他说因为什么事情了吗？"

"没有，那个来传话的年轻人只肯说伊力在那等着你呢。"

夏马斯毫不迟疑地朝圣殿奔了过去，着急不知道老师到底发生了什么事情。

当他赶到圣殿大厅时，看到老师还有其他的书记官们都在那里，于是他明白了，一定发生了什么非常严重的事情。

"夏马斯，国王想要我们的土地。他很眼馋现在圣殿的繁荣景象。"

"但是，他从我们这里能够得到什么呢？"

"我们所有的一切：麦子、水果、棕榈树林、水。他想要我们的牲口还有我们的财产。他说在他自己的土地上，果实缺乏，而且他的河流都干涸了。他要加重什一税，因为他肯定跟我们所拥有的东西相比，我们所交纳的实在太微不足道了。"

"我们的粮仓里有足够的粮食，保证他不会缺粮食吃。"

"他是不缺，但是他还想要更多，因为他认为我们拥有的太多了，所以他想瓜分一些。他是我先辈，就是最后一个伟大的大师的孙子，所以他认为自己有权力除了统治朝廷以外，还要统治圣殿。他想成为一个全体人民的统治者，并且应该由他来决定我们劳动所得中的哪一部分必须交纳国库，哪一部分可以留给圣殿。"

"昨天我没有告诉你，是因为那是对你最为重要的日子，但其实好多天以前我就已经收到了最后通牒，而在今天黄昏之前，他就会派一个士兵过来，听听我们的答复。我本来以为我们还可以再继续商量，说不定还可以说服他，但是我错了。"

"如果我们不按照他的意思办呢？"

"他就将我们夷为平地，将土地从我们手上夺走，洗劫我们的粮仓……我们应该怎么办啊？"伊力哀叹道。

书记官们鸦雀无声，生怕这个难解的问题会落到自己头上。有些人盯着夏马斯看，希望他那智慧的大脑能够给大家想出个解决办法。

"我们都是爱好和平的人，我们都不知道怎样去打仗。"伊力说道。

"我们可以去寻求乌尔城首领的帮助，"夏马斯建议道，"他比我们的国王更加强大，所以我们的国王肯定不敢跟他作对。"

于是他们同意要派一个使者去向乌尔的国王求助，希望得到他的保护。伊力找来了一个年轻的书记官，让他马上启程。但是乌尔人会同情他们吗？

国王们都是喜怒无常的，他们的逻辑跟普通人完全不一样，所以乌尔国王如果要保护他们的话，开出的价码也许比萨佛兰的国王高出许多也不一定。

太阳的光辉把整个萨佛兰的黄土地都照亮了，可突然，圣殿外的市场里传出了一个男人的惊叫。

伊力和夏马斯四目相对，他们知道这声尖叫就意味着死亡和毁灭。

书记官们都跑到了圣殿门口，但士兵也已经抵达门口，准备往里闯。

火光冲天，妇女们的哭号混杂着士兵们的叫嚣惊天动地，男人们都在浴血保卫着自己的家园。

夏马斯知道除了像幼发拉底河边的灯心草一样低下头，屈服于这场暴风雨式的袭击外没有别的办法，但是他的内心却突然迸发出一种无比强烈的愿望，他要跟这群士兵拼命，但是伊力却威胁他还是要暂时退让才好。

他也知道自己不过是白费力气，但是他也不能面对一场如此不公的灾难，坐视不管，就此退让啊。

过了有多久？也许是一秒，又或者是好几个小时，他觉得自己的大脑已经完全混乱了。

"即使是一个国王，他也是人，也不可能永恒。总有一天，有人会让这座圣殿重新恢复平静，能够将那些信任像我们这样的书记官，相信我们会管理好这一切，使得整个社会能够充满秩序和正义的这些人的土地、牲畜和财物都管理好。"他心里还这样想着，却被一个奋力搏斗的士兵拖走。

他看到了伊力，他的老师，躺在地上，头上受了伤，正在往外流淌着鲜血。其他的书记官也都躺在他周围，他们也都被杀害了。就这样，所有圣殿的保护者都在这场保卫战中丧生，也可以说他们的生命就在这里重归安宁。

他头疼欲裂，感觉自己的身体里跟注满了铅一般的沉重，几乎连自己的胳膊也抬不起来，而且视线也变得模糊起来。

"我也是跟同伴们一样正在死去吗？或者，我现在已经死掉了？"

他想如果自己还能够感受到这样的痛苦，那么说明自己还有一线生机，但是还能活多久呢？还有他的莉亚，她还活着吗？突然感到一个士兵在他身上踩了一脚，然后就跟着其他尸体一起被拖走了，尽管他还在呼吸，但是也被当成了其他的死人一样。

他不愿死去，但是也不知道该怎么做才能躲过这一劫。为什么上帝决定了这个时候就是他生命的终点呢？他知道肯定会被伊力笑话的，在这个时候了还想着什么上帝，但是，也许其他的人现在都在抱怨马杜克不是吗？

要是亚伯拉罕在的话，他一定要向他问个清楚，为什么上帝会如此高兴他的造物如此残忍地死去。难道这样的结果就是必须吗？他不知道上帝的眼睛是不是闭上的，因为他什么都没有看到，就因为是人所以就必须要死吗？这不是太荒谬了吗！上帝到底在哪里？死了之后难道就会看到他吗？突然，他似乎听到了亚伯拉罕的声音，告诉他要相信上帝。然后一道白光在自己躺着的角落闪现，然后一个有力的手掌拉起了自己的手，帮助自己站了起来。他不再感到疼痛，于是他明白了，自己已经归于了永恒。

27

"克拉拉？……是的，就是她。"

米兰达的声音让她从那个关于夏马斯的沉沉的梦中惊醒。克拉拉觉得胸口生疼，呼吸起来都十分困难。浑身上下的骨头都是一阵酸痛，她觉得自己连回答米兰达的力气都没有了。看到她这个样子，米兰达在旁边十分着急。

丹尼尔将摄像机放到了旁边的一个泥土堆上，然后关切地跑到克拉拉身边，看到她浑身都在颤抖。

"您还好吧？"

守卫们连忙跑了过来，想看看这几个记者是在跟谁说话。当看到是克拉拉蜷缩在黄土堆里，满眼的迷茫时，都吓了一跳。

那个领头的立刻叫了一帮人过来，其中一个人箭一般地冲了回去拿毛毯。

克拉拉还是无法动弹，甚至有一刻她都觉得自己好像瘫痪了一样。她也不知道为什么会这样，但是嗓子眼里就是发不出声音，而她的胳膊和大腿也根本就不听大脑的指挥。

她只是感觉丹尼尔将手臂垫在了自己的脖子后面，然后帮助自己站了起来，喂自己喝了一点水。

米兰达摸了摸她的脉搏，而那个卫兵的头已经在旁边吓傻了。如果这个女人真要出点什么事情，他们肯定就没命了。

"她的心跳很慢，但是我觉得应该还好。看起来也没有受什么伤。"米兰达说道。

"我们还是应该把她送回到营地去，然后让医生好好检查一下。"丹尼尔回答说。

那个找毯子去的士兵在这个时候正好回来了，于是丹尼尔连忙将毯子披在克拉拉身上。克拉拉这才觉得自己的身体又恢复了热度。

"我还好，"她喃喃道，"很抱歉，我本来就是想在这里睡一会儿的。"

"您都快冻僵了。"丹尼尔说道，"您怎么会想到跑这么个鬼地方来睡觉呢？"

克拉拉望着他，无奈地耸了耸肩膀。她还真的无法回答记者的这个问题，也许是有答案，但是在这么个复杂的情况下，一下子说清楚也很难。

"我们陪她去营地吧。"米兰达说道。

"不用,不用了……求你们了……那样会惊动我祖父的。我很好,真的,谢谢你们了。"克拉拉坚决地说道。

"那么,让他们给我们拿点咖啡来吧,也好让你暖暖身子。指挥官,您能给我们拿几杯咖啡来吗?"

米兰达的问题更像是在发号施令,而那个忧心忡忡的指挥官什么都没有说就连忙答应下来。过了几分钟后,米兰达和丹尼尔就陪着克拉拉坐到了士兵们用作食堂的帐篷里,喝着咖啡。咖啡的热度让她的脸上恢复了血色,她也觉得自己又有力气说话了。

"你到底发生什么事情了?"米兰达担心地问道。

"我出去到工地那边转了转。我想散散步,于是过去了,结果就睡着了,就是这样的。"克拉拉回答道。

"那你也应该多加小心啊,这里的晚上太冷了。"丹尼尔说话的口吻像父亲对孩子一般,让克拉拉不由得微笑了起来。

"不用担心,也许我真是有点感冒了,不过没有什么大碍。但是,求你们了,不要对别人说啊,我……嗯,我其实就是想一个人单独待一会儿,这样能够帮助我思考,但是在这里要想一个人待着实在是太困难了,而我的祖父又生怕我会出什么事。再加上现在的局势,到处都是士兵,所以我就想办法溜了出来,没有让任何人看见。"

"你不需要跟我们解释,"丹尼尔说道,"我们只是看到你躺在地上吓了一跳。"

"我睡着了,我太累了,一直都是没日没夜地工作着……"克拉拉解释道。

"我们本来也就是想要摄下一段清晨的圣殿遗址景象,这样会跟我们其他的同事拍出来的东西有所不同。这里的一切其实也真是挺美的。"米兰达说道。

"如果你觉得没问题了,那我还是要赶在太阳没有完全出来的时候,赶快再拍出些照片了。米兰达,你嘛,可以留下来再陪陪克拉拉。"丹尼尔建议道。

于是两个女人单独留下来了。米兰达没有拒绝她同事的提议,因为克拉拉对她而言也很有吸引力。这个女人身上有些很独特的东西,但是她也不知道那到底是什么。

"你是伊拉克人,但是看起来却不很像。"米兰达评论道,准备开始和她交谈。

"你的眼睛那么蓝,而且头发的颜色……呵呵,似乎跟你那些同胞们的颜色都不太一样。"

"我的父母不是这个地方的,我是混血儿。"

米兰达的内心中突然涌起了一种亲切的感觉,因为是混血的缘故吧,她觉得两个人有很多相通的东西。

"啊,那就可以解释你的眼睛和头发的颜色为什么那么特别了!跟我说说,你是怎么能够忍受在这里的生活的。"

这个问题却让克拉拉很意外,她突然变得警觉起来,害怕自己跟这个记者打交道会惹出什么麻烦。

"您指什么?"

"作为一个如此有文化素养、敏感的女人怎么能承受这样的政府呢?"

"我从来都不涉及政治,我不感兴趣。"克拉拉回答道。

米兰达从上到下地打量了她一阵,看来她并不像自己预想的那么和善。

"但是政治影响到了我们每个人,尽管有些人说他不感兴趣,但是事实上,他却无法逃脱政治的影响。"

"我下决心把整个生命都投入到研究中去,仅此而已。"

"我估计你除了研究之外,也还应该了解一下你周围所发生的事情吧。"米兰达有点生气地坚持道。

"让我告诉你我身边到底发生了什么:有着一个在中东不太世俗的政府,一个面临封锁但却有相当中产阶级的社会,一定程度的繁荣还有对于大部分伊拉克人来说还算和平的生存。"

"伊拉克人因为这样的政权而受苦。对于那些失踪了,或者被暗杀了的人,还有那些被屠杀的库尔德人,还有所有萨达姆犯下的无尽罪过都要怎么解释?"

"那你怎么解释美国对于皮诺切特或者阿根廷委员会的支持?或者到此之前他们对于萨达姆的支持?怎么解释他们要去轰炸那些一旦不属于他们阵营的所有的国家?我敢肯定,他们不敢对那些沙特阿拉伯人动一根指头,不敢碰酋长国,不敢碰中国,甚至是韩国。我对于西方国家的双重标准已经受够了。"

"我也一样,对于你说的这个双重的道德标准,我也可以自由大声地说出我的想法。但这就是在独裁制度下所做不到的了。"

"你只不过是在发表你自己意见的时候需要更加谨慎罢了。"

"你难道回去告发我?"米兰达讽刺地问道。

"不,我当然不会。你这是说的什么傻话!"

"我当然不赞成向你们国家开战,我是完全反战的,但是我希望所有的伊拉克人都能摆脱萨达姆的控制。"

"如果他们不想呢?"

"你别想当然了,你知道他们不是这样想的。"

"这个国家需要一个铁腕政权来统治。"

"看看你是如何鄙视你们的同胞的!"

"不,我并不是轻视他们,我只不过是在陈述事实。如果不是萨达姆,也会是另外一个什么人,但是绝对是铁腕统治,这个国家才能正常运转,这就是现实。"

"那么,对于你而言,那些人权、民主、自由、独立……有什么意义吗?"

"他们对我跟对你是一样的,但是我不能忘记这是在中东。你不能将你自己的评判标准拿到任何地方去衡量一切。”

“我相信自由,我尊重人权,不管是在任何地方。”

“你爱怎么认为都可以,我不想跟你争了。你用你自己的眼睛来评判伊拉克,而这些会妨碍你看到事实。”

“一年前,在我上一次的旅行中,我认识了一个当地电台的记者。当我们几个月前到这里来的时候,给他打电话,家里没有人接。于是我就去电台找他,但是去了之后,那里的人告诉我说他‘失踪’了。因为有一天他在电台上介绍了关于穆巴拉克的事情,于是他就被带走了。人们就再也没有看到过他。他的妻子将所有的东西都变卖了,因为别人告诉她这样可以贿赂一下其中的一个官员,让她了解一些关于她丈夫的事情。于是她把房子、车子,所有可以卖的东西都卖掉了,然后将这些钱给了一个不要脸的家伙,这个家伙一拿到钱就把这个可怜的女人也告发了,于是她也‘失踪’了。他们的孩子们就只能跟着祖母悲惨地生活了。”

克拉拉耸耸肩。她没法回答,只要有人给她讲述伊拉克发生的类似的事情时,她只有沉默。她是幸福的,这是她唯一可以说的话。像她这样的人,还有在萨达姆皇宫里的人什么时候都没受到过什么亏待。不,她不能去评判萨达姆·侯赛因,因为她的祖父肯定不容许,而且她自己本身也没有这个愿望。

“你也知道有这种事情发生?”米兰达坚持地问道。

克拉拉的沉默开始让这个女记者涌起了满腔怒火。

“中东真正需要的是一场革命,但是是真正意义上的革命,将所有残忍的统治者统统结束,将这个连一丁点人权都不讲的中世纪般的政府瓦解。到了人们意识到癌症已经入侵他们身体,并且决定要将它切除的时候,也就是中东将会变得强大的时候。”米兰达继续说道。

“难道你希望人们这样吗?”克拉拉用揶揄的口吻问道。

“不,当然不是,我关注的是这些人依然被这样腐败的政府奴役着,而他们却还把这一切归咎于西方世界的过错,归咎于那些不忠的人,所以解决的办法就是要付诸武力。他们竟然为了要让人们服务于自己,而将所有的情况对他们封闭,而且最恶劣的是像你这样的人,因为你们什么都不缺,你们没有任何行动,双手一插,往旁边一站,根本不管在你们周围发生了什么。”

“你到底是站在哪一边的?”克拉拉问道。

“我?我既不是站在布什一边,因为我极度反战,这一点你也知道了,但是我也不是那种西方社会里的沙龙激进派,不会为了政治上的正确目的宣称说,所有伊斯兰教的东西都是最完美的,说什么应该尊重各地的特殊情况。我看不起所有不尊重人权宣言的人或者事,而特别是在这个地方,在世界的这块区域,根本就没有人尊重这一点。”

“你说的前后矛盾。”

“你弄错了，我说的不是假设，只是政治意义上的不正确。”

“你怎么说得跟伊维斯一样……”克拉拉低声自语道。

“伊维斯？啊，你说的是皮科特教授啊！我觉得他是个不错的人！”

“他是不错，但是还不是有些奇怪。”

克拉拉看着米兰达，突然意识到其实皮科特要走还不仅仅是因为战争将近，而且也是因为他还怀念其他的一些东西，她现在突然对此肯定起来，是因为这个女记者提醒了她。

还从没有哪个考古项目像这个工程这么持续费事，而且人员还时不时有来有走。他们已经在萨佛兰与世隔绝六个月了，这对于皮科特和他的那帮朋友们而言实在是太长的一段时间了。

“你还真是个特别……的女人。”米兰达说道。

“我吗？为什么？我只是个确信这里有泥板圣经的女考古学家而已。”

“戈麦斯教授可跟我说存不存在亚伯拉罕还不一定呢。”

“如果我们找到了泥板圣经自然就能够向大家证实亚伯拉罕不仅仅是个传说。我是肯定历史上有过这个人物的，他从乌尔去了迦南，他所做的事情倒是有些单调，而且从那个时候起，他就开始按照上帝的意图，将他的子孙后代撒满整个世界。所以我们才需要找到那些泥板，上面记载的就是夏马斯从亚伯拉罕那里听来的创世的故事。”

“令人奇怪的是，在罗马考古大会上，任何有着高级头衔的人有幸跟你取得联系，哪怕是看看那几块你所得到的泥板也未能如愿。”

“是的，没有人看到过，但是也没有人希望看。教会是不会质疑先祖们的存在问题的，如果我们找到了泥板，当然是最好不过了，但是如果我们没有找到它们的话，他们也不会觉得有什么不妥，因为这对于宗教的基石不会有丝毫影响。”

“但是那个神父，纪安呢？他为什么在这里？”

“给我们帮忙，没什么别的问题。他是个很不错的人，而且工作很有效率。”

“但是他是个神父，在这里什么都干不了。”

“谁告诉你说神父就不能当考古学家？纪安是个灭亡语言学专家，所以他的帮助对于我们的这次考古意义重大。”

“如果皮科特和他的人走了之后，你会干些什么呢？”

“继续留在这里，继续挖掘。”

“那些炮弹可不长眼睛。”

克拉拉耸了耸肩膀。战争对她而言不过是个圆满的结果，而且她丝毫也没觉得它会真正发生，她认为不管怎么样战争都与自己无关。

吉普车尖锐的刹车声划破了黎明的宁静。考古队员们过来了。一辆车在这两个女人谈话的帐篷跟前停了下来。阿耶德从车上跳了下来，毫不掩饰他的愤怒，冲克拉拉嚷了起来：

"您又耍了我们一次！您的祖父已经派人将那几个负责您安全的人好好鞭打了一顿，而对于我……我还不知道有什么结果会等着我！您觉得惹出这样的不幸很有意思是吗？"

"您怎么敢如此跟我说话？"

米兰达饶有兴致地看着这个场面，这个男人的愤怒看起来全然不是一天前的那个样子，他的言行也不像个工头那么简单，看起来更像是个士兵，当然在伊拉克这个地方，到处都是士兵也很正常。

克拉拉和阿耶德都愤怒地对视着，僵持着，就好像马上要扑到对方身上去了一样。时间就这样不知不觉地流逝，似乎没个尽头。但是米兰达看见阿耶德深吸了一口气，恢复了理智，控制住了自己的情绪。

"上车吧。您的祖父希望马上见到您。"

阿耶德走出帐篷，上车坐在方向盘前面等待着克拉拉下决定。

克拉拉也没有继续悠闲地喝她的咖啡，而是看了看米兰达。

"好吧，我们马上走。"

"你的祖父还派人鞭打手下？"

米兰达的问题让克拉拉始料未及，因为在她的观念里，祖父去鞭笞那些破坏他办事规则的人是再正常不过了，她从来都没有认为这是问题。

"你不要太在意阿耶德，他说得太夸张了。"

她走出了帐篷，嘴里还诅咒着这个工头，因为他把祖父的把柄落在了这个女记者手里。而米兰达决定也去营地，她很想认识认识克拉拉的祖父，同时也要调查清楚是不是有人被打了。因为只要想一想有人被毒打，她就浑身发抖。

克拉拉从吉普上走了下来，迎面碰到了祖父的医生，萨朗正从房间里出来。

"我要跟您谈谈。"

"发生什么事情了？"克拉拉紧张地问道。

"您祖父的病情恶化了，我们必须把他送到开罗去，要是在这里的话……他会在这里死掉的。"

"那您就不能做点什么努力吗？"

"那倒不是，我可以给他开刀，但是没有适合的医生能够给我帮忙，所以尽管如此他还是有可能会死掉。"

"那我祖父还派个外科医生过来有什么用？"

"为了以防万一……但是您祖父病情加重了，他快受不了了。"

"是您不想承担责任吧，对吧？"

"不，我当然不想。所有的这一切都太疯狂了，他的肝脏有肿瘤，其他的器官也已经受到了感染,而我们却身处一个黄沙遍天的荒野小镇,您倒是说说该怎么办?"

克拉拉没有回答,径直走到屋里。珐蒂玛站在祖父的门口守着,就像要哭出来一样。

"孩子,祖父的身体是越来越差了。"

"我知道,但是我不希望你这样哭哭啼啼的,他会受不了的,我也一样。"

她把珐蒂玛推到一边,走到房间里,看到护士萨米拉正在照顾祖父。

"克拉拉?"坦内博格的声音弱得跟耳语一样。

"是的,祖父,我在这里。"

"我也该派人打你一顿。"

"原谅我吧,我也不想让您受到惊吓。"

"但是你确实吓着我了,如果再发生类似的事情……所有人都得死,我发誓,所有人都得死。"

"好了,祖父,你别激动。你觉得还好吧?"

"我快死了。"

"别说傻话了!你不会死的,起码现在不会,我们马上就要找到泥板圣经了。"

"皮科特想走了。"

"你怎么知道的?"

"我知道这里发生的所有事情。"

"我们还有时间找到泥板,你不用担心,即使他走了,我们还会继续留在这里工作的。"

"我派人去给艾哈迈德打电话了。"

"他会来吗?"

"他必须来,他必须过来向我汇报我们一直进行的工作现在情况怎么样了,而且我们还需要敲定一下你最后走的细节问题。"

"我不会离开这里的!"

"就照我说的去做!我们两个谁都不会留在这里!如果我先死了,不论把我葬在哪里都无所谓了,但是如果我还活着,只要我还有一口气在,我也会让他安排我们顺利离开,我决不允许任何人把我炸死在这里。所以我们两个要一起走,要么一起去开罗,要么你跟皮科特一起走。"

"跟皮科特?为什么?"

"因为这是我的命令。好了,现在你走吧,让我一个人静静,我需要休息,我也需要好好思考。亚什尔今天下午就会过来,我希望他看到我的时候,我能够坐起来。现在他还对我心存一丝恐惧,但是如果看我在床上缩成一团,他肯定会杀了我的。"

克拉拉吻了吻祖父的前额，然后离开了房间。她没有跟祖父提起阿耶德过分的言行，因为她不想惹祖父更生气了。祖父说得有道理，他需要让自己状态良好，或者至少看起来是，而自己需要尽最大的力量帮助他。

　　她在房子旁边临时搭建的医院那碰到了萨朗。

　　"我祖父必须活着。"

　　"所有人我们都希望能够活着。"

　　"那么，不管用什么办法，也要让他活下去。"

　　"如果我们现在是在开罗的话，也许还有希望。"

　　"但是我们现在是在这里，而这里就是您需要工作的地方。我们给您那么丰厚的报酬就是为了要让您尽力工作的，所以您应该努力达到我们的要求，而不是在那里抱怨。"

　　"我不是上帝。"

　　"您当然不是，但是您肯定知道一些如何延长垂死老人生命的办法。让他少受些痛苦，不论用什么办法，让他保持清醒，保持在人前不错的状态就可以。我们可以再研究是不是要回开罗，但是同时我们需要他看起来跟从前一样健康。"

　　"那不太可能。"

　　"那也请您完成这个不可能的事情。"

　　"您的意思其实是让我给他用一些药品，但是最后的结果会使得他的生命更加短暂。"

　　"按照我说的去做。"

　　克拉拉冰冷的语调完全不给人留任何辩驳的余地。萨朗看着这个女人，原来重要的不是那迷人的脸庞，透明的蓝眼睛，而是苦笑和浑浊的眼神。她看起来更像她的祖父了，简直就是他的模板一样。

　　米兰达在离医院几米开外等着她。这个女记者抽着烟，冲她嚷道：

　　"我想看看你祖父。"

　　"他谁也不见。"克拉拉肯定地说道。

　　"为什么？"

　　"因为他是个老人，而且身体不太好，而且他最受不了的就是跟媒体打交道了。"

　　克拉拉进了屋，然后关上了门，根本就没让米兰达有时间进去。她趴在床上，哭了起来。她需要好好发泄一下。

　　半个小时之后，珐蒂玛走进克拉拉的房间，看见她眼睛又红又肿，嘴唇边还在抽动。

　　"孩子，你要坚强一些。"

　　"我很坚强，你放心。"

"亚什尔下午就到了,你要想办法让医生使使劲,必须要让你祖父显得更强壮一些。"

"他会的。"

"男人们只尊重力量。"

"只要他活着,就没有人敢不敬畏他。"

"应该是这样。告诉我,你去哪了?"

"那些记者中午就会离开,我们必须去跟他们告别。我想跟皮科特谈谈,然后为亚什尔的到来做些准备。"

珐蒂玛突然发现,克拉拉一下子成熟了许多。她在克拉拉的眼睛里看到了在她祖父眼睛中才能看到的果决,她知道肯定有些事情或者有些人已经威胁到了他们坦内博格家族的人。

伊维斯·皮科特跟记者们交谈着,却没有忘了将克拉拉锁定在视线之内,而米兰达把这一切都看在眼里。

"他们互相喜欢着对方,"她想道,"他们都被对方所吸引,而他们都没有掩饰这一点。所以,他才希望能够尽早离开,他在这里实在是够受,因为只有离开了这里,他才可以尽情地追求克拉拉。"

法比安和玛尔塔,还有纪安和莱恩都在一起闲聊。

"你好,你们工作得如何?"克拉拉试图表现得轻松些跟他们打招呼。

玛尔塔稍加留意就发现了克拉拉的眼睛噙着泪水,而且已经是又红又肿的了。

"我们正和这些朋友们告别呢。"法比安解释道。

"我希望你们在这里工作得都还有意思。"克拉拉对所有人说道,听起来并没有针对特别的人。

记者们也表示赞同,同时还表示了谢意,感谢他们受到了考古队的热情招待,然后大家就开始谈些没什么实际意义的话题。克拉拉也发觉到米兰达和玛尔塔都在观察自己,她努力地掩饰着自己眼角的泪痕,但是她知道女记者和那个女考古学家都发觉到自己哭过。

等这些记者上飞机的这段时间对她而言简直是太过漫长了。法比安对于他们的离去似乎很痛苦,大家都走了,他比他们在这里的时候还生气。

米兰达走到克拉拉身边。两个女人目光直视,好像在进行一场无声的角斗,而除了玛尔塔,其他人都没有发现。

"我很高兴认识了您,"米兰达说道,"希望我们还能再见面。我估计您肯定也会通过某种方式回到巴格达,而整个战争期间我会一直待在那里,当然,如果他们没有把我杀了的话。"

"您要留在巴格达?"

"是的,我们很多记者都会留在那里。"

"为什么？"

"因为必须有人将真相讲出来，因为阻止恐怖的唯一办法就是将它说出来。如果我们走了，情况会更加糟糕。"

"对谁更加糟糕？"

"对所有人。除了您的城堡外，看看您的周围，您就会明白的。"

"够了，别再说教了！我受够了您这种高高在上的说话方式！"

"很抱歉，我本意也不是想要让您觉得难过。"

"一路顺利。"

"会在巴格达再次见到您吧？"

"谁知道呢……"

皮科特走到米兰达身边，把她拉走了，因为直升飞机就要起飞了。

"你就留下来跟我们一起走吧！"她对他说道。

"那倒也不是个坏主意，但是我担心我公司那边不能接受。"

他们吻了吻对方的脸颊，然后他就一把将她推上了飞机。他一直挥着手，看着飞机消失在地平线。

"看起来你和米兰达倒是志趣相投啊！"克拉拉挖苦地说道。

"嗯，没错啊，这个女人很棒。我真的很高兴能够认识她，而且我很希望能在其他的地方再次有机会见到她。"

"她会留在巴格达的。"

"这我知道，她跟你一样不太理智。你们两个人都是那种认准了一条道就打算要走到黑的人。"

"我们俩没有任何共同之处。"克拉拉愈发生气地说道。

"当然没有，只不过都令人头疼，但是这肯定是所有女人的通病。"

"你就不能让我们其他人都消停些吗？"玛尔塔笑着调侃道。

"我们还是开始工作吧，这些人已经耽误我们不少工夫了，我们在这里待一天就应该继续工作一天。"法比安说道。

"法比安说得很对。对了，你跟巴格达方面联系了吗？"玛尔塔问道。

"联系了，艾哈迈德马上过来。我估计他今天下午过来，那么等他过来了之后，听听他的意思，我们再做决定吧。但是如果万一我们必须要离开的话，我会请求莱恩将我们所找到的所有东西和发掘它们的原址都拍下来。我希望他能够做个细致的工作，因为如果萨达姆大叔的那帮人真要是过来了，那些炮弹打了过来，这里的东西肯定都会被炸得一干二净。我不仅需要有相片，还需要有视频的录像，我希望莱恩能够完成得好。"

"一如既往，伊维斯总是考虑得那么周到。"法比安肯定道。

"不是我想得周全，而是我真的认为到了该走的时候了，所以我希望如果我们突然决定要仓促离开的话,那么其他的一切都能够准备就绪。"

"那好吧,伊维斯,我觉得莱恩看起来还是很专业的,至少在《科学考古》杂志上的报道就写得不错。"

"而你,玛尔塔,在照片里看起来也很漂亮。"皮科特回答道。

"我希望我们能就未来的工作一起探讨一下,不管是离开或者是留下。"克拉拉说道。

"工作其实已经基本上结束了,就差要找到泥板圣经了,但是圣殿起码发现已经在那了,还有两百多片保存良好的泥板、陶瓷的碎片、雕像……这次的考古还是很成功的。我一点也不后悔过来参与了这个工作,玛尔塔,法比安,你们呢?"

"你知道我们当然也不后悔。在这种情况下工作的经历是多么特别啊!我觉得我们都快变成机器人了,而那些记者们过来之后,才提醒我们,外面的世界正在发生着怎样的事情。我倒不介意继续工作,但是坦白地说,要是回去的话,我更加不介意,你呢,玛尔塔?"

"我嘛,法比安,尽管我很怀念我那个完美的浴室,但是我还是要说,如果没有找到泥板圣经我宁可不走。"

克拉拉感激地看着玛尔塔。她开始尊重起这个有着认真态度,而且能够自然地驾驭皮科特的女教授了。

"我们本来是要找一个传说,结果我们找到了一个遗址,这还不够吗?"法比安问道。

"我们就是要找泥板圣经的,但是我们找到了一个圣殿,这当然也不坏,但是……我们只不过要更抓紧时间罢了。"玛尔塔坚持地说道。

"赶紧并不是个问题,关键是那些美国人就要准备轰炸了,你跟我们一样都听说得很清楚了,我可不准备要把大家的性命都搭上。我们带了这么多人过来,还有很多有着大好光阴的大学生们,我们可不能就为了要找到这些泥板,要求他们也跟我们一样冒生命的危险啊。"皮科特抗议道。

"伊维斯,我知道你说得有道理,但是如果要听我的真心话,那么我希望能够留在这里。"玛尔塔还是很坚决。

"这也太愚蠢了。你也知道的啊,要是战争爆发了,那这个考古队就完蛋了,大家都要被军队俘虏,或者想着怎么逃难。"

"我知道,法比安,我很清楚。我只不过是表达我个人的意见,仅此而已。如果我们要回去,那么大家就一起走,我绝不是个有冒险精神的自杀者。"

"不管怎么样,克拉拉,我觉得最好还是对我们所做的事情,还有剩下需要做的事情重新梳理一下。如果你觉得可以的话,那么我们听完你丈夫的意见之后就开个会,如果他按照原计划今天下午过来。你看怎么样?"

克拉拉对皮科特的建议表示赞同。到了这个时候,也没有别的选择了。

28

罗伯特·布朗走出他的导师乔治·瓦格纳的办公室。这个考古基金会的主席对于这次的会见结果很是满意。现在的问题只需要保罗·杜卡斯将他们计划好的任务完成好就可以了,而且最重要的是,他想道,那个疯狂的阿尔弗雷德·坦内博格因为他那个愚蠢的孙女也不会放弃这个行动。

他不会上当的。他很清楚,要是没有了坦内博格这个行动的可能性就会很小,所有的事情都取决于这个老病人。尽管他现在状况不佳,但是还是有很多人都敬畏着他。

他直接拨通了保罗的手机,并跟他约好一个小时之后在办公室见面。"亚当行动"马上就要开始了。他之所以起了这么个名字,就是影射上帝用古美索不达米亚的泥土塑造了第一个男人。

而与此同时,他同样也给几千里之外的某人拨通了电话。恩里克·戈麦斯等这个电话已经很久了。

"也就是说二十日……"恩里克说道。

"是的,三月二十日,他们几个小时前跟我确认的。"

"杜卡斯那一切都准备好了吗?"

"罗伯特说是的。你呢?"

"没有问题。只要消息到达我这里,我会跟原来一样,飞速取回。"

"这次可是一艘军用飞机到港啊。"

"我知道,但是你给我的合同里已经限定好了,而且已经提前付了一部分定金出去。您也知道如果他有所动摇或者发生了什么问题的话,会出现什么样的状况。"

"你跟他谈了吗?"

"我?没有,我还是派了一个我信得过的人从这边跟他保持联络。我跟您提过这个联络人的,他叫弗朗西丝科……"

"你不要相信任何人。"

"对这个弗朗西丝科的信任是有足够的金钱做保障的。"

"你跟买家都签好合同了吗?"

"一切都是按照惯例的,但是之前我希望能够看到实物。你们打算要怎么分批?"

"罗伯特·布朗掌握着主要的因素,拉尔夫·巴利,前哈佛的教授,是此领域的专家。东西一到,他就会去科威特,艾哈迈德·侯赛因已经提前做好了名单。"

"好主意啊。你知道吗,乔治?我在想我们是不是该考虑退休了,我们实在是太老了,已经不适合再继续做这个工作了。"

"老?不,不我们一点也不老。当然,我可不希望看着窗外,身上就披上块毯子等死了。你不用担心,恩里克,一切都会进展顺利的,你可以继续在塞维利亚享受安宁的生活。我一直都很喜欢你那座城市,而最让我惊奇的是,你是怎么做到能够融入其中,成为它的一部分的?"

"要不是为了萝西奥,我也做不到的。"

"你说得有理,你娶了这么个老婆真是你的福气。"

"你也应该结婚的……"

"不,我会受不了的,这也是我唯一不能伪装的。"

"最后你也会习惯的,知道吗?"

"我永远都无法习惯自己身边还躺着一个女人。"

两个男人沉默了几秒钟,每个人都在想着自己的心事。

"那么三月二十日战争就要开始了。"

"是的,二十日,我现在就给弗兰克打电话。"

弗兰克·多斯·桑托斯正跟女儿阿尔玛兴高采烈地聊着。

"我很高兴你能说服我陪你去骑马。我已经很久都没有爬到马背上去了。"

"你正在越变越懒,爸爸。"

"没有,女儿,只是因为工作太忙了。"

这个时候手提电话突然响了起来,打断了父女俩的谈话。阿尔玛皱起了眉头,很讨厌这个电话打断了自己跟父亲安宁地分享这个幸福时光的心情。

"你好,乔治! 问我在干什么? 哦,我在跟阿尔玛一起骑马呢,但是我已经老了,我现在是浑身疼。"

听到朋友的话语之后,弗兰克沉默了,说的还是刚才他告诉恩里克的那件事:战争就在三月二十日开始。

"好的,我一切都准备好了。我的客户都在急切地盼望能够看到货品呢。艾哈迈德应该能够有能力弄到我给你寄去的那个清单里的东西吧? 好吧,如果他做生意的话,会变得圆滑一些。我会给你打电话的,我的人为了'D日'都已经准备好了。"

他挂断电话,这才大舒了一口气,发现女儿正看着自己。

"爸爸,你这又是在做什么买卖呢?"

"跟以往一样啊,我的宝贝。"

"总有一天你要跟我讲清楚的。"

"我赚钱你花不就完了嘛!"

"但是,我是你的独生女啊。"

"是啊,所以你才是我的心肝宝贝啊!"桑托斯笑着回答道,"好了,我们回家吧。"

拉尔夫·巴利陪着罗伯特·布朗一起等着保罗·杜卡斯。这个全球安全集团的总裁总是习惯于迟到。

"好了,罗伯特,安静一点,他马上就到了。"

"但是,拉尔夫,这个人总是迟到。他还真觉得自己能够随便占有其他人的时间,我受够了!"

"不过在这行里他还是最好的,所以我们也没有其他选择。"

"没有谁是不可或缺的,拉尔夫不是,谁都不是,保罗也不是。"

当保罗·杜卡斯满脸微笑地走进办公室的时候,罗伯特·布朗总算忍不住了没好气地从嗓子眼里憋出了一句:

"能知道您在笑什么吗?"

"我妻子刚刚给我打电话说她有点头疼,所以晚上我们就不用去听歌剧了。我是多么走运啊!"

拉尔夫·巴利忍不住自己也笑了起来。他才不信杜卡斯的这些鬼话呢,他很清楚在他那个世俗的外表下,这个家伙还是个非常聪明的人,有着缜密的头脑,其实比他看起来有文化得多,最重要的是,他简直是无所不能。

"五角大楼的兄弟们已经确定好了侵略伊拉克的具体时间了。应该是在三月二十日。"罗伯特·布朗肯定地说道。

"侵略?也就是说,他们不满足于只是对伊拉克进行轰炸咯?"

"没错,侵略,就是我们要进入伊拉克,然后占据这个国家。"

"那对于这个生意是再好不过了!我们的士兵越早到达,我们就可以越早赚到钱。"

"拉尔夫马上就要去科威特。他会去通知你的那个费尔南德斯上校,让他部署好接应部队。"

"他不是什么陆军上校,不过是以前的罢了,而且迈克已经在那个地方了,我会给他打电话,这个你不用担心。但是在这之前,我们需要提前通知亚什尔,因为他今天已经动身去萨佛兰了,阿尔弗雷德派人给他打了电话,同时还给艾哈迈德也打了电话。这个老头子丝毫都不放松他的统领权杖啊。"

"那好,你就马上跟他取得联系。同时也要把这个消息通知给阿尔弗雷德。"

"可以让亚什尔带给他啊。"杜卡斯建议道。

"我们中的任何人都不能给他打电话。你比谁都清楚,现在不论是什么电话都已经受人监听。"

"我还是用以往的通讯员吧,就是亚什尔的那个侄子,他住在巴黎,是阿尔弗雷德的一个手下。所有的消息都是他从那边弄到的。"

"那他的舅舅呢?"拉尔夫很好奇地问道。

"亚什尔是他的舅舅,这没错,但他侄子是效忠于坦内博格的,有很多事情都是多亏了他,但是一旦有什么问题,他就站在阿尔弗雷德那边了。"

"只剩下十五天时间了。"拉尔夫·巴利喃喃地说道。

"是啊,还好一切已经就绪,你没有什么好担心的。我相信迈克·费尔南德斯,所以他要是说整个行动已经没有问题,那我相信肯定就没有问题。"

"要说我信任谁,我还真只信任阿尔弗雷德,因为只有他才知道该怎么做这些事情。所以你也别想抢着戴奖章,只不过阿尔弗雷德的问题就出在他那个孙女身上,因为阿尔弗雷德拼了老命就是想给她留点本来不只属于他一个人的遗产。"

"我们在考古队里也安插了人手,从他们反馈的消息看来,这个女孩也构成不了什么问题。"

"你是不了解阿尔弗雷德,要是我们真的耍了他,这个行动一定完蛋。"罗伯特·布朗确信地说道。

"不是你说的吗,如果有必要的话我们要不择手段……"

"只是在有必要的情况下,迫不得已的情况下……当然,没有任何事情或者任何人可以干扰到这个行动,这一点我们所有人都应该非常清楚的,对吧?"

"我们还是应该脚踏实地地考虑问题。我们还是希望能够控制住阿尔弗雷德和他的孙女。"

"那该怎么办就怎么办吧,反正失误的人就得死。那好,你需要我们有所姿态吗?或者你自己跟我们在五角大楼的眼线联系?"

"你不用担心,我负责这个行动剩下来的工作。你,拉尔夫,倒是需要尽早离开。"

"我明天走。"

"太好了。这样的话,我们就是二十日开始进攻。就快到这一刻了!这个王八萨达姆总算要知道什么叫做善事了。"

"别那么粗俗,快把这些脏话收起来。"罗伯特不满地说道。

"得了,罗伯特,你也别那么高雅了,我们这不是在你的办公室里嘛,没人听得到我们的谈话。"

"我这不是听到你说了吗,这就让人够受的了。"

"你们不是要打架吧?"拉尔夫问道。

"不是，我们不是要打架，我们是要开始工作了。我走了，我还有事情要做呢。"

保罗·杜卡斯连声再见也没说就离开了布朗的办公室。这个全球安全集团的老总就是受不了他那套高雅脱俗的做派。说到底不也是跟自己一样，是个罪犯吗，爱谁谁吧，杜卡斯在心里说道。其实所谓的伟大的交易有时候不过就是些有组织的大型犯罪活动罢了。所有的东西都取决于谁在做，怎么做，最关键的就是你别被人抓到。

不，他布朗也不见得就比自己强，别看他曾经是什么美国最好的大学的出色学生。

＊＊＊

艾哈迈德·侯赛因和亚什尔都坐上了直升飞机，准备好了耳罩要隔绝着外部极大的噪音，这时突然一个士兵气喘吁吁地朝他们跑了过来，示意飞机不要起飞。

两个人疑惑地看着这个士兵，他满脸通红，跑到跟前，将一封信交到了亚什尔手上。

"是从您的办公室那边发来的。他们说非常紧急。"

亚什尔接过信，连声谢谢也没说就将信拆开了。

"先生，刚收到一封您妻子的侄子发来的电子邮件，就是那个住在罗马的。他说他会在三月二十日和一帮朋友一起过来看您，而且这是非常紧急的事情，他希望您能知道。他不希望您将这个事情告诉您的妻子，也不要告诉家里的其他人，因为他希望给他们一个惊喜，但是他说你倒应该告诉您的朋友们。他还坚持说您一定要马上知道他要来的消息。"

他把信又放回信封里装好，然后放到衣服口袋里，向飞行员示意可以起飞了。杜卡斯是通过这个方式向他确认了战争的日期。他必须要把这个事情告诉艾哈迈德，然后告诉阿尔弗雷德。其实这消息就是要传达给老头的，而不是给他本人的。属下只听阿尔弗雷德的命令，尽管知道他已经是垂死挣扎了，但是大家都还是惧怕他。他们的确有理由怕他，而他对这一点也非常清楚。

当飞机在萨佛兰镇外几百公里降落的时候，天已经完全黑了。村庄里家家户户的灯光就像萤火虫一样闪烁着，而空气中也充盈着潮湿的感觉。

阿耶德和哈伊达带着一辆吉普恭候着他们的到来，准备把他们送到营地中心去。

"你怎么了，哈伊达？我看你的脸色不太好啊。"艾哈迈德向坦内博格所亲信的这个人发问道。

"在这个地方简直住不下去了。我在这里待的时间太长了。"

"总得有人负责这个考古团吧,而且坦内博格先生很信任你。"艾哈迈德回答道。

"你的夫人跟坦内博格先生一起等着你呢,还有皮科特先生。他们都很担忧,因为你们派来的那些记者都肯定地说,战争是不可避免的,所以不知道哪一天,布什就会开始对这里轰炸的。"哈伊达解释道。

"嗯,恐怕他们说的有理。整个欧洲都有人游行,美国也有,但是布什总统还是决定要开动他的战争机器,而且决不后退。"

"那就是说他要来攻打我们喽?"阿耶德说道,而在此之前他还一直沉默着。

"没错,看起来就是这样的,"艾哈迈德的回答很简练,"但是现在你还要留在这里,上校先生跟我说我们还可以继续指望着你。"

阿耶德告诉他们亚什尔将在村长家过夜,而艾哈迈德则跟他的妻子和坦内博格住在一起。

克拉拉和艾哈迈德的会面显得有些尴尬。他们似乎一下子都不知道该怎么跟对方打交道,或者应该说些什么。

"你需要在我房间里睡,我们在那里布置了一张行军床。很抱歉,但是很难跟大家解释说你不要睡在这里。我还是希望大家在这个时候不要对我们说三道四的好。"

"我觉得没有问题。我唯一觉得很抱歉的就是,让你因为空间的拥挤而觉得不适。"

"在这样的条件下也就没有什么好抱怨的了。你在这里待到什么时候?"

"我不知道,也许跟你祖父一谈完,我就会离开,我还有很多刻不容缓需要做的事情。你祖父跟我说他希望我做的事情。"

"当然,所以他才会付给你报酬。"

克拉拉很后悔自己竟然说出了这么一句话,但是也没有退路可走了,而且她也希望让他知道,自己永远都不容许别人欺骗自己。

"你在说什么?"

"我在说你替我祖父工作,参与了他的一些生意中,并且他为此付给你报酬,不是吗?"

"是的,是这样。"

"那好,这就是我要说的。"

"但是你刚才说话的方式……"

"就是我一向的方式啊,我可没兴趣用什么外交辞令。"

"到现在为止,我们一直都避免两个人之间的正面冲撞,我不希望我们最后闹得有什么不愉快的。"

"没有啊,我们并没有什么对立或者冲撞,因为我也不想这样对你。不要再谈这些事情了,祖父想尽快见到你。"

"给我一分钟洗漱一下,然后我过去见他。"

"你还要等等亚什尔,他想见你们两个。你们准备好了就通知珐蒂玛吧。"

克拉拉朝祖父的房间走了过去。医生刚刚给他打了一针,十分钟以前他们才刚给他输了血,他的脸上这才恢复了难得一见的血色。

萨朗看了克拉拉一眼,示意她过去。

"我希望通过输血、打个强心针之后,坦内博格先生的状态会好一些,能够应付最近这几天的工作。为此,我也跟他本人说了,为了保证他的状态,我们需要每天都给他输血,这是唯一能够……让他保持正常状况的办法了。"

"非常感谢。"克拉拉低声说道。

"我感觉好了很多。"阿尔弗雷德肯定地说道。

"但是这种好转的感觉是非常暂时的。"医生坚持说道。

"我很清楚自己不会再多活几年了,但是至少能够维持这种状况到一定的时候啊。"

老人不可辩驳的语调让人不知道该怎么回答。

"我会尽力而为,先生。"

"如果您能够做到,我的孙女将会非常非常之慷慨地对您的。"

"那是当然,祖父。"

克拉拉走到祖父身旁,吻了吻他的前额。她闻到了一种肥皂水的味道。

萨朗按照坦内博格和他孙女的指示做了所有的准备工作,他们要求他尽一切可能让坦内博格恢复到过去他的那种精神状态,让任何人都看不出他的病容,不会对他的领导权有任何的质疑。医生也达成了他们的愿望,只要能有足够的钱,在未来的若干年里,他还有什么好担心的呢。

"好的,医生,您认为我祖父现在可以离开卧室,并且有能力在客厅里跟人谈上一会儿话吗?"克拉拉问道。

"是的,但是不要把时间拖得太长,有可能……"

门外响起了几声清脆的敲门声,然后珐蒂玛走了进来,打断了医生的话。

"先生,亚什尔先生和艾哈迈德先生在客厅等着您。"珐蒂玛通知道。

"祖父,起来吧,我来搀着你的胳膊,可以做得到吗?"

"我自己过去,我可忍受不了被你搀着。否则,他们还以为我真的要死了呢,即使这是真的,也不能让他们知道,起码现在不行。"

克拉拉打开门,和祖父一起走出了房间。当他们走到客厅的时候,亚什尔和艾哈迈德一起站了起来。

"先生……"艾哈迈德说道。

"阿尔弗雷德……"亚什尔说道。

阿尔弗雷德·坦内博格从上到下地打量了他们两个。他知道他们期待自己的状态肯定是不如自己现在的样子的。他不怀好意地看着他们,大声笑了出来。

"你们还以为是要来参加我的追悼会的吧?萨佛兰的空气让我觉得很舒服,而且跟克拉拉在一起又让我有了生存的力量,我可还不想死呢。"

两个人都没有回答,都努力地从脸上挤出了点笑容,好等坦内博格先坐下。可是阿尔弗雷德却好像很乐于在客厅里围着他们慢慢地踱着步子,看着他们的尴尬相。

"祖父,需要我给你们拿点什么过来吗?"

"不需要,孩子,什么都不要,只要点水就可以了,但是我们的客人们肯定都饿了。那就让珐蒂玛拿点吃的东西来,我们有很多东西要聊呢。"

三个男人单独待在一起了。只要有阿尔弗雷德出现,他就完全可以控制整个局面。他很清楚,艾哈迈德和亚什尔肯定都以为会看到自己更差一些的健康状况。而他在内心暗暗发笑,因为这两个男人的脸上都有着无法伪装的尴尬表情。

亚什尔将他侄子带来的信递给阿尔弗雷德。阿尔弗雷德看了之后,将信放到了自己的口袋。

"也就是说战争将会在三月二十日打响。很好,越早越好,我的手下都已经准备就绪了。你已经按照我的要求做好了吗?"他问艾哈迈德。

"是的,这个工作还真是很负责。令人难以置信的是,博物馆里的那些国宝竟然并不都是在编在册的。所以我必须花比预想大得多的力气,然后让一些我信得过的人搜罗各个博物馆里最重要的宝物。清单我已经交给亚什尔了,就像您要求我做的那样。"

"这我知道。恩里克和弗兰克也已经跟他们的客户取得了联系,而且还有相当数量的一批购买商准备好了要买下国家的这些财宝。乔治也通过罗伯特通知了他的客户,所以说这个交易看来是一切就绪。杜卡斯的那个维和部队怎么样了?"

亚什尔在回答这个问题之前还斟酌了好一会儿。因为他知道这个问题是冲他问的。

"迈克·费尔南德斯也已经准备好了。他的手下已经到达了你要求他们到达的地方,货物的运输没有任何问题,现在只是需要等待了。"

"这是我们文物生意史上最大的一笔买卖。"坦内博格肯定地说道,"其实我们也是为人类做了一个天大的好事,挽救了伊拉克国家的艺术珍品。如果我们不把这些东西从伊拉克弄出去的话,那么它们就会在炮火中化为灰烬,而且一旦战火燃起,大家都会想把所有有价值的东西抢走,根本无法一下子分清什么是珍贵的泥板,什么是普通的圆柱板。"

亚什尔和艾哈迈德都没有对坦内博格的这番话做任何评价。他们都是贼,是强盗,是的,根本没必要对他们的行为做更多的解释。

　　"你估计我们能够弄走多少件文物?"坦内博格问艾哈迈德道。

　　"如果一切进行顺利的话,超过一万件。我尽全力网罗各个博物馆的人了。他们对每件文物都有详细的存放图,里面非常具体地标明了最重要的物品的存放地点。我希望它们都完好无损……"

　　"太有意思了!"坦内博格笑道,"我们就要洗劫这个国家了,我们将让它不剩下一件值钱的文物。而你,你就负责我们的人将所有的东西都安全运送出去,连一块泥板都不能给他们留下。"

　　艾哈迈德谦卑地咬着牙齿,不出一声。他觉得坦内博格的笑就像一记响亮的耳光打在自己脸上。

　　"美军一开始轰炸,那些小分队就要离开进入博物馆。他们必须在可能情况下最短的时间内,拿走所有那些最值钱的文物,然后迅速离开。到科威特不成问题,我们只是希望到了那里之后,那些维和士兵们知道自己该干些什么就好了。"坦内博格说道。

　　"那你做什么呢?你什么时候到那呢?"

　　亚什尔的问题让他倒是很意外。其实坦内博格倒是在等着他发问,他知道这个人没什么耐性。

　　"这就不是你该关心的问题了,但是你也不用担心,亚什尔,我不会在我朋友的炮火下死去的。一旦炮火降临,我自然会到安全的地方去,我现在还不准备死。"

　　"那克拉拉呢?"艾哈迈德问道。

　　"克拉拉会离开这里,我还在犹豫是让她跟皮科特的小组一起走呢,还是把她送到开罗去。"坦内博格回答道。

　　"没有很多时间了,还有不到十五天的时间了,如果那些美国人真的在二十号就开始轰炸的话。"艾哈迈德很坚持。

　　"克拉拉走的时候我会告诉你的,如果有必要的话。现在我们还有几天可以继续找泥板圣经。"

　　"但是没有时间了!"艾哈迈德抗议道。

　　"你知道什么?没有人要征求你的意见,你对于这个没有任何发言权!你只要遵守命令,收好你应得的钱,然后安全离开就可以了。"

　　坦内博格自己倒了杯水,然后不紧不慢地喝着。珐蒂玛拿来的食物,艾哈迈德和亚什尔一口都没有吃。两个人都很紧张,所以他们对于这个老头的注意力根本就没办法被其他的东西分散。

　　"那好,我们就最后再复习一下整个行动的过程。我马上叫哈伊达过来,把财务方面的细节也捋一下。我们会赚很多钱,但是我们也需要投入很多。我的人向来都知道提前要给他们的银行存一笔保证金,以防他们不测,他们的家人可以将那部分钱取走。"

除了哈伊达,还有后来去的阿耶德,珐蒂玛再也不准其他的任何人走进那个客厅。坦内博格给她提出了清楚的指示:即使是克拉拉也不许进去打扰他们谈话。医生自然就更不可以了,除非他召唤他去。

克拉拉跟皮科特还有小组的其他成员一起吃的晚饭。她很生气,因为艾哈迈德的出现让她有些紧张。跟他住在一间房里还真不是件容易的事情,哪怕是睡上一个晚上也很难受。更可怕的是,现在他对她而言就像一个陌生人一样。

"我们什么时候见见你的丈夫?"法比安问道。

"我估计明天吧,今晚他要跟我祖父谈谈,可能会谈到很晚。"

"他是留在伊拉克还是要在战争之前离开?"玛尔塔很好奇。

"我们谁都不知道战争到底会什么时候开始。那些来过的记者们所说的也都没准。他们说大家认为战争不可避免,但是没人真的知道会发生些什么事情。"克拉拉回答道。

"这可算不得什么回答。"玛尔塔挑衅地说道。

"这是我能够给你的唯一答案。无论如何,我反正是要留在这里直到……嗯,直到不能再待了为止。然后,走着瞧呗。如果战争爆发,我们再看看可以去哪里,然后为了活命还需要做些什么。"

"那你就跟我们一起走吧。"

皮科特的邀请让她一时间突然有些走神,但是一想到他调侃的语调,她顿时又觉得自己的想法有些天真。

"非常感谢,我会考虑你的建议的。你会让我政治避难吗?"克拉拉努力让自己的话听起来有些嘲讽的意味。

"我?这个嘛,如果真没有别的办法,我们会努力让某人给你提供这个帮助的。法比安,你认为我们回去之后,真的可以通过偷渡的途径把她弄过去吗?"

"你们就别在那开玩笑了。"玛尔塔说道,"要是克拉拉真的陷入困境了,我们当然是要帮助她的啦。"

大家沉默了,莱恩趁机向克拉拉提出了一个请求。

"您也知道伊维斯先生想对这里所找到的东西做一个全面的特别报道。明天我要开始给所有的东西还有所有的人拍照片。您认为我可以为您的祖父也照一张吗?我不会占用他很多时间的,我觉得一个人如果别人诚心邀请他那么多次……总之,他会因为这个报道而扬名的。"

"我祖父是个生意人,他部分赞助了这次考古。我不认为他希望得到任何报道,不过我会将你的请求告诉他的。"

"谢谢,尽管您的祖父是个很低调的人,但是我还是认为他至少还是应该像您一样,留张照片做纪念吧。"

"我跟您说过了,我会告诉他的,但是请不要再坚持下去了。"

"我希望留下来。"

纪安温和的声音将所有的人又拉回到现实中来。克拉拉亲切地看着他,她对这个教士还真是产生了些感情,他就像是自己的一个护卫犬似的,不论自己到哪,都跟在自己旁边。要是她离开了自己的视线,纪安也会觉得非常难受。他所表现出来的这种虔诚让克拉拉非常感动,但是她也不明白这个教士为什么会对自己这么好。

"在跟艾哈迈德谈过之前,我们都还无法做出任何决定。"皮科特坚决地说道。

"是的,但是如果克拉拉决定留下来工作,那我也留下来。"纪安的回答也很干脆。

"你说什么呢!不能留在这里了!如果战争开始了,您还认为你们可以继续工作吗?没有任何人会留在这里帮助你们的,要是炮弹掉了下来,没有谁还会继续搞挖掘,他们早就跑到别的地方躲起来了!"

皮科特生气了。他对纪安也产生了感情,他觉得自己对于可能发生的事情要负起责任。

"您说得很有道理,但是如果克拉拉留下,那我也留下。"教士还是如此坚持。

"纪安,你不要傻了。"玛尔塔说道。

"如果战争结束了,我们最好还能回来。"法比安安慰似的跟大家说道。

克拉拉一直沉默着,她实在不知道该说些什么。她对于纪安如此的坚决态度很是吃惊,不知道他为什么会坚持留下来跟自己在一起。这个教士所表现出来的这种绝对的忠诚,是她怎么也没有想到的。

争论还在继续,因为小组其他的成员都试图要说服纪安跟他们一起回去,尽管他们的劝说看来根本就没有任何效果。

纪安还坐在自己的门口,这个小房子里面还住着安特和莱恩。

他根本就不想睡觉,在整个营地都已经进入睡梦的时候,他更想自己一个人能够静静地待着,想想问题。

他点了根雪茄,然后就抬头仰望着苍穹里闪烁的星星。他需要好好调整一下自己的灵魂。他已经在这里待了好几个月了,有时候他也会问自己,这个人到底是谁,他现在在干什么,将来要怎么办。

他对于上帝的信念依然是牢不可破的。这也是唯一无法更改的东西,还有一样毫无疑问的东西就是他作为神父的这个职业。除了神父,他从不想做什么其他的事情,让他离开那个从他认识到自己的使命起就住着的那个家一般的修道院,离开那里的安宁时,对他无异于一场难以忍受的牺牲。在离开罗马之前,他的生活过得波澜不惊。他的上司能够安排他去圣佩德罗大教堂听祷告,对他而言就已经是个惊喜了。他首先是感到了自己肩上沉沉的责任，也怀疑自己是不是做好了足够的准备，倾听那些来自世界各地的人们忏悔自己的罪状，但是他的上司说服他，他在那里就是要好好地为教会服务。"梵蒂冈那边，"上司对他说道，"也需要年轻人，年轻的教士能够更容易跟现实世界打交道，特别是那些到圣佩德罗教堂来忏悔的现代的人们。"

所以他不学习也不上课的时候，就要去倾听那些自以为在梵蒂冈这里可以更容易得到上帝宽恕的心灵向他倾诉的痛苦煎熬。

他当然是需要回去的，但是他的心境跟原来已经有所不同了。他还是会更怀念这种自由的生活，怀念和这帮异教徒的考古队员之间的共事情谊。

这些日子以来，每天早上，他总是在其他队员还在睡梦中的时候就已经起来做弥撒了。在做弥撒的过程中，他可以单独地跟上帝在一起，因为也没有任何人对他的这个活动感兴趣，希望加入进来，当然他也不会邀请其他人参与。

如果他回到罗马，估计最怀念的还是在这里时心灵的那种自由。

他想到了克拉拉，觉得自己对她怀有一种相当真诚的感情。那种强烈想要保护她的力量，让他完全把克拉拉当成了自己的姐妹，一个很麻烦的妹妹，但是那也终究是自己的亲人。

也许已经是时候要告诉她，自己来这里就是为了挽救她的性命，或者至少要阻止其他人举起手来反对她。但是他做不到，要是不说出这个秘密，不背叛对上帝的誓言，不出卖那个向他忏悔的人，他根本就说不清楚。

忏悔人的秘密是神圣的，所以他也解释不清楚他是怎么知道的有人要加害于她和她的祖父，要把他们两人都杀死。

克拉拉慢慢地走到纪安的房子门口，坐在他身边。她也点了根烟，抬起头看着无尽的天穹。

"您不应该留下来，皮科特教授说得有道理。"

"我知道，但是我还是要留下，知道你还在这里待着，我会不安心的。"

"也许我的祖父会强迫我去开罗。"

"开罗？"

"是的，您也知道我们在那里有一个家。我们在开罗有一处房子，只要您愿意，我随时都邀请您去那做客。"

"那就是说，你会离开这里？"他毫不掩饰自己的担心问道。

"我会尽力争取留下，但是有可能我祖父非要强迫我离开，如果爆发了战争的话。您是个好人，真希望您祈求上帝能够帮助我们找到泥板。"

"我会的，但是您也要向他祈祷。您祷告过吗？"

"没有，从来没有。"

"是伊斯兰教徒？"

"不是,我什么教派都不是。"

"你可能名义上什么都不是,但是总该信仰个什么宗教吧。"

"我母亲是基督徒,我也是受过洗礼的,但是我从来就没有进过任何教堂,也没有进过任何清真寺,尽管我对这些地方都很好奇。"

"那么,你怎么会如此痴迷于寻找泥板圣经呢?难道只是为了虚荣?"

"有些孩子是听着仙女或者迷人的王子的童话长大的。但是我却是听着祖父给我讲的关于泥板圣经的故事成长起来的。我一直告诉我自己,一定要等到我亲自将它找出来的那一天,让自己也成为故事中的女英雄,成为一个找到世界上最有价值的宝物——泥板圣经的女考古学家。"

"也就是说,你就是想实现你童年的梦。"

"您还是不相信先祖亚伯拉罕曾经跟一个书记官讲过创世的故事。"

"圣经上对此没有任何记载,而关于先祖的故事都是说得很清楚的……"

"您也知道考古学家并没有找到那些在圣经里所记载的古老城市啊,而且那里面的人物也没有任何证据可以证明他们的存在,但是您不还是很执着地相信这本圣书里的东西吗?"

"克拉拉,我并没有说泥板圣经就不存在。亚伯拉罕的确在这片土地生活过,也了解关于创世的传说,关于大洪水的故事,他也当然是可以将这个传说告诉其他的某个人,或许上帝真的告诉过他什么真相……这我可不知道,坦率地说,关于这个问题我还没有考虑清楚该怎么解释。"

"但是它肯定在这里。您也跟其他人一样工作了这么久了,现在却决定要留下来,为什么呢?"

"如果泥板圣经真的存在的话,我也希望能够找到它,因为对于天主教徒而言这也是一个意义非凡的重大发现。"

"那会是跟发现了特洛伊,或者弥赛亚,或者国王山谷里的法老墓一样惊人……谁找到了泥板圣经,谁就能名垂青史。"

"您就那么想被载入史册?"

"我希望找到这些属于我祖父的泥板,我希望能够将它们送给他,我希望实现他的梦想。"

"你很爱他啊。"

"是的,我的确是非常非常爱我的祖父,而且……我相信他也非常爱我。"

"那些人都很怕他,连阿耶德也怕。"

"这我知道,我祖父……我祖父他人很严格,他希望工作能够完成得一丝不苟。"

纪安不愿意告诉她,别人都说他的祖父是以别人的痛苦为乐,所以他让那些卑微的人更加卑微,并且残忍地惩罚那些违背他意志的人。他也不希望告诉她自己所知道的一切。

只有一次，纪安见过阿尔弗雷德，那是好些天前的一个下午，他过来将一份最近找到的泥板上的文字译稿交给克拉拉。

坦内博格坐在客厅里读书，于是把他叫了过去，彻底地盘问了他十五分钟，然后他看起来好像是有些厌倦了，于是叫他出去在大门外等着克拉拉。纪安一离开他们的那间屋子就意识到，坦内博格的确是个魔鬼，他很清楚地在他身上感受到了魔鬼的气质。

"你跟你的祖父不一样。"神父肯定地说道。

"我却认为没什么不同，我父亲说我顽固得跟他简直就是一个模子里刻出来的。"

"但是我不是指你的顽固，我指的是心灵，你的灵魂跟你祖父的不一样。"

"但是您根本不了解他，"克拉拉抗议道，"您根本不知道他是个怎样的人。"

"我刚刚才了解了你。"

"那您怎么看我呢？"

"是个受害者，是你祖父梦想的受害者。他的这个梦让你失去了拥有自己梦想的权利，他的梦也决定了你的命运走在一条你自己并不是十分清楚的道路上。"

克拉拉死死地盯着纪安，站起身来。她倒并没有生纪安的气，她不能那么做，因为他说的看起来都是实话，而且这个神父说的一切都是带着自己的真情实感，他并不是有意要冒犯自己，甚至可以理解为在迷雾中牵着她的手，来指引她。

"谢谢你，纪安。"

"晚安，克拉拉，你去休息吧。"

珐蒂玛在家门口等着她回来，然后做了个手势示意她不要出声，然后将她领到祖父的房间里。护士萨米拉正在萨朗医生的全神关注下认真地给他打针。

"他实在是尽了最大的力气向他们展示自己无比正常的状况。"医生喃喃地说道。

"有什么危险吗？"克拉拉问道。

"还没有进房间，他就昏厥了。还好萨米拉在这里等着要给他睡前打针，否则我还真不知道会出什么事。"医生解释道。

萨米拉跟珐蒂玛一起将老人服侍躺下了，而老人却朝克拉拉伸了伸手，让她坐在自己身边。

"你已经尽力了，我不能再让你受这种罪了。"她拉着祖父的手说道。

"我很好，只不过有点累了。那些该死的东西过来就是想确认一下我死了没有，好跳到我身上作威作福。我倒是向他们表明得很清楚了，谁要是敢靠近，死的就是谁。"

"祖父，你难道不应该信任我吗？"

"我当然信任你，你是我唯一信任的人。"

"那你告诉我这个如此重要的行动到底是什么，告诉我你到底想让他干什么，我来替你向他们传达命令。我做得到。"

阿尔弗雷德紧紧地握着孙女的手，闭上了眼睛。有那么一秒，他真的想把一切告诉孙女了，这样他也就可以休息了，但是他并没有这么做，因为他很清楚，在这个时候并不适合把孙女推到生意的最前线，要她去面对自己的朋友和敌人，因为这也会向他们暴露自己的虚弱。此外，他还对自己说，克拉拉并没有做好准备，去和这些把生死只置于一念之间的人打交道，他们永远都是在和其他人的死亡打交道。

"医生，我希望单独跟我孙女待一会儿。"

"您不能太劳累……"

"都出去。"

珐蒂玛打开门，准备好听从坦内博格的命令。萨米拉是第一个出去的，然后就是萨朗医生，随后珐蒂玛关上门也走了出去。

"祖父，你不要太消耗力气了……"

"美国人将会在三月二十日开始攻打伊拉克，你只有十五天时间可以用来找泥板圣经了。"

克拉拉面对这个突如其来的消息，目瞪口呆。知道要打仗是一回事，知道确切的攻打时间和地点可是另外一回事了。

"那战争就是不可避免的了。"

"是啊，多亏了战争我们才能赚了那么多钱。"

"但是，祖父！……"

"得了，克拉拉，你是个女人，我觉得你应该理解，这个世界上战争是最好发财的生意。我的生意通常都跟战争有关的。我们之所以能够累积如此巨大的财富，都是亏了别人的愚蠢。我在你的眼睛里看到了你不希望听到真相的意思，那好，我们就不谈这个话题了。你不能告诉任何其他人，这场战争会在三月二十日打起来。"

"皮科特想离开了。"

"那就让他走吧，这不重要，只不过要努力让他再多待几天，他们最好是十七号或者十八号从这里离开。你们可以一直工作到那个时候。"

"如果我们没有找到泥板圣经呢？"

"那我们就失败了。那我就丢失了我这一生唯一的一个梦想。明天我会跟皮科特谈的，我希望给他提供点建议，好使得所有的这些工作都没有白费，特别是为了要解救你。"

"我们一起去开罗吗？"

"我会告诉你的，啊，你要多加提防你的那个丈夫！你可不要又被迷惑了！"

"艾哈迈德跟我已经完了。"

"但是，我拥有的东西实在太多了，你可以继承的也太多了，而我就快要死了。他有可能希望得到和解，因为我的朋友都很信任他，而且都知道他是个有能力的人，所以他们可不介意在我死后，由他来代替我在生意场上的位置。"

"上帝啊，祖父！"

"孩子，我们把一切都需要摊开来说了，没有时间拐弯抹角。现在让我睡觉吧。明天你给那些工人双倍的工资吧，好让他们能够坚持到底工作，他们必须要不停地在那个该死的圣殿里进行挖掘，直到我们找到泥板圣经为止。"

走出祖父的房间，她看见珐蒂玛和萨米拉在门口等候着。

"医生说今天晚上由我来照看。"萨米拉说道。

"我跟她说了我可以照顾得过来……"珐蒂玛抱怨道。

"你又不是护士。"克拉拉温和地回答道。

"但是我知道该怎么照顾他，我已经这样照顾他快五十年了。"

"求你了，珐蒂玛，你去休息吧。要是没了你，这里就没法运转了，所以你要是不睡觉的话，会出乱子的。"

她抱了抱这个年迈的老仆人，然后示意萨米拉可以进房间去伺候祖父了。之后她也回自己房间了。

艾哈迈德坐在行军床上看着书。她注意到他并没穿上睡衣，只是穿了条短裤套了件T恤衫。

"晚安，克拉拉。"

"晚安。"

"你看起来很憔悴。"

"是的，我很累。"

"我一直在找你，但是他们告诉我说你去跟那个神父聊天了。"

"我们一起坐着抽了根烟。"

"你们成为朋友了吗？"

"是的，他是个很不错的人，我这一生里还真没有见过他这样的人。"

"你的祖父病情加重了，不是吗？"

"没有，我很奇怪你怎么会有这样的感觉。"

"嗯，是开罗那边传来的消息。"

"我估计亚什尔也是这个消息的传播者吧，但是这个消息并不确凿。如果你想知道的话，我只能说祖父的身体并没有恶化。"

"当然，他的脑袋还是长在原来的位置上，但是他看起来……我不知道，感觉比原来要虚弱了，更瘦了。"

"如果你说这个……最近的检验分析结果倒是非常不错,所以根本不用担心他的身体会有什么问题。"

"你不要有那么强的抵触情绪嘛。"

"我不是有抵触情绪,我知道你就是想看到我祖父好赶快消失,看到他快死,但是你别想得那么美。"

"克拉拉!"

"得了,艾哈迈德,我们都很了解对方。我虽然不是那么容易分辨得清楚,但是很显然你是憎恨我祖父的。我估计在你内心深处,你肯定特别生气成为了他的雇员。"

艾哈迈德连忙站起身来,双手攥紧了拳头。克拉拉挑衅地看着他,知道他并不敢真的扬起手来,因为这跟宣判他自己的死亡没有什么两样。

"我一直认为我们可以和平地分手,不会给对方造成伤害。"艾哈迈德回答道,走出了小屋准备去拿瓶矿泉水。

"我们的分手跟事实真相没有任何关系。"

"那什么是真相呢,克拉拉?"

"你是我祖父的雇员,所以你必须要留在伊拉克,因为他会给你一笔丰厚的报酬,报答你在最后的时候,跟他的那些朋友恩里克、弗兰克还有乔治进行了良好的合作。"

"我已经给你祖父工作很多年了,这对于你而言也不是什么新鲜事。你到底在指责我什么?"

"我没有指责你任何事情?"

"你有,但是你还是不愿意说什么。我估计我们所有人都是因为战争的爆发而焦虑。"

"为什么你现在还不走?"

"你希望了解真相吗?"

"是的。"

"好吧,也许是时候了,我们该大声地将我们从前所不愿意提起的东西好好谈谈了。我之所以不走,是因为你祖父的阻挠。他威胁我要将我扔到监狱去,当然他要做到这一点没有丝毫的困难,他只需要拿起电话通知人将我送到地狱去就可以了。阿尔弗雷德·坦内博格在这个国家有着非常的权势,所以我就接受了他的条件。我不是为了钱才这么做的,你不要搞错了,只不过是为了活命。"

克拉拉毫无表情地听着他说完了这一切。她理解艾哈迈德已经准备好要跟自己谈谈这么多年来,大家一直都不愿意触及的话题,她看到他那双气得通红的眼睛,她也很清楚他在试图摧毁自己这么多年来牢牢依靠和信任祖父的基石。

"你知道这最后的一单生意是什么吗?让我来告诉你,我肯定你的祖父一定对你隐瞒了,而你当然还是努力想知道的。你总想生活在无知和天真里面,以为这样就能够模糊你对他的感觉。

"你祖父全是依靠了文物才累积了财富。他是近东地区最大的艺术财产的掠夺者。"

"你疯了!"

"没有,我根本就没有疯。这是事实。他之所以资助那些考古小组,只有一个目的:将他们找到的最有价值的文物据为己有。同样想要贿赂那些公务员也不是什么难事,他们没有得到多少钱,但是却给他开了不少绿灯,允许他们从博物馆里将那些珍贵的文物盗走。你觉得很吃惊吧?这是个多么赚钱的生意啊,就这么轻而易举地得到了上千万美元,就这样你的祖父就成了大富翁,还有他的那些朋友们。他们将那些价值连城的东西卖给固定的客户。你祖父负责这片区域,而恩里克负责欧洲,弗兰克负责南美。乔治是整个生意的核心人员。把卡斯蒂亚某个寺庙里消失的雕刻卖掉,跟将南美某个教堂里的图版卖掉没什么区别。在这个世界上,有些人就能够恣意妄为,看到什么就可以得到什么,问题只是在于他们有没有足够的钱。狂热喜欢艺术品的人群也不是十分广泛,但是他们在出价的时候可都是相当的慷慨。你怎么脸色煞白,你要点水吗?"

艾哈迈德拿了瓶矿泉水过来,倒了一杯递给克拉拉。现在这个男人将局势完全调转了,他被压抑了那么多年,一直对于妻子故意天真的态度非常不满,因为妻子对于所有周围发生的事情都是尽量充耳不闻,视而不见。克拉拉仅限于生活,将所有生活道路上所出现的问题都扫到一边,只是选择接受她喜欢的东西,总是一副很天真的样子,看起来对于祖父所做的肮脏交易一无所知。

"你祖父不让我走也是因为需要我帮他们完成这笔最后的买卖。要是没有我,他们将会很麻烦,所以我也就没有别的选择。让我来告诉你这都是为了什么吧:你还记得第一次海湾战争吗?你祖父事先知道了美军攻打的具体时间,于是就构思出了一个非常巧妙的计划。当炮弹开始砸向海湾的时候,他的手下就冲到了指定的那些博物馆里,然后就将计划好的那些文物都拿走了。

"他对巴格达这里所有博物馆中有价值的文物做了一份非常详细的清单。总数并不多,只有二十件,但是却都是价值连城。这绝对是笔大买卖,这也就是他和他的那帮朋友们所说的最重要的事情。他们有内部消息,乔治能够得到五角大楼里面最准确的消息。总之就是跟美国的最高层保持了很良好的信息沟通,所以他们了解所有的事情。因此乔治知道这次攻打的具体时间并不是什么难事。你知道这次行动是关于什么的吗?"

艾哈迈德不说话了,等着克拉拉求他继续讲下去。但是她默不作声,只是眼睛一眨不眨地盯着他。

"这是个非常大范围的偷盗。阿尔弗雷德想要将这个国家仅存的所有珍贵的文物都拿走。他的手下将要进入伊拉克最重要的博物馆,不仅仅是在巴格达的。你想知道是谁给他们提供了这份写满这么多价值可观的文物清单吗?是我。是我准备了这份包括……这都是全人类的财富。但是它们最终会落入那些疯狂的百万富翁的秘密博物馆中,这些人甚至梦想着要用着和汉谟拉比一样的酒杯喝酒。为了要找到他们想要的那些东西,雕塑、泥板、印章、酒杯、油画,甚至是方尖碑,凡是他们可能找到的东西都会被他们顺带掠走。也就是说,我给他们准备了两份清单,一份是客户要求的,一份是其他的重要文物。"

"这……这是不可能的。"克拉拉肯定地说道。

"这很容易证实。三月二十日就要开始打仗了,你祖父应该告诉你了吧?那好,他的手下会在这天进入所有重要的博物馆,然后很快地离开。每个小分队都会奔赴不同的边境,有的去科威特,有的去土耳其,有的去约旦,他们进入这些国家然后和在那里已经准备好的其他人马会合,让后由其他人将这些东西再送往目的地。恩里克已经如期将重要的货品交给了他的买主,弗兰克和乔治也是一样。他们将其中的一部分物品自己收藏了下来,然后根据供求规律再将它们卖掉。他们根本就不着急,尽管他们四个人已经认为自己老了。"

"但是在这种枪林弹雨中……"

"啊,这就更简单了!当战争刚开始的时候,根本就没有人会顾着要去照看博物馆,所有人都忙着逃难。阿尔弗雷德的人不就正好切入,他们都是近东一流的盗贼和杀手。"

"你给我闭嘴!"

"你不用喊,克拉拉,你不要这么歇斯底里!"艾哈迈德用平静得近乎冰冷的语调对她说道。

克拉拉从沙发上站了起来,在这个本来就局促的房间里来回走着。她觉得自己强烈需要出去跑跑,要离开那里。但是她还是忍住了。不,她不能做任何艾哈迈德期望她或者认为她会做的事情。她转过身,愤怒地看着他,因为他践踏了她的国度,打破了她的非现实的理想王国,这个她祖父从她童年时代就按照自己的意志给她建造的乐园。

"你说了战争会在三月二十日开始。"

"是的,乔治已经告诉我们了。所以这一天你也不应该在这里,如果你还想活命的话。"

"那我们需要什么时候离开?"

"我不知道,你祖父会告诉你的。"

"那你怎么离开伊拉克?"

"你祖父答应会将我弄出去,也只有他做得到。"

两个人都陷入了沉默。克拉拉觉得自己一下子因为受到打击而衰老,而且心中顿时涌起对艾哈迈德的仇恨。她不禁自问怎么会如此爱一个这样的男人，这个现在对于自己希望他有所反应的时候却无动于衷、冷眼相对的男人。

对于他所说的一切她也不想再争辩什么了，因为她知道这一切都是真的。所以她才会一句话都没说，听完了他所讲的每一个字，吸收了他所提供的每一个信息，而这些东西，尽管祖父对她疼爱有加，可是却是一直都在她眼前摆着的事实。

但她心里却认为，不论祖父做了什么或者在做什么事情，她都是一样地爱着他，她不会对他有任何的指责，而且不论是像亚什尔或是艾哈迈德这样的人怎么希望祖父死掉，她也会拼命地捍卫他的生命。

艾哈迈德看着她从房间的这边走到那边，相信她肯定会一下子控制不住自己，崩溃得泪流满面。但是当他看到克拉拉最终控制住了自己的情绪，没有给自己任何情感泛滥的机会时，他震惊了。

"我希望你和亚什尔都能够做到我祖父对你们所要求的那个高度。当然，我也会对你们的行动给予高度的关注，以防你们会出任何的错误，如果出错的话……"

"你是在威胁我？"艾哈迈德掩饰不住惊诧地问道。

"是的，我就是在威胁你。我估计你应该不会对坦内博格女士的转型感到惊诧吧。"

"你是想在这个伟大的犯罪交易里也占据一席之地吗？"

"收起你那些讽刺的话吧，请你不要随意地评论我。我觉得你并不了解我，艾哈迈德，你太低估我了，这个错误会让你付出高昂代价的。"

这个男人完全无法从自己的惊诧中缓过神来。其实他发现现在站在他面前的这个女人，跟他这么多年来睡在一张床上的那个女人根本就不是一个人。而且他知道了，根据她刚才所说的话来看，是的，她的确也是个无所不能的女人。

"很抱歉我让你感到不舒服了，但是现在也是时候让你知道事情的真相了。"

"你不要再大放厥词了，现在如果你愿意的话，可以休息了。我要去珐蒂玛的房间睡觉了，这里你的气味太让人难以忍受了。可能的话，你尽快离开吧，这次交易一结束，请你不要再干涉到我的生活中来。我可不像我的祖父那么慷慨。"

克拉拉轻轻地将门带上之后，离开了房间。她什么感觉都没有了，对艾哈迈德再也没有一点感觉，只是抱怨在他身边浪费了那么多年的时间。

珐蒂玛听到敲门声时还吓了一跳。她从床上爬起来，打开了门。

"克拉拉！你怎么了？"

"我可以在这睡吗？"

"来我床上睡吧，我睡地上。"

"给我让点地方，我们两个一起睡。"

"不行，不行，床太小了。"

"你就别争了，珐蒂玛，我就睡在你旁边，抱歉把你吵醒了。"

"你跟艾哈迈德吵架了？"

"没有。"

"那么，到底发生什么事情了？"

"艾哈迈德想通过给我讲一些……讲一些关于我祖父的生意上面的事情来伤害我。偷盗啦、杀人啦……他还以为我会不再爱我的祖父了呢？他就这么不了解我？"

"孩子，我们这些女人啊就不应该搅和到男人的那些生意里去，他们知道该怎么办。"

"你这是什么傻话！我很爱你，珐蒂玛，但是我无法理解你怎么会如此没有原则地屈服于那些男人。你的丈夫偷盗或者杀人吗？"

"他会杀人，是因为他们知道为什么会这么做。"

"那你不介意跟一些会杀人的人一起生活了？"

"女人就是要照顾男人的，而且我们生了他们的孩子，我们就只需在家里照顾这些孩子的起居就可以了，我们不需要看见，也不需要听见什么，更不要说什么，否则就算不上好妻子。"

"一切就跟你说的那么简单吗？不看，不听，不说……"

"就是这样的啊。从这个世界诞生的那天起，男人们就在争斗。为了土地，为了食物，为了他们的孩子，有人死，有人杀人。事情就是这样的，不是你、我或者任何人可以改变的。而且，有谁想要将它改变吗？"

"你的儿子死了，是别人把他杀掉的，我看见你当时哭了。"

"我每天都为他哭泣，但是这就是生活。"

克拉拉躺在床上，闭上了眼睛。她觉得自己筋疲力尽，但是跟珐蒂玛的谈话让她平静了很多。这个年迈的老仆人看起来似乎满足于生活所赐予她的种种苦难。

"你原来知道我祖父所做的那些生意……就是那些有时候需要杀人的生意吗？"

"我什么都不知道。先生在做他需要做的事情，他比我们都更加清楚他需要做什么。"

直到清晨的第一缕阳光从窗子里射进来的时候，她们俩才睡着。

珐蒂玛起床了，过了一会儿她就端了一盘东西送到了克拉拉面前。

"你快点吃些早点吧，皮科特教授想见你。"

当她到工地的时候，考古队员已经都工作一会儿了。玛尔塔手上满是烂泥走到她跟前。

"看看这些黏土，这里原来发生过火灾。我们找到了一个遗迹，可以表明这个圣殿遭受过火灾，我也不能确定是自发的还是人为放的火。很奇怪，但是今天早上我们还是很幸运的,我们又清理出了另外一个广场,而且里面可以看到有一些楼梯、兵器,还有埋在地下已经被泥土腐蚀了一部分的盔甲和断掉的长矛。我想也许这个圣殿被人袭击过,或者在某种情况下被人侵略过。"

"通常状况下,人们都是很尊重圣殿的。"克拉拉回答说。

"没错,但是在需要钱的时候,有些国王会不惜对抗这些宗教的势力。譬如,在那波尼德斯统治时期,为了钱他就改变了皇权和政治权力之间的关系。他迫害了圣殿的那些书记官,皇宫里的统治者变成了沙里,这些人的权威远在奇普(圣殿里负责商贸活动的管理教士)的地位之上。

"但也可能是在某次国王对国王的侵略或者战争中,这个圣殿受到袭击。"

克拉拉专注地听着玛尔塔的解释,突然对她肃然起敬,不仅仅是因为她渊博的知识,而且是因为她的人格魅力。她嫉妒玛尔塔在这个考古团队里被所有人尊敬的地位,甚至皮科特都对她非常不一般。

克拉拉心想自己这一生也不可能得到像人们对玛尔塔那样的崇敬,而且说到底,她对自己说道,自己的履历里面就没有任何可圈可点的事情,完全没有,除了她这个姓氏坦内博格,在中东地区很受到人们尊重和惧怕以外。但是即使是这样的尊重和畏惧也仅仅是针对她的祖父的,她作为孙女没有沾到一点光。

"你看到皮科特教授了吗?"

"伊维斯?是的,当然了,我们刚决定要雇用更多一些的工人来这里工作,今天我们会工作到很晚,其实我们也是想将所剩不多的时间充分利用起来。"

法比安身上捆着根绳子,然后被若干工人操作的一个机器悬吊着,在皮科特关切的目光下,正朝一个不知道里面会通向哪的空洞滑下去,里面全部都是黑的。

"注意安全,看起来很深。"皮科特对他说道。

"你不用担心,你们继续放绳索,我们马上就能看到里面会有什么了。"

"我当然担心了,你要把手电打开了。如果下面有地方的话,我也下去。"

工人们将法比安慢慢地放了下去,直到他下到了黑洞里看起来似乎是圣殿最低层的一个地方,也许这只不过是口枯井。谁知道呢,只有等这个考古学家从里面再爬出来的时候大家才能够知道。皮科特看起来很紧张,不停地将脑袋伸到这个黑洞口往里面张望。

"你怎么样了?"

"再把我往下放一点,我还没有触到任何东西呢。"法比安回答道,尽管他的声音听起来是越来越遥远了。

然后就是越来越微弱的声音了,直到一片静寂。皮科特等不及了,他要求在自己的腰上也拴上绳子,让他们像法比安一样地把自己放下去。

"稍等,还是等法比安从里面上来,告诉我们里面到底有什么再说。"玛尔塔说道。

"我不想让他一个人在里面待着。"

"我也不想，但是再等上几分钟也不碍事啊。如果我们再没有任何信息的话，再下去。"玛尔塔说道。

"我下去。"皮科特坚持道。

玛尔塔不再回答了，她知道鉴于现在的情形只有接受他的决定，所以也就没有再争论的必要了。

过了几分钟大家就看到绳子突然变紧了，那意味着法比安在给大家信号。伊维斯·皮科特将身子朝洞口探得更近一些，只是模糊地看到在黑暗中有一点光亮。

"你还好吗？"他努力地大叫道，试图让法比安能够听得到自己的声音。

又一次，大家感到了绳子被拽得更紧了。

"我下去了。抓住我，你们去给我找个光源，好让我把底下能照亮。"

"我们没有光源了。"工人们回答道。

"随便什么，台灯，手电，能找到什么都可以。"皮科特情绪不好地回答道，一边还在确认自己的腰带是不是绑得结实，"玛尔塔，我下去了，你留下负责所有的事情。"

"我也下去。"

"不，你留在这里，如果我们真要出了什么事，那谁来负责这一摊事？"

"我。"

玛尔塔和皮科特看到了克拉拉，因为她刚才那么坚定地回答了一声"我"把大家都怔住了。

皮科特上上下下地打量着克拉拉，思量着是不是能够将考古队剩下的任务交到她手上，然后他耸了耸肩膀，给了玛尔塔一个手势，示意让她跟着自己下去。

皮科特先下，然后就感到自己的衣服被旁边的湿土粘上了，而玛尔塔紧随其后也被放了下去。

又下去了十米，他们才达到地底，然后就看到法比安在几米远的地方用手在一片墙壁的地方刨着什么东西。

"真高兴能够有伙伴一起。"法比安连头都没回地说道。

"能知道你在那干吗吗？"皮科特问道。

"我认为这里有一扇门，或者是什么东西挡住了我们通往另外一个密室的路。"法比安回答道，"但是这里还有一些壁画的遗迹，如果你们过来一些能够看得更清楚，像是一头长着翅膀的公牛，真的很漂亮。"

"看起来像一间屋子，还有一些木板的遗迹，如果你们往墙上看，就是我前面这里，你们可以看到那些木板是嵌在墙壁里的，然后你们再看这里。这里或许是某个时候被用来保存泥板的房间，我也不知道，我还没有时间好好看呢。"法比安对他们说道。

玛尔塔将自己腰间别着的两个大号的手电解了下来,皮科特也一样。顿时一阵微弱的灯光将这个长方形的房间照亮了,这里就像法比安刚才所说的那样,的确是有一些木板的遗迹,而且看起来也的确是很像那些在过去用来堆放泥板的架子。

地上到处都是泥土堆,或者木块,甚至还有一些釉片。

皮科特帮助法比安将那块他认为可能是门的墙壁进行了清理,而玛尔塔则继续研究堆在地上的那些东西,在那里面她还发现了一些石板的碎片,上面还刻着公牛、狮子、猫等等一些动物的浅浮雕。

"你们快来看这个!"

"你找到什么了?"皮科特好奇地问道。

"浅浮雕,只是一些残片了,但是真是美极了!"

两个男人对她的邀请不感兴趣,继续他们自己的工作。

"你们怎么不过来啊?"玛尔塔问道。

"因为这里也找到了点东西,在墙上的那个公牛浮雕旁边似乎还有个洞,看起来似乎还有一间房在那边。"法比安说道。

"好吧,我继续弄我的,但是我们还是应该通知一下上面的人,我们现在是安全的。"

"那你去吧。"皮科特说道。

玛尔塔从他们刚刚下来的地方滑了过去,然后使劲地拽了三次绳子,通知上面的队员他们都很安全。然后她又回去继续检查地上的那些东西。

一个小时之后,三个人带着满意的笑容重新出现在了地面上。

"下面有什么东西?"克拉拉很好奇。

"圣殿的另外一些房间。到现在为止,我们才挖出了圣殿最上面的两层,但是还有更多的,我不知道会是四层还是五层,反正还有。问题是必须要对下面进行支撑,因为可能会发生塌陷。这可不容易,而且现在也没有什么时间了……"皮科特焦急地解释道。

"我们可以找到更多的人……"克拉拉建议道。

"即使这样……我不知道,还是很困难的,这可是个耗费若干月甚至若干年的工作,而且我们也不知道能够弄到多少人手。"法比安也很担心。

"说实在的,克拉拉,我还是想之后跟艾哈迈德还有你的祖父谈谈。昨晚根本就没办法见到你的丈夫,今天早上我过去的时候他们也都还在睡觉。"

"今天下午,如果我们回去的话,你们可以谈谈。现在告诉我,对于底下的东西我们该怎么办。"

"我们来想办法,看看里面还有些什么别的东西,尽管我也不确定我们是不是会有所得。我们真是没办法跟时间竞赛啊。"

克拉拉先于其他人回到了营地,因为珐蒂玛派了个人去找她。

当她回到屋子里时,四周一片寂静时,她连忙冲进祖父的房间。她进去的时候,萨朗医生和萨米拉护士都没有注意到她,而珐蒂玛也没有看到她,只是眼含泪水站在一边。

她冷静地看着医生将一个氧气面罩扣在了祖父的脸上,而护士则连忙去换生理盐水瓶。当他们忙完了这一切,才注意到克拉拉已经站在了旁边。

医生嘱咐萨米拉留在这里照顾坦内博格,同时示意克拉拉跟他出去,他要跟她单独谈谈。

克拉拉将医生领到临时为祖父设置的一个小书房里。

"夫人,我很担心,我觉得我已经没有办法应付这个状况了。"

"发生什么事情了?"

"今天早上坦内博格先生已经失去了知觉,而且还发生了很严重的心肌梗塞。幸好那个时候给他进行了及时的救治。我力劝他转到营地的临时医院病房去,而他却坚持拒绝,他不希望其他任何人知道他现在的身体状况,所以我只有在房间里为他诊治,而您也看到了,我还不得不将医院里的一些设备搬了过来,但是如果不把他送到一个真正意义上的医院,我估计他很难活下去了。"

"他马上就要死了。"克拉拉平静的语调让医生都大吃一惊。

"是的,他就要死了,这您也知道,但是在这里的话,他会死得更快。"

"那我们就还是尊重祖父自己的意愿吧。"

萨朗不知道该说什么才好。他觉得自己根本无法应付这个看起来已经丧失了理智的老头和他的孙女。他觉得这两个人都太奇怪了,就像是无法破解的密码一样。

"但您要承担这样选择的后果。"医生说道。

"我当然会承担。现在你告诉我,祖父是不是还有能力讲话。"

"现在他应该是完全清醒的,但是我的意见是你最好不要打扰他休息。"

"我需要跟他谈谈。"

医生一脸无奈,他耸耸肩膀知道多说也无用。所以他陪着克拉拉又回到了祖父的房间。

"萨米拉,夫人需要跟坦内博格先生说说话,你在门外候着吧。"

克拉拉跟珐蒂玛做了个手势,示意她也离开房间,然后她凑到床前,拉起了祖父的手。看着他脸上的呼吸面罩,她忧心如焚,但是却还不得不挤出一脸笑容。

"祖父,你感觉如何?不,你不要试图说话,我只要你保持冷静就可以了。你知道吗,我认为好运就在朝我们微笑了,我们发掘出圣殿的另外一层了,皮科特刚刚和玛尔塔还有法比安一起下到了里面,他们上来的时候,是满脸的兴奋。"

阿尔弗雷德做了个说话的动作,但是克拉拉没让他说。

"求你了,听我说就好了!你不要使任何力气。祖父,我希望你能够信任我,就像我信任你一样。昨天我跟艾哈迈德谈过了,他跟我说了所有的事情。"

　　老人的眼睛里闪着怒火,同时他以超人的力量坐了起来,将自己脸上帮助呼吸的面罩摘了下来。

　　"他跟你说了什么?"他气若游丝地问道。

　　"让我把萨米拉叫进来,把这个给你戴上……我,我是想跟你谈谈,但是你不能把氧气摘掉……"

　　"你别走!"老人命令道,"我们谈,然后你爱叫谁叫谁,但是现在告诉我那个蠢货到底跟你说了些什么。"

　　"他跟我说了这次的行动……正在进行中,有你的朋友的参与,乔治、弗兰克还有恩里克,他向我解释了这是个大买卖。"

　　阿尔弗雷德攥着克拉拉的手,闭上了眼睛,以免孙女跑出去把大夫叫来。当他调整了自己的呼吸之后,他又睁开了眼睛,然后死死地盯住克拉拉。

　　"你不要搅到我的生意里。"

　　"除了我,你难道还能信任别人?求你了,祖父,想想我们现在所处的环境。艾哈迈德也告诉我了,战争要在三月二十日打响,还有不到一个月的时间了。你……你的身体也不好,而且……好吧,我觉得你需要我,你真的需要我。我听你说了不止一次,有时候为了生意能够进展顺利,必须要收买忠实,但是如果别人知道你的虚弱,那么,很有可能你的一部分手下就会将你出卖给出价更好的雇主了。"

　　老人又一次闭上了眼睛,思考着克拉拉的话。他对孙女一时间的这种冷静也感到万分的惊诧,他所要承担的可是要掠夺伊拉克的所有国家珍宝啊。而她,这个如此热爱这片土地,一直梦想着要找到失落的文明和城市,对于文物有着无比眷恋的女孩子,能够突然让她负责打理这个本来就是个彻头彻尾、纯粹的盗窃生意吗?

　　"你想怎么样,克拉拉?"

　　"我希望既不让艾哈迈德,也不让亚什尔利用了我们现在的这种窘境。我希望你告诉我,应该怎么做,我应该跟他们说些什么,还有你希望我做的事情。"

　　"我们要将伊拉克所有的文物都偷走。"

　　"我知道。"

　　"那你不介意吗?"

　　克拉拉犹豫了几分钟才回答祖父的问题。她介意,那是当然的,但是对祖父的忠诚是胜过对其他任何东西或者人的忠诚的,而且她也不认为阿尔弗雷德的手下真的可以将所有东西都偷走。洗劫一个博物馆真不是一件容易的事情,而且从现在的情况看,他们也只是盗走一部分。

　　"我不想骗你,当艾哈迈德跟我讲述这一切的时候,我真希望不相信这些,这一切都不是真的，但是我无法改变事实，你或者任何人都做不到。所以我看还是尽早结束这一切为妙。对我而言，我最关心的是你的病情，还有他们想对你不利，这才是我真正关心的。"

"既然你什么都知道了，那你就要负起责任来。但是你一定不能犯错，不可以有任何的失误。"

"你希望我怎么做？"

"行动还是没有任何改变。我已经告诉艾哈迈德我希望他做的事情了，亚什尔我也下达了命令，还有……"

老人不能继续说下去了。他的眼睛突然闭上了，克拉拉感到自己手中握着的双手突然僵硬了，一双没有生命的手。她发出了一声凄惨的叫声。

萨朗医生和萨米拉连忙跑了进来。珐蒂玛跟在后面，紧紧地抱住了克拉拉。

两个手持武器的士兵也连忙跑进了坦内博格的屋子。他们还以为有谁袭击了老人。

"所有人都给我出去！"医生命令道，"您也一样。"他对克拉拉说道。

珐蒂玛是一个恢复平静的人，她看着克拉拉还处于极度的悲痛状态中，而另外两个保镖则拿着枪守在门口。

"不过是一场惊慌，没事的。先生还很好。"珐蒂玛力图安慰克拉拉。

最后，克拉拉才有了点反应，然后朝门口守着的两个不知所措的保镖走了过去。

"一切都正常，刚才是个小事故，我受了点惊吓，自己受了点伤。很抱歉，让你们也受惊了。"

两个人看了看她，却露出怀疑的神情：刚才听到的那声撕心裂肺的哭号绝对不是某个歇斯底里的妇人由于普通的创伤而引起的。而且克拉拉看起来根本就不像受了什么伤，他们知道她在撒谎。

克拉拉连忙站了起来，她知道自己在这个时候必须像个男人一样，否则自己的失态行为可能会影响到以后的事情。

"我说了什么事情都没有！你们赶快给我各就各位回到你们自己的岗位上！啊，我不希望有任何的流言飞语！谁要是乱说话或者胡乱猜想就等着瞧！你们两个，跟我守在这里。"她命令进来的两个保镖守在门口。

珐蒂玛连忙将这两个人推了出去，将大门关上，免得让克拉拉看到他们两个担心的面孔。

"我不希望你们把在这里看到的任何事情透露出去。"

"不会的，夫人。"其中一个守卫说道。

"如果说了的话，你们将为此付出高昂的代价。如果你们懂得如何将嘴闭得紧紧的，我不会亏待你们的。"

"夫人,您应该知道我们跟着先生已经很多年了,他很信任我们。"其中一个人抗议道。

"我知道信任也是有价格的,所以你们最好不要犯错误,将屋里发生的事情告诉任何人。现在,你们就守在门口,不许任何人进来。"

"是的,夫人。"

克拉拉又朝祖父的房间走去,想尽量不发出声音走进去。萨朗医生非常焦急地看着坦内博格。

"他怎么样了?"克拉拉问道。

"这正是我想问你的问题。"

"我们正谈着话,他把氧气面罩摘了,而且突然就瘫软了,好像瘫痪了一样。"

"我也不能再说什么了,要么我们就得把你祖父从这里转走,要么我们就不得不怀疑他是不是还撑得下去了。"

"他还要在这里待下去,告诉我他现在的状况如何。"

"现在的情况很关键,他的心脏开始衰竭,我们必须要等分析的结果出来了才好下断言。肝脏的扫描显示又出现了新的肿块。但是他现在心脏的承受能力很让我担心。"

"他还清醒吗?"

"不,应该不行了。你需要让我单独在这里工作了,你出去吧,我会通知你的。不要打扰我的工作。"

"请您尽一切所能,不能让他死掉。"

"看起来好像是您不想让他活下去。"

萨朗的话像一记耳光抽在克拉拉的脸上,让她疼痛不已,但是她也没办法回答什么,因为她知道这个医生根本无法理解自己。

她在祖父的房间门口看到了艾哈迈德,他很生气因为珐蒂玛不让他进去。

"发生什么事了?那些人都无比紧张,他们说你大叫了,而且他们肯定你祖父发生了什么事情。"

"我摔倒了,然后大叫了起来,就是这样。我祖父很好,有点累了,仅此而已。"

"我需要跟他谈谈,我今天去了巴索拉。"

"你跟我说吧。"

艾哈迈德从克拉拉的态度上隐约察觉出了发生的事情。

"我明天走,所以我希望要咨询一些事情。据我所知,是你祖父负责整个行动的指挥权,从没有人通知我这一点有什么改变。无论如何都不会有人接受你的命令的,我也不会。"

克拉拉硬生生地将他的话咽进了肚子,她决定不能在这个时候发生什么论战,因为现在她肯定会输。艾哈迈德已经觉察到祖父身体状况的恶化,所以她决定还是暂时做回从前的自己,尽管连她自己都不清楚,现在的自己还有多少跟从前相同。

"好吧,那你也得等到明天了。还有,你需要另外找个地方睡了,我已经受够了在别人面前的伪装了。"

"你以为让别人知道你是个马上要离婚的女人是个什么聪明的做法吗?你会被人看作是很失败的人,要是知道了你马上就没有丈夫了,别人都不会尊重你的,而且你的祖父马上就要死了。"

"我的祖父不会死的,你还是死了这条心吧!"克拉拉愤怒地回敬道。

"我根本没兴趣在你的房间睡觉。如果你愿意的话,我可以在客厅睡,这样也不会打扰到你。"

艾哈迈德的坚持让她怒不可遏,她知道他之所以坚持留下来就是想看看到底家里发生了什么事情。如果她反对的话,会更加坚定了他对自己猜测的结果,但是她还是无法接受他的提议。

"我受不了再和你同住一个屋檐下,因为我知道你尽想着我们的种种不好,我祖父的还有我的,所以我希望你还是另找别的住处吧。"

"我从来就没有盼着你不好。"

"你知道吗,艾哈迈德,这从你的脸上很容易就能看得出来。我也不知道我们是从什么时候开始起越过了这道感情的边线,变得看不起对方,但是可以肯定的是我们的确是这么做了。我不希望有陌生人睡在自己家里,而你对于我而言,现在就是个陌生人。"

"好吧,那你告诉我,我应该去哪里睡。"

"在临时医院里还有一张行军床,你可以用。"

"明天什么时候可以见到你祖父?"

"我会通知你。"

"皮科特跟我说希望跟我谈谈,你过来吗?"

"是的,我知道他召集了一个会议,来决定什么时候结束这个挖掘。你也问问自己在战争到来之际是不是准备好了一个预定方案。来过这里的记者肯定这场战争是不可避免的,而且他们说布什随时都可能会轰炸这里。"

"你已经知道具体日期了,三月二十日,所以没剩多少时间了,但是我们不能将这个消息透露给其他人。"

"这我知道。"

"那好,我现在去收拾我的箱子,好搬到别的地方去。"

"去吧。"

克拉拉转过身去,准备再去祖父的房间。她小心地打开门,然后靠在墙边看着萨朗医生和萨米拉工作。他们似乎又在给祖父做什么心电图。她一直等到他们做完了这些工作,才被他们发现。

"我告诉过你了,你最好不要待在这里。"医生看到她连忙说道。

"我很担心。"

"你说的没错,他的情况是很糟。"

"他可以说话吗?"她非常害怕医生的回答,但还是怯生生地问了一句。

但是萨朗面对这个病人如此严重的病情,也无能为力。

"现在不行,明天也许可以,如果他能够挺过这个危机。"

"其实问题就是人们想见他……那么,他是不是可以做一个简短的谈话。"

"你所希望的简直就是个奇迹了。"

"我所希望的是他不要带着对唯一的梦想的遗憾走完这一生。"

"他的梦想是什么?"医生稍微克制着说道。

"您应该也听说过我们在这里的工作了。我们在找那些能够昭示并解释人类起源的一些泥板。这些泥板就是一部圣经,我们称它为泥板圣经。"

"很多人牺牲了他们的生命就是为了追求那些根本实现不了的梦想。"

"我的祖父就是坚持到最后的,他到现在还不放弃,他永远也不会放弃。"

"我不知道他明天会怎样,也不知道他是不是能够活到明天。现在还是让他休息吧。如果真要有什么变故,我会马上通知你。"

"您可一定要慎重啊。"

"别担心,我对你祖父沉默时还具有的能量已经有所领教了。"

29

皮科特做出了一个决定，但是这个想法其实是玛尔塔和法比安想出来的。

既然回去已成定局，那么就应该尽量多地将他们发掘到的东西带回去：那些浅浮雕、泥板、印章等等，他们的收获还真的不少。

玛尔塔设想着在某个知名大学举办一个展览会，在她自己的马德里大学也许就可以，然后邀请一些相关的基金会组织来搞赞助。

法比安认为他们所做的工作应该得到了科学界的关注，因为一旦战争打响，那么他们所发掘出来的圣殿也将荡然无存。因此他跟玛尔塔的看法一样，他们必须将此次考古发现的意义彰显出来，不能仅仅只办一个展览，而且要专门出一本书，将莱恩所拍的照片、图画、平面图，还有所有文字资料全部放在里面。

但是想要完成大家的想法就必须要说服艾哈迈德，让他同意他们将找到的这些宝贝都运走。当然想想也知道，这是很困难的，因为这些宝物都属于伊拉克整个国家的，而且在这样的情况下，绝对没有哪个萨达姆的公务员敢把自己国家的哪怕是一块泥板从伊拉克运出去，更何况是运到那些向伊宣战的国家。

皮科特想，也许阿尔弗雷德可以运用自己在伊拉克的影响力办到这件事情，能够让萨达姆同意他们将这些找到的文物运走。他们准备好了可以签署的必要文件或者协议，保证这些东西的归属权现在和未来都是伊拉克的，而且不论在什么情况下这个归属权都不会改变。

不论对于阿尔弗雷德或者是他的孙女，这次发掘的目的都并没有达到，他们只是为了要找到泥板圣经，所以他们肯定会拒绝他们的要求，而且要求他们继续工作下去，尽管也许只有疯子才会同意在战争爆发前的关键时刻，还选择留在这个国家。

吃完晚饭考古小组的队员就解散了，皮科特叫上玛尔塔和法比安一起，还邀请了莱恩和纪安参与到他们和艾哈迈德还有克拉拉的会议中。

皮科特对这个神父很有好感，同时觉得莱恩也是个不错的人。他总是一副好脾气的样子，并且好像是随时都准备好向需要帮助的人提供帮助。而且他也很聪明，这一点对于皮科特来说也是尤为重要的。

他觉得克拉拉有些焦虑，而且有些心不在焉，艾哈迈德则有点神经紧张。他估计这对夫妇刚刚吵过架，但是又不得不出现在对方的眼前，可是互相已经有点形同陌路的感觉了。

"艾哈迈德，我们希望听听你关于现在确切形势的看法，因为来过的那些记者肯定说战争正在部署之中。"

艾哈迈德·侯赛因没有很快回答皮科特的问题。他点了一根埃及香烟，吐着烟圈，微笑地看着皮科特，然后才不紧不慢地回答着说：

"现在我们唯一关心的是他们会不会攻打我们，并且在什么时候。"

"得了，艾哈迈德，你别跑题，这可是非常严肃的问题。请你告诉我到底你认为我们应该什么时候撤离，而且最重要的是，你到底是不是已经有了成熟的计划，如果他们搞突然袭击的话，我们怎么及时离开？"皮科特有点不舒服地坚持道。

"我们所了解到的情况是，现在有一些国家正在尽最大的努力，通过各种渠道争取避免这场战争的爆发。我不能告诉你们的是，他们的这种努力是不是有了最终的结果。至于你们……嗯，我也不能决定你们该怎么办。你们跟我一样了解现在的政治局势。不管你们相不相信，通过我们在西方国家的媒体渠道，我们也没有得到更多的消息可以告诉你们的了。我也不能肯定就一定会有战争，反之我也不能肯定就没有。但是很清楚的是，照我看来，布什已经走得太远了，所以……总之，以我保守的估计看来呢，打仗比不打的可能性要大。至于什么时候会打仗……这一切都取决于他们的准备情况了。"

伊维斯和法比安交换了一个眼神，两个人明显都对艾哈迈德的这番话感到很不满意。这个看起来圆滑世故的男人身上早就没了几个月前那个高效并且聪明的考古学家的影子。他们觉得他在糊弄大家。

"不要打岔了，"皮科特毫不掩饰自己的愤怒说道，"请直接告诉我们到底什么时候离开比较合适。"

"如果您想要现在离开，我当然是十分高兴地帮你们准备，好让你们能够尽早地离开伊拉克。"

"那要是战争在今天晚上就爆发了，马上就要打起来了怎么办？那你怎么把我们从这里救出去？"法比安问道。

"我会尽量马上给你们派直升飞机过来，但是我也不能十分肯定要是真的开始打仗了，他们是不是还能随便听从调遣。"

"那就是说你建议我们现在走了。"玛尔塔肯定地说道，根本就不像是在发问。

"我认为现在的情况已经很危急了，但是我也没有能力预见将来会发生的事情。但是如果你们希望听听我的建议，我只能说，在事情变得越来越困难之前尽早离开。"艾哈迈德回答道。

"您怎么看呢，克拉拉？"

玛尔塔的问题让克拉拉本人吃了一惊,同时让皮科特和艾哈迈德也很意外。

"我不希望你们走,我认为我们还应该继续寻找泥板圣经,因为我们马上就快要找到它了,但是我们还需要一些时间。"

"克拉拉,我们唯一没有的东西就是时间。"皮科特说道,"我们需要面对现实,不能只凭自己的想法办事。"

"那么你们自己决定吧,其实我的意见对你们而言也没有太大的价值。"

"伊维斯,您介意我说两句吗?"莱恩说道。

"当然不,您说吧。我们之所以请你过来就是想听听你们的意见,纪安的意见我也很感兴趣。"

"我们应该离开了,根本就没必要再就美国是否攻打争论不休了,我杂志社的同事已经明确地告诉我们,法国、德国、俄罗斯在联合国的会议上输给了美国,而美国已经备战了好几个月。五角大楼的官员都知道这个季节是攻打这个国家的最佳时刻。气候是起决定性作用的,所以他们肯定已经做好攻打的准备了,只不过是几个星期的问题,最长也不会超过两个月。"

"克拉拉也许说得有理,如果我们继续在这里工作说不定真会找到那个什么所谓的泥板圣经,但是我们的确也没有足够的时间找它了,所以我们只能尽快将营地解散,然后从这里离开。如果美军真开始轰炸了,我们肯定是萨达姆无暇顾及的人,他肯定只能让我们自己碰运气,绝对指望不了他会派直升飞机来救我们出去,而且在轰炸的时候坐直升飞机本身就是非常危险的。到时候从公路上离开也无异于自杀,所以我看最好大家还是尽快准备离开,我不认为待在这里还能干些什么出来。"

莱恩点了根烟,而其他的人则都在静静地听着他说话,没有人准备要打断他的发言。最后还是纪安将大家从沉思中解脱了出来。

"莱恩说得很对,我……我也认为你们应该离开这里了。"

"什么?难道您留下吗?"玛尔塔奇怪地问道。

"如果克拉拉留下的话,我也留下。我希望能够帮助她。"

艾哈迈德有些不知所措地看着这个神父。他知道这个人现在成天跟着克拉拉到处跑,只不过他不是紧紧贴在她身边罢了,但是面临这样严峻的局势,他的表现简直就像一只忠实于主人的狗。他肯定自己的妻子和这个神父之间不会有什么不可告人的特殊关系,这一点很明显可以看出来,但是他依然无法理解纪安对克拉拉的这种态度。

"我们听你的,莱恩。明天我们就开始打包,然后准备去巴格达,再从那里回家。您认为我们什么时候可以离开这里?"皮科特转向艾哈迈德问道。

"只要你准备好了告诉我,就可以走。"

"可能需要一个星期,最多两个星期,我们要把东西都收拾好。"皮科特肯定地说道。

　　法比安一边搓着手一边看着玛尔塔,希望能够得到她的声援。他们可是自己要从这里离开,而皮科特似乎也忘了他们商量好的主意:要将所有在这里挖掘出来的东西一起带走。

　　"伊维斯,我觉得你应该问问艾哈迈德是不是可以将这里找到的那些泥板,还有浅浮雕等等做一个展览……总之,把我们所有在这里找到的东西都带走。"

　　"啊,对了!您瞧,艾哈迈德、法比安、玛尔塔都考虑过,我们应该努力让科学界对我们在萨佛兰的这个发现给予足够的认识。您也知道我们在这里发掘出来的东西具有不可估量的价值。所以我们考虑要办一个展览,然后可以在不同的国家展出。我们会去找学校或者私人基金会的经济支持,您也可以帮助我们推进这个展览的项目,当然还有克拉拉。"

　　艾哈迈德对皮科特的这番话有些准备不足。这个法国人竟然要求自己允许他们将在这里出土的东西全部带走,这可是件苦不堪言的事情啊。因为这里出土的很多东西都已经卖给了文物收藏家,他们还急着等他们交货呢,当然这一点克拉拉并不知道,连阿尔弗雷德自己也不知道。不过保罗·杜卡斯,那个全球安全集团的老总却是非常清楚,在他跟亚什尔最后一次交谈的时候他说的可是相当坚决。已经有收藏家看到了《科学考古》杂志上的相关报道,了解了这次出土的物品信息,并且通过中间人和他们取得了联系。中间人给罗伯特·布朗,这个考古基金会主席的办公室已经去过了电话,他们对乔治·瓦格纳、弗兰克·桑托斯、恩里克·戈麦斯,还有阿尔弗雷德·坦内博格的肮脏交易可是再清楚不过的了。

　　"您对我的要求是不可能办到的。"艾哈迈德的回答非常简洁干脆。

　　"我知道这很困难,特别是在现在这种情形下,但是您也是考古学家,您很清楚发现这个圣殿的重要意义。如果我们把这些东西就这么留在这里了……那么我们的工作,所有这几个月的牺牲都没有半点意义了。如果您帮助我们,就请您说服您的上司,希望他理解这个发掘对于整个世界的考古学界都意义非凡,而且你的国家也应该是最受益的啊。当然,所有的这些东西最后还是会原封不动地归还给伊拉克,但是在还给国家之前,请允许我们让考古学界的同仁们看看,我们计划在巴黎、马德里、伦敦、纽约还有柏林做一个巡展。您的政府可以委托您作为这次展览的伊拉克方面的负责人。我们相信肯定会取得令人满意的效果的,而且我们不会从这里拿走任何东西,我们只是希望让大家了解到我们从这里到底发掘出了什么。我们这段时间的工作真的很辛苦,艾哈迈德。"

　　皮科特不说话了,等待着艾哈迈德的反应,但是克拉拉却将话题接了过去。

　　"皮科特教授,难道您忘记了我的存在吗?"

　　"当然没有。如果说我们能够顺利地来到这里,一切也都是多亏了您。我们所有的工作要是没有您都不可能做到现在这个样子。我们绝对没有想将您排除在外,事实正好相反。

"我们在这里都是多亏了您的努力帮助,克拉拉。所以我们也希望您能中止挖掘,跟我们一起离开。您是我们整个计划中的一部分,我们要准备展览、举办会议、搞讲座、看护那些从这里拿走的物品,所有的这一切都需要您的参与。但是如果您丈夫的政府不允许我们把发掘出来的东西从这里运走,那么一切都等于白费。"

"也许我的丈夫做不到,但是我的祖父却可以做到。"

克拉拉如此肯定的语气让大家都很吃惊。其实皮科特就等着这句话,他本来就是想如果艾哈迈德严词拒绝,只有盼着克拉拉能够动用她祖父阿尔弗雷德的力量了。在伊拉克的这几个月时间里,他深刻体会到,只要阿尔弗雷德想要的东西,还没有弄不到手的。

"如果艾哈迈德和您祖父能够劝服政府同意我们把这些在萨佛兰埋藏许久的珍贵文物带走是再好不过了!"皮科特说道。

艾哈迈德心想这个时候不论是跟克拉拉或是跟皮科特开战都是很不明智的。最好还是争取时间,尽量多弄一些东西在手上,并且自己也只能装出一副热情的样子。而且,这也是自己离开伊拉克最好的机会了。皮科特这可是为他打开了一个意料之外的缺口。可问题就在于,找到的这些文物,大部分都不可能随着自己或是皮科特离开伊拉克的国境。

"我会尽全力说服文化部的。"艾哈迈德肯定地表态说。

"部里同意了还不够,必须要跟萨达姆亲自沟通。只有他才可以授权,允许这些文物从伊拉克运走,而且这些古文物就更不用说了。"克拉拉强调说。

"那么,您打算跟我们一起离开了?"玛尔塔问克拉拉道。

"不,至少不是现在走,但是我认为你们想让世界了解我们所发掘出来的东西这个主意很不错。我还是会留在这里,我知道我肯定可以找到那些泥板的。当然,你们必须要签订一个协议才可以把东西都带走,协议中必须写明要怎样和由哪些人负责举办这次的巡展活动。"克拉拉的语调有些挑衅的意味。

他们就离开伊拉克的一些细节问题又争论了一会儿,然后克拉拉在纪安的陪同下朝她的住所走了回去。她肯定珐蒂玛没有睡,而且正等着自己回去。艾哈迈德则毫不声张地回到了营地的临时医院,准备在那里过夜。

"你困吗?"克拉拉问纪安。

"不困,我只是有些累,但是现在一下子也睡不着。"

"我很喜欢晚上,可以享受片刻的宁静,而且特别适合我思考问题。你能陪我去工地看看吗?"

"现在?"纪安对于这个建议非常意外。

"是的,就是现在。最讨厌的就是,你也知道,那两个人总是形影不离地跟在我后面,不过我从小就习惯了有人守卫着,所以要是我没办法把他们甩掉,倒不如干脆就忘了有他们的存在。"

"好吧，如果你想去的话，我陪你。我们要叫车吗？"

"不用，我们就走过去吧，我知道路途还有点长，不过我也需要走走路。"

保护克拉拉的两个人就保持着几步距离跟在他们后面，他们也不掩饰自己对这么晚还需要陪着坦内博格这个任性的孙女工作的厌烦之情。

当他们走到工地附近时，克拉拉找了个地方坐了下来，还请纪安坐在她身边。

"纪安，你为什么愿意陪我留在这里呢？如果那些美国人开始攻打这里的话，你可能会冒生命的危险哦。"

"我知道，但是我不害怕。当然你也不要以为我是无所畏惧的人，只不过在这个时候我并不害怕。"

"但是，你为什么不走呢？你是个神父，而这里……好吧，我觉得你在这里也行使不了你自己的责任啊。我们所有的人都是迷失的，你虽然本意并不是想要给我们讲解教义，但是我们大家都对你非常尊敬。"

"克拉拉，我就是想要帮你找到泥板圣经。如果亚伯拉罕给人讲创世的故事是真的话，那么……他所讲的那个创世跟我们所了解的那个创世是一样的吗？"

"也就是说你留下来是因为好奇。"

"我留下来是为了帮助你，克拉拉。我……把你一个人留下来我不放心。"

克拉拉笑了。尽管自己日夜都有人形影不离地看护着，但纪安还认为他能够保护自己，这种想法让克拉拉非常感动。但是，这个神父如此坚决的态度似乎表明自己肯定会无法避免地发生些什么事情。

"那你怎么跟你的同事们解释呢？"

"我的领导支持我帮助那些应该帮助的人，他对于受苦的伊拉克人民也怀有深刻的同情。"

"但是你，其实并没有帮助到任何人。你在这里跟我们在一起，我们不过是在一起进行考古挖掘工作罢了。"

说到这里，克拉拉突然意识到这个神父作为考古队的附加成员，竟然跟他们一起工作了好几个月，这实在是有些奇怪。

"你们也知道，我在有些方面还是可以帮上一些忙的。"

"该不会是教会也在追踪泥板圣经吧？"克拉拉突然警觉起来。

"行了，克拉拉！教会跟我来萨佛兰根本没有任何关系。你对我的不信任让我很受伤。我得到了领导的批准来到这里，他知道我在这里干什么，他也并没有表示反对。很多神父都在工作着，我也不是唯一一个来这里援助的人，而且我被允许帮助一个考古小组工作也没有什么好奇怪的。我当然会在适当的时候回到罗马，但是我需要提醒你的是，我只是在这里工作了两个月，并不是两年，不管你是不是在这里工作了更长的时间。"

"不是的,其实……好吧,我只是认为一个神父最后会跑到考古队里来帮忙是件奇怪的事情。"

"我并不认为你有什么理由可以质疑我的行为。我并不是个善于撒谎的人,克拉拉。"

"你知道吗,纪安,尽管我们从来都没有谈过什么私人的问题,有时候我还是会感觉你是我在这里的唯一一个朋友,唯一一个当我遇到问题的时候会帮助我的朋友。"

他们又陷入了沉静,都任凭自己的目光游离在闪着星光的黑色天穹,感受着夜的宁静,不需要更多的言语表达。

他们就这样又待了一会儿,各自沉浸在自己的思虑中,都没有注意到喧嚣的夜已经慢慢地沉静了下来。

这片地方变得愈发的阴冷起来,他们这才决定回去睡觉。

克拉拉回到住处尽量注意不发出任何响动,然后她悄悄朝祖父的房门口走去。她肯定萨米拉和珐蒂玛都在看护着祖父,整个家里是黑漆漆的。

她蹑手蹑脚地走进房间,看到这四周的一片漆黑她感觉有些奇怪。她摸索墙壁走着,生怕会摔倒,低声地呼唤着萨米拉的名字,但是却没有人回应。房间里飘浮着一种甜甜的香味。但是她什么都看不见,萨米拉和珐蒂玛都没有回答。她摸到了灯的开关,心里还挺生气,想着这两个女人竟然只顾自己休息而没有在这里照顾病人。

当灯打开的那一刹那,眼前的情景让她不由自主地惊叫了起来。她瘫软地靠在墙上,才能控制住自己因为眩晕和恶心的呕吐。

萨米拉被人扔在了角落,两只眼睛睁得大大的。她的嘴角渗出的一道血迹似乎已经凝结不动了,而她僵硬在那里,看得出早就断了气。

护士的手里还拿着点东西,但是她无法看清楚,因为她的眼睛已经由于泪水和恐惧变得模糊不清了。

她不知道自己就这样趴在墙边怔怔的待了多长时间,但是这段时间对于她就像是到了时间的尽头。最后她才大起胆子来,走到祖父的床前,生怕祖父跟萨米拉一样已经不在人世了。

祖父的氧气面罩扔在床边,而他似乎已经没有知觉了,脸上毫无血色。克拉拉将手探到祖父的嘴边,还能感觉到一阵微弱的呼吸,然后她将耳朵贴在祖父的胸口上,听到了人之将死前的那种断断续续的心跳声。她也不知道该怎么办,但是她还是将氧气面罩扣回到祖父的脸上,然后就一阵风似的从房间里跑了出去,根本就没有发现在房间的角落里还有另外一具尸体。

刚出房门,她就发现祖父的那两个看门的保镖也躺在地上死了。她顿时感到一阵恐惧迎面袭来。她自己孤身一人,而在那里,在那间屋子里,肯定有一个杀手。

她跑出屋子,在大门口就站着一直以来保护这间屋子的两个保镖。就是几分钟前她跟纪安告别进来的时候还和她打招呼的那两个人啊。怎么可能有人进到屋子里去而没有引起这两个人的注意呢?

"夫人,发生什么事情了?"看到克拉拉满脸的惊恐神情,还有无助的眼神,一个侍卫连忙走过来问道。

克拉拉尽量让自己能够说得出话来,同时还努力地寻找哪怕一丝力气来面对这个人,这个杀死萨米拉和其他守卫的元凶。

"萨朗医生在哪?"克拉拉的问话声简直就微弱到难以听到。

"睡在他房间里,夫人。"说着这个人还抬手指了指萨朗医生的那间屋子。

"去把他叫过来。"

"现在吗?"

"现在!"克拉拉的吼叫无疑暴露了她的绝望。

然后她派了另外的那个人去把皮科特和纪安找了过来。她知道应该通知艾哈迈德,但是她不希望那个法国人和神父来之前见到他。她不信任自己的丈夫。

医生不到两分钟就到了现场。他一身凌乱的打扮,根本就没有来得及梳理,因为那个守卫也根本就没有给他别的选择,他只套了件衬衣,穿了条裤子就跑了过来。

"发生什么事了?"他惊诧地看着克拉拉那副表情问道。

"你是什么时候离开我祖父的?"克拉拉并没有回答医生的问题而后发制人道。

"过了十点吧。他当时状态很稳定,萨米拉留下来看护了,发生什么事情了吗?"

医生跟在克拉拉的身后走进了小屋,然后克拉拉将他带到了坦内博格的房间。在门口看到了那恐怖的场景时,萨朗医生顿时惊吓得目瞪口呆。他没有在意萨米拉已经僵硬了的尸体,径直走到坦内博格的床前。他摸了摸他的脉搏,然后观察了一下仪器上显示的老人微弱的心电图样。他又仔细地检查了一下老人的身上,并没有什么受伤的痕迹,于是他又将氧气罩给老人戴好。接着他给老人注射了一针,同时将只剩下一滴药水的输液瓶换掉了。他一直忙碌着想努力得到老人还活着的信号。

完成工作之后,他转向一直沉默着的克拉拉。

"他看起来并没有受到什么伤害。"

"但是他没有意识了。"克拉拉低声说道。

"是的,我期待他还能够有所反应。"

医生扫视了一下房间,走到萨米拉身旁,跪在地上仔细地检查了她的尸体。

"她是被人掐死的。她当时肯定是要反抗或者要保护病人。"他指着坦内博格说道。

然后他站了起来，走到房间的另一个角落，看到倒在血泊中的另外一个人，是珐蒂玛。直到这个时候，克拉拉才注意到这个女人，而她也无法控制自己情绪的惊叫了起来。

"冷静一点，她还活着，还在呼吸，尽管她的头上受到了很强烈的撞击。帮我把她扶起来，我们把她抬到营地医院去，这里我没法给她急救。"

克拉拉蹲了下去，靠在珐蒂玛身旁伤心地哭着，努力想把她扶起来。守在旁边的两个保镖在医生的指令下连忙过来将珐蒂玛架了起来，送到医院。

当看到皮科特和纪安走进房间时，克拉拉顿时心里感到一阵踏实，放声哭了出来。

纪安走到她身边，抱住了她，而皮科特则想让她解释一下到底发生了什么事情。

"平静一下，您还好吧？发生什么事情了？我的上帝啊！"看到萨米拉的尸体时，他一下子叫了起来。

"告诉守卫将这具尸体抬到医院去。"萨朗医生恳求克拉拉道，"应该是被人用枪打死的，而且应该是很近距离的，是用了装有消音器的手枪。我不是说了吗，把他们抬到医院去。"

"我祖父呢？"克拉拉叫道。

"我已经尽力了。需要有人留在这里陪着他，不要离开他的身边，如果发生了什么事情就通知我。但是我现在需要去照看一下那个女人，您则需要去通知一下当局，让他们来调查一下到底发生了什么事情。他们将萨米拉杀害了。"

萨朗医生转身离开了。他不希望让人看到他流泪，而他此时已经控制不住自己的感情。他为萨米拉流泪，为自己流泪，为自己竟然跑到萨佛兰来照顾这个老坦内博格而流泪。他做这一切都是为了钱。阿尔弗雷德·坦内博格给了他相当于五年的薪水的报酬让他来照顾他，而且还承诺给他一套在开罗相当不错地段的公寓。

阿耶德在大门口碰到了医生。这个工头看起来是非常警觉的，他脸色苍白，知道坦内博格肯定会让他对这一切不幸负责的，而他的上司，陆军上校先生，肯定会因为他那完备的安全系统出现了差错而对他进行个人的惩罚。

当他走进坦内博格的房间时，正好碰到手底下的两个人抬着萨米拉的尸体出去。克拉拉还在痛哭，皮科特则命令他手下的另外一个人赶快去将村长找过来，还要去找一个能够照顾病人的人来。

"您刚才跑到哪里去了？"克拉拉看到阿耶德进来时大声斥责道。

"睡觉。"阿耶德也没好气地回答道。

"您将要为所发生的一切付出高昂的代价。"克拉拉威胁道。

工头没有回答她的话，连看都没看她一眼。他开始在房间里检查起来，窗户、地板还有物品的摆放。跟随他过来的手下们都站在那里一动不动，等待着他的命令。

几分钟后，负责萨佛兰地区安全和考古小组安全的士兵指挥官就到了事发现场。

指挥官根本就无视克拉拉和皮科特的存在，径直跟阿耶德讨论了起来。两个人都感到害怕，因为他们知道自己的上司是比他们自己更残酷的人，更重要的是，他们就是自己生命的控制者。

克拉拉关注着连接着祖父身体的那些仪器。她肯定祖父的眼睛是眨了一下，但是她还以为那是自己的幻觉。

当村长在他妻子和两个孩子的陪同下过来的时候，克拉拉向他们解释了一下自己的要求。他们将要负责照顾这个屋子，而那两个年轻的孩子要一步不离地守在坦内博格的床前。

阿耶德和指挥官看起来也达成了一致，让他们的手下在房子的四周和营地里进行密集搜查，主要是为了找到可能是凶手留下的证据，但是更重要的是想要了解到底是谁那么厉害，竟然能够跑到坦内博格的床边作案。此外，所有营地的成员，不论是什么人都需要受到士兵的盘查和审问。而最让他们难受和困难的决定就是要打电话通知陆军上校。他们决定两个人分别给他打。

阿尔弗雷德不安地动了动，克拉拉则害怕他的病情又有所加重。于是克拉拉派了村长的一个女儿去医院叫萨朗大夫。女孩子回来了，可是身后跟着的却是艾哈迈德·侯赛因。

"很抱歉，我应该早点来的，但是我刚才一直都和医生在一起。他跟我说了发生的事，我帮他一起抢救珐蒂玛。她失去了知觉，也流了很多血。她的头部受到了钝器的袭击。我估计不到明天她是没法告诉我们点什么的，因为还给她注射了镇定剂。"

"能活下来吗？"克拉拉问道。

"我跟你说过了是可以的，至少医生是这么认为的。"艾哈迈德回答道。

"医生在哪？"纪安问道。

"在给珐蒂玛的头部缝针呢，手术一结束他就过来。"艾哈迈德回答道。

法比安和玛尔塔穿过了层层的全副武装的守卫才进到房间里。皮科特走到他们身边，跟他们大概讲了一下事情的经过。听完之后，玛尔塔立刻就负责起控制局面来。

"我认为我们应该到客厅去，不要再在坦内博格先生旁边继续说话了。我们在这里比什么都让他觉得烦躁。您，"她对村长夫人说道，"去准备点咖啡，看来这可是个漫长的夜晚，准备好了，您就端到客厅去吧。"

克拉拉感谢地看了她一眼。她信任玛尔塔，她懂得如何在困境中控制局面。

玛尔塔转身对阿耶德和指挥官发话，他们两人还继续在角落里讨论着。

"你们已经认认真真地检查过房间了吗？"

两个人觉得自己受到了冒犯，因为他们很清楚自己的工作。但是玛尔塔并没有特别注意他们的回答。

"那么你们最好也离开这个房间，去客厅或者别的什么更合适的地方。你们两个，"她对村长的两个女儿说道，"按照他们的吩咐留下来照顾坦内博格先生，此外我认为还应该留下两个男人在房间里，这就够了。我们都去客厅，大家意下如何？"她并没有特别针对谁说道。

所有人都离开了房间，按照玛尔塔的指令都聚集到了那个小客厅里。纪安没有离开克拉拉的身边，而皮科特正在跟法比安讨论着发生的事情。

"最好还是让克拉拉给我们讲讲到底发生了什么事情吧？"玛尔塔说道。

指挥官和阿耶德也突然意识到他们就忘了问克拉拉，到底她是在什么时候、怎么进入坦内博格房间的，还有她是怎么找到萨米拉的尸体的。

村长夫人走了进来，她端着一个大盘子，里面有一壶咖啡，还有一些咖啡杯，另外还准备了些饼干。

阿耶德盯着克拉拉的眼睛，而克拉拉明显地感觉这个祖父委以重任、负责整个营地安全的男人，眼睛里冒着怒火。

"侯赛因夫人，请您给我解释一下，您是什么时候因为什么进了祖父的房间，您当时听到了什么？"

克拉拉几乎是自言自语地说着，她由于疲劳和惊吓过度已经没有任何力气了，她向大家讲述着自己是怎么跟纪安散步到工地，然后在那交谈了一会儿，但是后来她实在记不清到底是几点钟回到了家。她说回家的时候她也的确没有注意到有什么异常的状况，因为在家门口守卫的那些人都认真地站在那里，所以她才毫不担心地走到祖父的房间去找珐蒂玛。

她将自己打开灯之后看到的所有能够记得起来的细节向大家又重复了一遍。对了，她现在才想起来，自己当时进祖父房间的时候，并没有注意到守卫祖父房门的那两个人不在了，然后出来的时候才发现他们已经死了。

整整一个小时克拉拉就负责回答阿耶德和那个指挥官的各种问题，他们一遍又一遍地追问她更多的细节。

"好了，也该由你们来回答一些问题了。"皮科特对指挥官和阿耶德说道，"怎么可能有人能够进入一个防守如此严密的房间里，而且还不引起这些守卫的注意？而且他在杀死了门口的两名守卫之后还进入了坦内博格先生的房间，杀了护士小姐并且重创了珐蒂玛？"

"的确这个问题应该由我们俩回答。上校先生明早过来，他会给大家一个答复的。"

两个男人面面相觑。艾哈迈德·侯赛因则带来了更糟糕的消息：上校先生已经来了。

"你给他打电话了？"克拉拉问她丈夫说。

"是的，今天晚上已经有负责老人安全的一个女人和两个士兵遇害了。不难想象他们其实想加害的人就是他本人。所以我必须向巴格达方面进行汇报。我估计，指挥官您也知道，应该有人通知上校的。当然如果没人通知他，我自然也是会告诉他的。现在有一个共和国护卫队正朝这里赶过来，目的是要给我们提供安全保护。很明显您还不知道，或者您并没有办法了解到这一点，而我们的阿耶德先生，作为工头也并没有能预见到这样的背叛行为。"

"背叛？背叛谁？"阿耶德追问道。

"背叛一个在这里的人，就在这个营地里，我不知道他是伊拉克人还是个外国人，但是我可以肯定的是，这个杀手就在我们当中。"艾哈迈德推断道。

"包括你在内。"

所有人都将目光投向了克拉拉。这样直接地当众将自己的丈夫列入嫌疑犯之列，很明显地向大家昭示了他们之间已经破裂的关系，而说出这句话之后她也突然意识到了自己的失误。

艾哈迈德愤怒地看着她。他没有回答，尽管大家都可以看得出来他在努力地克制自己。

"这是为什么呢？有什么目的呢？"玛尔塔问道。

"为什么？"法比安也问道。

"是的，为什么某人能够进入坦内博格先生的房间呢，他是真的像艾哈迈德所说的那样要刺杀坦内博格吗？又或者单纯只是偷窃而不巧遇见了萨米拉和那些守卫呢？或者……"

"玛尔塔，很难相信某人进去只是为了要偷窃什么，因为坦内博格身边尽是荷枪实弹的士兵保卫着。"皮科特打断她说道。

"您怎么看呢，克拉拉？"

玛尔塔突然向自己发问让克拉拉毫无准备。她也不知道该怎么回答，她的祖父是个令人畏惧并且位高权重的人，所以肯定有着无穷的地方，他们中的任何人都可能希望他死。

"我不知道，我不知道该想些什么，我……我……我已经筋疲力尽了……所有这一切都太恐怖了。"

一个士兵走进房间凑到指挥官身边，跟他耳语了一会儿，然后很快地离开了。

"好吧，"指挥官说道，"我的手下已经在盘查那些工人还有村子里的人了，但直到现在似乎还没有任何人能够提供什么有效信息。皮科特先生，我们同样还需要询问一下考古队里的成员，还有您本人。"

"我能理解，我这方面肯定是全力协助你们调查。"

"那我们尽早开始为妙。您第一个接受调查有问题吗？"指挥官问皮科特。

"完全没有。您希望在哪说？"

"就在这里吧，夫人，您同意我们在这里工作吗？"

"不行。"克拉拉回答道，"另外找个地方吧，我想皮科特先生一定可以给你们找个地方，也许在某个仓库里更合适。"

皮科特、玛尔塔、法比安还有纪安跟着指挥官走了出去。他们是第一批接受询问的对象。客厅里现在就剩下克拉拉还有她的丈夫艾哈迈德和那个工头阿耶德了。

"你还有什么刚才没说的吗？"艾哈迈德问克拉拉。

"我把我能记得起来的东西都告诉大家了，但是您，阿耶德，必须要给我解释清楚，怎么会让某人在如此重重保护之下进入到我祖父的房间的。"

"我不知道。我们检查了所有的门窗，我搞不清楚到底是一个人还是好几个人，他们是从哪里进来的。门口站着的人肯定说没有看到任何人进去。"工头肯定地说道，"有人进去还不被他们看见简直就是不可能的事情。"

"但是的确是有人进去了啊。而且这肯定是个有血有肉的人哪，绝不是什么鬼魂，因为鬼魂可不会开枪，也不会将一个手无缚鸡之力的妇女活活掐死。"艾哈迈德生气地说道。

"我知道，我知道……但是我也无法解释这个人是怎么做到的。唯一的可能性就是这个人本来就是家里人。"阿耶德推断说。

"家里只有珐蒂玛、萨米拉还有守门的那几个人啊。"克拉拉肯定地说道。

"还有您，不管怎么说最后是您找到那些尸体的……"

克拉拉气得浑身剧烈抖动起来，她愤怒得一下子站了起来，给了阿耶德的脸上一记响亮的耳光，这一记巴掌下了她全部的力气，在阿耶德的脸上留下来五个清晰的指印。艾哈迈德马上跳了起来，站在旁边拉住了克拉拉，生怕阿耶德会有什么过激反应。

"够了，克拉拉！你给我坐下！我们难道都疯了不成？您，阿耶德，也不应该对任何人含沙射影，我不允许您对我妻子或者家里的任何人有不尊重的行为。"

"这里一共被害死了三个人，没找到凶手谁都可能是嫌疑犯。"阿耶德依然很坚持。

艾哈迈德走到他面前，看起来似乎是要揍阿耶德，但是他并没有这么做，只是咬着牙低声说道：

"您也在被怀疑的对象之列，也许有人用高价收买了您，让您去取坦内博格的性命。您可不要搞错了，您最好不要搞错了状况，否则您要对严重的后果负责。"

　　克拉拉一下子瘫在了沙发上，而阿耶德转身离开了。艾哈迈德找了张椅子坐在妻子身旁。

　　"你应该控制住自己的情绪，不应该失去理智的。你那样做也太冒险了。"

　　"我知道，但是我受到了侮辱，我觉得快要死掉了。"

　　"你祖父现在状况很糟，你应该把他转到开罗去，或者至少转到巴格达的医院去。"

　　"萨朗医生跟你说的吗？"

　　"这还需要谁告诉我吗，只要看看他的样子就知道他快不行了。你还是承认吧，不要再把我们当傻子一样愚弄了，你不要再沉浸在他身体还健康的幻觉里了。"

　　"那是因为他受到了袭击，所以才会看起来这个样子的……"

　　"你别那么滑稽了好吗？你以为你在欺骗谁？这个营地里的人都知道他快不行了，你还以为你瞒得了谁吗？"

　　"让我安静一下！你就是想看到我祖父死，但是他还就是活着，你等着瞧吧，他会好好活下去的，而且他会惩罚你们所有那些背叛和无能的人的！"

　　"要是跟你讲不了道理，我还是看看哪里能帮得上忙就去哪吧。我看你需要好好休息一下了。"

　　"我要去看珐蒂玛。"

　　"好吧，我陪你去。"

　　他们还没有走出家门，就看到萨朗医生走了进来。医生看起来疲惫极了。

　　他告诉他们俩现在还无法确定珐蒂玛的伤势是不是致命。因为毫无疑问她的头部由于受到重物的袭击，裂开了一条很深的伤口，所以也流了很多血。

　　"指挥官在营地里到处都布满了士兵啊。"

　　"他应该是唯一能够告诉我们到底发生了什么事情的人，当然我们需要给他足够的时间检查一下周围所有的事情。"艾哈迈德肯定地说道。

　　医生拿了一小包血浆过来，然后让他们都回去休息，肯定说自己不会离开坦内博格先生半步。

　　直升飞机的噪音划破了营地上空浓重的寂静。皮科特已经说服了法比安和玛尔塔，该结束此次冒险旅程了。只要一得到批准，他们就要马上解散营地然后回家。

　　尽管玛尔塔坚持要留下，但是照现在的情形看来，多待一天都没有必要了。唯一需要做的事情就是要说服艾哈迈德同意他们将这里发掘出来的东西带出伊拉克，然后按照计划办一个巡回展览。

他们跟营地里的其他人一样已经筋疲力尽了，特别是在天亮前不久还接待了这个令人闻风丧胆的共和国自卫队，这可是萨达姆最精英的部队之一。

皮科特看着克拉拉和他丈夫朝直升飞机走了过去。螺旋桨的叶片还没有停止转动，一个身材肥硕、头发乌黑，还留着浓密大胡子的男人就矫健地从飞机上跳了下来，他的外形简直就像是萨达姆的一个翻版。紧跟他后面又跳下来了另外两名军人和一个女人。

这个穿着军装的男人一副威严无比的样子，但是皮科特还是觉得这个人身上有股邪气。

陆军上校握了握艾哈迈德的手，然后拍了拍克拉拉的肩膀，跟着他们一起朝坦内博格的屋子走了过去，同时还示意飞机上下来的那个女人跟在他们后面。

这个女人对于在这里看到的东西似乎非常惊诧，她的嘴角浮现出一丝紧张。克拉拉跟她问好，对她表示欢迎。上校刚才告诉她这个女人是护士，是军队医院一个可以信任的人。他认为萨米拉已经被人暗杀了，所以把她送过来照顾坦内博格先生很必要。

太阳暖暖地晒着大地，一个士兵去通知皮科特，告诉他这些刚来的客人想要跟他谈谈。

克拉拉不在客厅里，艾哈迈德也不在，只有那个被人称之为陆军上校的人，正抽着一根哈瓦那的雪茄，还端着一杯茶。

这个军官没有握手的意思，连稍微点点头打个招呼的意思也没有。于是皮科特决定坐下，尽管他并没有邀请自己。

"好吧，请您跟我说说您对所发生的事情有什么看法。"上校先生开门见山地问道。

"我毫无想法。"

"您总该有些理论吧。"

"没有，我没有，我只见过坦内博格先生一次，所以甚至都不能说我认识他。而且我对他的情况一无所知，所以我也不能随意断言为什么有人会钻到他的房间，杀害了他的护士还有保护他的那些保镖。"

"您怀疑某人吗？"

"我？当然没有了。您瞧，我并不认为那个凶手真的在我们中间。"

"但是他确实在，皮科特先生。我希望珐蒂玛能够尽快说话。有可能她看到了那个人，总之……我的手下也会对您的考古小组成员进行调查的……"

"他们已经开始调查了，昨天晚上就已经盘查过我们了。"

"很抱歉会打扰到你们，但是您也应该理解这是必要的。"

"那是当然。"

"好的，我只是希望您能告诉我谁是谁，我需要了解这里所有人的情况，不论他是伊拉克人或是外国人。处理那些伊拉克人丝毫没有问题，我可以了解到所有关于他们的情况，甚至可能了解比他们自己了解的东西还多，但是您的人嘛……请您跟我们合作，皮科特先生，然后把所有人的情况跟我讲讲。"

"您知道的，他们中的大部分人我都认识很久了，他们都是考古学家或者有能力的学生，在这个考古小组里根本就不会有什么杀手存在。"

"要找一个能够暗杀的人远比您想的要容易。您认识所有的人吗？难道就没有谁是您刚刚才认识的？"

皮科特没有做声，上校提的这个问题他不愿意回答，因为如果他承认小组里面有一些人在来伊拉克之前他根本就没有见过，那么这些人将马上就被列入嫌疑人的名单，而这样让他很难受，特别是由此引发的一系列后果，譬如让这些人蒙上了被怀疑的阴影，让他更加不舒服。在伊拉克一个人可以很容易就永远消失了。

"您好好想想，不着急。"上校对他说道。

"其实我的确是认识所有的人，他们都是我最信任的最亲近的朋友向我推荐的熟悉的人。"

"但是我，却不得不对所有人都产生质疑，只有这样我们才能找出个答案。"

"先生……"

"请称呼我上校。"

"上校，我是个考古学家，我并不习惯跟杀手打交道，而考古小组的这些成员也不会去杀人。您尽可以随便地盘问，需要怎么询问都可以，但是我对于您能够在这些人中找出凶手表示怀疑。"

"您会合作的吧？"

"我尽全力协助你们，但是我恐怕确实没有什么可以提供的了。"

"我肯定您能帮助我们的程度超乎您自己的想象。我在你们队员中有一个联络人，我可以去向他询问各个人的情况，可能我们会得到些情况，也可能没有。您看我们一起吃晚饭如何？"

皮科特表示同意。他也没有别的选择，那个看着有些邪气的上校看来并不准备被人拒绝，所以他肯定还会接着跟自己谈，尽管自己已经决定不会透露任何信息。

他们还没准备接着聊下去，克拉拉突然走进了客厅。她对自己微笑，这让他感到很诧异。现在已经有三具尸体躺在那里了，还有一个不知躲在何处的杀手，她不知为何竟然还笑得出来。

"上校，我祖父想见您。"

"那么，他已经恢复了神志……"军人喃喃地说道。

"是的，而且他说现在状态是好得不行。"

"我马上过去。皮科特先生，我们晚些时候再谈……"

"悉听尊便。"

上校跟着克拉拉离开了客厅。皮科特大大地松了一口气,他知道自己虽然逃不掉被人拷问,但是至少现在还赢得了一点时间可以做做准备。于是他连忙去找法比安和玛尔塔商量此事。

萨朗医生给克拉拉和上校做了个手势,示意他们不要靠近坦内博格的床边,要等到护士给他换完血浆再过去。

那个护士看起来很有效率,一分钟后她的工作就完成了。

萨朗医生累得恨不得站着就能睡着了。疲惫的神情清晰地表露在他脸上,当然还有紧张,因为他需要长时间地看护坦内博格,以免他的生命遭遇任何突然的变故。

"看起来他已经神奇地恢复了,但是你们还是不能让他累着。"医生对克拉拉和上校建议道,尽管他知道他们肯定听不进自己的话。

"您才该好好休息了,医生。"克拉拉回答道。

"是啊,阿丽娅小姐来了,我也该回去洗漱一下,然后好好休息一会儿了。但是在这之前,我还需要去看看珐蒂玛。"

"我的手下正在对她进行盘问。"上校说道。

"我请求你们不要这样做,除非我说她已经恢复到可以接受这样的行为的时候!"医生抗议道。

"好了,您不要这样!她已经从死亡线回来了,她对我们非常有用,只有坦内博格先生和珐蒂玛可能知道在这个房间里发生的事情,所以我们的责任就是要跟他们谈谈。我们已经死了三个人了,医生!"上校回答道,根本就不允许任何人对他的任何决定有所质疑。

"这个女人的伤势很严重,而坦内博格先生……"萨朗医生没有再接着说下去,因为上校的眼神已经足够清楚地表明,一个能察言观色的人就不应该在这种情况下再多嘴下去。

护士站在一边,让克拉拉和上校站在病人的身旁。克拉拉拉着祖父的手,紧紧地握着,感到他还活着,她也很欣慰。

"看到你这样我真难受,我的老朋友。"上校打着招呼道。

阿尔弗雷德眼睛深陷,双颊苍白,很明显死亡已经离他越来越近了。但是他眼睛里那凶悍的光芒毫不犹豫地向人们表示,自己会一直跟病魔战斗到生命的最后一秒。

"发生什么事情了?"老人问道。

"这只能由您来告诉我们了。"上校回答道。

"我什么也记不清了,有人走到了我的床前,我还以为是护士呢,然后就听到了一阵闷响,我想站起来然后……我也不知道了,我记得我应该是努力将自己的氧气面罩摘了下来。当时灯已经关上了，我什么都没有看见……我觉得有人推了我一把……我也糊涂了，真的记不清到底发生了什么事情，也没有确切地看到些什么。但是我知道肯定是有人在那里的，那个人还走到了我的身边。他们完全可能杀了我的，我要你惩罚那些负责看守我房子的手下。他们都是群废物，我的生命或者这个国家在他们手里都丝毫无法保证安全。"

"您不用担心这个问题，我就是来负责完成这个工作的，他们的后半生都会因为发生过这件事而哭泣的。"上校断言。

"我希望这件事情不要对考古队的工作有任何的影响，克拉拉还在找他们该找的东西呢。"坦内博格肯定地说道。

"皮科特就要走了，祖父。"

"我们不会同意的，他必须留在这里。"老人判决道。

"不，我们不能这么做，那将是……是个错误。他最好还是走吧，我会在剩下的时间里留在这里工作，但是您倒是应该离开这里。上校也同意了。"

"我留在这里陪你！"坦内博格叫道。

"你应该再好好考虑一下，我的朋友。萨朗医生坚持认为我们应该把您从这里转移到安全的地方。我可以向您保证克拉拉的安全问题，我担保她不会出任何事情，但是您真的应该先走。"上校说道。

阿尔弗雷德没有回答。他觉得有些力不从心了，而且他也感到自己的生命已经悬于一线了。如果他们将自己送到开罗，没准还有希望多活一段时间，但是还能活多久呢？他觉得自己不应该将孙女一个人留在这里，特别是在大战前夕，因为真的打起仗来，根本不会有人顾得上她。

"我们再商榷吧，现在还有时间。现在我希望跟亚什尔和艾哈迈德一起开个会，所发生的事情也不能影响到我们该做的生意。"

"艾哈迈德看起来已经有能力推进所有的工作了。"上校评论道。

"要不是有人告诉他该做什么，艾哈迈德根本就不能做好任何事情。我还没有死呢，即使是我死了，也不是由他来接替我的位置。"坦内博格严肃地说道。

"我知道你们的分歧，但是也许在这个时候你应该变得灵活一些啊。你的身体不好，不是吗，克拉拉？"

克拉拉也没有回应上校的话，只要祖父还有一口气在，她都会绝对地忠实于他，而且她自己也并不信任艾哈迈德。

"祖父，如果你想开会，你告诉我要找谁，我去把他们找来。"

"告诉你的那个丈夫，让他过来，还有我想见阿耶德和亚什尔。但是在这之前我还需要准备一下，叫护士过来帮我穿衣服。"

"但是你不能起床的！"克拉拉害怕地叫道。

"我可以，按照我说的去办。"

上校的手下并没有从珐蒂玛那里得到任何特别有用的消息。这个女人还不能说得很清楚,而且还不停地哭。她当时就一直坐在坦内博格的床边,萨米拉负责不断地给老人更换一整夜所需的血浆,她却睡着了。一开始她听到门外有些响动,但是她连眼睛都没有睁开,因为她觉得也许是那些守门的卫兵碰到什么东西了。

但是突然之间,她听到了另外的声音,这一次可是出现在房间里面。她连忙转向萨米拉所在的位置,看到了一个浑身上下都裹着黑衣的人站在那里,脸是被蒙住的,他正在掐萨米拉的脖子。她自己也没来得及呼救,因为这个人扑到了她的身上,捂住了她的嘴,用手里的一个什么东西砸到了自己头上。他砸了好几下,直到自己失去了知觉。这就是她能够回忆得起来的所有内容了。

不,她连袭击她的人是不是个男人也无法确定,但是她推断应该是的,因为这个人很强悍。他戴着手套,因为她试图去咬他捂住自己嘴巴的手,却记得上面裹着一层厚厚的塑料布。

而且她也不记得这个人有什么特别的气味,这个人也没有说一个字,她当时只是感到害怕,一种绝对的恐惧,深深的恐惧,因为她觉得自己就快要没命了。所以她一直在感谢真主安拉,感谢他让自己和她的主人又重新获得了生命。

30

　　莱恩在营地里四处寻找这个事件的答案。有人进入了坦内博格的病房，但是这个人并不是他自己，这样看来要么是雇用自己的客户不满意这么长时间还没有一个结果，于是又派了其他的人过来，要么就是坦内博格其他的敌人也在碰运气想除掉他。

　　上校的人还没有盘问到他。这帮人看起来都是群粗鲁的家伙，根本就不讲任何技巧，所以他们对于不能采用他们一贯的武力措施，来寻找谋杀萨米拉和那两个看守的凶手的状况很生气。

　　莱恩混过这个盘查对他来说并不困难，而且扮演这个自由摄影师的身份也很得心应手。他的确是个完美的演员，而且很多时候连他自己都吃惊于自己的表演天赋，还有饰演不同的人物形象的能力，他的每个角色竟然都能表现得很到位。

　　他跟皮科特谈过了，这个教授看来也是问题多于答案。法比安和玛尔塔的情绪也受到了很大的震动，但他们也没办法了解更多的情况，纪安对所发生的事情也是表示出了无法掩饰的担忧。

　　唯一没有什么情绪波动的就是那个克罗地亚人安特·普拉斯克了。他在受到上校手下审问之后，重新毫无表情地坐到自己的电脑前，继续将前一天没有干完的工作干完。

　　莱恩对自己说，他一直很怀疑这个安特，他绝不仅仅是一个电脑专家那么简单，就像自己不仅仅是个摄影师，而那个阿耶德也不仅仅是个工头一样。尽管后面这位的军人身份在上校来之后已经暴露，但他还是穿着原来的工人服装。

　　于是莱恩决定要去跟安特谈一谈，试图能够找出一些蛛丝马迹。尽管他知道这很困难，因为安特看得出应该跟自己一样是个很职业的杀手，但是尽管如此，他还是要去试一试。

　　他走进那个克罗地亚人工作的仓库时，惊奇地发现这个克罗地亚人正跟村长的儿子在一起。当然倒不是因为看到这个人在这里，因为他也是一队工人的领导，所以在营地里来来去去的也很正常，但是他们本来交谈得十分热烈，可是看到自己进去的时候，他们突然沉默了。

莱恩非常佩服这个克罗地亚人控制局面的冷静程度。安特调整了一下呼吸，连忙对莱恩说道：

"莱恩，工人们都很不安，这个人过来问我是不是还要继续工作下去，要是我们走了他们怎么办。他们对于发生的事情都感到很害怕，也担心他们其中的某人就是杀手。他说皮科特教授没有跟军方说任何的情况。总之，如果你知道点什么……"

"我跟你知道的情况肯定是一样的，应该几乎等于零。我估计要等到形势比较明朗之后，找到了凶手，或者最后什么也没找到，现在我们反正是什么都不知道的。至于我们离开的事情，嗯，看起来这里的确是没有什么要干的了，而且现在的情况这么复杂，我看最好我们还是离开为妙。"

安特耸了耸肩，什么都没有再说。村长的儿子也挤了几句无关痛痒的话，然后就离开了。

莱恩死死地盯着安特，而这个人也平静地回应着他的眼神。他们就这么对望着，互相对峙着，用眼神交流着，看看最后是不是他们其中的一个将走上死路。

"你认为当时屋里到底发生了什么事情？"莱恩最终打破了沉默。

"我怎么可能知道。"

"你肯定有自己的看法。"

"没有，我一点看法都没有，我从来都不去推断我根本就不知道的事情。"

"那好……总之，我估计他们会找到凶手的。这个人反正应该就在这里。"

"如果你这么说……"

他们的眼神又默默地交错在了一起，莱恩突然转身，离开了。这个克罗地亚人又坐回到电脑前面，看起来是沉迷在了屏幕里。

安特肯定莱恩对自己产生了怀疑，但是他也很清楚这个摄影师的怀疑并没有什么事实依据。

他一直是打着十二分的精神防备着，没有一刻懈怠。根本就没有一个人注意到了他和萨米拉的关系，其实他们之间也没有发生过什么事情，只不过是这个护士曾给他传递过紧张的眼神，试图让他注意到自己。他们也的确交谈过，但是其实就是她说了话，而他根本就没有兴趣听。这个女人急切地想找一个男人带自己离开伊拉克，而她却认为这个人可能就是安特，他也不知道护士为什么选择了自己，但是情况就是她不断地暗示他，暗示他自己已经准备好要跟他开始一段他应该也盼望的关系。

他从来就没有碰过她。他不喜欢伊斯兰教的女人，就算是生活在自己国土上的那些金发碧眼的女人他都看不上，更别提这个皮肤黝黑，头发也是漆黑，还长着一个好像不停喘粗气的大鼻孔、塌鼻梁鼻子的女人。

但是因为知道她对自己还是有点作用的，所以他也并没有拒绝她的亲近。说她还是有用,是因为家里只要发生了什么事情,她都会给他通风报信,关于阿尔弗雷德的身体状况,关于谁给他打了电话,谁去拜访了他,还有克拉拉和她丈夫艾哈迈德之间的矛盾,她都知道得一清二楚。

　　萨米拉是个不断的情报源泉,这样也让他能够不断地把相关的情报再传回到雇用他的机构——全球安全集团。其实他的工作就是写报告,然后将报告交给村长的儿子,这个人是亚什尔的手下。亚什尔这个埃及人曾经是阿尔弗雷德的左右手,尽管最近一段时间他们已经互相仇视对方了。所以亚什尔将自己得到的情报也转交给了更为合适的人,也就是现在雇用他的人,同时通过这个人他又得到了新的指令。

　　亚什尔跟艾哈迈德到了营地,所以他需要一份关于坦内博格病情的详细报告。艾哈迈德和亚什尔之前都没办法确认自己的猜测是不是准确,并不肯定这个老人是不是已经危在旦夕。萨朗医生也圆滑地拒绝透露任何消息。

　　所以安特才同意跟萨米拉约会一次,而她则表现得兴奋异常。深夜降临时,当营地的人都睡着之后,她就想办法让他进入了那间屋子。

　　萨米拉对他说,如果他能够在黑夜里行走,而且躲过那几个看守的眼睛,他们就有可能在一起。她清楚地跟他解释在房屋的周围有十个守卫,五个人守前门,五个人守后门,一般到了半夜的时候,他们会聚在一起抽根烟,然后喝点咖啡。也只有在这个时候他才可以得空从房子的后面溜进来,因为那里有一个气窗,通向作为仓库的那间房。到时候她会把那间房子打开,他进来就可以了,然后他需要在那里等着她过去。

　　安特接受了这个计划,尽管他的想法并不是要在那间房里等着和她幽会,而是要进入老人的房间里,然后亲眼看看他的健康状况,而且从萨米拉那里套些真实情况过来。

　　一切本来都按照计划进行得很顺利。他一直等着皮科特结束了和他那帮亲信的会议。然后他继续等着营地里的所有灯都熄灭,一切都安静下来。他离开自己的房间时已经是半夜了,他没有弄出一点响动就顺利地到达了坦内博格房子的后门。他还需要在黑暗中再等上半个小时,要等守在前门的人到后面来请后面的人过去跟他们一起抽烟喝咖啡的时候才能进去。其实这些人一直都没有放松警惕,尽管他们离开了岗位,但是他们走到了房子边一个绝佳的位置,从那个角度也可以清楚监视房子的前后门,保证不会有任何人接近房子。

　　但是他们还是失误了。安特还是成功地逃过了他们的视线,他溜到了那个气窗旁边,并且钻进了屋子。两个人在坦内博格门口的椅子上睡着了。他们根本就没有看到他,在他们反应过来之前,每个人的胸口上都挨了致命的一枪。这个手枪的消音器实在是太完美了。最后一声响动是这两个人从椅子上栽下来的声音。

　　然后他推开了房门,萨米拉说得的确有理,那个老女仆睡得很香,根本就没有发现有人走了进来。

萨米拉看到他手上拿着枪，害怕得直发抖。她还以为他要过来杀坦内博格，所以阻止他走到病人身边。安特捂住她的嘴，要求她不要出声，但是她并没有照他的命令办，所以他只有把她干掉了。他用手掐死了她，但是这件事情的责任，他对自己说，全在她自己，谁叫她不听从自己的命令呢。如果她当时安静下来了，现在她肯定还活着。

这个老妇人也成了个问题，当她看见自己扑向萨米拉的时候她从椅子上跳了起来。所以他也只得捂住她的嘴，用手枪拼命地砸向她的头部。他还以为自己把她打死了，因为当时她倒在地上的时候，头部都已经被打开花了，一直在流血，而且都翻白眼了。但是这个老太婆竟然又活了过来。知道她死了也许更好一些，但是她活着也不会让他有什么不安心的，她根本就没有看到自己的脸，因为自己全身上下都裹得严严实实的，而且当时房间里一片漆黑，所以她根本就不可能认出他来。

就像以前一样，安特也通知了村长的儿子，就是亚什尔的那个手下，告诉他自己在坦内博格房间里看到的一切。但是这次他一个字都没有写，仅仅描述了一下那个老人的状况：垂死挣扎，两个手上各输着一袋血浆。

村长的儿子问他是不是他杀了萨米拉和那两个守卫，但是安特没有回答，这让村长的儿子非常生气，并且指责他说最后上校肯定会因此将所有人都关起来。正在这个时候，莱恩走了进来，打断了他们的谈话。当然，安特同样也意识到，这个英国人并不像他说得那样简单，而且他认为这个人在这里也许背负着和自己一样的使命。

第二天，上校的情绪看起来比以往任何时候都要糟糕。艾哈迈德耐心地听着他讲话，力图什么都不说免得惹这个军人更加生气。亚什尔也一直在保持沉默。

"找不到这个凶手我就不离开这里。他肯定就在这里，就在我们中间，而且他肯定还在嘲笑着我们。但是我肯定会抓到他的，我抓到他的时候，就是他的死期。"

护士阿丽娅走进了客厅。克拉拉派她过来通知大家祖父要召见他们。

他们走进房间，看到坦内博格正坐在沙发上，腿上搭着一条毯子，身体上也并没有连着任何的血浆输液袋。

他看起来比原来瘦小了许多，浑身只剩下骨头了，而且他脸上那种苍白的颜色让人绝对难忘。

克拉拉坐在他的旁边，满意地微笑着。她成功地说服了医生，尽一切可能地要让祖父坐着，这样出现在上校面前，会让他们感觉祖父的状态要比之前好一些。

医生给他注射了一堆药物"鸡尾酒"，这样才能让坦内博格撑上一会儿。输血同样也是让他维持住现在这种状况的辅助办法。阿尔弗雷德没有浪费时间说任何的客套话，因为他现在唯一欠缺的就是时间，所以他开门见山地说出了主题。

"我的朋友，"他对上校说道，"我对你有个特别请求。我知道这很困难，但是只有一个像你一样的人才能做到这一点。"

艾哈迈德困惑地看着老人，同时他也无法肯定克拉拉所宣称的是不是真的，恐怕老人还真的能够长命百岁下去。

"请你尽管开口，你知道我是可以依靠的。"上校肯定地说道。

"皮科特教授和他的小组想离开这里，很好，这个我能够理解，鉴于现在这种政局我也没有理由阻拦。克拉拉还会在这里待几天，然后她也会离开去跟他们会合，准备将在萨佛兰发掘出来的这些文物搞一个巡展。这是个非常重要的展览，会在很多欧洲国家的首都进行展示，他们甚至想要去美国，我可以肯定的是我的朋友乔治会通过考古基金会给予他们支持的。"

"那你想要我帮什么忙呢？"

"替皮科特弄到通行证，让他们能够将在圣殿里发掘出来的东西带走。我知道那都是非常珍贵的物品，而且很难说服我们亲爱的萨达姆总统，但是你肯定能够办得到。

"最紧急的工作就是要准备直升飞机和货车，让皮科特和他的人带上这些东西尽早地离开伊拉克。"

"那我们能从中得到什么好处呢？"上校毫不隐讳地问道。

"对你，如果你能够像过去跟我合作的一样高效，那么在你瑞士的秘密账户上会多得到五十万美元的报酬。"

"你要跟皇宫通话吗？"上校问道。

"事实上，我已经说过了。我们领袖的孩子们已经得到了通知，现在正在焦急地等待着我的信史。"

"那么，如果巴格达同意了，我马上给我的侄子卡里姆打电话，让他启动计划。"

"克拉拉应该现在就走。"艾哈迈德指出。

"克拉拉会在我认为合适的时候离开，我也是一样，现在则应该继续进行挖掘。我希望明天所有的考古工作重新启动，不能因为发生的事情有所停滞。"坦内博格生气地回答道。

"有些找到的物品……总之是太金贵，无法从这里运走。"艾哈迈德肯定地说。

"它们已经被卖掉了？" 坦内博格的问题让艾哈迈德和亚什尔都大吃了一惊，亚什尔低着头，眼睛一直盯着地板。

"你总是不信任你身边的人。"艾哈迈德抗议道。

"只是因为我非常了解我身边的人罢了。所以嘛，我们英明的环球集团总裁，罗伯特·布朗先生已经得到了乔治的命令，跟我最好的客户已经取得了联系，让他们知道了在萨佛兰挖出的宝贝,而这些客户们对于这些新东西兴奋异常,已经出资订下了一些货品了,我说得没错吧,亚什尔?"

坦内博格如此直接的问题让这个埃及人坐立不安,他顿时感到自己的衬衫后背已经被冷汗都湿透了。他没有回答,而是看着艾哈迈德,用眼睛向他求助。他害怕坦内博格接下来的反应。

这时倒是上校接过了话茬,他担心这次谈话的火药味实在是过于浓重。

"这么看来是你华盛顿那边的朋友之间出现了利益争端。"

坦内博格并没有让他继续讲下去,脑子里突然想到了一个答案,他也知道上校不愿意将自己卷入到这样的斗争中。

"没有,根本就没有什么利益的冲突。如果华盛顿方面决定了要卖掉我们在这里找到的一部分文物,我觉得没有问题,这就是我们的生意嘛,但是问题一码是一码。这些东西是需要从这里运出去参加展览的,之后它们的新主人又是另外的问题了。但是这些主人在将它们拿到手之前必须要等上几个月的时间,或许一年,这对于他们来说也并不是什么新鲜事,他们也应该习惯了。从他们订下要某件物品,到最后拿到手上,往往需要若干年的时间,所以这并不存在什么问题。他们最终还是会得到他们买下的东西的。"

"我就是喜欢跟你做交易,你总是有办法解决所有的问题。"上校更加放心地说道。

"在这件事情上,除了要把它们拿出去做个展示外,也没有其他的问题了……"

"如果你已经跟皇宫谈过,那就一切都没问题了。剩下的就交给我吧。"

"关于凶手的问题你调查得怎么样了?"坦内博格问道。

"一无所获,这让我很担心。那个杀手肯定是个很精明的人,而且伪装得很好,案子做得也干净。不过最重要的是你还活着,我的老朋友。"上校说道。

"我之所以活着是因为他并不想杀我,所以我才活着,他的动机并不是要我死。"

上校沉默了,他在咀嚼坦内博格话里的意思。这个老头子说得很有道理,他肯定是不想杀他的,但是他那个时候去他房间到底是要找什么东西呢?

"我们会找到那个人的,不过是时间长短问题,所以我需要多扣住皮科特几天,可能就是他小组里的某个人。"

"可以,但是不要让我们的时间太紧张了,今天已经是二月二十五日了。"

"我知道,我知道。"

"我希望皮科特最迟三月十日离开这里。"坦内博格命令道。

"克拉拉和你什么时候走呢?"

"你不用担心,这个我自己来负责,但是开战的时候我们肯定不会在这里了,这一点我向你保证。"老人说道。

上校跟老朋友告别之后，就剩下艾哈迈德和亚什尔了。克拉拉吻了吻祖父也离开了房间。她还要和皮科特去谈谈，通知他可以考虑展览的事情了，所以她还可以要求他们重新开始工作。上校在祖父的要求下，已经同意帮他们搞通行证了。他们不会为难考古队，所以工人们应该继续开工，他们实在是没有时间了。

"这样看来，你已经开始实施背叛了。"坦内博格语气肯定地说道。

亚什尔和艾哈迈德都在椅子上坐不住了，他们对于老人的反应都害怕得要死，因为即使是在这样的状况下，他也有能力将他们处死，任何人哪怕是上校本人也无法阻止。

"没有人背叛你。"艾哈迈德大着胆子说道。

"没有？那么，怎么解释萨佛兰的文物已经被卖了而我却不知道？难道你不应该通知我吗？我的朋友们就那么不了解我，敢如此来激怒我？"

"求你了，阿尔弗雷德！"亚什尔恳求道，"没有人想要激怒你……"

"亚什尔，你就是个叛徒，其实你一直在等着我死的这个时刻，而仇恨则降低了你的智商，让你的可怜样毕露无疑。"

亚什尔低下头，为老人刚才的一番话而羞愧，他瞥了眼艾哈迈德，发现他跟自己一样紧张得不知所措。

"我们本来是要告诉你的，所以我们才过来了。乔治希望你知道萨佛兰的东西已经有买主了。"

"啊，是这样的吗？那你们过来的那天晚上为什么不说呢？你们打算到什么时候给我这个惊喜呢？"

"我们差点都看不到你，看起来还不是时候……"艾哈迈德狡辩道。

"你也太没有礼数了，艾哈迈德，你不过就是个雇员，跟亚什尔一样，而且在你未来的日子里也是一样。像你一样的人只能服从，不能发号施令。"

艾哈迈德羞愧得满脸通红。他真想给这个老头子一记耳光，但是他不敢，所以他不说话了。

"好吧，我马上给乔治打电话，让他来给我解释这个新的游戏到底是怎么样的。"

"那太冒险了！"亚什尔说道，"现在侦察卫星能够把所有的电话都记录下来，你再清楚不过了，如果你给乔治打电话，无异于向《纽约时报》发布公告。"

"是乔治先破坏了我们的游戏规则，而不是我。所幸的是你是个笨蛋，没有按照我的朋友预想的那样，不小心将他们的秘密说了出来。现在，你们都给我滚，我要工作了。"

两个人走了，心里都很肯定坦内博格不会袖手旁观，他已经向他们表示了鄙夷之情，那么这鄙视之后的下场令他们恐惧万分。

阿尔弗雷德大声叫来阿丽娅，命令她去通知一个守卫把阿耶德叫过来。就是那个冒牌的工头，他是上校手下最有经验的杀手，而且这么多年来他一直都在他领导手下得到了相当丰厚的薪水。

当看到坦内博格异常生气地坐在那里时，阿耶德大吃一惊。但当他听到他给自己下达的命令时，他更加震惊。他觉得派给自己的这个任务很不合适，但是所得到的钱实在是太诱人了，一切疑虑也就烟消云散了。

克拉拉花了很大的力气才说服皮科特重新开始挖掘工作。

"你不能解散了小组就自己离开。我会留在这里，有可能会找到那些泥板也有可能找不到，但是至少让我再尝试几天。"

法比安还是同意他朋友皮科特的意见，早走为妙。不过玛尔塔倒是支持克拉拉，帮着她一起劝这两个男人，多让工人们工作几天也不会让他们有什么损失。

"克拉拉说得有理，那些工人如果能够继续像从前一样工作，而你也相信会找到些别的东西，对她会有非常大的帮助。而且，我们也不知道到什么时候我们才能离开这里，与其说在这里插着手傻等，还不如接着工作。"

"我们还需要将带来的东西打包，这也需要时间啊。"法比安不满地说道。

"赞同，但是这个也不影响工作啊。这两者也不矛盾，而且克拉拉已经将我们需要的东西争取到了，能够让我们将这些东西带走……"玛尔塔提醒他们道。

"你可真是个两面派！"法比安惊呼道。

"我才不是呢！我不过是说了点公道话。要是没有她，我们计划的这个巡展根本就办不成，所以我们留在这里也是理所应当的。我们应该这么做的。"

克拉拉感激的眼神让玛尔塔还有点意外，因为玛尔塔觉得虽然克拉拉除了跟自己一样都是女考古学家以外，对她根本就没有亲和力可言，但是感谢她还是应该的。

她还认为克拉拉迷失在伊拉克这个男权统治的世界里，根本就是她祖父和丈夫的牺牲品，让她根本就无法实现自我。

"我同意。"皮科特赞同道，"我们继续工作到计划好离开的日子。但是我不希望在这里多浪费哪怕一天的时间，我实在是有些受不了这样的生活了。而且这个谋杀事件让大家都人心惶惶的，我也不知道还有多少人会有心情继续工作。"

"生活还要继续。"克拉拉说道。

"因为您跟我们不一样。"皮科特对于克拉拉的无情和麻木感到不可抑制的愤怒。

纪安安静地听着他们谈话。他看起来对所处的情况是那么无助和不知所措。

"纪安，你会像你说过的那样留下来吗？"克拉拉问道。

"当然，我留下来。"神父回答得很坚决。

"不过您真是太傻了！最明智的做法还是跟我们一起走，这样冒险才能终结，您不觉得吗？"

神父摇摇头否定了皮科特的看法，他不能留下克拉拉不管。他所想的是克拉拉和她的祖父是不是会面临危险，他本来以为应该不会有人想要伤害他们的，他们有足够的能力保护自己，但是现在所发生的事情证明情况似乎不是这样的，所以他必须留下来照顾她和她的祖父。

皮科特召集齐所有的考古小组队员，通知他们开始将自己的东西打包，随时准备好接到通知后就离开萨佛兰。克拉拉向他们保证不会在这里待超过十五天的时间，时间还有富余。但是听皮科特说需要工作到最后一天时，大家还是表示非常惊诧。他们还需要不停地挖掘，力图还能再发掘出点什么萨佛兰的宝藏。

只要有人抗议，皮科特就立即将其"镇压"下去，他只得用大家都可以参加文物的全球巡展来鼓舞大家的士气。

克拉拉回去陪她祖父了。阿丽娅已经将他伺候躺下，萨朗医生又担心起来。老人的力气已经用得差不多了。

"一切都进展良好。"克拉拉对他肯定地说道。

"我并不确定。我的朋友们还在耍心眼，这让一切都变得更加复杂。"

"我们会打败他们的，祖父。"

"要是你找到了泥板圣经……"

"我会找到的，祖父，肯定会找到的。"

萨朗把克拉拉拉到一边，直截了当地跟她说出了真相：他并不清楚阿尔弗雷德是不是还能够多撑几天。

"您的意思就是说，不知道他会在哪一刻突然就死掉？"

"是的。"

听到这里克拉拉差点就要哭出来了。她觉得自己累得不行了，而且最痛苦的是这些日子以来她还一直品尝着寂寞的苦酒。现在祖父在世还可以给她一些力量的支持，利用他的资源还可以对付现在的局面，要是他真不在了，她连珐蒂玛也指望不了了，因为她现在在医院里躺着，根本就与一具尸体无异。

"要是把他转到别的地方会好一些吗？"

医生耸了耸肩膀，其实他心里认为坦内博格已经被下了死亡通知书了，哪怕转到再好的医院去也是无济于事的。

"我认为您考虑这个问题实在是太迟了。我早就跟您说过，但是您并不愿意接受我的建议。"

"回答我，要是明天就把他送到开罗去，他能不能活下去？"

"我不知道他能否经得住旅途的劳顿。"医生诚实地说道。

"我知道为了能够照顾他,祖父已经给了您相当的报酬,但是如果您还能让他多活一些日子的话,我会给您更加丰厚的待遇,当然前提是不能让他太痛苦。"

"我不是真主,我没有能力主宰生死。"

"我更希望能有上帝,但是您不是也了解生命的秘密吗?"

"不,我并不清楚。如果真主真的希望将他带走,不论我做什么都是无济于事的。"

"那也请您尽一切努力,而且不论什么时候也不能让他知道我跟您说我们要离开这里的事,特别是我们过几天要走的事。"

"我恐怕您只能自己离开这里了。"

"这个嘛,就像您说的,只有真主才知道了。"

村长的儿子看起来很紧张。他父亲对他们的贵客亚什尔和艾哈迈德是极尽殷勤了,肯定是完美得达到了待客热情的标准。

亚什尔和艾哈迈德不愿意再多吃些东西了,然后等到了恰当的时间就礼貌地同主人道别。村长的儿子自告奋勇地提出要陪他们去营地,而且那里离村子还有几百米远。

他们走得很慢,都没有说话,都对村长的热情款待感到有些不适。艾哈迈德也没时间觉察出什么问题,突然间三个男人从阴影里跳了出来围在了他们两边,一分钟后亚什尔就发出了一声尖叫,然后胸前插着一把匕首倒地身亡了。村长儿子的手上拿着那把沾满亚什尔鲜血的匕首。而刚出现的那三个人,还不等艾哈迈德说出一句话就把亚什尔的尸体拖走了。这时艾哈迈德不得不停下来,哇哇直吐。而村长的儿子掏出块手绢将手上的血迹擦干净以后,站在旁边等着艾哈迈德从呕吐中回过神。

"为什么?"艾哈迈德问道。

"坦内博格先生不能容忍背叛。他希望您能了解这一点。"

"他打算什么时候把我也杀了?"艾哈迈德大胆地问道。

"我不知道,反正现在还没有通知我。"他简单地回答道。

"你走吧,我要单独待会儿。"

"我奉命要陪着您。"

艾哈迈德加快脚步想要把这个刚刚结束了亚什尔生命的家伙甩在后面,但是这个人也加快脚步保持跟他一样的步速。

"我奉命要通知您,坦内博格先生一直在监视您,即使他不在人世了,一旦您背叛了某人,您还是会像亚什尔一样没命的。"

"我对这一点很清楚,现在让我走吧。"

"不行,我必须要陪着您,这样我会放心一些。"

阿耶德走到车队旁边。骆驼们身上的货物都被卸了下来，它们正在休息。一个高个男人给了他一个拥抱。

"真主保佑你。"

"也保佑你。"阿耶德回答道。

"过来跟我们一起喝杯茶。"他邀请道。

"不了，我还要回去。但是我想请你帮个忙，我会报答你的。"

"我们都是朋友。"

"我知道，所以我才求你。拿着！"他将一个裹得很严实的包裹递到这个男人手上，"尽快让它抵达科威特。"

"要交给谁呢？"

"在这个信封里写着地址，你必须把它跟包裹一起交给某人。拿着，愿真主与你同在。"

这个男人收起了一大包阿耶德递给他作为报酬的美元。根本就没有必要数，因为过去他们的交易酬金总是十分让人满意的。阿尔弗雷德从来都不会亏待这些完成任务的人。

一声尖利的叫声划破了营地清晨宁静的长空。

法比安跟在皮科特后面一起走出屋子，他们都待住了。还有其他一些人也跟他们一样，急匆匆地就从床上跳了起来，冲出来看到底发生了什么事，但是他们也是目瞪口呆。

在营地中间，一个男人被捆在柱子上，看起来是被人狠狠地鞭打过。他的四肢都被抽烂了，手跟脚都没有了，而且他的眼珠也已经被人生生抠掉，只剩下一个空空的眼眶，他的耳朵也已经被人切掉了。

有些人根本就无法忍受这样一幅惨景，不停地犯恶心，呕吐着。还有些人不知所措，不知道该做点什么才好。当看到士兵们过来，负责将尸体清理的时候，大家才松了一口气。

"我要尽快离开这里！他们会把我们都杀掉的！"皮科特回到房间后怒不可遏地冲法比安和阿尔贝特嚷道。

"这里所发生的事情跟我们没有什么关系啊。"法比安肯定地说道。

"那么，跟什么有关系呢？"皮科特大叫道。

"冷静点！除了紧张我们什么忙也帮不上。"

阿尔贝特从厕所吐完之后出来，脸色苍白，眼睛里充满了泪水。

"太可怕了!这也太过分了。"他总算开口说道。

玛尔塔进门看到了这三个人，什么都没说，坐在椅子上，点燃了根烟。

"玛尔塔，你还好吧？"法比安问道。

"不，我很不好。我太受刺激了，我简直不知道这里发生了什么。但是这个地方正在变成一座墓地，我……我觉得我们应该现在就走了，要是可能的话，今天就走。"

"你冷静一点，"法比安恳求她道，"我们在做任何决定之前都必须冷静。我们必须尽早跟克拉拉和艾哈迈德谈谈。他们应该知道发生了什么事情，他们也必须告诉我们真相。"

"那个人……那个人就是一直陪着艾哈迈德的那个人。"玛尔塔说道。

"是的，那具尸体就是亚什尔，这个人据艾哈迈德说一直是为坦内博格工作的。"法比安也肯定地说道。

"但是……但是谁能够做出这样的事情？"玛尔塔问道。

"好了，你平静平静。"法比安安慰她说。

"我要见你祖父。"

艾哈迈德这时完全是一副被击垮了的、充满恐惧的男人的语调。克拉拉看到他这副表情非常吃惊：他衣冠不整，两眼通红含着泪水，双手还在颤抖。

"发生什么事情了？"

"你难道就没有伸出头去看看吗？你就没看到你祖父用那么惊人的场景向我们问候早安吗？杀了他也就罢了，为什么还要折磨一具尸体？他简直就是个恶魔……这个人简直就是恶魔……"

"我不知道你在说什么。"克拉拉慌忙地说道。

"亚什尔……他把亚什尔杀了，还肢解了他的尸体。把尸体就那么晾在外面，放在营地中间，让我们所有人都看到了，为了让我们所有人都不要忘了到底谁是上帝，谁是我们所有人的主……"

艾哈迈德绝望地哭泣着，根本就不在乎旁边的那些守卫用鄙视的目光嘲笑着他的脆弱。

克拉拉真希望冲出去，大声地喊叫，但是她还是控制住了自己。她内心很清楚人们不会真的尊重她的祖父或是她本人，即使是因为恐惧也不会敬重他们。

"祖父不会见你的，他正在休息。"

"我必须要见他，我想知道他要什么时候杀掉我。"艾哈迈德嚷道。

"闭嘴！你不要在我面前胡言乱语了！你要马上回巴格达去，按照我祖父的意思开始工作了。现在你让我一个人安静会儿。"

上校的到来让克拉拉有些手足无措，尽管她努力让自己不被他那冷酷的眼神所挫败。

"我要见坦内博格先生。"

"我不知道他是不是起床了。您在这里等一下。"

克拉拉将艾哈迈德留在了客厅，然后走到祖父的房间去了。阿丽娅刚刚给他刮完胡子,而萨朗医生也正准备给他把静脉针拔出来,把血浆袋取走。

"我跟您说过了他不能太勉强了。"医生对克拉拉打招呼说。

"请您闭嘴,如果您认为我已经弄好了,就让我们单独待着,我告诉您了,今天我必须要有良好的表现。"

"但是您身体并不好,我无法对我现在所做的负责……"

"让我跟孙女单独待在这里。"老人命令道。

护士和医生没有半句怨言立刻离开了房间。他们都知道对抗老人是件很危险的事情。

"怎么了,克拉拉?"

"上校要见您。他很严肃,艾哈迈德也来了……他说发现了亚什尔的尸体……是你叫人把他杀了还折磨了尸体……"

"是的,你很奇怪吗?谁都不要怀疑如果对抗我会有什么好的下场。这是我对所有人的警告,也是对我华盛顿那边的朋友的警告。"

"但是……但是亚什尔到底做了什么?"

"他阴谋设计了我,替我的朋友监视我,还背着我跟他们做交易。"

"你怎么知道的?"

"什么?我怎么知道的?难道因为我躺在这里不能动,所以知道了亚什尔的所作所为很让你吃惊吗?但是我即使在这里,所有地方都是有我的耳目的。"

"真需要杀了他吗?"克拉拉大胆问道。

"当然,我从来就不会做多余的事情。现在去告诉上校让他进来,让你那个吃屎的老公赶快给我滚,他应该知道要做什么。"

"你要杀了他吗?"

"也许,这都取决于未来几天的情况了。"

"求你……求你不要杀他。"

"孩子,为了我的事业正常运行,即使是为了你,我也不会放弃做必要的事情。要是我有所犹豫,要是我不做其他人认为我应该做的事情,那么他们就会向我们发难。这就是游戏的规则,我们无法摆脱的规则。我就是要通过亚什尔的死告诉乔治、恩里克、弗兰克,让他们知道我还活着,当然也要告诉我在这里的合伙人,包括上校在内,让他们都收到这个讯息。现在,你走吧,照我说的去做。"

"我要怎么说呢?"克拉拉小声嘀咕道。

"跟谁?"

"跟皮科特、玛尔塔……他们想知道发生什么事情了。"

"什么都不要说。让他们继续发掘,争取在走之前找到泥板圣经,或者让我来阻止他们离开。"

两个小时之后整个营地又恢复了常态,恢复到一个错误的正常状态中。克拉拉也不知道是从哪里冒出来的力气,在跟皮科特大吵了一架,她又拒绝向他们透露任何问题之后,她领上了一帮工人回到工地开始了挖掘工作。

皮科特和剩下的队员都不愿意陪她去工作了,都不愿意在发生了这样一系列的事情之后接着干他们已经干了几个月的事情。她不听他们的劝告,不顾他们的指责;因为她知道自己没有别的选择,要是自己有任何脆弱或犹豫的表现,她最后都会被打倒,而这是她不能容忍的。

她一直在工地工作着,突然听到远处响起了直升飞机的轰鸣声。她知道艾哈迈德已经走了,那她也安心了。她虽然已经不再爱他了,但是也无法忍受祖父将他杀掉。这样会将她最后的防备也全部都毁掉,所以她宁可选择离他远一些。

她不知道上校是不是也走了,但是祖父已经明确地表示自己还在控制着局势,他还没有死。

到了中午她决定要下到那个前几天找到的那个深洞里去。阿耶德请求她不要下去,但是她却让他住嘴。这段时间纪安一直默默地跟着她到处走,于是他这次又自告奋勇地要陪她下去。

"我同意,但是我要先下去,然后你视情形再决定是不是要下来。"

克拉拉把绳子绑在腰间,顺着洞口滑了下去,直到接触到硬地。她闻到一阵腐蚀的味道让她一阵作呕,但是她还是强忍住了。她决定要再好好地把这个皮科特和法比安若干天前已经考察过的地方再好好检查一遍,特别是那个他们肯定是通往另外一间内室的门。

她打开了腰上别着的手电,将它放在一个最大限度照亮内室的位置,然后就开始在墙上和地面上检查起来了。

她忘记了时间,尽管她不时地还拽拽绳子,向外面的人表明自己一切都正常,但是却没有给纪安信号让他也一起下来。因为她曾经明确表示没有她的信号,他就不能下来。

也不知道是怎么回事,突然上面的一个地方塌了下来,然后碎石块就哗啦啦地砸了下来,一阵尘土飞扬,自己也就倒地晕了过去。当她再睁开眼睛的时候,身体就已经不能动了,因为她觉得自己的右腿被什么很重的东西压住了。她还不敢呼吸,因为她肯定压在她身上的要么是条蛇要么就是老鼠。

这段时间突然就变得无比漫长起来,她实在没有勇气让自己朝地上看看,于是就那样一动不动地僵持在那。突然一道灯光照亮了她的脸,还有一个男人坚定地朝她走来的脚步声让她从惊恐中回过神来。

"克拉拉,你还好吧?"

她在昏暗中看到了纪安的脸,也从来没有像在这个时候一样,因为见到了一个跟她一样的人会那么高兴。

"你别过来,这里有东西……"

"哪里？我什么也看不见。发生什么事情了？"

"你看不见，肯定你是看不见的……"

"克拉拉，什么也没有啊，我什么也没有看到。"

她总算是有勇气朝自己的腿那看了看，不过的确是什么都没有。那个动物已经悄悄地离开了她的身体。她这才松了口气，将手伸给了纪安。

"我觉得刚才肯定是条蛇或者老鼠什么的，我不知道，但是它从我的腿上爬过去了。还好我穿了双靴子。"

"一场虚惊啊！我们还是离开这里吧！"

"你要是想走，下来干什么？"

"我是下来找你的，我都急死了。"

"你太担心我了。"

"是的，的确如此。"神父承认。

"帮帮我，我要好好看看这，我要让那些工人都下来，然后把这里都清理出来。很显然这里是圣殿的另外一层，应该让它也重见光明。"

"那可不容易啊。"纪安说道。

"当然不容易了，但是我们总不能回去睡觉吧，我们没有时间了。"

克拉拉派了一小队人马下到了里面，而另外几个人则负责清理外面。她派人用光源将整个这片区域都照亮了，这样他们就可以在夜间也继续施工，她一秒钟也不想耽误，尽管她把这些工人的生命置于危险之中，所以她答应要付给他们额外的工资，如果他们答应连夜赶工。

她知道皮科特肯定会很生气，但是她也管不了那么多了。无论如何她都要重新组织起挖掘，而她的祖父会全额资助剩下来的工作。是时候要显现她的价值了。

莱恩看了看玛尔塔交给他的传真。

"看起来好像是你的公司找你，安特刚刚递给我的。他正在给大家分发来函，但是不知道你跑哪里去了。"

"谢谢。"

这封传真是《摄影世界》的主编发过来的，但是莱恩读得出来文字的背后其实是他真正的老板，也就是那个环球集团的总裁汤姆·马丁给他的命令。

"我们有段时间没有你的消息了，我们的客户都已经不耐烦了，也不知道你那里有没有新的消息。你承诺的那篇报道进行的怎么样了？如果你什么都还没做，那你就该回来了，因为媒体可不会继续为那些没有价值的照片而支付报酬了。"

"我们希望马上得到消息否则你就回来。"

汤姆·马丁催他是因为他的客户也在催他。那些想杀掉坦内博格的人可不希望等更久，所以环球集团的老板立刻来通知他，要么立刻把坦内博格杀了要么就解除合同。

他已经收了一笔数目相当可观的定金，但是他知道马丁还是有办法制约他。

他走到那个他们用作办公室的仓库，发现法比安和另外两个考古学家正在给安特什么指示，让他开始将电脑设备什么的全部装箱，并且把文件做一个整理清单。

"我想发个传真。"他对他们说道。

"去发吧，"法比安说道，"你的头早上还给你发了一份过来，他们跟着其他的那些信件一起拿过去了。"

"是的，就在我手里呢，他们要我提供一个战报消息，但是这里没有什么可写的。看起来那些报纸对这里的考古挖掘报道已经不感兴趣了。"

"因为马上要打仗了啊。"一个考古学家说道。

"是啊，可不是嘛。我要去跟皮科特问问我们到底什么时候可以回巴格达。"

"等等，我们一起去。皮科特也想现在就走，早走早安心，但是我们还要等艾哈迈德给我们发出出发的信号啊，特别是那个著名的上校先生还要给我们弄到通行证，我们才能把这些东西都运走啊。"法比安说道。

"赞同，我们再等等吧。安特，我能用你的电脑给我的上司写点东西吗？"

"那一台是连着打印机的。"克罗地亚人往边上一指。

"不能用互联网可真是太浪费时间了。"莱恩抱怨道。

"唉，这里没有电话线可以用啊，你就知足吧。想写什么就写什么吧，然后放在这个盘子里，下午有人去特尔穆哈依发传真，还要去那发些信。"

莱恩写给他那个伪上司的信是这样的："这个星期就会有报道了。"

31

　　汤姆打开秘书刚刚送来的信件。这正是他期待的东西。《摄影世界》的主编给他打过电话通知莱恩那边有了消息。

　　他看了看这行简单的文字，然后就把纸撕碎了。他立刻给布通先生打电话。这个布通先生很生气，因为他两天前就已经打电话催过马丁了。他已经提前付了那么多定金，他提醒马丁说，他需要有结果。如果他派去伊拉克的人已经锁定了坦内博格和他孙女的位置，并且已经深入到他们的人群里，那么为什么还不赶快完成行动？

　　环球集团的总裁向他解释道，这个在伊拉克的使命不是那么简单的，如果他的人还没有能完成任务的话，那么肯定是他还办不到，还在等待更加合适的时机，他请布通先生再有点耐心，但是布通却说自己的耐心已经到了极限。

　　他找到最后一次跟布通通话的那个号码，然后拨了过去。这是个英国的手机号，但是其实他也并不清楚布通先生到底在哪里。

　　"请讲。"

　　"布通先生？"

　　"是的，请讲，马丁先生。"

　　"啊，你知道是我啊！"

　　"请讲。"

　　"他们向我保证这个星期内一定完成任务。"

　　"您向我保证？"

　　"我向您转告他的口讯。"

　　"我们什么时候能够知道他是不是完成了任务？"

　　"我不是跟您说过了吗，我也希望能够给您好消息。"

　　"我要证据，消息还不足够。"

　　"这个嘛，布通先生，就不太好说了，至少我会在第一时间通知您。"

　　"我们的合同里可写得很清楚。"

　　"我会遵守合同的，布通先生。"

　　"那是您的责任，马丁先生。"

"好的,我再给您打电话。"

"我等您消息。"

汉斯挂上了电话,重新开始看那本被马丁的电话打断的书。

已经是下午七点多了,但是他还在不停地给卡罗、梅赛德斯还有布鲁诺打电话。他们都等得不耐烦了,都想知道在伊拉克那个偏僻的村庄里,在那个老畜生和他孙女在一起的地方到底发生了什么事情。

他起身拉上了窗帘,准备悄悄地出去,不让女儿贝塔知道,因为她这会儿刚跟她的孩子们一起吃完晚饭。但是贝塔的耳朵实在是太尖了,她连忙跑到门厅外。

"爸爸,你要去哪?"

"我要出去撑撑腿。"

"但是已经晚了,而且还在下雨呢。"

"贝塔,求你了!别把我当你的孩子看待!我已经在家里待了一整天了,我想出去走走。我散散步,然后就回来。"

他连忙转身出门,把门摔上了,根本就没等女儿回话。他知道女儿有些受伤,但是这也是无法避免的,要是不马上通知这些朋友,就是对他们不忠了。

豪瑟教授很是走了一段路程,直到离家已经很远了。然后他跳上了一辆公共汽车,坐了四站之后才下车,然后找了个电话亭。

卡罗在诊所,但是却在外科诊室,看着儿子安东尼奥给一位朋友做肾脏摘除手术。玛丽亚,他的秘书接的电话,向他保证医生一回办公室就会马上给他回电话。

然后他拨通了布鲁诺的手机,他们最近一直都保持着联系。

"布鲁诺……"

"汉斯……怎么了?"

"好消息,朋友,好消息。我有消息了,他们保证这个星期就解决掉那个家伙。"

"你肯定?"

"他们刚刚跟我说的,我希望他们能说话算话。"

"我们等了那么多年,多等一个星期也不是什么问题了……"

"是啊,但是我不得不向你坦白,我实在是有些等不及了。也许我们了解了这个事情之后,可以恢复到正常的生活中去。"

布鲁诺沉默了好几秒钟。他感到胸中有着跟朋友一样的渴望。他们都有着无比强烈的愿望期待着坦内博格的死讯。这一天过后,就像汉斯所说的,他们就将过上跟到那个时候为止这么多年来完全不同的生活了。

"你跟卡罗和梅赛德斯说了吗?"

"卡罗跟他儿子正在手术室。梅赛德斯那,我马上打电话。我总是最害怕她的不耐烦。"

"跟卡罗说的时候千万别问候他们家的那个小子，他还没有他的消息呢，他都要崩溃了。"

"他还不知道那个小儿子跑到哪去了？"

"不知道，上一次我还跟他谈过这件事。他跟我说他儿子既没有给他写信，也没有给他打电话，只是告诉家里说他很好，但是没有告诉他到底在哪里，只是说他正遭遇一场很严重的个人危机。卡罗觉得是自己的错，但是他没有说原因，只是肯定说他自己是唯一应该负责的人。"

"他那个调查所的朋友呢？难道就不能帮上他一些忙吗？"

"恐怕我是听说，他儿子发誓如果父亲去找的话就跟他永远断绝关系。"

"孩子们是欢乐的源泉，但同时也带来痛苦。"

"我知道，我的朋友，我了解啊。好吧，我给梅赛德斯打电话了，只要再有什么消息，我马上联系你。"

梅赛德斯刚刚化好妆。晚上她准备要去利塞欧大剧院看表演。是一个跟她们有合作关系的银行代表邀请她去的，因为他们给她的建筑工程的贷款一直开绿灯，所以这个约会也是无法拒绝的。

她其实并不是特别喜欢歌剧，尽管她特别喜欢古典音乐。但是她最反感出席社交场合，就是那种所有人都跑到一个地方为了希望引起别人注意，而不是真正去欣赏艺术本身。

因为她对这种社交活动不感兴趣，所以她的情绪也不是很好。

这时她听到了手机的响铃，本来不想接电话的，但是突然一个激灵反应过来，这个响铃声意味着不是公事而是自己的私事。因为这是几天前专门为了等汉斯的电话才买的手机，而这个号码是通过网络告诉他的。

"我是。"她满心焦虑地说道。

"我还以为你不在呢。"

"我把这个电话的铃声跟另外一个弄混了，我才清醒过来。告诉我，事情进展如何了？"

"很好，看起来这个星期就能结束了。"

"我们有什么保证吗？"

"他们向我承诺了，所以我们只需要继续等待了。"

"我已经都等够了。"

"得了，不过就是一个星期，我们没必要在最后一刻还那么焦虑。"

"说的也是，你什么时候再给我打电话？"

"他们一通知我就给你打。"

"好的，麻烦你了。"

"你知道我会的,我会第一个打给你的。"

"谢谢。"

"保重。"

"你也一样。"

汉斯离开了电话亭,在雨中漫步着,直到浑身都淋湿了,他才决定要叫一辆出租车回家。他冻得不行,开始咳嗽起来。女儿贝塔连忙责怪他不该任性。

***

罗伯特·布朗打开家里的大门。保罗·杜卡斯已经不耐烦地按了好几下门铃了,而这样不耐烦的情绪还真不是这个全球安全集团总裁的作风。

"我们的人都在吗?"杜卡斯问布朗。

"是的,拉尔夫刚刚到,我也跟导师打过电话了。你把这个如此紧急的事情说完之后,我就立刻过去通知他。"

杜卡斯走进布朗家的客厅,很赞赏这个考古基金会主席家里简单而又不俗的装饰品位。拉尔夫正坐在那里喝威士忌,好吧,他在这里是最好了,因为他作为基金会的领导也是这次交易的一部分。

布朗的仆人拉蒙·冈萨雷斯礼貌地问他想喝点什么。

"双倍冰块的威士忌,不加水。"

酒杯送到他手上后,拉蒙就离开了大厅。这时杜卡斯才将亚什尔惨死的噩耗传达给他们。

"阿尔弗雷德派人将亚什尔杀了。但是他还不满足于干掉他,他还派人将他的四肢都砍掉了,还挖了眼睛,然后把这些装到一个盒子里,作为礼物给我们送了过来。我刚刚收到,所以给你们打电话了。我这里还有一封坦内博格写给你导师和其他一些合伙人的信。我也努力联系上了一个我们在开罗的人,然后让他跟艾哈迈德谈谈,尽管他跟我说艾哈迈德已经因为亚什尔被杀的事情被整疯了。"

杜卡斯并没有打算省去给大家看盒子的过程,他一层一层地把裹着那个金属盒子的布打开,然后将那团血肉模糊得几乎就要腐烂了的东西呈现到了大家眼前。

考古基金会的主席脸色苍白得一下子站了起来,被吓傻了一样,张着大嘴,两眼圆瞪。

拉尔夫还是处于极度的惊恐打击状态中。两个人都没办法说出一个字来。突然拉尔夫跑了出去再也忍不住一阵阵的恶心,狂吐不止。

"快收起来!"罗伯特歇斯底里地怒号道。

· 370 ·

杜卡斯关上盒子,重新把那个金属盒子用钥匙锁好,装回了口袋。然后他注视着罗伯特,这个被亚什尔的尸体残片已经吓到疯狂程度的主席。

　　"我的上帝啊,这是多么可怕啊!坦内博格就是个魔鬼!"

　　杜卡斯没有回答。他突然觉得罗伯特并不比他自己或者坦内博格强悍:他不也一样参与盗窃和暗杀吗,只不过他是离得远远的,生怕自己被泥土溅到而已。这些人跟那些被他雇用的杀手所不同的地方就在于,这些人是通过想法把别人的性命玩弄于股掌之上的。于是他喝了口威士忌,等待着他们布置任务。

　　拉尔夫吐完之后,一脸憔悴地走了回来。

　　"你这个婊子养的家伙!"他骂杜卡斯道。

　　"我也不希望看到这些东西,"杜卡斯说道,指着放在沙发茶几上的那个盒子,"但是它到了我那,我总不能一个人将这个苦果咽下吧?你们也是生意的一部分,所以我没有理由隐瞒掉中间的任何一个细节。"

　　杜卡斯起身,大大方方地给他倒上了一杯威士忌。

　　"喝点威士忌可以去除嘴里的异味。"

　　罗伯特和拉尔夫都一动没动地站在原地,还沉浸在看到亚什尔的尸体残片的震惊当中。最后,罗伯特从沉思中缓过神来,询问从艾哈迈德那里得到的消息。

　　"艾哈迈德没说什么吗?"

　　"艾哈迈德和我们在萨佛兰的人都一致肯定阿尔弗雷德就要死了。他连一个星期都活不下去了,但是他们错了。因为阿尔弗雷德通过杀亚什尔已经告诉我们,他还活得很好,他希望我们知道那边依然是他的地盘,只要没有他的允许我们休想打任何歪主意。"

　　"但是,艾哈迈德说了什么?"罗伯特坚持问道。

　　"我在开罗的人说艾哈迈德唯一的想法就是要逃离那里。不管怎么样,他已经完成好他的任务了。我的人明确告诉他了,这个游戏中不是谁说走就可以走的。我们不需要有任何改变,只是等待就可以了。那个该死的战争没有几天就要打起米了。"

　　"那克拉拉·坦内博格呢?"拉尔夫问道。

　　"看起来艾哈迈德认为她也变成了个魔鬼,跟她的祖父一样。"

　　"他们找到泥板了吗?"

　　"没有,拉尔夫,他们还没有找到,但是据现在的情形,克拉拉是准备再移出好几吨土了。啊,对了!艾哈迈德还通知说皮科特已经说服了克拉拉,而克拉拉也说服了她祖父要将所有在那找到的文物都运出伊拉克。他们计划要办一个大型的欧洲巡展,并且还要把这些东西运到这里来,所以迟早他们都会给你打电话的。你是那个皮科特的朋友,不是吗?"

　　拉尔夫喝了一口威士忌,呼了口气,这才回答杜卡斯的问题。

"我们是认识，在学术界只要有人有点成就，就会互相认识。"

"那么，萨佛兰发现的那部分东西不会跟剩下的那些一起运过来了。"罗伯特自言自语道。

"不会了，不过克拉拉和她祖父倒是给了我们一个小小的惊喜。看起来阿尔弗雷德并不反对将它们卖掉，他也准备好了让这些文物最后消失，但是那必须得在她孙女带着这些东西周游了大半个世界之后才可以。我觉得阿尔弗雷德是想让我们更有耐心一些，因为他认为卖掉它们不过是个时间问题。"

"他疯了！"罗伯特不屑地说道。

"我说他还是很理智的吧。"保罗肯定地说道。

这个环球集团的老板打开了他的文件夹，拿出了三份文件，然后递给罗伯特。

"这里有一份详细的报告文件，里面将最近在萨佛兰发生的事情的每一个细节都写得清清楚楚，甚至包括一个年轻的女护士和两个守卫被杀的事情。"

"但是你并没有对我们说过这件事啊？到底是怎么回事？"拉尔夫突然警觉地问道。

"我这不是正告诉你们吗，你们看看报告就知道了。你们之前要求我去了解一下坦内博格现在的真实病情，但是其实很难看得出来，因为他到了萨佛兰之后一直都是戒备森严。后来我派了一个手下潜入他的房间，但是看起来似乎遇到了点麻烦，于是他不得不将那个护士还有两个守卫都干掉了，而且把坦内博格的那个老女仆打成了重伤。他进屋后，看到坦内博格的身上插着很多仪器，但是还活着。就是这样了，现在我要走了，你们的计划如果有变，立刻通知我。"

"不会，我们没有任何变化，我们不会背离最初的计划。"罗伯特坚决地说道。

杜卡斯起身没有告辞就离开了。他其实跟罗伯特和拉尔夫一样受到了剧烈的震动，但是他却不能让别人看出来自己的情绪的变化。因为他所领导的这个组织都是时刻准备以更加残酷的手段去杀人的，所以单凭盒子里寄过来的几条胳膊几条腿就被吓成这样也太说不过去了。

唯一让他还比较心安的就是迈克·费尔南德斯，那个前维和部队的上校。他对自己保证说一切工作都已经准备就绪，绝对不会出任何差错。他一直都很信任迈克，比其他的任何手下都要信任得多，如果他认为一切就绪，那么就肯定不会有任何问题。

罗伯特和拉尔夫俩人愣了好一会儿，两个人都沉浸在自己的思索中。这两个艺术领域的精英人物受到的打击太大了。而最糟糕的是，罗伯特还不知道导师听后会有什么样的反应。乔治·瓦格纳肯定会大发雷霆，尽管他发怒的时候并不会比平时的声音更大，但他在安静中的愤怒更加让人害怕，他刚毅的眼神表明他是无所不能的。其实他跟阿尔弗雷德是一样的，只不过一个是穿梭在华盛顿的高档写字楼,另外一个奔走于中东国家的任何城市的阴暗角落。

"我去打电话,你在这等我一下。"他对拉尔夫说道。

拉尔夫点点头,他知道上司将会面对一场痛苦的谈话。乔治·瓦格纳可不是个能够接受挑衅的人,当然他的老朋友坦内博格就更不是。

***

大家都已经累得筋疲力尽了,克拉拉还是不让他们休息。最后的这一个星期里,他们从圣殿里运出了好几吨沙土。

皮科特就由着她干,自己却不参与到任何克拉拉强加于工人们的这种激烈活动中。

在艾哈迈德为考古队准备离开手续,通知他们之前,队员们都在忙着打包,同时也给克拉拉帮些忙。因为他们也没办法拒绝克拉拉提出来的一些要求,阿耶德也继续负责不断地监视着克拉拉的行动。

阿尔弗雷德已经对这个军人身份的工头进行了警告,要是营地里再出现之前的那种状况,那么一切的后果都将由他用生命来承担。

纪安也寸步不离地跟在克拉拉身后,一刻没看到她,他就不能心安。

法比安和玛尔塔也在尽可能地提供帮助,他们对克拉拉这种锲而不舍的精神感到很意外,因为她甚至连吃饭和睡觉的时间都不愿意耽误。

她唯一离开考古队的时间就是要去看她的祖父还有珐蒂玛,跟他们在一起待不了几分钟就又回到了施工现场,继续工作。

克拉拉对于自己不能在祖父身边陪伴他度过最后的时光感到很自责。阿尔弗雷德就凭借着最后也是最大的心愿支撑着,一直活了下来。

珐蒂玛已经能够下床了,尽管什么都还不能做,但是她还是要求医生将她安置在离主人更近一些的房子住下。

"侯赛因太太。"

克拉拉对于这样称呼她的人似乎根本就没有当回事,继续用刮铲和毛刷在那清理着一个看起来像塔尖的部位。她早就决定任何人如果用她丈夫的姓来称呼她,她是不会回应的,所以她什么都没有说,希望所有人都能明白这一点,然后不要再继续这样称呼她。但是这个声音还是很坚持地继续着:

"侯赛因太太……"

她生气地回过头,看见一个不到十岁的孩子正期盼地看着她,似乎也很害怕她会发怒。因为别人都告诉他说这个夫人的性格不太好,会冲他吼叫的。但是,当看到克拉拉冲他微笑的时候,他松了一口气。

"你想干吗?"

· 373 ·

"他们派我来通知您回家,萨朗医生想见您。"

"发生什么事了?"她担心起来。

"我不知道,他们就是让我来找你。"

克拉拉一下子跳了起来,跟着这个小东西朝营地的方向跑了回去。她真害怕祖父的病情出了什么问题。因为要是医生派人来找自己,肯定意味着老人的病情恶化了。

她走进房间,沉静的气氛预示着一定发生了什么事情。祖父的房间已经变得空荡荡的,看不到人她不禁大声地哭了起来。她大喊着冲出了房间。

小东西走到她旁边,然后指了指营地的医院。"他们在那等着您。"他说道。

萨朗和阿丽娅努力重新唤醒坦内博格。在他又经历了一次脑部的梗塞之后,他们不得已将他转到了医院。

现在他已经失去了知觉,半身都瘫痪着,但是坦内博格还是按照护士的牵引,从精神深处下意识地同病魔斗争着。

克拉拉安静地观察着医生和护士的工作。但是他们都没有跟克拉拉说话,只有医生看了她一眼,做出一个绝望的表情。

她不知道等了多久萨朗医生才过去跟她说话,然后他拉着她的胳膊把她送出了医院。

"我不知道还能活多久,也许是几个小时,或者一天……但是我怀疑他再也好不起来了。"

克拉拉放声大哭,她已经受够了这样跟时间做斗争,但是最关键的是她觉得自己真的无法在祖父不在了之后还能继续走下去。只有知道他还活着,自己才有活着的勇气。

"您肯定吗?"她哭着说道。

"我都不知道他是怎么能撑这么久的。他刚刚经历了一次脑瘫,我不知道他还能不能恢复神志,但是他即使恢复了,我肯定他也是无法说话的,也许连你也认不出来,当然他也肯定是动不了的了。他现在的状况太严峻了,我很抱歉。"

"如果我们把他从这转走呢?"克拉拉还抱有一丝希望。

"我已经多次跟您请求,但是不论是您还是您祖父本人都不听我的劝告。现在这么做已经太迟了。如果真的把他从这里送走,不知道他在路上还撑不撑得下去。"

"那我们还能做些什么呢?"

"做什么?什么也做不了了,所有能做的都已经尽力做了。现在只有静静地等待了,阿丽娅和我一直都没有离开他的身边,我比你更靠近他,可以负责地说,现在是指不定什么时候他就会突然死亡。"

阿耶德站在离克拉拉和医生几步开外的地方守护着,他不愿意漏掉他们谈话中的哪怕一个字。纪安也站在这个工头身边,随时准备向克拉拉提供任何需要的帮助。

她直了直身子,强忍住眼泪,用手将脸上的泪痕擦干,而留在脸上的只是脏手带上去的泥土。特别是在这个时候,她更是不能流露出哪怕一丝的软弱。祖父已经警告过她:只要你不晕头转向,不表现得软弱可欺就不会有人敢动你。

"阿耶德,把医院旁边的看守再加一倍。我祖父现在的情况很危急,但是他会好起来的,医生会尽力抢救的。"她坚定地望着医生,而医生也不敢对她的话有任何异议。

"是的,夫人。"工头回答道。

"好的,照我说的去做,而且任何人都不得停止工作。没有任何理由不工作,我会在这里再待一会儿。"

"那我也留在这里。"阿耶德肯定地说。

"你就照我刚才所说的去办。你去工地那边,负责看好那些工人工作。"

"坦内博格不允许我离开您半步。"

克拉拉一下子冲到阿耶德面前,看着她那愤怒的眼神,阿耶德还生怕她会跟自己动手。

然后,她用很低沉的声音将自己的命令又重复了一次:

"阿耶德,当你确定一切都按照我的意思正常进行之后再回来见我。你明白了吗?"

"是的,夫人。"

"那最好了。"

克拉拉转身走进医院,纪安则跟在她的后面,拍了拍她的肩希望她能听自己说两句。

"克拉拉,我不知道你祖父是不是个天主教徒,但是如果你愿意的话……如果你愿意……我作为神父,是可以帮他一路走好,直到找到上帝。"

"临终仪式吗?"

"是的,最后的仪式,帮助他像一个天主教徒一样死去,尽管他过去并不是天主教徒。上帝是仁慈的。"

"我不知道祖父他是不是愿意在……在他还活着的时候就接受这个仪式。"

"我只是试图帮帮你,这是我作为一个神父的责任,我不能看着一个在天主教光环下出生的人,在离去时还得不到任何教会的安慰。"

"我祖父什么都不信。我也不信。上帝从来就不是我们生活的一部分,很简单他根本就没有与我们同在,而我们也不需要上帝的任何帮助。"

"但你不能让他不经过这个仪式就去世啊。"纪安还在坚持。

"不行,我不能让你给他举办这个仪式,因为他从来都没有跟我说过在他垂死的时候还需要找个神父过来。如果我让你做了,那就是……那就是个渎圣者。"

"你这是说什么呢!你都不知道你在说什么!"神父很生气。

"抱歉,纪安。我祖父会像他平时生活的那个样子死去,不论你是不是让他经过了这个仪式。"

"克拉拉,行了!就让我帮帮你吧,让我帮帮他。你们两个都需要,只不过你不知道罢了。"

"不,纪安,不用了,很抱歉。"

她转过身去,进了医院。她不准备让祖父经过任何仪式或者是要得到谁的批准。其实她自己也并不清楚这个所谓的临终仪式是个什么东西。她不是天主教徒,也不是基督徒,当然更不是伊斯兰教徒。上帝不是随处可见的,譬如他就不在黄宫,不在她开罗的家里。她的祖父和父亲从来都没有跟他讲过有上帝这回事。对他们而言,宗教就是一件狂热或者无知的人才做的事情。

纪安愣在那里不知道该怎么办。克拉拉已经表明了坚决反对的意思,而他也不能强迫她做不愿意做的事情。

他决定就这样待在医院旁边,并且祈求上帝能够启示克拉拉接受他对祖父进行临终仪式的建议。

皮科特、法比安还有玛尔塔也走到医院来想看看能不能给克拉拉帮上什么忙。考古队其他的成员也都来了。

玛尔塔上前一步,说她打算自告奋勇地去工地陪着大家搞挖掘,直到克拉拉能够重新回去为止。

"我很感谢你,玛尔塔。你要在那,我将更加安心了。这些人要是没有指导,简直什么都干不好。"

"你不用担心,我会在那一直看到你回去为止。"

这是克拉拉一生当中最为漫长的一夜。她将看到祖父就这么死去,而自己却没有任何办法可以阻止这件事情的发生。

萨朗对她说估计病人撑不到第二天早上了,但是他错了。还没到清晨的时候,坦内博格竟然睁开了眼睛。他那个样子就像是从很远的地方过来的,而他的眼神里也透着焦虑和痛苦。

老人似乎认出了克拉拉,但是他实在无法说出一句话。他半身瘫痪,而且虚弱到了极限。

克拉拉密切注视着萨朗医生的举动,等着医生告诉她应该怎么做。但是直到天完全大亮,医生也没说任何话,告诉她是不是可以走了。

"您的祖父似乎有些好转,您去休息一会儿吧。"

"您的意思是他不会死了?"

"我不知道,我不知道过一个小时之后,他还会不会又发生脑梗,又陷入昏迷。我也不知道他会不会这样再坚持一天两天或者更长时间。其实我都没办法说清,他是怎么能够又恢复现在这个状况的。"

"那我们现在做什么呢? 您要做些什么吗? "

"我要赶快去洗个澡,然后休息一会儿。您呢,也一样,因为我也不知道还能想出什么别的办法。休息,您也憔悴得不行了,再这样下去,对您的祖父或者您自己都不会有任何帮助的。"

"但是,他会有什么意外吗? "

"阿丽娅会陪在他身旁。她很清醒的,因为她刚才已经休息了一会儿,现在我们可以暂时离开了。珐蒂玛也会陪她一起过来。她也还没有完全康复,但是有需要她也会随时通知我们的。"

她决定采纳医生的建议,她的确已经坚持不住了,她一整天都没有吃东西,尽管她也的确没有饿的感觉。刚躺倒在床,她就沉沉地睡着了。

工人叫来玛尔塔,因为他们把墙凿开了一个裂缝,可以钻进去看到另外一间内室。

"夫人,您瞧,那里还有一间屋子。"工人对这个女考古学家说道。

玛尔塔从开口处朝里张望,看到的这间里屋很小,而且还有很多陶瓷的碎片。看起来这是圣殿里的又一间屋子,不过这间似乎比其他所有的房间都要小一些。

她要工人把这个开口弄得更大一些,不过要最大程度地减小对墙壁的破坏,这样他们才好进去。两个小时之后,他们总算在墙上弄出了一个更大的开口,可以方便一个人进出那间内室。

没有人表现出特别的热情,因为里面除了找到了一尊雕像以及一个完好无损的浅浮雕外,根本就跟圣殿里其他的房间没有什么两样。

地面上堆满了泥板的碎片,也许是在战争中被人摔到地上的。看起来在房间的一边,若干年前是放着一大排木架,而上面是用来摆放泥板的。

她检查了一些被损坏的泥板,但是也没有发现有什么令人特别注意的东西。一些诗歌,似乎是大众很熟悉和认可的一些诗歌,但是她还是命令大家将所有这些碎片都小心地收拾起来,然后将它们运到仓库那边去,等着以后再慢慢地研究和分类。

她在里面还发现了几尊被损坏的小雕像,还有一些木棍的残体。

她派人去把皮科特和法比安叫了过来,想让他们看看这里是不是还有什么特别之处没有被她看出来的。

当这两个人过来之后,他们又仔细地检查之后得到了跟她一样的结论:那里没有什么特别的东西,但是即使如此还是应该将里面弄出来的那些泥板再好好研究一下。

里面的泥板并不多，但是有一些碎块的大小还正好能够让人看清楚上面有一些连贯的语句。

这个下午就这么不知不觉地过去了，最后大家收好了泥板准备以后再分类。

"纪安应该过来帮帮我们。"玛尔塔突然想道，"但是他现在是全心全意地守在医院旁边呢。"

"如果他真的想做些事情的话，就应该过来看看这些泥板，看看它们是不是有价值。"皮科特肯定地说道。

法比安去找神父过来帮忙，神父也一口应承，因为反正他守在那克拉拉也不许自己更靠近她祖父。

接下来的两天整个营地似乎又恢复到了前一段时间的挖掘工作轨道上，但是考古队员中间还是弥漫着一种对战争的紧张情绪，大家还是都焦急地盼望着离开的时刻。

三月的萨佛兰已经尽量地延长了它白天的时长，将光和热都尽力地奉献给大家。所以当他们一听到艾哈迈德那边传来了消息之后，都长长地出了一口气。

皮科特跟艾哈迈德通过电话之后，脸上露出了幸福的微笑。艾哈迈德给他带来了好消息，伊拉克政府已经将通行证给他们办了下来，同意他们将这些文物运出伊拉克国境。别忘了这个巡展，艾哈迈德提醒他道，克拉拉和他自己都必须是该任务的合作方。而且皮科特还必须要签署一份文件，必须保证每一件文物的安全，当然还要保证将它们都归还给伊拉克政府。

如果一切照此布置完毕，而皮科特也向他保证一切工作就绪，直升飞机就会下个星期四早上，也就是一周之后，去萨佛兰接他们。飞机会将他们送到巴格达，然后从巴格达转到约旦的国境。不出十天他们就可以到家了。

克拉拉听到这个消息显得很不以为然。她唯一担心的就是她的祖父，所以他们有什么决定对她而言都无足轻重，她现在更希望得到的是宁静，因为宁静对于她意味着自己可以一个人静静地思考，静静地留在这片萨佛兰土地上思考，没有皮科特和其他这帮人的烦扰。她渴望得到这种只有沉浸在自己世界的孤独。

阿尔弗雷德·坦内博格竟然活了下来。他奇迹般地从脑梗塞中恢复过来，尽管医生坚持说这种恢复绝对是一种欺骗性的好转。

其实老人也的确是无法说话，身体也不能动。有几次他似乎认出了克拉拉，但是剩下来的时间里，他的眼神似乎又很迷茫，对于周围守护着他的人完全没有印象。

"先生需要离开这个医院。"珐蒂玛肯定地说道，她觉得先生在自己的照顾下在小屋里生活肯定比在这个营地医院里生活得要好，但是医生对于她的建议断然拒绝了。

最让克拉拉痛苦的事情是，不论身在何处她都无法陪伴在祖父的身边。但是尽管如此，她还是不愿意跟祖父分开，她不敢再去挖掘现场，离开医院半步。不过玛尔塔倒是将那里所发生的一切都原原本本地讲给她听了。

　　一天下午，正当克拉拉将老人的双手放在自己手心里摩挲的时候，老人的嘴巴突然动了起来开始说话，但是声音太小，她完全听不到他在说什么。她肯定自己是听到了几个德语的单词，这是他的母语，但是她还是理解不了到底是什么意思。

　　坦内博格看起来很激动并且想要起来，他的眼里也充满了怒火。医生没有办法解释发生这一切到底是因为什么，而克拉拉也不允许医生给他注射任何的镇定剂，她肯定祖父能够恢复说话的能力。她说服了医生将病人放到轮椅上，然后把他推出去呼吸一下萨佛兰下午炎热干燥的空气。这样一来，真的如同珐蒂玛所说的，他似乎觉得好了不少。

　　克拉拉坐在祖父身边，但是令她惊诧的是，祖父的眼神很好奇，就好像是第一次看到她这个人一样。然后他还露出了一脸天真的微笑。

　　"祖父，祖父，你听到我说话了吗？祖父，你知道我是谁吗？祖父，求你了，跟我说句话吧。你听到了吗，听到了吗？"

　　阿尔弗雷德·坦内博格把眼睛睁得更大了，然后开始环视四周。他看到一堆考古学家们正在某个帐篷前很轻松地交谈着，有很多人他都不认识，甚至从来没有见过，当然这对他而言也没有什么意义了。

　　他看看站在自己身边的这个女人，好像在跟自己说话，但是他却怎么也听不到她在说什么。没错，她就是克拉拉，不过他记不起来她曾陪自己经历了这段旅行。他闭上了眼睛，呼吸着下午的新鲜空气，觉得自己充满活力，但是有人还是不断地想要跟自己说话，不想让自己享受这种如此惬意的感觉。

32

汤姆·马丁读完了《摄影世界》的老板早上给他发过来的传真。他实在没有办法再早些看到这份传真，因为他也是刚刚从巴黎赶回来，他在那里跟同事们开了一天的会。还是他的秘书提醒他收到了这封传真，于是他直接冲进了办公室。他决定要立刻给《摄影世界》的老板打电话。

老板正睡得香呢，突然被这阵电话铃声惊醒。

"请讲？"

"你好，是我。"

"您是？……啊，抱歉，我正睡觉呢。现在几点？"

"早晨两点。"

"您都是在这个时候就开始工作了？"《摄影世界》的老板有点情绪地说道。

"早，比这个早多了，我其实是二十四小时都工作的。告诉我，你就没有在巴格达那个合作伙伴的其他消息了吗？"

"没有了。"

"连个电话也没有？"

"没有。"

"那好，请你起床然后去办公室看看，我肯定他会马上跟你联系的。"

"好吧，不过在这个时候……"他抱怨道。

"别浪费时间了，浪费你自己的也是我的时间，快照我说的去做。我正在等消息呢，而且我知道今天晚上就应该有消息了。"

这个老板老大不情愿地接受了马丁的命令。虽然不愿意也没有办法，因为这个客户是长期的，而且是他最好的客户之一，所以他命令自己要在这个时候起床，而且还要跑到办公室去，也没有一丁点办法拒绝，只有照办。

当然莱恩也是有他的手机号码的，而且可以在任何时候，甚至是在他那样睡得香甜无比的时候找到他的。但是不管怎么样，他还是一下子从床上爬了起来，洗了个澡，准备去办公室等那个该死的莱恩发来什么消息。

他正要打上领带，手机就突然响了起来。他真是再清楚不过莱恩的声音了，连忙将电话上的那个录音键按了下去，以便待会儿能够将莱恩的意思原本地传递给马丁。

"很高兴跟您打招呼，收到传真了吗？"

"千真万确，您还好吧？"

"我很奇怪您没有给我打电话，我正准备回家，特别是最近这些日子发生的重大事件，您都不知道有多么可怕。克拉拉的祖父被人暗杀了，没错就是那个跟皮科特教授一起赞助克拉拉这个考古项目的老人。他生着病，没人能够说清楚他是怎么被人杀掉的：他二十四小时身边都有人看守，但是即使是这样，还是有人愚弄了那些守卫，顺利地将他的脖子拧断，而且照顾他的护士也没有幸免。您可以想象一下当时的情景，尽管我们现在已经幸运地到达巴格达了，不管您是不是准备还要我做一个特别的报道，但是我们一切都准备好了，早上就要回家了，反正我总还是有些事情可以做的。不管怎么样，我还是将萨佛兰所发生的悲剧用照片记录下来了，好吧，永远都没办法知道……"

对于他所说的一切，这个《摄影世界》的老板表示赞同，并且表示肯定会给所有的那些报纸和杂志都打上一圈电话，问问他们是不是还有必要让他留在那里。过一会儿会给他打电话，他只要保证电话不要被人占线就好。

三点整，马丁就在办公室里收到了莱恩的电话录音带，因为他派人去《摄影世界》的老板家里将他接了过去。

当他听到手下在电话里的那段一语双关的录音时，脸上露出了笑容。"莱恩还真是个不错的演员。"这个环球集团的老总暗自想道。

莱恩至少完成了一半的任务，而且毫无疑问是最困难的那一半，他已经除掉了老坦内博格，所以，他认为，自己的客户应该感到很满意才对。所以他也需要马上联系他们，看看是不是还需要这个克拉拉·坦内博格也去见上帝，或者她可以被赦免。当然不论赦免与否对他而言都不重要了，因为他觉得杀了坦内博格就可以算作是英雄壮举了，因为在伊拉克坦内博格可是萨达姆政权保护的特殊阶层。

他没有办法只有给那个冒牌的布通先生打电话，尽管这时才刚刚凌晨三点十分。

豪瑟教授过了青壮年之后睡觉都很轻，所以他一听到那个二十四小时开机的手机响了，立刻就醒了过来。他打开灯，把手机拿了起来。

"请讲。"

"布通先生？"

"我是。"

"我是马丁……"

豪瑟心中立刻一紧，连忙看了看手表，上面显示的是早上四点一刻。

"请说吧。"

"任务已经完成了,嗯,应该说是一半的任务完成了,也就是我们所说的最重要的那一部分。最主要的那个已经被除掉了。"

"您肯定吗?"

"绝对肯定。"

"您有证据吗?"

"当然。"

"那剩下的……剩下的那一部分怎么样了?"

"完成您要求的这一部分已经是奇迹了。您知道发生这件事的时候当时是个什么样的情况吗?"

"好吧,你们要什么时候才能结束所有的任务?"

"我就是为这个给您打电话的,也许可以在欧洲这边完成。因为在那边,现在的局势使得可能性变得太小,而且风险也很大,但是如果您真的希望我们做完这个工作,我们也会尽力在那边完成。所以我给您打电话,需要您给个指示:要么再等等完成第二部分,要么我们重新再行动。不过我要告诉您的是,在那边下手的可能性真的很小。"

教授深深地吸了口气,想要争取多点时间思考,他也不知道应该说什么才好。他自己一个人不能做出决定,他需要其他几个朋友的意见。

"让我考虑几分钟,然后我给你打电话。"

"好的,我等着。但是您必须在早上六点之前给我答复。"

"不会等到那个时候的。"

卡罗正在读书。晚上他跟一帮医生朋友聚会,然后回到家之后,他就借着黑夜的安宁,静静地在那读书。听到手机响起,他还真的吓了一跳,不过他马上拿起了手机。

"卡罗……"

"汉斯?"

"是的,我的朋友,是我。"

"发生什么事了?"医生担心地问道。

"好了,他已经不存在了。"

"什么? 你说什么?"

"他已经死了,死了。他们刚通知我的,而且他们有证据证明。"

"但是……你真的肯定吗,汉斯?"

"我肯定,就是这样的。"

他们沉默了,都不知道接着要说什么,两个人都在内心深处找寻着那种一下子还无法接受的特殊感觉,也许是因为这个时刻让他们等太久了,这可是他们用一生等来的时刻啊。

"畜生已经死了。"卡罗总算喃喃地说道。

"是啊,我们做到了。你知道吗,我整个人都感觉空了一样。"教授毫无感情色彩地说道。

"但是……"

"但是我们也还是应该做的,否则我们死的时候都不会安心的。"

"你跟布鲁诺还有梅赛德斯说了吗?"

"没有,我第一个给你打了电话。我们必须做出决定,是不是要他的孙女……"

"她还活着?"卡罗问道。

"是的,现在要完成这个任务变得更加困难了。他们问是不是还需要继续,或着在欧洲这边了结,看来她是要来这边了。"

"要到哪里去?"

"我不知道,但是她马上要离开那。"

"汉斯,你认为我们该怎么做呢?"

"我不知道,我们可以让一切就这么结束……"

"梅赛德斯肯定不会同意的。"卡罗沉重地说道。

"那我们呢,卡罗?我们能够满意吗?"

"你认为我们的良心能够接受这一切吗?"

"我认为这样就可以了,我可以肯定地告诉你,我的朋友。"豪瑟教授坦白地说道。

"你说得有道理,我估计我自己也还没有从这种震惊当中走出来……"

"我还不是一样。"豪瑟说道。

"也许我们应该让他们做最后的决定,让他们决定什么是最合适的做法,完成……完成这个任务。"卡罗医生说道,他心里很清楚梅赛德斯是肯定不会允许整个的复仇计划有所残缺的。

"我同意。"

"无论如何,你还是跟他们说我们也不放弃计划的第二部分吧。"

"我们也不能放弃,我们已经等待了一生的时间了,现在上帝总算是将这个老畜生的死讯作为礼物送给了我们。"

"上帝从来都没有与我们同在,汉斯,从来没有。他根本就不在那里,这么多年来都没有。梅赛德斯说得有理,如果他真的存在,就不会这样一直地抛弃我们。"

两个人又沉浸在自己的思索中,不发一言,眼前又浮现出过去那些难以磨灭的鬼魂模样。

"我马上给布鲁诺打电话,然后给梅赛德斯打,要是有什么新的消息,我再打给你。"

"好的,汉斯,你去吧,这个夜晚将是最为漫长的。"

"我能够安心睡觉了,卡罗。"

"晚安,汉斯。"

德波拉被电话铃吓得从床上一下子跳了起来。

"德波拉,放心,不过是电话响了。"丈夫说道。

"但是,布鲁诺,这才是早上四点半呢,要是有人打电话肯定没有什么好消息,真是倒霉……"

布鲁诺从床上起来,走到客厅去接电话。德波拉战战兢兢地跟在他后面,浑身一阵寒冷,那是一种莫名的害怕。

"是谁?"布鲁诺问道。

"布鲁诺……是我,汉斯……"

"汉斯,怎么了?"布鲁诺顿时清醒过来。

"老畜生死了。"

"我的上帝!"这个音乐家顿时惊呼道。

"上帝跟他的死可没有什么关系,是我们自己办到了。"

布鲁诺觉得浑身顿时涌起了一阵暖流,内心的寒意都被统统驱除了。

"布鲁诺!布鲁诺!你怎么了?"德波拉问道。

"好了,你去睡吧,我就回去。"

"但是,布鲁诺……"女人抱怨道。

"照我说的做!"小提琴家不耐烦地吼道。

汉斯在电话里听到了朋友和妻子的对话,心中非常理解朋友此时心中难以抑制的激动。

"汉斯,你肯定吗?"布鲁诺担心地问道。

"是的,老畜生已经不在了,我们已经把他解决了。"

"我们有能力做到,我们总算是做到了……我总算是可以安息了。"

汉斯用沉默肯定了朋友的这番话。

梅赛德斯睡得很沉。她总是需要吃安眠药才睡得好,因为最近的这几个月她不花上一个多小时根本就无法入睡。

电话铃声不停地吵闹,总算是让她听见了。

"是……"

"梅赛德斯?"

"是的……"

汉斯觉得自己的朋友似乎是有气无力的,这让他很担心。

"你还好吧?"

"谁啊？"梅赛德斯总算从梦境里清醒了一点,问道。

"我是汉斯。"

"汉斯？汉斯……我的上帝啊,发生什么事了？"

"好消息,所以我才这个时候给你打电话啊,我看你睡得还真香呢。"

"汉斯……快说吧。"

"老畜生死了。"

女人的惊呼更像是哀号,那是从她内心深处迸发出来的痛苦号叫。她拿起床头柜上的水杯,喝了一小口,试图让自己更清醒一些。然后,她毫不犹豫地从床上坐了起来,将脚放到了地上。

"梅赛德斯,你怎么了？"汉斯问道。

"我刚才……刚才还没有睡醒,吃了片药所以就睡着了……汉斯,你说得是真的吗？"

"是的,千真万确,他死了,他们有证据。"

"怎么做到的呢？什么时候？"梅赛德斯问道。

"刚刚通知我的。"

"但是他受到折磨了吗？"

"不知道,我还不清楚具体的细节。"

"我真希望他是备受折磨走的,他必须在最后知道自己为什么会死。她呢?他的孙女呢？……"

"还活着。"

"为什么？他的后代没有谁可以得到原谅。"梅赛德斯歇斯底里地嚷道。

"不能得到原谅,就像你说的,但是还需要把这件事做得漂亮。看起来现在继续完成任务有困难,所以他们问我们是继续在那里做,还是在这里,在欧洲,因为她准备过这边来。"

"我们怎么知道如何做更好呢？"梅赛德斯生气地问道。

"他们不是告诉过我们吗,要做好这件事情需要几个月的时间,所以他们现在办到了。那我们现在要怎么做呢？"

"让他们照我们要求的做啊,把所有合同上的要求都做完,越快越好。"

"那么……"

"汉斯,你是不是肯定啊？那个老畜生真的死了吗？"

"我肯定,梅赛德斯,这点我很肯定。"

梅赛德斯哭了起来,而她抽泣的声音也感染到了她的老朋友,汉斯再也抑制不住自己的泪水。

"梅赛德斯,你别哭啊,我的上帝,你冷静点好吗？梅赛德斯,别哭……求你了,梅赛德斯,你应该坚强一些,梅赛德斯,别哭……"

33

"梅赛德斯,别哭,乖乖的,我的孩子,你别哭啊!"

女孩拉着母亲的手,饥寒交迫地颤抖着,她连站着都很困难。卫兵使劲地把她一推,因为她在队伍里一直不安静。这支队伍里都是囚犯和他们的孩子。梅赛德斯摔倒在了地上,生生地把脸戳到了泥地上。她的母亲连忙一把把她拽了起来,生怕她会受到更大的折磨。在集中营里,囚犯们都尽量让自己不惹人注意,最好不要引起什么希特勒党卫军,或者是集中营头目的注意,否则他们随时都得准备要受苦。

母亲紧紧地抓着她的手,低声地充满焦虑地要她不要再哭了。而那个卫兵因为其他一些从队伍里跑出去的孩子也就没有再注意她,而她在这个时候也听进了母亲的话,停止了哭泣。

她看到一队希特勒党卫军的军官正在拥抱另外一队刚从轿车上走下来的军官,他们看起来很开心,而且其中的一个人对另外一个人说道,这真是让人难以忘怀的一天啊。

有那么一会儿,梅赛德斯一直在考虑那些特殊的人到底要做些什么才能把这个普通的一天变成一个令人难忘的日子。而突然之间,她就颤抖起来。

其中一个叫做古斯塔夫的集中营头目走到他们站的地方,然后命令这些孩子们在他们的母亲前面站成一排。那些最小的孩子不愿意从母亲的手里离开,但是一个希特勒党卫军军官拿着鞭子走了过去,开始一个个地抽打他们,以至于最后还是那些母亲们哭喊着让孩子们松手,听从命令。

"你们都给我听着!"一个希特勒党卫军军官大叫道,他的语气让所有的孩子们都感到害怕,"从柏林来了一个科学考察团,要见见大家,"这个军官继续说道,"你们要为科学而服务。所有的人,都给我下到那个地下室去,在那里你们会得到一个礼物,然后上来,而你们的这些小畜生们,就留在这里,我们给他们准备了其他的礼物。"

阿尔弗雷德听到他希特勒党卫军的同伴的这一番话后笑了起来,而乔治则好奇地问他,这个试验要持续多长时间。

"让我们看看这些母狗们到底能够撑多长时间。"他回答道。

梅赛德斯看到母亲对她微笑的时候，强忍住了泪水，她也想让母亲在下去之前对自己放心。母亲已经怀有八个月的身孕了，在她七个月身孕的时候被人带到莫索森集中营(Mauthausen)的一个独立特攻队里，而她竟然也奇迹般地从那个时候活到现在。她相信自己的勇气是从父母那里遗传过来的，他们都是农民，就像祖父母还有她所知道的所有祖祖辈辈一样。还有很多其他的女人都已经死了，因为她们都无法忍受这种痛苦的折磨，还有日复一日在烈日下的工作。还有一些女人在要求检查一下她们怀孕的情况之后就消失了。但是她却坚强地活了下来，而且她比怀孕前都还要消瘦，肚子几乎就没有怎么鼓起来，所以根本就没有引起别人的注意。

盖世太保是在法国把她逮捕的，当时她本来是要带着女儿一起逃跑的。她们被人用装牲口的火车押送到奥地利，到了奥地利之后又被关到一个罐装车里，不论白天或黑夜都不让她们下来。那里面还关着几百个其他囚犯，他们告诉她说只要活着就还有希望。她的丈夫是西班牙人，跟她一样，一直跟雷西斯滕西亚合作。在巴黎中心的一次与盖世太保的对抗中，他企图逃离控制的时候被人打死了。而她就变成孤单一人了，但是此时她并不知道自己已经怀孕。于是她打算逃到西班牙，去她丈夫的家里寻求庇护，而这个时候的西班牙也正逢内战。她本来要去巴塞罗那找她的母亲，因为她肯定母亲会帮助她们的。雷西斯滕西亚的首领们也同意把她送到边境，但是还没有到边境的时候，她就被捕了。

一到了集中营，她就被命令跟其他的囚犯一样脱光了衣服，然后穿上了他们给她的囚服，衣服中间有一个鲜红的三角形，里面写着字母 F。这个三角形的符号意味着他们是政治犯，而 F 则表明了她的国籍。

她自己也不知道一个孩子正在未来等待着自己。她还以为是因为恐惧、虐待、食物的缺乏和劳累导致了月经的失调。当她知道自己又要成为母亲的时候，她伤心地哭了起来，因为她很自责，不愿意让孩子从降生的第一天起就成为一个囚犯。在深深的绝望之后，她突然有了希望和生存的愿望，因为怀孕又让她重新恢复了力量：她必须坚强地活下去，为了马上要出生的孩子，也为了梅赛德斯，她们都需要自己。她们只有自己一个亲人可以依靠了，不过她还是让梅赛德斯好好记牢了自己在巴塞罗那奶奶家的地址，以便万一有一天能够从这里逃出去的话，她还可以去找奶奶。

"为什么不让那些小兔崽子们也下去？"乔治问道。

"那也是个办法，不过我们还给他们准备了另外的惊喜。他们可以去那里洗澡。让我们看看他们受不受得住。"海里西一阵狂笑着说道。

"我们下去看看这群母狗到底怎么样了。"阿尔弗雷德提议道。

这群快乐的军官从"死亡阶梯"上走了下去，他们下了几级台阶想更清楚地看到那些可怜的女人到底怎么样了，那些女人们根本就无法忍受那些不断砸在她们背上的石块。还有一些士兵在她们惊叫的时候继续把她们推过去,让她们根本就无法停下来,然后被石块碾得一个个倒在了地上。五十个女人当中有十五个因为士兵的鞭笞死掉了,剩下的还被不停地抽打,直到她们站起来,爬上那通往营地的一百八十级台阶。

夏塔尔根本就无法呼吸了,但是梅赛德斯的影子和她希望见到未出生孩子的决心,让从自己的内心里又得到了勇气。她颤颤巍巍地走着,两条腿几乎就是在地上往前拖,她强忍住恶心,尽管她觉得肚子里很疼,但是她还是努力微笑着能够往上爬。

一步、两步、三步……突然,她抬起目光看到了惊恐的一幕,那些士兵们正把孩子们也往地下室里塞。

她完全分不清梅赛德斯在哪里,但是她可以想象她是多么的害怕,她的眼泪就快要掉下来了。她挺直身体,想让女儿能够看到自己,希望能够给女儿一丝勇气去面对这么残酷的现实。她非常害怕,不知道这些希特勒党卫军们会想出什么样的馊主意来对付这些孩子们。

这个主意就是阿尔弗雷德·坦内博格想出来的,而且他的朋友们对此也拍手称快。孩子们必须拿棍子去打那些女人,就好像她们是一群驮着货物的畜生。

"她们是骡子,"阿尔弗雷德笑着说道,"你们就是赶骡子的人,你们应该更严厉一些,要是哪个偷懒活着倒下了,就要狠狠地惩罚她们,即使她是你妈妈也一样;要是你们不这么做,我就把石头压到你们身上,然后让他们一直鞭打你们直到把你们抽到上去为止。"

小孩子们被吓坏了,但是他们都不敢哭,他们知道要是谁哭了的话肯定就会被揪出来惩罚一顿。每个人都拿起了棒子,然后害怕地走了下去。那些最先踏上台阶的女人们还满怀期待地看着他们,直到理解了这个残酷的游戏到底意味着什么,这才明白那些希特勒党卫军的人脑子里都是些什么疯狂和变态的想法。

"没有打骡子的人就要受到惩罚。"阿尔弗雷德当着那些吹着口哨,大笑着的朋友的面大声吼道。

"去,去!赶快开始!"集中营的那些军官们嚷道。

孩子们惊恐地看着母亲,根本不敢扬起手中的棒子。

"梅赛德斯,用棒子打我,上帝啊,孩子,快来!"夏塔尔恳求女儿道。

突然一个女人一下子脸朝地栽了下去。一个军官走到她身边,抬起脚就踩了上去,但是阿尔弗雷德却阻止了他,并在孩子里大声地寻找这个女囚的孩子。

"唉,你!过来!"他向一个小女孩命令道,这个女孩已经都瘦得没有人形了。

这个孩子大概八岁左右,都还没有力气拿稳棍子,怯生生地朝那个希特勒党卫军的军官走了几步。

"她是你妈妈吗?"坦内博格问道。

小东西没有说话点了点头。

"那好,拿起棒子好好地给我抽她,直到她站起来为止。快去,打她!"

愣了好几秒钟,这个孩子也没有动。她根本就没有理解这个人跟他说了什么,因为她是个聋子,而且她还不能这么快通过嘴形的变化读懂别人的口语。

坦内博格看到孩子一动不动非常生气,抄起棒子就毫不留情地朝那个女人身上打去。小孩害怕地看着他,扑到躺在地上的母亲身上,而那些希特勒党卫军的军官们则在旁边哈哈大笑。

这时,一个可能比这个女孩大不了两岁的小男孩走到她们旁边,准备去帮那个女人和小女孩站起来。坦内博格气得失去了理智,用通红的眼睛盯着他,嚷道:

"你怎么敢这样!畜生!"

一分钟后,坦内博格从腰间拔出了手枪,先是一脚将那个小崽子踹到地上,然后就一枪解决了那个小女孩。小男孩躺在第三级台阶上,而他的母亲连哭号的力气都没有了。女人艰难地爬到已经没有知觉的女儿身边,但是坦内博格又是一脚踩到她脸上,他狂暴地使劲碾动脚尖,直到女人的脸上已经血肉模糊。小男孩努力想站起身来,但是他做不到,因为这个军官转身又是给他一脚,让他倒在地上也失去了知觉。他就那样无助地躺在那里,旁边是母亲的躯体还有妹妹的尸体。

"快点,骡子们!快点!走不动的都跟她一样的下场,你们,赶快去给我用棒子赶这些骡子,否则就跟这个可怜虫一样。他母亲是个该死的共产党,意大利的婊子,但是现在已经伸张了正义。这个猪一样的东西能被称作女儿吗?她简直就是个畜生!"坦内博格被这个由自己创造的场面弄得激动地大叫起来。

梅赛德斯看到自己的朋友卡罗就这样倒在地上一动不动,害怕得浑身发抖。卡罗比她要大一些,他已经十岁了,但是他从来都是那么宽容和可爱,并且告诉自己不要害怕。

希特勒党卫军的那帮人大声叫喊着,要孩子们抽打他们的母亲,梅赛德斯不禁掉下了眼泪。她不想伤害母亲,只有绝望地看着四周:没有一个朋友举起棒子。她觉得有人拍了拍自己的手臂,是汉斯,她用眼神告诉自己要坚持住。

"梅赛德斯,求你了,不要停住,动动你手中的棒子,但是不要打你自己的母亲。"

"不,不……"女孩抽泣道。

一个怀孕的女人绝望地倒地了,她发出了一声惨叫。她流产了,就在楼梯那里,被疼痛和焦虑折磨着。穆勒太太是奥地利人,是个犹太籍奥地利人,钢琴教授,本来她躲在一个朋友的家里,但是有人将她告发了,于是就在四个月前和她的小儿子布鲁诺一起被带到了这个人间地狱。

坦内博格走到她身边,冷酷地看着她。然后向一个营地的医生做了个手势。

"医生,您认为犹太婴儿会和其他的婴儿有什么不同吗?我们应该好好检验一下，我认为这头母猪再也派不上什么用场了。"

所有的人都不做声了，期待地看着，医生则走了过去，用一把外科手术刀将女人的肚子切开，丝毫不顾及女人揪心的惨叫，然后将女人的身体剖开肢解，最后她就发不出任何声音，死了。其余的医生竟然也好奇地围拢过来，看着这有趣的一幕。

小布鲁诺绝望地哭了起来，他本来想走到一边去，但是一个军官用力将他拖到母亲旁边，让他眼睁睁地看着母亲血肉模糊的尸体。

一些孩子开始呕吐起来，都无法忍受如此残忍的场景，而从柏林来的那些宾客竟然热情激昂地鼓起掌来。

爬了十五级台阶之后，夏塔尔就摔倒了，鲜血从她嘴角渗了出来。

坦内博格将梅赛德斯推到她母亲跟前。

"打她！快点！这个女人就是个畜生！是头骡子！快点打！"

梅赛德斯被吓傻了，她一句话也说不出来，不知所措地看着这个把她推过来的男人。

"打这头骡子！按照我的命令去做！"坦内博格越来越生气地叫嚣道。

夏塔尔说不出话来，她觉得自己就要死去了，但是她却无法保护自己的女儿和肚子里即将出世的孩子。她努力碰了碰梅赛德斯的手，而梅赛德斯则跪在母亲旁边放声大哭。

坦内博格走到夏塔尔身边，在她肚子上就是一脚，让她一下子就疼晕了过去，只见鲜血从她的两腿间涌了出来。然后他想举起鞭子打她，但是他抬不起手，因为手腕被人咬住了，梅赛德斯死死地咬住了他的手，逗得那些从柏林来的客人哈哈大笑。

梅赛德斯用尽力气咬着坦内博格的手，但她只有五岁，弱不禁风，只是这股不知从哪来的力量和勇气激发了她直面对抗这个真正的畜生。

坦内博格一把将她推开，摔在地上。被这么个小东西袭击了，他简直气疯了，本来掏出枪想要打梅赛德斯，结果一枪打到了夏塔尔的肚子上。他朝肚子射击，就好像那是个活靶子一样，他朝中心射了一枪，之后朝四周又打了四枪，然后他拿出了自己的军刀，就像对待一个动物一样，将夏塔尔的肚子剖开，将里面的内脏还有那个永远都不会见到人间太阳的孩子掏了出来。然后，他将这些内脏一把甩到梅赛德斯的脸上。

小女孩的哭声让人心惊，但是坦内博格并没有决定要放过她。他用一只手就把她拎了起来，然后从楼梯上扔了下去。孩子被扔到了砾石堆里，头上血流如注。

小汉斯连忙朝楼梯下跑了过去想救他的小伙伴，却没有听见母亲焦急的呼唤，她害怕这个希特勒党卫军的头子继续报复小汉斯。

一个军官将他一把抓住，根本就没让他跑到梅赛德斯已经失去知觉的身体那。

"你，小犹太人！你想跟她一样的结果吗？"

军官的行动并没有引起坦内博格过多的关注，他和那帮柏林的朋友们正兴趣昂然地看着那群妇女们是怎么在"死亡楼梯"上艰难地往上攀登。

这五十个女人中只有十六个最后爬了上来，而剩下的要么被打死在底下了，要么就是怀着绝望的心情让那些刽子手用枪将自己打死。

豪瑟太太是少数几个爬上来的女人之一，但是她也不能幸免，她知道死亡不过是在更远的前方等待着自己。她朝身后看过去，想看看儿子是不是还活着。但是当她看到儿子被一群士兵抽打时，实在忍受不住哭了起来。

马莲娜·豪瑟拼了最后一丝力气大喊出来，绝望的努力着，希望儿子能够听到自己的声音。

"汉斯，你必须活下去！儿子，你永远都不能忘了这一切！活下去！活下去！"

一个士兵一棍子将她打倒在地上，她睁开眼睛，映入眼帘的就是希特勒党卫军军官那双锃亮的军靴。

"这个女人看来心脏有病，我们应该马上给她开刀。"那个穿着一身令人憎恶的黑色军服的金黄头发、天使面容的士兵说道。

一个军官将她从地上拖了起来，和剩下的其他妇女一起，拉到了医务室。刚从柏林来的医生们还有他们在莫索森集中营的同事一起准备着，要给这些本来什么病都没有的幸存女人们开刀。

"我们还需要浪费什么麻醉剂吗？"一个助理护士问道。

"给她打的剂量保证不乱动就可以了，我可不希望动着手术还有人乱喊。"一个医生回答道。

她们将马莲娜·豪瑟放在一张病床上，然后将她的手脚都绑了起来。她觉得手上被扎了一针，然后就有些困意了。她没办法抵抗沉沉的眼皮，只有闭上了眼睛，但身旁发生的事情她听得真真切切。手术刀划开了她的胸膛，她的脸已经被痛苦完全扭曲了，可她愣是一声也没吭。这样的疼痛是无法忍受的，她无助地流着眼泪，恨不得死了才好。

即使这样她还没有忘记给儿子祈祷。如果上帝真的存在，那么就请他保佑儿子能够活下去。

在她最后呼吸了一次之后，她感觉自己的心脏被人取走了。

马莲娜的尸体被这些所谓的医生们肢解了，他们迫切地想了解人类的身体上那些最为隐秘的地方。

一个接着一个，所有在"死亡楼梯"上幸存的女人都被冠以莫须有的病情，然后统统被解剖了。她们的心脏、大脑、肝脏、肾脏……所有鲜活的器官都被医生们切成了碎块。

那些人还将楼梯上死掉的那些女人的尸体拿来娱乐。甚至把那个意大利聋哑女孩的脑袋切了下来，为了研究研究这个可怜的女孩耳朵到底跟其他人有什么不同。

同时这些军官按照坦内博格的指令，让这些孩子们脱光了衣服，走到了淋浴房。一坦克的泥土夹杂着冰水，哗哗地从他们的脑袋上砸了下来，这是坦内博格为柏林来的贵客准备的最后一个娱乐项目。

一些孩子被冻死了，还有一些被冻僵了。只有不到六个孩子幸存了下来，尽管他们不久之后也还是得死。

这晚坦内博格给这些贵客准备了一桌非常丰盛的晚餐，但是没有一个人在餐桌上讨论真正重要的话题：德国马上就要成为战败国了。所有人都表现得好像很轻松，似乎他们的军队是最强大的，可以将整个欧洲都收服于其掌下。但是，之后，当阿尔弗雷德·坦内博格单独留下了乔治、海恩里希和佛朗茨，他们才互相坦率地交流了自己担心的事情。这个时候他们才敢将那些永远都不会在圈子之外的人面前说的那些话摆上桌面，并且开始考虑如果希特勒真打输了，他们应该将自己的退路准备好。

"我告诉你们啊，"乔治说道，"我希望你和海恩里希能够做好准备。佛朗茨那边，我已经告诉他要准备转移总部了，依靠他父亲和我们的影响力应该能够办到。唯一不能做的就是回到前线。"

"你就那么肯定我们会输？"阿尔弗雷德不安地问道。

"我们已经输了，我估计你也不会相信那个戈培尔的宣传吧。我们的部队都开始解散了。希特勒已经不是从前的样子了，他已经无法掌控现在的局势了，他身边的人因为实在害怕也不敢告诉他真相。我们还是实际点好，我们必须要面对现实：盟军决定要将德国置于死地，而我们也要为我们对富勒的忠诚付出代价，所以现在要做的事情就是好好计划逃跑的路线了。你们也认识我舅舅的，他可真是个有智慧的人。在战争之前，他的一个美国同行就邀请他去美国，去他们学校的一个政府秘密实验室工作。于是我舅舅就在那里研究了好几个月的导弹，这个导弹就可以将这场战争做一个了结，我估计这也就是个时间的问题了。但是我们还算幸运，他的美国同事还算讲义气，千方百计地跟他联系上了，准备要帮他离开德国，因为他们国家有一些很有权势的人准备出资，并且宽恕那些愿意跟美国合作的科学家。我舅舅一开始还很害怕，但是他把这件事告诉了我。我鼓励他继续跟他这个朋友联系，因为他对于我们的出逃很有帮助。"

"但是，乔治，我觉得他不一定会把我们也一起救出去啊。"海恩里希说道。

"我们当然也应该开始准备我们自己的出逃计划。"阿尔弗雷德打断他道。

"我们需要新的身份……"佛朗茨说道。

"我已经派人在准备，几个月前我就为我这些特别的朋友开始准备伪造的文件了，"乔治笑着说道，"在秘密机关里工作的好处就是能够让你认识一些具有非凡能力的天才。我会给你们准备好新的身份,这个就交给我了。最重要的就是你们要准备好,随时通知就可以离开。你,佛朗茨,也到过了前线知道情况;但是海恩里希和阿尔弗雷德嘛,我会随时给你们通报战况,看来阿尔佛雷德还不相信德国会被打败呢。”

“我们这边是没有什么问题的。”海恩里希替自己和阿尔弗雷德说道。

“我也得到了通行证,所以现在也不会有人在前线召唤我,明天我们一到柏林,我就要求迁徙。”佛朗茨说道。

“妥了,”乔治说道,“现在我们就想想,离开德国之后我们应该做什么了……”

梅赛德斯还在昏迷。卡罗、汉斯、布鲁诺都在担心地看着她,生怕她有生命危险。他们都是在奇迹中幸存下来的,他们被扔在那些冰冷的楼梯下面,跟他们的母亲一起,被人误认为都已经死了。所以当那些重要的人都聚在医务所看如何解剖那些女人们时,其他人也就没有兴趣再去管那些“死亡楼梯”里的尸体和那些扔在那里半死不活的重伤的孩子了。

汉斯想去救梅赛德斯的时候被一个士兵踹晕了过去,但是即使是在那种昏迷的状况下,他还是听见了母亲要他坚持活下去的叫喊声。

一队囚犯被派去清理那些尸体,他们尽力将这些孩子们也挪到了一个囚室里。那里有一个叫做莱西的波兰医生,他努力将这些孩子们从死亡线上拉了回来,他用一块沾了水的布将他们身上的血迹擦了下去。

这个女孩的伤势是最严重的。她一直处于昏迷状态,而那个波兰医生也低声地说道,他不看好她的状况,而且他现在也没有什么药物可以用来治疗她。医生想到,因为这几个孩子已经失去了母亲,而特别是那个女孩很有可能被杀,或者把她送去那个几乎没有病人能够活着出来的医务室,所以他们就收留了他们。

波兰医生用其他囚犯用来补衣服用的针线把梅赛德斯头上的伤口缝合了。还有一个狱友,是俄罗斯人,不知道从哪里弄了一点伏特加给医生,让他用来给小女孩的伤口消毒。小女孩哼哼着,重新感到了疼痛,但是还是无法从因为受到撞击而引起的昏迷中清醒过来。

突然一个狱友意识到他们将一个女孩藏在这里的后果。

“如果她被人发现了,那么她的后果将很难想象,而且我们……”

“那你有什么建议,难道把她交给集中营的军官吗?那个婊子养的古斯塔夫肯定会用他那双巨手将她掐死的。我倒是犹豫是不是应该把她交给那些女人和孩子们原来的那个营地……”医生回答道。

“头发这么短,其实谁都分不出来她到底是个男孩还是个女孩。”另外一个人说道。

"但是你们都疯了吗！要是她被发现，我们肯定会被打死的！"一个上了年纪的人说道。

"我是不会把她交出去的，你们愿意怎样就怎样办吧。"波兰医生说道，继续清洗着小女孩头上的鲜血。

这个女孩让他想起了自己的女儿，他都不知道自己的女儿是不是有幸还能够活着。他的一些朋友们向他保证会照顾他的妻子和女儿，但是他们做到了吗？还是她们也在一个像莫索森集中营这样的地方呢？如果真是这样的话，那么只有祈求上帝能够发发慈悲了，同样他也要祈求上帝，让他保佑这个还没有恢复知觉的可怜的小女孩能够活下去。

"求你们了，不要把她交出去。"

人们看着这个几个小时前还试图保护自己母亲和姐姐的小孩。

"你叫什么名字？"医生问道。

"卡罗·希皮亚尼，先生。"

"那好，卡罗，你们要帮助我们以免你们被人发现。你们要尽力不让任何人注意到你们，要想逃过那些军官的眼睛是很困难的，但是也不是完全不可能。"波兰人向他解释说。

"好的，先生，我们会做到的，对吧？"卡罗对他的伙伴布鲁诺和汉斯说道。

孩子们点点头，在这个世界上他们除了要保护梅赛德斯也没有其他的任务了。然后他们就坐在地上，靠在梅赛德斯躺着的那个不舒服的床旁边，期盼着她能够活过来。他们其实也都受了伤，但是流血最多的地方，还是心灵。刽子手们当着他们的面将他们的母亲残酷地杀害了，但是他们却那么无助，根本没办法能够阻止。

那个夜晚，梅赛德斯就在死亡线上迷迷糊糊地徘徊着。第二天一早，医生肯定地说，她奇迹般地醒了过来。

卡罗拉着梅赛德斯的小手直到她睁开眼睛，而汉斯和布鲁诺也都是跟他一起在那里看护了梅赛德斯一整个晚上。三个小男孩一直在祈祷，恳求上帝对他们的朋友发发慈悲。医生对他们说，上帝一定听得见他们的要求的，所以把她从黑暗中拯救过来了。

当军官去那间牢房，命令里面的人出来列队的时候，还真的没有发现躲在角落里的这几个受伤的小孩子。

他们将梅赛德斯用毯子盖了起来，所以肯定是不会有人看到她的。而且只要她不动，也不会有人特别跑到床铺边查看这上面为什么会鼓起一块。

当其他人都走了之后，汉斯连忙喂了点水给梅赛德斯喝，小女孩则很感激地看着他。她头很疼，而且还一直处于眩晕的状况，但是最可怕的是，她的心里感到一种深深的恐惧。她可以感觉出嘴边鲜血的味道，感觉出那些希特勒党卫军的人把死去的哥哥扔到自己脸上时,他鲜血的味道。

"我们要把他杀掉。"卡罗说道,而他的三个朋友则期待地看着他。

他们由于自身的伤痛都无法靠得更近,所以也没有听清这个男孩低声的喃喃自语。

"杀掉?"梅赛德斯问道。

"我们要干掉他,那个让人杀害我们母亲的人。"卡罗振振有辞地说道。

"而我的小弟弟也已经……已经不会来到人世了。"梅赛德斯的眼睛里又含满了泪水。

尽管在心灵上承受了巨大的伤痛,汉斯、布鲁诺和卡罗都没有掉一滴眼泪。

"我母亲告诉我,如果你非常想得到一件东西,那么你一定可以得到。"汉斯腼腆地说道。

"我希望我们能够杀了他。"卡罗说道。

"我也是。"布鲁诺说道。

"还有我。"梅赛德斯肯定道。

"那么,我们一定要杀掉他。"汉斯最后一个表态,"但是要怎么做呢?"

"只要我们具备了这个能力。"布鲁诺回答道。

"在这里估计很困难了。"汉斯指出了问题的关键。

"那么当我们离开这里之后,我们不会在这里待很久的。"布鲁诺说道。

"那怎么可能,我不认为我们能够活着从这里出去。"汉斯悲观地说道。

"我母亲说盟军就要胜利了,她知道的。"布鲁诺说道。

"谁是盟军?"梅赛德斯问道。

"就是那些对抗希特勒的人。"汉斯回答道。

"那我们就发誓。"卡罗建议说。

他们将小手搭在梅赛德斯的手上面,闭上了眼睛,清楚地意识到了这一刻的神圣。

"我们发誓要将这个杀害我们母亲和兄弟的混蛋杀死。"

孩子们重复着卡罗的话,互相用眼神鼓励着对方,坚定了这个将影响他们一生的誓言。他们将手紧紧地握在一起,更加加强了誓言的力量,也给了自己勇气。

剩下来的时间,四个孩子就幻想着如何将这个人杀掉,讨论着在什么时候,用什么办法将他解决。晚上狱友们回来的时候,看到他们又冷又饿的非常可怜。但是突然他们眼睛一亮,惊喜地发现,不知道为什么这几个小东西由于伤口感染的高烧已经退去了。

波兰医生给他们检查了一下,但是脸上却露出了担忧的神色。梅赛德斯头上的一个伤口已经感染了。于是他又用那个俄罗斯狱友贡献出来的还剩下的一些伏特加给她的伤口又消了消毒。

"我们还需要药物。"医生说道。

"你就别再伤脑筋了,这里什么也干不了。"另外一个波兰囚犯说道,他是个矿藏工程师。

"我决不放弃!我是个医生,只要还有一口气在,我就会为这些孩子们的生命斗争到底!"

"你们不要急。"另外一个波兰人说道,"这个人,"他指着那个俄罗斯人说道,"他认识那些清扫医护室的人,没准他可以求他们弄些什么过来。"

"但是我现在就需要啊。"医生抱怨道。

"给我们点时间。"他的朋友说道。

天快亮了,医生觉得自己的胳膊被什么压住了。他这才发现自己由于只顾着照顾孩子们睡觉,在他们身边不知不觉地就睡着了。而他的朋友和那个俄罗斯人交给了他一包东西,然后他们俩就回到自己床上去了。

医生小心翼翼地将这个包裹打开,差点就要惊喜地叫了出来。里面有绷带、消毒剂、镇痛剂,都是医生做梦都没有想到的急需医药品。

他小心翼翼地爬了起来,生怕把其他人吵醒,然后看看那四个孩子正甜甜地睡着。他将包在梅赛德斯头上的那块破布解开,重新将伤口又清洗了一遍。梅赛德斯从梦中惊醒了,但是医生给她做了个手势,让她忍住疼痛不要出声。小女孩使劲地咬住自己的下嘴唇,脸上白得跟纸一样,看着医生专注地在处理自己的伤口,她硬是没有吭一声。处理完伤口之后,她接过医生递给她的一杯水还有两片药。

汉斯、布鲁诺和卡罗也同样受到了医生悉心的照顾,他们幼小的身躯上也都布满了伤痕。医生给他们上了一点麻醉药,希望他们能够好受一些,殊不知他们对疼痛早就习以为常。

"我听到一个军官说,德军形势不好。"一个西班牙共产党看到这个波兰医生给孩子们处理完伤口后肯定地说道。

"那你相信吗?"医生回答道。

"嗯,我相信。他当时是跟另外一个军官在谈话,看来他也是听从柏林来的某个军官说的。而且我还有个清扫广播室的朋友,他也很肯定地说德国人现在都很紧张,他们每天时刻都在关注着 B B C 的新闻,而且有些人还不断地问自己,要是德国真的打了败仗,他们该怎么办呢。"

"上帝会听到你说的话的!"医生大叫道。

"上帝?上帝跟这个有什么关系?要是上帝真的存在,他就不会同意有这些恶魔们存在。我从来就不相信有什么上帝,但是我的母亲相信,所以我肯定她现在是日日夜夜地祈祷,希望上帝能够保佑我顺利地 回家。但是有一天如果我们真能从这里逃脱出去,那解救我们的也不是上帝,而是那些盟军。你怎么会相信上帝呢?"这个西班牙人不无讽刺地说道。

"我的确相信，要是没有这个信仰，我就不会撑到今天。是他帮助我活了下来。"

"那你为什么不向这些可怜孩子们的母亲伸出援手？"这个西班牙人指着这些孩子们说道。

梅赛德斯一字不漏地听着两个男人的这番对话，她尽了最大的努力要听懂他们所谈论的内容。他们在谈论上帝。当她们在巴黎生活的时候，母亲有时候会带她去教堂，她们经常去萨克雷教堂，因为那个教堂离她们比较近。她们在教堂里面从来都不会待很久，通常母亲进去之后，在胸前画个十字，嘴里默默地念叨几句，然后她们就走了。母亲告诉她，上帝会保佑父亲的，她们来教堂就是为了向上帝祈祷让他保佑父亲的。但是她的父亲失踪了，所以她们必须要逃难，而上帝并没有任何举动来阻止这种情况的发生。

她思考着那个西班牙人所说的话，根本就没有什么上帝，而她自己也默默地认同了这种看法。没有，在莫索森集中营里根本就没有上帝，这是毫无疑问的。她闭上眼睛开始哭泣，但是她努力不让其他人发现，她在泪眼朦胧中看到了死去的母亲，她就那么悲惨地被人扔在了那个永远也走不完的石头台阶上。

当听到了其他人对自己的态度达成一致时，她才感到些安慰。她的这些朋友们，卡罗、汉斯和布鲁诺求其他的狱友们，让他们同意带上他们四个人，他们保证会照顾好自己，而且发誓不会让自己再哭泣，以免被敌人发现。

于是他们就留在了那个监狱里，就好像他们从刚进来的时候就是住在那间房子里的一样。对他们而言，最重要的就是不能引起任何人的注意，因为一旦梅赛德斯被人发现，所有人都会因此受到牵连，所以她肯定不会做出任何可能会伤害到其他朋友的举动。

阿尔弗雷德·坦内博格感到很紧张。因为乔治在参观完莫索森集中营之后不到一个星期的时间里，就打来了这个紧急电话，通知他和海恩里希马上去柏林。

乔治没向他解释任何情况，只是说让他第二天就启程，而且他说，一定要在第一时间就离开。

奇里斯，是莫索森集中营的指挥官，他通知坦内博格要他离开。其实这也不算什么通知，应该是硬性的命令了：坦内博格必须遵照莱西安全中心办公室的要求，和海恩里希一起前往柏林。

他们一整夜都在行进中，快要天亮的时候他们到达了柏林。海恩里希建议每个人先回趟父母家，给他们一个拥抱，然后梳洗一下，再到 RSHA 的办公室报到。阿尔弗雷德觉得这个提议很不错，他也很想抱抱父亲，听听母亲的唠叨，她看到自己肯定会埋怨怎么会这么消瘦的。

早上八点整，这两个军官就衣着整齐地出现在了乔治的办公室里，佛朗茨已经在那等候多时了。在希特勒式的问候结束后，四个朋友紧紧地拥抱在了一起。

"我们战败了,完全的溃败只是时间的问题,那些俄罗斯人已经占领了我们的地盘。希特勒也疯了,战争失败了,他在德国谁也指挥不了了。我们应该离开了。"

"那希姆勒呢?"阿尔弗雷德问道。

"我已经说服希姆勒了,告诉他我必须要去瑞士,然后在那里同我们的一帮同僚会合。鉴于战争的走势,几个月前我就劝服他认识到早做打算的必要性。所以在莱西失守以前,我们就已经在各个国家部署好了,随时准备接待我们。"

乔治从抽屉里拿出了三个文件夹,然后分别递给了三个朋友。三个人打开文件夹,认真地检查着自己的新身份文件。

"你,海恩里希去里斯本,然后从里斯本去西班牙。我们在佛朗哥的这个大圈子里还是有很好的朋友的。你的名字将会变成恩里克·戈麦斯·汤姆森。你的父亲是西班牙人,你的母亲是英国人,所以你不说西班牙语,而且你一直都没有生活在西班牙。那里有我最好的一个朋友,他在很久以前就已经负责开始阻止一些必要的基础设施建设了,就是以备我们战争失利之后过去发展。他是我在大学时候的好朋友,他的名字是爱德华·克里恩。"

海恩里希表示赞同,眼睛却还盯着那份新的身份文件认真检查着,因为这将永远地把他变成了另外一个人。

"我怎么去里斯本呢?"

"你明天下午坐飞机过去,希望盟军的飞机不会把你们打下来。"乔治笑着说道,"名义上你是要去我们在里斯本的使馆,然后你在那里会得到武官衔参赞助手的任命。但是一旦战争宣布结束,你马上就要离开那里,在那之前,你必须要跟我那个朋友爱德华取得联系,他会帮你准备好去西班牙的一切工作。你先去马德里,然后他会告诉你接下来的行程安排。爱德华的工作相当出色,这些西班牙的文件都是真的。我们佛朗哥圈内的这些朋友都是相当厉害的,只要有足够的钱摆在桌上,没有他们办不到的事情。"

"我呢,你是要把我派到巴西吗……"佛朗茨边看他的新护照边问道。

"是的,我们必须去到那些没有人能够找到我们的地方,但是那里还必须有我们自己的朋友,那里的政府还必须很好说话,而且跟我们没有任何利益冲突才可以。巴西就是个很好的避风港。那里有我的另外一个非常好的合作伙伴。他也是个非常有能量的人,跟爱德华一样,他也花了好几个月的时间为大家准备一个舒适的环境,以免像咱们这样重要的人物,最后却落到在监狱度过余生的悲惨遭遇。"

"可我不会说葡萄牙语。"佛朗茨抱怨道。

"那有什么办法!这可是个好归宿,弗朗兹,你就不要再抱怨了。唯一让人觉得遗憾的就是我们不能一起去一个地方。那样做当然是很愚蠢的疯狂举动,很不明智。"

"你说的有道理，乔治。"阿尔弗雷德说道，他对自己的新身份显然十分满意。瑞士当然也是不错的，但是他的目的地却是开罗。

"那你呢，乔治？"佛朗茨好奇地问道。

"我明天就走，我也跟你们说过了，我会先陪着我舅舅去瑞士，然后我在那里的一些美国朋友会把我带到他们那个神奇的国度。我的父母今天已经走了，他们在瑞士要等上一段时间，等着得到新的身份。你们呢，我希望你们跟自己的父母也谈谈，两个小时之后，一起告诉我你们还希望我为你们做些什么。我可以把他们送到瑞士去，然后给他们伪造的身份，但是我们必须要今天完成这些工作，因为明天我就不在了，而且除了你们和我自己，我也不相信其他任何人。

"你们只有两个小时的时间，马上回家，跟你们的家人讲清楚，但是一定要非常谨慎和小心，要是有其他人知道了这个状况，或者有任何不该知道的人得知了这件事情，我们就完蛋了。两个小时之后，我还是在这里等你们的消息。"

"但是希姆勒肯定不同意你消失的……"佛朗茨说道。

"问题是我并不会消失。而且我会负责检查我的合伙人给我们挑选的藏身之地都是不是合格。从逻辑上讲，我们在美国也一样有很多朋友，而且其数量之众，简直超乎你们的想象。"

阿尔弗雷德不耐烦地等待着父亲的答复。父亲沉默不语地沉浸在自己的思索之中，根本就没有注意到旁边妻子焦急的请求。

"父亲，求你了，我希望你们能够离开这里。"阿尔弗雷德力劝父亲。

"我们会走的，儿子，但是我不想去太远的国家，虽然我们输了战争，但是这毕竟还是我们的国土啊。"

"爸爸，我们没有时间了……"

"也是，我们去准备准备吧。"

佛朗茨和海恩里希都没费什么劲就劝服了父母去瑞士定居。而且他们在瑞士银行早就开有账户，所以在这样一个邻国生活根本就没有任何问题。

乔治将他那一大堆组织材料都拿了出来进行整理，因为两个小时以后，当他的朋友们到他办公室来的时候，他们所有人和家属的文件都已经签署完毕了。他们必须今天下午就离开，或者最晚也是当天的晚上离开，因为他坚持认为战争马上就要结束了。

然后他请朋友们去他家里吃午饭。

"好了，现在我们需要考虑一下第二部分内容，也就是当我们离开这里之后要做些什么。"

"结婚。"佛朗茨毫不犹豫地说道。

"结婚？"海恩里希问道。

"是的，我跟阿尔弗雷德谈过了，这是最为明智的做法。我们必须立刻跟一个我们所藏身国家的女人结婚。当然他是不可能了，因为他已经娶了格列塔，但是这的确是个好主意。"

"那你们就结婚吧，但是我可对这种夫妻关系没有兴趣。"乔治说道，朋友们对此也没有任何评论。

"我倒是有个计划向你们建议的。"

阿尔弗雷德的话一下子将朋友们的胃口吊了起来。大家都知道他智慧超群，就是在最困难的情况下他都能想出些新鲜的点子。

"我们的父母都有钱，所以我们也不用担心他们，但是我担心我们可能会没有足够的资金来维持我们的生活。没错，我知道我们自己也有一些钱，都是这些年攒下来的，但是我们也不能将这些钱统统都带走。此外，我们也不知道将来会发生什么事情，也不知道那些战争胜利的一方会花多大的力气来追踪我们。我们都是希特勒党卫军的官员，我们的名字也是广为人知的，我们不是平民百姓，我们的父母也不是。所以我估计父母们需要在瑞士居住的时间比他们想象得要长很多。而且，我担心一旦大家要开始寻找……这些事件的责任人，我的意思是人们认为我们应该对这里所发生的一切负一定的责任。我想说的是，我们必须要建立起自己的生意网络，而且我向你们保证这个生意一定很有赚头。"

他们期待地听着阿尔弗雷德的建议，毫无疑问他的这个主意对大家都相当有帮助。

"我们从事艺术品生意吧，就是古文物生意，正合我们的职业，不是吗，我们都是考古学家。"

"好了，阿尔弗雷德，那到底是干什么？"佛朗茨不耐烦地问道。

"我的目的地是开罗，乔治在波士顿，你去巴西，海恩里希则去西班牙。多完美啊！"阿尔弗雷德就像完全是对自己在说话一样。

"详细解释一下。"乔治说道。

"那些从哈兰老人那夺来的泥板还在我手上，还有其他一些泥板和物品。你们还记得吧？"

"是的，当然喽。"海恩里希回答道。

"那么，我们就可以把这些文物都卖掉啊，它们绝对是任何收藏家做梦都梦不到的世界珍品。中东和近东那里到处都是两千多年以上的文物。"

"那我们可以从哪里弄到这些宝贝呢？"佛朗茨问道。

"看来你在大学里并不是个很刻苦的学生啊。你对那些盗墓者就没有一点印象了吗？中东国家的政府腐败昏庸，不过就是钱的问题，只要有钱，随便你在哪里挖怎么挖都可以，只要有钱，挖出来的东西怎么处置都可以。甚至用钱可以将博物馆里的东西买出来,因为这些国家的人们根本就不在乎那些东西,他们对自己所拥有的东西根本就没有概念。我肯定,在这个世界上肯定有人愿意出大笔的钱准备要买这些东西, 只要有东西不愁卖不出去。所以我准备从开罗组织整个交易,我负责在叙利亚、约旦河西岸、伊朗、巴勒斯坦等等地方搜集文物,你们呢,则负责将它们卖出去。乔治,你负责美国市场,海恩里希负责欧洲,佛朗茨则负责拉丁美洲。当然要做这些事情,我们肯定是需要有人掩护的,但是这个问题到时候再解决不迟。"

阿尔弗雷德的热情将他的朋友们都感染了。四个人都尽情展开想象的翅膀构想着近期的行动规划。

"总之,我们就是要进行大规模的抢夺,我们要从那些根本就不了解自己所拥有一切价值的人手上,将所有的宝物都抢过来。"阿尔弗雷德坚定地说道。

"我们需要建立一个进出口公司,在我们定居的地方设立不同的办事处。"海恩里希建议道。

"乔治,你去了波士顿之后,要马上了解一下如何运作一个负责艺术品推广的协会。美国人不是都讲什么基金会吗……我不知道基金会是不是可以成为我们最好的掩体,无论如何我们需要一个跟艺术品相关的平台,一个协会或者基金会什么的,目的是要资助考古小组队工作,自然而然地他们的成果就落到我们的口袋里了。基金会通常都不是很透明的,所以我们可以借助这个实体向希望购买文物的人兜售我们的宝贝。"

"基金会跟公司的性质不一样。"佛朗茨肯定地说道。

"我们的这个基金会就要办成那种性质,但是不要让外人看出来。这就跟我们自己一样,看起来是一码事,其实本质又是另外一码事。我们希望得到人们的尊重嘛。"阿尔弗雷德回答道。

"但是成立一个基金会可不是一件容易的事情。基金会需要依靠银行、大学等等,而我还不确定我到了美国会碰到些什么事情。"乔治有些担心地说道。

"你会认识给你舅舅丰厚待遇的那些人,然后立刻就会接触到学术圈,他们可能会让你在秘密项目里工作……你慢慢就会认识到重要的人物。一切都取决于你怎么安排了,而且你要能够尽快融入新的环境里,要利用好你舅舅给你搭建的平台。当然,我们肯定不可能在定居的第一年或者第二年就筹措好一个基金会,因为在这之前我们每个人都必须要保证自己的生存问题。当我们肯定不会引起任何人注意之后,而且我们已经成为了当地风景的一个自然的部分之后,我们再开始推进我们的计划。在此期间,我会出去搜集尽量多的物品,为交易做准备。至于建立一个进出口公司的建议,我觉得很不错,因为在欧洲什么都很紧缺,我们已经把那里扫荡干净了,所以为了重建,那里的任何物资应该都是很匮乏的,而你不也说在美国我们的朋友远比我们想象得要多吗? 和平会给我们带来更多的财富,会让我们都变得富有。"阿尔弗雷德笑着说道。

"我们要将哈兰的那些泥板卖掉吗?"乔治问道。

"不,不用。我还要找到余下的部分。要是我们真能够找到所有夏马斯的泥板,那么我们无异于在考古学界进行了一次革命,此外我们还能够变得相当相当的富有。但是我们不能心急,我负责继续在哈兰进行挖掘,在那片荒漠里继续寻找,直到找到那些夏马斯所说的,根据亚伯拉罕给他讲解的创世故事的泥板。亚伯拉罕对创世到底知道多少?他那个版本的创世记跟圣经上的是不是一回事呢?我只能对你们说,没有找到剩下的泥板,谁也说不清楚。我一旦拿到了这些泥板,就可以告诉你们该怎么做了,而我们所做的事情将会让全世界都震惊的。"

"让我们露脸可不太合适啊?"乔治不安地说道。

"安静点,我可没说要我们露脸,你可要搞清楚了,再过几天我们就变成了另外的人了,而且我们总是可以找得到挡箭牌啊。虽然我从来没对你们说过,但是我唯一的梦想就是要找到这些泥板……上帝,一定要让我找到它们啊!"

"你们真没必要为他那些哈兰的泥板忍这么多年。"海恩里希抱怨说,"他无时无刻不在谈论这个东西,就没有一天停止过,他简直是对它着了魔!"

"我们需要搞清楚的是我们要做什么和要怎么做。我认为最重要的是我们要想出一个安全的联络办法。至于哈兰的泥板……我会跟你们共享的,那是当然,但是现在请你们让我来处理,我要首先找到剩余的其他泥板,然后你们再做决定要怎么处理它。"阿尔弗雷德要求道。

"我觉得可以。"海恩里希表示同意。

"那富勒尔怎么办呢?"

"我觉得你不应该是那么感情用事的人吧,佛朗茨?我们也不是。我们可不能跟失败者建立什么合作关系。他对德国虽然有着伟大的计划,但是却不知道怎样赢得战争,所以说服我们跟他合作就太荒谬了。"乔治冷冷地回答道。

"但是他在哪里呢?"佛朗茨不死心地问道。

"看起来他似乎被说服定居在布恩克(Bunker),我也不知道,当然我也不关心。我跟你们一样,都要离开这里了。你们难道认为他还会关心我们的任何事情吗?赶紧把我们能够带走的东西带走,这才是我们应该关心的。他在历史上已经得到了他应有的位置了。"

他们分手了,大家都知道在短时间想要再见是很困难的事情,但是他们还是发誓对其他人忠诚,至死不渝,同时也都因为阿尔弗雷德所提出的生意方案感到有些安慰。他们就要准备去掠夺了,要将中东和近东心脏里所有值钱的文物统统抢走,不管这些东西原来是属于谁的,他们都准备好了要将它们卖给愿意出大价钱的买主。因为他们确信世界上还有很多对这些文物虎视眈眈的收藏家,他们有大笔的钞票,而且迫切希望将这些普通人难得一见的、世界上独一无二的珍宝据为己有。

莫索森集中营的春天还远没有到来。天气很冷,囚犯们更是死多活少。活下来的人发现卫兵们都有些惶恐不安,他们大概知道要发生点什么事情。最后这段日子里,看守们变得愈发地残暴,随便有点什么状况就会抓起人暴打一顿。

阿尔弗雷德·坦内博格从齐里斯办公室的窗户向外眺望,注视着集中营外面的景色。夜晚带着浓浓的寒意降临了,营地的看守们不安地搓着手。阿尔弗雷德和海恩里希提前了一个多小时就到达了莫索森集中营,然后他们立刻去了齐里斯的办公室,要将写有新命令的文件交给他。这个集中营的指挥官好奇地听着他们的讲解,但是却不敢有任何质疑。因为他知道这两个军官跟上层有着极为密切的关系,而他自己也只能通过自己的渠道再去打听,他实在不明白,为什么这两个人会被突然派遣到奥地利以外的,还不知道是什么地方去执行命令。

刚跟齐里斯告别,阿尔弗雷德和海恩里希就立刻朝他们自己的家里奔去。他们的房子都在营地附近,在一个风景宜人的、被他们称作莫索森的小镇上。

海恩里希用了不到两个小时就把行李收拾好了,他把放在这个家里所有的个人用品统统都打包带走了。最近的几年他一直住在这里,一直受到管家海恩斯的悉心照顾。当得知自己的主人,这个受过良好教育的希特勒党卫军军官马上要离开这里,而且很有可能永远都不会回来时,海恩斯的眼泪就流下来了。但是他也理解,现在不是感伤的时候,所以他还是十分麻利地帮主人把他的东西装到两个手提箱和一个大木箱子里。在离别之际,海恩里希还塞给了管家一些钱,告诉他另外找个好主人,才能让他的良好服务派上用场。

十五分钟之后,海恩里希来到阿尔弗雷德家门口,使劲地敲他的门。当他朋友走出来的时候,他意识到发生了点什么让阿尔弗雷德非常担忧的事情。之前他也知道,阿尔弗雷德的妻子格列塔还有两个月就要分娩了。

"发生什么事情了?"海恩里希看到阿尔弗雷德脸上的惊慌神情,也无法掩饰自己的担忧。

"格列塔……她的情况很糟糕,很糟糕。我派人去请大夫了。我希望她可千万不要把孩子弄掉了啊,那我可饶不了她……"

"好了,别瞎说了!让我先看看她……"

"请进,但是我可不建议你进里屋,女仆正在帮她……"

"那我就不在这里久留了,我要走了,你也一样。记住了,乔治可是说希望我们明天一早就已经远离这里了。"

"别担心,你先回柏林,然后坐飞机去里斯本,我嘛……我得看看怎么办了,但是我现在可没有别的办法了,我只有待在这里。"

"乔治说我们必须尽早离开!"

"乔治可没有一个正在待产的老婆,所以我只能尽力了,而且这个时候我也不能一个人走。"

"你必须明天晚上以前离开边境……"海恩里希坚持强调道。

"我也不知道是不是能够做得到,但是你倒是应该马上走,拜托你了,你还是尽快离开这里吧。看不到你们大家都平安地离开,我也不能放心啊。"

他们紧紧地拥抱了半天,他们两人的友谊从童年起一直延续到大学,加上后来在莫索森集中营的这些年,他们已经被这种亲密的关系紧紧地连在了一起。他尽量让自己忘记这种跟最好的朋友离别的痛苦,同样他也将他折磨和迫害的不计其数的囚犯的记忆抛在了脑后。

"我们还会再见面的。"阿尔弗雷德肯定地说。

"这个,我也很肯定。"海恩里希回答道。

医生迟到了,而阿尔弗雷德则威胁他说他会为自己的迟到付出高昂的代价。格列塔发出痛苦的叫声,而那个女仆也根本帮不上什么忙。

整整一个小时,医生在房间里忙着抢救格列塔和孩子的性命,阿尔弗雷德在厨房里则一杯水接一杯水地喝着。他并没有向上帝祈祷,因为他根本就不相信任何东西,所以这个小时里,他一直在考虑着自己怎么才能尽快从奥地利离开的计划。因为今天晚上,他无法按照乔治预先的部署离开这里。

当他看见医生站在门口,而女仆跟在后面哭哭啼啼的时候,他顿时明白发生了什么不幸的事情。他一下子从椅子上跳了起来,走到医生旁边希望他给自己一个答复。

"很抱歉,我无法救活那个小女孩,而您的妻子……坦内博格太太的身体也相当虚弱。您需要将她转到一家医院去,她流了很多血,所以如果要把她留在这里的话,我觉得她肯定撑不下去的。"

"女孩?是个小女孩?"他的眼睛已经被怒火烧得通红,气愤地问道。

"是的,是个小女孩。"

阿尔弗雷德一个巴掌抡到医生的脸上,而医生根本就无法承受下去了。他从来就没有跟一个希特勒的党卫军官打过交道,更不用说是个这样的人,阿尔弗雷德那疯狂的眼神让他觉得有一阵刺骨的寒意。

他不敢动,呆呆地站在那里,脸上通红,一方面是被打的,另一方面也是因为羞辱,他只感到耳朵里一阵无法忍受的剧痛。

"去弄辆救护车来!现在就去!"坦内博格咆哮道,"还有您!"她对女仆嚷道,"陪着我妻子一起!"

女仆连忙从厨房里跑了出去,生怕自己也会挨打。格列塔在昏迷中呻吟,呼唤着已经失去了的女儿。

救护车又耽误了一个小时才到,这个时候的格列塔已经完全陷入了深度昏迷的状态,坦内博格发现她已经临近死亡了。

到医院的时候,格列塔已经完全变成了一具尸体。医生们唯一能做的事情就是正式宣布她的死亡了。

坦内博格爆发出一种可怕的愤怒,而这种愤怒在医生和护士们看来是源于他的丧妻之痛,殊不知更重要的是,他是因为耽误了预定的逃跑计划中最为宝贵的几个小时。

现在他应该做的就是要通知格列塔的父母,然后等他们过来将女儿安葬,而这将又要耽误他两天的时间,但是乔治已经非常明确地告诉他,现在的状况是:已经进入了倒计时阶段。但是至少,他心里想道,佛朗茨和海恩里希都将按照预定的计划离开。他自己却必须等到将格列塔安葬之后才能离开,否则他将会闹到跟他那个位高权重的岳父翻脸的局面。他的岳父名叫佛里茨·赫曼,惹恼了他就跟惹恼了希姆勒一样糟糕,而且在德国还没有完全被攻陷的状况下,这些人绝对可以左右这个已经陷落了的莱西的局势。

他带着格列塔的尸体回到家里,命令女仆将格列塔的尸体用布包好。他并没有感到多么的失落,尽管这个女人的确可以被称作一个忠诚而热情的妻子,她一直放纵着阿尔弗雷德的个性,任由他胡作非为却从来没有任何疑义,更加不会抗议。他们推迟了这么多年才怀上了这个孩子,一个女儿,医生是这么说的,而格列塔对此也感到非常幸福。他当然也很高兴,因为自己马上就会有继承人,而他更关心的是格列塔的肚子里怀的到底是不是儿子。他把这个孩子想象成一个金发、皮肤非常非常白皙、蓝眼睛、微笑着、非常幸福的孩子。

莫索森集中营的指挥官一听说阿尔弗雷德的妻子格列塔去世之后,立刻表现得十分关心。他担心地询问阿尔弗雷德,推迟执行在奥地利之外的任务是不是要紧,但是坦内博格并没有回答他这个问题,只是通知他,自己的祖父佛里茨·赫曼,也就是希姆勒身边最为亲近的人马上就要过来了,要他准备好一切礼数迎接他。

齐里斯明白他这个消息的重要性,也没有再刨根问底,而是透露给他一个秘密。

"我得到最新的消息,是从柏林打过来的电话。红十字会要求希姆勒同意他们来探访莫索森集中营。他们已经努力了好几个月想进到集中营里工作了。而我的一些朋友们也向.我肯定地表示,我们莱西的统领也希望跟盟军商量一下出路的问题。我担心要是都陷落了的话……俄国人已经占领了德国相当多的地方,盟军也正准备要攻下德国,我估计您也应该了解到了这些情况,我没有说错吧?"

坦内博格没有回答,只是沉默地站在那里,死死地盯着这个集中营的指挥官。

"很遗憾您要离开了,因为党卫军马上会派一队人马过来帮助我们将整个营地腾空,我们也必须解散掉一部分囚犯。看起来应该是这个样子的……好吧,这也不过就是个犯人的集中营。哈特海姆的城堡马上就会成为一个孤儿院。我们必须消灭掉所有毒气室、焚尸炉……的痕迹,总之,我们有一大堆非常艰巨的工作要做,如果您不能助我们一臂之力的话,我将非常遗憾,因为上级留给我们的时间实在是不多了。"

指挥官并没有让阿尔弗雷德改变沉默的态度。但是他应该也不难看出,自己所说的这些话对于阿尔弗雷德而言,根本就不是什么问题。

当看到他们女儿格列塔和未出生的孙女尸体的时候,佛里茨·赫曼和妻子都失声痛哭了起来。莱西马上就要彻底沦陷了,而坦内博格感觉到,自己这个过去声名显赫的岳父现在似乎根本就没有任何意思要挽救自己。他也没有告诉岳父自己要走的事情,只是说他被推荐到一个军团里,不论发生什么事情,这个党卫军团都会活下去,并且在未来的某个时候他们将重振德国的雄威。

佛里茨·赫曼含着眼泪听阿尔弗雷德讲解着。

当他伤心欲绝的岳父岳母跟他告别回到柏林的时候,坦内博格顿时感到一阵轻松。他终于可以着手安排自己的逃亡计划了,因为很明显根本就没有时间可以浪费了。

他将乔治给他的文件找了出来,将他们小心地放在一个皮包里。然后他拿上另外一个装着那两块从哈兰掠夺过来的泥板和几件衣服的小包,还有另外两袋东西,就准备从此离开莫索森,远走高飞了。另外的那两袋,一袋是美元,一袋是他在集中营从那些囚犯身上搜刮来的各种珠宝首饰、手表等等。

一个司机开着一辆轿车等候在他家门口。他没有跟女仆告别,也没有跟那个将把他送到瑞士去的士兵打招呼就跳上了车。

当他们抵达边境的时候,他顿时松了一口气。到了瑞士之后,他要立刻去找自己的父母,但是即使在瑞士,也不能停留太久。一旦跟乔治预先安排好的联络人联络上之后,他就会立刻奔赴开罗。但是首要做的事情还是要去瑞士,然后从那里找朋友给自己弄个新的身份。

他的父母已经在市中心附近一个隐蔽的酒店里安定下来了。这些日子里,全世界各地都是警察,都在尽可能地找信息,但是这个地方却是个让人羡慕的平台,可以清晰地看到第三帝国会落到一个什么结局。

母亲放心地拥抱了他,父亲也毫不掩饰见到他的宽慰之情。但是听说格列塔由于分娩去世,还有未出世的孙女也没有了,母亲再也忍不住,伤心地哭了起来。

"你在这里还要待多久?在柏林的时候你只是告诉我们,我们会在这里见面,而你被派到另外一个特别军团。"父亲问道。

"我在这里不会超过两天,我需要这段时间找架飞机送我去里斯本或者卡萨布兰卡,然后从那里去开罗。"

"开罗?为什么你要去埃及?"

"父亲,不用我来告诉你我们战争失败的事情了吧。"

"不准你这么说!德国还会胜利的!希特勒永远都不会投降!"

"得了，父亲，你之所以愿意来瑞士就是因为你已经感觉到了现在的局势发生了变化。"

"我答应过来都是因为你，你劝我说在这里等待战争结束更好一些，但是并不意味着我就承认了德国的战败。"

"那好吧，你尽早决定，这样对全家人都好。我知道你希望在战争结束回到德国，但是我要是站在你的位置上，我就不会那么做。盟军肯定会千方百计地将那些希特勒身边的重要人物都一个一个地找出来，然后像审判富勒一样地审判所有人。所以你最好还是接受现实，我也是因为这个原因才打算去开罗的，我要在那里开始我的新生活，我将把这里的一切都放下，我已经不能再为德国做任何事情了。"

赫尔·坦内博格满心的沉重，他将信将疑地看着儿子。

"那你也要抛下我们了？"母亲直接地问道。

"从某种意义上说，是这样的。我不能把你们一起带走。要是你们还把我当回事的话，那就请你们还是留在瑞士。爸爸，我给你们留下足够的钱，能够让你们安度晚年。如果你战后回到德国，那么您将失去一切。"

"你以后还会跟我们联系吗？"母亲问道。

"是的，我会尽力联系你们告诉你们我的近况，也会询问你们的情况。但是我弄不清楚我到底什么时候才会有这个机会，或者怎么样才能够联系上你们。因为我只能秘密地做这一切：我需要改变姓名，我要有一个新的身份，所以要想固定跟你们取得联系肯定是很困难的。但是我会尽力这么做的，只要没有危险，当然也不会给你们带来危险的时候，我会联系你们的。"

母亲又哭了起来，而父亲则围着房间开始踱起了方步，嘴里还一边喃喃重复着儿子刚才所说的话。

"我已经跟乔治的父母、海恩里希的父母谈过了，佛朗茨的父母都在日内瓦。"他说道。

"我知道，乔治把一切都安排得非常妥当。你们在这里会生活无忧的，这里有很多的国人，有很多你们认识的朋友。我要是你的话，父亲，我就会考虑怎么开始做做生意，做点什么在瑞士允许做的事情，然后让你自己充实起来。或者做得更绝一些，大声向众人宣布，你已经对希特勒绝望了，这个人将德国引向了灭亡，你觉得自己受到了欺骗。"

"但是这也太卑鄙了！"

"这是接受现实。过不了几个月，希特勒就会完蛋了，盟军肯定会审判他，并且将他绞死。他们会将所有跟他合作过的人都找出来，跟他一起被绞死。所以现在正是时候，你要跟他保持距离。"

"我还以为在党卫军的队伍里你学会了什么是荣誉呢。"父亲不满地说道。

"但是我所学到最有用的就是要生存，而这也正是我要做的事情。"

"那你要去开罗干什么呢，儿子？"母亲温和地问道。

"尽快结婚！"

"我的上帝啊！但是，孩子，你不是四天前才死了妻子吗?！"

"我知道，妈妈，我知道。但是继续服丧也没有什么用了。我不再是阿尔弗雷德·坦内博格，我需要开始新的生活，就是因为这个我才需要找个人能够让我更好地适应我的新身份。"

"你不再姓坦内博格？你对你的这个姓氏感到耻辱吗？"父亲的脸气得通红。

"不，不，我不是因为这个姓氏而感到羞愧，但是我要是不想被人打死就必须换一个姓名。所以在我们知道莱西沦陷后到底会是个什么状况前，我们都需要尽量不引人注意。但是作为一个党卫军的军官想做到不被人发现本身就是件很困难的事情。"

"孩子，"母亲继续说道，"告诉我们你要在开罗干什么，你需要些什么，随便什么都可以跟爸爸妈妈张口……"

"我需要钱，瑞士法郎，美元，所有你能给我的，父亲。至于我要去干什么……嗯，我们几个人，海恩里希、乔治、佛朗茨还有我，我们达成了一致意见，只要什么时候有可能，我们就会建立一个进出口公司，有可能是关于文物方面的。但是这当然是很久以后的事情了，首先还是需要到开罗，跟乔治预定的联络人取得联系，然后就掩藏在人海之中，直到战争完全结束。我其实也不知道将来要怎么做，我必须随机应变，但是请你们放心，因为要成为另外一个人最好的办法就是成立另外一个家庭，这样他们就可以收留我，保护我。这也是我到了那里之后为什么需要马上结婚的理由。"

这天晚上，阿尔弗雷德跟父母还有兄妹一起吃了晚饭，在座的还有乔治和海恩里希的父母。父母们知道了孩子们的决定后，所表现出的担心都是一样的，只不过乔治的父母稍微好受一些的是，乔治是跟着他的舅舅一起去了美国的。

所有人都不愿意变成流亡的人，大家都在讨论着在战争结束之后如何返回德国。他们都认为盟军最后肯定不会再审判任何市民了，因为如果要这么做的话，那将意味着会有相当一部分的德国人都被送上审判席。

"你们走着瞧吧，指不定今天哪个监狱里关着的某个政治犯就会成为德国未来的领袖呢，别看他现在是关在监狱里，他可是恨得牙痒痒地要将这帮希特勒走狗送上西天的，要是他哪天得势了……"阿尔弗雷德评论道。

两天之后，阿尔弗雷德·坦内博格就和父母告别了。但是他的心里很清楚，这一别就是永别了。但是他没有回头路可以走，更不可能回到德国，所以不论父母的目的地是哪里，跟他要走的路也是永远都不可能重合的。

当他的飞机在开罗的大地上着陆时，他觉得心里一阵难受。从这一刻起，他后半生的新生活即将开始,而一切都是未知数。他这一路上都是用自己真实的身份证件,完全是按照乔治给他的建议去做的,因为乔治也提醒过他,只有他自己的直觉认为真的到了那个时候,才可以用伪造的身份证件。也就是说,当德国已经完全被打败之后,他还以德军军官身份出现的话,那么被捕也就是时间早晚的问题了,几个星期或者就几天。

他坐了辆出租车来到美国使馆附近的一家不太显眼的酒店。他在心里微笑着,因为他觉得他们怎么也不会怀疑到一个希特勒的党卫军军官竟然会住在离他们那么近的地方。

这家酒店满是陈旧的味道,里面的客人也大多是来自欧洲的:有流亡者、间谍、外交官还有游客。他将自己的护照递到前台。

"让我们来看看,坦内博格先生,我们只有一个双人间了,如果您要住的话,您等于需要付两个人的费用。"前台的这个小伙子解释道,他其实已经看出来了,这个身材高大,眼神刚毅的德国男人肯定不会拒绝付双倍的价钱。

阿尔弗雷德表示同意,因为他很清楚这就是游戏的规则,抗议也是没有用的,更不用说跑出去大声指责这个酒店完全就是强盗行为。

"我觉得可以,而且我本来也就是在等另外一个人。"坦内博格故意说道。

"啊,是吗?那这个人要什么时候到店呢?"这个服务生表现出非常好奇的样子。

"到时候我会告诉你的。"坦内博格语气冷漠地说道。

这件房并不宽敞,但是从房间的窗户可以看到尼罗河。有一张大床,床头柜上有一盏台灯,还有一张可以当床用的沙发,一张桌子,两把椅子。此外,还有一个衣柜,这就是里面所有的家具了。里面还有一个卫生间。坦内博格暗暗对自己说道,在跟乔治的那个人联系上之前,也只能暂时住在这里了。乔治的那个朋友也是个党卫军军官,他还负责给其他的同志们找避难所,他们都知道现在德国的局势,都决定要出来避避风头。

其实所有离开柏林的人都得到了他们上司的祝福和帮助。乔治的工作是负责监视国外的这些秘密警察的工作,佛朗茨则需加入到南美的党卫军的编制当中,海恩里希也将成为德国在葡萄牙的外交代表,而坦内博格本人则是要在开罗跟一群很出色的秘密警察一起工作。所有人都拥有一个官方的身份掩护,而且还有伪造的身份文件,随时可以变更他们的身份。

他决定还是要更谨慎一些,所以他研究完了开罗的地图后,就开始出去寻找乔治跟他提到过的地方,去找那个联络人。他在街上走了一个小时,发现开罗竟然到处都是欧洲人。城市里混乱的状况引起了他的注意:出租车在城里穿来穿去,根本连路都不看,小车司机们的手似乎被粘在了喇叭上一样,行人们也随意穿行,对交通的危险视而不见。

当他看到餐馆上的那个标牌时,露出了满意的微笑:"卡巴布吉餐厅"。

他推开门,走了进去。一个衣着相当讲究的服务员热情地走了过来,用英语跟他问候。

阿尔弗雷德的英语说得也很流利,但是让他吃惊的是那个开罗的服务员也能说得这么好。他没有意识到这是个新客户所以他会有些困惑,还以为他是没有听懂自己的语言,于是他问坦内博格到底是要说什么语言。

"法语、德语、意大利语、西班牙语……?"

"德语。"坦内博格毫不犹豫地说道。

"啊,欢迎! 您有预订吗?"

"没有,我还没有时间预订,我刚刚到这里,而且……好吧,我的一个朋友告诉我说,这里是城里最好的餐馆之一。"

"谢谢您,先生,不过……您能告诉我您的朋友叫什么名字吗?"

"嗯,有可能你知道这个名字,是……是个跟我一样的德国人……"

"我们的客人里面都是跟您一样的德国人……不过,您先请进吧,我给您找一张桌子。"

餐厅里已经人满为患了,只是在一个不显眼的角落里空着一张桌子,服务生也正要把他引到那张桌子旁边。

他胃口不错地吃了顿晚饭,注意到旁边的食客真是形形色色。回到酒店后,他决定第二天再出去找联络人。乔治告诉他的那个地址离让哈力里区(Jan el Jalili)很近,那里是开罗的那些老手工匠加工和收藏宝贝的地方。

天还没亮,他就起床了,觉得自己充满了活力。他很想继续在城市里逛逛,去看看金字塔,甚至还可以去亚历山大旅游一下,不过他对自己说这些探险远足倒并不急着去,可以再等等。

让哈力里区原来是个城中城,里面的街道都很狭窄,道路弯弯曲曲,到处都几乎难以分辨,还有到处弥漫的浓重的香精味道让他一阵反胃。他走了很长一段距离,就是找不到要找的地方,最后才下决心要问问路人。他看到一个商店门口坐着一个男人,抽着长长的烟袋,还散发出一种特别的香味。他走上前去准备向这个人问路。这个人态度非常和蔼地向他解释应该要怎么走,离开的时候他还补充说道,他肯定不会迷路的,因为所有人都知道在开罗、在这里有一个叫做亚什尔·穆巴克的商店。

这个三层的小楼看起来比城市里其他的房子都要讲究得多。一个指示牌竖在那里,标明了这是一个搞进出口贸易的地方,而且还是个卖货真价实的古董的商店。

他推门进去后,被眼前各式各样的物品惊呆了。因为里面摆满了各种艺术品,连一厘米空地都没有,但是只需要一瞥,他就足以看出来里面大部分东西都是次品或者是赝品。一个外貌很清爽的年轻人走了过来。

"有什么可以为您服务的吗？"

"我找穆巴克先生？"

"你们约好了吗？"

"不，其实他也不知道我会今天来，但是请你告诉他我是赫尔·沃尔特先生派来的。"

年轻人把他从头到脚地打量了一遍，有些犹豫，不过还是先请他坐在旁边的椅子上，然后就匆匆上楼去了。

坦内博格等了足足有一刻钟，他意识到他们肯定是在观察自己。然后亚什尔·穆巴克才从楼上走了下来，然后笑眯眯地走到他身边。

"请进，请进，赫尔·沃尔特先生的朋友任何时候都是受欢迎的。您想到我上面的书房说话吗？"

阿尔弗雷德跟着这个人顺着楼梯爬了上去，上面有一个很宽敞的房间，里面的装饰是西欧风格，有一扇门是通往穆巴克先生的书房。不知道从哪里传来的声音，但是的确还有别人的低声言语和打字机的声音，所以很明显在这里还有其他的人在工作着。

"好吧，先生……您可以告诉我您的名字了吧？"

"哦，我还没有告诉您呢，我叫阿尔弗雷德·坦内博格，我有非常紧急的事情要求见沃尔特先生。"

"那是当然，当然的……您瞧，我会给他留个口信，通知他您希望见他，然后他会主动跟您联络。您看是让我给他留个纸条还是需要交给他什么特别的东西吗？"

坦内博格拿出了一封盖章封印好的信，然后将信交给了亚什尔·穆巴克先生。

"把这个交给赫尔·沃尔特先生，告诉他我住在国家酒店。"

"我会的，我会的，我还可以帮你做点什么吗？"

他正准备要回答，办公室的门突然打开了，进来了一个皮肤黝黑的女人，看起来跟亚什尔有点像，但是穿着跟亚什尔一样很西化。这个女人穿着一身很朴素的灰色套装，里面是一件白色的衬衫，黑色的高跟鞋，头发也是烫得卷卷的。

"抱歉，我还以为只有你一个人呢……"

"进来吧，进来……阿里娅，我给你介绍，这是坦内博格先生。她是我妹妹，而且是生意上的好帮手。"

阿尔弗雷德连忙起身，冲她弯了弯腰。他不敢伸手出去行礼，因为尽管这个女人看起来很西化，但是也许被一个男人碰在这里仍然是一种冒犯。

"女士……"

"很高兴认识你，坦内博格先生。"阿里娅一副很接受他的态度回答道。

"您的德语竟然说得这么好！"

"是的，我陪着我的妹妹在德国住过一些年，她在您的国家跟一个生意人结了婚。"

"我的妹夫是个制衣商，他从我们这里买棉花，就这样认识了我妹妹。然后……当然，就相爱了，结婚了，然后在汉堡幸福地生活着，直到两年前。战争让他们不得不离开了德国，现在他们就住在这里。"亚什尔解释道。

"而我在汉堡则待了相当长的时间，帮助我姐姐带她那四个调皮的孩子。"阿里娅解释道。

亚什尔邀请坦内博格一起喝点茶，坦内博格也就接受了，但是一边还在不停地打量着阿里娅。这个女人说不上漂亮，但也不难看，不高也不矮，但是却有些特别的魅力，当然对他还是产生了相当的磁力。就在穆巴克办公室的这一个小时里，他不停地用余光观察着阿里娅。坦内博格估计这个女人应该在三十岁左右，看起来很健康。他就在这个时候做出了决定。他要和阿里娅·穆巴克结婚，当然前提是党卫军的秘密警察能够向他确认这个家庭是值得信任的。不过这看起来应该是没有什么问题的，因为这里似乎是从德国来的党卫军人员的据点和联络处。

就在当天晚上，他就得到了赫尔·沃尔特先生的接见，其实这里的党卫军指挥官就是赫尔·沃尔特先生。

他们的年龄基本上相仿，就像双胞胎一样。沃尔特是个金发碧眼的白人，眼睛炯炯有神，雪白的皮肤现在由于过多的日晒已经有些黝黑。他的个子很高，一副运动员的体格，就是希姆勒最喜欢的那种党卫军典型形象。

沃尔特跟他讲解了一下现在埃及的局势。就像这个区域的其他国家一样，埃及人对于希特勒的事业还是抱有友好态度的，而他们对于犹太人的仇视正对了德国人的胃口。所以这个地方是很安全的，没有什么好害怕的，而通过这些年的努力，他和其他一些秘密警察已经一起建立起了一个相当完善的组织。现在看来德国似乎是要输掉战争了，但是他们需要保存实力以便有一天能够改变德国的状况。那些希特勒的党卫军们，他说，永远都不会认输的。

通过这场爱国主义的探讨，当然阿尔弗雷德感觉这时沃尔特不得不这么说的，他感到这个警察还是很友善的，他在开罗已经待了五年，游历了众多中东近东的国家为了研究这个地形，然后还分撒了大量的钱收买人心。

"亚什尔是可以信任的吧？"阿尔弗雷德突然问道。

"是的，这是当然。他是一个德国人的小舅子，那个德国人跟我们一样是个纳粹分子，为莱西政府也做出了英勇的贡献。亚什尔和他家族的其他人都很支持我们的事业，还无条件地给我们提供了很多帮助。我们完全可以信任亚什尔，就像信任我们自己人一样。"沃尔特肯定地说道。

"他是为我们工作吗？"

"他跟我们合作,给我们提供了很多有用的信息。亚什尔在整个近东都有着广阔的关系网。他是个商人,你当然知道一个好的商人需要多么消息灵通。跟他的合作都是免费的,从来都不要我们的钱。"

"我可不喜欢做了事还不拿钱的人。"坦内博格说道。

"问题是他不是为我们工作,只是跟我们一起工作,这可是有区别的,上校。"

"那他的家人呢?"

"亚什尔已经结婚了,有五个还是六个孩子,还有一些兄弟姐妹,年迈的父母和无数的舅舅姊婶、表兄还有其他的亲戚。要是你们相处得不错,搞不好哪一天他就会邀请你去参加他们的家族的神坛,我肯定那将对你是个非常特别的经历。"

"我刚认识了他的妹妹阿里娅。"

"啊,是啊,阿里娅!那可是个特别的女人,是家里的老单身汉了,她会说德语和英语,在生意上给予亚什尔很大的帮助。她是在汉堡学会的德语,她作为一个大龄的单身姨妈,给她的妹妹带四个孩子。"

"老单身汉?"

"她已经三十岁了,在埃及这里如果一个女人到了这个年龄还没有结婚的话,那她就很难再找到一个丈夫了,除非她家里另外给她一笔相当丰厚的嫁妆。但是她看起来却一点都不担心,而且这里的人都觉得她有点怪异,她不愿意跟其他的女人一样穿着打扮,所以在这里就更加不被看好了。但是人们也不敢公开地说她什么,因为亚什尔这个人跟政府的高层有着相当密切的关系。"

阿尔弗雷德非常专心地记下了沃尔特提供的每个信息细节。然后他们就未来短期的工作和阿尔弗雷德可以在埃及的这个秘密组织中能够担当的角色进行了讨论。

随后的这些日子里,坦内博格上校就开始精心地编织着自己的计划网。从德国那边传来的消息也是愈发明晰,盟军离胜利是越来越近了,而德国越来越面临全线崩溃的困境,而且在开罗的这些最好的酒店的国际人员中也流传着一个毫无疑问的结论:随着德国的战败,将要开始一个新的时代。

一天下午,坦内博格拜访了亚什尔在让哈力里区的那个三层楼的房子,并且开门见山地向他提出了两个建议。

"亚什尔,我的好朋友,首先请您原谅,因为我将要说的事情很可能对您是种冒犯,但是我还是希望得到您的允许让我跟阿里娅在一起。我的意图就跟白开水一样明确:如果她同意,而且她的家族也愿意祝福我们,那我将非常荣幸地迎娶她作为我的妻子。"

亚什尔听了这话,顿时惊诧不已地看着他。他不能理解为什么这个看起来体面,而且还拥有一定的个人资产的男人,怎么会打自己亲爱的妹妹的主意。阿里娅并没有多么迷人,他心想,除了掌握德语和英语,而且还正在学习使用打字机以外，她再没有任何过人之处了。他很怀疑她是不是能够充当好一个妻子的角色，而且家族里也已经默许阿里娅的单身状态，突然之间这个德国人向他提亲，这到底是为了什么呢？他疑惑不解地自问道。

"要是没有得到您的允许我不会有任何行动。"坦内博格说道，他看出这个新朋友明显闪现的那一丝犹豫。

"我会跟父亲谈谈，因为他才是应该给出许可的人。如果我的父亲愿意考虑您的提议，我会通知您的。"

除此以外，坦内博格还给亚什尔准备了另外一个惊喜。

"好吧，我的朋友，现在我想跟你谈谈生意的事情。我希望能够建立一个公司……一个文物公司，而且同时我还希望能够资助一些考古项目，你也知道我是个考古学家，当然是在二次大战之前。"

在开罗的这些日子已经让坦内博格充分了解到了穆巴克的为人，他得出的结论就是：对这个商人唯一重要的就是要赚钱，而且越多越好。在亚什尔的帮助下，他就可以完成自己的一些想法，其实也就是他原来跟自己的好伙伴们乔治、佛朗茨还有海恩里希所商量好的"事业"：将中东和近东国家的古文物弄走，然后在市场上卖掉，而亚什尔绝对是这个生意的最佳合作伙伴。

亚什尔不允许任何人进来打扰，在这五个小时的时间里，他们两人达成了协议要筹建一个致力于文物生意的公司。亚什尔还是继续做他自己的生意，但是他将成为坦内博格上校所运作的这个新公司的合伙人。这个将两个人的智慧更紧密联系在一起的合作，将使得他们比过去都更加富有。此外，两个人还有点共同之处：他们都是毫无顾虑地投入其中。

阿里娅父亲的答复还有亚什尔的答复一个星期之后到达了坦内博格的手里，那是一封老人写来的便条，他说要邀请坦内博格下个星期四去他们家跟他们共进午餐。

阿尔弗雷德·坦内博格满意地微笑着。再也没有比这更好的事情了：他刚刚搞定生意计划，准备要在生意场上"大展鸿图"，同时还得到了可以结婚的喜讯。跟阿里娅的婚姻会给他带来很多的好处，而这些好处中最为重要的是，他将会成为穆巴克家族圈子的一员，这就意味着他会得到埃及最为显赫的家族的保护，特别是在这场战争马上面临结束的阶段，这种保护就显得尤为重要。同样，成为亚什尔的生意伙伴也为他打开了整个中东国家的市场，他就不会因为是个外国人而遭本地人怀疑，特别是穆巴克家族的人就更不存在这样的问题。

在这个特殊时期的生存使得他必须催促阿里娅的父亲尽快让他们完婚，但是即使如此，他最短也还需要等上几个月的时间。

当那一天沃尔特给他打电话，通知他希特勒自杀消息的时候，他暗自大吃了一惊，心里不是担心希特勒本人，而是在埃及的这些党卫军还有在中东和近东其他国家的这些党卫军,将会面临什么样的状况。但是沃尔特指挥官依然提醒他,要他继续按照事先部署的计划进行,只不过一切都将秘密地进行。他们都有伪造的身份,也有足够的钱。战争总算是完结了,盟军们真正看到了所谓的人间地狱,在所有希特勒曾经践踏过的国家,德国、奥地利、波兰……到处都是地狱般的集中营。

"真希望那些该死的美国人没有打赢我们。"沃尔特愤愤不平地说道。

"都是我们失掉了在俄罗斯的战役,这都怪希特勒,他太低估斯大林了。"阿尔弗雷德回答道。

"我不明白为什么那些美国人就不能理解希特勒呢。"沃尔特还是不死心地坚持说。

阿尔弗雷德跟亚什尔和沃尔特就是不是需要用一个新的身份争论许久。沃尔特坚持要他改变身份,亚什尔却说在他看来不会有谁跑到埃及来追踪他的痕迹,而且他的父亲肯定也不希望自己的女儿嫁给一个伪造身份的人。这场争论的结果就是让坦内博格下定决心,还是不要改变自己的姓名,他知道这样很冒险,但是他还是赞同亚什尔的观点,在埃及他还是可能用自己的真名真姓活下去的。

一年之后,战争彻底结束,阿尔弗雷德也已经跟阿里娅·穆巴克完婚。更令人高兴的是,生意的发展也他预想的要好得多。他也取得了跟乔治的联系,此时的乔治在他舅舅的庇护之下,也开始在美国构建他新的生活网。海恩里希此时在西班牙,在佛朗哥的专政统治保护下享受着他的新身份。佛朗茨在巴西也相当的滋润,因为当地的党卫军网络是相当地有能力,保护他们也是不成问题。当然,要想按照他们事先商量好的那样去盗窃文物还为时过早,不过坦内博格还是将自己认为必要的工作在不断地推进,坚持去搜罗各种可能在未来的某个合适时候,在市场上能够卖出大价钱的物品。

亚什尔将他介绍给了很多合适的人,这些盗墓人对"皇帝谷"(Valle de los Reyes)了如指掌。但是就是他本人,坦内博格运用自己的历史知识,亲自设计出了一个详细的资助考古项目的计划。他准备要资助在叙利亚、约旦、伊拉克……的考古项目,特别努力想尝试自己亲自带领一个队伍,去哈兰搞发掘。

他梦想着能够找到亚伯拉罕的那些泥板,那些由夏马斯写就的关于亚伯拉罕所叙述故事的泥板。

坦内博格将自己对于泥板圣经的狂热也传染给了阿里娅,并且也说服亚什尔认同了这个事业的重要性。

那些泥板简直让他着了魔,那是他生存最重要的动力。他一直坚信,他找到剩下的泥板并将它们凑齐的那一天,就是历史上最轰动的一天,到了那个时候,再也不会有人在乎他的过去。他对在莫索森集中营所做的事情倒是并没有感到后悔,而且还正好相反。他之所以这么想,不过是认识到盟国的强大力量,知道他们想将所有在集中营里工作过的人都绳之以法。所以他们肯定会想方设法地找到自己，不过就目前的局势来看，他们并没有竭尽全力，而且就像亚什尔所说的，他们总不会跑到埃及来找他。

他在埃及，或者之后在叙利亚和伊拉克，都会跟其他的同志们一样找到完美的避风港。按照纽伦堡军事法庭的推断，当阿尔弗雷德在哈兰做着他的考古梦，希望能够挖出那些关于创世记的泥板时，阿里娅在哈兰怀上了他的儿子赫尔穆特，而后他的足迹就迷失在近东的茫茫沙漠之中了。

34

"梅赛德斯,求求你,不要哭了……"

布鲁诺的安慰丝毫不起作用,梅赛德斯还是抑制不住地往下掉眼泪。

卡罗给她拿了一杯水,汉斯则从口袋里掏出一块崭新的手帕递给了他的这个朋友。

在下午的这个时候,巴塞罗那大街上的喧嚣从梅赛德斯家的窗户缝里都能钻进屋里来。

汉斯提议四个人在梅赛德斯家见面,于是不到一个小时大家就飞抵巴塞罗那了,他们都很担心,特别是看到梅赛德斯听到阿尔弗雷德死讯的时候,似乎受到了强烈的刺激。

"很抱歉,很抱歉。"梅赛德斯说道,"我实在是忍不住了,你们给我打电话过来之后,我就哭个不停……"

"梅赛德斯,好了,你就不要再哭了。"卡罗安慰道。

"你知道吗,我觉得我们竟然能够弄死这个畜生简直就是个奇迹。我原来一直幻想着,有一天我们能够办得到,但是有时候我还是很失望,但是……"梅赛德斯的眼泪又掉了下来。

"好的,好了,求求你了,别哭了。我们应该高兴才对啊。我们已经履行了我们的誓言,而且我们都还活着。"布鲁诺努力地找些理由来安慰她。

"我现在都还记得美国人去莫索森集中营的情景……你就跟我们一起躲在那间小囚室里。你看起来是那么小,那个波兰医生救了你的命,并且还劝说其他人把你留在了那个监狱。"卡罗回忆着。

"要是他们当时发现了你……"汉斯说道。

"那我也不知道我们当时该怎么办了,但是那些禽兽肯定会让那个波兰医生吃尽苦头的,还有所有监狱里的人都会遭殃。"布鲁诺接着说道。

"那个时候你可比现在坚强多了,也没有这么哭过。"卡罗试着开玩笑说。

梅赛德斯用汉斯递给她的手帕将眼泪擦干,然后喝了一口水。

"请你们原谅我……我……我要去洗把脸,马上就回。"

梅赛德斯离开房间之后,其余的几个伙伴用目光交流了一下,都无法掩饰各自的担心。

"我真是不明白，这个老畜生是怎么能够在近东活了这么长时间，还没有人告发他的。"布鲁诺抱怨道。

"很多纳粹分子都流亡到了叙利亚、埃及还有伊拉克，当然还有巴西、巴拉圭和其他一些拉美国家。坦内博格的情况绝对不是个案，现在肯定还有很多纳粹分子在平静中老去，不被任何人干扰。"汉斯说道。

"你们不要忘了，那个耶路撒冷的大穆夫提是希特勒的坚强同盟，而且那些阿拉伯人大部分都是纳粹政府的支持者，所以我们对此有什么好奇怪的呢？"卡罗说道。

"为什么这么多年来我们一直都没有找到他呢？"布鲁诺自问道。

"因为即使是对于一个改变了身份的人而言，要在一个民主国家找到他，比在一个封建或者专制的国家都要容易得多。"卡罗回答道。

梅赛德斯平静地回到了客厅，尽管眼睛还是红红的。

"我还没有对你们过来表示感谢呢。"她努力地挤出一个微笑说道。

"我们也都希望能够聚一下，问候一下对方。"汉斯回答道。

"上帝啊，我们走了多么长的一段路啊！"梅赛德斯感叹地说道。

"是的，不过这一切也都值得。这些年的折磨和梦魇，最后总算是得到了应有的补偿：报仇成功。"布鲁诺评价道。

"报仇，没错，就是报仇。这么多年以来，我没有一分钟怀疑过我们会实践不了我们的誓言。我们曾经的生活……那些……那段岁月简直就是地狱一般，所以我想，如果真的有上帝，他要惩罚我们的话，也不会比我们当年在莫索森更加悲惨了。"梅赛德斯的眼睛又一次被泪水充盈。

"你还要跟汤姆·马丁谈谈吗？"卡罗向汉斯提问，试图转移梅赛德斯的注意力。

"是的，我已经告诉他要完成所有的工作了，越快越好。他向我保证，他的手下肯定会完成任务的，但是他也向我摆出了他们完成任务碰到的若干麻烦的问题。他以为我不知道要赞赏他们如此出色的工作，像他们那样潜入伊拉克，将一个受到萨达姆如此重视和保护的人杀掉是多么的困难。"汉斯回答道。

"他完成那些工作也花了不少时间啊。"布鲁诺说道。

"是啊，所以他才能够完成了任务啊，我们也破费了我们该破费的。环球集团的杀手也真不一般，要不是他，我们也真的杀不了坦内博格。无论如何，我也已经拜托他要将第二部分的任务也完成，就是要除掉克拉拉·坦内博格，这个处理起来应该比对付她祖父要快得多。"汉斯解释道。

"也有可能要除掉克拉拉更加困难，所有媒体都肯定说布什已经下令，随时都有可能攻打伊拉克，要是这样的话，战争一开始，汤姆的人就不好有任何行动了。"卡罗不无担心地分析道。

"但是我们也不知道最后是不是肯定就会爆发战争，不管报纸上是怎么宣传这个战争是无法避免的。"布鲁诺说道。

"肯定会打，美国的首脑已经下了决定。箭在弦上了……"卡罗接着说道。

"你知道吗？我总是有种幻觉，感觉你可能是个共产党。"汉斯对他说道。

卡罗笑了起来，尽管笑容中有些苦涩的味道。

"我的母亲就因为是共产党才被抓进了莫索森，当然其实是因为我父亲也是个共产党。他在到集中营之前就已经死了，而母亲……母亲爱慕他，所以将他的信仰奉为自己的信仰，当然这也是他们父母的信仰。我难道还能变成什么别的样子吗？但是尽管目睹了'铁幕'、斯大林还有古拉格集中营的残暴统治，我还是相信在共产党的理论里的确有些东西很有价值的。"

"无论如何，我也不知道自己是不是很在意理智，布什反正就是要去解放这个贫困和刽子手的国度，萨达姆就是个刽子手。"汉斯说道。

"但是为了要解决萨达姆，还需要让很多无辜的人们陪葬，所以这使得我从道德上无法原谅我们的这个朋友，尽管我从来都不是反美派，而且说来还是他们救了我们的命。"布鲁诺评判道。

"为了解放我们，死了多少无辜的人？"汉斯回答道，"如果美国不牺牲成千上万的人，我们不也就死在了莫索森集中营里吗？"

"你们两个说得都有道理。"梅赛德斯说道。

几个人都沉默了，都沉浸在自己的回忆和思索里。他们对现实的视角，总是受到了当时在莫索森留下的深深烙印的影响。

卡罗从沙发上站了起来，拍了一下巴掌，试图用最积极的语调建议朋友们，作为庆祝，大家可以出去好好地吃顿午饭。

"你是我们的东道主，所以你做主。不过你要尽力使得这顿午餐变得永久难忘，因为我们等了六十多年，总算等到了这个时刻，我们总算胜利了。"

四个人都意识到了应该打起精神，将自己的情绪调动起来。梅赛德斯向他们保证会请他们去一个他们绝对意想不到的地方，好好地吃一顿难忘的午餐。

这四个人其实一直都没有吃饱过。因为这么多年来，他们都一直试图不去想莫索森集中营里的那些惨痛回忆，但是那种深切的疼痛和饥饿的感觉却是牢牢地刻在他们心灵最深处的。

35

纪安·玛利亚正在小心地清理一块泥板，上面的那些楔形符号还无法辨认，突然一个工人冲到他们工作的地方大叫了起来：

"快来，先生！快过来！还有另外一间屋子！有一堵墙倒了！"那个男人兴奋得无法控制地嚷道。

"发生什么事情了？你说的哪堵墙？"

他跟着那个人一起跑了出去，直奔挖掘工地。阿耶德也很慌乱，看到有个工人无意中发现了另外一个房间，连忙下令让一队工人用丁字镐继续凿墙。

"怎么了？"纪安向工头问道。

"那个人刚才砸了一下墙面，结果那堵墙就塌了。我们就这样发现了另外一个房间，里面有很多泥板碎片。我已经派人去找克拉拉女士了。"

正在这时克拉拉也赶了过来，珐蒂玛陪在她身边。

"找到什么了？"她问道。

"另外一间房子，里面都是泥板。"纪安回答道。

克拉拉要工人将这间屋子认真地清理出来，而且还要将里面所有的泥板都小心的收拾好。纪安跪在地上，随意地翻检着这些新发现的泥板。他的眼睛早就因为长期看这些已经被岁月磨损不堪的字符疼痛不已，但是他知道，克拉拉迟早还是需要他检查这些泥板的。

但是他没有发现一块特别的泥板，于是他小心地将这些泥板堆成一排，方便让工人将它运到营地。营地里原来堆放泥板的仓库已经基本清空了，皮科特将原来找到的那些已经用集装箱运走了。

他心里正考虑着安特回来对大家还是有好处的。艾哈迈德·侯赛因给克拉拉打电话说，在最后一刻安特，就是那个克罗地亚人，决定还是要留在伊拉克，而且不顾皮科特的任何建议，决定马上返回萨佛兰。皮科特却很生气，他说安特不领他的情，而且根本没有意识到可能会遭遇的风险。

安特说服了艾哈迈德，让他帮助自己又回到了萨佛兰，尽管艾哈迈德也向他声明，克拉拉在萨佛兰所待的时间也不会超过一个星期了。尽管现在的形势是如此混乱，但是这个克罗地亚人还是坚持要来，于是艾哈迈德想办法还是弄了一架直升飞机送他过来。自从他回来之后，一口气都没歇着，一直在尽力地帮克拉拉工作。

"有多少泥板？"克拉拉问纪安，神父一直在那聚精会神地将泥板分类，安特在旁边专注地看着，突然听到克拉拉的问话，神父吓了一跳。

"喔，你把我吓了一跳！"纪安叫道。

"值得吗？"克拉拉继续问道。

"我不知道，有一些是商业交易的记录，还有一些像是祷文，我还没有时间深入地分析。不过不管怎么样，明天也需要把它们装到集装箱里，因为我估计你也希望赶紧把它们运到巴格达去吧。"

"是的，但是在那之前，我还是希望你能够好好再检查一下，而且……嗯，你一定要好好地检查，万一……"

"克拉拉！你还以为你能找到你祖父找到的那些泥板啊？"

"它们就在这里！它们就应该在这里！"克拉拉生气地回答道。

"好吧，你别生气。至少你应该现实一点，现在我们几乎连工人都没有了，阿耶德已经尽力挽留了，但是人还是在不断地离开。因为部队正在召集人马，而其他的人……好吧，你也知道发生什么事情了，他们更想回去照顾自己家里，因为战争的气息已经很浓重了。"

"我们还有两天时间，纪安，只有两天了。两天后，艾哈迈德就会把我们从这里接走，文化部那边已经取消了这个继续挖掘的计划。"

安特默默地参与到纪安和克拉拉的谈话中。事实上，他从来都是默默地站在那里，一言不发。

克拉拉自从她祖父被刺杀之后就显得很紧张也很容易激动，除了她自己还有找到夏马斯那些泥板的事情以外，她对任何人或者任何事都不再关心。所以这个克罗地亚人回来了她也没有什么特别的感觉，连他的动机，她都懒得打听。她冷淡地接待了他，因为其实对克拉拉而言他也起不到任何作用了。

但是她跟纪安的关系就不一样了。她对这个神父是有感情的，神父对她的这种关爱的感情更像是对一个孩子。他时刻守护在她身边，随时随地准备帮助她，而她也用不着用言语来表示对他的感谢。

皮科特和考古小组离开有几天了，但是克拉拉觉得这段时间如永恒般漫长。原来总是充满了喧闹的营地现在什么也没有剩下，除了那个空空如也的仓库，就是恒久不变的宁静了。时间仿佛在伊拉克这个偏远的村庄停住了脚步。

工人也所剩无几了，因为军队将所有可能动员的人都召集走了。剩下来的人看克拉拉的眼光也有些怪异，也可能是克拉拉自己的感觉吧，祖父的去世就意味着人们对她的看法会有实质性的改变。

只有阿耶德在的时候一切才能够保证有相当的秩序，那些工人们才会玩命地干活。

克拉拉知道空袭会于三月二十日准时开始，她最晚也得在十九号离开伊拉克，但是她总觉得这片黄沙漫天的地方有点什么将她的心拴在这里。但是时间如此紧迫，她也很清楚，继续待下去只有死路一条。炮弹可不会区分谁是朋友谁是敌人，不会区分谁叛变谁忠心的。

时钟刚指到早上五点，手机的铃声就把她吵醒了。一听到是艾哈迈德的声音，她害怕起来。

"克拉拉……"

"我的上帝，艾哈迈德！发生什么事了？"

"你必须马上回来。"

"有……有什么新的消息吗？"

"我很担心。"

"你是不是有点神经过敏啊。"

"随便你怎么说，但是你不用坚守到最后了。昨天我跟皮科特谈过了，他高兴得要死。"

"他在哪？"

"在巴黎。"

"巴黎？"克拉拉深吸了口气。

"他说已经开始启动全球巡展了，问你最后是不是要过去。"

"去哪里？"

"我不知道，我估计是去你们安排好的地方吧，我没有问。"

"那你呢，艾哈迈德，你也走吗？"

"我想陪着你。"艾哈迈德谨慎地说道。

他知道内务部肯定会将所有的电话录音都记录下来，而且在坦内博格被刺杀以后，皇宫那边已经展开了疯狂的深入调查。萨达姆身边全都是一帮对查找叛徒极为热衷的人，他们都认为坦内博格的刺客就在他自己的生活圈内。

"现在才早上五点，你要是没有什么别的要跟我说的话……"

"还有，你今天必须回来，今天是三月十七号了……"

"这我知道，我会待到十九号，今天我们又找到了另外一间屋子，那里也有成百件泥板。"

"不行，克拉拉，你不能再待在那里了。你必须来巴格达，回到你的家里。军队要征召可以动员的所有人，你已经没有工人可以帮忙挖掘了。"

"再等两天，艾哈迈德。"

"不行，克拉拉，不行，我今天就会派直升飞机过去……"

"今天我不走，艾哈迈德，至少要到明天。"

"那好吧，明天一大清早。"

***

纪安一晚上都没有睡。他一直坚持工作，坚持要在工人把泥板装到集装箱之前，把它们都整理出来。

这样长时间地盯着泥板上的字符，他的眼睛已经疼得无法忍受了。但是还剩下一些泥板没有来得及检查。神父一不小心，失手把其中的一块泥板掉到地上，摔成了碎片。这块泥板的上方赫然写着夏马斯的名字。他觉得突然间自己的心跳加速起来，开始认真地用手指点着上面的楔形文字辨认了起来。

"太初，上帝始创天地。大地一片混沌，是个无边无际的黑暗深渊，强风凌于水面。上帝说：'有光。'于是就有了光。上帝见有光很好，于是将光明和黑暗分开，称光明为'日'，黑暗为'夜'。于是黑夜临，晨光现，是为第一天。"[①]

顿时神父的眼泪就流了下来。他感到了一种透彻心扉的感动，觉得自己应该好好地跪在地上向上帝祷告，感谢上帝。

他把那些泥板碎片捧在怀里，感受着这个三千多年前的书记官一笔一画地记录下的，亚伯拉罕告诉他的创世的故事，他要让所有人都知道这的确是真的。

那块泥板上记录了亚伯拉罕从上帝那听来的故事，而过了若干世纪之后这些内容被人们编辑成书，才有了今天的圣经。

纪安激动得根本没办法接着往下看了。

"上帝说：'应有穹窿将水分隔。'于是上帝造出穹窿将水分开，有水于穹窿之上，亦有水在穹窿之下。黑夜降临，晨光现，是为第二天……"[②]

他在那继续朗读，却没有注意到自己声音太大。他感到和上帝有一种从未体验过的亲近感觉。而且他很肯定，除了这片泥板，在那堆还没有进行分类的泥板里面，肯定还会找到其他一些刻有夏马斯姓名的泥板。

他焦急地开始在里面寻找着，眼睛一直盯着那些泥板可能写着作者姓名的上半部分。一开始他找到了一块泥板的碎片，然后又找到了剩下的碎片，把它们拼到一起。就这样，他陆续找到了八块破碎的和完整的泥板，上面都写着夏马斯的名字。

神父祈祷着，这种因为找到了梦寐以求的泥板而一下子登上感情的巅峰状态而不能自已，又是哭又是笑。

他知道应该通知克拉拉，但是他还是更愿意单独享受这个神圣的时刻，能够

---

① 《耶路撒冷圣经》，创世记，I，1~5。

② 《耶路撒冷圣经》，创世记，I，6。

让他独自净化心灵。这绝对是个奇迹，他告诉自己，应该万分感谢上帝，感谢上帝选择让自己最终成为发现这个揭示人类起源的人。

他努力地破解着那些碎片上夏马斯的各种字符，希望了解这个夏马斯到底是个什么样的书记官，为什么他能够认识亚伯拉罕，而亚伯拉罕又是怎样给他讲述这个关于创世的故事的。

他不断地问自己这个书记官的行迹为什么如此奇特，因为他最初的几块泥板是在哈兰写的，也就是克拉拉的祖父发现那两块泥板的地方，而这些泥板上面写着他将会记录亚伯拉罕给他口述的创世的故事。但是，这个夏马斯的足迹又出现在了萨佛兰，就在这个离古乌尔城很近的圣殿里，这里他们还发掘出了其他一些写有法律条规、官方公告、植物列表和诗歌等等内容的泥板。

在这些泥板上，有一些也写有夏马斯的名字，而另外一些上面却没有。

最后发现的这个房间也并没有什么特别之处。应该说是比较小，里面没有任何的装饰，只有墙壁上的凹槽显示出，若干年前这里曾经摆放过用来堆泥板的书架。尽管克拉拉也说过，这个房间看起来像是一个男人的房间，因为里面空间很有限，而且在这里找到的泥板也并不是寻常的泥板，里面有一些是诗歌的片断，这就说明这里不是圣殿官员的房间，而可能是"大师"工作的地方。

纪安回想了自己在最近这几个月中辗转生活的日子，他将梵蒂冈的森严围墙抛在脑后，打破了一直以来跟其他神父一样的生活规律，而且也打乱了灵魂的安宁。

他已经记不起什么时候一下子就能入睡的场景了，因为自从他离开罗马来找克拉拉以后，他每个夜晚都是担惊受怕地睡不着。他之所以会害怕，就是不知道那个准备好的黑手什么时候会突然伸向克拉拉。

当他看到泥板上的那些语句时，不由得又热泪盈眶。

"上帝说：'要按我的形象造人以治理海中游鱼、空中飞鸟以及地上各种爬虫走兽。'于是，上帝按自己的形象造出人类，造出男与女。上帝祝福他们说：'你们要生育繁衍，散布及开拓全世界，要做海中鱼、空中鸟与地上爬虫走兽之主宰！'

上帝说：'我要使地上到处生长瓜果，结满籽实，赐予你们为食。我要把青草绿树全赐飞禽走兽、游鱼爬虫，以及一切生物为食。'"①

阳光从窗子里照了进来，纪安这才突然发现安特正在注视着自己。他根本就没有觉察到这个克罗地亚人走了进来，他太专注于这些泥板了。

"安特，你肯定想象不到我找到了什么！"

"告诉我。"克罗地亚人冷冷地说道。

"克拉拉的祖父果然说得没错，他一直相信有那些记录亚伯拉罕所讲述的创

①《耶路撒冷圣经》，创世记，I，26。

· 424 ·

世纪的泥板,你看,它们就在这里,这些泥板真的存在,你看啊……"

克罗地亚人走到纪安身旁,拿起了一块泥板。他真是想不通,为什么这样的一块板子也值得人们去互相残杀,但是的确就是为了它,而且如果有人想阻碍他将这些泥板拿走,他还必须将他们都干掉。

"一共有几块?"安特问道。

"八块,我找到了八块。我要感谢上帝如此眷顾我,给了我一个如此神圣的机会。"神父兴高采烈地回答说。

"我们要把它们包好,以免受到任何损害,如果你愿意的话,我希望帮你。"克罗地亚人自告奋勇地建议道。

"不,不,在这之前我们还要先通知克拉拉。我知道自从她祖父去世了之后,没有什么比这个更能够安慰她了,这毕竟是完成了他的遗愿。这简直是个奇迹啊!"

正在这个时候,阿耶德走了进来,他上上下下地打量着这两个人。

"怎么了?"他的口气透着一种很不信任的态度。

"阿耶德,我们找到那些泥板了!"纪安欢呼道,就像一个孩子般的高兴。

"泥板?什么泥板?"阿耶德问道。

"就是泥板圣经啊!坦内博格先生说得的确有理。克拉拉也很在理。先祖亚伯拉罕将他所知的关于人类起源的故事的确是让一个书记官记录了下来。这绝对是一个革命性的发现,一个人类历史上的伟大发现!"纪安显得越来越激动。

工头走到桌子旁边,看着上面整齐摆放的八块泥板,其中三块是由碎片拼起来的。纪安大概地将这些碎片拼在了一起,估计要想恢复它们原来的模样还需要专家去处理。纪安梦想着克拉拉会同意让他把这些泥板拿到罗马去,让那些梵蒂冈的科学家好好地检查一下,甚至可以利用最先进的科技将它们真正复原。

这是他一生最为重要的一个夜晚,纪安心中暗想,他在心中默默祈祷,一边还跟阿耶德和安特交谈着。

工头要纪安去通知克拉拉。他不想让那个克罗地亚人单独跟这些泥板待在一起。神父毫不犹豫地答应了,连忙朝克拉拉的住所跑了过去。他进门的时候,克拉拉正好梳洗完毕,端着一杯茶跟珐蒂玛在聊天。

"看来你起得很早啊!"克拉拉问候神父道。

"克拉拉,泥板圣经真的存在!"他激动地说道。

"那是当然喽!我对此非常肯定,我们找到的那两块就可以证明这一点。"

"我们找到了,我们找到泥板圣经了,我们找到了。"

克拉拉奇怪地看着他,似乎没有明白他的意思。纪安说的话经常让她不知所措。

"它们就在那里,在你们昨天找到的那间屋子里,一共是八块,八块二十厘米长的泥板。它们是……是泥板圣经!"

克拉拉一下子站了起来,激动得险些失去了平衡。

"你说什么?它们在哪?快告诉我,我们找到了什么?"

纪安拉着她的手,把她拽了出去。他们疯狂地朝仓库那边跑过去,一路上神父还在不停地给她讲这一夜所发生的一切。

阿耶德和安特却在一种紧张的情绪中对峙着。他们都死死地盯着对方,而克拉拉却并没有在意。她径直冲到摆放着那八块泥板的桌子旁边。

她小心地拿起一块泥板,在上面查找到了夏马斯的名字。当她看到上半部分那几个熟悉的楔形字符时,心头突然涌动了一股热流。然后她开始默默地看着上面的文字,摩挲着这块已经超过三千年历史的泥板。

她根本控制不住自己的眼泪,而纪安也被克拉拉的激动所感染了。他们一起哭着,笑着,一遍又一遍地检查着这些泥板,抚摸着它们,才能真实地感觉它们的存在,才能相信这绝不是在梦里。

然后他们小心地将泥板包裹起来,而克拉拉则坚持要将它们随时带在身边。

"我会把它们跟其他的两块放在一个保险箱里锁好,我一分钟都不想离开它们。"

"我们应该找人随时监护。"阿耶德提议道。

"阿耶德,我需要你对我二十四小时的护卫,所以只要这些泥板跟我在一起,它们就是安全的。"

阿耶德耸了耸肩膀,他可不希望与这个执拗的女人争吵,尽管他希望她早日离开自己的视线。要不是陆军上校一再要求要保护她的生命,他早就自顾自地离开了。

"我们什么时候离开这里?"安特问道。

"你刚刚来,就想走了?"克拉拉问道。

"嗯,我本来以为可以帮上你什么忙,所以才回来的。"克罗地亚人解释道。

"我还想让工人们将找到这些泥板的地方再加大力度清理一下,也许我们后天就可以离开了。"

"不行,我们今天下午就走。我刚刚跟上校先生通过电话,他说今天下午就给我们派一架直升飞机,接我们回巴格达。"

"但是我们不能现在就走啊!我们还要找剩余的泥板啊!"克拉拉绝望地叫道。

"您自己也知道不能再在这里耽搁了,您必须要走了!幸运女神不会时刻伴随着您,您也不要把别人的生命当儿戏!"阿耶德的这番咆哮让克拉拉惊得目瞪口呆。

"别冲我吼!"克拉拉抗议道。

"我没有冲你吼叫,如果我这么做了……好吧,我是个军人,我要服从我上级的命令,我要完成我的使命。请你们准备一下吧,我们今天下午就走。"

36

他在安静的办公室里闭上眼睛睡着了。他刚开完一个冗长的会议,所以决定要休息一会儿,他跟秘书说除非得到他的通知,否则不允许接进任何人的电话,当然他本人也不能闯进去打扰他休息。

突然内线电话的嘀嘀声把他从沉睡中惊醒了。他气愤地睁开了眼睛,他一定要好好惩罚一下这帮不听自己命令的家伙们。他不能忍受任何人不遵守他的命令办事。突然,嘀嘀声又响起了,同时还听到了秘书战战兢兢的声音,打破了办公室的宁静。

"瓦格纳先生,非常紧急……"

他从沙发上站了起来,一屁股坐到办公桌旁边。按下了那个跟秘书通话的按钮。

他几乎是在咆哮着斥责秘书为什么打扰了自己。

"是布朗先生,就是考古基金会的主席。他说是非常紧急的事情,必须马上跟您说,一分钟都不能等。"

乔治·瓦格纳挂断了电话,准备将这个四十年来一直当玩偶一样操纵的人送到地狱去。

"请讲。"他对罗伯特·布朗说道。

"你不知道发生了什么事情!找到它了!真的有啊!"布朗激动地嚷道。

"你在说什么呢?请你说清楚,不要含含糊糊的!"

罗伯特·布朗吞了口唾沫,试图让自己平静下来。而拉尔夫·巴利此时也正在他身旁,将杯子里的威士忌一饮而尽。

"泥板圣经……真的存在……他们找到它了。一共是八块,写着创世的故事,上面都有夏马斯的名字……"罗伯特·布朗肯定地说道。

乔治一使劲抓住了沙发的扶手,试图控制住自己激动的心情。

"你在说什么?"他似乎不敢相信自己的耳朵。

"我刚刚得到消息,昨天在萨佛兰,在伊拉克,他们在圣殿里发现了另外一间房子。看起来是间很小的屋子,就像是一个书记官的房间。他们在里面找到了一些泥板,当时都没有注意,直到几个小时之后才在这些泥板中间发现了泥板圣经。一共有八块泥板,其中三块已经很糟糕了,都碎了,还需要重新修复一下,但是很肯定的是它们也是泥板圣经的组成部分。"罗伯特总结道。

乔治感到无法抑制的激动。几天前,阿尔弗雷德被人刺杀了,现在却找到了泥板圣经……命运真是会开玩笑啊,就是不想让他们的老朋友实现他这一生中最期待实现的梦想,甚至可以说这就是支持他一直活下来的理由。

"那些泥板在哪里?"他问道。

"在萨佛兰,不过现在也许已经在巴格达了。克拉拉他们准备要将这些泥板运到巴格达。我们的人也跟在他们的队伍里,只要找到机会,他就会下手,尽管现在的情形其实很微妙。"

"我希望他能得手,能够将那些泥板都给我们弄回来,只要他一拿到手上,就立刻把它们从那里带走。给保罗·杜卡斯打电话,告诉他现在最首要的任务就应该是将泥板圣经弄到手,这个比其他任何东西都要重要,甚至连接下来的行动计划都比不上这个重要。"

"但是……我现在还没有办法跟我们派去的那个人联系上,给我们带话的是我们其他的一些朋友。"罗伯特说道。

"他们不会搞错了吧?"乔治有些怀疑地说道。

"不,不,肯定不会弄错的,这点我可以保证。泥板圣经是肯定已经面世了。"

"那关于艾哈迈德·侯赛因我们还了解些什么呢?"

"他得到的指示跟我们派去的那个人一样,也是要想办法弄到那些泥板。你不用担心,我们肯定会拿到手的。"罗伯特回答道。

"不,我当然担心了。不过要是我们最后没有得到它,我肯定会派人把你们的脑袋统统都卸下来。"

罗伯特沉默了几分钟。他知道乔治这个人一向是说话算话的,这些威胁可不是说说罢了的。

"我马上就给杜卡斯打电话……"他肯定地回答道。

"去吧。"

"如果她……好吧,如果克拉拉就是拒绝……"

"克拉拉不过就是我们生命中的一颗沙砾。"他的导师如此回答道。

上校先生刚刚来到黄宫,但是他却感到阿尔弗雷德·坦内博格还在他的办公室里一样,尽管此时跟他说话的是克拉拉,而不是阿尔弗雷德。

艾哈迈德·侯赛因紧张地参与到了这个会面中,很害怕他的妻子会有什么意外的反应。

"我亲爱的孩子,你最好还是把这些泥板交给我,我会把它们带出伊拉克的,然后让人将它们放到非常安全的地方存放起来。"

"但是如果按照你刚才对我说的，我明天一早就要离开伊拉克……为什么我就不能带着它们一起走呢？"

这个军官很担心在这样一种情况下，他还需要绞尽脑汁地运用自己的外交辞令。

"克拉拉，你的祖父有一些合伙人，而且你也知道了一旦开始打仗后……所以你不要太顽固了，也让我们好交差嘛。"

"这些泥板跟我祖父的生意没有任何关系。那是属于我的，跟其他的任何人都没有关系。"

"但是你祖父的合伙人却不这么想啊。你把它们交出来，到时候你也会得到你该得的那一份。"

"不行，这些都不能卖，永远都休想卖。"克拉拉用一种相当挑衅的口吻激昂地说道。

"求你了，不要把事情弄得这么难办好吗？"艾哈迈德恳求她道。

"我并没有把事情弄得复杂，我仅仅是拒绝别人来抢夺我的东西。我祖父非常详细地给我解释了他的生意是什么样子的，而且他还非常肯定地告诉我，泥板圣经就是属于我的，绝对跟那些交易没有任何关系。"

上校先生站了起来，走到克拉拉身边。她从这个男人的眼神里看出了他的企图，他是要不惜一切代价，不择手段也要将这些泥板抢走。她的后脊梁一阵发冷。她看了看艾哈迈德，但是她丈夫的眼睛里此时只是闪现出焦虑和容忍。那个她曾经那么深爱的男人跑到哪里去了？她知道自己必须要争取时间，否则他们可能拿走自己的一切，包括自己的生命。

"如果我答应把东西交出来，您能够承诺不对它们有任何行动，直到我跟祖父的那些合伙人谈过为止吗？"她立刻改换语气说道。

"当然，那是当然……你祖父的那些合伙人都是非常讲道理的骑士，他们绝对不会亏待你的。你跟他们面对面地谈谈倒不失为一个不错的主意。但是现在，你不要再让我浪费更多的时间了。你知道只有两天美军就要开始攻打伊拉克了，所以我们必须要离开这里，不论是你还是我们。我想要逃走自然是特别困难一些，但是我也会尽量逃走的。所以，你不要再耽误我的时间了。"

"好吧，我明天早上把泥板交给你……"

"不行，明天不行，就要现在。我现在就要拿到它们，克拉拉。"

克拉拉知道除了将泥板交给他也没有别的办法了，因为上校没有拿到东西是肯定不会离开这里的。

"好吧。"她疲惫地回答道，"那您在这里等着我。"

她走出了办公室，两步一跳地爬上楼梯，进到自己的房间。珐蒂玛还在整理她的行李。

"去你的房间,然后让我换上你的衣服,我们马上走!"她命令这个老女仆道。

"但是,去哪里啊?发生什么事了?"女仆惊慌地问道。

"他们想来抢我的泥板圣经。我们现在必须要逃走了,要是被他们抓到,他们肯定会杀了我的……好了,现在你动作快点,把你的衣服先给我穿上。"

"纪安和安特呢?我把他们带到客房里了……他们也许可以帮助你……我去通知他们……"

"不!快按照我说的做!快点!"

克拉拉拿出一个提包,往里面先塞了些衣服,然后把裹着泥板的小包也放了进去,生怕将它们碰碎了,但是即使这样也很冒险。不过,无论如何也是不能将它们交给上校的,因为如果给他了,那么她永远都别想再见到她的这些宝贝了。

珐蒂玛急急忙忙地按照克拉拉的吩咐去做了。不到一分钟,克拉拉就换上了珐蒂玛的衣服,将自己完全裹在了黑色的长袍里面,而且她还用黑纱将脸完全包了起来,几乎就只露出两只眼睛。

"你跟我走吗?"她问珐蒂玛。

"当然,我不会丢下你的。"女人害怕地回答道。

阿耶德在楼梯的平台那等着这两个女人出来。上校派他上来监视着楼梯,所以他才跑到了这个平台上,在这里可以清楚地看到克拉拉的房门。

当看到上校的这个手下贴在墙边,抽着埃及香烟的时候,珐蒂玛吓得大叫了一声。

克拉拉盯着阿耶德的眼睛,思忖着自己应该如何应付。

"您在这里干吗?"她生气地问道。

"上校派我上来的。"他耸耸肩回答道。

"上校不信任我?"克拉拉说道。

"您认为他有什么企图吗?"这几个月来一直像影子一样守在自己身边的男人用一种讽刺的口吻说道。

"他想要泥板圣经。"克拉拉回答道。

"是您祖父的合伙人们要,这是生意的一部分。"阿耶德回答道。

"不是这样的。你比谁都清楚我们费了多大的力气才把它们挖出来。这些泥板不仅仅是考古学的珍宝,更是我祖父的梦想。"

"您不要把我掺和进去,反正您要是不交出来,他们就会从您这把东西抢过去,所以我劝你还是放聪明一点。"

"你要多少钱可以帮助我?"

克拉拉的提议让他大吃一惊。他可从没有想过克拉拉会想要收买自己,而且他也很清楚如果背叛了上校无异于就是判了自己的死刑。

"我的生命是无价的。"他非常严肃地回答道。

"可你的生命的确有价值。告诉我你要多少钱才愿意帮助我离开这里。"

"离开这个房子？"

"离开伊拉克。"

"您自己有一本埃及的护照，您随时都可以离开，而且您也得到了上校的许可。"

"但是如果我不交出这些泥板，这个许可形同虚设。二十五万美元够吗？"

阿耶德那紧张的微笑中突然浮现出一丝贪婪。这个男人的血管里流淌的鲜血充满了对金钱的渴望，尽管他知道接受了这笔钱就意味着背叛。

"无论如何我也是希望能够赚钱的，我已经给上校先生工作很长时间了，我非常清楚他的游戏规则。"

"那么你也应该了解什么是供给需求的市场规律了。我需要离开伊拉克，而你可以帮我离开。你需要多少？只要你说得出，我就给得起。"

"您能付给我五十万美元吗？"

"我在埃及或者在瑞士或者在伊拉克以外的其他国家可以拿得出来，但是在这里我没有那么多钱。"

"那我怎么知道您会按协议给钱呢？"

"因为如果我做不到的话，您肯定会把我干掉，或者把我交给上校，这跟在这里还有什么不同吗？"

"我同样也可以现在就把您交出去。"

"那好，要么您把我交出去，要么就接受我的议价。但是现在可没时间能浪费了。"

他没有时间答复了，因为开门的声音一下子转移了他和克拉拉的注意力。纪安从客房里走了出来，期待地看着他们。

"发生什么事了？"他不解地问克拉拉，因为不知道为什么克拉拉竟然穿上了跟珐蒂玛一样的黑色长袍。

"很好理解：上校希望拿走我的泥板圣经，但是我不想给他，于是我正在建议要阿耶德先生帮助我逃跑。"

纪安惊恐地看着他们，还是无法理解克拉拉所说的这些话到底是什么意思。

他们面面相觑地沉默了几秒钟，直到阿耶德脸上神色一变，暗示他们都躲到纪安的房间里。一到了纪安的房间，他就开始焦急地在房间里走来走去，他在思考怎么能够不让自己冒生命的危险，又能够赚到从未梦想过能够拥有的这五十万美元。

"如果他在这里找到我们，肯定会把我们都干掉的。"阿耶德喃喃地说道。

"是的，没错。"克拉拉说道。

"您比我了解这套房子，您应该知道到处都有士兵可以监视得到我们。"

"我可以像珐蒂玛一样自由地出去,没有人会注意到我。"

"那好,你去厨房,拎上一个菜篮,然后从后门出去就像是要出去买菜一样。珐蒂玛必须跟您一起待在您的房间里。"

"但是,克拉拉要去哪里呢?"纪安焦急地问道。

"我觉得唯一可能比较安全的地方,至少这几个小时比较安全的是巴勒斯坦酒店。"阿耶德回答道。

"您疯了吧!那个酒店里到处都是记者,还有很多人都认识克拉拉。"纪安说道,更加害怕了。

"所以她才可以找到一个她能够信任的人,也许就是那个女记者,就是跟皮科特很不错的那个记者。要她把你藏在那里一段时间,直到我想办法去找她为止。但是千万不要离开她的房间。"

"您认为我可以相信她?"克拉拉问道。

"我以为她是喜欢皮科特的,而皮科特肯定不希望看到您出什么事情,而且是因为他们没有帮到你而发生的。当然这是他们之间的事情了。所以尽管她并不认为您有多可爱,她肯定还是会帮你的。"

"得了,您还真是个心理学家呢!"克拉拉酸溜溜地说道。

"我们不能浪费时间了。你把脸蒙上。珐蒂玛帮你把面纱围上,就像其他的穆斯林妇女一样。把你手上的那个包放下,你要想点办法用其他的方式将这些泥板带走。找个更小的东西……"

"但是装不下啊……"克拉拉抗议道。

"我们有个购物车啊,"珐蒂玛建议道,"也许那个可以装得下。"

"好主意!"克拉拉惊呼道。

"我陪着你。"纪安肯定地说道。

"想都别想!你想他们把我们都杀掉吗?你快走,克拉拉。你们嘛,就按照我说的办。过一会儿,这里可能要变成一个地狱。上校肯定会拷问所有的人,而您可能就最惨了,珐蒂玛……"

"她跟我一起走!"克拉拉肯定地说道。

"不行,她不能走。我们只有一个机会,你可不能错过了。现在所有的一切都取决于珐蒂玛了。上校肯定会派人毒打她,他肯定认为珐蒂玛知道你跑去了哪里。如果她说了,那我们所有人都会死……除非……"

"除非什么?"纪安问道。

"除非我们让他们相信,要么克拉拉走的时候谁都没有通知,要么有人拐骗了她,同时也将泥板骗走了……"阿耶德大声地说道。

"但是那些士兵会说他们只看到了一个女人出去,他们还以为是珐蒂玛,所以关于被绑架拐骗一事没有依据。"克拉拉信心不足地说道。

"那好，我们就来赌一把吧。你们两个人都一起出去，如果那些士兵没有将你们拦下……你们就直接去巴勒斯坦酒店，然后我会去那里找你们。而您，纪安，就在房间里好好待着，努力睡着。那个克罗地亚人呢？"阿耶德问道。

　　"在楼下，在车库的门旁边的那间房里。"珐蒂玛说道。

　　"那就最好，我们只能期望他没发觉什么。"

　　两个女人悄悄地溜到了厨房。她们努力不发出任何响声，甚至都不敢呼吸。纪安则满怀忧虑地待在房间里，跪在地上，开始向上帝祈祷能够帮助她们。只有上帝能够帮她们了，这一点他很清楚。

　　克拉拉将手提包里的东西腾空，将它们都放在了购物小车里。她将泥板放在下面，旁边都垫着衣服，生怕它们会受到什么损坏。然后她抱了抱珐蒂玛，让她感到她就像爱着自己那未曾谋面的妈妈一样爱着她。

　　她们打开了通往后花园的门，然后步伐坚定而平静地朝通往后门的栅栏走去。看起来没有任何人注意到她们。当她们走到大街上，克拉拉悄悄地跟珐蒂玛说不要加快脚步，还是继续平静地走着，就跟平时一样。她们默默地走着，直到远离黄宫。

　　阿耶德点燃了另外一支烟，突然看到艾哈迈德出现在了楼梯下面，紧张地询问着克拉拉的情况。

　　"我就没有离开过这里，所以她肯定还在她房间里。"阿耶德沉浸在香烟的烟雾中平静地推断道。

　　艾哈迈德连忙快步跑上了楼梯，走到从前也曾是自己的房间门口，咚咚地敲门以示通知。没有人回答。

　　"克拉拉，开门！"

　　他转身看着阿耶德，再一次问道。

　　"我不是跟您说过了吗，在上校派我来之前不要离开那里。当然要是您没有看到她从这里走出去，那么她肯定就是应该在里面的喽。"

　　艾哈迈德推开门，走进房间。珐蒂玛在桌上的花瓶里插着一束玫瑰花，这些花的香味混合着克拉拉身上的香水味弥漫在整个房间，让他不由得涌起一阵怀旧的情绪。

　　"克拉拉……"他轻声地呼唤着，希望他的妻子能够从这个已经没有什么日照的昏暗房间里突然出现，但是很显然她并不在那里。

　　他离开了房间，重新用一种忧伤的语调询问起阿耶德。

　　"我的妻子到底去哪儿了呢？"

　　"难道她不在房间里？"阿耶德试图用一种非常警觉的语调盘问道。

　　"不，不在啊。您应该看到她出来的啊……"

"没有，她肯定没有从里面出来，我肯定。从上校把我派过来起，连空气都没有从这里离开过。她肯定应该在里面的……"

"不在！她不在！"艾哈迈德叫道。

阿耶德朝房间奔了过去，打开门。他就像认为肯定会找到克拉拉一样冲了进去。

"我们要通知上校！"艾哈迈德说道。

"稍等，也许她在家里的另外什么地方呢！"阿耶德回答道。

每个人开始各负责一块，在家里找了起来，但是都没有找到她，也不见了珐蒂玛。两个女仆说她们认为珐蒂玛出去了，还有另外一个女人，她们还以为是她的表亲什么的，因为这个人穿着跟她一样的衣服。

他们走进上校所在的房间时，上校正在跟人打电话，从语气上不难发现他正在跟某人吵架。

当看到这两个男人两手空空地回来时，上校不难想象一定是克拉拉失踪了。

"她在哪？"他的语气冷若冰霜。

"她不在房间里。"艾哈迈德回答说。

上校直接问阿耶德，而这次他的语气里有明显的不信任。

"她在哪里？"

"我不知道，我一直站在楼梯的平台那，直到看到艾哈迈德过去。而且您在派我去之前，也应该先让他过去看看的。我可是一直都没有离开过那里。"

"我们在家里已经找遍了。"艾哈迈德说道，他害怕上校会发作。

"我们简直就是一群笨蛋！"上校吼道，"她跟她的祖父一样狡猾，她把我们都骗了！"

他跑出房间命令所有看护房子的士兵都集合起来。一分钟后，他们就开始盘问那两个仆人了。上校的一个手下将纪安从他的房间揪了出来，几乎是把他推到了客厅，而安特已经在那里开始回答上校的问话了。

"是你帮助她逃跑的！"军官咆哮道。

"我向您保证我没有！"那个克罗地亚人毫无畏惧地肯定回答道。

"没错，你肯定干了，赶快坦白吧！还有你！"他冲纪安也吼道。

"发生什么事情了？"纪安问道，心里却暗暗地祈求上帝原谅他不得不撒谎。

"克拉拉·坦内博格在哪？你肯定知道！没有你，她一步也走不远！告诉我，她在哪？"

"但是……但是……我……我不知道啊……克拉拉……克拉拉……"纪安面对这个情形实在是感到太紧张了。

一个士兵走到了上校旁边，跟他低声地耳语了几句。那两个女仆什么也不知道。她们看到珐蒂玛跟另外一个女人一起出去了。她们还以为那是珐蒂玛的一个什么亲戚。她们推着一辆购物小车，但是其他人也没有怀疑什么。

"所以她肯定是换上了穆斯林女人的衣服了……应该到珐蒂玛的亲戚家里去找。"上校命令道。

纪安被军官手下的人打了好几下。神父觉得自己已经无法承受这样的拷问了，他又一次求助上帝，让他赋予自己力量而不要背叛克拉拉。他不会背叛她的，尽管当他们结束拷问时，他的牙齿已经被打掉了，而且鲜血从耳朵里不断地往外流。

安特在经受完拷问之后，情况也并不比神父好到哪里去。好运气啊，这个克罗地亚人对自己说道，还是一直伴随着他的，因为一般情况下他们肯定会被折磨死的，但是现在只是挨了点打，他对这么幸运的情况已经感到很满足了。

"他们什么都不知道。"阿耶德肯定地说道。

"你怎么那么肯定？"上校问道。

"因为她要真的是像看起来这样逃跑了的话，那么她肯定是不应该告诉任何人才对。她很了解我们，她知道我们可以用我们的办法让任何人都张口说话，所以她根本就不会冒险去相信任何人啊。"

上校思考着阿耶德的这番话，这也正是他心里想的。所以这个值得信任的手下说得还是有道理的。克拉拉肯定知道自己会拷问家里的所有人，而且有必要的话会把他们都杀掉，所以她不可能冒那么大的风险让其他人知道自己的逃跑计划。

"你说得有理，阿耶德，有道理……好吧，把这两个人放了。我要所有人继续监视这个房子。"他命令道，"我们现在马上去总部，要开始进行搜索。那个小坦内博格将会为她挑战我的这一切付出高昂代价的。"

"上校先生，只剩两天了。难道我们就不能暂时先把克拉拉放在一边吗？"艾哈迈德说道，他力图在这个军官面前还保持着平静。

"你想救她？你趁早断了这个念头吧！我不允许任何人跟我玩花样！"

"两天之后那些美国人还有英国人就要开始攻打伊拉克了。我觉得我们还有其他的事情要做啊。迈克·费尔南德斯今天早上给我打过电话。他很担心，非常担心，他害怕坦内博格的失踪会让这次行动变得很困难。"艾哈迈德补充道。

"这个维和军官老是一副杞人忧天的样子。我们负责我们的工作，他做好他的不就可以了吗？"上校回答道。

"先生，我还是坚持克拉拉不是我们现在工作的首要任务。最重要的还是整个行动的开展。我们需要做的工作是很困难的，我的人需要在轰炸一开始就要行动，我们可不能因为克拉拉而分散注意力啊，而且她也不可能走得很远……"

"你给我听着，艾哈迈德，我可以负责克拉拉的问题还有整个行动，看起来却是您没有办法控制哪怕是您自己的女人。我们华盛顿那边的朋友希望得到泥板圣经，这是这笔交易中最为重要的一部分，所以我们一定要抓到她。半个小时之后，我在办公室见你，给我侄子打电话，我也要见他。"

上校一走，艾哈迈德就努力帮助让纪安坐到沙发上。然后他派一个女仆去商店看看能不能够买些药，给神父包扎一下伤口。

安特还在地板上，动都不能动，所以侯赛因也帮助他站起来，但是这个克罗地亚人的状况似乎比神父的情况更遭，甚至都不能挪动，于是就只能让他先躺在地板上。

留在房间里的两个士兵视若无睹地看着他们，根本就没有一点要帮忙的意思。就是他们刚刚拷问了神父和这个克罗地亚人，对他们而言这两个人是死是活根本就不重要，他们只是做自己的工作，就是听从上校的命令干一切事情。

阿耶德要负责搞定现在的状况，他命令这两个士兵再次到各个房间搜查，并且要他们确认所有通向外面的大门，都按照上校的要求受到了严密的监视。

"纪安，克拉拉在哪里？"艾哈迈德问道。

"我不知道……"神父喃喃地说道。

"她相信您。"艾哈迈德继续坚持。

"是的，但是我不知道她在哪里，我来到这个房子之后就没有再看到她。我……我也想要找到她啊。我很担心她会发生什么事情。上校……上校这个人太可怕了。"

艾哈迈德耸了耸肩，一副很疲倦的表情。他只感到胃里一阵恶心，想吐。

"我不希望克拉拉出任何事情，如果您知道她在哪里请马上通知我，我想帮助她，她毕竟是我的妻子……"

"我不知道她在哪，我也担心她。"神父回答道，眼睛却盯着阿耶德，他刚刚将安特扶到了沙发上躺着。

"我要走了，上校在他办公室等着我呢，还有您，阿耶德。所以我们不能再继续待在这里了。女仆们会帮助你们的，你们也赶快离开这里吧，如果可能的话，今天就离开伊拉克。我会给我的办公室打电话，让他们给你们送一张通行证过来，如果你们要通过公路离开这里的话，用那个通行证好让你们通过边检。但是我要是你们的话，我肯定会尽快上路的。"

纪安很同意艾哈迈德的话，但是他几乎就无法动弹，尽管他知道即使这样也得赶紧走。

"我要去巴勒斯坦酒店。"他总算说了一句。

"去巴勒斯坦酒店？为什么？"艾哈迈德很好奇。

"因为大部分外国人都住在那里，而且我希望了解怎么才能从这里离开。如果我能找到个熟人，看看是不是能有人帮我离开这里……"

"我可以尽量帮你们弄到一辆车，将你们送到约旦边境，尽管我也不能肯定在这种情况下能不能够办得到。"艾哈迈德肯定地说道。

"要是没有别的办法，我会向您求救的，但是如果可能的话，我还是不希望麻烦您了。我认为我们不应该再让上校先生烦躁了。"纪安回答道。

"那你们就去巴勒斯坦酒店吧,那里肯定比这里是要好一些。但是一定要记住侯赛因先生的劝告:尽早离开伊拉克。"阿耶德也说道,同时跟纪安交换了一个眼神,但是却没有逃过安特的眼睛。

在离开之前,阿耶德走到神父身边,低声地警告他说:"不要告诉这个人克拉拉在哪。我不信任他,他并不是像他看起来的身份那样。"

纪安没有来得及回答。然后艾哈迈德和阿耶德就离开了,家里一片沉寂,只是从花园那边传来了他们跟士兵们交代事情的回声。

又过了半个多小时他们才得以动弹,两个女仆也走了过来帮助他们。她们虽然看到这个场景也很紧张,但是也并不清楚她们应该怎样做才能帮到他们。

安特要她们拿了一些消炎药过来,同时他自已已经将脸上的鲜血擦掉了。过了好一会儿,他才站了起来,又过了一会儿,他才有力气开始谈话。

克拉拉和珐蒂玛在巴勒斯坦酒店里步伐匆匆,没有让其他人有机会询问她们到底要去哪个房间。碰巧在入口处碰到了一队记者,他们正在将电视设备从一辆吉普上往下卸,而旁边的人也都跑过去帮忙。

前台服务生告诉她们米兰达住在五〇一号房间,而且他们会马上通知她。克拉拉等着服务生接通了米兰达的电话,然后要求直接跟她说话,尽管服务生一直要求先提供她的名字之后再转接。

"你好,米兰达,我是皮科特教授的一个朋友,我们在萨佛兰见过,我能上去看看您吗?"

米兰达听出了克拉拉的声音。她很奇怪这个女人为什么不直接说出她的名字,并且还假借了皮科特的名字。但是她还是邀请克拉拉上去了。

两分钟之后,她打开了房间门,看到了两位从头到脚都裹着黑纱的穆斯林妇女。她请两个人进去,一关上门立刻非常好奇地问候了起来。

"非常感谢,您正在挽救我的生命。"克拉拉一把扯下了裹在脸上的黑纱,一边示意让珐蒂玛坐在房间里唯一的一张椅子上。

"我就知道是您,我听出了您的声音,但是发生什么事情了?"

"我必须要离开伊拉克,因为我找到了泥板圣经,而有人想把它夺走。"

"泥板圣经! 那么,它真的存在了? 我的上帝啊,伊维斯肯定想象不到!"

克拉拉注意到了米兰达在提到皮科特的时候那种神采飞扬的样子。阿耶德真的厉害,他竟然看出了这两个人之间那种微妙地联系,所以这个记者即使是为了皮科特也会帮助自己的。

"您能够帮我吗?"

"但是怎么帮呢?"

"我已经说了，我需要离开这里。"

"首先，请您告诉我到底发生了什么事情，然后是谁要夺走您的泥板圣经。您把圣经带来了吗？能够给我看看吗？"

克拉拉将手伸到购物车里，然后小心翼翼地从里面拿出了一个用很多层布仔细包着的一个包裹。她把这个包裹放在床上，然后开始将裹布一层层打开，直到露出了那八块珍贵的泥板。另外一个小包裹里是原来祖父在哈兰发掘出的两块泥板。

当看到那些刻有清楚字符的泥板时，米兰达深深地陶醉了。这些泥板跟她在卢浮宫看到的那些让她神魂颠倒的泥板一样。小时候起，她的父亲就喜欢带她去那个艺术的宫殿，指着那些泥板曾无数次地给她讲解，人类是如何开始学会在泥板上写字的。

克拉拉缓缓地念着泥板上的内容，而米兰达则无法抑制自己激动不已的心情。

"是怎么找到它们的？"

"是纪安……其实是我们找到了圣殿的另外一间房子，里面又发现了很多泥板，其中一些已经破损了。纪安开始对它们进行分类，然后就发现了这些泥板。"

"谁想把它们夺走？"记者问道。

"所有人，我的丈夫、萨达姆的人、上校先生……他们都认为这是属于伊拉克。"她并没有说出真相。

"这倒是事实，它们是属于伊拉克的。"米兰达严肃地说道。

"您认为我们国家在现在的情况下，有条件保护这些泥板吗？您认为萨达姆真的在乎这些吗？您跟我同样清楚，马上就要爆发战争了，所以我们政府最后还担心的就是文物了。"

米兰达看起来并没有被她的解释说服，她的直觉告诉她，克拉拉隐瞒了一些事情。

"要不给皮科特打电话……"她建议道。

"所有的通讯现在都已经被监听了。如果我们给他打电话，然后告诉他我们找到了泥板，我们的行踪就会被人发觉，泥板就会永远离开我们。"

"但是您，您到底想怎么样呢？……"

"把它们带出伊拉克，让全世界都认识它们。"克拉拉撒谎说，"它们是皮科特教授世界巡展的一部分。您也知道我丈夫已经弄到了通行证，可以将我们从萨佛兰发掘出来的一部分物品带出伊拉克。我希望泥板圣经也能出现在这个巡展里，我希望让全世界都知道这个最近五十年里考古史上最伟大的发现。这个泥板圣经将会检验很多历史和考古学的理论。同时对所有天主教徒，它都意味着很多，它能够明确地证明先祖亚伯拉罕的存在，而且圣经上所记述的内容也是真实存在的，我们在摩西时代从耶路撒冷圣殿里找到的圣经，终于找到了能够支持它的证据了。"

两个女人默默地对视着。她们互相并不信任,也许因为她们之间存在着一场连皮科特自己都没有发觉,却的确是因为他的竞争。尽管克拉拉很清楚这个女记者认为自己是萨达姆政权的坚定拥护者,所以自己并不可信,而且米兰达是非常坚决的反战主义分子。

"我不能理解他们为什么不允许您将这些泥板运出伊拉克,而且说到底您的丈夫拥有批准权,可以让人批准将在圣殿里找到的那二十多件物品都运出去,却不让这些泥板运出去。"

"这些泥板且不谈它们的历史和考古价值,它们的宗教价值绝对是第一位的。您不能够理解,但是它们绝对不是一般普通的泥板,它们是圣经,是人类写下的第一部圣经,是上帝启迪我们的始祖亚伯拉罕留下的圣经。您认为这个政府会同意让人将它们带出伊拉克吗?它们是最为重要的文物,而且在萨达姆如果遭遇非常不幸的状况时,它们都是可以变换成无数金钱的东西……米兰达,求求你,帮帮我吧!"

"您是求我将这些东西带出伊拉克吗?"

"当然……也要把我带走……我不知道……"

"那纪安呢?"

"在黄宫里,他跟安特一起留在那里。"

"为什么?他们为什么要留在那里?"

"因为我必须要逃走,阿耶德帮我逃了出来,如果有人知道了这一点,就会被人杀掉,我们也一样会被杀。如果可能的话,纪安会过来跟我们会合的。"

"那个克罗地亚人呢?"

"他什么都不知道,我什么都没有告诉他。"

"为什么?"

"我不知道,我……我只信任纪安。"

"那个工头呢?"

"他为了钱才给我帮忙,非常多的钱,尽管要是有人给他更高的价格,他也会出卖我。"

"您的丈夫呢?"

"他不知道我在这里,我知道他不会出卖我,但是我也不想冒任何风险,也不希望他有危险。我们马上就要离婚了,几个月前我们就各奔前程了。"

"但是我也没办法帮上任何忙啊。"米兰达抗议道。

"您能让我们,我和珐蒂玛待在这里。不会有任何人到您的房间里来找我们的。我们也不会打扰您,我们睡在地板上就可以了。阿耶德承诺要过来找我们的,如果他没有过来……那么,到时候只能看着办了。"

"他们会来这里找您的。"

"不会，没有人认为我还待在巴格达，他们肯定以为我正朝边境跑去，因为我带着珐蒂玛，所以他们肯定会往通向伊朗方向的边境区域搜索，因为珐蒂玛在那边也有一些家人。"

米兰达点了根烟，走到窗边。她需要好好想想。她知道克拉拉并没有告诉她所有的真相，尽管她察觉出克拉拉很害怕，而珐蒂玛受到惊吓的程度似乎更甚。还是有些什么没有搞清楚的地方，但是她的直觉告诉自己如果她帮助了这个女人，自己就会陷入到一场麻烦当中。而且她自己也并不赞成克拉拉将这个泥板圣经带出伊拉克。这些泥板是伊拉克的国家财富，只有得到了当局的同意才能够将它们带出国境。很显然，伊拉克现在正面临战争的边缘，所有的媒体报道都确信布什可能在任何时候开始轰炸伊拉克。但是大家还依然存有希望，因为联合国安理会里面已经爆发了一场对此行动的争议，里面还有诸如俄罗斯、法国和德国等一些很有分量的国家都坚定地支持反战的呼声。

克拉拉感觉到了这个女记者的犹豫，走到她面前准备给她提提建议。

"至少您可以让我们在这里待到阿耶德来。然后我们就离开，我们不需要您做出任何承诺。也许就是在晚上，消禁的时候我们就可能被抓住了。"

"我非常想知道，您到底做了什么事情，使得您的萨达姆朋友竟然想把您抓起来。"米兰达好奇地问道。

"我什么都没有做，真的。如果我真的能够离开伊拉克，您会知道我没有欺骗您，我肯定会将这个东西拿给皮科特教授，让他完整地拿到巡展上展出的。"

"你们今天晚上就在留在这里吧，虽然没有太宽敞的地方，但是我估计我们也能够处理得好。我们明天再谈吧，现在我要走了，我的同事还在下面等着我呢。"

米兰达带上门离开的时候，克拉拉顿时感到一阵轻松。她终于说服了这个倔强的女记者，尽管她也知道她并没有下决心是不是要继续帮助自己。但是可以肯定的是，她不会去告发自己，而这就是在和阿耶德取得联系之前，她最需要这个女记者所做的事情了。

在上校的办公室里，在他那个秘密的军事基地的大本营里，大家比平时都要忙碌得多。这个军官正通过电话冲某人大喊大叫，而与此同时一个士兵不停地进进出出，将一份份的文件拿进来摆在桌上，而另外一个士兵则将他拿进来的文件分门别类地放在文件夹里，然后再装到一个个尼龙袋里。

艾哈迈德·侯赛因一口接一口地在那喝着威士忌，阿耶德则在抽着他那幽香绵绵的埃及香烟，两个人都在等着上校先生说完他的电话。

当他终于打完电话之后，这两个人正期待地等待着他的命令。

"他们不放我走，黄宫那边希望我能留在这里，留在巴格达。我已经告诉总统的助手了，我是个士兵，我要回归到我的部队里去，我的部队在巴索拉，然后我可以顺便评估一下跟科威特交接的地方的状况。我不知道他们最后是不是会同意。"他毫不掩饰自己的不悦，对两个人解释道。

"您后天就应该到边境了，迈克·费尔南德斯在接头点等着您呢，到时候要把您带出伊拉克，然后送到埃及去。在开罗，您还需要跟哈伊达取得联系，您也知道他是坦内博格组织里的一个智囊团成员。而正好是他，要给予您一个新的身份文件和足够的钱，让您能够用新的身份平平安安地度过您的余生。"艾哈迈德解释道。

"我知道，我知道……难道还需要你给我解释我该怎么做吗？如果我们不能在二十号之前离开这里，我们就永远都不可能出去了！"上校抱怨道。

"但我需要留在这里！"艾哈迈德回答说。

"那是你的责任！你需要协调整个行动，但是美国人不会对你怎样，坦内博格的那些朋友已经对你保证过了。"上校说道。

"谁知道会发生什么事情！"艾哈迈德抱怨道。

"没事的！什么都不会发生！他们会把你从这里弄出去，还有阿耶德。他会陪着你，你们两个人要负责整个行动的顺利完成。

坦内博格的人已经都准备好了，你可不能这个时候变得软弱；如果他们发现你变得软弱可欺，一切就完蛋了。坦内博格已经不在了，所以他们需要信任某个人，而你是他孙女的丈夫，你就是家族的领袖，拿出点魄力来！"上校的语气有些生气。

"克拉拉在哪里呢？"艾哈迈德大声地自言自语道。

"我们正在找她呢。我已经派出了一个特别警备团在所有的边境进行搜查了。但是我们还需要十分谨慎，不能惊动了黄宫那边。"阿耶德说道。

"你的妻子非常聪明，但是也没有聪明到我们找不到她的程度。"上校肯定地说道。

"如果您觉得合适的话，上校，我们可以再重新复习一下行动的细节问题。我需要看看是不是要给一些人布置新的指令……"阿耶德插话道。

"那样也好。"上校回答道。

米兰达整个晚饭的时候都是心不在焉的。她不停地在想克拉拉的事情。她有很强的冲动要给远在巴黎的皮科特打个电话，或者给那个女考古学家玛尔塔·戈麦斯打，然后问问他们自己到底该怎么办，但是如果那些电话真的被监听的话，那么不仅克拉拉会被捕，自己也会因此被牵连进去。

"你身体不舒服吗？"

"没有，没有，我就是有点累了。"

法国电台的那个摄影师面对米兰达这样的回答无奈地耸了耸肩。很明显，这个女人对于晚餐时大家的谈论一个字都没有听进去，而她那紧紧皱起的眉头又很明显地说明，她有心事，不知道在为什么担忧。

"好吧，我给你说说刚才劳伦·巴卡尔对乌姆费伊·博加特所说的话：如果你需要我的话……"

"谢谢，让，我很好。这太让人受不了了，我们在这里等待的也太久了，一直等着美国人决定要开始打仗，我已经都受够了。"

"但是你最好还是要多些耐心，除非你想离开了。"这个法国人说道。

"不，不，我还不想走。但是我几乎想让一切都赶快彻底的结束，哪怕是战争也好。"

"一如既往，你在政治上还是那么的不理智。"一个在其他战争冲突问题上与她还颇多共同点的英国女记者评论道。

"我知道，玛格丽特，我知道，但是你们所有人都跟我一样厌倦了吧，我只不过是把大家想说而不敢说的事情陈述了一下而已，大家都希望能够赶快发生点什么，不是吗？"

争论一直持续到半夜，所以他们从餐馆又转移到另外一个芭拉蒂雅街附近的酒吧。

当他们回到酒店的时候，米兰达拒绝再跟他们继续喝下去了，然后径直朝自己的房间走了回去，焦急地想知道克拉拉是不是还在自己的房间。

她小心地打开门，发现那两个女人靠着墙壁挤在一起，已经在地上睡下了，身上盖的是床褥子。克拉拉和珐蒂玛都睡得很沉，她们脸上的表情透露出她们既疲惫又绝望的心情。

她小心地把衣服脱掉，犹豫着是不是要她们跟自己一起睡在床上。然后她想道，如果把她们叫醒也许更不合适，因为这个床本身就很小，而且根本就容不下三个人。

"克拉拉去哪了？"

纪安正等着安特问自己这个问题，但是他也准备好了要撒谎。

"我不知道，但是也许知道可以在哪找到她。我也担心她。"

"她决不会不跟您告别就离开的。"克罗地亚人坚持说道。

"您认为我知道她在哪儿还会不说吗？我要是知道的话，早就告诉刚才那些人，就不会挨打了……我……我可受不了这样的暴力……我要真的知道的话。"

"那您也肯定不会说，这点我很肯定。"安特打断他的话说道。

"得了吧，您好像很了解似的！"

"是的，我很了解一个人能够有多么大的能量。"

"我是个神父。"

"我同样也知道一个神父的能量。在战争中,我们家乡的那些神父就会去帮助其他的人。有一天,有一群准军事巡逻兵到我们村子找一个人,是我们民兵的一个头头。他被人藏在了一个教堂里,但是神父却没有说。人们在所有人面前折磨他,把他的皮都抽开了,但是他还是什么都没有说。他的牺牲没有起到任何作用,最后那个人还是被找到了,然后在将村庄烧毁之后,还是把他也杀了。"

纪安无法掩饰这个克罗地亚人给他所讲的这个故事给他带来的强烈震撼,努力地凑到他身边,将手轻轻地放在这个人的肩上。

"我不需要怜悯。"安特回答道。

"所有人都需要怜悯和同情。"神父回答道。

"我不需要。"

黑夜已经降临了,两个人看起来已经都恢复得差不多了,他们这才努力地离开了黄宫。两个女仆帮助他们收拾好了行李。其中一个女仆还说,自己有一个表兄住在这附近,如果能够有不错的报酬,可以考虑用车将他们送到巴勒斯坦酒店去。他们同意了,于是就在门口等着那个女仆去叫她的表兄。

"为什么您不相信我?"克罗地亚人问道。

"什么让您觉得我不信任您呢?"

"没有人信任我。这不需要什么证明,在萨佛兰的时候我就发现了,我就像个多余的人一样。他们总是尽量躲我远远的。"

"要真是这样的话,皮科特教授就根本没有必要接受让您加入考古小组,而克拉拉也不会同意让您留下啊!"

"但是我是那么的无足轻重,尽管是让他们那么的不舒服,他们也没有把我放在眼里。如果我从他们的视线里消失,他们也不会想起我的,其实这些日子我一直都是被关在仓库里,哪里也没有去。"

"我看您是庸人自扰啊。"

"您错了,我来告诉您真相。我其实也不喜欢他们,他们自然也不在乎我。"

"那您为什么愿意接受去那工作呢?"

"因为就是这样的喽,工作嘛,我们所有的人都需要工作不是吗?"

最终那个女仆带着她的表兄过来了,然后帮助他们上了车。他们用了不到一刻钟就到了巴勒斯坦酒店。这时酒店的大堂里和酒吧里还有人在来来往往的。前台对他们发誓说找不出一间空余的房间了,只是在他们再三的要求下,在接受了几个美元的贿赂下,非常谨慎地同意给他们让出两间房,不过他们声明这两间房的条件不是很好,因为本来是要重新修缮的,但是由于条件不允许还没有动工。

前台的那个服务生说得果然没错。这两间房看来可不仅仅是粉刷的问题,而且里面的那些麻织品看来也是有些年头了,特别是卫生间看起来很不干净。

"你们只有将就一下了,我马上给您拿些铺盖来。"

纪安希望知道米兰达还有其他的那些记者是不是还在酒店里住着,前台很肯定地告诉他是的。

"不过,也许明天他们中有些人不介意跟我们住在一间房里呢……"神父还留存一些希望地说道。

米兰达沉沉地睡着,突然一阵砰砰的敲门声将她拽回到现实中来。

她一下子站了起来,在去开门之前拍了拍克拉拉,而克拉拉还和珐蒂玛一起睡得很香。

"是谁啊?"她低声问道,而回答则让她非常奇怪。

"纪安·玛利亚,求您开开门,快点。"

神父看了看身后生怕有人跟踪,然后钻进了房间。

"她们在这里吗?谢天谢地!"当他看到这两个睡在地上的人是克拉拉和珐蒂玛之后说道。

"我希望您能给我一个准确的解释,这一切究竟是怎么回事。"

"如果她被抓到的话,肯定会被人杀掉。"纪安指着克拉拉回答道,而克拉拉这时似乎刚刚从沉睡中苏醒了过来。

"为什么?"米兰达继续问道。

"因为她找到了泥板圣经,而他们想把这个东西从她那抢走。"纪安回答道。

"这些泥板本来也不是属于她的,它们属于伊拉克人,所以就此问题我不能继续帮你们了。"米兰达断然拒绝道。

"您不再帮助我们了?"克拉拉问道,这时她才完全清醒过来。

"您希望拿走一些本来就不属于您的东西,所以这本身就算是盗窃。我不能评判说没有人盗窃啊,尽管现在已经是大战的前夕了。"

"圣经本来就是我的!"克拉拉忧虑地说道。

"尽管是您找到的,但是泥板圣经还是属于伊拉克。而且,您也没有告诉我全部的真相。您祖父和您都是萨达姆政权如此信任的人物,甚至您的丈夫都可以弄到通行证让皮科特可以把找到的相当一部分文物带出伊拉克,那么,为什么他们不给您通行证让您把这些泥板也带走呢?是的,我知道这个发现是非常了不起的,但是这也并不意味着会影响到将它们拿到世界巡展上去进行展示啊。我同样也不能理解为什么会有人要跟踪您,而且更让人不能理解的是,为什么一个跟政权如此密切的女子会声称自己的性命遇到了威胁。除非,真的是,您希望将一些并不属于您的东西据为己有,这就让您变成了一个窃贼,不论是在这里或者是在世界的任何其他的地方。所以我希望您明天能够找个其他的地方可以住,我可不希望跟一个窃贼扯上什么关系,而且我也很怀疑皮科特教授是不是清楚您的态度。"

米兰达的话像一盆冷水，一下子从克拉拉头上泼了下来。珐蒂玛，也已经醒了，坐在地上看着当时的场景，用双手捂住了脸。

"您呢，纪安·玛利亚……我对您的态度也感到很奇怪。您是个神父，可是在一个盗窃行为面前却显得是那么无动于衷。不仅仅如此，您甚至还想要帮助这个盗贼，坦白地说，我无法理解您的做法。"米兰达继续说道。

这个女记者的话让神父受到了非常强烈的刺激，因为他从来就没有质疑过这些泥板是不是属于克拉拉的。在疑惑了好几秒钟之后，他回答米兰达道：

"您说得有道理，或者至少在某些方面是有道理的。但是……好吧，我认为这些事情并不像您看到的那么简单，并不是像您所描述的那样。您看看我的脸，请您把灯打开。"

米兰达将床头柜上的台灯打开了，这才看清了神父被打得伤痕累累的脸，他的脸肿得就像个馒头一样。

"您这是发生什么事情了？"她惊恐地问道。

"上校先生希望知道克拉拉在哪里。"神父回答道。

"上校先生？"

"我不知道您在萨佛兰是不是见过他。那是个非常有权力的人，他希望得到那些泥板，但是不是为了伊拉克，而是希望拿去做笔交易。我估计克拉拉以后会给我们解释的，但是我在黄宫里听到的却是关于一个什么华盛顿方面的朋友，什么战争明天开始等等诸如此类的话语。"

"明天开始打仗？这个上校是怎么知道的？我不理解。"米兰达说道。

"这个解释起来就很复杂了。他希望得到泥板圣经之后再把它卖掉，所以他要跟踪我，然后得到它。我并没有偷窃它，我只是希望能够让全世界认识它，让它能够在战争期间待在一个相对安全的地方，直到战争结束，然后再重返伊拉克。"克拉拉解释道。为了能够离开这里，她只有编出了这个理由，获取米兰达的信任。

"那就是说，有一个被贿赂的上校希望拿到这些泥板……那好，您可以告发他啊，然后将它交给当局。或者交给您的丈夫，据我所知，他是这个国家考古部门的负责人，或者类似的什么官员，是吗？"

"我不能。"克拉拉抗议道。

"您的丈夫也被贿赂了？天哪，克拉拉？"

"随便您怎么想吧，我理解您不希望帮助我们的原因，我和珐蒂玛，我们会离开的，但是请允许我们在这里待到今天结束。如果我们现在出去，肯定马上就被人抓起来了。阿耶德承诺要把我们救出去的，是他建议我们留在这个酒店的。但是您也不用担心，今天一结束，我们肯定走，我向您发誓。"

米兰达愣在那里看着克拉拉不知道该怎么办才好。她并不信任她，其实她根本就不喜欢克拉拉。她的直觉告诉自己这个女人一点都不真诚，即使在她这些话的背后还不知道隐藏着些什么呢。

"那在明天黎明之前,你们一定要离开。"米兰达下了最后通牒。

"求您了,帮帮纪安。"克拉拉恳求地对她说道。

"不用,我不需要帮助,您不用担心。"纪安回答道。

"不,您的确需要帮助。您今天就要离开伊拉克,在轰炸开始之前就离开。我们都不知道这场战争会持续多久,请您走吧,如果您还待在这里,您会没命的。上校先生同意您到这里来的是吗?"克拉拉突然问道。

"他在拷问完我和安特之后就把我们扔在那里,不管我们了。阿耶德说服他,说您很了解他,所以肯定不会告诉我们任何人您会去哪里。于是这样他似乎被说服了,然后就把我们丢在黄宫里了。您的丈夫看起来一副很绝望的样子,尽管他站在上校那一边,但是看起来他似乎还是希望能够帮助您。"

"不,他并不是要帮助我,他是希望得到泥板圣经。"

"艾哈迈德不是个坏人,克拉拉。"纪安回答道。

"您就帮帮我的忙,赶快离开这里吧。我无法轻易就离开这里,可能要在这里耗上些日子,甚至几个月,但是您必须要马上离开。如果您留下的话,只会加重我的忧虑。"克拉拉肯定地说道。

"十分感人!"米兰达打断他们的对话,"但是你们……我不理解了,纪安·玛利亚,我真的不能理解您到底要干什么。"

"我不能向您解释,我也不知道应该怎么解释,但是我向您保证,我是凭着我的良心在办事的,而且我肯定我所做的一切都是没有任何恶意的。我……我认为克拉拉并不是要将这些泥板据为己有,但是在这种情况下……米兰达,有时候要给出答案也是很困难的……"

"直到现在,不论是您或者是克拉拉都没有给我任何的答案,所以我不能跟这个盗窃扯上任何关系。至于明天要开始战争的事情,你们肯定吗?"

"其实是在三月二十日正式开始,也就是说明天还有时间让纪安离开这里。"克拉拉肯定地说道。

"您怎么就那么肯定战争会在二十日开始?"记者追问道。

"上校说了不是……"

"但是我知道这个上校可是萨达姆的人,并不是美国方面的人,所以我很怀疑他怎么会知道布什开始打仗的日期呢,除非……"

"您到底生活在什么样的世界啊,米兰达?"克拉拉苦涩地问道。

"您呢?"

"在一个为了能够做生意,为了能够做有高额回报的生意而随时在生死之间徘徊的世界。通过这场战争,很多人会赚很多的钱!"克拉拉义愤填膺地回答道。

"我唯一知道的是,一旦开始战争就会有人死去,无辜地死去。"米兰达也很生气。

"无辜?不对,您不要搞错了,我刚刚说过,他们之所以死,是因为有一些人要赚很多钱,非常非常多的钱,而且他们的权力还会在未来增长,尽管他们现在也已经很有权力了,但是未来还会有更多。所以这场战争才会打响,所以才会有那么多的战争。不是您或者我可以将它们停息的,而且如果没有这一场战争,也会有另外一场,这就是历史,米兰达,这就是人类发展的历史。如果你能从考古学中学到点什么,那就是我们从地球上所拯救的大部分城市,要么已经在某场战争中被摧毁,要么就是在某场战争后被遗弃。有些事情,是人力所无法改变的。"

克拉拉非常冷酷地说道,都能够感觉到米兰达为之动容,但是她看起来却似乎还是无法理解她所处的这个世界的真实情况。

"您知道吗?您和我总是站在两个对立的阵线。正是跟您一样的这些人,引起了您同类的悲剧。"这个女记者毫不掩饰自己对克拉拉的鄙视回答道。

"求你们了!拜托了!"纪安试图调解道,"这样的争论太荒谬了,我们所有人已经够紧张的了……"

"紧张?您难道没有听到克拉拉刚才所说的话吗?这个女人不在乎任何事情,不在乎任何人,只是想实现她自己的愿望,当然是她自己的。对我而言,我觉得……我觉得她就是一个畜生。"

米兰达的这个断言就像一声惊雷,让所有的人都安静下来了。离天亮还只有几个小时了,而房间里的这种紧张的气氛已经开始让里面的人越来越难以忍受。

克拉拉并不把米兰达当回事,走到纪安身旁。

"你会按照我说的离开这里吧?"

"但是,那你呢?我希望能够帮助你……"

"你认为我可以跟着一个神父离开伊拉克吗?你认为上校先生会用多长时间找到我们呢?我只有一次机会,我不能为了你冒这个险。"

"我不愿意您因为我的缘故发生任何意外,我希望能够帮到你。"纪安回答道。

咚咚的敲门声让所有人一下子就安静了下来。米兰达跟大家做了个手势示意大家都到厕所里去。然后她才打开门。

阿耶德看起来很紧张,他什么都没有说推门走了进来,然后将门关上。

"他们在哪里?"阿耶德问道。

"谁们在哪?"

"我没有时间可以浪费了!克拉拉在哪?"

他推开了卫生间的门,笑了起来。纪安、克拉拉还有珐蒂玛都贴在墙根上。珐蒂玛的脸上是一副害怕的神色,而纪安则是一脸担心的表情,克拉拉的脸上却是挑衅。

"出来,我们要走了。"克拉拉命令珐蒂玛道。

"我要跟你们一起走。"纪安恳求道。

"您怎么那么顽固呢?"克拉拉说道。

"为什么您不愿意帮助他们离开这里?"阿耶德问米兰达道。

"怎么办?告诉我,我怎么能将他们从这里弄走。按他们刚才所说的,明天就要开始打仗了,那么现在去边境无异于自杀。"

阿耶德看到了克拉拉的眼神里充满了无言的斥责。为什么要告诉这个女记者明天开始打仗的事情?

"那么您就留在这里吧,那些美国人又不是不知道这里是记者聚集的酒店,所以他们肯定不会炸这里的。"

"我要陪着她们。"纪安还是不死心。

"我认为您对我们真的没有任何帮助……"阿耶德大声地说道。

"纪安,你不要来。我的生活里充满了危险,所以你就不要跟着过来了。"

克拉拉肯定的语气看起来毫无余地,但是阿耶德却在继续斟酌这个时候是不是应该带上神父,有没有好处。

"您要把她们送到哪里?"纪安问道。

"这我可不能告诉您,如果上校先生重新准备要拷问您,您可不会像上一次那么幸运。"阿耶德说道。

"但是如果他们要折磨他的话,他可以说克拉拉跟您一起走了。"米兰达说道。

"但是他不知道去了哪里,所以我们要走了。你们把脸蒙起来,继续按照我的指示行动。秘密警察到处都是。"阿耶德解释道。

"那我们怎么离开呢?"克拉拉问道。

"在地毯里,确切地说是两块地毯里。在备用门那停着一辆卡车,等着装一些地毯,这样你们就可以从那离开酒店。你们晚些时候会跟我会合。现在我们去备用电梯。"

他们将米兰达和纪安留在房间里就离开了。女记者看起来终于轻松了,而神父则是一脸担忧的模样。

"您要喝一杯吗?"米兰达问纪安道。

"我不喝酒。"纪安嘟嘟囔囔地回答道。

"我也不喝,我这里有几瓶酒是为了要收买一些人的意志的。但是今天晚上,我还是决定要喝上一口。"

她在卫生间里找出了个杯子,然后打开了一瓶藏在衣柜里的波尔多葡萄酒。她用两个指头夹住酒杯,将杯子送到了唇边,感觉着液体是如何缓缓地流入到喉咙,几秒钟后又是怎么让自己的内脏都暖和了起来。

"克拉拉对您意味着什么?"她的问题让神父吃了一惊。

纪安就那么看着她不知道该怎么回答。他可不能说出真相。

"什么都不是，绝对不是您想象得那样。我在道义上有责任帮她，就是这样。"

"道义的责任？为什么？"

"因为我是神父，就是因为这个，米兰达，就是因为这。有时候上帝将我们安排在了一些我们从来就未曾想到过的状况中。很抱歉，我再也没办法给您更多的解释了。"

米兰达接受了纪安的解释。她知道这个神父不会骗她，而且也注意到了他内心的情感变化，似乎是受到了伤害。

"明天真的要开始战争了吗？"她问道。

"这可是上校先生和艾哈迈德说的。"

"今天就是十九号了……"

"那么明天就会开始轰炸了。"

"他们怎么知道的呢？"

"我不知道，他们在谈论一些华盛顿方面的人，但是具体的东西我也并不清楚。当时他们刚刚给了我一顿从未想象过的毒打。"

"是的，我看出来了。那么安特在哪呢？"

"在他房间里啊。他受的伤更重，要不是有人扶着，他都没办法站起来，走到这里。"

"谁把你们带过来的？"

"克拉拉一个女仆的表兄。"

"那现在您想怎么办呢？"

"我？我不知道，很抱歉……我很抱歉我现在就快要垮掉了。如果不知道克拉拉能够平平安安的，我就没办法离开伊拉克。"

"但是她肯定是要躲起来的，她肯定是不能跟您联系的。"

突然，又响起了一阵敲门声将他们的谈话打断了。米兰达和纪安愣住了，似乎都想确认这个敲门声是不是带来了什么恐怖的结果。敲门声又响了起来，一阵威胁声敦促他们立刻开门。

克拉拉满脸苍白，珐蒂玛也在发抖，而阿耶德则是一脸愤怒。

"简直不可能从这里出去！上校先生现在不信任任何人，他们已经搜查过那辆卡车了，而且士兵都在监视着那辆车。他们倒是没有发现我们，因为司机什么都不知道，只知道是要运送一些货物。所以她们还需要留在这里。"

"这里？不行，我已经向她保证不能再留在这里了。你再帮她们另找住处吧，反正是不能住在这里了。"米兰达断然拒绝。

"那您出去告诉士兵让他们逮捕她吧。"阿耶德威胁她道，"否则就让她们待在这里，直到我想到办法能够将她们救出去。"

"她们不能留在我的房间！"记者肯定地嚷道。

"那到我的房间去吧！"纪安建议道。

"您弄到了一间房？在哪一层？"阿耶德问道。

"四层。那间房糟透了，只有一张床，淋浴不是很好用，但是我们还能凑合。"

"那安特呢？"克拉拉问道。

"在一楼。"

"那他有可能想见您，他要去您的房间也很正常啊。"阿耶德说道。

"有可能，但是如果他要去，我不让他进去不就行了。"

"那客房服务呢？如果他们进去看到有两个穆斯林妇女该怎么解释？"米兰达问道。

"你们给我听好，现在的情况就是这样了，所以我们必须随机应变。如果您不让她们住在这里，那您就去住纪安的房间。也许上校先生还没有把整个酒店都搜查一遍。现在告诉我们怎样去您的房间。"

他们跟着纪安走了出去。米兰达又喝了两杯波尔多，然后就睡下了。她累得不行了，她需要好好地睡上一觉，尽管其实她很难睡着。她的脑海里不停地闪现着那个预告，还有几个小时就要开始打仗了。克拉拉和阿耶德是怎么知道的呢？

电话铃声突然将她吵醒了。她的同事们在等着她吃早饭，然后顺便去巴格达的街上去找些素材。十五分钟以后，她洗了个澡，湿着头发就来到了大堂。

这一天她过得紧紧张张的，不知道到底应该怎么做：应该将她所知道的告诉她的同事们吗，告诉他们几个小时之后就开始战争，还是保持沉默呢？

她给远在伦敦的上司打了个电话，而上司也肯定地告诉她现在舆论到处都在疯传战争迫在眉睫。当她问他是不是就在今天，头笑了。

"如果我要是知道的话，这绝对就是独家大新闻了！今天是十九号，两天前布什总统已经向萨达姆发出了最后通牒，你也知道所有的大使馆现在都已经走空了，而且他们也已经建议他们的同胞们赶快离开，所以战争肯定是随时都可能爆发的，但是我们还是不清楚是什么时候。战争一开始，我就会给你打电话的，尽管我估计应该是你先给我打电话。"

对于从克拉拉和纪安那里得到的消息，米兰达没有再多想。她知道他们现在都在酒店里，就在下面一层的某个房间里，她也很担心他们会出什么事情，但是同时她还是对自己说，不愿意成为他们这群盗贼的同谋。也就是克拉拉所做的这一切，将泥板圣经偷走。

这个夜晚在和同事的交谈中也显得尤为漫长，她很肯定炮火的声音不久就会变成现实。突然间，天空骤然亮起，炮火声开始在四周响起，所有人都惊呆了。这正是三月二十日，战争已经开始了。

过了几个小时，记者们通过自己的文章已经将巴格达的火力交锋情况传递了出去。看来已经没有什么幸运可言了。

37

迈克·费尔南德斯不耐烦地看着手表。美军和英军已经开始对伊拉克进行地面袭击了,这个时候也到了坦内博格和他精心预备好要开始行动的时刻了。这个前波黑维和部队的上校对自己说,一定会顺利进行的,即使阿尔弗雷德·坦内博格的死也不会影响到行动的顺利完成。这场游戏里可是涉及着一笔巨大的金钱啊,大家都知道只要按照规则办,按时到达会面地点就可以获取相当可观的钱。不过是时间问题,他们就都可以离开伊拉克了。

在巴格达,就在这个时候,一队身着军事制服,用护耳帽遮住了脸的人正在等待着他们的头一声令下,就要放弃他们从几个小时以前就在那躲避的仓库。

所有这些人过去都是为阿尔弗雷德·坦内博格服务了多年的。坦内博格的死曾让他们陷入了无尽的恐慌之中,但是他的女婿却向他们肯定,一切行动计划都没有改变,而且最重要的是,所有人因为所完成的工作都会得到相应的报酬。他,他对他们说道,现在就是坦内博格家族的领袖,他希望他们能像过去对待阿尔弗雷德一样做事有效率,并且要对他忠诚。

他对于将来付给他们的报酬表示不会存在任何问题,所以他们不应该有任何犹豫,应该马上接受任务。而在行动之后,他所需要的不过就是时间的问题。他们只需要忠实地工作到穿过科威特边境,然后将战利品交给那个前美国军官,一个好人手里,他就会继续指示他们接下去的行动。

上司手机的嘀嘀声提醒他们是时候了。他接通了电话,认真地听着要他们开始行动的命令。

"我们行动。"他对大家说道。

他们站了起来,再一次检查了一下身上的武器,拉下了护耳帽将整个脸都遮了起来,利用他们那身深色的夜行服,在黑夜的阴影下,像隐形人一样行动了。他们跳上了早就等在那里的军事卡车。

炮弹声和对空导弹的声音弥漫在整个巴格达的上空,警报声将全城的人们都从梦中惊醒,人们害怕地紧紧关上门,躲在家里。

当阿耶德走进巴勒斯坦酒店的大堂时,他在一大堆记者里一眼认出了米兰达。他们正在那里跟一群美国官员热情洋溢地争论着什么。等她谈完之后,离开了其他人,他这才走了过去。

"米兰达小姐……"

"阿耶德!天哪,我还以为您永远消失了呢。您的朋友们可是想死您了……"

"我料到了,但是我要是提前过来的话,一定会危及到您的生命。而且我知道,跟您和纪安在一起她们也会很安全的。"

"还真是完美啊!您还真善于将责任推卸到别人身上!"米兰达抗议道,这让阿耶德不由得笑了起来。

"好了,告诉我他们都在哪吧。"

"又回到我房间了。那个克罗地亚人到处打听克拉拉的消息,纪安和克拉拉都不希望让他知道事情的真相,所以我只有重新收留她们了。"

"不用担心,我过来把她们接走。"

"那你们去哪呢,能够告诉我吗?"

"首先去约旦,然后去埃及。克拉拉小姐在开罗有个漂亮的房子,而且那里还有她祖父留给她的一大笔遗产,她没告诉您吧?"

"那你们怎么能到约旦去呢?"

"有朋友会来送我们过去。"

"那纪安呢?"

阿耶德耸了耸肩膀,他可没有想加上神父这个负担。因为他跟克拉拉的协议里并没有加上神父,所以对他而言神父下不下地狱都跟他无关。

米兰达陪着阿耶德走到自己的房间,希望克拉拉能够尽快地从自己的生活里消失。

克拉拉安静地听完了阿耶德的解释。

"我不能保证您肯定不会出任何事情。"他老实地说道。

"但是如果那样的话,您一分钱也拿不到。"克拉拉也威胁道。

"我知道。"

"我希望能够陪着你们。"纪安打断他们的谈话。

克拉拉看着阿耶德,都没有给他机会回答。

"那您就跟我们一起走吧。一起打包。"

"那我需要收取更多的费用,因为我们还要看看那些派来救我们出去的人是不是愿意再多带上一个人。"

"他是跟我一起来的。"克拉拉指着纪安肯定地说道。

"那您的朋友安特怎么办呢?"米兰达问道。

"您替我们跟他告别。"阿耶德回答道。

"那太滑稽了!"米兰达大叫道。

当他们离开酒店的时候,似乎没有任何人注意到了阿耶德和那两个浑身裹着黑布的穆斯林女人。而他们三个人也都没有发现安特正站在大堂的一角，暗暗地跟踪着他们。

克罗地亚人当然也没有忽略到，克拉拉带着一个鼓鼓囊囊的手提包，她那么费劲地拎着，所以他很肯定，里面装着那些泥板，也就是泥板圣经。他只需要跟在他们后面，不管用什么方法只要把泥板夺走就可以了，即使是要杀掉那个假工头也在所不惜。

但是他的计划看起来立刻就化为泡影了。那二男二女马上就钻进了一辆小车，然后就消失在城市的混杂之中了。他又一次将克拉拉弄丢了，这一次他可是需要离开伊拉克找她了，当然他知道要去哪儿。这个女人迟早都要和皮科特教授会合的，所以他看到她不过是个时间早晚的问题，他只需要等待就可以了。

而在安特之前很久，莱恩就得出了同样的结论，他已经准备好了要完成他剩下的任务：将克拉拉解决掉。皮科特教授就是阿里阿德涅的绳索。

38

罗马还是一如既往的美丽。纪安在心中默默思索着，完全不知道在过去的这几个月里，自己是怎么能够在一个离罗马如此遥远的地方生活的。现在他才突然意识到，自己原来是多么怀念这样平静如水的日常生活啊。清晨的祈祷，安静的阅读……

纪安走进诊所，朝他父亲的办公室走去。玛丽亚，卡罗·希皮亚尼医生的秘书非常高兴地跟他打招呼。

"纪安·玛利亚，见到您真高兴啊！"

"谢谢，玛丽亚！"

"请进，请进，您的父亲一个人在里面呢，他倒是真没告诉我说您会来……"

"我就是想给他一个惊喜的！别通知他，拜托了！"

他用指关节轻轻地敲了敲门，然后就进去了。

当看到是自己的儿子时，卡罗激动得一下子有点手足无措。他站了起来，似乎连移动一下都很费劲似的，不知道该怎么做，该说什么才好。纪安眼睛一眨不眨地看着父亲，就站在那里。父亲看到他似乎比原来更消瘦了，皮肤的颜色似乎由于日晒和露天活动变成了古铜色。他不再是过去那个有些病态的年轻人了，现在他更像一个男人，一个一眼就能看出来与众不同的男人了。

"我的孩子啊！"他吃惊地呼唤道，然后立刻走到他身边，激动地抱住了儿子。

神父回应地抱紧了父亲，而父亲则觉得无比的放心。

"坐下吧，先坐下，我给你的兄弟们打电话。安东尼奥和娜拉一直都非常担心你。你的上司连你的消息都没有跟我们多说，只是说你还好，但是就不告诉我们你在哪里。你到底去哪了，我的好儿子啊？"

"为了阻止你犯罪，父亲。"

在这一刻，卡罗突然感到背上沉沉的压力，他往后一靠，一屁股坐在了沙发上。

"你知道我的历史，我从来没有向你或者你的兄妹隐瞒。你怎么能这样评价我呢？我一直在恳求你的原谅和上帝的原谅。"

"阿尔弗雷德·坦内博格已经死了，被人刺杀。我估计你也知道了。"

"我知道，我知道，你不是要我……"

"难道你在恳求原谅？你不会告诉我你去忏悔的时候就是为了这个罪行而想求得上帝的宽恕吧。"

"我的儿子啊！"

"我已经做了很多你根本就无法想象的努力，来阻止你的念头，但是我失败了。我向你肯定，我宁愿献出我的生命求得你不被惩罚。"

"我很抱歉，很抱歉可能给你造成的伤害，但是我认为上帝不会因为我只是……只是想让那个老畜生死，就惩罚我。"

"即使是那个老畜生的生命，也是属于上帝的，只有上帝才能做主是不是要将它完结。"

"看来你并没有原谅我。"

"你后悔吗，父亲？"

"不。"

卡罗的声音是那么响亮，没有一丝的犹豫，而同时他还牢牢地盯着儿子的眼睛。

"你得到了什么，父亲？"

"主持了正义，那种当我们还是手无缚鸡之力的儿童时所不能主持的正义，将这个当年让我们用自己的双手去鞭打我们的母亲，称她们为骡子的畜生绳之以法。我看着母亲还有姐姐死去却无能为力。你凭什么来评判我。"

"我只是一个神父，你的儿子，而且我爱你，父亲。"

纪安走到老人身边，再一次抱住了父亲。两个人都痛哭了起来。

"你到底去哪里了，儿子？"

"去了伊拉克，在一个叫做萨佛兰的小村子，我就是想去阻止你杀阿尔弗雷德·坦内博格。当然我也担心克拉拉的生命。"

"他杀我姐姐的时候没有丝毫犹豫，她是个聋子，所以根本听不到那个老畜生的任何命令，但是他还是把她打死了。"

"难道克拉拉应该为你姐姐的死来偿命？"纪安严肃地问父亲。

医生没有回答。他从沙发上站了起来，转过身去，将背影对着纪安，不再看儿子一眼，然后开始在办公室里踱着步子。

"她是无辜的，她没有做任何对不起你们的事情。"他说道。

"纪安·玛利亚，你不能理解，你是神父，但是我只是一个普通人，也许在你的眼中人是最糟糕的，但是请你不要来评判我，只需要原谅我就好了。"

"你在请求谁的原谅，是向你的儿子还是神父？"

"两者都是，儿子，两者都是。"

卡罗不做声了，希望儿子能够再过来拥抱他，但是纪安从椅子上站了起来，没有跟父亲告别就离开了办公室，暗自责备自己胸中竟然燃起了熊熊的怒火。

"克拉拉在哪里？"

恩里克的声音带着强烈的干扰音从电话那头传了过来，尽管他采取了最为安全的方法，但是乔治·瓦格纳还是非常生气。

"在巴黎跟皮科特教授在一起。但是你不用担心，我刚刚跟保罗·杜卡斯联系了，他向我保证已经继续在皮科特教授的身边安插了一个人手，这个人马上就能够拿到泥板了。"

"他必须给我尽快拿到手。"恩里克在他塞维利亚的安静庄园里说道。

"没错，他必须办到，我已经告诉杜卡斯了，如果他不能给我们弄到泥板圣经，他一分钱都拿不到。这个人好像也刚刚从伊拉克那边回来，而且重新得以靠近皮科特，所以任何时候他都可以准确地知道泥板到底在哪里。"

"组织一对人马……"恩里克建议道。

"这也是弗兰克跟我说的办法，我们会在要求的时间内办到的。据我所知，皮科特教授希望能够将他们所挖掘出来的东西搞一个展览，向整个科学界和公众展示泥板圣经。但是到现在为止，他们还把那些泥板锁在银行里的保险箱里。他们将把泥板一直放在那里，直到展览开幕，所以我们需要等到那个时候动手。直到那个时候为止，这个杜卡斯对我们都是有用的，他已经混入了皮科特在伊拉克组成的那个考古小组，所以他肯定可以及时地将克拉拉和皮科特所有的行动计划一一通知我们。"

"那她的丈夫呢？"

"艾哈迈德？我们已经要求他看紧克拉拉了，但是看起来他们实际已经分手了，而且那个女人已经不再信任他了，她知道他替我们工作，所以我也不知道他对我们而言还是不是有用。"

"得了，乔治，艾哈迈德对我们可是相当的有用啊。如果不是他，洗劫那些博物馆怎么可能那么顺利。"

"那是阿尔弗雷德计划的。"乔治嘟嘟囔囔地说道。

"但是却是他亲自执行的啊，当然也得到了上校先生的支持，所以我们必须对他们所做的工作予以肯定。"

"他们会得到一大笔钱的，但是现在，我的朋友，首要的任务还是要将泥板圣经夺过来。我有一个非常特别的买家，他已经准备好了要出若干百万美元买下这个证实亚伯拉罕存在且通过它也证实了创世故事的宝贝。"

"我们还是要谨慎一些，乔治，将弄来的东西就这样投入市场太疯狂了。"

"我们当然是会等一段时间的，这点我向你保证。我还可以向你保证，那个想得到这个东西的人绝对不会想要把它拿出去展示，或者放在任何一个博物馆里。"

"你在考古基金会的手下对这些东西都清点过吗？"恩里克问道。

"那都要得益于艾哈迈德了。"

"我也需要有人帮我一把，帮我整理一下你运送给我的东西。"

"弗兰克还不是一样，你不用担心，我已经给罗伯特和拉尔夫下令了，他们会负责这个工作的。但是无论如何，如果你还是想继续做的话，艾哈迈德可以去塞维利亚旅游一趟。"

"那克拉拉怎么处理呢？"

"她给我们制造的麻烦太多了，除了挑衅我们……她是个糟糕的典型……"

"你说得有理，老朋友。"

***

伊维斯·皮科特默默地听着电话那头的声音，看起来他一点都不急着要回答。教授已经有十多分钟没有说一句话了，他只是专注地听着那边的人说话。最后当他把电话挂上后，他才松了一口气。克拉拉给他施压，希望他能够尽快地将萨佛兰发掘出来的文物进行展览，却丝毫不考虑真正运作起来可能遇到的种种困难。克拉拉坚持说他们没有尽最大的努力来推动这个事情的进展。那些东西全部都打包好了，莱恩拍的那些照片也是现成的，而且考古小组里的每个成员都已经递交了自己对于整个挖掘过程的各个物品的文字材料，此外他们手上还有泥板圣经呢。克拉拉需要尽快将这些拿在手上都感到灼手的泥板展示给全世界的人们，因为她知道时间多耽误一天，那些泥板的危险性就增加一分，尽管它们现在看起来似乎是非常安全地躺在银行的保险箱里。

尽管从她来到巴黎之后，克拉拉连正常的休息都不让他享受，但是她还是每天照例给他施压。

还好，他想道，玛尔塔·戈麦斯是个得力的干将，而且她跟克拉拉一样卖命地工作，努力要尽快推动这个展览的顺利进行。在短短几个星期之内，他们就动员了一些基金会和大学，向他们申请资金和人力支持。其实他也已经充分调动起自己在学术界和金融界的资源了，到处跟人宣传他这次展览所要展出的是人类历史上一个非常伟大的发现。

根据跟法比安刚才的通话，玛尔塔决定第一站设在马德里。他本来是想把首展设在巴黎的，在卢浮宫举办，但是这要等上若干个月才有档期。因为卢浮宫的展览都要非常特别的活动，而且都需要提前相当长的时间预定。

法比安刚才通知他们说有一个西班牙的银行单位还有两家很大的公司都愿意资助这个展览。除此之外，学术权威的马德里大学，作为西班牙教育文化部的代表也对此事表示了相当的热情。这对马德里而言可是一个相当好的机会，这可是第一个举办这个展览的城市，而且绝不会比在国家博物馆里展览逊色，然后就会去巴黎、柏林、阿姆斯特丹、伦敦和纽约展览。

他还要给克拉拉打电话，告诉她这些好消息，尽管他很肯定玛尔塔也会给克拉拉打电话的。尽快推动展览的努力让两个女人建立起一种非常紧密的关系。

＊＊＊

四个朋友在柏林碰面了。汉斯恳求他们去自己所在的城市，因为最近他一直觉得不太舒服。梅赛德斯很担心，因为汉斯看起来消瘦了那么多，而且他的脸上浮现出一种病态的灰白色。

"我去过伦敦，就像我们事先约好的一样，见到了汤姆·马丁，那个环球集团的总裁。我告诉他，除非他把任务的下半部分也完成，否则我们是不会给他付剩下的酬金的。我又通过电话跟他确认了，好让他知道我所说的都是很严肃认真的。"

"那他跟你是怎么说的呢？"梅赛德斯问道。

"说价格也要相应地提高，因为他的手下需要花去比预先完成计划更长的时间，因为这个任务实在是困难重重。但是我告诉他，不可以，因为要是他们不按照合同完成所有的任务，不按照我们原来商定好的价格，再多一个欧元也不会给他们。我们吵了起来，但是我们最后还是达成了一致意见。如果他的手下能够在最近的这些日子里完成任务，那么我们会给他一笔附加的酬金，否则的话，就按原先的规定给付。"

"克拉拉·坦内博格在哪里？"布鲁诺问道。

"前些日子还在巴黎，但是现在马德里组织一场展览，里面展示的东西就是几个月前他们在萨佛兰挖掘出来的那个圣殿里的文物。我不知道他们是怎么做到的，当时伊拉克的形势那么混乱。"汉斯回答道。

卡罗看起来非常忧伤，有些心不在焉，他基本就没有说话而且眼睛到处看，根本就没有关注他的几个朋友。

"你在担心什么呢，卡罗？"汉斯问道。

"没事……其实我在想，也许我们应该就此停手了。阿尔弗雷德·坦内博格已经死了，我们也已经完成了我们的誓言。"

"不行！"梅赛德斯吼道，"我们不能回头！我们可是发誓说要杀掉他还有所有他的后代。克拉拉是他唯一的孙女，是坦内博格家族的唯一成员，她该死！"

布鲁诺和汉斯都低下了头，他们知道，没有什么东西没有任何人能够说服梅赛德斯放弃。

"我们会的，我们会的，但是我还是能够理解卡罗所说的意思，这个女孩是无辜的……"

· 458 ·

"无辜？无辜的是我的母亲，还有你们的母亲，还有我们的兄弟姐妹。无辜的是所有我们这些人，所有那些当年被关在莫索森集中营的人。不，她绝不是无辜的，她是那个老畜生的种子之一。如果你们要后退……告诉我……我继续玩下去，我不在乎你们是不是要决定放弃，是不是要留下我一个人。"梅赛德斯气愤地说道。

"求你了，梅赛德斯！我们不要吵了！我们就按照我们商量好的去办，但是卡罗所反思的东西也的确值得我们考虑一下。"布鲁诺说道。

"克拉拉·坦内博格必须死，不管你们愿不愿意，她都得死！"梅赛德斯坚定地说道。

他们都能够理解，什么都不能改变这个女孩被杀的结局了。

***

安特从箱子里拿出书本，然后在考古博物馆一个保安的注视下，小心翼翼地将这些书摆在空架子上。

他想伊维斯·皮科特其实是个很讲感情的人，所以尽管克拉拉如此强烈地反对要接受自己，但是教授还是力争说不让自己或者任何其他在萨佛兰工作过的人加入到这个展览工作中来，都是不公平的。戈麦斯教授也支持皮科特教授的决定。

所以他这两个星期在马德里就是要做好所有的准备工作，但是事实上皮科特一直也都是听玛尔塔·戈麦斯的命令办事，而玛尔塔也跟皮科特一样享受现在的骄傲感觉，他们都为自己能够参与到这项伟大的事业中，将他们这几个月在萨佛兰辛勤工作的成果展示给大家而感到非常自豪。

法比安和玛尔塔也创造了一项时间记录：他们在如此有限的时间里拿出了一本目录册，那是一本两百多页的画册，全部是关于萨佛兰那个圣殿的。皮科特肯定地说，这本目录的问世和投放市场对他们也是非常重要的。

他瞥了一眼莱恩。他并不奇怪会在这个展览筹备组里看到他的身影。莱恩跟他不一样，因为他对每个人都很好，而且每个人都坚定地认为他是个非常有价值的摄影师。但是安特却对自己说，这个莱恩绝对不是他看起来的那么简单的，他跟阿耶德一样，不是个单纯的工头。

他通过大家随便的交谈，了解到阿耶德已经成功将克拉拉和她丈夫完好无损地从伊拉克救了出来，然后把他们送到了开罗，他们就准备在那一直待到巴格达局势稳定之后。开罗看起来也是克拉拉和她丈夫分手的地点，因为艾哈迈德并没有来马德里，尽管他听说了有这个所谓的展览开幕式一说。

他一边把书码在书架上，一边对自己说，不能再失败了。

那个全球安全集团的人，也就是雇他抢夺泥板圣经的人，已经跟他说得非常明白了：他必须要立刻弄到泥板圣经，而且因此还可以得到一队专门负责偷盗的专家的帮助，他们随时听命他的指示，只要他认为到了合适的时候，他们就可以动手。

最近的这两个星期里，他都没有离开国家考古博物馆，所以他也已经将博物馆里的保安和工作人员都调查得非常清楚了，对他们进出博物馆的习惯也都了然于心。

他当然也付出了特别的努力，跟那些保安们闲谈了解到了控制博物馆每个角落的警报器和监视器都是如何进行工作的。

他要求那个派给他的小分队成员能够清楚地了解到整个这栋楼的情况，但是却要尽量不引起其他人的注意，所以要让他们每个人都装作普通的游客在里面走了一遍。他们抢泥板的时间并不充裕，而且逃跑对他们而言也是件很复杂的事情。他的计划就是要在泥板被放在那个展示厅之前将它偷走，因为如果它被放到展示厅之后，要偷走它就几乎是不可能的了，因为到时候时间就会更加紧迫。皮科特让人做了一个非常逼真的复制品，这就意味着在开幕式之后，他们打算将这个复制品留在博物馆里，然后把原件重新放回原来安全的地方，所以他们也就更不能冒这个风险了。

但是让他担心的是，他们始终都没有告诉自己到底什么时候他们才会将泥板转移到考古博物馆来，而现在它们还是保存在银行的保险柜里。玛尔塔告诉他，泥板的存在是个巨大的秘密，只有到了开幕式那天才能够让它公布于众，面对全球的媒体。

克拉拉甚至都不同意让这些泥板运送到罗马，送到梵蒂冈的那些科学家们那检验。纪安坚持说这些泥板最好还是通过在圣址，得到了神圣的科学家的认可，承认它们都是真品之后再拿来展示，但是看起来克拉拉根本就没有给梵蒂冈任何答复，而梵蒂冈那边也只有接受这个现实，没有什么别的办法。

离开幕式只有两天时间了，博物馆的负责人已经特别腾出了一间展厅，用来放置泥板，里面布置了特别的安全设施，以免它们受到任何损害。

克拉拉和皮科特，还有法比安和玛尔塔，也负责组织这个厅的工作，从灯光到背板，甚至到展示泥板所用的玻璃，当然泥板不会马上放在这里，肯定是要到开幕式之前的几个小时才会开门，才会将它们摆到这里面。

"紧张吗？"皮科特问克拉拉。

"是的，有一点，我们为了能来到这里费了多大的劲啊……你知道吗，我想我的祖父，他还没有看到这一刻就去世了，太遗憾了！"

"你到现在也不知道谁可能要杀你吗？"

克拉拉摇了摇头，努力地忍住泪水。

"好了，我们谈谈别的事情吧！"皮科特安慰她道，将一只手搭在了她的肩膀上。

"我打扰你们了吗？"

皮科特松开了克拉拉，奇怪地看着米兰达不知道该说什么才好。这个女记者不知道是怎么溜进来的，可是离开幕式还有几个小时。

克拉拉走到米兰达身边，在她的脸颊上吻了一下，而且她感觉自己也的确很高兴见到她。然后她离开了展厅，让她单独跟皮科特待在了一起。

"看起来你看到我并不高兴啊……"女记者对这个惊诧万分的教授说道。

"我一直都没办法找到你，我还以为你们公司的人告诉你了呢。"教授一副不满的样子。

"我知道，但是我需要按照计划在伊拉克再待上一段时间，你也知道那里是什么状况。"

"你怎么跑到这里来了呢？"

"拜托，教授，我可是个记者啊！我会看报纸的！大家都肯定地说你们还要在伦敦搞上一场别开生面的展览呢！"

"是的，泥板圣经……"

"我知道，克拉拉和我对于这些泥板还存在着颇为不同的见解呢！"

"为什么？"

"因为按照我的理论，她这就是偷盗，我想说它们都是属于伊拉克的，不应该没有经过任何许可就将它们带出国境。"

"那请你告诉我谁才能够拿到这样的许可呢，我提醒你当时的伊拉克可是大敌当前啊！"

"她自己的丈夫艾哈迈德，是叫这个名字吧？不管怎么说也是考古部门的负责人啊！"

"得了，米兰达！你就不要那么天真了！话说回来，我们最后都不会将这些泥板据为己有的。如果伊拉克的局势一旦平缓下来，我们就会将它们送回去的。在那之前可以一直放在卢浮宫里，那里是美索不达米亚艺术最为重要的博物馆。"

法比安紧张地打断了他们的谈话。

"伊维斯，银行刚刚打来电话，运送泥板的卡车已经朝这边开过来了。"

"我们去大门那里，米兰达，你跟我们一起过来吧。"

泥板一放进玻璃展盒，克拉拉就连忙用钥匙将它锁上了，然后充满感激地拍了拍纪安的胳膊，然后走到皮科特、法比安和玛尔塔身边，冲他们释然地一笑。

博物馆的安全部长重新向他们讲解了一下这个特殊安全设施是怎么运作的，克拉拉似乎对自己所听到的解释非常满意。

"你可真漂亮啊！"法比安奉承道。

她非常感激地在他前额上吻了一下。这套火红的套装愈发衬托出她古铜色的肌肤，愈发凸现出她那双蓝幽幽的眼睛。

十分钟之后博物馆的大门就要打开了。在西班牙政府的成员过来之前，西班牙的女副首相和两个部长，加上世界各地的学术权威都会过来参加这个堪称真正不同凡响的展览开幕式。

欧洲和美国的考古学家和教授们看到这些陈列在玻璃展柜里的珍宝慨叹不已。同时戈麦斯教授还有法比安教授负责向这些西班牙的权威们仔细讲解，哪怕是最小的一件发掘物品。

服务生们端着装满饮料和点心的盘子穿梭在宾客们中间，因为这么壮观的艺术珍品让他们忽然胃口大开。

皮科特和克拉拉决定一个小时以后，再庄严地邀请所有宾客和媒体去那个特别的展室，参观那个无比珍贵的泥板圣经。

宾客们互相热烈地交谈着，对这些展品表现出了无比的惊喜之情。

安特暗示那群全球安全集团所派过来的人员分散在博物馆的各个地方：有一些人假装是服务生，有一些是安保人员，甚至还混到了宾客队伍中。但是他一刻也没有忽略那个莱恩，尽管他总是满脸笑容，但是他脸上伪装的笑容还是让安特觉得紧张。

他就这样安排好了偷窃行动，没有别的办法，只有在打开那道特殊展厅大门之前将它们拿下。他们会冒着相当大的风险，可是他们也没有第二次机会了。他在脑海里又重新回顾了一下他们必须解决的那个非常精密的安全设施，然后就朝那个装有警报器的大厅走了过去。他们只有十分钟的时间拿到泥板然后离开博物馆。

"女士们，先生们，请大家安静一分钟。"皮科特说道，"我恳请大家先暂停欣赏这个房间的展品，因为再过十五分钟，我会让大家陪我一同去个非常特殊的展厅，在那里我们为大家准备了一个价值无法估量的宝物，而它的发现将是轰动世界的，不仅仅是对学术界，而且是对整个人类社会和宗教都会产生极为重要的影响。请大家跟我来！"

皮科特教授、玛尔塔还有法比安向西班牙政府的副首相讲解了一下这个泥板圣经的重要意义，然后他们跟着克拉拉还有一个部长和马德里大学的校长朝那个展厅走了过去。

一个身着优雅的夏奈尔套装，尽管已经有了一定年纪但是面孔极为标致的女人朝克拉拉走了过去。这个女人冲克拉拉微笑着，而克拉拉也向这个陌生的女人报以了礼貌的微笑。有人似乎推了这个女人一下，她差点跌倒了，然后就让她撞到了克拉拉身上。跟那个女人分开之后，克拉拉顿时感到脸上一阵疼痛，但是那个女人连声道歉，唇边还是挂着那丝微笑。

克拉拉还在跟大学校长解释，他们即将看到的那些泥板有着如何不同寻常的内容，突然她手捂胸口，摔倒在地，旁边立刻围满了人。

皮科特和法比安连忙跪在她身边，试图让克拉拉已经昏迷的身体能够有些反应，而她的眼睛时睁时闭就像是在经历一场可怕的梦魇。

其中的一个宾客说自己是医生，然后走过去检查克拉拉的身体，在她心脏的地方发现了一个非常细小的毒针。

"快叫救护车！她快要死了！"

两个保安跟着一个优雅的宾客连忙从这里溜走，跑到了那个存放泥板的特殊展室。

安特脚步匆匆地朝那个安装了监视博物馆每个角落的监控室跑了过去。他都没有敲门就闯了进去，两枪就将看守所有监视屏的保安干掉了。他将保安的尸体挪开，放在角落用东西盖了起来，然后将门关上，躲在后面确保不会有任何人进来。然后他将博物馆里所有的警报器全部都断开，从监视屏上可以清楚地看到自己的同伴是怎么进入到那个展厅，在保安反应过来之前就用一把带有消音器的手枪将他打死。在不到两分钟的时间之内，他们就将泥板装到了一个小包里，然后从房间里逃出去了。

这个克罗地亚人在心里偷笑着，他就要顺利地完成任务了。要不是有他领导，这个行动肯定不会在这样的情况下如此轻松地完成。

然后他看了看监视器，克拉拉倒在皮科特的怀里，而法比安和真正的保安们朝出口大步跑了过去。

他也不知道为什么，也许是因为这个人太漠然的表情，他注意到了另外一个监视器里的这个上了年纪的女人。这个女人似乎对所发生的这一切都没有任何反应，其实她也是里面唯一一个对克拉拉遇刺表现冷淡的人，她镇定地慢慢朝出口走去。

他心中暗暗思忖那个女人手里拿的东西，因为她手里肯定拿了什么，但是他看不到。

梅赛德斯·巴雷达从博物馆里走了出来，呼吸着马德里令人舒爽的潮湿空气。她一直都很喜欢博物馆所在的他拉曼卡街区里那种和谐的氛围。她漫无目的地在大街上走着，宁静而心满意足地享受着这一刻的欢欣。她并没有注意到两个衣着高雅的人钻进了一辆早就在那等候他们的车里。她唯一担心的就是怎么把自己手上的这根阀针，就是刚才插到克拉拉心脏里的这个凶器脱手。她并没有留下任何痕迹，因为她戴着一种非常非常精细的人皮手套，所以她完全可以把这个东西随便丢到哪个下水道，但是当然不会丢在这个街区，而是要找个远离这里的，随便什么地方都可以。

她继续这样毫无目标地散了一个小时步，然后她叫了辆出租车，将自己送到了丽茨酒店,因为她住在那里。

她本来想回巴塞罗那,但是转念一想,自己并没有理由要逃跑,不会有任何人去找她,不会有任何人会将她和这个女人的死联系到一起。于是,她换了件衣服,然后又走到街上,朝车站的方向走去。她找了个博物馆附近的下水道,然后将那根阀针扔了进去。回到酒店,她对自己如此容易就解决了克拉拉的生命感到非常满意。

对于应该用什么方式杀死她,她从来就没有怀疑过。当她还是个无知少年的时候,她一直跟着祖母住在巴塞罗那,而祖母就给她讲过奥地利的伊莎贝尔是怎么被人刺杀的故事。

就是一个男人走到女王的身边,然后将一根毒针刺入了她的心脏。这个女王一下子就倒地身亡了,衣服上连一滴血都没有。

当她开始梦想要杀死克拉拉的时候,她就一直在幻想着将毒针刺进克拉拉心脏的这一刻。但是要找到凶器还真不是件容易的事情。她在旧物商的商店里找过,在自己公司工人用过的材料里找过,最后终于在一堆废品里找到了她梦寐以求的宝贝。她将这根阀针清洗干净,然后就像制造一件自己的艺术作品一样将它打磨抛光。

回到酒店的房间里,她从冰箱里取出一瓶香槟酒,给自己倒了一杯。这么多年来,她第一次感到一种莫大的愉悦和满足。

***

莱恩非常生气。克拉拉死了,但却不是他自己杀的,这就意味着他拿不到剩下来的酬金。他想这个杀手一定是个职业的,否则他根本想象不到他怎么会有如此的勇气和冷血,在上百人面前活生生地将她干掉。他将什么东西插到克拉拉的心脏,那是个非常精细和纤长的东西,所以才能够穿透她的心脏。但是这个人到底是谁呢?

他自己本来是可以在那天晚上将她杀掉的。他知道克拉拉睡在玛尔塔的家里,而且不会有任何人对他出现在玛尔塔的家里产生怀疑。他们肯定会让自己进去,而且一进去他就可以将克拉拉干掉。他想过也许还需要将玛尔塔教授也杀掉,但这也就是此计划所不合适的地方。现在的问题是不能告诉汤姆·马丁自己已经完结了任务。莱恩看到纪安在那伤心流泪很生气,这个神父一脸悲痛地陪着米兰达走了出去,朝医院走去。因为克拉拉的尸体已经被运到了医院,需要进行死亡证明并且由法医进行尸检。

乔治·瓦格纳刚开完会,突然他的秘书将保罗·杜卡斯的电话接了过去。

"好了,任务完成。"他说道。

"一切都搞定了？"

"是的，你要的东西我们已经拿到了。而且……你朋友的那个孙女发生点意外，有人把她刺杀了。"

"包裹什么时候到？"

"正在途中，应该明天就能到。"

瓦格纳没有做任何评论。恩里克、弗兰克对于克拉拉的被杀也都没有任何异议。他们根本就不在乎她的生死，而且她跟他们压根就没有任何关系。

他唯一担心的就是要想办法将那些从伊拉克博物馆里弄出来的东西投入到市场。乔治建议大家可以聚聚，庆祝一下将泥板圣经弄到手。在将泥板交付给买家之前，他要先将泥板拿到手。

莱恩在电话亭里给汤姆·马丁打了个电话。

"克拉拉被人杀了。"他说道。

"那么？……"

"我不知道是谁杀的。"他忐忑地回答道。

"你来我这吧，我们要谈谈。"

"我明天到。"

在医院里，伊维斯在候诊室里从这边走到那边，一句话都说不出来。米兰达、法比安和玛尔塔也都没有兴趣说话，纪安是唯一在那痛哭的人。两个警察跟他们一起，默默地在那里等着法医尸检的结果。加西亚警长说，一旦结果出来希望他们能够跟自己一起去趟警察局，详细叙述一下事情的经过。

法医从尸体检查的房间里走了出来。

"坦内博格小姐的家属在吗？"

皮科特和法比安面面相觑，不知道该怎么回答。玛尔塔连忙站了出来。

"我们都是她的朋友，她在这里没有别的亲人了。我们正在试图联系她的丈夫，但是到现在为止还没有找到他。"

"那好，坦内博格女士是被人用针状物刺入心脏致死……那种东西很尖，很长。很抱歉。"

医生将尸检报告详细地跟他们解释了一番，然后将报告交给了加西亚警长。

"警长，我会在这里再待一会儿。如果需要我做任何陈述，请给我打电话。"

加西亚，这个中年警探听后表示同意。

这个事件看起来绝对不是那么简单的，需要尽快查出真相。媒体已经给部长打电话要说法了。这个案件可是再吸引人眼球不过了：在一个政治和学术权威云集的考古展览开幕式上，一个伊拉克女考古学家在马德里国家博物馆被刺杀，而同时她要向大家展示的绝世珍宝在众目睽睽之下也被盗窃了，最重要的是政府的副首相还有很多政府的重要官员都在场。

不用多想，第二天不只是西班牙的媒体，世界各地的媒体都会对此事做出强烈的反应，都不知道会写出什么样的标题。加西亚已经接到上司的催促电话了，要他对杀手的调查线索给予解释，特别是考虑到该凶杀案跟那个神秘的绝世珍宝肯定有着一定程度的关系。副首相的态度很坚决：她需要马上得到一个结果。

所以他自然就准备要好好地审问考古小组里的每一个成员。

警察局里面很热，所以他需要开窗透透气，同时他还邀请了皮科特和其他的小组成员在办公室里坐了下来。年轻的神父就好像完全崩溃了一样，还在不停地哭，就像一个迷路的孩子，紧紧地拽着玛尔塔的胳膊。

这一晚特别的漫长，因为所有的人都要协助警察试图搞清楚两个问题：到底是谁，为什么要刺杀克拉拉·坦内博格？

警长的助手把办公室的电视开着，所以突然就看见电视里开始播放九点新闻。所有人都安静下来了，牢牢地盯着电视上重现着那天下午，他们永远都无法释怀的场面。

记者声称，除了这个伊拉克的女考古学家遇刺外，还发生了一起世界考古学界非常重要的事件：一些价值连城的被称作是泥板圣经的泥板同时被盗。这些秘密的泥板本来是要在这天公布于众，向所有媒体发布的。

伊维斯·皮科特一拳头砸在桌上，法比安也猛地跺了跺脚。他们杀死克拉拉就是为了要盗窃泥板圣经，皮科特说道。而法比安、玛尔塔甚至米兰达对此刺杀动机都没有表示有任何异议。

纪安的哭号让大家有些不知所措。神父看着屏幕，一种恐惧的表情浮现在他扭曲的面孔上。

屏幕上，克拉拉陪着部长，身边还有一大堆人一起在往前走。突然，她看起来好像要跌倒似的，但是她却接着正常地往前走，又过了几分钟她就昏倒在地了。

看到这一切，纪安都不敢再正眼直视加西亚探长的眼睛，也不敢看皮科特和玛尔塔。突然，纪安在人群中看到了一个他非常熟悉的女人的身影。

梅赛德斯·巴雷达，那个莫索森集中营的小女孩，那个跟他父亲一起备受希特勒无尽残酷折磨的小女孩。

这一刻，纪安突然就明白谁是杀死克拉拉的凶手了，突然感到胸口一阵剧痛，其实那只是心脏的疼痛，而是来自于灵魂深处的折磨。他不能告发她，他对自己说，因为这就意味着出卖自己的父亲，但是如果不这么做，他无异于就是杀死克拉拉凶手的同谋：

加西亚探长问他到底在屏幕上看到了什么，而神父气若游丝地说道，他肯定什么也没有看到，只是感到无法再让被刺死的克拉拉复活了。

他们都相信他的话。皮科特、玛尔塔和法比安都相信他，但是纪安的态度让加西亚探长和米兰达不禁疑惑了起来。

这个警察肯定纪安看到了什么或者看到了什么人，才会发出那种焦虑的惊呼，而米兰达也对自己说道，应该把这段录像带拿回去好好地分析一下，一定会找出神父怪异态度的原因。

皮科特非常详细地向警察解释了那八块泥板被称为泥板圣经的原因，而且还提醒他这些泥板不仅有着非同凡响的考古学价值，而且在宗教上的意义也是非同一般。

加西亚探长这才了解到了一个如此奇特的故事，才了解了这三个考古学家和这个女记者在伊拉克的这几个月有着多么传奇的经历。至于纪安，他也没有再说什么。

加西亚的上司还是在不断给他施压，他们必须要给那些媒体有些交代。这次的事件实在是耸人听闻的：一起重大的盗窃，再加上一起看起来根本就是超现实手法的谋杀。

探长只有让皮科特和他的同事们将最近几个小时发生的事情反反复复回忆着：他们看到了谁，有谁知道这些泥板的存在，有谁值得怀疑。此外，他还要求他们将所有跟这些泥板有直接关系的人列出一个关系表。大家从警察局离开时已经筋疲力尽了，他们都肯定在某个看不到的地方，阿里阿德涅的绳索正在牵动着。

"发生了这样的事之后，我能怎么办呢？"神父在和皮科特、米兰达一起回到酒店的路上绝望地想着。

***

卡罗·希皮亚尼钻进一辆出租车。他觉得自己也筋疲力尽了，尽管回到巴塞罗那的路程才不过两个小时。

跟梅赛德斯、汉斯和布鲁诺告别之后，他感到万分的乏力。尽管他们都试图说服他，告诉他那个将他们联系在一起的力量是超越生死的。他们说得的确有道理：除了他们的子女，他们最爱的就是这几个朋友了，所以不论牺牲多少，他认为等到了这个获得和平的时刻就值得。而他却只有在远离这几个朋友的时候，才会有这种和平的感觉。

他没有一丝责怪梅赛德斯的意思，当然，对布鲁诺或者汉斯也不会有。梅赛德斯没有告诉其他人，她是如何做到的，因为说不说其实也没有什么必要了。只消看看她那张脸，他们就明白了一切。

梅赛德斯坦白说，这些日子她终于能睡安稳了，总算能够找到了自己内心的平和了。听后布鲁诺却不知怎样说出自己的感受，而汉斯则放声哭了出来。

现在回到了罗马,卡罗则告诉自己说,他需要用另一种不同的方式去面对还未走完的人生路。他缓缓地朝梵蒂冈的圣佩德罗广场走去。

一走进大教堂时,里面阴暗的氛围顿时让他倍感轻松。

而与此同时,加西亚探长在一个神父的陪伴下也来到了殿堂找纪安·玛利亚。他说服了上司让他对神父进行跟踪调查,所以出差到了罗马,准备跟神父再好好谈谈。

加西亚探长根本没有注意到那个迈着沉重步伐走向忏悔室的男人,而陪他过去的神父则指了指那个小木屋,说纪安就在那间忏悔室里。

"我最纯洁的圣母玛利亚!"

"没有罪孽就受孕的圣母啊!"

"神父,我要对两个人的死负责。也许上帝会宽恕我,也许我的儿子也会!"

"你后悔吗?"

"是的,神父。"

"那么,上帝会原谅你的,也会原谅我无法原谅你。"

加西亚探长看着这个双眼噙满泪水的老人从地上站了起来。看起来这个人似乎有些缺氧,马上就要晕倒了一样。

"您不舒服吗?"

"没有,没有,您不用担心。"希皮亚尼回答说,却没有再回头看一眼。

纪安从忏悔室里走了出来,握了握探长的手。

"很抱歉跑到这里来打扰您,但是我得到您上级的允许,可以过来见您。我希望能再跟您谈谈。当然,如果您不想说,我也不能勉强……"探长说道。

纪安看着他,什么也没有回答。他走到探长身旁,突然远远看见父亲跪倒在米盖尔·安赫尔的《怜悯》下面,双手掩面而泣。他的内心突然涌起一阵阵怜悯,为父亲,也为自己。这一天,罗马也下着雨。